CB044851

O Arranha-Nuvens

RICHARD RAYNER

O Arranha-Nuvens

Tradução
Renato Motta

BB
BERTRAND BRASIL

Copyright © 2000, Richard Rayner. Publicado mediante contrato com Harper Collins, Publishers, Inc.

Título original: *The Cloud Sketcher*

Capa: Raul Fernandes

Editoração: DFL

2007
Impresso no Brasil
Printed in Brazil

CIP-Brasil. Catalogação na fonte
Sindicato Nacional dos Editores de Livros – RJ

R216a	Rayner, Richard, 1955-
	    O arranha-nuvens/Richard Rayner; tradução Renato Motta. – Rio de Janeiro: Bertrand Brasil, 2007.
	    560p.
	
	    Tradução de: The cloud sketcher
	    ISBN 978-85-286-1300-1
	
	    1. Romance norte-americano. I. Motta, Renato. II. Título.
	
	                                                CDD – 813

07-4444	CDU – 821.111 (73)-3

Todos os direitos reservados pela:
EDITORA BERTRAND BRASIL LTDA.
Rua Argentina, 171 – 1º andar – São Cristóvão
20921-380 – Rio de Janeiro – RJ
Tel.: (0xx21) 2585-2070 – Fax: (0xx21) 2585-2087

Não é permitida a reprodução total ou parcial desta obra, por quaisquer meios, sem a prévia autorização por escrito da Editora.

Atendemos pelo Reembolso Postal.

Para Paivi, Harry e Charlie

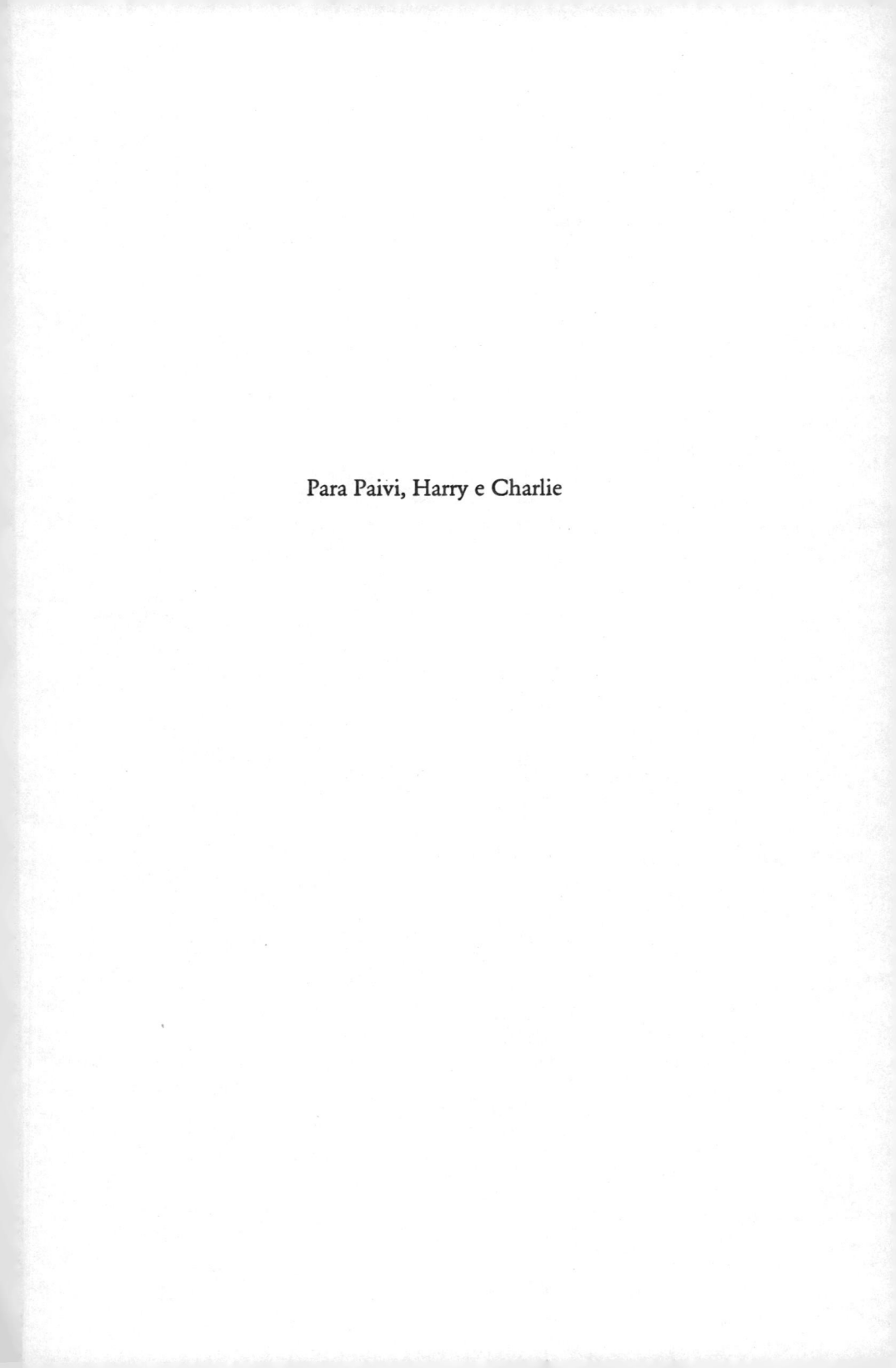

Não há caminho fácil da terra para as estrelas.
— Vladimir Maiakovski

Prólogo: 1928

O homem de terno listrado irrompeu na curva do corredor com um passo enérgico e o belo rosto muito bronzeado. Seu cabelo preto estava penteado para trás com brilhantina, mostrando uma testa alta, com sobrancelhas pretas que quase se juntavam no ponto entre os olhos. E ele sorria, os dentes brilhavam como os de um tubarão, contrastando com o tom mais escuro da pele. Uma cicatriz pálida marcava-lhe profundamente a pálpebra esquerda, que era um pouco mais caída, e, à medida que veio caminhando na direção de Esko, sua figura cheia de energia encheu o corredor de ameaças. Passou sem virar a cabeça, andando rápido e dando a impressão quase imperceptível de que mancava. Um grupo seguia em sua esteira, homens com ternos largos de ombros quadrados, palitos pendurados nos lábios e mãos dentro dos bolsos. Capangas, cuja óbvia alusão à violência era anulada pela presença clara e dramática de seu líder. Paralisado, Esko só percebeu que estivera prendendo a respiração quando todos passaram.

Durante o jantar, ele ouvira comentários de que aquele homem era o passageiro mais famoso do navio, a mais notória personalidade a bordo daquele enfeitado, pulsante e superaquecido palácio *art déco*. Diziam que se tratava de um contrabandista de bebidas, um gângster chamado Paul Mantilini, cujo grupo administrava oito destilarias só em Nova York, cada uma rendendo mais de dez milhões de dólares por ano; diziam ainda que Mantilini conhecia mais gente em Wall Street do que criminosos cruéis (embora estas duas categorias muitas vezes se confundissem nos dias nervosos, grandiosos, brilhantes e velozes do final dos anos 1920). Diziam que ele e o prefeito de Nova York eram tão íntimos que se tratavam pelo primeiro nome, e que o mesmo acontecia com dezenove senadores americanos. Falavam que Gershwin, Caruso e Darrow já tinham sido seus companheiros de bebida; juravam que ele estivera com Houdini poucas horas antes de sua morte, e que ajudara o próprio Lucky Lindy a encher o tanque do carro. Outros rumores eram menos estranhos, mas ainda assim notáveis. Dizia-se que ele era tão vaidoso que usava sapatos especiais com pequenos saltos para parecer mais alto; que dera dez mil dólares em dinheiro a um repórter que o descrevera como o Beau Brummel da Broadway; que duas das quatro massagistas do navio estavam à sua disposição permanentemente, para esfregar-lhe a pele lisa e morena com óleo de nogueira; diziam ainda que ele não suportava ficar deitado sozinho no escuro e ia sempre para a cama com as luzes acesas, acompanhado por cinco pessoas de seu grupo, todas diferentes a cada noite, a fim de evitar uma possível conspiração para matá-lo enquanto seus olhos estivessem vendados pela máscara de olhos em fina seda preta que costumava usar para dormir.

O andar manco era, ao que parecia, o resultado de um recente atentado contra a sua vida. Após a violenta ação, arrebanhara tantos rivais quantos ele e seus homens haviam conseguido capturar. Quando um italiano idoso e o filho pareciam já ter conseguido provar que não estavam envolvidos no caso e suplicaram por suas vidas, sob a condição de abandonarem Nova York para sempre, Mantilini mandou-os decidir qual dos dois seria poupado. O pai sacrificou a vida pelo filho, levou um tiro na cabeça e o filho, em seguida, se enforcou. Mantilini assistira à morte dos dois, impassível. Em um acesso de fúria, empurrara um homem para o fundo do poço de um elevador, e sentenciara um dos seus homens a ter as duas pernas quebradas, simplesmente por ele ter aberto um telegrama por engano. Seu único traço previsível era o fato de ser implacável.

Esko era um arquiteto finlandês, um menino simples nascido no interior de um país que a maioria das pessoas nem sequer saberia localizar no mapa, se é que tivesse ouvido falar dele, o que não era comum. Agora, aos trinta e oito anos, adquirira uma imensa reputação em Manhattan, a nova capital do mundo, e conseguira isto não apenas com perícia e arte, mas com paciência e coragem, aquela qualidade que os finlandeses chamavam, com orgulho, de *sisu*, o potencial para ir além da capacidade de resistir. Os homens finlandeses eram profundamente estóicos. Não gostavam de expressar abertamente os próprios sentimentos, só o faziam quando bebiam um pouco. Porém eles jamais bebiam *um pouco*, sempre bebiam *muito* e, então, era possível que cambaleassem pedindo um abraço, ou esfaqueassem alguém na barriga com uma faca, um *puukko*, um canivete finlandês típico.

Esko estava muito distante de tudo isso. Já estava nos Estados Unidos havia tanto tempo que perdera seu *puukko*. Sabia que os americanos adoravam grandeza, animação, talento e estilo – na sua língua, nas suas lendas, nos seus edifícios e até nos seus gângsteres. Não conseguiam deixar de amar Paul Mantilini, que jamais olhara para baixo nem para trás e passeava com total indiferença pela vida, como um ginasta sobre a barra da incerteza; uma pessoa cuja vida era cheia de perigos que lhe pareciam necessários e energizantes, como se fossem um combustível que fazia dele uma fênix, sempre renascida, emergindo calma e suavemente das cinzas.

Mantilini estivera de férias, mas mesmo assim comprara cem lotes de uísque fabricado na Escócia, com oito caixas em cada lote e doze garrafas em cada caixa. Quando o *Ile de France* atracasse, diziam, um dos seus homens simplesmente entregaria as chaves dos engradados ao agente aduaneiro, junto com uma gentil "taxa de desembarque" de três dólares por caixa. O agente seria, é claro, muito sensato, e não criaria problemas quando um dos caminhões de Mantilini chegasse no dia seguinte para recolher toda a carga. Isso lhe traria um lucro limpo em torno de setenta e cinco mil dólares. Nada mal para umas férias.

12

No salão de jantar do navio, Mantilini sempre se instalava em um canto afastado com o seu grupo, formado por um instrutor de tênis, um poeta italiano, um pianista de jazz, a sua amante (uma sinuosa cantora negra que adorava vestidos reluzentes), e diversos guarda-costas e ajudantes, sempre bronzeados. Circulando pelo convés, usava óculos escuros e chapéu de aba larga, para protegê-lo do sol. Ostentava uma variedade de ternos extravagantes e camisas de cores berrantes, e parecia ter acesso a portas e passagens que ninguém conhecia. Quando o navio inexplicavelmente diminuiu a velocidade, parou no meio do oceano, e um cargueiro canadense passou ao seu lado, balançando e piscando uma mensagem em Morse, todos acharam que era obra sua. Na última noite da viagem, no tradicional baile de máscaras, ele usou o traje de um camponês italiano e interpretou árias da *Tosca* e da *Cavalaria rusticana*, com uma voz de tenor leve e surpreendentemente encantadora. Esta apresentação foi saudada pelos outros passageiros da primeira classe com gritos e aplausos de aprovação, o reconhecimento final de que durante toda a travessia o navio fora um universo submetido por completo ao comando de Paul Mantilini.

Esta presença misteriosa e monopolizadora fazia aumentar ainda mais a ânsia que Esko sentia de voltar para Nova York. Estava bem quente na manhã de setembro quando eles passaram por Narrows, ao longo de Sandy Hook, e entraram nas águas largas, densas e lentas do porto. Esko lembrou-se de imediato das imagens do verão anterior, quando as famílias se debruçavam sobre a varanda. O ar abafado do Central Park se mostrava cheio de pessoas dormindo do lado de fora das casas. Toda a cidade parecia derreter-se como um pedaço de gelo que desaparecia na palma da mão sem conseguir refrescá-la, enquanto o mormaço preguiçoso mantinha-se impassível apesar das vozes dolentes de um milhão de ventiladores. Durante todo aquele verão infernal, Esko trabalhara como nunca, e as ondas de calor que subiam das calçadas serviam-lhe de estímulo em vez de embotar-lhe os sentidos e a concentração. Agora, o seu coração trepidava à medida que o navio, um gigantesco arranha-céu tombado que flutuava sobre o mar, ficava rodeado por rebocadores barulhentos e alguns barcos de bombeiros, que se acotovelavam para abrir caminho através do ar espesso. Por um momento, Esko teve a idéia ilusória de que o navio iria seguir em frente e invadir a terra para acabar encalhado na floresta de torres que cresciam acima da névoa na parte sul de Manhattan, com seus edifícios revestidos de pedra, reforçados com aço, incrustados de vidro, titânicos e românticos, e que estavam neste exato momento começando a dançar diante de seus olhos. O Woolworth reluzia do lado leste, enquanto o Singer escorregava lentamente ao sul. Todos os outros prédios altos começavam a acompanhar-lhes o ritmo, trocando de lugar nesta milionária valsa de perspectivas, quase parecendo que se beijavam e roçavam levemente as mãos, enquanto o navio se movia com cuidado, pelo rio Hudson acima.

Chegar a Nova York era, como sempre, maravilhoso, e por um momento Esko se esqueceu das preocupações. Quando menino, crescera entre lagos congelados. Agora, aquela majestosa massa de pedra e aço agrupados era o seu lar.

A arquitetura não mente, jamais. Ela invariavelmente expressa tanto a sua própria época quanto o caráter dos homens que a constroem, e Esko sabia que aquela era uma arquitetura agitada e ostentosa, a arquitetura de um momento específico no tempo, de uma cidade que sentia que não podia e nem precisava parar, pois não havia um lugar que fosse longe demais. Aquela paisagem gloriosa estaria completamente diferente dali a um ano. Na virada do século, um arranha-céu de trinta andares em Nova York evocara um outro de quarenta andares em Chicago. Agora, um arranha-céu de sessenta andares evocava um edifício de setenta andares *do outro lado da rua*. Era uma época fascinada com a busca inconseqüente das próprias possibilidades, aparentemente ilimitadas. *Por que não cem andares? Cento e cinqüenta andares?* A resposta a esta pergunta, *Até que altura podemos construir?*, lançava-se diariamente para o alto, junto com o mercado de ações. Para os arquitetos, aqueles eram tempos vertiginosos, perigosos, talvez até heróicos, e, por um momento, Esko se avistou no fundo de um dos desfiladeiros que se formavam no centro de Manhattan, onde a luz fazia ângulos nas profundezas das sombras. Estava de terno, corajosamente sem chapéu, andando com passos largos, um homem do mundo, um homem daquele esplêndido mundo novo. Era um artista talentoso e, de um jeito orgulhosamente finlandês, também completo e urbano. Tornara-se um homem bem-sucedido que se via como um predestinado – uma noção romântica, estúpida e talvez autoindulgente, mas que estava cravada dentro dele como um prego que penetrara profundamente pelo tronco até o coração da árvore.

O navio não entrou terra adentro, afinal. Não conseguiu se erguer ostentoso para se transformar na contribuição vertical da *French Line* ao amontoado de edifícios de Wall Street. Em termos arquitetônicos, um transatlântico erguido ali causaria menos alvoroço do que alguns projetos que Esko sabia que já estavam a caminho. Assim, os rebocadores continuavam o seu trabalho árduo, guiando o navio até o cais apinhado de gente que viera recebê-lo. Em volta de Esko, as pessoas agitavam-se acotoveladas sobre a amurada, gritando e acenando para entes queridos que aguardavam nas docas; alguns se exibiam e faziam espalhafato, controlando e distribuindo ordens a carregadores que traziam apressadamente malas e baús do andar de baixo todos enfeitados com etiquetas e adesivos. A agitação de toda a cena aumentou quando, na ponta do cais, um sargento da polícia de Nova York despontou, aproximando-se apressado e empurrando a multidão. Era um homem de meia-idade com uma barriga protuberante. Chegou berrando com voz mecânica através de um megafone, ordenando que as pessoas se afastassem para que o exército uniformizado que vinha atrás dele conseguisse passar.

Esko deu uma olhada em Paul Mantilini, que, da ponta do convés, continuava altivo e olhava tudo com desdém, aparentemente abandonado por sua comitiva.

– Eles finalmente o agarraram! – exclamou uma voz ao lado de Esko, que pertencia a um dos passageiros da primeira classe.

Esko balançou a cabeça, pois sabia que não se tratava disso. A visão de si próprio como um pavão que circulava pelo mundo pareceu derreter e dissolver-se no calor. O sargento com a pança cheia de cerveja e todos aqueles ajudantes não estavam ali para pegar Mantilini. Estavam esperando por Esko. Sempre estiveram esperando por ele.

PARTE UM

Mito

1

Tudo começou em 1901 com a notícia da invenção do elevador, um instrumento estranho, do qual jamais se ouvira falar e era impossível de se imaginar até mesmo em sonhos, na pequena aldeia finlandesa onde Esko tinha sido criado, exatamente a meia distância entre Helsinque e o círculo polar Ártico. Naquele tempo, bem no início do século que acabara de nascer, a aldeia mantinha-se quase intocada pelo mundo moderno e por um futuro que, em poucos anos, varreria de vez um estilo de vida que se mantivera inalterado por séculos. Em 1901, quando Esko tinha onze anos, o pequeno lugar onde morava não ostentava nem mesmo uma ferrovia, e possuía apenas um telefone, que se mantinha instalado em destaque, como se fosse uma coroa, no alto de um trono estreito feito de carvalho sólido, no escritório do sacerdote, que morava na única construção que possuía eletricidade em um raio de noventa quilômetros. Exércitos de abetos e pinheiros rangiam sob o peso da neve durante o congelado e infindável inverno, e as árvores se erguiam como torres sobre a trilha estreita e profundamente sulcada que representava a entrada e a saída da minúscula aldeia de Pyhajarvi. A trilha passava na porta de um pequeno empório que cheirava a couro, batatas mofadas e aniagem, e serpenteava em seu caminho, através de quatro cemitérios que eram enfeitados na época do Natal com lanternas de gelo, centenas, milhares de receptáculos cinzelados em gelo com chamas acesas dentro, uma para cada alma que se despedira, tremeluzindo bravamente na escuridão do extremo Norte. A trilha, porém, não passava pelas esparsas fazendas que ficavam espalhadas entre florestas tão densas, selvagens e desconhecidas que os estranhos necessitavam de guias para lhes mostrar o caminho entre uma propriedade e outra. Havia um lago com trinta e dois quilômetros de comprimento que ficava congelado oito meses por ano, mas era preciso ser morador da região para conseguir encontrá-lo no meio das árvores. Havia ursos, lobos e imensos formigueiros com cheiro de terra, onde era possível enterrar as botas até os tornozelos. Era um mundo de pobreza e fome, onde os suicídios eram freqüentes e onde a maioria das pessoas se lembrava de como era ter de comer pão feito com casca de pinheiro moída. Apesar de tudo isso, não havia queixas; na verdade pouco diálogo existia, a não ser quando arrancado de gargantas melancólicas por meio de muita vodca. Os aldeões exibiam olhos desconfiados e rostos que envelheciam muito depressa em uma região na qual a posse da terra e a força do inverno eram as realidades mais marcantes. Terra, por sinal, que era horrível para se trabalhar, mesmo quando pertencia ao próprio agricultor, o que quase nunca acontecia. Os habitantes do lugar pouco ligavam para fatos ou acontecimentos no mundo além do povoado. Eram sagazes, mas rudes e dissimulados; fatalistas que na maioria das vezes sorriam e balançavam a cabeça para os lados diante de demonstrações de esperança ou disseminação de ideais, estes últimos sendo considerados ocupação de homens tolos e muito perigosos. O pai de Esko, Timo Vaananen, era visto por todos como um destes tipos perigosos.

Pois esse lugar simples tinha o seu inevitável habitante temperamental e esquentado, que aliás era o próprio Timo, e tinha também a sua construção verdadeiramente magnífica. Vista a distância, a antiga igreja de madeira parecia ter duas torres, ambas pintadas em um tom de ocre avermelhado, uma espiando por cima da outra, como um pai atento. Ao chegar mais perto, porém, notava-se que as duas torres pertenciam a construções diferentes: havia a igreja propriamente dita, construída em forma de crucifixo elaborado, com vinte e quatro cantos e um telhado inclinado, quase na vertical, coroado por um domo em forma de cebola; e havia a torre do sino, estranhamente mais alta e mais esguia, elegante, com um telhado agudo coberto de telhas e um pináculo fino como uma agulha, que se projetava da cabine onde ficavam os sinos. Quando era mais novo, Esko subira ali muitas vezes com seus amigos, pelos degraus estreitos que levavam ao alto da torre, para brincar de esconde-esconde entre as grossas cordas e sinos. Subira também com sua mãe para ficarem lá em cima juntos, admirando o sol da meia-noite quando ele se punha, mergulhando no lago para em seguida, de forma imediata e milagrosa, começar a nascer de novo. No verão de 1901, no entanto, a sua vida tomara um rumo diferente, e ele já não ia mais à torre da igreja. Agora, quando notava a presença da torre, ela lhe parecia agourenta, como se lhe fizesse sinais, aconselhando-o a não se afastar muito dali para não se perder.

Depois do jantar naquela noite de junho, Esko já limpara tudo e lavara os pratos, mas sentia-se ansioso para acabar as tarefas e escapar dali, fugindo rapidamente antes que seu pai começasse a chamar por ele. Não teve essa sorte: Timo foi mais rápido e determinado, decidido como sempre. Colocou um livro com capa marrom de couro trabalhado sobre a mesa, um copo e ao lado uma garrafa de *schnapps* que desarrolhou com um estampido. Em seguida, despejou um pouco de bebida, tomou-a de um só gole, serviu-se de outra dose e depois de mais uma para só então, finalmente, ordenar a Esko que se sentasse.

— Hora de estudar! — sentenciou.

A missão de Timo Vaananen era ensinar tudo a Esko. Na escola da aldeia, Timo era um dos dois professores, o que não era tão mau. Na escola, pelo menos, aprender não acabava em tapas. Lá, havia a segurança de estar em grupo e, rodeado pelas outras crianças, com a cabeça sempre enterrada em um livro, Esko precisava apenas fingir que aprendia as leis da geometria, da álgebra, da trigonometria, os triunfos e pesares da história finlandesa, as sutilezas dos idiomas, o sueco, o finlandês e agora, por ser obrigatório por lei, o russo; e também aprendia os ritmos dos cânticos em forma de lamento do "Kalevala", o poema épico nacional. No "Kalevala" havia Vainamoinen, um poeta e feiticeiro que criara o mundo e desafiava os inimigos através do poder das canções; havia Aino, uma donzela maravilhosa que o rejeitava; havia Lemminkainen, um sujeito que mentia, seqüestrava e realizava truques; e havia o amaldiçoado e triste Kullervo. Esko olhava para o "Kalevala" e via espelhado no texto um mundo que lhe era familiar, semelhante ao que ele próprio conhecia. Em 1901, uma época de rebeliões preparadas em fogo brando e fervor nacionalista, havia aqueles que pregavam que o poema era também o relato literal e verdadeiro da Finlândia de tempos idos, uma idéia agradável ao pequeno Esko e assustadora para Timo, que preferia tingir a sua própria história com cores diferentes.

De noite, em casa, agora que as aulas haviam terminado, não era mais possível fingir rigor científico ou dedicação escolar. Timo vinha-lhe sempre com toda a fúria. Às vezes ficava encarando Esko em silêncio durante infindáveis minutos, desafiando-o a dar uma única resposta errada. Outras vezes se punha subitamente de pé, recitando, não o "Kalevala", mas os versos revolucionários de um homem chamado Maxim Gorki. Outras vezes ainda, à medida que as horas se arrastavam e a garrafa de *schnapps* se esvaziava, um silêncio e um desespero embriagado se infiltravam na sala e Esko, sentado sobre as mãos com ar de incômodo, sentia-se como se estivesse em uma caverna escura com as entranhas arrancadas para fora e lavadas com ódio quente. Ainda se lembrava do tempo em que o pai era brincalhão e cheio de energia; agora, ele voltava à vida apenas quando ensinava ou dava palestras, momentos em que descrevia com feroz empolgação a forma como os socialistas, e *apenas* os socialistas, iriam erguer-se juntos e lutar para libertar a Finlândia das mãos cruéis daquela ovelha negra coroada, o czar Nicolau II.

— Vamos continuar de onde paramos ontem à noite! — disse Timo. Alto e com o corpo esguio, cabelos louros e penetrantes olhos azuis, o pai do menino era ainda um homem atraente. — Vamos aprender um pouco mais sobre Ferdinand Lassalle. Diga-me, Esko, quem foi Ferdinand Lassalle?

Esko falou devagar e suavemente, com um pouco de dificuldade:

— Era um socialista alemão, pai. Nasceu no dia 11 de abril de 1825, pai. Era filho único, pai. Tal como Karl Marx, ele era muito talentoso e adorado por seu pai.

— Você está querendo caçoar de mim? — Timo olhou para ele por alguns instantes.

Esko sentiu um frio na barriga.

— Não! — respondeu o menino, esticando a mão para virar a garrafa de *schnapps* de lado, mudando-a de posição de forma impertinente.

— Por que fez isso, Esko? — Timo ficou parado.

— Porque sim! — respondeu o menino, ousando olhar fixamente para o pai, com vontade de dizer que era porque odiava a bebida e tinha medo do pai quando ele ficava bêbado. Só que havia algo mais. Menos de um ano antes, Esko ficara aprisionado e acabou muito queimado no incêndio que destruíra a casa onde moravam. Agora, aos onze anos, era bem alto para sua idade, um menino comprido com uma cicatriz que começava na base do pescoço e subia por todo o lado esquerdo do seu rosto, como uma árvore seca. Galhos cor de berinjela, empalidecidos, repuxavam-lhe o queixo. A pele se queimara tanto e a cicatriz era tão densa que dificultava os movimentos da boca. As palavras saíam como um murmúrio envergonhado. No coto retorcido que sobrara de sua orelha esquerda, o sangue não circulava; parecia uma concha branca quebrada cuja cor formava um contraste chocante. Seus cabelos, que haviam queimado completamente, pareciam agora um esfregão desgrenhado e rebelde que crescia em tufos e pontas espalhadas, irregulares.

Mais que isso: Esko perdera a visão do olho esquerdo. A massa disforme que restara dentro do buraco oco vivia coberta com um tapa-olho de couro, já desgastado porque era impossível deixar de levar a mão sobre ele o tempo todo. Às vezes, a ferida coçava; às vezes, era como se estivesse em chamas; e freqüentemente era como se formigas estivessem circulando ali por dentro, aos milhares. Apesar disso, como que para compensar, ou talvez por um regozijo diabólico pela perda do parceiro, a visão do olho direito se tornara mais clara, mais distinta, e os padrões mutantes de luz nas cortinas da cozinha, quando o sol penetrava através delas, pareciam pedir a sua opinião. Os objetos provocavam-no e incomodavam-no se não estivessem colocados de maneira certa.

Esko engoliu em seco e forçou a saída das palavras:

— É o jeito que o senhor sempre faz com a garrafa, pai. O senhor coloca o copo aqui e a garrafa ali, do outro lado. A luz que entra pela janela atravessa o copo e cai direto sobre as páginas do livro. Mas a garrafa tem que ficar virada de lado, senão o rótulo dela lança uma sombra vermelha sobre o livro, que me atrapalha, está vendo?

Timo olhou para Esko e depois para a mesa novamente. Serviu-se de outra dose de *schnapps*, dizendo:

— O deus Orin arrancou um dos olhos do próprio rosto e o trocou por um cálice de água tirada diretamente da fonte da sabedoria. Você acha que pode ter acontecido isso com você, Esko?

O rosto de Esko parecia estar pegando fogo, novamente.

— Orin pegou um chapéu de aba larga e o enterrou na cabeça até tapar o olho, — continuou o pai. — Ficou pendurado por nove dias e nove noites em uma forca que ele mesmo fez, sacrificando-se porque queria conseguir também a sabedoria dos mortos. É essa a sua intenção?

Esko não respondeu.

— Responda! É essa? — A voz de Timo ficara feroz.

— Não, pai.

— Ótimo!

Timo contou-lhe então como Lassalle se identificara com Karl Marx, mas depois se afastara dele devido a questões de dinheiro, por causa de um empréstimo pessoal talvez. Tudo isso para o deleite do outro discípulo de Marx, Friedrich Engels.

— Às vezes nossos melhores amigos são também nossos inimigos, mesmo quando não pretendem ser, Esko. Lembre-se disso! — completou.

Timo contou então como o líder alemão Bismarck soltara uma baforada de charuto no rosto de Lassalle.

— O poder traz consigo a arrogância, Esko, e às vezes é a própria arrogância dos poderosos que devemos usar para destruí-los. Lembre-se disso — tornou a aconselhar.

— Como é que pode? — continuou o pai, colocando no copo outra dose de *schnapps*. — Um político como aquele, um homem que buscava a mudança do mundo... — esse era o prefácio da história do fatal caso de amor de Lassalle, de como ele levara um tiro na barriga em um duelo e morrera uivando. — Como é que ele se permitiu ser arrastado a um duelo por um janota que sabia manejar uma pistola muito melhor do que ele? Tudo por causa de uma mulher, Esko, por causa de um rabo-de-saia rebelde e de cabelos ruivos.

Ele se inclinou para o lado e pegou a garrafa de *schnapps* pelo gargalo, nem se dando ao trabalho de encher o copo desta vez.

— As mulheres podem matar um homem, Esko. O seu rosto deformado pode acabar se transformando em uma bênção para você, no fim das contas. Lembre-se disso, sim, lembre-se disso.

Nesse momento, ouviu-se uma batida forte na porta. Seu pai se levantou e foi abrir. Logo Esko ouviu os tons divertidos e sarcásticos de Kalliokoski, o sacerdote do vilarejo que, lançando as palavras pelo ar rumo à cozinha, falava em um tom de voz calmo a respeito do Velho Adão, a marca e o sinal do pecado original, e também sobre o chifrudo Satanás do Inferno, que cutucava e espetava as costelas de certas famílias, condenando-as a viver na loucura, na revolta e na dor.

— Uma casa que não possui Deus e o mantém bem protegido no celeiro é sem dúvida uma presa fácil para qualquer tempestade que surja do lago — dizia o sacerdote.

Kalliokoski entrou, fechou a porta atrás de si e apareceu, alto, magro, com pequenas orelhas de abano, cabelo preto engomado e uma barba bem tratada, semelhante à de um cortesão. Quase tudo nele era preto: os olhos eram botões pretos brilhantes que espiavam o mundo pregados em soquetes profundos, as botas eram pretas e o paletó preto vivia coberto por uma batina igualmente preta, que Esko jamais avistara fora do seu corpo.

Timo encheu um copo pequeno, entornando a garrafa de *schnapps* quase vazia. Kalliokoski o bebeu de um só gole, franziu o rosto e estalou a língua e os lábios, como se aquilo fosse um ritual.

— Trouxe o jornal — informou Kalliokoski.

Timo abaixou a cabeça sem dizer nada. Como fora Kalliokoski quem celebrara o seu casamento com Julie, e como fora também ele quem batizara Esko, submergindo a cabeça do menino — que se mostrara silencioso, estóico, exibindo até mesmo uma espécie de curiosidade cruel pela cerimônia — nas águas rasas e geladas do lago, Timo imaginava que isso tudo dava ao sacerdote o direito de tentar interferir em sua vida.

— Veja como o mundo está progredindo! — continuou ele, apontando para três colunas de notícias que vinham impressas sob um desenho granulado. — Em *Helsingfors*, dentro de um dos edifícios da cidade, construíram uma caixa movida a eletricidade que pode subir até o céu. Chama-se elevador. É uma gaiola para levar as pessoas para cima, para cima, sempre para cima.

Kalliokoski sorriu e Timo elevou a garrafa até os lábios, levando o *schnapps* para baixo, para baixo, sempre para baixo. Enquanto isso, Esko contemplava o desenho, tocando-o, alisando-o, até arrancar um pouco da tinta da imagem do elevador com o dedo, que ele então levou aos lábios, sentindo a boca ser invadida por um paladar de metal, ou chumbo, ou algo que tinha um gosto parecido com o de sangue, e que lhe pareceu agradável.

— Viu só, Timo? — disse Kalliokoski. — A história está sendo escrita nesse momento em *Helsingfors*.

— A história vai vir ao nosso encontro aqui, e bem depressa. Não é necessário procurá-la em... *Helsingfors* — e pronunciou esta última palavra piscando o olho para Esko, zombando do jeito esnobe com que Kalliokoski pronunciava, usando o idioma sueco, o nome da capital da Finlândia, Timo, não sem razão, achava que os habitantes do país deveriam sempre falar em finlandês, se realmente queriam ser finlandeses.

Esko se debruçou para a frente sobre a notícia, como se desejasse que o corpo inteiro entrasse dentro do jornal, o *Hufvudstadsbladet*.

— Esko, você me parece doente; está passando bem? — perguntou Timo — Quer ir para a cama?

Esko, ainda com a lateral cicatrizada do rosto quase colada na tinta do desenho estampado no jornal, olhou para o pai e sussurrou:

— Esse elevador, meu pai. Qual o significado dele?

— Significado? — perguntou Timo, exibindo uma coloração doentia no rosto. — Não há significado algum. Karl Marx tem um *significado*. Marco Aurélio tem um *significado*. Os objetos não significam nada. Não têm vida, não têm sonhos. Simplesmente existem.

Esko ainda se lembrava da sensação de frio que experimentara pouco antes ao ser sufocado e soterrado pelos fatos a respeito da miserável vida e morte de Ferdinand Lassalle. Naquele momento, porém, sentiu dentro dele algo morno, ou melhor, quente. Empolgação. Aquele objeto, o elevador, lhe fornecia alguma coisa a mais. Ele não sabia o quê, mas era algo que lhe estimulava a imaginação. Era misterioso.

— Sim, meu pai, compreendo, mas este elevador possui uma... — lutou um pouco para conseguir a palavra adequada — Ele tem uma *implicação*.

— E qual é?

Esko sentiu um calafrio novamente.

— Diga logo, garoto!...

Esko procurou a resposta dentro de si mesmo; havia algo ali que possuía um grande significado, mas o conceito jazia trancado em algum lugar inacessível, como que congelado.

— Não sei dizer, pai — concluiu o menino.

— Pois a implicação disso é bastante clara para mim — disse Kalliokoski, arrancando com a ponta do dedo uma mancha de brilhantina ressecada que ficara grudada na lapela do paletó, como uma inadequada crosta de ferida que cedeu sob o ataque da unha maravilhosamente bem cuidada do sacerdote. — Este menino é fascinado por *Helsingfors*. Ele devia ir para lá. Escute, Timo, você e eu sabemos o que está acontecendo aqui na província, mas não queremos falar disso. Pois eu acho que devíamos conversar a respeito. Sabemos que você não é um homem rico, mas isso não vem ao caso aqui. A Igreja pode financiar. Falo sério, de verdade. A Igreja pagará tudo para o menino, com alegria.

Baixou um silêncio horrível. Batendo de encontro à estreita janela retangular da cozinha, em cima e embaixo, com força, uma mariposa tentava escapar para o quintal, lançando-se repetidamente contra o vidro, atraída pela luz evanescente do sol da meia-noite. Timo, por fim, disse:

— Esko, vá para o seu quarto! E para o senhor, padre, eu desejo uma boa noite.

Esko não se moveu, por um segundo. Ficou sentado imóvel olhando para a madeira trabalhada da borda da mesa. Seu peito sentia um calor de entusiasmo, mas estava apertado. O menino rezava com os olhos abertos. "Bom Deus", dizia para si mesmo, as palavras ecoando com fluência dentro do seu cérebro, fortes como nunca. "Senhor, se estais aqui, fazei com que o padre esqueça de levar o jornal, fazei com que ele o deixe aqui em nossa casa."

— Boa noite! — despediu-se Esko, sem olhar para o pai nem para Kalliokoski, ao se levantar da mesa.

— Boa noite, Esko. Deus o abençoe! — disse Kalliokoski, preparando-se também para ir embora, mas não sem antes pegar o exemplar do *Hufvudstadsbladet*, dobrá-lo com cuidado e deixá-lo cair astutamente embaixo da mesa.

2

Os Vaananens caíram em desgraça do modo mais humilhante possível para um finlandês: haviam perdido terras finlandesas. Pior do que isso: haviam tentado se desfazer de terras finlandesas. Não é de admirar, diziam os mexericos em Pyhajarvi, que o destino tivesse, dali para frente, tornado tão amarga a sopa da família. Alguns aldeões que possuíam tendências a uma doutrina mais cristã viam tudo isso de outra forma. Para eles, os Vaananens haviam insensatamente provocado Deus ao desprezar Suas bênçãos e Ele, em resposta, convidara a família Vaananen a dormir pelo resto da vida em camas de pregos. De qualquer ângulo que se olhasse, fosse por culpa da cegueira do destino ou do olhar sempre vigilante do Deus luterano, eles haviam tido um bocado de má sorte na vida, e a má sorte alheia na Finlândia, como em qualquer outro lugar, era sempre um motivo secreto para celebração, desde que essa má sorte na vida fosse a má sorte na vida dos outros. Os Vaananens eram muito conhecidos em toda a província e a sua história, muito comentada.

O pai de Timo, o avô que Esko jamais conhecera, fora o sacerdote da aldeia antes de Kalliokoski. Era um homem alto e gentil com três filhos, uma prole reduzida para a Finlândia daquela época, quando as famílias às vezes chegavam a ter mais de dez membros. Lauri, o menino mais velho, mais forte e mais inteligente, parecia ter sido destinado a coisas grandiosas. Porém, depois de completar os estudos na Universidade de Turku e no limiar de uma promissora carreira em direito, se matou com um tiro. Na época, houve muitos rumores a respeito de uma jovem e o desengano de um fracasso amoroso. A verdade completa, porém, jamais viera à tona. O pai de Lauri, pai também de Timo, um homem que sempre fora profundamente reservado, passou a fugir da vida como se cada estrada repentinamente lhe exigisse demais, ou como se cada cômodo em que estivesse lhe parecesse muito lotado. Com o suicídio do filho, abandonou a batina e nunca mais falou uma palavra sequer, nem colocou uma bebida nos lábios; simplesmente definhou, culpando a si próprio pelo que acontecera. Acabou morrendo sem uma queixa sequer.

O outro irmão de Timo, Juhani, pegou seu quinhão da herança e comprou uma pequena fazenda na aldeia, enquanto Timo, o caçula, se tornou professor e jornalista em Tampere, onde logo ficou conhecido como "O Incendiário". Quando Juhani partiu para a América pouco antes dos anos 1890 e nunca mais se ouviu falar dele, Timo voltou à aldeia e assumiu o controle da fazenda. De agora em diante, declarou, ele iria gerenciar o lugar de acordo com os princípios socialistas. Uma idéia recebida com silêncio e até mesmo olhares atônitos e divertidos por parte dos próprios camponeses, e com aberta hostilidade pelos outros proprietários locais, que viam em Timo o tipo exato de terrorista — alguém sempre em busca de algo melhor — que já estava derramando tanto sangue e provocando tantos problemas do outro lado da fronteira, na Rússia. Aquela ainda era uma época em que qualquer forma de mudança na disposição das fortunas parecia inimaginável aos ricos; a Finlândia, de algum modo, acabaria por se livrar da Rússia e se tornaria livre, enquanto os ricos continuariam gordos e, na verdade, até engordariam mais. Não enxergavam que o mundo estava a ponto de mudar para sempre. Poucos percebiam isto, e Timo era um deles. Ao jeito dele, era um visionário.

As coisas na fazenda deram errado desde o início. As vacas foram atingidas por doenças. O pior verão jamais registrado reduziu as colheitas à metade. As pessoas passavam fome e, quando o cavalo de Timo morreu, um dos ricos proprietários locais comentou, brincando, que lhe emprestaria a mula que servia de mascote para os filhos, oferta que Timo aceitou de imediato, passando a ser visto, dali em diante, aos sacolejos sobre a neve, montado em um burrico de olhos tristes e imensos.

— Você se parece com Dom Quixote. Ou será que é Sancho Pança? — brincou Kalliokoski, que acabara de assumir suas funções como o novo sacerdote do lugar.

Timo foi forçado a dar aulas na escola e descobriu que alguns aldeões riam dele pelas costas. Desprezavam-no pela esperança que mantivera. Foi nessa atmosfera de lutas e frustrações que, de bom grado, ele ficou noivo. Julie Argen era uma prima distante, tão distante que Timo jamais a encontrara. Seu pai era um oficial do Exército Real Sueco que perdera uma fortuna no jogo e a seguir, como Laurie, tirara a própria vida. Essa reviravolta nos acontecimentos deixou a mãe de Julie, outrora a mais bela mulher de Estocolmo, com quatro filhas solteiras nas mãos, e isto a fez reconsiderar por completo a imagem que tinha dos Vaananens. Até então ela sempre se referira a eles como "os caipiras finlandeses", totalmente inadequados para a vida social. Agora, subitamente se recordava de que o patriarca da família tinha sido um sacerdote e um dos rapazes cursara a universidade em algum lugar. A família parece que possuía até mesmo algumas terras, não era verdade?

Julie Agren foi enviada de balsa até Vaasa e depois para o norte, seguindo então para o leste até a aldeia, em uma jornada de cinco dias por estradas acidentadas através das grandes florestas da Finlândia. Chegou no meio do inverno trazendo consigo um baú com cadeado e nove malas de couro, únicas evidências remanescentes da fortuna da família; apeou da carruagem com movimentos tímidos e o sorriso nervoso e resplandescente de uma menina que esperava causar boa impressão — mas descobriu, ao descer, que afundara em um metro de neve fofa. Timo e Kalliokoski correram para acudi-la.

Timo tinha vinte e dois anos quando se casaram; Julie, apenas dezessete. Sua primeira gravidez foi malograda por um aborto e o segundo bebê ela também perdeu. Esko nasceu dois anos depois, em 1890. A gravidez foi difícil e o parto, prematuro. Esko, porém, desde o princípio, mostrou ser uma criança forte e saudável. Suas lembranças mais antigas da mãe a mostravam como uma mulher alegre e vibrante. Julie pintava, lia, aprendera a fumar e adorava rir. Estudava a Bíblia com Kalliokoski e sempre levava Esko para passear de barco no lago.

Esko estava com oito anos quando, no dia 15 de fevereiro de 1899, o czar Nicolau II anunciou que a polícia russa teria total autoridade dentro do Grão-Ducado da Finlândia, que os impostos iriam aumentar e as pessoas que falassem mal do czar seriam punidas como na Rússia, com prisão e morte. Os russos passaram a explorar os finlandeses, o que fez brotar raiva, ressentimento e ansiedade, além de acusações de traição por todo o país, mesmo nas mais remotas regiões rurais, até mesmo em Pyhajarvi, onde os camponeses, de modo geral, só se preocupavam com as próprias barrigas e a perspectiva da próxima garrafa de vodca. Comentava-se que os agentes czaristas estavam espalhados por toda parte. Cartas eram abertas, lidas e censuradas. Havia um local que funcionava vinte e quatro horas por dia em Helsinque, para fornecer agentes infiltrados e provocadores disfarçados, a qualquer hora. A Finlândia havia sido arrastada ao mundo semilunático do crepúsculo da era Romanov, e Julie tornara-se obcecada pela sensação de que os aldeões a estavam observando, controlando e fazendo mexericos a seu respeito. Isso pareceu a Timo perfeitamente possível, mas não pelas razões que Julie imaginava: afinal, ela era jovem, bonita, uma forasteira que eles não compreendiam e, talvez, temessem e invejassem.

Julie não se deixava ser consolada. Sua mente enveredava profundamente por florestas desconhecidas, dia após dia. "Eles estão me seguindo neste exato momento", dizia ela. "Há um homem baixo, com marcas de varíola no rosto e cabelo cor de cenoura, e ele está fazendo anotações". Balançava a cabeça para cima e para baixo com força. "É verdade! Há um outro com um telescópio. Eu o vi puxar uma faca afiada e cortar fora uma verruga da mão, em um piscar de olhos". Ela tremia muito e dizia que tinha medo de sair de casa. Andava de um lado para o outro, vagueando por horas a fio dentro do sótão onde costumavam dormir no verão. Pintava quadros que ninguém conseguia entender, e foi nessa época que Kalliokoski veio contar a Timo que alguns aldeões andavam dizendo que ela estava possuída pelo demônio.

Um dia, ela quebrou um prato e cortou os pulsos. Reclamava de horríveis dores de cabeça; não conseguia dormir e precisava sempre de companhia, afirmando que o seu sangue era chumbo derretido, ou que o seu cérebro pesava uma tonelada ou, ainda, que o ambiente da casa apertava-lhe a garganta. Uma noite, entrou na cozinha segurando a cabeça com as duas mãos, dizendo que seu cérebro estava em chamas. Ali mesmo, despiu-se, desenhou no chão à sua volta um retângulo com tinta escarlate e disse que aquilo, bem como a própria casa e a aldeia, representava o seu caixão. Disse ainda que tinha medo de tornar a se ferir ou ferir a todos da família, a menos que Timo tomasse alguma providência imediata.

Naquela mesma noite, carregando Esko nas costas, Timo caminhou pela estrada por cinco quilômetros, na brisa de verão, até a residência do médico da aldeia. Este, atendendo prontamente, seguiu-os de volta até em casa e, quando chegaram lá, encontraram Julie no chão, coberta por uma mistura de tinta e sangue; havia se lambuzado com as tintas a óleo e, depois, rolara sobre vidro quebrado. Timo iria lembrar-se para sempre do olhar confuso e acusador que ela lhe lançou, um olhar que transmitia o sentimento de ter sido traída, no momento em que assinou os papéis da autorização e os homens do sanatório de Kuopio chegaram em uma carruagem para levá-la. Houve mesmo um momento em que Timo quase desistiu, confrontado com o olhar suplicante dela.

Julie retornou poucas semanas depois, mas parecia distante, ainda que calma e sorridente, mas quase atordoada, como se uma porta tivesse batido, deixando-a do lado de fora de si mesma. Exibia olheiras escuras e profundas ao redor e embaixo dos olhos. Tinham raspado seus cabelos, e dali em diante ela os manteve curtos.

Mesmo sendo uma criança pequena, Esko compreendeu que sua mãe o amava, mas não estava bem. Descobriu que podia suavizar as suas crises de temperamento e reduzir a sua ansiedade com mais facilidade do que o pai e, a partir de então, adotou uma atitude protetora em relação a ela. "Meu irmãozinho Esko", sua mãe o chamava quando estavam no bote sobre o lago, caminhando pela floresta ou fazendo lanternas de gelo na neve. O seu coração de criança quase explodia de orgulho. Esko tinha vontade de cuidar dela para sempre e quando ela começava a chorar ele a enlaçava pela cintura, com os braços, e beijava as lágrimas que lhe escorriam pelo rosto. Julie o ensinou a patinar e a desenhar, estas eram as lembranças mais queridas e mais plácidas de sua infância, pois quando sua mãe estava deslizando sobre o gelo ou tinha um lápis nas mãos, Esko sentia a tranqüilidade e a calma confiança que emanavam dela – resultado do dom artístico que ela possuía em ambas as áreas, habilidades que transformou em compromisso de amor ao passá-las para o filho. Foi ela a pessoa que deu a Esko um coração sentimental e uma autoconfiança incrivelmente resistente – um romântico e perigoso legado.

Naquela noite de 1901, quando Kalliokoski deixou cair o exemplar do *Hufvudstadsbladet* debaixo da cadeira da cozinha, Esko subiu direto para o quarto e nem sequer se deu ao trabalho de deitar na cama. Permaneceu junto à janela, perscrutando através da vidraça minúscula e rachada que dava para o quintal nos fundos da casa. O terreno traseiro descia um pouco adiante por trás do galinheiro, até um celeiro vermelho esmaecido e uma fileira de árvores de bétula cujos troncos prateados brilhavam como fantasmas. Já passava da meia-noite e o quintal, a aldeia e o resto do mundo pareciam estar adormecidos, talvez mortos ou sonhando, envoltos pelo magnífico cobertor de luz densa, como se fosse verão. O silêncio era profundo, e não se ouvia nem mesmo o latido dos cães a distância.

O inverno se prolongara naquele ano. Todos haviam patinado e esquiado sobre o gelo até meados de maio, quando finalmente o sol devorara a neve e a primavera explodiu, como em súbita revolta, despertando a terra congelada. Nos cemitérios, a grama se lançara até a altura dos joelhos, bem acima das sepulturas. No pátio da escola, as árvores salpicaram-se de um verde repentino. Nas florestas, negros enxames de mosquitos atacavam as cabeças, zumbindo em anarquia, enquanto nas fazendas os homens levavam as namoradas até o lago e tentavam embriagá-las para surrupiar um beijo e algo mais sob os ramos pesados com amoras talvez doces demais. Um sol quente fazia desaparecer a friagem do lago, levando velhos lúcios a mostrar a ponta de suas cabeças na superfície da água. A primavera não era apenas uma estação do ano, era uma explosão, um ato de violência.

Através da parede do quarto, Esko ouviu o ronco bêbado do pai, um rumor oscilante que aumentava em um crescendo, quase como se fosse um conjunto de flautas, para então baixar de novo, suavemente. O menino amava o pai e tinha também muito medo dele. Esses dois sentimentos possuíam exatamente a mesma intensidade. Timo parecia estar zangado a maior parte do tempo, especialmente quando os dois ficavam na companhia um do outro. Quando Esko estava só, porém, é que o seu coração dolente clamava pela presença da mãe. Sua perda era uma dor que jamais ia embora, como se uma grande parte dele estivesse ainda queimando e sangrando. O mundo lá fora parecia brutal, e também mudado. A floresta, o lago, a aldeia, a igreja, tudo parecia diferente – assustador, caótico, sem forma. Sua mãe havia sido, em vida, o seu clima e a sua paisagem, e ele acreditava que ainda poderia tê-la de volta se conseguisse provar que a amava o bastante. O "Kalevala" tinha inúmeras passagens com histórias nas quais os mortos não estavam realmente mortos, como parecia. Segundo a lenda, depois que Lemminkainen foi totalmente esquartejado, a sua mãe foi até o rio da morte, o rio Tuonela, e o dragou, recolhendo a mão aqui, a cabeça ali, depois um osso da espinha, e em seguida vários fragmentos, até conseguir trazê-lo de volta à vida. Refez então o seu filho, modelando-o com carinho, dando-lhe forma exatamente como era antes. Depois cantou para ele, aplicando-lhe ungüentos e óleos aromáticos entre acalantos suaves, até que o filho ressurgiu da morte como se tivesse apenas dormido.

Esko tinha o peito transbordando de segredos, esperanças e medos que não podia contar a ninguém. Ele iria alegremente até o rio Tuonela para trazer a sua mãe de volta, se alguém lhe ensinasse o caminho. As cartas saudosas e os desenhos que depositara sobre o túmulo dela obviamente não haviam funcionado.

Saindo de perto da janela, acendeu uma vela e se sentou à escrivaninha que havia construído no canto do quarto: duas prateleiras de pinho envernizado, pregadas sobre as duas metades divididas e afastadas de um barril de água; fez ponta em um lápis, puxou uma folha de papel em sua direção e rapidamente traçou o esboço do rosto de sua mãe, começando em seguida a escrever em uma letra rabiscada e trêmula no início, mas que logo deslizava pelo papel.

Mãe, dizem que o "Kalevala" é todo verdadeiro, que é uma narrativa real da história antiga do nosso país. Papai vive dizendo que isto é uma mentira perigosa, e eu acho que ele pode estar certo, pois no "Kalevala", quando alguém quer curar uma ferida, ou se uma pessoa foi trespassada por uma espada atingida por uma flecha ou picada por uma cobra, ela simplesmente canta sobre as origens da espada, da flecha ou da cobra. Canta até que a coisa hostil abandone a própria existência. Já que foi o lago que afogou você, eu aprendi tudo sobre as origens dos nossos lagos, para cantar para eles. Os lagos se formaram quando o gelo do Norte, perene o ano todo, desceu completamente, começou a derreter e se lançou em direção às profundezas da terra, deixando os lagos, os penhascos e as rochas que agora estão espalhados por toda parte. O lago é conservado cheio pela água da chuva que cai quando as nuvens ficam muito cheias e não conseguem mais flutuar. Elas se formam de acordo com as mudanças da temperatura do ar. Fui até lá, dancei em volta de todo o lago à meia-noite e cantei para você, mas mesmo assim você não voltou.

Algumas noites atrás eu sonhei com você, mãe. Estávamos voando juntos no céu, como se tivéssemos nascido ao mesmo tempo, lá em cima, em uma grande explosão de fogos de artifício. Fiquei contente por ter tido esse sonho, pois ele me fez sentir mais próximo de você. Sinto saudades, mãe, e penso em você todos os dias. Creio que meu pai sente a sua falta, também.

Um vento forte chocalhou o vidro da janela estreita, a vela balançou com uma corrente de ar vinda da porta, e Esko se perguntou se algum espírito não estaria ralhando com ele, ou advertindo-o. Na verdade, no fundo de seu coração, ele não achava que seu pai sentisse saudades de sua mãe. Do interior da floresta veio o estampido forte de uma arma de fogo. Alguém estava caçando próximo ao lago ou atirando em um corvo que se banqueteava com morangos sob o sol da meia-noite.

Desculpe ter ficado tanto tempo sem escrever, e espero que você não tenha deixado completamente de se interessar por mim, mas é que meu pai tem me mantido ocupado. Tenho me dedicado muito aos estudos e estivemos viajando para reuniões, como sempre.

Esko tossiu e se apressou, pois ali, naquele parágrafo, ele também escrevera outra inverdade, ou pelo menos a sombra de uma mentira. Seu pai não o mantivera assim tão ocupado. As reuniões naquele último mês não haviam sido freqüentes. Era como se Timo estivesse preocupado demais, ou se escondendo. Esko teve vergonha de escrever antes simplesmente porque, nas últimas semanas, os traços do rosto de sua mãe haviam começado a ficar embaçados em sua mente, e como ele poderia encarar esse bloqueio da memória senão como uma terrível falha de seu amor? Naquela noite, porém, enquanto Kalliokoski se alvoroçava todo, balançando o jornal sueco, a visão do rosto dela ressurgira em sua frente com toda a nitidez, restaurando o mais precioso dos seus tesouros.

Uma vez você disse que estaria comigo em todas as minhas horas difíceis, ou quando algo grande e importante estivesse acontecendo. Esta noite, Iosip Kalliokoski, o sacerdote, veio aqui em casa e trouxe o jornal, como sempre faz, aquele escrito em sueco, que você e ele costumavam ler juntos, aquele do qual o meu pai não gosta. Pois havia um artigo no jornal, mãe. Um artigo sobre um novo invento chamado elevador, algo absolutamente extraordinário, eu sei disso.

E parou por um momento, desenhando com sua régua uma linha reta e cuidadosa sob a palavra *sei*.

Não consigo descrever como me sinto. Essa coisa, o elevador, me perturba. Deve ter algum significado, apesar de meu pai me assegurar que não quer dizer nada. Mãe, eu preciso de sua ajuda. Explique-me este mistério, se puder, ou diga-me o que fazer. Prometo que escreverei de novo, logo.

Seu filho,
Esko.

Agora, enquanto dobrava o papel e colocava o lápis de lado, outra imagem de sua mãe lhe veio à mente. Eles estavam no lago quando um par de garças voou sobre o barco e uma delas soltou um pio triste.

"Nunca as tinha visto voar assim tão baixo antes", dissera sua mãe. "Elas estão me abandonando". Inclinando-se por sobre o barco, colocou a mão em concha dentro d'água e pegou um pouco do líquido para beber. "Ah, meu Deus, ensopei meu vestido", disse, mostrando ao filho a manga encharcada e as gotas pingando, enquanto ria. Então os seus olhos se voltaram para o alto novamente, acompanhando as garças. Ela tinha paixão por aves, por observá-las e fazer esboços delas. Dava-lhes personalidades humanas, como se elas fossem personagens da aldeia. Algumas das suas aves eram calmas e felizes, até cativantes, cheias de sonhos e muito vivazes; outras eram melancólicas, profundamente tristes.

Após colocar a carta dentro de um envelope, selando-o com um beijo tímido, ele ouviu novamente a voz da mãe, brincando com ele ao dizer:

"Em Estocolmo eu conheci um rapaz que lia o tempo todo e acabou se tornando um pastor batista. Será que eu vou perder você para a religião, Esko? Você me abandonaria pela igreja? Ou pela política, como o seu pai? Venha, vamos sentar juntos aqui, vamos desenhar. Veja aquele homem que está entrando no estábulo, o homem que veio para conversar sobre socialismo com seu pai. Ele não parece triste e típico, com os dedos curvados e o nariz achatado? Seu rosto parece uma batata amassada, mas mesmo assim ele revira os olhos e fica sorrindo. Ele é apenas um dos trabalhadores da fazenda, é claro, mas seu pai não percebe que ele estará sempre muito mais interessado nas vacas do que na organização comunista ou no bem-estar da coletividade. Na verdade, ele nem é muito interessante, é? Vamos desenhá-lo como se fosse um profeta. Um profeta bem louco."

A mãe de Esko acreditava ver a essência profunda das pessoas e das coisas. Enquanto seu pai falava de materialismo e do processo inevitável da história, ela puxava Ukko, o deus do ar, para dentro dos pulmões, acompanhado por Tapio, o deus das árvores. Ela contara a Esko a respeito dos fantasmas e dos espíritos e também dos duendes que guardavam ouro nas brumas da floresta e amaldiçoavam destinos. O sorriso dela então se iluminara e se apagara, como uma vela que bruxuleia.

Esko inspirou o ar profundamente e o som o fez perceber o quanto a casa havia ficado calma. Até o ronco do seu pai cessara. Tudo estava parado, apesar de o quarto parecer quente e abafado, como se o ar estivesse pressionando-lhe os lados da cabeça.

E pensou, então: "A tempestade está chegando."

No verão, as tempestades surgiam assim, sem aviso, vindo velozes por sobre o lago. Às vezes, ficando nas margens, dava para ouvir a chuva antes mesmo de vê-la, como se o lago fosse uma folha de estanho sendo atingida por grãos que caíam sobre ela.

Através da vidraça rachada, Esko notou que o céu estava muito escuro. As árvores de bétula no outro lado do estábulo agitavam-se, atirando as cabeças para trás, com raiva. A primeira gota de chuva atingiu a janela como se fosse um pedaço de metal, e Esko deu um pulo para trás. Um raio dividiu o céu em dois, e através do lampejo ofuscante vieram um trovão e mais algumas gotas pesadas. Então, de repente, a chuva caiu em cântaros, enchendo o ar de vapor, sacudindo o telhado do celeiro, castigando a soleira e martelando a casa tão fortemente que Esko se perguntava se o teto não iria desabar sobre ele.

Então estremeceu de terror e prazer, pois sabia que sua mãe estava dentro da tempestade. O trovejar era a voz dela. Era ela a chuva que enchia a janela de pequenas gotas que pareciam lentes de aumento. Era ela aquele vento que soprava e abria a porta do quarto de dormir, apagando a chama da vela sobre a escrivaninha improvisada.

"Há pedaços dela por toda parte", pensou Esko. "Ela está aqui, de volta."

E subitamente descobriu o que deveria fazer sobre o *Hufvudstadsbladet*, soube tão claramente como se ela própria lhe tivesse soprado as palavras no ouvido. Desembainhou seu *puukko*, com a lâmina curta, e enfiou o rosto na porta entreaberta do quarto ao lado, onde seu pai dormia pesadamente apesar do temporal, esparramado na cama com a boca escancarada, ainda com as roupas e as botas. Seus cabelos louros, empapados de suor, brilhavam como a auréola de um anjo doente.

Esko raramente entrava naquele quarto. Na luz tênue conseguiu, com um pouco de dificuldade, divisar a imensa quantidade de livros enfileirados nas prateleiras e os papéis espalhados por toda parte em pilhas individuais e organizadas, uma ordem que não existia em nenhum outro lugar da vida de seu pai. A espingarda no canto da parede era de um cano só, e fora fabricada em Helsinque. Em cima do armário, um revólver negro apontava a boca aberta para a cabeça de Esko. O aquecedor alto, no canto, liberava um cheiro de pinho e metal quente, que se misturava ao fedor de suor e *schnapps* que parecia exalar de cada poro do corpo de seu pai, odores que faziam Esko ter vontade de bater nele, ou mesmo esfaqueá-lo. Por que as coisas não eram mais tão organizadas como eram antes? Rastejando para frente, segurou a ponta do queixo do pai, todo salpicado de saliva por entre as pontas da barba por fazer, e o empurrou até que ele fechasse a boca. Timo grunhiu, fungou, se virou para o outro lado, e o ronco recomeçou em um volume alto, duelando com a tempestade.

O *Hufvudstadsbladet* estava ali, bem onde Kalliokoski o deixara, dobrado cuidadosamente debaixo da mesa da cozinha. Foi um trabalho de poucos segundos ir até lá para apanhá-lo, acender outra vela e subir com cuidado os degraus íngremes até o sótão, onde o menino foi atingido no rosto por uma opressiva e sufocante onda de calor; onde, apenas alguns centímetros acima de sua cabeça, a chuva martelava o telhado; onde longas vigas de pinho descascado percorriam toda a extensão da casa; e onde também ele se arrastou agachado por entre pilhas de caixas e velhas ferramentas para entalhar madeira. Enredou-se em teias de aranha enquanto lutava para alcançar um rasgo estreito de meia-luz diante da janela que ficava no extremo do aposento. Com o coração acelerado, acendeu a vela e alisou as folhas amassadas do *Hufvudstadsbladet* no chão. Colocou bem perto do papel o seu olho bom, para poder ler para si mesmo a história sobre a caixa mágica que subia até o céu.

Um elevador elétrico, o primeiro da Finlândia, foi instalado no novo edifício Diktonius, na rua Aleksandersgaten, em Helsingfors. "O elevador transporta até nove passageiros em cada viagem, e move-se suavemente pelo acionamento de uma alavanca", diz Leonid Mimmelmann, diretor geral da loja de departamentos Diktonius, que vai ocupar o prédio. "Nossos ascensoristas, a partir de agora, levarão os clientes da loja até bem próximo do paraíso, e mais perto de nossos produtos, que têm excelente qualidade e preço baixo. A distância percorrida pelo elevador é de vinte e cinco metros, e a segurança do aparato é garantida por uma almofada de ar que fica no fundo do poço. Portas deslizantes de grande potência e ação automática são as únicas aberturas."

Havia um quadro do senhor Leonid Mimmelmann, um homem pálido de expressão suave e idade indeterminada que usava chapéu-coco; na opinião de Esko, o senhor Mimmelmann tinha uma aparência muito insípida para ser associado a um evento tão importante quanto o advento do elevador. Sob o quadro, havia um diagrama com o corte transversal do edifício, onde aparecia em detalhes a preciosa cabine do elevador, completa, com seu sistema de roldanas, cabos e polias.

O coração do menino pulsou enlouquecido como se fosse um dispositivo acionado no momento em que ele aproximou o olho mais para perto, até ficar a três centímetros do jornal, como se estivesse imantado e hipnotizado pelo desenho do elevador.

Esko cortou cuidadosamente a notícia do jornal em todo o seu contorno, usando a lâmina desembainhada do seu *puukko*.

— Esko! O que você está fazendo?

Esko levantou a cabeça, quase saltando de susto, e o seu olhar foi subindo até chegar à face austera do seu pai, que na tênue luz da meia-noite não correspondeu ao sorriso que recebera.

— Nada, pai.

— E o que é isso em suas mãos? O que você está lendo?

Esko se levantou, batendo a poeira dos joelhos da calça, um velho par de calças do seu pai, compridas demais para o menino, dobradas para fora até o tornozelo e presas na cintura por um largo cinto de couro. Tentava inventar alguma desculpa para estar ali, e bem depressa.

— Não estou lendo nada — repetiu, levantando o olhar e lutando com as palavras.

— Nada? Então por que se assustou tanto e escondeu o que estava vendo tão rápido? Mostre-me! Se não há realmente nada, não vou conseguir ver coisa alguma, vou?

Esko balançava-se para trás e para frente, tentando se concentrar. Sabia que se seu pai visse a história antes que ele próprio pudesse descobrir-lhe o segredo, então o poder desse segredo, qualquer que fosse, desapareceria. Aquilo era um assunto particular, algo de que seu pai não deveria participar.

O piso estalou sob os pés de Timo, que avançava.

— Você está me obrigando a repetir as coisas, menino. O que está acontecendo aqui? Você está escondendo alguma coisa aí, atrás das costas. O que é?

Esko fechou o olho, sua mente buscando aqui e ali, procurando por palavras salvadoras e adequadas, a frase mágica que faria seu pai ir embora na mesma hora.

— Mostre-me! — disse o pai, firme, como quem avisa que, da mesma forma que ele dera a vida a Esko, poderia tomá-la de volta, se quisesse. Timo correu a mão pelos cabelos; seu tom de voz tornou-se mais gentil e suave. — Pode não ser nada ruim nem importante, mas eu quero saber a verdade.

Enfiando o recorte do jornal por dentro do cinto na parte de trás da calça, para deixá-lo em segurança, Esko percebeu que o ar poeirento e pesado do sótão ficara mais fresco e mais parado. Não havia mais marteladas vindo do telhado. A tempestade passara e Esko sentiu uma calma repentina penetrar em sua mente, deixada ali por sua mãe. Falou, afinal, e as palavras saíram-lhe de uma só vez, com facilidade, como se ele estivesse falando em um sonho:

— A minha mãe não está morta, sabia? — Ao dizer isso, achou por um momento que o pai ficaria realmente emocionado com a informação. — Ela esteve aqui. Estava lá fora na tempestade.

Timo piscou, o rosto lustroso de suor.

— Que baboseira é essa sobre a sua mãe?

— Não é baboseira, pai. Ela voltou dentro da tempestade.

Esko recebeu a bofetada sem mesmo chegar a vê-la. Sentiu um barulho estranho na cabeça, seus pés chegaram a se erguer no ar e ele caiu de costas no chão com um baque surdo, vendo o artigo do *Hufvudstadsbladet*, que se desprendera de suas calças, voar para longe como uma borboleta sem rumo.

— Gostou disso? — perguntou Timo, com a saliva espirrando da boca e atingindo Esko no rosto. O semblante de Timo estava fechado e vermelho de raiva — Quer mais um pouco?

— Não.

O rosto de Esko ardia e o seu estômago se embrulhava. O golpe trouxera lágrimas ao seu único olho; mesmo assim, estava firmemente determinado a não soluçar.

— Então não minta para mim — disse Timo, mantendo a voz baixa desta vez. Esko pensou naquela hora que seu pai parecia um gigante. Apesar de tudo, não conseguiu mentir. Talvez estivesse mesmo querendo provocar a ira do pai.

— Não estou mentindo! — disse Esko, massageando o maxilar dolorido — A minha mãe esteve aqui!

Timo levantou a mão de novo, só que desta vez com o punho fechado. Esko fugiu. Correu muito, sem pensar, deixando o pai para trás, e levou um tombo ao descer rolando as escadas vertiginosamente íngremes do sótão. Caindo no chão, conseguiu recuperar o equilíbrio e disparou para fora de casa, mesmo sabendo que estava descalço. Fugiu para fora do quintal, pela trilha, sem parar para olhar para trás. Continuou sem tomar fôlego até o interior da floresta úmida e sombria. Correu até perder completamente o rumo e os seus pés começarem a sangrar.

3

Esko estava na praia à espera dos barcos que chegavam, através do lago, junto com o vento, para encontrá-lo. Notou com vergonha e um pouco de medo os ombros largos do pai, que manejava os remos do barco líder. Atrás dele, vinha o vulto observador de Kalliokoski, que exibia um sorriso que Esko não compreendeu bem, pois pareceu-lhe tenso, embora exibisse também orgulho e expectativa. O menino suspirou, preparado para aceitar, sem reclamações, qualquer que fosse o castigo devido por sua conduta. Já decidira esquecer tudo sobre o elevador, se isso lhe permitisse fazer as pazes com o pai. Estava nervoso, mas também um pouco orgulhoso porque cuidara de si mesmo, sozinho, por duas noites inteiras na floresta. Daquele momento em diante, consideraria aquela ilha como sua, um lugar onde havia crescido um pouco e onde aprendera que era tolo e perigoso irritar os adultos com questões difíceis, imponderáveis. Nunca mais mencionaria os elevadores. Estava disposto a nunca mais sequer pensar neles. Quem sabe, um dia, ele conseguiria ver de perto um. Até esse dia, porém, a máquina permaneceria apagada de sua mente.

Os barcos estavam um pouco mais próximos agora, e Esko já conseguia ouvir a conversa, as risadas de alívio dos homens do grupo e os borrifos da água, enquanto os remos subiam e desciam. Olhou em volta pela última vez. Dois esquilos avermelhados se perseguiam pelos galhos oscilantes de um abeto. O céu estava repleto de fragmentos de nuvens esfarrapados como algodão. O sol resplandecia sobre as ondas rápidas e baixas, reluzindo como se a sua luz estivesse sendo filtrada através das asas de uma borboleta. Na praia havia o casco apodrecido de um velho barco. Esko jurou para si mesmo que um dia voltaria até aquela pequena ilha no lago para ver o barco de novo e relembrar a aventura.

A princípio, os adultos se mostraram perplexos pelo que ele conseguira fazer nos dois dias que passara ali, embora, para ele, tal proeza não significasse grande coisa. Esculpira um par de tamancos rústicos com a madeira que fora lançada às margens do lago, mas fizera isso simplesmente porque havia fugido de casa sem sapatos nos pés. Erguera um pequeno abrigo rústico com pedras e galhos que cortara, aparara e esculpira com seu *puukko*. Dormira sobre um colchão feito de várias camadas de folhas de bétula.

— Vimos o seu sinal. Vimos o fogo — disse seu pai.

— Acendi o fogo para cozinhar meus peixes — replicou Esko em voz baixa, mas firme.

Timo Vaananen, ao ouvir isso, executou uma pequena e estranha dança na praia, agitando os braços e chutando o ar com as botas. Depois, parou, ligeiramente constrangido por seu comportamento efusivo e respirou profundamente, dizendo:

— Ah, meu Deus! Meu Deus, meu bom Deus!... Este é um finlandês de verdade. Meu filho é um verdadeiro finlandês! Preparou seus próprios peixes, o que acham disso, amigos? — Esko se viu apertado fortemente por um abraço desajeitado. — Onde está o barco? Você também construiu um barco sozinho, então, hein?

— Não. O barco eu peguei emprestado.

— *Emprestado*?

— Pertence a Turkkila.

Ao ouvir isso, os homens da equipe de busca começaram a rir com vontade, porque Turkkila era um bêbado que provavelmente nem se lembrava de que *tinha* um barco, e o lado liso do rosto de Esko enrubesceu de orgulho; sentia-se feliz por ser aceito como camarada daqueles homens.

— Vamos para casa, pai?

Timo afastou com um gesto brusco uma mecha do cabelo liso e louro que lhe caíra sobre os olhos e ficou fitando o bico de sua bota. Fez então um pequeno movimento, um meneio nervoso de cabeça, um gesto rápido e intrigante de raiva e quase, pareceu a Esko, de resignação e rendição.

Virou-se então, pondo-se de costas.

Foi a voz autoritária de Kalliokoski que se fez ouvir, com uma suave e educada imposição e autoridade, como se entoasse uma ária de triunfo:

— Sim, Esko, vamos voltar — confirmou o sacerdote.

Esko foi acomodado em um barco com Kalliokoski, e notou que seu pai entrara sozinho em uma das outras embarcações. Timo continuava de costas para ele. Levantou os remos, fez a volta e começou a remar para a praia distante.

— Pai! O senhor está indo pela direção errada. A aldeia fica para o outro lado! — gritou Esko, mas seu pai o ignorou, mantendo o rosto voltado para baixo enquanto manejava os remos. — Papai! Papai! — Esko tornou a chamar, agora amedrontado, tentando pular para fora do barco. Kalliokoski prendeu os braços em volta do seu peito, impedindo-o.

— Papai!

— Seu pai está indo embora — disse Kalliokoski. — Você está indo morar em minha casa, comigo e com a senhora Kalliokoski, por algum tempo, Esko.

O menino tentou digerir silenciosamente essa informação.

— Não compreendo — disse.

— Depois dessa temporada morando conosco, você vai estudar em Helsingfors. Vai ser uma época boa para você. Temos que nos preparar — continuou Kalliokoski, sinalizando aos outros homens para que mantivessem o barco sob controle e no rumo certo. — Seu pai me pediu que cuidasse de você. Quer ter certeza de que você vai estudar, progredir, sair-se bem na vida. Você se tornará advogado, ou talvez político. Certamente um homem eminente e distinto.

Esko virou a cabeça, sentindo as palavras de Kalliokoski escorrerem sobre ele enquanto observava o outro barco com a figura de seu pai diminuindo de tamanho pouco a pouco até circundar a ilha e desaparecer, deixando por um momento o lago sereno e com a superfície plana, até vir uma brisa que levantou cristas geladas que pareciam feitas de metal.

Enquanto as semanas passavam lentamente, as crianças da aldeia torturavam Esko com versões a respeito do desaparecimento de seu pai. Timo Vaananen estava apodrecendo na prisão, diziam uns. Estava mendigando pelas ruas de Vaasa, contavam outros. Fugira para o leste em companhia de uma prostituta da Mongólia. Havia sido atirado em uma vala de Ostrobothnia com a garganta cortada para servir de alimento a ratos e mosquitos. Esko não respondia às provocações e não reclamava nem mesmo com Kalliokoski. Perambulava de sala em sala na casa do vigário, olhando atentamente para os relógios, circulando em volta deles e sentindo que seus mecanismos intrincados e zumbidos estranhos eram de alguma forma malignos, e tentariam feri-lo. Em uma dessas ocasiões, quando sabia que estava sozinho em casa, ficou encarando o mostrador e esperando que o alto relógio de pêndulo da sala de estar desse algum sinal de vida e o atacasse. Então, aproximou-se dele, abriu a portinhola de vidro e, após remover o tapa-olho, pressionou o rosto de encontro ao ponteiro dos minutos, fazendo com que a ponta metálica, que parecia uma agulha, perfurasse a fina pele que cobria a órbita oca de seu olho cego, ainda não totalmente curado, fazendo o sangue escorrer. Da mesma forma que se culpava pela morte da mãe, acreditava também ser culpa sua o pai tê-lo espancado e já não suportar mais morar com o filho. O fato de não estar interessado em ter o pai de volta o fazia se sentir ainda mais culpado, mas Esko não comentou sobre isso com ninguém. Construiu seu próprio castelo de solidão e içou a ponte levadiça.

– Esko... Você não está feliz aqui? – perguntou-lhe Kalliokoski, em um final de tarde. Estavam os dois na cozinha da diocese, havia no canto um imenso caldeirão fervendo sobre o fogão. Durante todo o dia, mendigos haviam entrado para tomar uma sopa marrom em tigelas de madeira, por sobre a bancada comprida da cozinha. Por vezes, Esko imaginava reconhecer o pai entre eles; em outras vezes, sentia como se *ele fosse* o próprio pai, cheio de uma raiva concreta e pronto para golpear um dos mendigos. A cada vez a imagem desaparecia de sua mente tão rapidamente quanto surgira, e ele se sentia mais descontente e desconfortável consigo mesmo do que antes.

– Você nunca sorri nem corre por aí com os outros meninos – comentou Kalliokoski, mexendo o caldeirão de sopa com uma colher de pau. – Soube que você anda faltando às preces matinais da escola. Isso é verdade? É este o comportamento de um menino que tem esperanças e pretende continuar sua educação na capital?

Kalliokoski sorriu e remexeu o líquido no caldeirão, tentando ser envolvente para cativar Esko, mas este não respondeu nada, ficou contemplando os próprios pés e se perguntando como seriam os meninos que conheceria em Helsinque. Certamente eles viriam das melhores famílias e morariam em maravilhosas mansões no alto de uma colina com vista para a enseada.

— Isto é verdade? — tornou a perguntar o sacerdote.

Esko não disse nada.

O sorriso de Kalliokoski se retesou, e ele insistiu:

— É verdade que você não tem comparecido às preces matinais?

Esko balançou a cabeça para os lados. Era verdade.

— Por quê?

— Não acredito em Deus! — falou o menino sem pensar, quase surpreso pela própria resposta. Jesus desaparecera da sua mente. Acontecera de forma súbita e inesperada. Jesus estava lá, certamente, quando ele desejara que Kalliokoski deixasse para trás o exemplar do *Hufvudstadsbladet*. Agora, no entanto, o mesmo Jesus que estivera dentro dele, uma presença inquestionada por tanto tempo, escapulira. — Deus está morto, não está?

— Esko, que blasfêmia, isso não é verdade! — respondeu Kalliokoski chocado, como se tivesse recebido um golpe. Esticou o braço para consolar um mendigo a quem acabara de servir sopa, mas recuou antes de tocar nele, pois percebeu que a cabeça do pedinte pululava de piolhos. Engoliu em seco.

— Quando foi que você perdeu a fé?

O silêncio de Esko era desafiador.

— Você está falando sério? — insistiu o sacerdote.

Esko apenas fez que sim com a cabeça.

— Isto é desanimador! — sussurrou Kalliokoski, com os olhos fixos na sopa marrom. Então, de repente, levantou a cabeça com a rapidez de um pássaro. — Esko, você sabe qual foi o motivo de seu pai ter abandonado a aldeia?

A mão do menino se elevou, tocou o tapa-olho e veio escorregando lentamente pelo rosto, por sobre a rigidez da própria bochecha enrugada pelas cicatrizes.

— Foi por causa do elevador — disse, em um murmúrio.

— Como?!...

— O elevador! — repetiu Esko. Desta vez, a palavra saiu bem alto, e ele mexeu o pé ligeiramente para o lado, esperando que algo terrível acontecesse.

Um dos homens na fila da sopa o encarava. Era Turkkila, magro, sombrio e desgrenhado como um esquálido cão com pêlos demais. Suas bochechas vermelhas e nariz de morango esborrachado proclamavam que ele estava, como de hábito, com a cabeça empapada de vodca. Um súbito lampejo apareceu em seus olhos injetados, confundindo Esko, pois o que poderia Turkkila conhecer a respeito de elevadores? Enrubescendo, Esko se deu conta de que Turkkila não poderia saber nada sobre aquele assunto. Simplesmente sentia-se envergonhado, pois, a rigor, não deveria estar na fila da sopa. Ele não era um mendigo, e sim um coveiro, o que não vinha a ser exatamente um bom emprego, mas era seguro, e naquele momento, pelo visto, temia que Esko pudesse denunciá-lo. O menino não conseguia se acostumar com o respeito e a deferência com que muitos dos homens da aldeia o tratavam, agora que ele era um membro da família do sacerdote e morava em sua casa. Seu pai teria odiado a idéia.

Kalliokoski mexeu a sopa e encheu outra vasilha com a concha, o rosto barbado rígido pela concentração.

— Esko, você está falando a respeito daquele artigo que você leu no *Hufvudstadsbladet*?

Esko sentiu a boca se encher novamente com o gosto do metal, do papel e da tinta de impressão do jornal, um sabor que era quase de sangue. Lembrou-se de como pressionara a bochecha junto do diagrama granulado do elevador e de como a sua respiração agitada pareceu querer colocar a máquina em movimento, como se a sua imaginação por si só pudesse trazer o elevador à vida e fazê-lo alçar vôo até sair da página.

— O que aconteceu naquela noite, Esko, depois que deixei você e seu pai? — perguntou Kalliokoski. A mão de Esko se lançou novamente sobre o tapa-olho.

— Eu roubei o artigo do jornal.

— Sim, isso é mau.

— Meu pai me bateu.

— Você causou muitos problemas, sabia? — perguntou Kalliokoski, balançando a cabeça como se só agora compreendesse tudo. Seu sorriso tornou-se acolhedor — Tivemos que organizar uma equipe de busca.

Esko corou de vergonha com a lembrança, ergueu os olhos e viu que Turkkila continuava a encará-lo. Turkkila tinha um único dente na boca, um desolado incisivo amarelado que, conforme sorria, pendia sobre seu vincado lábio inferior, como uma presa. Esko desviou o olhar rapidamente para o outro lado, em busca do rosto mais amigável de Kalliokoski.

— A Finlândia quer ser livre — explicou o sacerdote. — A pergunta é: Como? Você conhece o Bongman?

Turkkila sorriu e virou a cabeça de lado, o que fez a sopa marrom escorrer por detrás do dente solitário, descendo-lhe em um filete por sobre a barba.

— Não estou falando com você, idiota! — disse Kalliokoski com o mesmo tom de voz, calmo e controlado. — Estou falando com meu amigo Esko. Caia fora daqui, Turkkila! — completou, brandindo a concha de metal como se fosse uma arma. Turkkila sorriu e se esquivou, misturando-se aos outros com sua tigela fumegante de sopa.

— Sim, eu conheço Bongman — respondeu Esko. Bongman era o pastor da igreja não luterana do lugar, um homem sério, muito gordo, que trabalhava no escritório da igreja, comandando Turkkila e os tocadores de sino de um lado para o outro.

— Existem alguns homens, como Bongman, que acreditam que a nossa independência será conquistada pelo mero culto de todas as coisas nacionalistas e a citação do "Kalevala" a toda hora e em todo lugar.

Esko projetou a mão para a frente ajeitando, com extremo cuidado, uma das tigelas de sopa, de maneira tal que ela formou um círculo completo em companhia das outras.

— Por que fez isso? — perguntou Kalliokoski, o olhar severo.

— Está perfeito, agora! — respondeu Esko.

— Está mesmo! — reparou Kalliokoski com o cenho franzido, olhando para as xícaras arranjadas de forma tão perfeita sobre a mesa. Por um instante mirou Esko seriamente, sem dizer nada, e então prosseguiu:

— Seu pai tem outras idéias. Elas estão mais sintonizadas com o mundo real, provavelmente, mas também são muito mais perigosas.

— Ele é um Vermelho — disse Esko, com simplicidade.

— Isso mesmo! Ele soube que estava com risco de ser preso, se permanecesse por aqui. Foi longe demais com suas idéias, entende? É por isso que precisou ir embora.

Turkkila sussurrou, resmungando:

— Ir embora, é o que ele diz. Acabe sua sopa e caia fora. Isso é duro de aturar. Venho tomar um pouco de sopa e sou insultado. Mas a vida é assim mesmo, não é? Daqui a pouco, é capaz de ele tentar me convencer de que a Terra é uma esfera.

— Não é de você que estou falando, nem mesmo com você — disse Kalliokoski, com um suspiro de exasperação e uma fagulha de impaciência nos olhos pretos. — Estou conversando com o garoto!

— Agora fala de mim como se eu nem existisse. Não é um sujeito adorável? — disse Turkkila, encolhendo os ombros e apelando para Esko.

— Meu bom homem — cortou Kalliokoski —, eu não pretendo me engajar em uma discussão filosófica com você. Agradeça a Nosso Senhor por conseguir ficar com a barriga cheia, ao menos por hoje.

Turkkila se endireitou, revelando que não vestia camisa alguma sob o casaco gasto, completamente puído. Seu corpo magro tinha o peito coberto de pêlos amarelados e avermelhados. Por um instante, o velho Turkkila pareceu um pouco perigoso, como um lobo.

— Meu pai morreu — disse o coveiro — Foi nadando para o fundo do lago, sim, já faz muitos anos. Quando eu era menino, morava com ele em uma casa que tinha uma cozinha quase tão grande quanto esta. O Diabo morava naquela cozinha. Aparecia de noite e tentava raptar os meninos e as suas mães.

— Isto é ultrajante — disse Kalliokoski, saindo detrás do fogão da cozinha — Turkkila, é você mesmo? É você que está dizendo tantas tolices? Ficou maluco?

— Pequeno Esko Vaananen — continuou Turkkila. — Um bom menino, um menino esperto, um menino triste que vê coisas, já esteve no rio da morte e vai voltar a ele mais duas vezes antes de afundar, ele próprio, em suas águas. Cuidado com o ferro, menino, cuidado com o aço. Acima de tudo, cuidado com os ahn... Como é que se chamam aquelas coisas?... os elevadores – completou, com a voz engrolada.

O velho coveiro arrancou do bolso um chapéu preto muito gasto e tentou colocá-lo no alto da cabeça, mas estava tão bêbado que era como se sua mão não se lembrasse mais do comprimento do próprio corpo. Teve de tentar encaixá-lo várias vezes, com o feltro amolecido bambeando para os lados. Quando finalmente conseguiu, tornou a dizer, com o chapéu empoleirado sobre a cabeça como um corvo rebelde:

– Elevadores! – Virou-se e foi andando para a porta, cambaleando de leve.

– Assustador! Verdadeiramente assustador! – disse Kalliokoski, sacudindo vivamente a cabeça e forçando-se a tirar Turkilla do pensamento antes de voltar a distribuir a sopa aos pedintes menos truculentos. – Seu pai foi embora por suas próprias razões, meu menino, que não têm nada a ver com você, com os elevadores e nem com o *Hufvudstadsbladet*. Não quero que você se culpe, nem culpe a ele. Está entendendo? O Deus em quem você diz não acreditar mais vai cuidar disso.

Esko desejava se sentir confortado, e por algum tempo o foi. Mais tarde, naquela mesma noite, ele se deteve na janela do seu quarto e olhou para longe, na direção do lago, uma imensa extensão encrespada, cinza e infinita, cercada por árvores que eram agora apenas silhuetas na bruma sombria. Se fechasse os olhos por um momento, seria fácil imaginar que as árvores não eram árvores, na verdade, e sim monges encapuzados, homens santos perdidos na floresta. De repente, Esko se sentiu incomodado pela lembrança de Turkkila, que parecera saber de algo que ele não sabia e que parecera enxergar através dele, dentro de seus pensamentos, dentro das suas entranhas e até mesmo além, dentro dos movimentos internos do seu organismo, entre as forças que o dirigiam e controlavam. Parado diante da janela naquela noite de verão, Esko pensou pela primeira vez no seu futuro. O que estaria reservado para ele. Por que Turkkila avisara com tanta determinação para ele ter cuidado com os elevadores?

4

Passaram-se meses sem que houvesse notícias de Timo. Era início de setembro, época em que anualmente acontecia uma feira na aldeia para comemorar o festival da colheita, e Esko estava trancado em seu quarto. Arrumadas diante dele, estavam as roupas novas que Kalliokoski exigira que vestisse. Sentado no chão com os joelhos encostados no queixo, o menino estava revoltado, pensava em como poderia um dia derrotar Kalliokoski em uma grande batalha. Talvez, ele pudesse atingir Kalliokoski com um machado, como o camponês Lalli havia matado o bispo inglês Henry no gelo do lago Koylio, muitos séculos atrás. Só que algo assim seria muito sangrento, considerou. Além disso, ele teria que sair de casa para pegar o machado. Mordiscando o joelho, ocorreu-lhe a solução. Vestiria as roupas e iria à feira, mas sem Kalliokoski.

Cinco minutos depois, o seu corpo comprido se espremia dentro de um paletó cinturado de *tweed* que lhe pinicava a pele. As pernas vestiam calças do mesmo material, que desciam como uma couraça até as panturrilhas, onde se encontravam com meias grossas de lã preta desconfortável, enquanto os pés protestavam dentro de botas apertadas. Na cabeça, usava uma boina do mesmo *tweed* absurdo. Não parecia rico nem privilegiado e, sim, um maluco. Escancarou a janela do quarto, deslizou para fora sobre o peitoril e, de repente, se viu escorregando pelo telhado íngreme, até que no último décimo de segundo seus dedos agarraram a beirada da calha, onde ficou pendurado com as botas apertadas chutando o ar. Deixou-se cair no chão. Milagrosamente, nenhuma parte do seu esquisito paletó de *tweed* se rasgou. Ajustou a boina em ângulo sobre o olho e correu para fora pelos portões da casa do sacerdote, através do cemitério, onde as últimas rosas do verão pendiam sob cruzes de ferro e tumbas de mármore negro, enquanto um forte aroma de groselhas negras chegava no vento forte que se agitava por entre as árvores. Estava livre pelo resto da tarde e da noite. Torcia para que nenhum conhecido seu o visse usando aquelas roupas, mas lembrou que isso não importava muito, pois os garotos da aldeia riam de sua cara de qualquer maneira, ou ainda viravam a cabeça para o outro lado quando ele passava, todos ao mesmo tempo, o que era ainda pior. O estranho tecido de *tweed* daria a eles algo novo para atacar, algo de que até mesmo ele poderia rir, porque era *de fato* engraçado.

A feira estava instalada na campina entre a igreja e a casa de Kivimaa, o mais rico fazendeiro das redondezas, onde imensas pilhas de lenha cortada de árvores de bétula formavam uma barreira entre os dois celeiros, estruturas altas com pilares angulosos e brechas entre as vigas mestras para que o sol penetrasse através delas. No centro da campina propriamente dita, um amplo círculo de capim fora ceifado, enquanto em volta o mato permanecia sem ter sido cortado, quase à altura do peito. Esko diminuiu o ritmo da caminhada, passou a mão pela testa tentando parecer casual e se movimentou por entre as barracas e tendas que balançavam com o vento em meio aos comerciantes de cavalos, que fanfarronavam com os polegares enganchados nos cintos. Os meninos da aldeia usavam gorros com palas e chapéus-coco que pareciam grandes demais para as suas pequenas cabeças, provavelmente, haviam sido herdados dos pais. Estava a ponto de se congratular consigo mesmo por ninguém tê-lo reconhecido quando viu, de repente, o filho de Bongman se aproximando.

O filho de Bongman, o pastor, era um pouco mais velho que Esko, talvez cerca de um ano, mas a sua altura fora acrescida de muitos centímetros em pouco tempo, e parecia que o seu corpo estava determinado a escapar não apenas das roupas que tentavam contê-lo, mas do ambiente que o cercava. Seu rosto tinha mais acne do que pele, e os aldeões costumavam encará-lo, murmurando e mascando vorazmente seus cachimbos. Enquanto Bongman, o pai, era gordo, o filho era esguio, na verdade quase inacreditavelmente magro, como se pudesse passar pelo buraco de uma agulha e entrar no reino dos céus sem nenhuma dificuldade. Não que Bongman Filho demonstrasse ter algum interesse no universo do pós-morte. Praticamente vivia na floresta, onde alegava conhecer mágicos que o estavam ensinando a caçar e hipnotizar ursos. Nos dias em que os dois costumavam andar juntos, antes do acidente em sua casa, Esko o vira capturar um pato e torcer sua cabeça com um simples e quase delicado estalo, como se estivesse sacudindo uma toalha de modo casual, até que, com um súbito golpe, cortou-lhe o pescoço para completar o gesto.

— Ora vejam, é o Cicatriz, vestindo uma roupa ridícula! — exclamou Bongman Filho. Nesse momento, Esko, sem pensar duas vezes, deslizou por baixo da lona para o interior da tenda mais próxima, correu para o outro lado. Ziguezagueou sob a parede de lona na outra extremidade e se atirou para frente, a tempo apenas de ver as botas de Bongman Filho, que serpenteavam no chão do outro lado, seguindo a mesma rota que Esko tomara um momento antes. Esko passou então por dentro da tenda pela segunda vez, de volta, e prendeu a respiração. Deixou seus olhos se acostumarem com a escuridão antes de se esconder no canto mais escuro, onde aguardou até se dar por satisfeito pelo sucesso da sua estratégia de fuga.

A tenda se agitava e ondulava, como se estivesse em guerra com a luz; de quando em quando a lona parecia ter vencido a contenda e se acalmava com um suspiro alegre, enquanto a luz, derrotada, diminuía mais ainda dentro da imensa armação coberta. De repente, porém, a lona enraivecida voltava a se agitar, sacudindo-se intensamente, rebelde, ameaçando voar para longe, levantando as beiradas e inflando o topo, enquanto o vento permitia que a luz, sua aliada, irrompesse violentamente através do espaço que se abrira. Esko estava impressionado por ninguém à sua volta se importar com aquela luta de vida ou morte. Espalhadas ao redor, descansando no chão ou sentadas em bancos, as pessoas riam e assobiavam, esperando por um show diferente que estava para começar. Por fim, apareceu um homem com um terno esfarrapado e um chapéu de palha empurrado para trás da testa. Sorriu, balançou a cabeça para frente e apresentou outro homem, que surgiu do fundo com alguns pinos e executou malabarismos. Esko não viu nada de especial naquilo. Não era um espetáculo tão bom quanto o jogo de espaço e luz que a armação de lona estava proporcionando, ainda que completamente ignorado, mas em seguida foi a vez de um grupo de homens de botas pretas, blusões pretos e capuzes pretos sobre a cabeça, que chegou para se apresentar. Começaram a se mover de forma desajeitada e dançavam como ursos. Um deles girou em volta da platéia rosnando por baixo do capuz, e Esko viu o feltro cru da máscara ser sugado para dentro de sua boca, com a respiração. Nesse instante, deu uma guinada repentina em sua direção, parecendo atacá-lo diretamente. O menino teve que se esforçar para dominar o susto e não dar um pulo. Em vez disso, conseguiu exibir um sorriso sem graça, embora seu coração estivesse pulando como um bate-estaca. Em seguida, um daguerreotipista instalou seu equipamento primitivo para tirar fotos com vapor de iodo e convocou voluntários para a demonstração. Um soldado russo deu um passo à frente com uma amiga, uma anã cuja cabeça não alcançava sequer a parte de baixo do largo cinto de couro no uniforme de seu acompanhante. O daguerreotipista sorriu, colocou o casal, com espalhafato, na posição correta e então se retirou para trás de uma caixa apoiada sobre estacas, onde cobriu a cabeça com um manto preto. Segurava, com o braço esticado do lado de fora do manto, um instrumento comprido que acendeu e apagou subitamente como um relâmpago, pipocando, cegando e soltando fumaça. O público arfou, surpreso e, quando terminaram de piscar sem cessar, todos olharam fixamente para o daguerreotipista, que agradecia com entusiasmo ao soldado e à anã enquanto lançava os olhos nervosos em volta, procurando ávido pelo próximo voluntário.

Esko se contorceu e tentou se encolher, receando que o daguerreotipista concluísse seu exame do público presente e, como um caçador experiente que identifica o mais vulnerável da manada, o escolhesse como presa. Foi precisamente o que aconteceu. O daguerreotipista deu um passo à frente, com o braço projetando-se para fora.

— Há um jovem entre vocês que me parece promissor — disse ele com um sorriso largo, enquanto o resto da platéia voltava-se para Esko, compartilhando a alegria do apresentador. — Dê um passo à frente, meu jovem — pediu ele e, antes que Esko percebesse o que estava acontecendo, mãos ansiosas já o estavam conduzindo para frente.

— Venha, pode vir, não seja tímido.

Era tarde demais para escapar. Olhou em torno para ver se por acaso algum dos dançarinos vestidos de urso havia deixado para trás um capuz que ele pudesse agarrar e colocar sobre a cabeça. Não havia nada e Esko, então, permaneceu ereto, puxou com força as lapelas espinhentas de seu terno e encarou a multidão. De repente, a luz do interior da tenda pareceu-lhe desagradável e terrivelmente brilhante, e ele se perguntou se o rosto igualmente espinhento de Bongman Filho iria aparecer subitamente ali dentro, para completar a humilhação.

Algo de estranho aconteceu, porém. Bongman Filho não apareceu. Ninguém riu. O daguerreotipista, cuja face balofa e barbada tinha um sorriso fixo, puxou os braços de Esko, separou um pouco mais as suas pernas uma da outra e ajeitou-lhe o queixo, primeiro para a esquerda, depois para a direita. A platéia, pelo que Esko percebeu, assistia a tudo de uma forma fascinada, até mesmo temerosa, estupefata. A arma do daguerreotipista, levantada para o alto, fez um estrondo e o olho bom de Esko ficou escurecido, como se a sua luz houvesse sido arrancada e sugada para dentro daquela lampejante e fumacenta névoa com cheiro de enxofre.

Mais tarde, do lado de fora, Esko notou que a linda tarde já estava se transformando em uma bela noite, à medida que o céu começava a escurecer. Uma lua ascendente parecia cortada ao meio por uma longa e fina linha de nuvem escarlate. O ar estava repleto com o perfume de groselha negra e bétula quente, os lavradores que haviam trabalhado o dia todo acorriam dos campos, vindo de todas as direções. A feira estava agora movimentada, cheia de gente, e Esko precisava empurrar as pernas dos adultos para se mover e percorrer os quiosques e barracas. Havia uma mulher vendendo panelas de cerâmica vermelha; mais além, um homem manipulava marionetes com varetas; adiante, havia uma mesa com copos de leite fresco e suco de morango depositados sobre ela, e Esko ouviu o tilintar de moedas caindo; mais adiante ainda, um homem que viera de Kuopio esboçava o retrato de qualquer um que se habilitasse, por apenas um marco. Esko permaneceu por algum tempo atrás de seu cavalete, observando-o trabalhar. Bongman Filho não estava à vista, em parte alguma.

Um velho de rosto vermelho e suíças brancas abriu a aba da maior das tendas. Pessoas afluíram em sua direção, sorrindo e até gargalhando, e Esko chegou à conclusão de que ali ia haver uma dança. O velho era baixo, portava um comprido casaco preto e riu para si mesmo de forma complacente, como se fosse o maior dançarino que já existiu.

— Eu sei dançar! — disse-lhe Esko, como se estivesse se apresentando. — Minha mãe me ensinou. Na cozinha. — Sentindo-se estranhamente confiante, sorriu para o velho e passou por debaixo da aba levantada, entrando na tenda que havia sido decorada com galhos, brotos e tinha o cheiro da floresta. Também estava escura como a floresta, pois a única luz vinha de uma lamparina a óleo, um solitário foco de luz que olhava precariamente para baixo, suspenso do topo da tenda. Logo a lamparina se moveu, balançando ao ritmo de cem pés que batiam no chão, e Esko começou a se esquivar, correndo e pulando aqui e ali na quente e apinhada atmosfera, tornada alegre pelas vozes altas e indistintas, mas também perigosa com os sapatos e botas que se alvoroçavam. Os homens que dançavam levantavam as mulheres no ar, girando-as e, quando se cansavam, sentavam-se com elas no colo, bebendo e rindo enquanto os outros dançarinos giravam em volta. Longe, ao fundo da tenda, Esko conseguiu ver os músicos: uma pianista, um homem cego que tocava acordeão e um casal que tocava violinos batendo no piso com os pés, dançando ao ritmo da música.

A multidão se dispersou por um momento e uma menina apareceu na tenda com um sorriso no rosto e um pequeno espelho pendurado no pulso. Quando dois garotos pularam à sua frente, barrando-lhe o caminho e tentando convidá-la para dançar, ela segurou o espelho diante dos seus rostos, como que para espantar maus espíritos. Esko percebeu que seu sorriso era orgulhoso e obstinado, mais superior do que amigável. Os dois garotos recuaram, desaparecendo na multidão, e o coração de Esko quase parou quando viu para quem ela olhava em seguida. O cabelo da menina caía-lhe pelas costas em uma trança única, trespassada por fitas. Usava um vestido de veludo negro e seu pescoço estava ornado com um gargantilha de pérolas. Seus olhos cinza-esverdeados tinham um ar matreiro e brincalhão, e se levantavam nas pontas quando ela sorria. E era o que ela fazia para Esko naquele momento, como uma imperatriz ao olhar para um de seus súditos, pensou ele. O menino já estava aguardando pelo espelho, mas a menina não mostrou seu pequeno espelho para ele. Em vez disso, com uma voz clara que ele nunca mais conseguiria esquecer, até o fim dos seus dias, perguntou:

— O que houve com seu rosto?

— Eu me queimei em um incêndio. Por que você está falando sueco? Não sabe falar finlandês? — perguntou ele. Somente nessa hora percebeu o quanto as palavras haviam lhe escapado da boca de forma estranhamente fácil e descontraída, e então corou.

— O finlandês é uma língua grosseira, para falar com animais e lavradores, mas é claro que eu conheço o idioma — disse a menina, com orgulho. Seu cabelo era como um cordão espesso e macio que, conforme ela movia o corpo, era jogado de um lado para o outro. — Também sei falar sueco, russo, alemão e inglês. — Enquanto enumerava suas habilidades, mostrava os dedos da mão esquerda. — Acabamos de chegar de Paris. Aprendi um pouco de francês lá, apesar de falarem muitas línguas pelas ruas. No *boulevard* du Temple, há uma feira permanente, não como esta coisa pobre que está acontecendo aqui. Há malabaristas, mágicos, acrobatas, pulgas amestradas, um cachorro que sabe cantar. Elefantes! Tigres! Há mendigos com macacos nos ombros e homens vestidos como turcos, com blusas azuis, que vendem doces tão saborosos e cheirosos que dá para sentir-lhes o aroma a mais de um quilômetro de distância. Paris! E as ruas *não* são pavimentadas com ouro, como dizem. É só uma história boba, mas talvez você acredite nela. Provavelmente acredita, não? Provavelmente acha que lá as árvores dão dinheiro.

— Não acho nada disso! — disse Esko, tentando colocar rapidamente em ordem o que realmente pensava. Paris! Sua mãe lhe falara a respeito de Paris e também sobre os poetas e pintores que viviam lá. — Minha mãe esteve em Paris, uma vez.

— É mesmo? — perguntou ela, encolhendo os ombros com enfado, olhando para os músicos, o cordão sedoso formado pelo seu cabelo pesado escovando a pele branca à mostra em suas costas. — Você sabe dançar?

— Está falando comigo? — espantou-se Esko.

— Com quem mais poderia estar? — respondeu ela, tornando a encará-lo com os olhos surpreendentes, maliciosos.

— Sim, eu sei dançar sim.

— Então, vamos lá! — disse ela, estendendo-lhe as mãos para que ele as segurasse. — Este lugar é tão esquisito, tão pobre. Por que você vive aqui? Suas roupas parecem muito arrumadinhas, como se você tivesse acabado de comprá-las. Não sabia que não se deve andar por aí com roupas tão novas assim?

Esko não se sentiu na obrigação de responder porque ao segurar as mãos dela notou que estava tenso, olhando para os próprios pés, e reparou com pavor que não conseguia se lembrar de um único passo dos que sua mãe lhe ensinara. Sentiu a cabeça formigar até parecer que ia explodir e então, finalmente, fechou os olhos, tomou coragem e deu um desajeitado primeiro passo com o pé esquerdo. Apertando a cintura da menina com tanta força que ela não teve escolha senão acompanhá-lo.

— A violinista, aquela mulher da direita, toca muito bem, você não acha?

Esko estava impressionado pela maneira com que a menina se expressava, como se fosse adulta, uma pessoa de infinita sofisticação e grande experiência de vida, alguém que já vira e conhecera o mundo. Perguntou a si mesmo o que poderia fazer para parecer mais maduro, embora ao mesmo tempo estivesse compenetrado nos próprios pés e rezando para não chutar as canelas da menina. Lembrou do momento em que ele e sua mãe, em uma noite de verão, rodopiaram dançando pelo quintal da velha casa, a mesma que fora destruída pelo incêndio. Tentava dançar bem, tão bem quanto conseguisse, e pareceu concentrado demais para arriscar uma resposta.

— Doeu muito quando seu rosto se queimou? — perguntou ela.

Olhando para a jovem naquele momento, enquanto os músicos passavam por trás do belo rosto dela como uma nuvem, Esko teve a impressão, por um momento, de que os dois não estavam se movendo. Mas estavam; surpreendentemente continuavam dançando sem parar, seus pés se moviam rapidamente, marcando o compasso, batendo na grama bem aparada do relvado, enquanto sentia o leve roçar dos cabelos dela contra seus dedos que ondulavam em contato com o calor das costas dela.

— Sim, doeu muito — seu olho começou a coçar.

— Você acha que poderia sentir outra dor tão forte quanto aquela?

— Não sei. Acho que não! — A música acabou de repente e eles pararam aos poucos de rodopiar até cessar o movimento por completo em frente à entrada da tenda. Ali, Esko vislumbrou a lua e sentiu o aroma morno da noite lá fora.

— Você acha que eu seria capaz de machucá-lo ainda mais do que o fogo?

— Não.

Subitamente esbofeteou o rosto de Esko com toda a força.

— E agora, o que acha?

— Acho que você é uma pessoa cruel — disse Esko, que conseguira de algum modo não perder o equilíbrio. Notou que em volta deles alguns dos lavradores riam e comentavam que a felicidade do casamento começava muito cedo.

— Não sou cruel, não — rebateu ela.

Tomou as mãos dele e beijou-as com ternura.

— Você é bem forte, não é? — perguntou ela — Aprenda, porém, desde já, que na vida há mais de uma maneira de ser ferido. Agora, quer dançar comigo de novo?

Os violinos voltaram a dar sinais de vida e passaram a gemer uma canção, uma espécie de convite melancólico à dança. Esko permitiu-se enlaçá-la pela cintura com uma das mãos, enquanto a outra tocava nos cabelos dela e na pele de suas costas. Não sabia para onde olhar enquanto eles pulavam, faziam uma pausa e voltavam a rodopiar.

A multidão começou a diminuir. A música retinia cada vez mais intensa, alta e aguda, mas a lâmpada do teto parara de balançar com a intensidade de antes, de um lado para o outro, sobre suas cabeças. As sombras projetadas contra a lateral da tenda pareciam agora mais comportadas, e o chão deixara de tremer como se estivesse com medo das batidas das centenas de pés que dançavam. Esko se sentiu flutuar, já sem saber ao certo se era felicidade o que sentia ou um aperto que lhe esmagava o coração, tentando espremer-lhe a vida para fora do corpo.

De repente, a música tornou a parar. Um dos dançarinos junto a eles, envergando uma jaqueta meio suja e desbotada, pegou a mão da parceira e se encaminhou para fora da tenda.

— Para onde eles vão? Será que não sabem que é cedo demais para acabar com um baile? Que lugar mais esquisito é este aqui! — comentou a jovem, olhando em volta até que, repentinamente, gritou: — Papai! — Lançou-se nos braços de um homem que parara na entrada da tenda. Era um sujeito bonito de trinta e poucos anos, bem barbeado, de terno cinza e que, conforme Esko notou com alarme, vinha acompanhado por Kalliokoski, enquanto todos os outros pareciam recuar em outra direção. Os aldeões que ainda há pouco dançavam, se juntaram para saudar Kalliokoski respeitosamente, abaixando a cabeça ou tirando os chapéus, embora ignorassem a presença do pai da menina. Um ou outro chegou mesmo a cuspir no chão, em uma manifestação de desdém. Os músicos trataram de embalar os instrumentos e saíram discretamente pelos fundos da tenda. Logo Esko notou que ficara sozinho. A lâmpada acima de sua cabeça estava imóvel. Ele tomou coragem para enfrentar a situação e deu um passo à frente, como lhe ensinara sua mãe, de modo confiante, mas sempre reservado, com as mãos entrelaçadas às costas.

— Ora, mas que criança medonha! — exclamou o pai da jovem, olhando para Esko e falando em sueco com um tom agitado e agressivo. — Viu só?... Era este o tipo de coisa sobre a qual eu falava ainda há pouco. Não resta a menor dúvida de que a deformidade deste menino é muito comum nestas zonas rurais remotas. Nem um pouco romântico, não é verdade? Nada que mereça um poema ou uma sinfonia. É vontade de Deus, nada mais poderá ser feito, exceto manter todas estas infelizes crianças finlandesas sob a ampla e beneficente proteção do czar. — Riu com vontade, repuxando nervosamente os punhos do terno, satisfeito consigo mesmo e com a própria piada. — Entende o que eu quis dizer, Kalliokoski? Parece-me bem claro. Quem é este menino? Será que tem pai?

O semblante do homem brilhava com reflexos intensamente malévolos, como se a aparição deformada e repulsiva do menino à sua frente tivesse surgido por obra de Deus, exclusivamente para provocar seu comentário. Esko viu então o sorriso perverso se transformar, quase automaticamente, em um franzir de cenho, como se aquele homem, depois de ter feito tantas observações brilhantes, não conseguisse entender por que o Todo-Poderoso deixava de agradá-lo, fazendo com que Esko e pessoas como ele simplesmente desaparecessem no ar.

Enquanto isso, a filha falava em voz baixa com o pai, em russo, sem saber que Esko entendia a língua.

— Ele é meu amigo, papai. E não é deformado por nascença. Teve o rosto queimado em um incêndio.

— Verdade? — perguntou o pai, produzindo então um sorriso complacente. — Você conhece esta criatura? Minha querida Katerina, você vive me surpreendendo.

— O nome dele é...

— Meu nome é Esko Vaananen. — Cortou a frase de Katerina, antecipando-se a ela em russo.

— Você sabe falar russo? — perguntou Katerina surpresa.

— Um pouco — respondeu-lhe Esko.

— Ora, ora! — comentou o pai de Katerina, levantando uma sobrancelha.

— Estávamos dançando — explicou Katerina.

— Sério? Aqui neste lugar? Ora, vejam só... Dançando? — repetiu o pai. — Isto é realmente extraordinário, totalmente, absolutamente extraordinário! Kalliokoski, você conhece este menino?

— Conheço — respondeu Kalliokoski, pouco à vontade. — Trata-se de um órfão, eu assumi a responsabilidade de educá-lo. É um jovem extremamente inteligente e admirável, apesar de sua aparência.

— Isto é um fato? Então creio que também devo me apresentar, senão corro o risco de ser considerado o mal-educado por aqui, não é? — O pai de Katerina estendeu a mão, o que fez Esko entender que deveria imediatamente apertar a sua mão, à moda inglesa. Ao fazer isso, sentiu aqueles dedos apertando fortemente os seus, e notou que agora o homem o observava de outra maneira, ainda com frieza, mas com mais determinação, com um olhar direto e penetrante, como se lançasse um punhal que pudesse, certeiro, atingi-lo. Esko se achou desconfortável e sentiu vontade de escapar daquele olhar penetrante.

— Meu nome é Stepan Malysheva — anunciou. — Muito prazer em conhecê-lo.

5

Nuvens esvoaçantes acobertavam a lua e um vento gelado e cortante soprando do lago assobiava pela floresta. Um grande número de bancos, que tinham sido usados na feira, já estava empilhado e os convidados encaminhavam-se todos para os limites da campina. Algo diferente os estava atraindo em um ponto entre a tenda onde haviam dançado e a trilha lamacenta que atravessava a aldeia. Esko enfiou as mãos no bolso e chutou uma pedra. "Minhas botas me machucam e estou cansado", pensou, "então por que estou tão feliz?" Mas ele sabia muito bem. Tirou do bolso o pequeno espelho que ganhara de Katerina.

— Trata-se de um espelho mágico — ela lhe dissera. — Se você ficar olhando para ele por tempo suficiente, ele acabará revelando quem você é de fato. — Aquele era o mesmo espelhinho que lhe pendia do pulso ao chegar, e que ela fizera refletir no rosto dos outros meninos para dispersá-los. O espelho era pequeno e cabia com folga na mão de Esko. Ele acariciou suavemente com os dedos as ondulações de prata maciça em relevo que enquadravam e protegiam o espelho. Era um presente maravilhoso!

O vozerio aumentou de intensidade na beira da campina. Esko recolocou com cuidado o espelho no bolso, abaixando-se para passar por entre a multidão a fim de descobrir o que acontecia. Naquela noite de eventos extraordinários, ali estava mais um: a poucos metros, solene, estava um automóvel, pelo que Esko sabia, o primeiro que aparecera naquela província até então. Se bem que rumores sobre aquelas máquinas fabulosas já tivessem alcançado os ouvidos da maioria dos moradores da aldeia, que sempre comentavam que tudo aquilo não passava de mentiras exageradas, bizarras e pouco prováveis. "Uma carruagem que anda sem cavalos? Estão tentando nos enganar de novo", comentara o coveiro Turkkila. Mas agora ali estava a prova de que o novo e perigoso século de fato começara: um automóvel fulgurante, bem polido, de linhas imponentes, angulares e, evidentemente, de preço elevado, com enormes faróis à guisa de olhos, no momento apagados e adormecidos. Tinha também um focinho pontiagudo de aparência predatória no capô, o que dava a Esko a impressão de que talvez o chofer todo vestido de preto e usando óculos, que se achava postado atrás do volante, estivesse ali não apenas para vigiar aquela fera e dirigi-la, mas também a fim de evitar que ela voltasse inesperadamente à vida e devorasse aquele que ousasse chegar demasiado perto, antes de voltar a correr ruidosamente pela estrada do futuro. Os moradores da aldeia, sabiamente, mantinham uma distância prudente, tecendo comentários sobre o aroma suave do couro de primeira qualidade que recendia pelas janelas abertas do carro, as caixas empilhadas no assento traseiro, quem sabe cheias de tesouros e mais dois faróis que se erguiam de ambos os lados do carro como se fossem flores cromadas em suas hastes, por sobre os estribos de entrada que se arqueavam por cima dos raios das rodas.

Esko compreendeu de imediato que o automóvel pertencia ao pai de Katerina e que o motorista era seu empregado, refletiu que eles haviam vindo de muito longe até a aldeia e logo estariam partindo. Seus pensamentos se inflaram com a idéia de que ele poderia agarrar Katerina e escapar dali com ela, colocando-a atrás do rijo volante, tendo-a do seu lado ou reclinada no assento traseiro, afundada no estofamento de couro. Ela não protestaria, mesmo depois do tapa que lhe dera, pois logo depois o beijara, dançara com ele por duas vezes e chegara mesmo a defendê-lo dos ataques do pai. Ela lhe dera o espelho de presente. Talvez até mesmo o amasse, imaginou Esko; de sua parte, ele estava convencido de que se apaixonara por ela e de que jamais viria a amar outra pessoa. Sentiu um aperto no coração, ruborizando de vergonha ao se lembrar de como os moradores da aldeia haviam sido grosseiros e de como ela devia estar se sentindo.

O chofer de uniforme negro levantou os óculos de proteção acima dos olhos e começou a brincar com eles, distraído. Em seguida, saltou do estribo, acocorando-se em frente ao focinho predatório do carro com um grande sorriso e deu início à segunda parte do show, agarrando a manivela de partida, apoiando-se nela com todo seu peso, dando-lhe então um forte volteio, com um floreio selvagem. O motor explodiu, ganhando vida, o homem se ergueu com um salto para trás, correu de volta para a lateral do veículo e subiu pelo estribo a fim de novamente comandar o volante. Jatos de luz projetaram-se dos faróis, cortando a escuridão e tornando a noite brilhante. Os moradores da aldeia arquejaram de espanto, quase sem ar. O coveiro Turkkila, colhido em cheio pelo foco de luz, tapou os olhos, deu um berro e caiu desmaiado de susto. O motor do automóvel pulsou e pipocou ritmicamente, fazendo o carro vibrar sobre as rodas em explosões compassadas, gaguejando e arfando como uma fera raivosa.

Pelas vaias, assobios e urros, Esko deduziu que Stepan Malysheva aparecera, o que significava que a filha Katerina não deveria estar longe. Forçou passagem através da multidão, tentando entender por que os moradores da vila, que normalmente não se abalavam por nada, a não ser pela vodca, pareciam odiar tanto Malysheva. Talvez ele fosse uma autoridade de algum tipo ou, quem sabe, um espião.

Repentinamente, Esko se sentiu ofuscado, colhido por um forte raio de luz e dentro de uma força incandescente, diante dos faróis dianteiros da máquina, tal como ocorrera com Turkkila. Mariposas esvoaçavam, batendo as asas em volta de sua cabeça e esbarrando em seu rosto. Levantou a mão, tentando proteger os olhos.

— Katerina! — chamou.

Foi quando ocorreu algo estranho. Ele achou estranho naquele instante e iria achar cada vez mais estranho nos anos seguintes. No momento em que desviara a vista da luz desagradável que o ofuscava, buscando um alívio para os olhos na escuridão da floresta e do lago em frente, pensou ouvir uma voz. Era a voz de Katerina, que dizia claramente: "Passe por cima dele". Subitamente Esko sentiu o chão estremecer sob seus pés e se viu levantado do chão, sendo projetado no espaço para logo depois cair de cara na lama com um peso sobre o corpo. Quando conseguiu se recompor, colocando-se de pé novamente e lutando para conseguir de volta a respiração que lhe havia sido sugada, descobriu o que era o tal peso que sentira. Bongman Filho se jogara sobre ele e estava agora parado ao seu lado, na relva, estalando as juntas dos dedos com um sorriso que franzia as marcas de acne em seu rosto.

— O Cicatriz ficou com a roupa nova toda rasgada e enlameada — disse ele. — Seus amigos esnobes tentaram atropelá-lo.

— Mentira — disse Esko.

Bongman Filho, depois de tê-lo derrubado no chão na primeira vez para salvá-lo, voltou a fazê-lo, desta vez com raiva. Esko se viu caído de novo na lama, de costas no chão desta vez, com Bongman Filho montado em seu peito, aplicando-lhe uma meia dúzia de socos.

— Você não quer brigar um pouco, então vamos jogar alguma coisa?

— Não — respondeu Esko.

— Você não serve para nada — desabafou Bongman Filho, com um tom de nojo.

— Que diabos está acontecendo aqui? — era outra voz, a voz da autoridade, Kalliokoski em pessoa. — Esko, este menino está importunando você?

— Não — respondeu Esko, cuspindo um filete de sangue da boca.

— Então por que razão, se me permite perguntar, ele está sentado no seu peito?

O coveiro Turkkila, já cercado por alguns dos moradores da aldeia, começou a contar sua versão bastante confusa dos fatos, conseguindo transformar aquele incidente em uma história fantasiosa, como fazia com todos os acontecimentos e desastres que aconteciam na região. Descreveu uma máquina moderna, diabólica, que emitia luzes ofuscantes, e falou de um cocheiro todo vestido de negro, sem dúvida um agente do demônio, porque logo depois o próprio Diabo em pessoa apareceu, escoltado por uma jovem tão linda que só poderia mesmo ser a filha de Satã. Então o diabo, sua filha e a máquina diabólica arrancaram em meio a um ruído ensurdecedor sem se incomodar com o fato de que iam atropelar o menino. Foi aí que, subitamente, de forma surpreendente e maravilhosa — continuou Turkkila — surgira Bongman Filho para salvar a todos com heroísmo, não só resgatara Esko Vaananen, o menino com cara de sabugo, mas também a própria aldeia das garras do demônio e da sua máquina infernal.

— Ora, chega de besteira! — disse Kalliokoski, ordenando que Turkkila e aquele bando de bêbados fossem embora. Aos poucos, foram todos se dispersando na noite escura, com o murmúrio excitado de suas vozes sendo carregado pelos túneis formados pelas fileiras de pinheiros da floresta. Kalliokoski pegou Bongman Filho, arrancou-o de cima do peito de Esko, deu-lhe um pequeno tapa no lado da cabeça, e o dispensou também, junto com os outros.

— Este menino ainda vai acabar mal — comentou Kalliokoski, enquanto ajudava Esko a se erguer do chão — Puxa vida, Esko, veja como ficaram as suas roupas.

A roupa nova em folha toda feita de *tweed* estava em um estado deplorável: o casaco imundo exibia pedaços de grama grudados nas mangas; as calças foram rasgadas à altura dos joelhos, nas duas pernas; o boné se perdera pelo caminho em algum lugar, e Esko voltou a cuspir um pouco mais de sangue.

Kalliokoski suspirou, mais desapontado do que zangado.

— Que noite! — comentou ele, balançando a cabeça.

Esko olhou para suas botas novas, arranhadas no bico e completamente manchadas de verde pela grama. "As minhas botas de dança", pensou, dando um sorriso.

— Pode chorar, se quiser, Esko. Você está com vontade de chorar?

Esko negou com a cabeça, mas no fundo bem que estava querendo chorar um pouco, e sentiu Kalliokoski tocar-lhe os cabelos, dizendo:

— Esko, sei muito bem como é descobrir que você jamais vai poder ter o que mais deseja no mundo. É triste, mas a vida é assim mesmo. Vamos para casa!

— Prefiro ir caminhando sozinho.

— Sua mãe também preferia andar sozinha, Esko, mas é muito solitário.

Esko ergueu os olhos cautelosamente, apenas até a altura da corrente de relógio de ouro, muito brilhante, que atravessava a esbelta barriga de Kalliokoski. Sua mão, instintivamente, buscou no fundo do bolso o espelhinho. Estava a salvo.

— Então, está bem, Esko, mas trate de voltar logo para casa!

Esko sentiu-se irritado pela repetição constante da palavra *casa*, e teve vontade de dizer que não tinha casa, mas em vez disso deu meia volta e correu através da campina, onde a tenda do baile estava sendo desmontada pelo mesmo grupo de ciganos de cara azeda que a armara anteriormente. A seguir, entrou no silêncio da floresta, escolhendo com destreza um caminho por entre as árvores até alcançar o lago.

Foi até à beira da água e sentiu o aroma intenso dos juncos. Deixou-se ficar por ali mirando as pequenas ondas negras que iam e vinham cruzando a porção de água tão familiar, ainda que inexpressiva. Andou até uma plataforma de desembarque e se estendeu deitado de barriga ali, ao comprido, mirando a negra superfície da água do lago a poucos centímetros abaixo, pensando na jovem que conhecera, que enlaçara pela cintura ao dançar, de cujos cabelos sentira o perfume e cujos lábios haviam tocado sua pele. Voltou a pensar naquele momento em que o automóvel havia arremetido contra ele. Katerina não poderia ter dito: "Passe por cima dele!" Estava convencido de que na realidade suas palavras foram: "Cuidado! Você vai passar por cima dele!" Ela, na verdade, estava tentando alertar o chofer de olhar maligno, e não incentivando-o a atropelá-lo. Sorriu, apontando o pequeno espelho para a superfície da água. Da margem oposta veio o raio luminoso de uma casa que acabara de ser acesa, como o facho de um farol, e a luz refletiu no espelhinho.

Os olhos da lua estavam quase borrados pelas nuvens e uma névoa começara a subir, vinda do lago, enquanto a fileira interminável das árvores de bétula na floresta parecia uma procissão de fantasmas. Esko correu de volta para a aldeia, para a casa do sacerdote, prendendo a respiração, desafiando os fantasmas a persegui-lo. Em sua infantil autoconfiança, imaginou que um dia seria capaz de conquistar o amor de Katerina e se casar com ela, tal como seus pais haviam feito. Teriam filhos e viveriam felizes para sempre. De repente, porém, lembrou-se de seu rosto deformado e voltou a cair em desespero. Ficou imaginando como poderia um dia tornar-se bonito a ponto de poder merecer alguém tão maravilhosamente cheio de beleza quanto Katerina.

6

As promessas do verão haviam se quebrado, a estação mais quente do ano já ia longe. O lago tornara-se acinzentado, um presságio do gelo que vinha. Neve, a primeira neve do inverno, começara a cair através da luz cinzenta em grandes flocos hesitantes que pareciam incrivelmente brancos e macios, como se relutassem em abandonar o paraíso de onde vinham. Esta cena maravilhosa, embora lúgubre, anunciava a chegada dos meses de escuridão completa. Esko estava na janela de seu quarto junto à igreja, contemplando a vista, quando bateram na porta e Kalliokoski entrou apressado sem esperar que abrissem, com ele entrou o frio e o aroma da neve.

— Bom dia, Esko — disse, fazendo um breve e nervoso cumprimento com a cabeça. Sua barba e seu cabelo estavam salpicados de flocos de neve que derretiam. — Esko, lamento muito, mas vou ter que lhe perguntar algo desagradável. Você tem visto seu pai?

A pergunta não exigia uma resposta mentirosa. Mesmo assim, Esko se sentiu corar de vergonha, a órbita vazia de seu olho ardeu como se alguém tivesse riscado um fósforo lá dentro.

— Não — respondeu.

— Está bem — disse Kalliokoski, sentando-se na beira da cama e suspirando enquanto cofiava a barba bem aparada, como se a notícia fosse mesmo muito má. — Esko, lamento muito ter de informar-lhe que ocorreu um atentado em Runni.

— Runni? — perguntou Esko, tomado por um receio repentino e imaginando se o corpo de seu pai fora encontrado. Mas o que estaria ele fazendo em Runni, uma estação de águas minerais freqüentada somente pela elite rica dos suecos e russos?

Kalliokoski pigarreou, limpando a garganta, e disse:

— Esko, você lembra da noite do festival da colheita? A noite da feira?

O menino assentiu em silêncio, de modo inseguro.

— Você se lembra do cavalheiro russo? O homem do automóvel? Aquele que os moradores da nossa aldeia, de forma preconceituosa, vaiaram tanto?

— Ele tinha uma filha. Ela era linda — comentou Esko.

— Esse mesmo! Você sabia que ele é o novo governador da nossa província, indicado pessoalmente pelo czar?

Esko balançou a cabeça. Não fazia a menor idéia do que se passava.

— Pois bem. Há três dias o novo governador estava em Runni quando um homem invadiu seu quarto e tentou matá-lo com um tiro. É claro que o cavalheiro russo já sabia que sua nomeação não fora propriamente um motivo de festejos em nossa província. Por isso, dormia com um revólver embaixo do travesseiro e conseguiu se defender. Foi ferido no ombro, mas conseguiu atingir o braço do atacante com uma bala.

— E Katerina? — perguntou Esko, subitamente assustado.

— Katerina? Ah, a filha dele, não é? Ela está bem. Estava em outro quarto, no fundo do corredor.

— E então? Não está tudo bem? — perguntou Esko, tentando descobrir por que Kalliokoski estava lhe contando tudo aquilo.

O sacerdote ergueu-se da cama e foi até a janela, onde segurou o menino firmemente pelos ombros, puxando-o tão para perto do seu rosto que Esko viu grossas pontas de pêlos pretos e grisalhos que precisavam ser aparados, acima da linha da barba, e a pele rosada da ponta do nariz de Kalliokoski, ainda com os poros abertos por causa do frio.

— Na verdade, não, não está nada bem, Esko. Veja só, as autoridades estão investigando se o seu pai teve alguma coisa a ver com este atentado.

— Meu pai?

— Portanto, é extremamente importante, entenda bem: *extremamente* importante, que você me conte caso ele tente, de algum modo, se comunicar com você, para podermos esclarecer tudo isto. De outra forma, tanto eu quanto você estaremos metidos em uma grande encrenca, entendeu bem, Esko?

Esko assentiu com um movimento de cabeça.

— Bem, creio que você entendeu — disse Kalliokoski soltando os ombros de Esko e levantando lentamente o olhar para um quadro que estava pendurado sobre a cama.

Era uma pintura feita pela mãe de Esko, uma das poucas coisas que haviam sobrevivido ao incêndio, e a única que Esko ainda possuía, uma paisagem do lago ao amanhecer, com águas azuis plácidas contra um fundo de céu pleno de serena expectativa.

— Eu estava em companhia de sua mãe quando ela pintou este quadro — disse Kalliokoski, tossindo e baixando a cabeça — Eu a admirava muito, e me agrada pensar que ela ficaria feliz de saber que eu estou tomando conta de você agora. Era uma boa mulher. Tenho certeza de que ela gostaria muito que você não escondesse nada de mim. Você vai me contar tudo, não vai? — perguntou Kalliokoski, sem esperar resposta.

Quando Kalliokoski partiu, Esko instalou-se em sua escrivaninha improvisada e tentou desenhar um pouco, mas seu olho cego estava doendo e ele não conseguia se concentrar. Então largou o lápis e tratou de escapulir escada abaixo, na ponta dos pés, somente de meias. Estava quase passando pela porta do estúdio quando ouviu, vinda lá de dentro, a voz de Kalliokoski ao telefone, primeiro com a telefonista e logo após com outra pessoa, talvez até mesmo, pensou, com o pai de Katerina:

— Sim... Sim... O hotel em Runni. Sim... Sim... Bom dia, senhor, espero que esteja bem. Mais ou menos, mais ou menos...Vaananen?... É possível... Sim, sim... Eu concordo... Não, claro que não! O menino sim, acredito que sim. Sem dúvida, Vaananen deve ser apanhado e levado à justiça... Claro que concordo. Claro, claro, sem dúvida que sim! O que disse, senhor? É *claro* que será capturado... Como?... O czar exige isto... Sem dúvida alguma... Estamos juntos nessa luta, senhor... — e riu alto.

Esko já ouvira o bastante. Esgueirou-se furtivamente pelo salão, passou pelos vários relógios, atravessou a sala de jantar e seguiu pela cozinha. Ao chegar ao lado de fora, receava que a qualquer momento fosse dar de cara com algum policial, um soldado russo, um agente secreto disfarçado ou com os três, possivelmente aguardando nas sombras para lhe colocar um par de algemas; não havia ninguém.

Uma semana se passou e àquela altura do ano a neve, caindo cada vez mais densa, já enchera os barcos ancorados no lago e cobrira os telhados pontiagudos da casa do vigário. Esko caminhava ao longo da trilha quando um homem surgiu das tumbas que ficavam do lado de fora, em frente ao pórtico lateral da igreja.

— Psiu! Esko! Venha até aqui!

Era uma tarde úmida, já quase noite, em meio à neve que caía, Esko não reconheceu de imediato a figura vestida de preto que exalava nuvens de vapor pela boca.

— Esko! Não se assuste, não fuja. Sou eu.

Esko aproximou-se, semicerrando os olhos para poder discernir quem o chamava naquela penumbra, sem conseguir acreditar no que via.

— Meu pequeno Esko, venha cá! Deixe-me dar uma olhada em você. Venha aqui, ande logo. Não faça barulho. Ninguém pode saber que estou aqui.

— Papai, é o senhor mesmo?

— Claro que sou eu! Fique quieto agora e chegue mais perto. Venha.

Esko juntou-se a Timo nas longas sombras projetadas ao longo da lateral da igreja; pai e filho se abraçaram, de maneira um pouco constrangida.

— Muito bem — disse Timo em voz baixa — Você parece bem, Esko. De verdade. Está bem-vestido. Parece um fidalgo.

— O senhor também, pai — retrucou Esko, e era verdade. Timo envergava um sobretudo escuro de lã espessa por cima de um terno cinzento imaculado, suas botas estavam muito bem engraxadas. Usava o cabelo aparado bem curto, engomado com brilhantina, recendia a perfume. Sua aparência transmitia confiança. Parecia que seu pai fora enviado a uma fábrica para reforma de um torno mecânico.

— Pai, por onde o senhor tem andado?

— Fazendo coisas importantes, meu filho, muito importantes. Estão precisando muito de mim agora. Vou escolher um visitante ilustre para que conheça os campos da Finlândia. Gostaria de apresentá-lo a você. Ele está na torre da igreja. Precisamos ir lá, depressa.

— Quem é esse homem, papai?

Timo franziu o cenho em uma demonstração de impaciência, mas logo voltou a sorrir para o filho.

— Você logo verá — disse ele. À medida que passavam pelas tumbas cobertas de neve em direção ao portão lateral da igreja, levantou a gola do casaco e procurou falar mais perto do ouvido sadio do filho:

— Preste bem atenção, Esko. Estou fazendo uma espécie de jogo com este homem. Ele não sabe que meu nome verdadeiro é Timo Vaananen. Pensa que me chamo Ernst Offermans. Você não precisa dizer nada. Apenas evite falar o que não deve, está bem claro?

Esko parou de repente. Seu pai estava parecendo novamente aquele professor exigente, pronto para soltar um bocado de informações tediosas sobre Ferdinand Lassalle.

— Esko — disse Timo, com a voz impaciente —, não banque o esperto. Tenho pouco tempo. Você vai querer conhecer este homem. Acredite no que seu pai está dizendo. Você precisa muito conhecê-lo.

Sem perda de tempo, Timo empurrou as portas que levavam até a torre da igreja. Mas não havia ninguém ali na entrada.

— Estou aqui em cima — gritou alguém em sueco, do topo das escadas da torre.

— Já sei! — resmungou Timo, dando uma olhada na escada estreita de madeira que subia pela parede lateral da torre da igreja. Ergueu a cabeça e gritou:

— Herr Lazarus! O senhor vai descer?

— Claro que não! — respondeu Lazarus, em sueco. — A vista daqui é magnífica.

Timo conformou-se, fixando os olhos azuis no filho, com um tom de inesperada ternura ao dizer:

— Esko, eu realmente gostaria muito que você conhecesse este homem. É importante. Vamos?

Esko percebeu que estava feliz por reencontrar o pai, apesar de se sentir alarmado por sua nova aparência e seu cheiro tão diferente; como se essas mudanças fossem um sinal de que outras coisas estavam por acontecer, novidades estranhas, jamais sonhadas.

— Claro, pai — respondeu, e foi na frente, subindo com decisão cada degrau, surpreso consigo mesmo por não ter medo de atravessar aquela teia de madeiras entrecruzadas por vigas e suportes.

Ao chegar ao alto, um braço forte o ergueu com facilidade, como se o menino fosse um pacote. Esko deparou-se com um homem grande de rosto rechonchudo e uma mancha de nascença na face direita. Estava com um gorro de pele e um casaco do mesmo material onde flocos de neve se derretiam, brilhando como diamantes.

— Aqui está ele! Parece que o nosso jovem herói tem uma queda pelas alturas e um fraco por máquinas que sobem até o céu — disse o homem, soltando o braço de Esko e despenteando amigavelmente seus cabelos. Usava um cachecol de seda cinza-prata em volta do pescoço, com um alfinete de gravata que tinha uma pérola enorme na ponta. Seus punhos eram grandes como martelos e seus ombros apresentavam a curvatura típica de quem praticava luta romana.

— Meu nome é Joseph Lazarus — apresentou-se. — Você, presumo, deve ser o jovem sobre quem Herr Offermans me falou, o rapazinho que acha que elevadores significam algo. O senhor Otis iria ficar encantado. Tal como eu estou, agora, encantado em conhecê-lo.

Aquela palavra, "encantado", soou muito bem aos ouvidos de Esko; era muito sofisticada, como se ele já fosse um adulto. Não sabia se era uma espécie de provocação.

— Realmente, meu rapaz, o elevador é uma invenção maravilhosa. Otis era um homem extraordinário.

— O senhor o conheceu? O senhor conheceu Elisha Graves Otis pessoalmente?

Nos meses após a partida de seu pai, Esko recolhera o máximo possível de informações sobre o elevador — e isso não era uma proeza fácil na aldeia. Kallliokoski traduzira para ele, de uma enciclopédia em inglês, um verbete sobre elevadores. Parece que havia ocorrido uma série de desastres após a instalação destas máquinas em alguns edifícios de Chicago, uma grande cidade americana. Os problemas não foram devidos ao mau funcionamento dos elevadores, nem por eles terem despencado. É que simplesmente as pessoas não tinham coragem suficiente para agüentar toda a emoção de subir e descer dentro deles. Foi preciso que Otis demonstrasse pessoalmente a segurança de sua invenção, por meio de um teste no qual entrou em uma das cabines do elevador com um ovo em cada mão e deu ordem aos engenheiros para que cortassem os cabos. O elevador despencou seis andares em queda livre, antes de pousar suavemente amparado por um colchão de ar no fundo do poço, com Otis e os ovos intactos.

– O senhor conheceu Otis?

– Sim, quando tinha mais ou menos a sua idade – disse Lazarus, com um sorriso franco nos lábios. – Agora ele está morto, é claro, mas agora tenho tido o privilégio de instalar muitas de suas máquinas.

Instalar? Esko tentava entender o que aquele conceito significava. Um elevador, tal como vira nas fotos do *Hufvudstadtbladet*, parecia estar tilintando e zumbindo dentro de sua cabeça, arranhando o topo do crânio por dentro.

– Mas o que significa isso? O que significa um elevador?

Lazarus dobrou-se de tanto rir, jogando a cabeça para trás, e Esko sentiu que seu rosto marcado ficou vermelho de vergonha.

– Não estou rindo de você. Isto é, claro que estou – disse Lazarus coçando a marca de nascença na face. – O significado de um elevador? Creio que ele significa que as pessoas não precisam mais subir tantas escadas. Esta torre do sino, por exemplo, poderia ter um elevador, se bem que falar assim seria um sacrilégio, e, de qualquer maneira, seria também uma pena estragar a torre desta forma. Trata-se de um trabalho requintado, obra de Jacob Rijfs se não me engano. Tábuas de revestimento externo pintadas de vermelho, não somente para conservá-las, mas também para criar a ilusão de uma parede de tijolo maciço. O rosto do Deus luterano. Um desses que não se compromete. Você acredita em Deus, meu caro? Desculpe-me, eu nem mesmo sei o seu nome.

– O nome dele é Lauri – antecipou-se Timo, juntando-se finalmente aos dois sobre a plataforma, após a longa subida – Lauri!

– Um nome bonito, de fato! – comentou Lazarus com entusiasmo – Você acredita em Deus, Lauri?

Esko desviou o olhar, levando-o através do arco da torre, para além dos topos congelados das árvores de bétula, dos pinheiros, até as campinas distantes cobertas de neve. E negou com a cabeça.

— Está bem! Nesse caso, talvez não deva construir igrejas.

Timo interrompeu a conversa bruscamente.

— Herr Lazarus vai dirigir pessoalmente a construção de uma ponte em Iisalmi. Esta ponte vai trazer a estrada de ferro até a nossa aldeia. Depois disso, tudo vai mudar. Será um milagre! Um milagre científico, histórico e inevitável.

— Na verdade eu não ligo para essas coisas, Herr Offermans. O último milagre em que trabalhei quase me custou a vida. O verdadeiro milagre é eu estar aqui para contar a história.

— O que aconteceu? — perguntou Esko, voltando-se para Lazarus com surpresa e admiração.

— Vamos, conte para o menino — pediu Timo.

— Devo começar mencionando que, na realidade, sou alemão.

— Devemos perdoar Herr Lazarus por isto — comentou Timo. — Afinal de contas, Karl Marx também era alemão. E Beethoven. E Goethe.

— Obrigado, Herr Offermans — respondeu Lazarus batendo os calcanhares à maneira teatral e meio arrogante dos alemães — Eu estava construindo uma ponte para o *kaiser* na ensolarada África.

— África! — exclamou Esko, boquiaberto de admiração.

— Tal lugar realmente existe, embora isso seja difícil de acreditar, com um frio finlandês como o de hoje — comentou Lazarus aconchegando melhor o sobretudo de pele em redor dos ombros. — Passei cinco anos construindo uma ponte sobre um rio. Durante trinta e três meses, houve uma seca que matou muita gente, quase morri também. Fiquei muito doente. Então aconteceu algo muito interessante.

— O quê? — perguntou Esko, observando fascinado.

— Imagine só — prosseguiu Lazarus, erguendo os braços como se estivesse emoldurando um quadro. E descreveu como, durante todos aqueles meses de seca, o rio parecia um fio de água correndo em um leito de areia branca cintilante, entre duas torres de tijolos vermelhos que se erguiam cada vez mais altas nas extremidades. — Os nativos me preveniram que às vezes aquele rio se transformava em um deus furioso. E que eu deveria ser grato porque o deus estava dormindo. Eu deveria ser grato, francamente! Na verdade, eu já tinha muita coisa com que me preocupar.

Lazarus contou que a cada dia ele era obrigado a enfrentar o calor escaldante, insolação, malária, cólera e outras febres variadas. Para não falar nos desastres profissionais, os erros de cálculo que provocavam a morte de dezenas de trabalhadores, quando estavam trabalhando em grupo, pendurados nas treliças e vigas de ferro com seus martelos e braseiros.

— Então, em uma bela tarde, recebi um telegrama. As monções haviam começado e o rio na parte alta já estava em plena cheia. Avisaram-me que eu dispunha de apenas quinze horas para me preparar, mas o desastre chegou em quatro. Ventania. Uma chuva que era apenas forte e constante no início, mas depois se tornou torrencial, um temporal como eu jamais vira até então, e espero nunca mais tornar a ver. Um dilúvio que talvez apenas Noé tenha testemunhado. A torrente atingiu primeiro a base das torres, para logo depois encobri-las inteiramente. O rio elevou-se como uma cobra, uma gigantesca anaconda que tivesse engolido um elefante e fosse ficando cada vez maior, estendendo-se até a linha do horizonte. Minhas cabanas foram todas varridas do mapa. Meu guindaste principal tombou e foi levado pelo rio, uma falta de consideração da Natureza. Duas mil mulas se afogaram, uma legião de mulas. Mais de trezentos homens se perderam, bem como uma centena de mulheres e crianças. De alguma forma, porém, por algum golpe de sorte ou por simples *milagre*, quando as águas baixaram minhas torres ainda estavam de pé. Assim, em vez cair em desgraça e ser arruinado, ganhei uma medalha do *kaiser* em pessoa! *Ach! Arch!* Isto quase me fez acreditar em Deus novamente.

— Não foi milagre — comentou Timo. — O senhor sabe como construir torres, meu caro.

— Não resta dúvida de que consegui — disse Lazarus coçando o rosto com ar pensativo. — Mas homens melhores do que eu já construíram coisas mais importantes e viram a natureza destruir suas obras. Gente assim jamais consegue se recuperar do fracasso. Tornam-se pessoas arruinadas, tristonhas. Eu tive sorte. Talvez tenha sempre a mesma sorte. O que acha, jovem Lauri? Será que terei sorte com a ponte sobre o gelo? Ou será um daqueles sonhos como o que Napoleão teve a respeito de Moscou?

Esko ouvia tudo fascinado, como se tudo aquilo fosse uma lenda heróica do "Kalevala". Em sua imaginação ele via o rio enchendo, caudaloso. Imaginou-se em pé sobre as torres imponentes de tijolo vermelho, enfrentando a fúria da correnteza.

— O senhor é engenheiro?
— Sim, sou. E também arquiteto. Projeto coisas.
— Como assim? O que significa projetar?

Lazarus tornou a rir.

— Outra boa pergunta, mas esta é mais fácil de responder do que a do elevador. Significa que a ponte saiu da minha imaginação.

Por mais de um minuto, Esko ficou absorvendo aquele conceito extraordinário.

De repente, lá debaixo, ouviu-se alguém fazendo muitos barulhos e estrondos, levando tombos e dizendo palavrões, para a seguir começar a subir a escada com grande esforço, resmungando enquanto subia, tentando alcançá-los no topo, junto aos sinos da igreja.

— Meus cabelos estão caindo, meus dentes estão todos podres, a casa em ruínas, tenho crianças demais e mais uma está a caminho; trabalho demais, lutando, sempre na batalha; há feno demais para capinar, este é o problema! Tudo nas minhas costas, tudo para resolver, e ainda por cima duas sepulturas para cavar na neve. Afinal, as pessoas não param de morrer, não é mesmo? Ora, claro que não!

Um par de mãos magras e compridas apareceu no alçapão da plataforma, no topo da escada, seguido por um gorro negro e por fim o rosto indignado do coveiro Turkkila, sua cara rosada e um nariz vermelho como um punhado de morangos amassados contra uma vidraça, além do dente pontiagudo como presa marcando o lábio inferior rachado pelo frio. Com um último esforço, pôs-se em pé na plataforma.

— A vodca é uma espécie de irmão. Um irmão com defeitos, claro, que às vezes me provoca ódio. Mas não deixa de ser um membro da família, não deve ser ignorado nem negado. É assim que é! – disse, sacando uma garrafa comprida e transparente do bolso, tomando um gole e estalando os lábios à medida que a bebida lhe descia goela abaixo, esquentando suas entranhas com um afago fraternal.

— Saudações a todos! – Subitamente percebeu a presença de Esko e seus olhos se arregalaram – Diabos! É Esko Vaananen, o menino com cara de sabugo. O que está fazendo aqui? – Turkkila tentava se manter ereto, mas parecia ter as pranchas de uma cadeira de balanço no lugar dos pés. Pendia para frente e para trás, olhando desconfiado com olhos rubros, agora, reparando e tentando absorver a figura espetacular de Joseph Lazarus.

— Quem é esse homem ao seu lado, com o casacão de peles? Certamente parece um cavalheiro. Desculpe-me, senhor.

Turkkila passou a falar em finlandês, e Esko percebeu que Lazarus não o entendia. O próprio Turkkila notou vagamente que alguma coisa estava errada, mas continuou a falar sem parar, tentando ser coerente, embora bamboleasse de tão bêbado, teatralizando os movimentos como se estivesse cavando, e logo em seguida como se estivesse puxando as cordas do sino, demonstrando ao visitante que era não apenas o coveiro, mas também o sineiro. Fez um sinal para que Esko e Lazarus o seguissem até o outro lado da plataforma, e apontou para os badalos silenciosos que pendiam adormecidos.

Encerrado o seu trabalho de guia da torre, Turkkila tornou a tirar a rolha da garrafa de vodca e seus olhos brilharam com um ar de suspeita, como se achasse que Lazarus pudesse querer um pouco da bebida, mas sorriu aliviado ao ver o cavalheiro enfiando a mão no bolso do sobretudo elegante de peles para sacar um refinado frasco de fina prata.

— Ora, o cavalheiro é um dos meus. Escondi esta vodca dos amigos e de minha mulher, eu mesmo a fermentei – prosseguiu o coveiro, tocando o nariz achatado e soltando um bafo de álcool no rosto de Lazarus. – Seria capaz de ficar de quatro na neve para tomar o restinho, se entornasse alguma coisa. Escondo vodca nos bancos das igrejas, em caixões e até mesmo em uma perna de pau. É preciso manter o estoque a qualquer custo. Isso é essencial!

Timo, enquanto isso, se esgueirava silenciosamente pela plataforma, nas costas de Turkkila, até o lado oposto dos sinos. Fazendo sinal para Esko segui-lo, desapareceu pelas escadas abaixo.

Por um momento, Esko não soube o que fazer. Lazarus e Turkkila estavam estreitando suas relações através do álcool. O menino se despediu timidamente, com um aceno, enquanto Lazarus sorriu para ele, e desceu as escadas com passos confiantes, a fim de reencontrar o pai na base da torre.

— Guardei uma coisa para você, Esko. — Tirou uma carteira de couro de dentro do casaco. Ali estava um artigo do *Hufvudstadsbladet*.

— Obrigado, pai! — agradeceu Esko, abrindo o recorte. Era sobre elevadores.

— De nada, filho — respondeu Timo, meio embaraçado. Sua mente, sempre clara quando o assunto era revólveres e tiranos, ficava confusa quando precisava se defrontar com o filho. Esko era alto e tinha cabelos louros; sorria às vezes como um anjo moleque e alegre; era teimoso, apaixonado e persistente; seu olho sadio era de um azul penetrante; bastava, porém, mostrar o outro lado do rosto para todos verem o quanto ele ficaria vulnerável diante do mundo.

— Meu filho — disse Timo. — Esko, por favor, me perdoe. Por tudo!

Esko levantou a cabeça e sentiu o rosto arder como se pegasse fogo. Não saberia dizer se o rubor era de vergonha ou raiva.

— Sim, papai — respondeu hesitante, dobrando com cuidado o artigo do jornal e guardando-o no bolso. Um menino de onze anos ainda não sabia o que era perdoar.

— Eu estava preocupado com o senhor, papai. Iosip, quer dizer, o Senhor Kalliokoski, disse-me que talvez o senhor estivesse ferido. Ele me disse que o senhor tinha sido baleado.

— Por que ele diria uma coisa destas? — perguntou Timo, puxando para trás uma mecha de cabelos que lhe caíra sobre o rosto.

— Ele contou que o senhor atirou no novo governador da província, Malysheva. Disse que Malysheva conseguiu se defender e atirou no senhor.

— Esko notou que o olhar de seu pai demonstrou abalo e se apressou a romper o silêncio que se seguiu e começava a se tornar embaraçoso. — Estou feliz por ver que o senhor está bem.

— Ele está vivo?

— Sim, papai. Ele sobreviveu, e está tudo bem.

— Ele está *vivo?* — Timo levou as mãos à cabeça, espantado — Mas eu dei três tiros nele. Como pode ter sobrevivido?

Esko balançou a cabeça, concordando com o pai em silêncio.

— Não faço a menor idéia, pai. Mas tudo vai ficar bem agora, não vai?

— Você está mentindo, Esko! Você está mentindo, não está? Meu Deus! — exclamou Timo, erguendo a mão para esbofetear Esko, mas se contendo no último instante.

Porém, já era tarde demais. Esko recuou por instinto, fugiu correndo pelo piso velho e rangente da torre do sino, em direção aos pesados portões de madeira por onde a luz perpassava, e saltou para a neve ofuscante e gélida do lado de fora.

— Esko!

O menino correu.

— Esko!

Ele correu ainda mais, soltando baforadas de fumaça pela boca e deixando pegadas frescas na neve atrás de si.

7

Turkkila não pretendia trair Esko, mas não conseguiu evitar. Enquanto conversava com Manda Virtanen, a mulher do vendeiro, despejou toda a história do seu encontro com o estranho misterioso na torre da igreja, como se fosse vodca gorgolejando da garrafa:

— Era um bom sujeito. Um homem realmente distinto, dava para ver pela sua aparência. Não parecia arrogante. O mais importante, no entanto, não era a roupa. Não, senhora. Não nego que tinha bebido um pouco com minha amiga garrafa, mas também não tinha bebido *tanto assim!* A senhora sabe como eu fico quando bebo demais – completou Turkkila, assoando o nariz e passando à história. – Foi assim: eu estava descendo a escada da torre quando vi nada mais nada menos que aquele menino tratante e caolho, Esko Vaananen, correndo disparado pela neve como se a sua vida estivesse em perigo. "Engraçado", pensei, mas logo percebi tudo. Uma outra voz chamou. "Esko! Esko!" Era uma voz em desespero. E sabe quem era o dono da voz, sra. Virtanen? Era o nosso velho conhecido, Timo Vermelho, em pessoa. Sério! Era mesmo a voz de Timo. Juro como era, tal como estou aqui em pé, quer dizer, sentado. O que acha disso, sra. Virtanen? Será que estou maluco?

A senhora Manda Virtanen era uma boa finlandesa, mas gostava de cair nas boas graças das autoridades: despachou o marido para contar tudo a Kalliokoski, que imediatamente foi bater na porta do quarto de Esko. O menino manteve-se calado. Não disse nada quando Kalliokoski tentou persuadi-lo com agrados, não contou nada quando ele ordenou, nem quando o sacerdote exigiu aos berros, e menos ainda quando Kalliokoski sacudiu a cabeça, suspirando e dizendo que Esko estava comprometendo seu futuro, o de Helsingfors e de tudo aquilo pelo qual eles vinham trabalhando juntos tão arduamente. Permaneceu em silêncio quando Kalliokoski deixou a casa e a sra. Kalliokoski o esbofeteou sem hesitação, chamando-o de mau e ingrato. Esko sabia a gravidade da situação, mas manteve silêncio até mesmo quando Kalliokoski o levou para Iisalmi em um trenó e o escoltou até o gabinete do capitão de polícia local, um tipo elegante que envergava um uniforme cinza e quebrava nozes de pinheiro com os dentes enquanto dizia:

– Admiro a sua coragem, meu jovem, mas seria melhor me dizer onde o seu pai está.

Esko poderia ter respondido com toda a sinceridade que realmente não sabia do paradeiro do pai, mas manteve-se firme, de boca fechada, tentando evitar que o pai se complicasse ainda mais.

– Bata nele! – aconselhou o capitão de polícia ao sacerdote, e voltou a quebrar outra noz com os dentes.

No caminho de volta, no trenó, Kalliokoski estava mais triste e resignado do que zangado.

— Não vou espancá-lo, Esko — disse, aconchegando os dois com a pele de urso do trenó e mandando que o cocheiro fosse devagar e com cuidado, apesar de o dia estar gelado, mas claro, e a estrada segura, sem neve caindo. Manteve-se em silêncio por muito tempo enquanto o trenó deslizava suavemente sobre os esquis, badalando os sininhos.

Voltou-se para Esko e disse subitamente:

— Ele seria capaz de traí-lo, sabia? Abandonou sua mãe e fez o mesmo com você. Daria com a língua nos dentes diante do capitão, sem hesitar. Digo isto para você saber o que eu penso do homem que está protegendo.

Aos onze anos, Esko não poderia nem de leve compreender a realidade destes acontecimentos. Sabia que tudo tivera início com o elevador e convenceu-se de que, se conseguisse descobrir o segredo do elevador, seu pai nunca mais voltaria e o espancaria novamente. Se conseguisse descobrir o segredo do elevador, poderia ser feliz um dia, em companhia de Katerina. Se descobrisse o segredo do elevador, ninguém mais iria rir das suas cicatrizes; ficaria livre da ironia de homens como Malysheva; na verdade, encontraria um meio de ser amado e admirado por homens como Joseph Lazarus. Estaria curado e poderia fazer com que tudo acabasse bem. Tudo isto, é claro, se conseguisse descobrir o segredo do elevador.

Prendeu o artigo do *Hufvudstadsbladet* na parede, ao lado da paisagem do lago pintada por sua mãe; depois, resolveu colocar o desenho da máquina em outra parede, que ficava diante do espelho; em seguida, colocou um segundo espelho diante do primeiro, de forma que quando ficava em pé entre eles podia ver sua própria imagem e o diagrama do elevador multiplicando-se até o infinito. Enquanto isso, com relação ao mundo humano, era como as coisas não tivessem nada a ver com ele. Não apareceu mais na aldeia e nem na igreja; quando saía, era para caminhar sozinho pela floresta, até o lago. Mergulhou num mundo de silêncio e solidão. Limitou suas palavras a perguntar ocasionalmente se alguém tinha notícias de Joseph Lazarus e a ponte ferroviária que estava sendo construída sobre o rio em Iisalmi.

As noites foram ficando mais longas. As primeiras nevascas de setembro deram lugar a um outubro sombrio, seguido pelas tempestades de neve violentas e o frio intenso de novembro e dezembro. A neve espessa acumulou-se por entre os enormes pinheiros. Esquiadores passavam fazendo guinchar as pranchas na base dos trenós durante os dias curtos que logo mergulhavam na escuridão. As estrelas pareciam imensas. O gelo na superfície do lago foi rastejando aos poucos, saindo das margens rasas e se espalhando em direção ao centro, não em pedras, mas em um bloco unificado e plano que avançava lentamente. Finalmente, em uma noite gélida e absolutamente silenciosa, a obra foi concluída. O gelo novo em uma área plana semelhante a aço era claro, acinzentado, e não apresentava rachaduras nem ondulações. Sua superfície lisa era uma tentação.

Um dia, de manhã cedo, um visitante inesperado surgiu na subida da varanda, na casa do sacerdote. Tinha as mãos cruzadas nas costas e parecia inquieto, trocando o peso do corpo de um pé para o outro, como se o fato de estar assim tão perto da casa de Deus o deixasse nervoso. Era Bongman Filho, com um par de patins de gelo pendurados no pescoço cheio de espinhas. Perguntou se Kalliokoski permitiria que Esko fosse brincar com ele.

Esko ouviu o pedido, os passos de Kalliokoski se aproximando do seu quarto e a sua voz:

— Não sei o que fez aquele menino achar que você estaria interessado em brincar com ele. Sei que vocês dois costumavam ser amigos, mas, francamente, considerando os rumos que as vidas de vocês estão tomando, qualquer amizade com ele me parece muito inapropriada — comentou Kalliokoski, nervoso pela possibilidade de Esko sair de sua vista, como se a qualquer momento pudesse aproveitar a chance para escapulir e se encontrar secretamente com Timo. — Além do mais, há quanto tempo você não patina no gelo?

— Não patino desde que minha mãe morreu.

— Exato. Está totalmente fora de forma! Vou dizer a este infiel que você está ocupado.

É claro que Esko foi, desafiando Kalliokoski como sempre fizera, e saiu correndo pela neve com Bongman Filho, cuja primeira atitude para renovar a amizade com Esko foi tentar bater com um dos patins de gelo na cabeça dele. Esko abaixou-se a tempo, evitando a lâmina sibilante.

— Então, Cicatriz — disse Bongman Filho —, você era melhor do que eu no gelo. Mas se hoje eu vencer a corrida de ida e volta até o outro lado do lago, você terá que ficar parado e deixar que eu lhe dê um soco na cara. Concorda com a proposta?

— Isto não é justo — reclamou Esko.

— Então eu vou esmurrá-lo mesmo que você ganhe a corrida, que tal isso? — disse Bongman Filho, passando a mão suja e comprida no rosto.

— E qual vai ser a vantagem para mim?

— Veja bem. Se você concordar com a proposta e ganhar a corrida não apanha de mim — afirmou Bongman Filho com uma lógica estranha semelhante à de Kullervo, personagem do "Kalevala".

Ainda estava escuro quando chegaram ao lago. O gelo refletia tons azulados e um brilho fantasmagórico, como se ao congelar houvesse engolido a luz de um milhão de estrelas. Em alguns lugares, o vento varrera todos os detritos da superfície. Em outros locais, a neve se acumulara, formando arestas, pequenas ondulações e bancos arredondados. Ao longe, Esko vislumbrou uma luz vagando de um lado para o outro, uma lanterna que soltava faíscas como se fossem fogos de artifício. Na certa, um pescador que patinava em direção ao seu buraco no gelo, por onde içaria a rede de pesca.

Esko sentou-se em uma pedra e começou a colocar seus patins de gelo com rapidez. Ouvindo ruídos às suas costas, vindos da floresta, virou-se para deparar com uma figura que andava aos tropeços, resmungando, trêmula, balançando as mãos e batendo com elas nos ombros para se aquecer, enquanto seguia em direção ao lago. Era Turkkila, o coveiro da aldeia, ou melhor, Turkkila, o ex-coveiro da vila, porque perdera o emprego após o incidente da torre. Usava um gorro de feltro com abas protuberantes já desgastadas e não usava casaco; seu nariz de morango estava azul de frio.

— Jovem Vaananen, o menino com cara de sabugo. Que bom ver você — disse. Perdera a vivacidade, era uma sombra pálida a do velho Turkkila, como se a sua energia e malícia lhe tivessem sido sugadas. — Você sempre me tratou bem e eu acabei envolvendo-o em uma confusão por falar demais, juntamente com seu pai. Ele sempre foi correto comigo, o seu pai. Timo sempre me tratou com decência. — Esfregou a manga no nariz, fungando. Turkkila estava fora de si. — A vida é assim mesmo! Por mais que eu tente fazer o melhor, acabo por pôr tudo a perder para mim e para os outros. Nasci inútil, cresci inútil, inútil no trabalho ou fora dele.

— Você não é inútil, Turkkila.

— É muita bondade sua me dizer isso, menino-sabugo. — Seu rosto se iluminou na hora. — Muita bondade. Mas preste atenção ao que vou lhe dizer agora. Cuidado com o aço, cuidado com o ferro. — Bateu zangado com o pé no gelo. — Cuidado com os elevadores. Essa é a palavra que estava me incomodando: *elevador*. Diga lá, menino-sabugo, de que vale um elevador dentro de casa? Você pode comê-lo? Ele pode mantê-lo aquecido? A gente pode se aconchegar a ele de noite, como se fosse alguém de que gostamos?

Os olhos maliciosos de Turkkila desviaram-se lentamente para o lago, de onde o pescador vinha voltando do buraco que fizera no gelo para pescar. A lanterna faiscante vinha levantada bem alto acima da sua cabeça, ele arrastava um trenó dentro do qual havia uma cesta cheia de peixes que rebrilhavam no escuro.

— Lá vai um homem de sorte! Talvez ele divida um pouco de sua sorte. O que você acha, menino-sabugo? Um peixinho, um encontro com o irmão e tudo ficará bem. Não se esqueça do que eu disse. Lembre-se do que lhe avisei a respeito do ferro e do aço. Lembre-se dos elevadores. Lembre-se da madeira. Escolha sempre a madeira, menino-sabugo. A madeira é que vai tomar conta de você.

— Ele é doido — disse Esko, à medida que Turkkila se afastava, tropeçando e se desequilibrando sobre o gelo.

Bongman Filho franziu a testa, um momento raro para quem sempre apresentava uma rigidez estóica no rosto marcado pela varíola.

— Ele sempre me contava histórias sobre os ursos e a floresta, o velho Turkkila — disse a Esko. — Meu pai me disse que um homem está vindo de Helsinque com uma proposta para escrever um livro contando as histórias do velho Turkkila.

– Vamos patinar – propôs Esko, subitamente tomado pelo entusiasmo. Antes do incêndio ele fora um patinador exímio, o melhor da aldeia, e naquele instante, dando impulso com um dos pés, um pouco nervoso a princípio, mas logo compensando o peso de uma perna para a outra de modo rítmico e sem esforço, como se os pés deslizantes fossem orientados não pelos músculos, mas diretamente pela mente, redescobriu a velha habilidade. Ainda sabia patinar bem, até melhor do que antes. Parecia estranho, era quase injusto com a memória de sua falecida mãe, mas Esko estava realmente patinando muito melhor do que antes.

Em termos de disputa, a corrida com Bongman Filho não chegou nem mesmo a ser competitiva. Talvez ele próprio já soubesse disso ao desafiar Esko. Quando ele chegou ao centro do lago, já levava uma dianteira tão grande em relação ao oponente que se perguntou se não fora enganado, se toda aquela história não passava de um plano de Kalliokoski para afastá-lo de casa a fim de poder conversar com alguém. Pensando melhor, achou que não. Na verdade aquilo nem importava, pois Esko estava exultante e se sentia muito bem com a beleza da paisagem e o ar fresco do Ártico que penetrava em seus pulmões. Para recompor as forças, apoiou as mãos nos joelhos por alguns instantes e, ainda deslizando pelo gelo, ergueu os olhos para o céu e contemplou as luzes da aurora boreal que faiscavam e brilhavam sobre sua cabeça. As cores ondulavam sem parar, juntavam-se em arcos e círculos que dançavam pelo céu e mudavam de tom, cada vez mais brilhantes, perseguindo-se umas às outras em grande agitação na enorme abóbada celeste, encrespando-se dos céus até a terra, voltando a subir, tremeluzindo e retorcendo-se diante de seus olhos para depois sumirem e logo voltarem fulgurantes e agitadas, desenhando novas e estonteantes figuras.

Sua respiração ofegante e o patinar compassado levaram Esko rapidamente até a outra ponta do lago, onde deu meia-volta e começou o caminho de volta até alcançar um denso bosque de bétulas e pinheiros que se erguiam à sua frente. Era uma das ilhotas do lago. Lá estava um velho barco que Esko reconheceu com uma explosão de prazer. Aquela era a sua ilha, o local onde ele se escondera do pai naquela noite, após a tempestade.

– Estou aqui. Esko voltou! – gritou o menino, erguendo os punhos para o ar em triunfo. Encolheu os ombros, sentindo-se tolo, mas logo voltou a gritar: – Sou Esko Vaananen! Esko voltou para resgatar o seu reino.

Suas palavras se desvaneceram naquele silêncio que parecia envolver toda a Finlândia. Tudo estava tão quieto que Esko imaginou que poderia até mesmo ouvir a queda dos flocos de neve que tombavam da borda do barco, e pensou em como os sons podem enganar uma pessoa que está sozinha em um lago gelado no inverno. Às vezes, o gelo parecia ribombar como um trovão, como se a imensa massa congelada estivesse a ponto de se partir em duas. O som do tiro de uma espingarda que fosse disparada a três metros de você poderia ser levado na direção oposta sem sequer ser ouvido, chicoteado para longe pelo poderoso vento. Quando, porém, a atmosfera estava muito densa e fria, uma conversa podia ser ouvida a uma milha de distância ou mais do outro lado do lago. O ar gelado flutuando rente à superfície do gelo aprisionava e amplificava o som. Para demonstrar isso, a mãe de Esko certa vez caminhara trezentos metros para longe dele e recitara um poema. Na volta, dissera-lhe ter lido em um sussurro, mas Esko escutara cada palavra com a clareza de um cristal que reverberava:

Em breve estaremos presos em sepulturas,
Vivendo como chamas crepitantes na fornalha
Deixando-se queimar e subindo nas alturas
Labaredas ardendo, cansadas da batalha.
A sujeira ficando e as almas subindo, puras.

Esko se lançara em seus braços.

– Esko, meu querido – disse-lhe ela, abraçando-o com força e beijando-o. Depois, patinando de volta com ela, de mãos dadas, Esko imaginou que seria feliz para sempre.

Uma dor surgiu, em fisgada, trespassando seu olho esquerdo cego. Levantando o tapa-olho de couro muito gasto, esfregou um pouco de neve gelada no tecido dolorido da cicatriz fina que cobria o vazio da órbita. Ao fazer isso, fechou o olho sadio e quando tornou a abri-lo o cenário à sua volta parecia ter mudado de forma sutil. Um zimbro contorcido rebrilhava, com os galhos e gravetos recobertos de gelo, como pingentes. O vento cessara por completo e tudo estava em silêncio. De repente, um estalo forte se fez ouvir quando a neve, esfriando mais um ou dois graus, expandiu-se, alcançou um ponto mais alto e se acomodou sobre a borda do barco. Esko sentiu-se ansioso, pressentindo subitamente que alguma coisa estava para acontecer. Sentiu-se quase amedrontado, como na vez em que Katerina viera em sua direção com o espelho pendente balançando no pulso. Por onde andaria ela agora? Kalliokoski nunca mais mencionara nada ligado ao atentado em Runni, e Esko nem mesmo sabia se a família Malysheva ainda estava na Finlândia. Talvez já houvessem regressado a São Petersburgo e Esko se entristeceu diante da possibilidade de Katerina estar tão distante dele.

Um aroma de pinheiro veio pela brisa e então tudo ficou calmo outra vez. A luz turva e escura parecia porosa, como se flutuasse sobre o lago, uma mortalha encharcada por um milhão de gotículas de água. Estremeceu com súbitos calafrios e bateu com os pés no chão para se esquentar. Se ficasse por ali mais tempo, iriam encontrá-lo totalmente congelado, desta vez.

Olhou na direção de onde Bongman Filho deveria estar vindo, mas ele ainda estava tão distante que Esko não conseguiu localizá-lo. Olhou para a outra direção, para os lados da aldeia, tentando distinguir as duas torres de vermelho ocre da igreja através do nevoeiro, mas não conseguiu enxergá-las.

Viu algo diferente, no entanto.

Piscou os olhos, imaginando se não seriam as luzes da aurora boreal que haviam voltado, mas, quando tornou a abri-los, o elevador ainda estava lá. Era a invenção do sr. Otis, ascendendo na escuridão de dezembro e, em torno dela, consubstanciando-se à medida que o elevador ascendia, os andares de um edifício que surgiam, um sobre o outro.

Agora, ele já não queria tirar os olhos da visão. A construção foi subindo, mais alto do que uma casa, mais alto do que as torres da igreja, mais alto do que uma pirâmide de pedra, mais alto do que qualquer outra estrutura que ele já tivesse alguma vez visto ou lido a respeito, nos jornais ou no livro de História.

Não ousava desviar o olhar. Distinguiu a base em granito. Viu o poço feito de pedra e uma espiral brilhante de vidro. Os andares estavam empilhados um sobre o outro à volta do poço em ordem perfeita, simétricos e maravilhosos.

E foi então que finalmente ele compreendeu que era isso que o elevador significava. Através dele, um edifício poderia reproduzir-se ao infinito. Algo considerado impossível na realidade poderia existir.

Nos anos que se seguiram, era assim que Esko iria lembrar-se daquela história. À beira de um um lago gelado, pouco antes do amanhecer, na minúscula aldeia em que crescera na virada do século, na Finlândia, Esko teve uma visão do seu futuro. Vira um arranha-céu.

PARTE DOIS
História

1

Em um final de tarde de um dos últimos dias de outubro de 1917, o jovem arquiteto Esko Vaananen desceu pelo elevador do edifício Diktonius, agradeceu a Karl, o ascensorista que abrira as portas de aço para ele (Karl era agora uma presença familiar em sua vida, quase um amigo), saiu em plena garganta de pedra em que se transformara a rua Aleksanterinkatu, apertou um pouco mais mais o cachecol de lã que lhe cobria a boca e começou a caminhar com passos confiantes, passos largos e decididos. Trenós e pequenas carruagens para neve deslizavam em seus esquis por sobre uma brancura ofuscante. A temperatura, que era de dez graus abaixo de zero, dominava a atmosfera escura e cintilante, os flocos de neve fresca provocavam nele uma sensação de bem-estar interior cheia de harmonias e promessas. Qualquer coisa parecia possível, pensou Esko, até mesmo a criação de uma nova Finlândia sem conflitos, até mesmo a construção de um arranha-céu.

Aos vinte e sete anos, Esko se transformara em um homem alto e forte, com um olho azul e um tapa-olho do outro lado; tinha uma cabeleira entre ruiva e loura, rebelde e revolta. Por entre as sobrancelhas hirsutas estava entalhado um vinco vertical, talvez a marca de muitos franzidos de preocupação, mas também o símbolo de um homem audaz e perseverante, cuja máscara sombria encobria muitas esperanças. Sua risada era contagiante e charmosa, mas raramente ouvida nos bares e cafés de Helsinque. Dedicara-se ao estudo de várias línguas e, embora fosse considerado um homem de poucas palavras, já sabia falar fluentemente o francês, além do finlandês e do sueco, e acrescentara ainda um bom conhecimento do inglês e um interesse hesitante pelo russo. Mesmo assim, sentia que as palavras iam se acumulando cada vez mais dentro dele, cada vez mais arraigadas. Vivia se perguntando se elas acabariam por transbordar-lhe da alma um dia. Secretamente, tinha a esperança de que sim.

Trazia uma pasta de esboços debaixo do braço. A mão do mesmo braço que prendia a pasta vinha enfiada no bolso do sobretudo, acariciando um certo espelhinho de prata que sempre carregava consigo como um talismã, enquanto as pontas do casacão preto esvoaçavam atrás dele como velas soltas das amarras. Andava de cabeça baixa, olhando para o chão, perdido em pensamentos, mas manobrava o próprio corpo com perfeição, abrindo caminho através da rua apinhada de modo lépido e hábil, exibindo uma agilidade surpreendente para um homem do seu tamanho. Erguia o olhar ocasionalmente com a concentração arrebatada ao observar um edifício em especial, como se notasse algo mágico nele, como se o prédio fosse o personagem de um drama encenado apenas para ele. Essa era a causa do olhar de desdém que dirigia naquele momento para o velho prédio da Companhia de Seguros Pohjola, um castelo de cimento que parecia estar de cócoras e exibia gárgulas de pedra nos quatro cantos, cada uma com a forma de um *troll*, o monstro das lendas finlandesas com garras nas orelhas de pedra e a língua pendendo da boca. Seu olhar de admiração e um sorriso eram reservados para o moderno edifício Lundqvist, esbelto e com janelas largas, que pareciam flutuar acima da nevasca. O primeiro prédio era pesado como um sapo gordo e o outro elegante, atraindo os olhares como um ímã. O primeiro era feio como o passado finlandês, enquanto o segundo era uma seta que apontava para uma existência mais bonita, clara e promissora.

Esko tomou um bonde elétrico e deu uma olhada nas manchetes do jornal da mulher que se encontrava em pé ao seu lado com a mão agarrada a uma das correias que pendiam do teto. Notícias de Petrogrado (o novo nome de São Petersburgo) ocupavam a primeira página, anunciando uma série de greves, motins e cadáveres abandonados nas sarjetas. Todo dia chegavam notícias sobre alguma nova barbaridade cometida na Rússia, um prenúncio das incertezas que Esko tentava ignorar, do mesmo modo que tentava não sentir os encantos perfumados da mulher com o jornal, ao seu lado. Não tinha tempo a perder com política e, devido à sua aparência, não alimentava aspirações românticas ou amorosas na vida. A arquitetura era sua ambição, seu sonho e sua vida; nunca lhe ocorreu que com o amor puro que conseguia concentrar em um simples esboço seria capaz de seduzir um batalhão de mulheres.

Acariciando o espelho de prata que trazia no bolso e, prendendo com mais firmeza a pasta de esboços debaixo do braço, saltou do bonde elétrico e subiu rapidamente a ladeira até o topo, abrindo um portão de ferro que dava acesso a uma vila imponente com entrada em colunas, onde um lampião a gás cintilava e sibilava sobre um pesado portal de madeira negra com aldraba em bronze polido.

— Sou Esko Vaananen. Procuro pelo senhor Diktonius — anunciou, quando o criado abriu-lhe a porta.

Aguardou pouco mais de um minuto no saguão de mármore da entrada e logo o criado voltou, anunciando:

— Siga-me, por favor. O sr. Diktonius irá recebê-lo na biblioteca — e o encaminhou até um amplo aposento, discretamente iluminado e confortável, cujas paredes estavam cobertas por livros encadernados em couro com lombadas gravadas a ouro e que iam do chão até o teto. Em um canto havia uma luminária cuja base tinha a forma de garras de bronze. Na outra ponta da sala, uma lareira estava acesa, cheia de brasas. Quando a porta foi fechada suavemente às suas costas, Esko viu, no fundo do aposento, um cavalheiro se levantando de uma escrivaninha forrada de couro.

— Você deve ser Vaananen. Eu sou Alexander Diktonius — apresentou-se o homem, falando muito depressa e encaminhando-se para encontrar o visitante ao mesmo tempo que enrolava a ponta do bigode. Era gorducho, tinha olhos brilhantes, rosto quadrado e queixo duplo. Enfiou as mãos nos bolsos sem estendê-las para Esko. — Mostre-me o que trouxe. Coloque aqui, estenda tudo sobre o sofá.

Esko desatou o nó e abriu a pasta de esboços; ignorando o primeiro projeto que seus dedos tocaram, selecionou o segundo e o colocou cuidadosamente sobre o sofá estofado em couro castanho.

Diktonius tirou a mão do bolso e voltou a cofiar os bigodes.

— Parece-me que esta planta é para um prédio de escritórios, certo?

— Sim, senhor, precisamente — confirmou Esko.

— Vejo que se trata de um arranha-céu, frente reta e quase todo recoberto de vidro.

— Isto mesmo, senhor.

Ficaram os dois por algum tempo em silêncio, interrompidos apenas pelo pelo bater dos dentes de Diktonius.

— Entendo — disse ele. — Mas eu tenho a impressão de que lhe pedi para projetar a planta de uma casa de campo.

— Eu sei — respondeu Esko, estendendo o braço e tirando da pasta o outro esboço. — Aqui está ela, senhor!

— Ah, foi isto que eu encomendei — disse Diktonius em um tom neutro, examinando o novo esboço. — É um trabalho de Oskari Bromberg, não é? Reconheço o estilo.

— Sim, senhor, dá para ver a mão de Oskari — disse Esko, que trabalhava havia três anos como desenhista e arquiteto auxiliar no escritório de Henrik Arnefelt e Oskari Bromberg, dois dos mais famosos e tradicionais arquitetos da Finlândia. Eram especializados em prédios comerciais pesados (como o Pohjola) e casas no estilo *art nouveau*, ou *jugend*, como era mais conhecido na Finlândia. Eram os líderes do movimento finlandês para o uso de gárgulas de pedra nas pontas dos prédios.

— E esse outro projeto, o do *pilvenpiirtaja* ou arranha-céu, como costumam chamá-lo, é trabalho seu?

— Sim, senhor.

— E por que o exibiu para mim?

— Porque o senhor é o homem mais rico da Finlândia — respondeu Esko. E era verdade. Filho de um marinheiro, aprendiz de carpinteiro na juventude, Alexander Diktonius era agora proprietário de estaleiros em Helsinque e Estocolmo, fábricas de guarda-chuvas em Genebra e na cidade finlandesa de

Tampere, e também de um dos maiores produtores de laticínios da Europa. Sua fortuna, somente em manteiga, chegava a milhões. — E também — prosseguiu Esko —, porque alguns anos atrás o senhor foi o financiador dos dois mais modernos prédios de Helsinque em matéria de arquitetura, o Diktonius e o Lundqvist. E ainda porque conheceu arquitetos como Frank Lloyd Wright, na América e Adolf Loos, em Viena. Porque às vezes o senhor compra todos os bilhetes de sua amiga cantora de ópera para que ela interprete Verdi apenas para o senhor, em uma récita privativa. Porque sinto que o senhor, no fundo, é um romântico com gosto moderno. Igual a mim, aliás, apenas com a diferença de que eu não posso financiar a construção de um *pilvenpiirtaja*.

— Mas você já construiu alguma coisa? — perguntou Diktonius, arqueando as sobrancelhas de modo expressivo, bem acima dos olhos astutos e brilhantes.

— Ainda não.

Com a planta do arranha-céu nas mãos, Diktonius voltou a se sentar à escrivaninha e acendeu um foco de luz sobre o desenho.

— Você não acha que a situação da Finlândia está muito instável para alguém pensar em um projeto como este? — perguntou o empresário.

Desde fevereiro, e especialmente após a queda dos Romanov na Rússia, havia uma luta interna entre a direita e a esquerda na Finlândia, entre brancos e vermelhos, e as facções rivais lutavam para negociar a melhor saída para a independência do país. A Finlândia não estava mais sob a autoridade do czar, porque o czar não possuía mais autoridade alguma. Mas *quem* governaria a Finlândia, então? O problema não interessava muito a Esko. Para ele, o futuro não estava em problemas de Estado ou de ideologia, mas sim na qualidade de vida, na excelência preenchida com maravilhas arquitetônicas. Era um mundo que aprenderia a lição de seu amado elevador, a lição de subir para o infinito, sem parar, invadindo os céus, tocando as nuvens. Remodelando o tradicional modelo horizontal da superfície terrestre. Sempre coerente com seu modo de pensar, ele jamais quebrava sua rotina pessoal. Levantava-se da cama bem cedo, em seu modesto, apesar de bem cuidado, apartamento; trabalhava, ia para o escritório, trabalhava de novo, regressava para casa no final da tarde, coava seu café, comia um pedaço de pão com lingüiça, bebia uma cerveja ou um copo de vodca (apenas um) e voltava a trabalhar e a trabalhar, sem descanso, até adormecer com o rosto apoiado na mesa de desenho, onde sempre mantinha o espelho-amuleto diante de si.

Enquanto preenchia um cheque, Diktonius olhou para cima, ainda sentado à escrivaninha, aguardando uma resposta. Esko, então, afirmou-lhe:

— Creio que construir um arranha-céu agora, diante das circunstâncias, seria um gesto de confiança nacional!

Esko sabia que, apesar de considerar importante a construção de um prédio que provocasse reações extraordinárias, um prédio que fosse ao mesmo tempo uma experiência intensificada, um poema, e algo maravilhoso, era igualmente importante levar em consideração que alguém como Diktonius seria obrigado a desembolsar uma quantia muito grande de dinheiro vivo para que o plano se tornasse realidade. Não era de espantar o fato de a arquitetura não ser uma profissão exercida por jovens. Era necessário um conjunto de experiência e muita perícia, para não dizer malícia maquiavélica, a fim de conseguir negociar com os investidores, clientes de um lado e empreiteiros do outro. A arquitetura era uma combinação estranha de matemática, dinheiro, arte e religião.

— A Finlândia precisa de uma nova arquitetura, sem gnomos de pedra nem pinhas de concreto — afirmou Esko.

— Por acaso eu concordo com você, meu jovem — disse Diktonius, caminhando de volta e balançando o cheque para secar a tinta, antes de dobrá-lo e entregá-lo a Esko. — Mas diga a Bromberg que, mesmo assim, quero minha casa feita de pedra. — Percebeu o desapontamento que se estampou no rosto de Esko e sorriu. — Venha dar uma volta comigo, meu rapaz — convidou ele, pedindo ao mordomo que lhe trouxesse o sobretudo. — Deixe o seu esboço para eu analisá-lo com calma, mais tarde. Pode ser?

— É claro, senhor.

Lá fora, coberto de peles e com um gorro de astracã enterrado na cabeça, Diktonius bateu com as mãos uma na outra para esquentá-las à medida que os dois caminhavam ladeira abaixo em direção ao parque da Esplanada.

— Esta é minha estação do ano favorita. A cidade inteira fica parada e prende a respiração — disse Diktonius. — E agora, Vaananen, me fale um pouco sobre você. Quem é seu pai?

— Não sei por onde anda o meu pai — respondeu Esko.

— E sua mãe?

— Morreu.

— O que faz você para se divertir? O que fez ontem à noite, meu rapaz? Esteve com algumas moças, talvez?

Diktonius era um homem que, notoriamente, gostava de usufruir os prazeres da vida.

— Creio que vou decepcioná-lo — disse Esko. — Passei a noite traduzindo um artigo de Walter Gropius. É sobre silos para grãos nos Estados Unidos.

Diktonius parou um instante, ergueu o queixo quadrado na direção das estrelas e caiu na gargalhada:

— Sim, agora eu acredito que você *vá* de fato construir, um dia, um *pilvenpiirtaja*.

— Por que não agora? Vamos erguê-lo agora! — propôs Esko.

— Tenho que pensar a respeito — respondeu Diktonius.

— Mas pelo menos o senhor vai *mesmo* pensar a respeito?

— Você é realmente um jovem decidido! Não é à toa que Bromberg quase não o deixa sair do escritório — comentou, sorrindo para Esko, meio de lado. Vou pensar no assunto.

Esko estava, portanto, muito satisfeito e quase cantarolava de satisfação quando entraram na praça do Senado, onde a cúpula azul e dourada da catedral aparecia recortada contra o brilho da neve; de repente um homem passou correndo e esbarrou em seu ombro, quase derrubando-o.

— Ei! Olhe por onde anda — reagiu Esko.

Subitamente espocaram tiros, dois tiros, um logo após o outro. Esko olhou depressa para Diktonius, que havia parado e continuava imóvel, extremamente calmo ou talvez paralisado de medo. Esko ouvia o pulsar do próprio coração esmurrando-lhe o peito. Diante deles, um homem estava estirado na neve, com muito sangue escorrendo da boca e de uma das têmporas.

Envergava o uniforme com braçadeiras douradas e brilhantes botas altas da marinha russa. Um punhal com cabo de osso, típico *puukko* finlandês, estava enterrado em seu coração, como que para garantir a sua morte. Ele tentou se apoiar em um dos cotovelos, com o sangue escorrendo-lhe em abundância pelo canto da boca, mas seus olhos se tornaram opacos e ele tornou a cair de costas sobre a neve, derramando um punhado de frutinhas silvestres congeladas pelo frio, que lhe caíram do pacote que segurava na mão.

Ajoelhando-se ao lado dele, Esko cerrou os olhos do morto, dizendo:

– Que Deus o acompanhe!

Olhou então em volta, procurando por Diktonius, que havia desaparecido completamente. Fugira. Esko percebeu, gradualmente, que todos estavam fazendo o mesmo, gritando e correndo, alertando as pessoas para saírem de perto ou simplesmente berrando. Abalado, ele se ergueu, afastou-se lentamente do morto e apressou o passo na direção da rua Mariankatu, ladeira acima até alcançar um prédio de pedra com uma torre de telhado cintilante.

Oskari Bromberg e Henrik Arnefelt estavam no terceiro andar no amplo escritório que compartilhavam. Esko tremeu ao deparar com aquele ambiente, a lareira que parecia uma grande fogueira acesa estalando as achas por entre as altas labaredas. Deixou-se ficar por uns instantes imóvel na porta, absorvendo com os sentidos os móveis de madeira escura, as luminárias de bronze, gravuras emolduradas, as incrustações sofisticadas de marfim nas escrivaninhas, a atmosfera tão segura e confortável quanto o camarote de um navio. Henrik estava debruçado em sua mesa, alto e magro, inteiramente concentrado em seu trabalho, esfumando a borda de um desenho com o lápis. Oskari estava apoiado com o cotovelo sobre a borda da lareira, mordiscando os lábios com ar pensativo, perdido em idéias. Empunhava um livro com a outra mão e lambeu o dedo para virar a página sem pressa alguma. Ao se deparar com Esko, fechou o livro com um estalo.

– Como foram as coisas com Diktonius? – perguntou, esperando ouvir que tudo correra bem, pois era assim que as coisas aconteciam no mundo de Oskari Bromberg.

Por um momento, Esko não conseguiu imaginar sobre o quê ele estava falando.

— A reunião! — disse Oskari, fingindo uma paciência exagerada, com ar irônico. — Você foi ver Diktonius! Ele enviou mais algum dinheiro?

— Foi tudo bem — respondeu Esko, tirando o cheque do bolso.

— Ótimo! Ótimo! — reagiu Oskari, subitamente radiando energia como um dínamo, enquanto conferia a quantidade de zeros no valor do cheque. — Mas você está pálido como um fantasma, Esko. O que aconteceu?

— Acabei de ver um homem levar um tiro na rua. Ele morreu na minha frente.

— O quê? — perguntou Henrik, abandonando a mesa por um momento e repuxando com o polegar a lapela de sua jaqueta de *tweed* furta-cor com a aparente sensação de poder que tinha subitamente abalada. — Quem é que morreu?

— Um oficial russo.

— Santo Deus! — exclamou Henrik, deixando cair o queixo, espantado. Seu rosto magro se contorceu de tal forma que os olhos pareceram saltar das órbitas. — Oskari! Vá pegar um cálice de conhaque para esse rapaz, pelo amor de Deus!

Mais tarde, naquela noite, quando caminhava de volta para seu apartamento, Esko soube das notícias surpreendentes por um homem na rua, que gritou, dirigindo-se a ele:

— Grandes novidades, camarada! — e estendeu-lhe com a mão sem luvas um panfleto com a notícia completa.

Na Rússia, os bolcheviques tinham tomado o poder e formado um governo soviético. O panfleto com a reprodução do artigo de jornal descrevia a tomada do Palácio de Inverno e falava da intensa repercussão internacional que o fato obtivera:

"Fez-se silêncio. Então três tiros de rifle foram disparados, quebrando o silêncio. Ficamos ali paralisados, esperando a qualquer momento uma chuva de balas de volta. Mas o único ruído foi o do estilhaço das vidraças quebradas que se espalharam como um tapete pelos paralelepípedos da entrada. As janelas do Palácio de Inverno haviam sido despedaçadas, e, de repente, um marinheiro surgiu dos fundos, dizendo que tudo estava acabado: o inimigo se rendera. Tratamos de atravessar o largo, subindo pela barricada que havia sido erguida à tarde pelos defensores do Palácio. Seguimos os marinheiros e os guardas vermelhos vitoriosos, entrando em um prédio enorme revestido de reboco marrom-avermelhado e envelhecido. No final de um corredor, havia um amplo salão ornamentado com cornijas douradas e gigantescos candelabros de cristal. Em ambas as paredes do piso de madeira, estavam enfileirados leitos improvisados com colchões velhos e cobertores, onde os defensores haviam dormido. Por toda parte, havia pontas de cigarro, migalhas de pão e garrafas vazias de finos vinhos franceses. As paredes estavam cobertas com enormes pinturas a óleo em largas molduras douradas representando cenas de batalhas históricas: 12 de Outubro de 1812 e 6 de Novembro de 1812. As telas estavam desbotadas e rasgadas em alguns pontos, recordações de vitórias imperiais muito antigas. Aquela, porém, não era uma vitória imperial e sim uma revolução das massas, um brado às armas e o início de uma nova aurora na Rússia."

Esko sentiu um arrepio percorrer-lhe a espinha ao ver o nome do autor do artigo, no final da detalhada descrição: Timo Vaananen. Era a primeira vez que tinha notícias de seu pai em mais de dezesseis anos.

2

Nos dias que se seguiram em Helsinque, centenas de lanternas vermelhas foram içadas e centenas de oficiais russos foram mortos, uns caçados pelas ruas e mortos a tiros, outros jogados ao mar, no porto. Um manifestante, demonstrando um mórbido senso de humor, pendurou um cartaz no escritório do cais onde se lia: ESCOLA DE NATAÇÃO PARA OFICIAIS

RUSSOS. Os vermelhos haviam decidido que comerciantes e proprietários de terras eram animais de caça, e iniciaram uma matança. Esko descobriu que Alexander Diktonius havia fugido, não somente do escritório na praça do Senado, naquela manhã, mas da própria Finlândia; escapara para a Suécia e anunciava nas páginas do *Hufvudstadbladet* que estava transferindo a sede de seus negócios para Estocolmo. Adeus, minha casa de campo ornada com gnomos de pedra, adeus à única chance de construir um *pilvenpiirtaja* de linhas modernas, lamentou-se Esko, pesaroso. Vou ter que procurar outro milionário.

Resolveu comparecer a uma reunião para ouvir um discurso de um dos líderes da Revolução Bolchevique. Apesar de seu aparente heroísmo e da sua ascensão meteórica ao poder, saindo da obscuridade direto para a fama, o orador era um homem de aparência inexpressiva, e parecia estar pouco à vontade ali. Um pendente bigode de leão-marinho dominava-lhe o rosto pálido e marcado pela varíola; falou de forma compassada, com uma voz monótona, sem empolgação, e que não correspondia à grandeza de sua conquista.

"Estamos concedendo total liberdade aos finlandeses, bem como a todos os outros povos da Rússia, para reorganizar suas vidas", dizia ele, e esperou algum tempo para a platéia entender plenamente o sentido daquelas palavras. Subitamente, palmas e saudações explodiram. O povo lançou os gorros para o ar e se abraçou. Todos pareciam felizes com as palavras do homem que Esko descobriu mais tarde se tratar de Joseph Stalin. "Se desejarem a nossa ajuda – continuou Stalin –, vocês a terão, e estenderemos a todos os finlandeses as nossas mãos, em saudação fraternal". Sua voz ecoava nos caibros do telhado do salão de modo quase irreal, como se ele fosse um boneco controlado por algum ventríloquo escondido. Apoiando-se na borda do púlpito de onde falava, corria os olhos de forma vagarosa e sem emoção por toda a multidão, enquanto aguardava a volta do silêncio, aparentando indiferença diante da ovação que durou vários minutos. Quando os aplausos finalmente cessaram, conclamou: "Avante com a nova ordem socialista!" Novamente foi aplaudido de maneira ensurdecedora.

Seguiram-se outros oradores. Uma delegação de trabalhadores têxteis de Tampere pediu providências contra os proprietários dos teares. Um marinheiro russo encantou a multidão com histórias sobre a rebelião da frota russa. Uma mulher pediu a palavra e falou do papel que ela e suas companheiras pretendiam desempenhar.

E foi aí que Esko viu seu pai adiantar-se para falar. Timo parecia mais corpulento, mais atemorizante e impressionante do que Esko lembrava. Estava mais gordo, mas ainda forte e em boa forma. Bem barbeado, deixara à mostra os lábios grandes e o queixo quadrado. Trajava roupas de boa qualidade, usava botas elegantes. Seus cabelos estavam mais longos e haviam ficado totalmente brancos. A boca larga que exibia um semi-sorriso abriu-se com satisfação e ele aguardou em silêncio os aplausos entusiásticos diminuírem. Evidentemente, era muito famoso naqueles círculos revolucionários.

"Amigos e camaradas, estamos testemunhando tempos memoráveis", iniciou, com voz mansa, seu discurso. "Encontramo-nos no limiar de uma grande mudança em nossa história. Como o camarada Stalin acabou de afirmar, a Finlândia está *livre*!" Esta última palavra foi dita bem alto, como um trovão, e Timo ergueu a vista para as luminárias brilhantes que se espalhavam pelo teto do enorme salão. Aguardou que as palmas estrondosas terminassem, antes de prosseguir. "Mas esta liberdade foi conquistada para quem? Para os ricos? Para os especuladores? Para aqueles que fazem fortuna tirando o pão de nossas bocas? Pois eu digo que *não*!". Inclinou-se para frente, segurando a borda do púlpito com os dedos em garra, como se fosse pegá-lo e atirá-lo nos fundos da sala, e Esko pôde ver a admiração no rosto da massa que olhava hipnotizada para Timo. "A Finlândia precisa ser libertada em prol de todas as pessoas do povo. Aqui nesta terra, no nosso país, vamos construir um reino mais brilhante do que aquele que o céu tem a oferecer, pelo qual será uma honra morrer lutando, se necessário. Se o sangue tiver que ser derramado, que assim seja. Que o sangue jorre! Vocês foram tratados como cães por muito tempo. Agora será nossa vez de morder. É hora de lembrar as palavras do grande revolucionário francês Danton: 'Somente a audácia nos servirá de alguma coisa!' É preciso ter coragem! Precisamos atacar agora e atacar primeiro, sem temor. A Finlândia está aqui para ser tomada em nossas mãos. Vamos conquistá-la, porque é um direito nosso! Seremos cruéis e sanguinários, se preciso!"

A massa entrou em um estado de excitação desenfreado e aplaudia freneticamente, como Esko nunca tinha visto acontecer antes na Finlândia:

— Morte aos ricos! — gritou um jovem ao lado de Esko, muito empolgado e com o rosto brilhando.

Um ancião grisalho gritava a plenos pulmões:

— Revolução! Revolução!

Alguns avançaram, arrancaram Timo do palanque e colocaram-no sobre os ombros, enquanto novos aplausos vinham das janelas acima, que estremeciam. Timo encarava a multidão com uma expressão confiante e determinada, quase maliciosa. Parecia consciente de seu poder, e nitidamente adorava tudo aquilo.

Diante da expressão de seu pai e da reação da multidão, Esko teve uma antevisão apavorante de seu próprio futuro e dos seus planos. A Finlândia fora jogada no inferno de uma guerra civil. Seria engolfada pela loucura que havia tomado conta da Europa nos últimos três anos. Seu país estava pronto para mergulhar em um conflito do qual Esko não desejava participar, pois não simpatizava com nenhuma das partes. Encarava a complacência dos brancos e o extremismo dos vermelhos com igual desconfiança. Nas expressões de Timo, no rosto de Stalin, nos rostos da multidão vociferante à sua volta reconhecia a determinação de homens preparados para enfrentar qualquer luta, para resistir a qualquer provação a fim de concretizar suas grandes esperanças e ilusões. Completar o trabalho de reescrever a história ao qual já haviam dado início. As coisas iam muito mal na Finlândia, Esko sabia disso, mas achava que aquele não era o modo certo de consertá-las.

Lá fora, a neve caía na escuridão da noite sem vento, de forma tão intensa e constante que Esko mal podia vislumbrar dois passos à frente. Atrás dele, ainda ouvia os ecos dos aplausos, gritos e vozes cantando, não mais a "Marselhesa", o hino da liberdade, mas a "Internacional". O hino comunista estava sendo cantado na Rússia e as palavras estrangeiras ecoavam na Finlândia. O caos se aproximava. Os prédios que Esko sonhara construir, os prédios que haviam nascido em sua imaginação e esboçados no caderno de desenho jamais seriam erguidos em Helsinque, pelo menos não tão cedo. Por alguns anos, não haveria novos prédios. E, portanto, não precisavam de arquitetos ali.

Na manhã seguinte, Esko saiu em busca de uma agência de viagens marítimas. Um barulhento relógio de pêndulo marcava as horas lentamente no escritório empoeirado. O funcionário atrás do balcão, agente de viagens, tinha vinte e poucos anos, mais ou menos a idade de Esko. Com uma voz desanimada, sem levantar os olhos das tabelas de preços e horários, comunicou a Esko:

— Não há navio algum partindo para a América.

— Mas deve haver algum — replicou Esko, tentando eliminar da mente este contra-senso.

O funcionário ergueu os olhos e sua cadeira de espaldar alto estalou quando ele se esticou para encarar Esko:

— Eu lhe asseguro que não há navio algum partindo de Helsinque no momento. — Coçou o nariz com a ponta roída do lápis.

— Eu sei! — disse Esko, tentando manter a calma. Não estava disposto a ser dissuadido. — E quanto a Estocolmo?

— Também não há navios indo de Estocolmo para Nova York, no momento — disse o agente, sorrindo com um ar de triunfo sombrio. — Então você não soube? Estamos no meio de uma guerra mundial.

Esko manteve a calma e insistiu:

— E de Estocolmo para Liverpool?

O agente recusou-se a encarar Esko. Esquadrinhou a tabela cuidadosamente com o lápis, e deixou escapar um grunhido involuntário que provou ser viável esta possibilidade.

— E então? Dá para ir de Estocolmo para Liverpool?

— É possível.

— E de Liverpool para Nova York?

O agente suspirou, ressaltando a loucura que seria fazer uma viagem de navio naquele momento. O presidente Woodrow Wilson havia declarado guerra à Alemanha e os submarinos *U-Boat* do *kaiser* patrulhavam as rotas de navegação do Atlântico.

— Quero uma passagem — afirmou Esko.

— Vai ser muito caro — avisou o agente, enfiando o dedo indicador imundo dentro do nariz.

— Vou de quarta classe — respondeu Esko, com voz calma e determinada. — Tenho dinheiro.

— Lembre-se do *Lusitânia* — respondeu o atendente, examinando o que encontrara no nariz e limpando o dedo na borda da cadeira. A seguir, fechou a tabela de horários e completou: — Afundou em menos dez minutos. Mil e duzentos passageiros morreram afogados. Uma morte horrível! Você provavelmente também vai morrer.

— Escute aqui, meu amigo — disse Esko, perdendo a calma e segurando o agente de passagens com firmeza pela lapela do casaco. — O *U-boat*, pelo que eu sei, é um pouco parecido com o urso finlandês. Não se importa com os riscos do inverno. E eu também não me importo se estou correndo o risco de me afogar ou não. Vou para a América! E você vai me vender a passagem. Quarta classe, só de ida.

Fazer um discurso longo e espontâneo como aquele não era muito comum para Esko naqueles dias. A idéia de abandonar o Velho Mundo, porém, o encheu de entusiasmo.

— Estamos entendidos? — completou, olhando para o rapaz da agência.

O atendente levantou o queixo e coçou o nariz.

— A passagem! — voltou Esko. — Preencha, agora!

O funcionário conformou-se, limpou a garganta e começou a emitir a passagem.

Mais tarde, Esko seguiu pela neve a caminho do Hotel Kamp, onde, naquelas primeiras horas da madrugada, sabia que iria encontrar Oskari Bromberg confraternizando com os amigos boêmios. De fato, lá estavam eles na mesa de costume, sob uma tela a óleo que representava três lindas jovens intelectuais finlandesas que meditavam sobre arte ou, mais provavelmente, sobre a morte. Oskari estava rindo satisfeito, enquanto partia um *croissant*. Soltou um bocejo e parecia cansado, mas ainda exibia disposição. Tinha uma bela mulher de cada lado e se inclinava ora para uma, ora para outra, como se não estivesse conseguindo decidir entre morder uma das acompanhantes ou o *croissant* apetitoso. Esko reconheceu uma das mulheres. Era uma atriz do teatro sueco, uma ruiva de cabelos flamejantes amarrados em um coque. Ele a vira recentemente representando uma peça de Ibsen.

— Esko! — chamou Oskari. — Sente-se, por favor. Você está com uma aparência horrível, quase explodindo. Parece agitado como um gato, e está me pondo nervoso. Ou talvez eu é que seja o gato, um gato sem-vergonha. *Miau!* Caras damas, o que me dizem? Oskari é um gato malvado? Ande logo, Esko, trate de sentar.

Esko puxou uma das cadeiras.

— Quer café?

— Não, obrigado.

— Conhaque?

Esko recusou novamente. Oskari desistiu de oferecer, deu de ombros e afirmou:

— Posso ver que algo o incomoda, meu jovem Esko.

— Oskari, estou de partida para a América.

— América? *Sério?* — disse Oskari, arregalando os olhos e balançando as sobrancelhas para cima e para baixo, olhando de uma mulher para a outra, como se estivesse convidando-as a participar da brincadeira. — Isso é uma coisa extraordinária, meu jovem. O que imagina que vai encontrar lá?

— Novas oportunidades.

Oskari caiu na gargalhada. Tirou do bolso do paletó uma embalagem para charutos feita em couro e ofereceu aos amigos.

— Não estou brincando!

— Eu sei, Esko, você nunca brinca, é uma pessoa muito séria. Acontece que desta vez está enganado.

— Vai haver uma guerra civil! — exclamou Esko, inclinando-se na direção de Oskari, que estava do outro lado da mesa. — Isso vai acabar com as construções na Finlândia, durante anos, e eu preciso começar a construir agora! Tem que ser algo realmente imponente. Algo grande!

— Claro! Estou sendo tolo! Já percebi o que vai acontecer. Você vai chegar à América. Naturalmente será fácil arranjar um encontro com um homem extraordinariamente rico, e ele na mesma hora lhe emitirá um cheque de quantos milhões você desejar.

— Já estou pronto.

— Por favor, Esko, escute o que tenho a lhe dizer, é sério. Você é o projetista mais talentoso que conheço, não há dúvida disso. Seus projetos são audaciosos e inovadores. Mas você também é um pouco... Como direi?... Ingênuo. — Oskari deu uma longa baforada no charuto. — Tem um grande futuro aqui. Temos nos esforçado para prepará-lo para isto, Esko, tanto Henrik quanto eu.

Esko sabia muito bem que não era um bom sinal quando Oskari começava a elogiar demais.

— Não posso ficar! — disse Esko, com decisão. — Se ficar, não vou ser nada como arquiteto.

— Essa não! — exclamou Oskari, deixando cair a cinza de seu charuto. Suspirou, recostou-se na cadeira e girou os olhos, mirando o teto em sinal de desistência. — Muito bem, Esko. Vamos conversar seriamente sobre esse assunto, *seriamente*. Mas hoje não, por favor. Por favor de verdade. Amanhã falaremos nisso. Apesar de mais velho, eu não sou tão sábio quanto você. Estou muito cansado — e passou os braços à volta dos ombros das mulheres sentadas ao seu lado. — Na verdade, estou exausto!

— Adeus, Oskari! — exclamou Esko, virando-se, zangado, e levantou-se.

— Desculpe-me — disse uma das jovens, a atriz ruiva que Esko reconhecera.

Ele parou, olhou para trás e sorriu, respondendo:
— Sim?

A pergunta que ela lhe fez atingiu-o como uma bala no peito.
— Por acaso o senhor é um covarde?

Esko ficou paralisado no mesmo lugar, sem saber o que responder. Por um segundo, pensou em protestar. "Se você fosse homem", quis dizer, "eu a esmurraria, ou a desafiaria para uma briga neste instante". Em vez disso, porém decidiu engolir o insulto, pois sabia que isso não era verdade. Ele não estava partindo para fugir da guerra, ou porque não suportasse mais o tipo de gente esnobe que Oskari representava, nem porque descobrira que seu pai seria capaz de usar o pior tipo de tirania para conseguir o que queria; nem tampouco porque estivesse com medo de morrer. Na realidade, estava completamente enfeitiçado pelas visões da silhueta de Manhattan, que conhecia apenas dos noticiários filmados a que assistia no cinema. Aquele conglomerado emocionante de prédios, torres majestosas cercadas de prédios menores em volta, que pareciam súditos, empilhados como dados em um tabuleiro. Sonhara em criar uma paisagem como aquela nas ruas de Helsinque. Sabia, porém, que isto não lhe seria possível, e restava-lhe uma única escolha a fazer. Já decidira, e estava pondo a decisão em prática. Queria construir um arranha-céu, portanto precisava ir para Nova York, onde eles cresciam do chão como mato.

– Covarde? – respondeu finalmente, sem levantar a voz, de forma orgulhosa e pensativa. – Não, madame. Não creio que que eu seja um covarde!

Na manhã seguinte, chegou cedo ao trabalho, receoso pela possibilidade de uma discussão desagradável. Mas, afinal, o que eles poderiam fazer?, disse a si mesmo. Acorrentar-me aqui? Quando chegou, porém, nem Oskari nem Henrik estavam no escritório, e a lareira ainda estava apagada. Ora, diabos! Por onde andarão aqueles dois?

Com as mãos enfiadas nos bolsos, começou a andar ansioso de um lado para o outro na sala gelada. Na parede estava emoldurado um dos projetos mais recentes da firma Arnefelt & Bromberg, um prédio de apartamentos erguido na rua Museokatu, que ficava atrás do Museu Nacional. A construção fora financiada por um investidor que fizera fortuna especulando com madeira, ou talvez com arenques. O trabalho era de bom gosto e, de certa maneira, típico do estilo de Oskari quando ele se mostrava disposto a enfrentar a mesa de trabalho; apesar de recente, porém, aquilo poderia ter sido um trabalho feito vinte anos antes, um tributo aos projetos da antiga geração de arquitetos que se dedicara ao trabalho monumental em pedra, tal como H. H. Richardson e Norman Shaw. Examinando o trabalho à luz de uma das luminárias pendentes do teto, Esko conseguiu avaliar claramente o quanto ele próprio estava buscando algo diferente, e revisou mentalmente tudo o que considerava errado naquele estilo, e até mesmo ridículo: era pesado e inerte; parecia ter sido largado no solo em vez de estar brotando dele; era pomposo, também. Diante daquilo, Esko sentiu como era opressivo e ultrapassado aquele inútil refinamento de Oskari. Eram pessoas como ele que haviam colocado a Finlândia em estagnação. Haveria uma guerra civil e provavelmente a Finlândia voltaria depois à mesma estagnação. Balançou a cabeça, surpreso de não ter visto isso com tanta clareza há mais tempo. Já deveria estar na América. Ele estudara em Paris. Viajara pela Alemanha, pela Itália, França, Inglaterra e Escócia. Era atualmente o terceiro na hierarquia do escritório de arquitetura na firma mais prestigiada de Helsinque, e avaliando agora seu passado e suas raízes na aldeia do interior, tinha consciência de que já conquistara muita coisa. Mas logo percebeu que estava apenas começando.

Acordando do devaneio, Esko voltou à realidade com um choque, ao ouvir a porta do escritório bater.

Henrik entrou, sacudindo a neve de seu guarda-chuva, pendurou o sobretudo no cabide e se instalou na frente da mesa de trabalho. Isso, por si só, já era um gesto fora do seu padrão. Normalmente ele permanecia em pé quando trabalhava, e a sua atitude era sempre confiante, impessoal, direta e firme; naquele instante, porém, suas mãos tremiam, sua aparência geral era terrível e ele parecia muito abatido.

— Henrik, você está bem?

Henrik baixou a cabeça.

— Bom dia, Esko! — disse, com ar confuso. — Imagino que você tenha percebido que o que aconteceu significa que você vai obter sociedade nesta firma. Pelo menos algo bom vai resultar de tudo isso.

— Mas eu vou para a América, já está decidido! — exclamou Esko, sem aceitar ser subornado. — Lamento muito, Henrik, mas já me decidi.

— América? — perguntou Henrik, mostrando-se sinceramente surpreso. Seus olhos estavam vermelhos e não mostravam apenas incompreensão, mas também agonia. — Eu não estou entendendo.

— Não posso aceitar a oferta de vocês.

Um ônibus elétrico passou lá fora, sibilante e barulhento. Henrik esparramou-se na cadeira exausto, como se seus ossos tivessem perdido a estrutura que os mantinha unidos.

Esko estava perplexo; esperava que Henrik fosse encarar a recusa com mais tranqüilidade.

— Você e Oskari têm sido bons comigo — explicou. — Sei disto perfeitamente, e sou-lhes muito grato.

Henrik balançou a cabeça.

— Tanto trabalho pela frente — comentou Henrik. — O novo plano da cidade, por exemplo. Precisamos trabalhar nisto. Agora isso é mais importante do que nunca.

Esko estava mais atônito do que zangado. Será que Henrik não prestara atenção em nada do que dissera?

— Estou partindo para a América! Não vou mais trabalhar em Helsinque.

Foi quando a porta de fora se escancarou e um homem irrompeu na sala, ainda de sobretudo e com o gorro na mão. Era Klaus, o filho de Henrik, alto, jovem, com um rosto muito bonito, cabelos louros e flocos de neve ainda grudados no farto bigode.

— Pai! Vim logo que pude. Estou terrivelmente arrasado! É assustador, simplesmente assustador! — comentou Klaus, passando a língua nos lábios úmidos de neve. — Esko, como está suportando tudo isto?

Somente naquele instante, Esko percebeu que algo terrível devia ter acontecido.

— Você ainda não sabe o que aconteceu? — perguntou Klaus, com a testa franzida.

Esko negou em silêncio, com um gesto da cabeça.

— Oskari foi baleado ontem à noite. Dois vermelhos o assassinaram na porta de casa.

— Oskari... assassinado?

— Sim. Um deles o agarrou pelo braço e o outro deu um tiro em seu rosto. A esposa veio até a porta verificar o barulho. Ele morreu nos braços dela.

3

— É claro que você tem que ir para a América! — disse Klaus, enquanto caminhava com Esko colina abaixo, até o porto. Os dois tinham acabado de levar Henrik de volta para casa de táxi. Agora, Esko sabia o que estava por vir. Com seu costumeiro modo impetuoso e sarcástico, Klaus estava se preparando para lhe passar um sermão. — Naturalmente que você tem que ir embora! — continuou ele, com ironia — Oskari morto, assassinatos pelas ruas, meu pai provavelmente à beira de um colapso nervoso. É o momento perfeito para partir. As coisas são assim mesmo. Eu, por exemplo, escolhi este instante em especial para me apaixonar.

Esko não conseguia parar de pensar em Oskari. Sentia-se um tolo, embora, no fim das contas, o assassinato tivesse tornado as coisas ainda mais claras dentro da sua cabeça. Na Finlândia daqueles dias, o maior desejo era ver um finlandês rasgar a garganta de outro finlandês e dar-lhe um tiro na cara enquanto morria — foi isso que os vermelhos tinham feito com Oskari. A Finlândia transformara-se em uma floresta onde ursos e lobos estavam a ponto de se matar uns aos outros. A determinação de Esko em relação à viagem foi redobrada.

— Este não é o melhor momento, Esko! — Klaus estava dizendo.

— Vai haver uma guerra.

— Por isso mesmo é que não é o melhor momento. — A respiração ofegante e nervosa formava nuvens na frente da boca quando Klaus falava, e ele começou a enrolar o bigode com a mão enluvada. — Ah, mas que diabos! — completou, olhando através das águas transformadas em um imenso bloco de gelo no porto. Pontos congelados cintilavam nos mastros de um barco de pesca preso, imobilizado pela massa gelada. Eram duas da tarde de um dia em meados de dezembro, o momento costumeiro da rápida luz de inverno. O ar estava nítido e claro, as sombras dos dois rapazes se estendiam adiante por mais de cem metros, com um tremor incerto sobre a neve para, mais além, subirem pela parede vermelha e amarela do mercado. Klaus deu uma leve cotovelada em Esko.

— Estou quase congelando! – disse — Vamos tomar um *schnapps*!

Klaus era muito falador, brincalhão, exatamente o oposto do pai conservador, com quem se parecia apenas fisicamente, exibindo uma beleza flagrantemente aristocrática. Klaus ridicularizava tanto o czar quanto os nacionalistas finlandeses amantes do "Kalevala". Zombava dos exaltados alemães, dos exigentes britânicos e, em especial, fazia pouco dos bolcheviques. Gostava de dizer que não levava nada a sério, mas Esko sabia que, no fundo, havia algumas coisas que ele valorizava e levava a sério com toda a alma. Seus escritos, por exemplo. Klaus publicara poemas em periódicos literários e escrevera artigos para os grandes jornais, tanto da Finlândia quanto da Suécia. Chegara até mesmo a negociar o roteiro de um filme com um produtor de Estocolmo.

Klaus cumprimentava todos os outros passantes pela rua, enquanto se encaminhavam para o mercado. Tirava o chapéu com elegância para as damas. Apertava os olhos e fazia uma careta de palhaço quando passava por uma criança. Tinha o dom especial de tornar qualquer lugar a sua casa, e qualquer pessoa que estivesse à sua volta uma nova amiga. Parecia estar confortável em qualquer lugar, era a pessoa mais naturalmente à vontade que Esko jamais conhecera na vida. Com o porte de um *viking*, Klaus mantinha o comportamento de um *bon vivant*; era um animal muito raro. Esko costumava pensar: um finlandês abertamente feliz. E sabia reconhecer o perigo que havia nisso. Se havia alguém à sua volta que fosse capaz de convencê-lo a ficar, era o seu amigo.

— Cuidado! – gritou Klaus, colocando o braço diante do peito de Esko e empurrando-o para trás, enquanto uma carroça em disparada passava a poucos centímetros deles, respingando neve e fazendo ruídos que lhe abafavam as palavras. — Você anda por aí com a cabeça nas nuvens, meu amigo. Isso é muito bom. Sempre gostei de você por isso.

Os dois haviam se conhecido em Paris, dentro de um cinema, durante a exibição de um filme chamado *A sete passos do Diabo**, uma história horrorosa,

---

* *Seven footprints to Satan*, no original, título em inglês de um filme do diretor dinamarquês Benjamin Christensen, um dos precursores dos filmes de terror. (N.E.)

pelo que Esko recordava, embora na época, quando a experiência de ir ao cinema ainda era uma coisa totalmente nova, havia a empolgação de simplesmente estar *dentro* de um cinema, envolvido pela escuridão total e olhando imagens e pessoas que pareciam pular da tela, como se fossem entrar nas pessoas da platéia.

— Como você acha que nós nos conhecemos? — perguntou Klaus, quando eles já estavam sentados em uma mesa com os *schnapps* diante deles.

— Rimos na mesma hora durante o filme.

— E então olhamos um para o outro entre as fileiras de poltronas. E sabe por quê? Porque, meu amigo, espírito exibicionista. Acabamos nos encontrando no meio daquela cidade de espelhos.

Era assim que Klaus se referia a Paris, porque, andando pelas ruas ou sob um dos inúmeros arcos, as pessoas estavam sempre dando com os olhos no próprio reflexo. Os franceses colocavam espelhos em toda parte. Talvez pela deliciosa vaidade deles, um espírito exibicionista, segundo Klaus. Ele até escrevera um pequeno ensaio a respeito, chamado "Por que os franceses não são como os finlandeses".

— Você não acha que deveria ficar aqui e lutar pelo seu país, Esko?

— Que país?

— A Finlândia! O nosso país, o *Suomi*.

— Ora, não me venha com essa! Tanto brancos quanto vermelhos estão enrolando o povo, você sabe disso! — Esko se sentia livre e à vontade com Klaus, como talvez com ninguém mais. Não compreendia bem por que haviam se tornado tão amigos nem o que buscavam ou o que viam um no outro, mas a escolha já havia sido feita, e estava selada. Klaus ajudara a conseguir o emprego com Arnefeld & Bromberg; apresentara Esko a todo o pessoal da galeria, facilitara o caminho para sua aceitação profissional. — Brancos ou vermelhos, não há nada para se escolher entre eles, Klaus.

— Pode ser, mas *temos* que escolher, porque o que acontecer agora vai moldar nosso futuro.

— A guerra destrói as coisas. Não constrói nada.

— Essa vai ser uma guerra boa, uma guerra contra o Mal representado pelos bolcheviques.

— Então fique à vontade e aproveite. Eu não vou lutar — disse Esko, tomando o *schnapps* de um gole só.

Klaus olhou em torno deles. Um carregador saiu, levando um caixote vazio. Havia um mendigo em farrapos, uma refinada dama aristocrática olhando através dos óculos para um salmão embebido em flocos de gelo, sobre uma prancha de madeira.

— Este é o seu povo, Esko! Esta é a sua casa!

Esko ficou se perguntando se Klaus poderia conhecê-lo melhor do que ele mesmo. Será que sentiria saudades da Finlândia? Sem dúvida. Sentiria uma certa nostalgia dos rostos, da luz, da neve, até mesmo da escuridão do inverno, provavelmente. E não tinha dúvida alguma de que sua partida para a América traria conseqüências duradouras e dramáticas. Esse era o ponto principal. Estava fazendo uma afirmação e uma escolha a respeito dele mesmo e de sua vida.

— A arquitetura é o meu lar.

Klaus fez uma cara de enjôo, dizendo:

— Agora sei que estou em dificuldades. A palavra que começa com "A" acaba de ser invocada. Não vou conseguir mais convencê-lo agora, vou? Bem, então que seja assim. Brindemos a você, Esko — e levantou seu *schnapps*. — Boa sorte, meu amigo.

— Você sabe que eu desejo o mesmo para você.

Bateram com os copos um no outro, e Esko sabia que Klaus lhe daria uma trégua por algum tempo, sem falar mais no assunto.

— Você já assistiu ao novo filme do Chaplin? — perguntou Klaus, e Esko fez que sim com a cabeça. — É bom?

— É Chaplin, tem que ser bom — respondeu Esko. — Depois de tudo, ele carrega a garota no colo através de uma porta. A porta se fecha. Fim do filme. É maravilhoso. Agora, me fale da sua nova namorada. Pensei ter ouvido você dizer ainda há pouco que estava apaixonado, seu velho patife. O coração de quem você está destruindo dessa vez?

— Essa é diferente — disse Klaus, alisando o bigode — Vamos nos casar. Ela aceitou meu pedido na noite passada

— Mas isso é maravilhoso. — Esko deu uma risada, genuinamente satisfeito. — Meus parabéns! Fiquei feliz com a notícia — e se curvou para agarrar Klaus em um grande abraço. — Alguém o fisgou, finalmente!

— Foi mesmo. E eu nunca pensei que ficaria tão feliz por ser pego.

— E há quanto tempo você conhece esta pessoa maravilhosa?

— Há não muito, mas já faz um tempo. O suficiente. Estou com a cabeça virada por ela, Esko. Nunca imaginei que pudesse amar assim. — Klaus balançou a cabeça com um sorriso tímido. — Queria que você fosse meu padrinho. Só que acho que não vai ser possível, com essa viagem para a América. — Levantou a mão para afastar a sugestão de que estava querendo fazer Esko se sentir culpado. — Não, não se preocupe, não vou dizer mais nada! Você vai ser sempre o meu padrinho, mesmo *in absentia*.

Bateram novamente com os copos um no outro, renovando o brinde. Devido ao efeito do *schnapps*, as luzes dos lampiões do mercado já estavam começando a parecer mais brilhantes aos olhos de Esko.

— Não poderia ficar mais contente! — disse ele — Desejo a vocês toda a felicidade do mundo. Posso pelo menos conhecer essa dama de sorte, antes de partir para a América?

— Claro! No sábado à noite. Vou levar Katerina para conhecer mamãe e papai. Venha também. Vai ajudar a quebrar o gelo.

— Katerina? — Esko tocou a borda do copo com os lábios.

— Katerina Malysheva. Ela é russa.

— Ah, é? — perguntou Esko, com a mão livre voando para dentro do bolso a fim de tocar no espelho de prata, só para se certificar de que o objeto ainda estava inteiro. Estava. Isso era surpreendente, pois foi como se uma bomba tivesse explodido em seu coração e pedaços dele estivessem se espalhando para todos os lados.

4

Uma criada o encaminhou de imediato para o salão de jantar onde Esko, sozinho, enfiou as mãos nos bolsos e aguardou com paciência, permanecendo de costas para o calor que pulsava em ondas confortáveis vindas do aquecedor revestido de azulejos azuis. Risos e vozes aumentavam de volume e pareciam vir de algum ponto distante da casa, e Esko não conseguiu evitar a fisgada torturante que o acompanhava e que o fazia imaginar agora que Katerina estava na parte de cima da casa, naquele exato momento, com Klaus a seu lado levando-a para conhecer cada um dos aposentos. Forçou-se a lembrar que a noiva de Klaus poderia muito bem não ser ela. *Aquela* Katerina Malysheva poderia muito bem não ser a *sua* Katerina. Quem sabe a Katerina Malysheva de Klaus não tivesse sequer parentesco com a linda menina com quem ele dançara na festa da colheita na aldeia, fazia tantos anos. De qualquer modo, aquilo não importava, reafirmou para si mesmo: ele iria para a América.

A *villa* de Henrik, construída na virada do século, utilizava em profusão elementos de todos os estilos arquitetônicos imagináveis, a um custo certamente altíssimo e, naquela noite, uma grande recepção parecia ter sido preparada. A melhor prataria estava à mostra, bem como os mais finos cristais, diante de cadeiras de um carvalho raro, com veios esverdeados, que possuíam espaldares altos, estreitos e eram todas estofadas em couro vermelho. As lâmpadas penduradas na sala tinham um formato quase cúbico, com lados côncavos e um fundo de vidro opaco que suavizava e difundia a luz sobre o piso em tábuas corridas, também de carvalho. O chão estava coberto por um tapete de padrão decorativo que se assemelhava a línguas de fogo, e as envolventes e pesadas cortinas eram de seda pura vermelha. Um imponente relógio de pêndulo mantinha o tempo sob controle, com seu "tique" sendo seguido invariavelmente por um "taque" pesado e percussivo como uma explosão.

A mesa estava posta para doze pessoas e ostentava pequenos cartões finamente arranjados, espetados como pequenas bandeiras que saíam de guardanapos dobrados em forma de campanários. Lendo os nomes, Esko reparou que o seu lugar fora designado no mesmo ponto da mesa onde o falecido Oskari costumava ficar, o que lhe fez despertar a sombria suspeita de que a mulher de Henrik, que não gostava de Esko, alimentava secretamente a esperança de que ele fosse o próximo a morrer.

Sobre a mesa, um dos cálices arredondados de cristal estava torto. Colocando-se de cócoras e olhando de forma oblíqua, com a vista ao nível da mesa, Esko acertou a base do cálice desalinhado, movendo-o alguns milímetros de cada vez, de forma meticulosa, até formar um círculo perfeito com os outros, de tal maneira que dentro da circunferência assim obtida apareceu um novo círculo de luz refletida, dispersa e decomposta em mil cores.

– Agora está perfeito! – disse, colocando-se de pé com um largo sorriso e dando um piparote sonoro na borda do cálice.

– Então, é você!

Esko levou um susto e enrubesceu na mesma hora. A voz dela continuava como ele lembrava, um pouco mais madura, é claro, e talvez um pouco mais macia, mas do resto era igual: brincalhona, imperativa, marcante. A mesma voz que o convidara a dançar. A mesma voz que comandara "Passe por cima dele!".

– Klaus acabou de me contar que tinha convidado um amigo chamado Esko Vaananen, e eu pensei comigo mesma se era aquele menino lindo e muito sério que eu conheci há tantos anos? E aqui está você...

O rosto de Esko queimava de rubor.

Ela estava mais alta do que ele imaginara e também mais jovem do que ele achou que estaria. Durante todo o seu encontro anterior, no festival, ela havia estado tão comportada, adulta e controlada que ele sempre imaginava, ao pensar nela, que ambos tinham a mesma idade, com Katerina, talvez, até um pouco mais velha. Agora, fazendo os cálculos, Esko se deu conta de que ela estava com vinte e poucos anos. Vestia uma roupa de cetim preto cintilante que lhe moldava o corpo. Nenhuma jóia lhe adornava os pulsos, nem as mãos, nem a brancura aveludada de seu pescoço longo como o de um cisne. Seu cabelo pesado estava cortado bem curto, junto das linhas delicadas de sua cabeça, como um corte de menino, era mais escuro do que ele lembrava. Ela exibia elegância e muito dinheiro. Porém, havia um quê do primitivo espírito selvagem nela, algo ferido e emocionalmente em chamas. Tudo o que Esko conseguiu fazer foi ficar olhando imóvel e sem respirar enquanto ela circundava a mesa, arrastando com languidez as mãos maravilhosamente graciosas, com dedos longos, por toda a borda da toalha, cantarolando com leveza uma canção. Seu rosto tinha o formato de um coração e os olhos brilhavam à medida que ela avançava na direção dele, como que saindo das sombras. O sangue de Esko imediatamente ferveu, fazendo com que os músculos de todo o corpo se apertassem em volta de cada veia, sacudindo-o por dentro. Ele pensara em Katerina quase todos os dias nos últimos quinze anos de sua vida, mas jamais imaginou seriamente que um dia eles poderiam se reencontrar. Não conseguira visualizar nenhuma circunstância concebível através da qual tal sonho pudesse vir a se tornar real; e agora acontecera, ele estava ali, diante dela, suando e sem fala. Continuou parado, lutando para articular alguma palavra e falhando, paralisado, diante de sua beleza quase concreta, ainda que vulnerável.

— Você não vai dizer nada? Esqueceu-se de quem sou eu, por completo? Meu nome é Katerina. Katerina Malysheva.

— Eu sei — disse ele, afinal, com a voz rouca.

— Sabe? — lançou-lhe um sorriso radiante. — Klaus me contou que você se tornou arquiteto e trabalha com o pai dele. Qual a sua opinião profissional sobre esta casa? É uma residência maravilhosa, não acha?

Esko, diante dessa pergunta, não conseguiu evitar que seus ombros se levantassem em uma expressão de desdém, encolhendo-os em seguida e caindo na gargalhada.

— Isso é outra coisa da qual eu me lembrava. Um menino com uma imensa cicatriz em um rosto profundamente expressivo e incapaz de esconder um sentimento.

Esko enrubesceu novamente; em geral enxergavam nele apenas a deformidade.

— Quer dizer então que o senhor é um arquiteto da escola moderna, sr. Vaananen? Aposto que nada lhe daria mais prazer do que pôr abaixo a casa inteira do pobre Henrik.

Esko sorriu, pois era a primeira vez que alguém se referia a seu chefe como "pobre Henrik", de forma tão deliciosamente desrespeitosa. Isto parecia lhe dar permissão para emitir sua opinião.

— Esta casa não é exatamente algo que eu construiria.
— Não? E qual seria a residência dos seus sonhos, sr. Vaananen?
— Nunca pensei nisso.
— Pois pense agora. Por mim.

Ela já completara todo o percurso em torno da mesa e estava agora em pé diretamente de frente para ele, os olhos fixos no rosto de Esko. Seu perfume deliciosamente envolvente e sedutor quase o deixou tonto. Penetrou-lhe em todos os sentidos, como se tivesse vida própria.

— Uma casa? — perguntou ele, com o olho fechado.
— O que mais poderia ser?
— Arquitetos constroem outros tipos de estrutura.
— Ah, sem dúvida.
— Seria uma casa para mim ou uma casa para você?
— Uma casa para você.

O perfume dela trouxe-lhe à mente a imagem de um dia de verão, uma campina ofuscada pelo calor do pôr-do-sol. Era estranho que ele, um arquiteto, jamais até aquele instante tivesse concebido a idéia de como seria uma casa para si próprio. Não sabia sequer por onde começar. Abriu o olho de novo, devagar, e a beleza dela voltou a atingi-lo como um golpe. Tentar ser coerente nesse momento, pensar a respeito de arquitetura era algo totalmente fora de questão. Ele estava embriagado por ela.

— Você está linda — disse ele. — Está ainda mais bela do que quando eu a vejo em meus sonhos. E olhe que eu já sonhei muito com você. O seu cabelo, porém...

— Fui obrigada a cortá-lo — disse ela, com os olhos faiscando de ódio, seu tom brincalhão havia desaparecido.

— Desculpe — disse Esko. — Deixei-a aborrecida!

— Não foi nada. — Sorriu de novo, mas fora apenas uma tentativa de resgatar o brilho inicial. Algo dentro dela mudara e ela se arrepiou.

— Está com frio?

— Um pouco.

— Vou pegar algo para você pôr em volta dos ombros — disse ele, já se preparando para sair em direção à porta.

— Não, Esko, fique — pediu ela. Sua mão estava sobre a manga do paletó dele, puxando-o de volta. O aperto forte no braço, aliado ao fato de que ela o chamara pelo primeiro nome, provocou outra sensação de aceleração em sua corrente sanguínea. — Não se preocupe comigo, estou bem. — Um dos "tiques" suaves do relógio de pêndulo foi seguido por outros daqueles explosivos "taques". — Os outros vão descer a qualquer momento.

Os olhos dela perscrutavam-lhe o rosto da forma mais direta. Um olhar tão penetrante que ele quase deu um passo para trás, mas a mão forte dela manteve-o no lugar.

Ele ficou imaginando o que ela estaria procurando.

— Você era um garotinho destemido. Tinha todas as razões para sentir medo, e ainda assim era valente.

— Não me sentia valente.

— Mas você era! Eu lhe dei um espelho de presente. Você lembra disso?

— Ando sempre com ele. Está no meu bolso, agora — disse Esko, mas a porta se abriu e ela se afastou dele.

Klaus entrou, sorrindo para Katerina. Deu uma olhada para trás e parou para conduzir sua mãe com gentileza pelo braço. O rosto da mãe de Klaus se iluminou ao ver Katerina ("Quem não se encantaria?" pensou Esko), mas foi com uma expressão seca e desgostosa que ela se virou para ele, olhos desdenhosos e nariz de navalha espetado em um capacete de cabelos prateados como aço. Esko jamais conseguira descobrir o que fizera para ela o detestar tanto.

— Ora, sr. Vaananen, o senhor também está aqui. Nunca o vi tão arrumado — falou, olhando-o de cima a baixo como se o estivesse medindo para o caixão. — O senhor e Katerina já se conheciam?

— Ora, mamãe, não diga absurdos! — interveio Klaus. — Como eles poderiam se conhecer? A senhora sabe que Katerina acabou de chegar de Petrogrado, há uma semana. — Virou-se para Esko. — Quanto a você, devo concordar que está com uma esplêndida aparência. Comprou essa roupa de pingüim só para vir aqui esta noite?

— Não, é para usar no navio — respondeu Esko sem parar para pensar, pois foi isso que ele dissera o tempo todo para si mesmo, enquanto hesitava com o talão de cheques na mão naquela mesma tarde, na loja do edifício Diktonius. Não estou fazendo isso por ela, repetira continuamente para si mesmo; isso seria um contra-senso, tornava a pensar, já que não sei sequer se a moça em questão é *realmente* ela. Por várias vezes quase recolocara o lindo fraque no cabide. Na verdade, não acreditava muito nessas vaidades. Acabou comprando a roupa. Para usar no navio.

— Querida — disse Klaus, tomando as mãos de Katerina e beijando-a nos lábios —, este é o meu grande amigo de Paris, Esko Vaananen.

— Muito prazer! — respondeu Katerina, oferecendo a mão a Esko como se os dois jamais tivessem se encontrado antes; como se tivessem estado juntos na mesma sala por algum tempo antes de os outros chegarem sem trocar uma palavra sequer. — Sr. Vaananen, estou encantada em conhecê-lo.

— O velho Esko é um homem de muitos papéis — disse Klaus, puxando Katerina de novo para seus braços e sorrindo para ela. — Ele pode ser calado, desajeitado e muito detalhista, mas é um sujeito com altos princípios morais e, embora tímido, um bom companheiro. Por outro lado, adora cinema e é capaz às vezes de exibir um charme irresistível, estranho e espontâneo. Portanto, tome cuidado. Ninguém o tinha acusado até hoje de ser tão elegante. Na verdade, Esko é famoso por parecer um desastre quando veste um terno.

— Tenho certeza de que o sr. Vaananen possui talentos que nenhum de nós pode sequer imaginar — disse Katerina, com um sorriso gracioso.

Envergonhado, Esko olhou para baixo e ficou observando o brilho dos próprios sapatos; no transcorrer do jantar quase não disse nada e ouviu menos ainda. Sorriu, bebeu e balançou a cabeça enquanto Henrik foi adiante, relatando os últimos desdobramentos da frente política e a nova ameaça dos vermelhos para em seguida falar do assassinato de um corretor de títulos sueco e lembrar do velho amigo Oskari. Katerina estava sentada junto do simpático e adorável Klaus e Esko quase não olhou para ela; sempre que levantava os olhos, ele via Katerina olhando para Klaus ou para a mãe dele. Ela também quase não tomou parte na conversa, e ele ficou tentando descobrir o que acontecera para mudar seu estado de espírito. Certamente não fora a observação sobre o seu cabelo. Ele notou discretamente que ela não era vaidosa; mantinha uma atitude quase descuidada em relação à beleza. Esko não conseguia compreendê-la bem. Ela, no entanto, parecia conseguir lê-lo como a um livro aberto.

Depois do jantar, ela o puxou de lado, dizendo:

— Boa noite, sr. Vaananen. Foi um imenso prazer conhecê-lo — e sussurrou suavemente com a voz baixa e rouca para que os outros não escutassem:

— Venha ao meu apartamento amanhã à tarde. Rua Fabianinkatu, número dezenove, às três horas.

5

Mais tarde, naquela mesma noite, aconteceu uma violenta tempestade que fustigou os mastros e as chaminés dos navios a vapor que estavam aportados. A tormenta veio sibilando através das ruas, pelas calçadas, praças e avenidas, arrastando árvores e arbustos, que eram arrancados pela raiz; espalhou montes de neve, trocando-os de lugar ao mesmo tempo que construiu novos. Ornamentos foram arrancados das cornijas dos edifícios e explodiram nas ruas lá embaixo, misturados com imensos blocos de pedra e tijolos, deixando marcas profundas nas coisas ou pessoas que não tivessem a sorte de estar protegidas. O alvorecer tardio exibiu uma cidade duramente ferida, iluminando-a com uma claridade débil que cobriu os destroços como uma mortalha. Carruagens ficaram espalhadas pelas ruas após a ventania, com as rodas para o ar; automóveis estavam amassados; um navio inteiro tinha sido levantado como um brinquedo, arrancado do ancoradouro e levado pelo vento a velejar terra adentro, por sobre os paralelepípedos da praça do Mercado, onde tombou de lado como um náufrago que chega à praia.

Esko ficou acordado a noite toda, arrancado constantemente da cama pelo desvario do temporal, pelas recordações do jantar, pelas lembranças do rosto de Katerina e, enfim, por seus sonhos com a América. Sabia que as coisas seriam muito difíceis por lá. Sabia que seria obrigado a aprender os meandros de uma cultura muito mais ágil e mutante que a sua — sem falar no necessário domínio de um idioma sobre o qual ele ainda tinha pouco comando. Sabia que por um longo tempo estaria sozinho e sem dinheiro. Até a súbita aparição de Katerina, essas perspectivas não o haviam preocupado. Agora, porém, ele se sentia de alguma forma transformado, enfraquecido, vulnerável a perigos dos quais havia muito se esquecera. Como uma feiticeira, ela fizera surgir nele um pássaro agitado dentro do peito, o desejo por amor.

Fisicamente ele era feio; isso era uma das coisas que já sabia havia muito tempo. A vida esfregava-lhe a fealdade na cara todos os dias. Não se passava uma manhã sem que Esko notasse pessoas atravessando a rua quando o viam chegar ao longe para que o pobre desfigurado não testemunhasse como eram difíceis e mal-sucedidas as tentativas que elas faziam para dissimular o olhar chocado diante dele. Em Paris, sob a influência do exuberante Klaus, ele deixara a barba crescer e usava um chapéu de veludo com aba larga. Porém, achava o disfarce humilhante. Não queria fingir ser o que não era; aprendera havia muito tempo a lidar com a repulsa e a suportar o olhar de náusea que freqüentemente inspirava. Apesar disso, havia sempre algumas noites em que, ao voltar para o apartamento, tinha que deitar sobre a cama e fechar o olho, ou então se sentar à mesa com a cabeça entre as mãos, tentando reconstruir a compostura que a fugidia expressão de nojo notada no rosto de outra pessoa lhe arrebatara. Sabia que a raiva servia apenas para gerar zombaria e atrair mais atenção sobre ele: era uma humilhação atrás da outra. Tentar se esconder provocava ainda mais curiosidade e sempre, no final, acabava por trazer o choque de pavor ao rosto de um estranho. Ele passara por isso centenas de vezes. No entanto, foi a reação de Katerina que o deixara mais indefeso do que nunca; ela o despira de sua concha. Sem um traço sequer de ironia, ela dissera que ele era lindo. Sentado à mesa agora, em seu quarto, ouvindo a tempestade enfurecida lá fora, Esko subitamente descobriu que era isso, acima de tudo, que fazia de Katerina alguém diferente do resto do mundo: ela conseguia ver através do seu rosto e enxergava uma beleza que ele próprio só em sonhos conseguia imaginar que pudesse estar ali.

Levantando-se, atravessou o quarto e pegou uma cerveja. Sentando-se novamente, desarrolhou a garrafa, apanhou o pequeno espelho de prata no bolso e dispôs sobre a mesa alguns lápis de desenho e um papel especial diante dele, um ritual que já executara mais de mil vezes. Com o espelho ao seu lado, resolveu desenhar.

Apanhou um lápis, apontando-o e dando-lhe forma com o *puukko*. Katerina, a motivadora de toda a sua ambição, retornara em carne e osso, esburacando-lhe a alma com vida e dor: vida, porque seu corpo inteiro estava em chamas pela lembrança dela; dor, porque não conseguia conceber como conseguiria projetar algo maravilhoso o suficiente para fazer jus a ela. Ele lhe dissera que era arquiteto. Isto era verdade. Mas o que ele criara até então, de fato? É verdade que havia o projeto de uma pequena construção industrial, uma fábrica de papel à beira do lago perto de Savonlinna que lhe rendera uma comissão tão modesta que ele nem sequer a mencionara ao falar com Diktonius, dias antes. É verdade também que estivera na firma de Oskari e Henrik, aprendendo seu ofício; mesmo assim, gostaria de se sentir um pouco mais seguro na carreira, para conseguir ao menos impressioná-la com seus dotes profissionais.

Seu pensamento flutuou levado pela lembrança do momento em que ela aparecera em sua frente novamente – com um sorriso travesso e perverso nos lábios, o olhar de esmeraldas e um som de cristais retinindo que flutuava entre ambos como uma borboleta batendo as asas.

Com o lápis, desenhou um círculo, que cortou em dois e compreendeu que representava uma lareira, um núcleo, o coração de uma casa. Em volta dessa lareira, desenhou uma sala que dava, alguns degraus acima, em outro aposento. Compreendeu então que estava projetando uma casa não para ele apenas, mas para eles dois. Levantando os olhos para a parede em frente, viu uma pintura japonesa que pendurara ali. Desejou que a casa que tentava pôr no papel tivesse a mesma graça, leveza e simplicidade daquela pintura; no entanto, o trabalho teria que sintetizar alguns aspectos da própria Katerina. Ela possuía uma beleza esguia, com olhos imensos, expressivos, e algo de ferido dentro dela; no entanto, era também inflexível, autoritária, ainda aquela imperatriz misteriosa que morava em sua memória. Portanto, aquela casa, ele decidira, teria que ser na verdade duas, uma coisa pelo lado de fora e algo completamente diferente por dentro, uma estrutura austera que revelasse tesouros radiantes para quem entrasse nela. Teria que ser como a própria Katerina, imperturbável, direta e ao mesmo tempo uma esfinge, uma contradição.

Todos desejam encontrar a beleza, pensou, mesmo que ela possa também trazer dor. A verdadeira beleza é difícil de criar, conseguir ou mesmo adquirir. No entanto, uma vez visualizada, captada e percebida, ela pode fazer quem a encontra sofrer para sempre. O esboço teria que ser uma coisa perfeita, tão perfeita quanto os olhos amendoados de Katerina, tão magistral quanto um lago congelado. Nada menor do que isso iria servir.

Esko tinha pouca experiência sexual. Em Paris, Klaus o levara quatro ou cinco vezes a um bordel em Montparnasse. Ele se lembrava de que a jovem com quem estivera pela primeira vez tinha um dos dentes da frente escurecido e cabelos tão louros que eram quase platinados, com franjas que lhe desciam pela testa como uma cortina. Quando Esko lhe perguntou como foi que seu dente ficara daquela maneira, ela encolheu os ombros, dizendo que um homem lhe dera um soco na boca. Sua resposta à reação indignada de Esko foi um encolher de ombros, contou ainda que esfaqueara o sujeito no peito em represália, provando a Esko que era perfeitamente capaz de cuidar de si. Era uma garota valente e capaz, embora não fosse cruel. Era apenas transparente, amoral, com uma queda por champanhe. Vários anos mais nova que ele, ela se comportava depois do sexo como uma tia constrangida, ansiosa para que ele seguisse em frente com a vida, a fim de poder voltar para vê-la com mais freqüência e, um dia, quem sabe, lhe comprar champanhe. Jamais mencionou o seu rosto desfigurado, pois avaliava que todas as pessoas eram feias de algum modo, por dentro. Era, à sua maneira, uma filósofa, uma prostituta com o coração tão duro quanto a torre Eiffel. Seu nome era Catherine, e Klaus ficou intrigado quando Esko parou de procurá-la.

— Ela é bonita, gosta de você, vá se divertir! — dissera Klaus. Esko encolhera os ombros, dizendo que bordéis não eram para ele.

Esko nunca percebeu que se mantivera por todos aqueles anos sob total controle. Agora, porém, com o corpo ardendo de desejo por Katerina, se perguntava por quê. O amor lhe fora entregue como um caminhão de tijolos ainda quentes, recém-saídos da olaria. O realista que morava em Esko sabia que seus sentimentos eram desproporcionais à quantidade de tempo que eles haviam compartilhado. Mas não era exatamente assim que o amor romântico deveria ser? O refulgir de um relâmpago? Uma poção transformadora? Uma obsessão que varria o ego para longe da realidade como se fosse um balão que alegremente planava em direção ao Sol? Um Partenon que surgia já totalmente construído? De certo modo, é claro, Esko sentia como se tivesse passado a maior parte da sua vida com Katerina, ou com sua versão dela, e agora a paixão aumentara de intensidade e se tornava mais aguda e quente a cada momento, deliciosa agonia, como se tudo que ele almejara até então realizar com a arquitetura estivesse sendo agora irradiado unicamente na direção de Katerina. A sua própria vigília consciente procurava a dela, sua mente errando a esmo pelas ruas da Helsinque acossada pela tempestade, buscando um coração que ele suspeitava que de certo modo estava também despedaçado e ferido como o dele, nem que fosse apenas durante aqueles fugidios instantes em que a sua mão permanecia sobre o papel, trabalhando freneticamente com um lápis, tentando projetar uma casa onde os dois pudessem viver e amar um ao outro.

Afinal, levantou-se e esticou os músculos. A maior parte das informações que tinha a respeito de Katerina, percebeu, vinha de muito tempo atrás. Agora precisava saber o que ela pensava — a respeito de tudo e a respeito de nada, a respeito de arte, de arquitetura. O que ela achava de Brunelleschi, que na gloriosa abóbada da catedral de Florença conseguira o que seus contemporâneos julgavam ser impossível? O que pensava sobre as linhas leves e elegantes do imponente prédio de escritórios de Louis Sullivan? Do estupendo entrelaçamento e ordenado enfileiramento interior entre luz e espaço nas obras de Frank Wright? Ou da catedral de Lars Sonck, em Tampere?

E riu então consigo mesmo, compreendendo que não tinha a mínima idéia, não sabia se Katerina ao menos conhecia algo a respeito de arquitetura. Tomou um gole de cerveja e se jogou sobre o sofá por um momento, mas logo pôs-se de pé novamente, voltando à mesa e ao seu projeto da casa, se permitindo imaginar por um momento uma vida muito diferente para si mesmo, uma vida na qual eles sairiam para enfrentar e conquistar juntos as tempestades do mundo.

E foi então que seu estado de ânimo desabou. Foi mais uma vez até a janela e ficou se sentindo miserável enquanto um bonde passava quase sem fazer barulho no fim da rua. Um trenó passou em seguida, o som de seus esquis se arrastando pela neve e sumindo na tempestade. Quem ele estava tentando enganar? Katerina era uma mulher que ele mal conhecia, uma mulher linda que estava noiva e de casamento marcado com seu melhor amigo. Esko não pôde evitar pensar no quanto Klaus deveria inevitavelmente parecer muito mais atraente aos olhos de Katerina do que ele. Klaus era sociável, vivo, exuberante e corajoso; Klaus era admirado; Klaus conhecia ópera, tinha uma pontaria perfeita e bastava ler um poema uma vez para gravá-lo na memória. Nascera em berço de ouro, em termos finlandeses, pois era herdeiro do pequeno, antiquado, mas perfeitamente humano e organizado mundo que era o domínio de Henrik. Klaus era o menino dourado. Divertira-se nos salões elegantes de Petrogrado a Paris, sempre brilhante, fazendo amor, lendo cartas de tarô para damas da sociedade entediadas para depois levá-las ao regozijo nos clubes mais suspeitos. Esko sabia. Estivera presente, socialmente pendurado nas pontas das supremas casacas bem talhadas de Klaus. O charme do amigo era descontraído e sem esforço. Não era de estranhar que todos apreciassem sua presença e o adorassem. Esko gostava dele e o adorava também e, mesmo se o detestasse, continuaria sem chance alguma.

Não, é inútil, disse para si mesmo. Katerina jamais trocaria Klaus por ele, mesmo que seu noivo fosse idiota o bastante para dar a Esko essa oportunidade, o que jamais faria. Para que se arriscar a sofrer novas humilhações?

Desmoronando novamente sobre o sofá, pôs a cabeça entre as mãos. Não vou vê-la amanhã, pensou, coçando as bochechas com as unhas. Para quê? E estremeceu, terrivelmente envergonhado por se permitir acalentar idéias românticas, absurdas e infantis de que ela poderia retribuir o seu amor.

    Voltou para a mesa disposto a destruir o desenho da casa e a tola esperança que ele representava. Porém, ao tocar o papel macio de textura finamente enrugada compreendeu como essa esperança era forte. Isso o levou a fazer novas pontas nos lápis e mergulhar de novo no trabalho. Rua Fabianinkatu, dezenove, às três horas. Aquilo significava algo. Talvez apenas um vislumbre de ilusão, mesmo assim Esko se agarrou a ele.

    Durante horas, enquanto o vento uivava e sacudia as janelas, Esko se equilibrou sobre a fina lâmina que dividia a expectativa do desespero, balançando-se ora para um lado, ora para outro, até que afinal, por volta de onze horas da manhã, a aurora rompeu e a cidade cobriu-se com aquela estranha luz de nevoeiro. O vento amainou, rostos congelados apareceram para espiar através das vidraças e a neve começou a cair em flocos grossos e pesados, que se acomodavam assim que caíam. A essa altura, Esko estava nervoso demais para continuar trabalhando. Calçou um par de grandes botas revestidas de feltro, colocou com capricho seu chapéu de pele e enrolou os projetos e esboços da casa, deixando-os deslizar com cuidado para um bolso fundo dentro do casaco. Com o corpo impulsionado para frente, ao menos ainda parecia capaz de caminhar, revestido pelo seu costumeiro ar de determinação e ímpeto, como se tivesse pleno controle do seu destino, lutando contra a neve que lhe batia no rosto, no olho e na boca.

6

As pernas compridas de Esko subiram os degraus de dois em dois, pulando sobre eles sem esforço, apesar das dificuldades da longa caminhada até ali através da neve, e quando alcançou o topo da escada tirou o chapéu, segurou-o com força nas mãos enquanto tentava se acalmar. Começou a suar no alto da cabeça e na parte de trás do pescoço. Uma dor aguda veio minando através da parte central da pele que cobria o centro do seu olho morto. Seus nervos eram um feixe contraído de inquietação. É impossível, tudo isso é impossível. O melhor a fazer é dar o fora daqui. Isso é loucura, dizia para si mesmo ao fitar a porta verde do apartamento de Katerina, mas ela se abriu antes de ele ter a chance de bater ou fugir.

— É você — reagiu ele ao vê-la, apertando o chapéu de pele de encontro ao peito e a seguir colocando-o de volta sobre a cabeça de forma desajeitada, pronto para escapar.

— Não vá embora — disse ela, notando seu embaraço. — Quem mais você esperava encontrar? A menina que mora na lua? Sinto informar que ela não está recebendo visitas.

— Preciso ir — respondeu ele, com a garganta apertada, sentindo-se sufocado. — Está nevando muito forte. — Abaixou a cabeça.

— Esko, você está bem?

Diante dela e do seu olhar, Esko sentiu a razão abandoná-lo de todo.

— Katerina, quero que você se case comigo e me acompanhe para a América.

"Meu Deus", pensou, "de onde viera aquilo?" Por um momento ele se sentiu selvagem, livre e com a cabeça leve.

— Por favor, Katerina. Quer se casar comigo? — tornou a propor.

O sorriso dela desapareceu como uma mancha limpa por um pano molhado. Levou uma das mãos esguias com dedos longos até a garganta, estava ruborizada, talvez até lisonjeada; mas então seu rosto ficou sem expressão e Esko sentiu que tinha de fazer algo.

— Posso pedir de joelhos se quiser. Posso...

— Por favor, não faça isso — disse ela, avançando um passo em direção a ele e agarrando-o pelo braço — Oh, Esko, sinto muito!

Esko deu um passo para trás. No fundo do coração já sabia que a resposta seria essa. Contivera com força sua expectativa, preparando-se para isso. Mesmo assim, chegara ali e deixara escapar as palavras que julgou nunca ser capaz de dizer; agora, suas esperanças estavam destruídas.

— É claro, você está certa. É impossível, jamais poderia acontecer. Perdoe-me, preciso ir embora.

— Você está tremendo. Entre um pouco. Aqui dentro está mais quente.

Esko sentiu como se estivesse afundando na escuridão de um lago congelado, toda a luz e o fogo dentro dele haviam desaparecido.

— Obrigado, Katerina, mas tenho muito trabalho a fazer. Alguns desenhos, malas para fazer, últimos preparativos. — Ele não tinha noção das palavras que pronunciava. — Parto amanhã.

— Por favor — pediu ela, tomando-o pela mão, sorrindo e tentando puxá-lo para dentro. — Eu quero explicar.

— Não há nada para explicar. Eu lhe fiz uma proposta. Você recusou — disse, sem apertar a mão dela nem permitir que ela o puxasse para dentro. — Foi muito irracional de minha parte imaginar que pudesse ser diferente.

— Você é um homem teimoso.

— Sim, *sou* teimoso — confirmou ele, como se isso tivesse o peso de uma revelação. — Jamais vou sentir por alguém o que sinto por você.

Mais uma vez as palavras foram uma surpresa, mesmo para ele.

— Isso não faz sentido — disse ela.

— Mas é a pura verdade. Katerina, por favor não pense que vou constrangê-la de novo. Você rejeitou uma proposta que eu mesmo fiquei surpreso por fazer. Embora esteja feliz por tê-la feito.

Katerina estava profundamente comovida. Seus olhos percorreram todo o rosto de Esko, mas ele não conseguiu levantar a cabeça para encontrar o olhar dela. Sentia-se desordenado, magoado, e tentava se recompor.

— Preciso de sua ajuda — disse ela.

Lentamente, Esko limpou as botas com força no capacho que ficava em frente à porta e seguiu Katerina por um corredor escuro que tinha aroma de seu perfume intoxicante, fazendo com que ele se lembrasse do edifício Diktonius, onde os perfumes reluziam como tesouros dentro de cintilantes frascos de vidro elegantemente expostos em uma das vitrines pelas quais ele costumava passar a caminho do elevador.

— Espere, deixe-me guardar seu casaco — disse ela, tocando os ombros de Esko e ajudando-o a tirar o sobretudo. Seus dedos pararam ao esbarrar nos rolos de desenhos e projetos que ele preparara para a casa. — O que é isto?

— Nada! — respondeu Esko, com ar triste. — Algo em que estive trabalhando.

Os olhos verdes dela o questionaram, mas ele não disse mais nada, suspirando profundamente enquanto tentava sacudir dos ombros suas tolas esperanças.

— Escute — disse Katerina, olhando para o relógio que usava no pulso. — A qualquer momento algumas pessoas começarão a chegar. Vai haver uma reunião.

Ela explicou a ele o que queria; precisava que ele encostasse todos os móveis junto das paredes para deixar o centro da sala livre.

— Sou o homem da mudança, então... Foi para isso que me chamou aqui? — perguntou, sentindo-se de repente triste e enganado, mesmo sabendo que ela não lhe prometera nada.

Ela olhou para ele de lado, ofendida.

— Claro que não! — respondeu.

— Por que me convidou, então? — insistiu ele. Na sala havia tapetes grossos e escuros, prateleiras para livros embutidas em partes recuadas da parede, com um par de sofás drapeados em chintz vermelho e preto. Um piano resplandecia em um canto, com as teclas à mostra. Um relógio dourado enfeitava o console da lareira, onde queimava uma acha que subitamente cuspiu uma fagulha. Um penetrante aroma de pinho vinha da pilha de toras, misturando-se com um cheiro de peixe cozido que se infiltrava do apartamento de baixo.

A sala não lhe dizia nada. Não havia livros, nem quadros, nem roupas espalhadas, nem desarrumação, nada. Era como se Katerina tivesse se mudado para ali na véspera e já estivesse pronta para se mudar de novo, no dia seguinte. Seus olhos verdes haviam novamente se tornado opacos para ele. Seu mistério era impenetrável.

— Você vai me ajudar a fazer isso ou não? — perguntou ela, já se abaixando para arrastar um dos sofás.

Esko se sentiu grande e desajeitado; não apenas triste, mas de certo modo usado; apesar disso, levantou a outra ponta do sofá e trabalhou duro pelos quinze minutos que se seguiram, carregando mesas e cadeiras, empurrando o piano para junto da janela, trocando enfeites de lugar, colocando-os sobre a lareira e em outros cantos, ou dentro das prateleiras, onde ficariam a salvo. Trabalhou até não sentir mais frio. Estava até suando devido ao movimento e ao calor do fogo, mas conseguira abrir um espaço livre, uma clareira no centro da sala. Então Katerina apontou para uma bandeja, duas garrafas de vodca e um conjunto de copos.

– Agora virei garçom? – perguntou ele.

– Viu só? Foi promovido! – disse ela, com um sorriso brincalhão. – Assuma uma pose distinta.

Um séqüito de homens com roupas sóbrias e solenes apareceu, vindo pelas escadas, limpando os pés ruidosamente no capacho e empilhando os sobretudos uns por cima dos outros no saguão. Eles entraram no apartamento com ar cauteloso e saudaram uns aos outros com exagerada familiaridade, ou simplesmente permaneceram diante da lareira esquentando as costas. Alguns tomaram a direção da janela ou ficaram junto de uma das paredes, simulando estar muito ocupados, envolvidos em importantes pensamentos ou preocupados com a precisão dos seus relógios e agendas de bolso.

Esko, circulando com uma bandeja de vodca nas mãos, reconhecia os indícios. Embora cada visitante tentasse aparentar ser apenas um entre tantos homens de negócios com interesses em comum, nenhum deles lhe revelaria nada. Aquela era uma reunião de cunho *político* e cada homem ali presente seria obrigado a colocar algo em risco: sua lealdade, seu dinheiro, talvez até mesmo sua vida. A contemplação dessas eventualidades indesejáveis deixava alguns tensos, outros calmos, enquanto alguns ainda bufavam suspiros profundos acendendo charutos e cigarros, sentindo-se transbordar de coragem e importância. Eram como pavões, na opinião de Esko, enquanto distribuía os copos; a vaidade deles residia na própria presença ali; tinham vindo apenas pelo fato de algo importante estar em risco.

Katerina não parecia, de forma alguma, intimidada. Movia-se entre aqueles homens como se fosse não apenas o centro das atenções, o que sem dúvida era, mas como se desempenhasse uma função importante no que estava para acontecer. Sorria, apertando a mão de cada um deles, conversando amenidades, exibindo um relampejante vislumbre de força e determinação, seguindo em frente para o grupo seguinte com a expressão imutável. Mesmo em sua tristeza, Esko a estudou e ficou impressionado, ainda mais por sentir nela uma espécie de nervosismo, uma fragilidade indefinida debaixo da aparente calma social e dedicação de anfitriã. Ela parecia isolada e frágil; Esko teve ânsias de poder ajudá-la e oferecer-lhe um ombro para repousar a cabeça, caso precisasse. Só que aquele não era o seu papel ali, pensou, sentindo um pouco da amargura voltar; ele era apenas o sujeito que arrastava a mobília, pois o papel de confortador e amante pertencia a outro homem.

— Mas que surpresa! — disse uma voz, e Esko se virou para ser saudado pela familiar figura bonita e elegante de Klaus. — Meu amigo Esko! Mas que diabos você está fazendo aqui?

Esko, um tanto atrapalhado, preferiu não mentir.

— Katerina me convidou para vir.

— Convidou? — estranhou Klaus, com um franzir de cenho. — Ela não comentou nada comigo.

— Talvez tenha esquecido — disse Esko.

— Mas ela me conta tudo — insistiu Klaus. Sua expressão pareceu confusa, mas apenas por um momento, pois então seus olhos se desviaram até a porta, por onde Henrik acabara de entrar apressado, sem se preocupar sequer em tirar o sobretudo, ainda com neve sobre os ombros e um olhar de ansiedade no rosto abatido. Vinha acompanhado por um homem de aparência calma, com cinqüenta e poucos anos, que se recusava a demonstrar pressa; um homem de estatura mediana cujas maneiras cuidadosas, precisas e até mesmo elegantes atraíram de imediato a atenção de todos. Seus olhos eram profundos, seu cabelo estava cuidadosamente penteado com brilhantina e tinha o bigode aparado com esmero. Movia-se com a instintiva arrogância de um aristocrata, reto e empinado como um bastão, como se tivesse passado muito tempo na vida dando ordens do alto de um cavalo. Parecia pouco à vontade dentro de um terno cinza-escuro. Esko teve a impressão de ver ali um homem determinado e ambicioso que se sentia desconfortável em qualquer roupa que não fosse um uniforme.

A concentração de todos na sala pareceu subitamente focada no recém-chegado, e dava para sentir que nem toda aquela atenção era desprovida de suspeita ou mesmo hostilidade. Katerina, no entanto, foi ao encontro dele e o cumprimentou calorosamente.

– Quem é ele? – perguntou Esko.

– Gustaf Mannerheim – respondeu Klaus em um cochicho, fingindo alisar o bigode de forma que sua mão lhe cobrisse a boca. – Acaba de chegar de Petrogrado. Acho que poderá ser útil para nós.

– Por quê?

Klaus explicou que Mannerheim tinha sido general do Exército Imperial Russo, e viajara para o norte vindo de Odessa, em uma jornada de sete dias durante a qual sua vida estivera o tempo todo por um fio.

– Os vermelhos o matariam na mesma hora se soubessem o que pretendia fazer – disse Klaus.

Esko ficou tentando entender que tipo de ajuda um oficial reformado de um regime falido poderia prestar.

Henrik deu um passo à frente e, com o polegar enganchado na lapela de seu discreto sobretudo de *tweed*, pediu silêncio. Emocionado e com os olhos brilhando, começou:

– Cavalheiros, vou ser claro e franco. Um querido amigo foi recentemente assassinado pelos carniceiros vermelhos. Atingido por tiros nos degraus da própria casa. Morto como se fosse um cachorro. – Fez uma pequena pausa, esperando as palavras fazerem efeito. – Agora está muito claro para mim que, a não ser que ajamos de imediato, a Finlândia não será mais nossa. Pertencerá à ralé. Essa é uma eventualidade que, estou certo de que todos aqui concordam, não podemos nos permitir o luxo de contemplar. No entanto, não há nada mais difícil de tomar nas próprias mãos, nada mais perigoso de concretizar, e nada que tenha sucesso mais incerto do que a introdução de uma nova ordem em uma sociedade. – Fez mais uma pausa. Nuvens de vapor se elevavam suavemente dos ombros de seu sobretudo, aquecido pelo fogo. – Não é mais hora de preces ou palavras. É hora de usar a força. De modo coerente com essas idéias, gostaria de lhes apresentar um homem que é especialista em sua área de atuação. Devemos pôr as mãos nos bolsos para que ele possa nos fornecer um exército. Rogo o apoio de todos vocês a ele. Barão Carl Gustaf Emil Mannerheim.

Mannerheim, completamente sem expressão, avançou um passo à frente. Tomou posição diante da lareira e imediatamente começou a falar em finlandês, embora seu desempenho nessa língua fosse tão hesitante que, após tentar algumas frases apenas, logo trocou o discurso para um fluente sueco.

— Cavalguei através da Galícia, na Áustria, e da Polônia e vi os horrores da guerra. Qualquer pessoa que já tenha presenciado tais horrores não deseja de forma deliberada o mesmo sofrimento para seu país. Temo, no entanto, que lhes traga más notícias, em dois níveis. Primeiro, porque haverá guerra na Finlândia. Isto já é certo. E segundo, porque os bolcheviques e a Guarda Vermelha planejam em breve invadir Helsinque.

Um clamor se seguiu e Mannerheim levantou uma poderosa mão de comando contra os urros de recusa e desaprovação, continuando:

— Sinto muito, mas isso é verdade. Eles tomarão Helsinque. Isso não poderá ser evitado, o que significa que controlarão não apenas a capital, mas todo o sul do país e, portanto, a maior parte da produção industrial. Significa também que esta guerra terá que ser vencida rapidamente, ou perdida para sempre.

Esko escutava com cuidado enquanto Mannerheim falava. Apesar de reconhecer que coisas da mais alta importância estavam sendo discutidas ali, aqueles eram assuntos que não lhe pareciam pessoais ou urgentes. Mais tarde, ele compreenderia que estivera presente em um momento decisivo na história, a primeira aparição pública de um homem destinado a alcançar a grandeza e a eterna gratidão do seu povo, um homem que estava para se transformar em lenda por suas proezas. Naquele momento, entretanto, Esko estava consumido pela dor pessoal, pela desilusão amorosa e por suas conseqüências, de modo que poderia muito bem ter saído do apartamento fascinado com o que ouvira, mas sem que o curso de sua vida tivesse mudado de uma forma que mais tarde viria a lhe parecer funesta. Ele poderia muito bem, naquele momento, ter ido embora com a determinação de embarcar para a

América, a fim de perseverar na paixão pela arquitetura forjada novamente, temperada em aço e tornada ainda mais forte pela chama incandescente da rejeição que experimentara. Na verdade, estava ponderando fazer exatamente isso quando Katerina, que estivera em pé diante da janela olhando a neve cair, veio e se juntou a Mannerheim diante da lareira.

7

Esko a viu de perfil. Sua cabeça estava virada para o chão e a graciosa curva do pescoço aparecia exposta e ele temeu por ela, como se naquele instante pudesse sentir o machado de um carrasco. Ela começou a falar com a voz nervosa, sem muita prática e muito depressa; nem por um momento mudou o tom da voz ou levantou a cabeça; mesmo assim, o efeito sobre ele foi de um jorrar de vida carregado de dor e mágoa que se desenrolava como um pergaminho diante de seus olhos.

— Quando criança, eu morava na Finlândia — contou ela. — Meu pai era o governador da província de Oulu. Isto foi em um tempo, estou certa de que os senhores se lembram, em que o meu país estava em rota de colisão, repressão e crueldade contra o de vocês. Eu não entendia nada sobre essas coisas, na época. Soube apenas que alguns homens haviam tentado matar meu pai, e acabei ficando mais acostumada à companhia de guardas armados com pistolas do que de outras crianças. Meu pai, na verdade, chegava a pagar para que algumas crianças brincassem comigo e eu fiquei realmente feliz quando ele perdeu o emprego e voltamos para casa.

"Deixem que eu lhes conte como era minha casa. Minha família tinha muita sorte, não nego isso. Éramos muito ricos. Tínhamos muitas posses. Uma casa imensa e nosso próprio lago. A casa ficava na Criméia. Havia outra casa em São Petersburgo, é claro. Carruagens, jardins, quadras de tênis. Sim, hoje me parece um tanto ingênuo e fora da realidade acreditar que tudo aquilo pudesse durar, especialmente quando sabemos como as coisas estavam na Rússia, nos últimos anos. Até mesmo meu pai compreendeu que não poderíamos continuar vivendo em grande estilo para sempre. Trabalhou muito em prol das reformas. Uma consciência política começou a arder nele, como na maioria das pessoas bem informadas da Rússia.

"Casei-me poucos meses antes de completar vinte e um anos. Meu marido era rico, herdeiro de terras, um rapaz alto e elegante cujo avô conhecera Puchkin. Morreu na Polônia, em 1914, liderando uma brigada de cavalaria designada para atacar um abrigo cheio de metralhadoras inimigas. Meu marido galopava à frente da tropa e teve o corpo totalmente perfurado por balas, e durante muito tempo, depois de receber a notícia de sua morte, fiquei imaginando que a vida não poderia ter uma dor maior do que aquela à minha espera."

Fez uma pausa, levantando a cabeça por fim. Esko viu Klaus dar um passo à frente. Apertou o ombro de Katerina com uma das mãos enquanto, com a outra, entregava-lhe um copo d'água. Aconchegou-se ao seu lado como se ela fosse um pássaro indefeso que ele estivesse determinado a proteger, seus olhos azuis brilharam de compaixão e orgulho possessivo, como se estivesse interpretando um papel, o papel de um homem do mundo que se lança com coragem para salvar uma figura trágica. Katerina bebeu um pouco d'água e se afastou dele com delicadeza.

— Não duvido da sinceridade dos bolcheviques. Isto talvez seja o mais aterrorizante neles. Vivem cegos pela convicção de que estão absolutamente certos. Precisam de ideais que englobem o mundo inteiro a fim de alcançar seus feitos. Acreditam do fundo de seus corações que seu exemplo será seguido por todo o mundo, que os trabalhadores e camponeses vão tomar o poder em todas as nações. A começar por aqui, na Finlândia.

Os homens da sala, todos finlandeses, protestaram em uníssono: "Não, Não! Isso jamais vai acontecer aqui na Finlândia!" Katerina simplesmente encolheu os ombros, olhando para eles com a triste expressão de quem sabia das coisas e voltou a falar:

— Nunca imaginamos que isso pudesse acontecer na Rússia também. Quem poderia pensar que sua vida iria virar de cabeça para baixo, e as pessoas ficariam sujeitas a um terror tão inimaginável? Estávamos em nossa casa de campo quando o czar abdicou. As coisas já andavam mal, mas ainda não acreditávamos no pior. Para falar a verdade, no dia em que recebemos a notícia, nada mudou. Jantamos na hora de sempre. Jogamos cartas após o jantar e fomos para a cama, como de hábito. Soubemos que havia uma revolução, ouvimos falar que São Petersburgo estava mergulhada no caos, tomamos conhecimento das novidades. Tudo parecia tão arbitrário... Apesar de tudo, as coisas em Odessa permaneceram do jeito que eram. Até que, certa noite, estávamos todos dentro de um bonde e de repente o trânsito parou. Alguém anunciou que o bonde não iria adiante. Ninguém sabia o que fazer.

"Durante todo aquele último verão, havia muita incerteza. Quando ofereceram a meu pai um cargo no governo de Kerenski, ele decidiu que ficaríamos melhor em São Petersburgo. Algumas regiões rurais não eram seguras, então pegamos o trem com nossas malas, sanduíches e algumas garrafas com café. Tivemos sorte. Conseguimos chegar em nossa casa na cidade sem nenhum incidente. Era agosto. Mesmo então, nenhum de nós imaginava que os bolcheviques conseguiriam tomar o poder. Nem sequer sabíamos os seus nomes. Eram apenas homens fanáticos e sombrios que andavam se escondendo ou haviam passado a maior parte de suas vidas no exílio. O que poderiam saber da organização de um governo? Não compreendíamos que aqueles eram tempos em que era possível acontecer mais mudanças em quinze minutos do que em quinze anos. Um dia, um dos criados mais antigos colocou um prato de mingau frio diante de mim, quase jogando-o sobre a mesa e simplesmente foi embora. Quando fui procurá-lo na cozinha, ele se fora. Ele e os outros. Ficamos apavorados.

"Uma noite, já bem tarde, houve um tremendo barulho. Eram tiros muito fortes. "São os canhões de um navio", reconheceu meu pai, "os alemães estão nos invadindo, finalmente". Mas não eram os alemães. Eram os bolcheviques bombardeando o Palácio de Inverno com o cruzador *Aurora*, ancorado no porto de Neva. A Guarda Vermelha tomou o palácio naquela mesma noite, bem como as agências dos correios, os bancos, as centrais telefônicas, as estações ferroviárias e as usinas elétricas. A ação aconteceu bem depressa e sem muito derramamento de sangue; tudo havia sido bem planejado e transcorreu com eficiência. Uma operação organizada por homens que havíamos subestimado por completo. Eles, por sua vez, haviam calculado por baixo os soldados, trabalhadores e camponeses que imaginavam estar libertando. Porque, para os trabalhadores e soldados, nada daquilo era uma questão de teorias e ideais. Para eles era algo muito mais simples. Para eles, política significava poder, poder significava vitória, e a vitória queria dizer pão e vodca. Especialmente vodca. Por vários dias, houve uma orgia. As ruas se encheram de homens embrutecidos pela bebida. O palácio de Inverno foi invadido novamente, mas agora para ser saqueado das bebidas e vinhos das adegas. Restaurantes foram depredados. Trens foram ocupados. Casas foram atacadas e destruídas.

"Dissemos a nós mesmos que, se ficássemos dentro de casa e permanecêssemos completamente quietos enquanto meu pai organizava nossa fuga, conseguiríamos ficar a salvo daqueles desalmados. Repetíamos isso uns para os outros o tempo todo."

Katerina parou de falar, tocou de leve o pescoço que parecia brotar do alto de seu vestido preto justo e respirou fundo.

– Certa noite, meu pai estava fora. Tinha ido se encontrar com um jovem, um amigo leal que acreditava ser capaz de nos tirar de São Petersburgo, passando por Vyborg e seguindo até Helsinque. Não era tão longe assim. Uma viagem de algumas horas apenas, e poderíamos voltar a respirar.

"Eles puseram abaixo a porta de entrada, mas foram recebidos por minha mãe, que deu um tiro em um deles com a pistola de meu pai e o matou. Eu descia as escadas e ainda pude ver minha mãe, que segurava a pistola de meu pai com as duas mãos e os braços esticados diante dela, como se tivesse medo da arma; mesmo assim, atirou no primeiro homem bem no peito e o matou na hora.

"Eles a carregaram até o salão de festas, cuspiram nela, seguraram-na deitada de costas no chão e três deles a estupraram. Depois, rasgaram-lhe a garganta. Fiquei olhando para os olhos de minha mãe enquanto assistia a sua vida se esvair com o sangue que jorrava. Um dos homens enfiara um trapo em minha boca e outros dois mantinham meus olhos abertos, para que eu não deixasse de assistir. Outros, ainda, já haviam encontrado a adega e estavam se embebedando com vinho e quebrando garrafas pelo gargalo, de modo que o chão ficou escorregadio devido ao vinho que se misturara com o sangue. Minha avó saiu de uma das saletas onde se escondera e caiu desmaiada na mesma hora, ao ver todo aquele horror. Eles encostaram um revólver em sua cabeça e atiraram. Seu corpo deu um pulo no chão, antes de ficar imóvel. Lembro-me de ter pensado "Bem, talvez tenha sido uma bênção, pois foi muito rápido". Minha avó... ela estava com setenta anos. Quando moça, dançara com homens que viraram reis. Conseguira sobreviver à morte de três filhos e vira morrer dois maridos. Não conseguiu sobreviver à Revolução.

"Eu também fui estuprada. Disse a mim mesma para não resistir, nem contar quantos foram, nem mesmo pensar naquilo. Procurava me convencer de que, de algum modo, aqueles homens seriam punidos. Bem mais tarde, eles trouxeram meu pai para dentro de casa. Seu rosto estava todo machucado, ele sangrava e suas mãos estavam amarradas atrás das costas, mas isso não foi o bastante. Eles o atormentaram. "Aqui está ela!", disseram. "Um pedaço de mulher, a sua menininha! Por que o senhor não a experimenta, também? Vamos lá, sr. senador, divirta-se com ela e pode ser até que nós o deixemos escapar. Talvez até lhe ofereçamos uma garrafa de vinho." Tentei cuspir o trapo que tinha na boca. Queria dizer a meu pai que tudo ficaria bem, se ao menos ele conseguisse desamarrar as mãos talvez eu também conseguisse desamarrar as minhas e morreríamos lutando. Tentando. Mas algo desaparecera em seu olhar. Ele não conseguia fitar meu rosto. Balançava a cabeça para os lados e seus olhos estavam cheios de horror e vergonha. Eles cuspiram no seu rosto, rindo e zombando, batendo em sua cabeça com garrafas que usavam como tacos. Lembro de ter pensado "Isso não pode continuar. Deus não pode permitir isso!" Rezei para Ele, mas Ele não me ouviu. Ninguém ouviu. Colocaram meu pai sentado em uma cadeira e equilibraram uma garrafa sobre a sua cabeça. Então, um deles fez pontaria e a derrubou com um tiro. Colocaram então mais uma garrafa, e outro homem apontou. Meu pai tremia um pouco, mas tentava se manter imóvel. O segundo tiro errou o alvo. A bala penetrou em seu rosto, matando-o instantaneamente, ele caiu para trás. Eles o colocaram já morto novamente sobre a cadeira e continuaram rindo, bebendo, cuspindo e atirando. Então chegou novamente minha vez."

— Katerina, já chega! — disse Klaus, dando um passo à frente, tentando segurá-la.

— Não, Klaus, *não chega*. Não está nem perto de ter acabado — disse, com firmeza. Seu rosto por um momento adquiriu um olhar impressionante, bárbaro e selvagem que fez Klaus se sobressaltar e recuar. Katerina cruzou as mãos trêmulas diante dela. — Foram homens que escreveram essa história, os homens desta sala precisam saber que tipo de história é essa, senão, será a vez da Finlândia, e as mulheres finlandesas é que serão estupradas.

Katerina encarou cada um deles sem medo, os olhos já um pouco mais calmos, alertando-os para o fato de que não poderiam ficar omissos.

— O camarada Lênin convocou a todos para uma guerra até a morte, para limpar todos os vermes e a gentalha russa, para a exterminação de todos os ricos parasitas e sanguessugas. Pois que seja assim. Agora sabemos que o bolchevismo é apenas um conto de fadas baseado unicamente em vingança. Só que o bolchevismo ainda está fraco; está apenas começando sua trajetória. Ainda pode ser derrotado e destruído. Pode ser destruído aqui mesmo, na Finlândia. Depois vamos marchar, atravessar o lago Ladoga e destruí-lo na Rússia. Eu me transformei em soldado da linha de frente. Fiz meu papel. Agora, os senhores precisam cumprir o seu. Por favor, lutem, jamais desistam. Destruam todos eles, antes que eles os destruam.

8

Esko acabara de se despedir de Klaus e Henrik, virara a esquina e estava à espera do bonde. Por essa hora a tarde já estava no fim, e o parque da Esplanada mostrava-se coberto de neve. O porto mantinha-se completamente oculto pelo manto da escuridão e pelos flocos que continuavam a cair.

Protegendo-se sob a estátua da Sereia de Vallgren, Esko tentava colocar um pouco de ordem em seus retalhados pensamentos. Ainda estava chocado, desnorteado e sentindo-se ultrajado pelo que acontecera com Katerina. As imagens se misturavam: uma mulher com a garganta cortada; um homem tremendo de pavor com uma garrafa de vinho posicionada de forma humilhante sobre a cabeça; a própria Katerina, com os cabelos tosados e o corpo violado. Sua boca estava seca, sua cabeça tonta de ódio. Naquele momento, desejava apenas vingança, queria que os vermelhos sofressem.

— Katerina! — chamou ele, pois acabara de vê-la no outro lado da rua, olhando de um lado para o outro.

Ela acenou, atravessou a rua e veio em sua direção com o casaco preto abotoado até o pescoço e a gola virada para cima, aninhando as bochechas rosadas no pêlo do casaco. Flocos de neve empoleiravam-se sobre o chapéu e estavam pousados também sobre seus ombros. Ao levantar a cabeça na direção de seus olhos, Esko sentiu-se tomado por uma grande ternura. Dificilmente poderia conceber o quão terrível eram suas dores, o quanto ela havia sido machucada, ou o quanto lhe custara contar aquela história diante de um grupo de homens que nunca vira, muitos dos quais, estóicos finlandeses, se viram levados às lágrimas. Parado diante dela naquele instante, Esko se sentiu humilde e pequeno, como se sua própria humanidade tivesse sido reduzida e posta em dúvida. Queria aconchegar-se a ela, protegê-la e encorajá-la com carinho e respeito, mesmo que uma parte dele ainda lutasse com a certeza de que Katerina não poderia ser sua e desejasse perguntar como estavam as coisas entre ela e Klaus.

— Katerina, eu...

— Não diga nada! — atalhou ela rapidamente. — Leve-me ao melhor lugar de Helsinque.

— O quê?

— Seu lugar favorito, Esko. O local para onde você vai quando quer se entregar a sonhos e devaneios.

— Não estou bem certo se... — e parou, subitamente compreendendo o que ela queria dizer. — Sim, há um lugar.

— Leve-me até lá — disse ela, com os olhos brilhando e exibindo uma ânsia que significava tudo para ele.

— Agora? — perguntou.

— Por favor — disse ela.

— Vamos ter que correr — disse Esko, olhando para o relógio. Pequenos arco-íris pareceram se formar através dos flocos de gelo cintilantes espalhados sobre sua sobrancelha.

— Então, vamos correr — disse ela, quase sem fôlego, enlaçando o braço ao dele.

No parque da Esplanada, postes iluminavam um caminho que acabara de ser aberto entre paredes de neve. O caminho era estreito e os transeuntes marcavam seus passos com rapidez, inquietação e até mesmo um pouco de alarme, olhando para o casal agitado como se eles fossem dois revolucionários que haviam acabado de plantar uma bomba ou estavam a caminho de instalar uma em algum lugar. Toda Helsinque estava ansiosa, olhando temerosa para trás, por sobre os ombros.

Ao chegarem, encontraram as portas do edifício Diktonius já fechadas e trancadas, com as vitrines apagadas. A escuridão era total em seu interior.

— Droga! — reagiu Esko, mas eis que olhando em volta avistou um rosto familiar: Karl, o operador do elevador. — Espere aqui — disse a Katerina, e saiu correndo em ágeis ziguezagues através de estreitos caminhos na neve ao longo da rua Aleksanterinkatu. Retornou momentos depois balançando um molho de chaves com ar triunfante. — Vamos precisar de uma lanterna. Tenho uma em meu apartamento. Talvez queira esperar por mim em um café. Quem sabe tomar um conhaque.

— Não. Vou com você — disse ela, sem hesitação.

No tumultuado e apinhado bonde da hora do *rush*, seguiram agarrados em correias que pendiam do teto, com os rostos quase colados. Seus corpos se esfregavam um no outro conforme o bonde dava guinadas de um lado para o outro, balançando muito e avançando lentamente.

— A respeito da reunião... — começou ele.

— Mais tarde — Katerina tocou os próprios lábios com um dos dedos enluvados. — Tenho uma coisa que preciso lhe contar, mas tem que ser em seu lugar favorito.

No edifício de apartamentos onde morava, Esko tentou fazer com que ela ficasse esperando no andar térreo, mas Katerina insistiu em subir e ficou inspecionando seus desenhos, tocando as lombadas de seus livros, enquanto ele procurava por todos os cantos, dentro do seu já entulhado baú de viagem.

— Achei! — disse por fim, brandindo a lanterna, ligeiramente perturbado por vê-la sentada em sua cama, sorrindo para ele.

— Está tudo muito arrumado por aqui — disse ela. — O senhor vive como um monge, sr. Vaananen! — completou, provocando-o com um sorriso.

— Temos que ir agora — replicou ele, engolindo em seco.

A chave girou suavemente na fechadura e eles entraram rápida e quase sorrateiramente no edifício Diktonius totalmente às escuras. Ali ficava a magnífica loja de departamentos que fora por tanto tempo o porto seguro e o refúgio de Esko. O ar estava quente ali dentro, permeado pela fragrância de sabonetes e perfumes; a lanterna de Esko resgatava os objetos da penumbra, oferecendo-lhes uma existência cintilante e efêmera: um balcão envidraçado, um mostruário cheio de pedras preciosas; ali, quando a luz se movia, um manequim de terno adquiria vida; adiante, uma reunião de guarda-chuvas, uma escada de mármore e a gaiola de aço do elevador. Esko se sentia na entrada de um mundo de maravilhas, sua Arábia pessoal. Conduzindo Katerina através da loja, esticou o braço para alcançar os luzidios trincos de latão e abriu os portões do elevador.

— Vamos subir até o telhado? — perguntou ela, com a voz agitada e um pouco incerta. — Há algum jardim congelado lá?

— Espere e você vai ver.

Esko jamais trouxera outra pessoa até ali, nem mesmo Klaus, e ficou imaginando se a magia teria condições de funcionar, agora que ele não estava sozinho. Ao pisar no cubículo negro, porém, revestido de madeira nobre, filigranas douradas e adornado de espelhos; ao sentir o chão ceder ligeiramente sob seus pés, no instante em que entrou; ao enlaçar seus dedos na manivela, sentiu-se arrebatado e totalmente à vontade, como em nenhum outro lugar. Curvando-se diante de Katerina, puxou as portas de aço lentamente até elas se encontrarem com uma pancada tranqüilizadora, demonstrando uma suavidade que camuflava seu peso.

— Por favor, segure isso um instante — disse, entregando a lanterna a Katerina enquanto pegava uma caixa de fósforos no bolso e acendia as duas lamparinas na parede de trás.

Esko levou o oscilante elevador para cima, fazendo-o parar de repente entre o quinto e o sexto andares. Então, abriu os braços.

— O que foi? — perguntou Katerina, os olhos arregalados pelo susto momentâneo.

Esko amaldiçoou a si próprio, em silêncio. O gesto em si não significara nada; no entanto, todo seu desejo por ela estava bem ali, quase palpável entre os dois, suspenso no ar como um perfume, apesar de tudo o que ouvira sair dos seus lábios naquela tarde. Fechou o olho e sentiu a cabeça girando.

— É aqui — disse ele, com o olho ainda fechado, bem apertado. — Este aqui é o meu local favorito. Não é a loja. É o elevador. Venho aqui com muita freqüência, quando estou triste, ou mesmo quando estou feliz. — Abriu o olho de novo. — Olhe. Os murais do teto. Eu mesmo os pintei. Uma das minhas investidas nas artes mais sofisticadas. Seu olhar era de questionamento e curiosidade. — Pedi à administração e eles me deixaram fazer esse trabalho. Não creio que o sr. Picasso esteja suando de preocupação, à noite, por causa do seu rival finlandês, o sr. Vaananen, de Helsinque. Eu, por minha vez, me consolo com a garantia de que o sr. Picasso não está interessado em projetar prédios. Pelo menos espero que não.

Katerina começou a desabotoar o casaco lentamente, levantando a cabeça para o teto. Quanto melhor a luz, mais bonita ela ficava, pensou Esko. Ela era maravilhosa!

— Esko, eles são esplêndidos! Absolutamente brilhantes e magníficos! — Seus olhos faiscavam de prazer e surpresa.

Os elogios acenderam um calor gostoso dentro dele; eles o gratificavam de forma absurda e quase o fizeram gritar. De repente, ficou tímido.

– Não são assim tão maus, imagino. Foi uma época feliz. Eu costumava vir aqui quando a loja estava fechada. Tinha que usar velas enquanto trabalhava no teto. A luz das lamparinas não era suficiente. A cera quente da vela ficava pingando sobre meu rosto, mas eu não me preocupava com isso. Afinal, que mal poderia fazer à minha aparência um pouco de cera derretida? Apenas melhorá-la. – disse rindo.

Em torno da cena no mural central, Esko pintara quatro pequenas paisagens que retratavam uma ilha em um lago. Havia uma para cada estação do ano, cada qual trazendo o espectador um pouco mais para perto do cenário. A primeira mostrava a ilha vista a distância, no início da primavera, quando o gelo ainda estava se derretendo; a segunda era a ilha propriamente dita, incandescente com o verde, o vermelho e o azul na explosão do verão; a terceira mostrava um bote atracado às margens da ilha, sob um triste crepúsculo de outono. Na cena final, um pica-pau preto bicava a proa de um barco cheio de neve, como se estivesse perdido, porém disposto a construir uma casa para si mesmo nas profundezas do inverno.

A ilha agigantava-se do fundo da paisagem no afresco principal, uma cena na qual um menino cego, de pé à beira do lago, era carregado por um anjo ferido. O rosto do anjo era vazio, sem expressão, indecifrável, enquanto o menino sorria extasiado, talvez com ar tolo, enquanto o pica-pau assustado levantava vôo sobre suas cabeças.

– Você é o menino?

– Receio que o simbolismo seja óbvio demais.

– Lá adiante no lago, há uma mulher em um barco. Como ela conseguiu navegar até lá se a superfície está congelada?

– Diga-me você.

– É um bebê que ela carrega nos braços?

– A mulher é minha mãe – explicou Esko, surpreso por Katerina ter notado um detalhe que a maioria das pessoas raramente percebia.

– Onde está ela agora, a sua mãe? – perguntou, voltando os olhos para ele.

Esko olhou para baixo.

– Katerina, sobre o que aconteceu hoje...

– Por favor, não.

– Katerina, eu *preciso* falar! – Fez um esforço para não se aproximar dela – Queria dizer algo na hora, mas havia tanta gente...

– Sério, eu compreendo! – disse ela, olhando para os portões do elevador, como se tivesse esperança de escapar através deles.

– Você me fez sentir vergonha, Katerina. Deixou-nos a todos envergonhados. Eu não fazia idéia.

– Não importa – respondeu ela, baixando os olhos para as mãos enganchadas uma na outra.

– Mas é claro que importa – disse Esko, com uma fúria súbita.

Ela olhou para ele com ar amedrontado.

– Desculpe, Katerina, não quis assustá-la – disse ele, com voz macia. – Não estou zangado com você. Como poderia? Estou furioso é com o mundo. Coisas assim não deveriam acontecer.

O elevador balançou, gemeu e rangeu quando ele apertou a testa contra a superfície fria do espelho que ficava acima do pequeno banco de couro, no fundo da cabine. Quando ficou claro que ela não tinha mais nada a dizer a respeito do assunto, Esko continuou:

– Você perguntou sobre minha mãe. Isso envolve uma história, se você agüentar ouvir. – Na verdade, era uma história que ele jamais contara a ninguém.

– Por favor, conte.

– Cresci no extremo norte do país. Um lugar remoto. Glorioso no verão e com meses de purgatório congelado no inverno. Um lugar rude, mas maravilhoso. Eu tinha nove anos quando a minha mãe ateou fogo em nossa casa. Não percebi que ela fizera aquilo. Não imaginei que o incêndio fosse tão grande e perigoso. Apenas vi as chamas, as janelas explodindo e achei que ela estava lá dentro. Corri e entrei, pensando em resgatá-la. Ainda não havia fogo na sala de estar, mas minha mãe não estava lá. Não estava na escada, também. Corri para o quarto de meus pais e abri a porta. Depois disso, me lembro de muito pouco. O calor invadindo meus pulmões; as chamas, um clarão azul; algo caiu. Foi o que provocou isto – fez um círculo com a mão em volta do rosto. – Na verdade, a casa estava vazia. Minha mãe tinha ido para o lago e entrou em um barco. Havia enchido os bolsos da saia com pedras pesadas, que pegara na margem, e se afogou. Era pintora, uma pintora maravilhosa. Disseram na aldeia que ela era louca.

Esko olhou para cima, para o teto do elevador, lembrando-se das longas noites que passara trancado ali, entre tintas e pincéis.

– Meu pai me entregou ao sacerdote da aldeia, que me criou e educou. Talvez tenha sido melhor assim. Era um homem chamado Kalliokoski.

– Você o odeia?

– Kalliokoski? – Esko pensou por um momento – Não, não o odeio. Na verdade gosto dele. Sempre tentou ser decente comigo. É político, na verdade, mais do que sacerdote. Uma daquelas pessoas que sempre vai se dar bem em qualquer ambiente. Não é um homem mau.

– Perguntei se você odeia seu pai. – Katerina sorria, paciente.

– É claro! – disse Esko com um riso amargo. De repente, lembrou-se que fora Timo o homem que tentara assassinar o pai de Katerina, tantos anos atrás. Nem tinha certeza se ela sabia disso. – Por muitos anos pensei nele como um louco, um visionário deslocado, um Colombo, entende? Só que um Colombo sem uma América no fim da viagem; um Colombo sem barco. Agora, ele provavelmente está em Petrogrado, jantando com Lênin, em pessoa.

– É mesmo?

– Há cerca de um mês eu o vi dividindo um palanque com o próprio Stalin.

Katerina virou o rosto.

– Era o meu pai, não eu!...

– Eu sei. – replicou ela. – Desculpe-me, Esko, mas a simples menção desses nomes. É como se alguém pisasse no meu túmulo. – Fez uma pausa, pensativa. – Continue sua história.

– Bem, no fim das contas, parece que minha mãe e meu pai fizeram urna conspiração para me conceder um grande dom. É assim que eu vejo as coisas.

— Como assim? — sua cabeça estava tombada ligeiramente para o lado.

— Certa manhã, lá fora, no gelo, algum tempo depois de meu pai ter me levado para Kalliokoski, eu consegui compreender por que este elevador — qualquer elevador — é importante. Ele significa que os edifícios podem ser tão altos quanto a pessoa desejar. Tão altos quanto a pessoa ousar permitir que sejam. Arranha-céus. Os alemães os chamam de *wolkenkratzers*, arranha-nuvens. Em finlandês a palavra é *pilvenpiirtaja*, risca-nuvens. Eu vou construir um. Desde aquele momento, sonhei com isso. Vou projetar um prédio com trinta ou quarenta andares. Ou por que não cinqüenta, sessenta? Por que não cem andares até? Um edifício inundado de luzes. Inspirado da mesma forma que as grandes catedrais foram inspiradas. Foi para isso que me tornei arquiteto.

— E é por isso que está indo para a América? — sorriu ela, movendo-se mais para perto dele dentro da cabine, o rosto radiante.

Esticando o braço, a mão um pouco insegura, ele acariciou o cabelo curto de Katerina, e estremeceu por dentro quando ela se aproximou ainda mais e repousou o rosto com ternura sobre a palma estendida de Esko. Havia mais delicadeza e graça nas linhas da maçã do seu rosto do que no Partenon, no Panteão ou em qualquer outra peça arquitetônica construída por qualquer dos mestres através da história.

— Eu não vou.

— Por quê? — Katerina sentiu um sobressalto, por um breve instante.

— Você sabe por quê.

Ela se sentiu desmoronar, sucumbindo sobre o banco estofado com couro e disse lentamente:

— Eu temia que você dissesse algo assim.

— Esse não é o momento de ser egoísta. Compreendo tudo agora, graças a você, Katerina. Qualquer coisa que eu queira, minhas grandes idéias para o meu próprio futuro, tudo isso pode esperar.

As mãos tremendo, ela pegou um maço de cigarros no bolso do casaco.

— Esko, você poderia acender meu cigarro, por favor?

— Claro! — disse ele, remexendo o interior do bolso.

O fósforo reluziu por um instante entre seus rostos. A ponta do cigarro crepitou, se incandesceu e o elevador se encheu com a fragrância do fumo turco. Katerina levou um dedo até os lábios, retirando com cuidado uma partícula de tabaco. Esko notou que a luva dela estava desfiada na lateral do punho, naqueles fiapos de algodão pareceu vislumbrar o mundo que ela tristemente perdera, um estilo de vida que revirara a sua alma do avesso.

— Você já leu Shakespeare, Esko?

Ele balançou a cabeça para os lados.

— Há uma peça de Shakespeare, a última que ele escreveu, uma peça linda. Nela, há uma ilha no meio do mar, governada por um mago. Esta ilha pode ser maravilhosa ou terrível, dependendo de quem *você* é. — Dando uma tragada no cigarro, ela soltou uma nuvem de fumaça e olhou para o mural do teto. — Esta ilha é tanto um mundo dourado quanto também um labirinto assustador; nela habitam dois espíritos. Um é Caliban, um monstro vil e horrendo, mas não totalmente desprovido de virtudes e dignidade. Ele foi escravizado pelo mago. O outro é Ariel, também servo do mago, mas um espírito muito especial. É doce e cheio de vida. Um espírito do ar. Tem o poder de voar em torno do mundo em um rápido instante e transformar qualquer coisa em outra. Dejetos em ouro. Olhos de homens que já morreram em pérolas.

Tragando uma vez mais e soltando a fumaça pelas narinas, Katerina apagou o cigarro com força em um cinzeiro trabalhado que ficava ao lado do banco. Levantou-se, chegou mais para perto dele e arrancou uma das luvas.

— Dê-me sua mão, Esko. Por favor, deixe-me segurar sua mão.

Meio sem jeito, Esko estendeu a mão; os dedos finos e longos de Katerina apertaram os dele e subitamente a luz das lamparinas do elevador pareceram tremeluzir ao ritmo de uma música há muito sonhada. Esko sorriu por dentro; o simples toque da mão dela o fez sentir como se estivesse dançando.

— Ontem, ao vê-lo depois de tantos anos, você estava agachado, de cócoras, olhando obliquamente de um lado para o outro, assegurando-se de que os cálices estavam colocados de forma perfeita sobre a mesa de Henrik. Foi um gesto mínimo e insignificante, mas havia tanta paixão em seu rosto, ao fazer aquilo... Você aprecia a beleza, a ordem e a delicadeza. Coisas finas, maravilhosas por si próprias. Eu sempre vi o Ariel que habita em você, Esko Vaananen. Há muitos anos, na aldeia, enxerguei a parte de você que deseja ardentemente ser ele. Para mim, é Ariel que você vai ser, para sempre. Um espírito raro, maravilhoso.

Ela se chegou mais e fitou o rosto dele tão de perto e de tal forma que ele se viu mergulhando nas profundezas do seu olhar, sentiu o cheiro dela e o doce perfume de tabaco em seu hálito. Seus dedos se soltaram lentamente da mão dele, tocaram seu rosto marcado por cicatrizes e ela disse:

— Essa guerra não diz respeito a você. Vá para Nova York.

— Você vem comigo?

— Você sabe que eu não posso — respondeu ela, franzindo o cenho enquanto soltava a mão —, e não vou. Estou de casamento marcado com Klaus.

Inconscientemente, Esko levou a mão dela aos lábios.

— Então eu também não posso ir.

— Você tem que ir — disse ela, a voz baixa.

Esko balançou a cabeça, o coração batendo com tanta força que sua cabeça tremeu e sua visão embaçou, como em um terremoto.

— Meu sonho é construir coisas, mas se eu tenho visões e sonhos, e se falo durante o sono, é por causa de você.

Ela se largou novamente sobre o banco de couro. Colocando a cabeça entre as mãos, começou a chorar.

— Eu sou uma mulher má, não sirvo para você! — disse ela. — Ah, eu odeio quando choro. Chorar faz com que eu me sinta fraca. Eu sou uma mulher má, terrível!

Com hesitação, Esko tocou a curva das suas costas que tremiam; sentiu as protuberâncias enfileiradas da sua espinha, o calor de seu corpo por baixo do retesado tecido do casaco.

— Você é um anjo — disse ele.

— Não diga uma coisa dessas! — replicou ela, os olhos flamejando como os de um tigre. — Você não me conhece!

— Acho que conheço.

— Vou lhe contar uma coisa, Esko, quero que ouça com atenção. Klaus foi até a nossa casa, naquela noite. Era ele o amigo de meu pai que nos ajudaria a escapar. Klaus foi o meu anjo bom. Trabalhou muito, arrumou tudo, organizou e preparou as coisas para que conseguíssemos atravessar a fronteira e fugir aqui para a Finlândia. Não deu tempo. Não foi culpa dele. Só que, no final, eu fui a única que restou para ser salva.

Ela pegara um lenço rendado do bolsinho do casaco para enxugar os olhos. O lenço ficou embolado, apertado em sua mão fechada. Levantou o rosto e a luz das lamparinas fizeram sobressair os rios de lágrimas brilhantes que escorriam por suas faces.

— Foi Klaus que me tirou de lá. Foi ele que lavou meu corpo. Foi ele que tratou minhas feridas. Foi ele que me impediu quando eu tentei pegar o revólver para me matar. Foi ele que me trouxe para cá e começou a me mostrar que a vida poderia seguir em frente. Jamais tentou forçar sua presença, nem mesmo tentou me beijar. Foi muito gentil, como se fôssemos irmãos. Tratou-me com todo o respeito, e uma parte de mim o respeita também, o guarda no coração e o admira profundamente. — Sua voz estava mais baixa, mas seus olhos queimavam e começaram a lançar chamas violentas em direção a Esko. — Outra parte de mim odeia cada centímetro da sua beleza impecável e espetacular. É verdade! Como é possível explicar isso? Uma parte de mim odeia Klaus por ele ter me salvado, porque a guerra significa maldição e estupro, violação para mulheres e crianças, porque os homens adoram o poder que tudo isso lhes traz, porque alguma coisa dentro de mim gostaria que todos os homens fossem punidos, e ele representa cada homem, não um homem daqueles, mas um homem, simplesmente. Que todos eles lutem nessa guerra sangrenta e se aniquilem mutuamente. Estou deixando você chocado, Esko?

— Um pouco — concordou ele, com um sorriso fraco e desconcertado que fez alguma coisa acender dentro de Katerina.

— Aqueles canalhas me mancharam por dentro — disse ela, jogando-se contra Esko e batendo em seu peito com os punhos fechados. — Eles me tornaram imunda! Retalharam-me toda, abusaram de mim! – continuou a atingi-lo, com fortes socos agora. – Eles me transformaram em uma pessoa feia, horrenda!

– Katerina! Katerina! – Esko tentava agarrá-la, segurando-lhe os braços – Na noite passada, você me perguntou sobre o espelho que me deu de presente naquela festa da aldeia, há muitos anos, lembra?

Soltando-a com cuidado, deu um passo para trás levantando ambas as mãos, deixando-a curiosa. Lentamente, Esko fez surgir o antigo espelhinho de dentro do bolso.

– Você me disse que este era um espelho mágico. "Se olhar para ele por algum tempo vai enxergar quem você realmente é", foram as palavras que você me disse. Olhe para ele agora, Katerina – pediu ele, pressionando-o de encontro à sua mão. – Você é linda. Sempre vai ser. Sua beleza é uma dádiva que ninguém vai roubar, não importa o que aconteça.

Os dedos dela tremeram, segurando o espelho, mas em vez de olhar para seu reflexo ela se atirou novamente nos braços de Esko, com mais suavidade dessa vez, recostando a cabeça em seu peito.

– Eu vou me casar com Klaus.

– Eu sei.

– E quero que você me prometa que *vai* para a América.

Ele permaneceu calado.

– Esko, você tem que me prometer.

– Já comprei a passagem – disse ele após pensar por um momento, considerando um tesouro o simples peso da cabeça de Katerina contra seu corpo.

Beijaram-se terna e demoradamente. Em seguida, Esko girou a manivela e o elevador tornou a descer. Caminhou em companhia de Katerina até a rua Fabianinkatu. Ao chegar à porta do prédio, ela sorriu, tocou seu rosto e disse adeus. Esko ficou ainda por muito tempo parado diante da porta verde, mesmo depois de ela ter se fechado. Desceu depressa as escadas e correu pelo meio da escuridão e da neve pesada que caía, com o casaco aberto e esvoaçando; não tinha certeza da direção que tomaria, nem do lugar para onde estava indo, mas não se importava com isso; ficou vagando como um sonâmbulo, impelido apenas pelas trepidantes e irregulares batidas do coração. Quando, mais de uma hora depois, saiu do transe, viu que fora parar no porto. Um vento cruel atirava rajadas de neve sobre seu rosto. A camada de gelo sobre a água parecia estar sendo quebrada e esmagada na penumbra, então ele conseguiu ver a proa de um barco quebra-gelo. No meio da noite, na neve, o barco vinha em sua direção e parecia crescer diante dele como um imenso edifício inclinado sobre o gelo. Esko notou então que, no decorrer de um único dia, a geografia e a estrutura da sua vida haviam mudado por completo. A América agora figurava em sua vida como uma ausência, não como uma promessa; um detalhe em um projeto que acabara de ser apagado pelo sabor que se instalara em seus lábios, que ainda ardiam com a lembrança do beijo de Katerina.

9

Na noite de 2 de abril de 1918, quando a Guerra Civil Finlandesa já irrompera havia três meses, o Exército Branco de Mannerheim estava enfileirado fora dos limites da cidade de Tampere, articulando-se para a vitória e pronto para atacar a última e maior fortaleza vermelha. Havia um número incalculável de tropas vermelhas em Tampere, e cinco mil soldados brancos do lado de fora. O ataque dos brancos aconteceria pelo lado leste. O grande problema é que Tampere era uma cidade dividida em duas por um rio que corria do norte para o sul, conectando os dois lagos que ficavam nos extremos da cidade. As corredeiras do rio só podiam ser atravessadas por três pontes, que eram estreitas e de fácil defesa. A resistência vermelha fora feroz até então. Assim sendo, Mannerheim decidira que o ataque ocorreria no meio da noite, esperava surpreender os vermelhos. Ele queria um grande triunfo ali, antes que os soldados brancos da Alemanha, aliados dos finlandeses, aportassem no sul do país e começassem a sua marcha para Helsinque. Mannerheim queria provar ao mundo que, no final, a Guerra Civil Finlandesa tinha sido ganha pelos próprios finlandeses.

Cada homem no pelotão de Esko escrevera o próprio nome e endereço em um pedaço de papel colocado em um dos bolsos, para identificação em caso de morte. Todos se colocaram em pé, enfileirados, cada um recebeu dois sanduíches de queijo e uma caneca de chá, seguindo então para outra fila, dessa vez para receber duzentas e cinqüenta balas e uma baioneta para guardar dentro de uma pequena bainha ou prender na ponta do rifle. O plano de Mannerheim era que eles atacassem através da ponte que ficava mais ao norte, a última das três que cruzavam o rio, para criar uma agitação dentro da cidade e atrair os vermelhos para fora. Os finlandeses estavam preparados para lutar e libertar a cidade de casa em casa, se fosse necessário, armados com machados e improvisadas granadas de mão que tinham uma alarmante tendência a explodir sem que o pino tivesse sido puxado. O objetivo principal era ocupar a igreja de São Mateus, que ficava em uma posição estratégica e oferecia uma visão panorâmica das linhas ferroviárias, bem no local em que elas faziam uma curva acentuada, seguindo depois para oeste ao longo do lago.

Movendo-se para fora do quartel, os soldados se reuniram em cinco colunas, com vinte homens em cada uma; estavam em uma estrada que passava ao lado de um cemitério, cenário de uma batalha que acontecera dias antes. Era uma noite clara e fria em que a lua cheia acabara de surgir, e Esko notou as lápides esmagadas, com pedaços quebrados e bordas recortadas irregularmente como bocas com dentes faltando, as superfícies marcadas com profundas cicatrizes, marcas de varíola entalhadas a bala na pedra. As tumbas emitiam um brilho prateado sob o luar e ao lado havia muitos caixões quebrados cercados por ossos humanos, como se os corpos tivessem sido arrancados da terra para serem mortos mais uma vez.

Acima deles vinha o sibilar das balas e os chiados das granadas.

O coração de Esko bateu com mais força. Sua garganta ficou seca e fechada. Suas nádegas se retesaram. Tudo bem, disse para si mesmo, isso é medo. Reconhecer a emoção não tornava mais fácil lidar com ela. Expeliu o ar com força repetidas vezes, pulou para cima e para baixo, tentando se manter aquecido. Ao seu lado, Klaus fizera surgir do nada um baralho de tarô, e lia o destino de dois companheiros. Ficou enroscando o bigode durante algum tempo. Analisou as cartas com uma expressão séria e sombria; então, de repente, seu ar concentrado se transformou em júbilo, como se tivesse recebido uma revelação luminosa, uma notícia reconfortante sobre os mistérios mais indecifráveis do cosmo.

— Vocês vão lutar o dia todo, mas escaparão sem um arranhão — garantiu-lhes. — Ficarão bem.

Os dois homens sorriram e Esko riu também, pois vira Klaus fazer a mesma coisa muitas vezes durante as últimas semanas. Nem sempre as previsões eram acertadas; às vezes os homens morriam, mas os outros continuavam a olhar para Klaus em busca de esperança e energia; ele seguia no exército do mesmo modo que no resto da vida, com descontração e um brilho impulsivo que parecia transformar o otimismo em instrumento do destino.

Esko não se importava com o exército. Para ele, significava fome, frio, medo, poucas horas de sono e muitos piolhos; representava a desordem e o caos, fragilmente envoltos em uma tênue membrana de disciplina militar. E a guerra era uma desgraça, uma catástrofe para seu país, qualquer um podia ver isso; mas ele precisava vê-la encerrada e ganha. Era uma guerra pequena se comparada à que ocorria na França, onde literalmente milhões de pessoas morriam, mas o povo estava conseguindo se libertar de séculos de sentimentos represados, ressentimentos, ondas de hostilidade e ódio fratricida. Aquela era uma guerra pequena, mas particularmente cruel e rancorosa. Os vermelhos haviam trespassado os ricos em suas camas, com baionetas; depois, penduraram-nos em postes na rua para queimá-los ainda vivos. As atrocidades não ocorriam apenas no lado vermelho. Em Huruslahti, os brancos haviam conseguido fazer mil e duzentos prisioneiros vermelhos. Mataram os líderes, mas, como não tinham balas suficientes para matar todos os outros, colocaram-nos às centenas em uma única e imensa fila. A cada cinco homens, um era arrancado da fila e morto na hora, um processo que muitos dos companheiros de Esko chamavam de "loteria de Huruslahti". Uma piada sinistra que servia para lembrar que eles, pelo menos, ainda estavam vivos, podiam beber vodca e sentir o chão sob os pés.

Esko passou a mão sobre a pele repuxada no lugar onde o rosto e o pescoço se encontravam. Lembrou que estivera em Tampere uma vez, quando criança. Suas lembranças eram de um dia de verão, pouco depois da morte da sua mãe. Ele e o pai estavam sobre uma ponte quando ouviram um homem gritar por socorro lá embaixo na correnteza. Timo conseguiu um colete salva-vidas, desceu até a margem do rio e o atirou na direção do homem; àquela altura no entanto o pobre já desaparecera, sugado para o fundo, e as corredeiras continuaram agitadas em seu caminho, espumando e borbulhando como se nada de anormal tivesse acontecido. Para onde ele foi?, perguntara Esko, aterrorizado. A resposta de Timo foi apenas um balançar pesaroso da cabeça.

Os olhos de Esko vagaram na direção do cemitério, onde as lápides destruídas reluziam como tesouros. Ouvira dizer que Timo estava em Tampere, comandando um grupo armado, mas boatos a respeito de seu pai eram comuns naqueles dias. Timo Vaananen era uma espinha atravessada na garganta de Mannerheim, um nome que assombrava os brancos e os fazia tremer em suas camas. Timo Vaananen. Timo, o vermelho, Timo, o carniceiro. Fora visto pela última vez em Helsinque, incitando os trabalhadores em meio a uma miríade de bandeiras agitadas nos degraus cobertos de neve da catedral. Porém, diziam que também estava em Petrogrado, em uma sala abafada pelo fedor de cigarros e charutos, a portas fechadas com o ministro das Relações Exteriores, negociando um acordo com os bolcheviques soviéticos para conseguir grãos e armas. Fora visto atirando e matando alguns prisioneiros brancos na estação ferroviária de Terijoki. No momento estava, é claro, em Tampere, exortando os homens a jamais se entregarem, incentivando-os lutar até a última gota de sangue, mesmo que Mannerheim destruísse Tampere por completo.

Selin, o comandante da companhia de Esko, andava de um lado para outro entre os homens. Formavam um grupo de maltrapilhos, vestidos de modo quase cômico. Nenhum deles usava uniforme. Apesar disso,

Mannerheim, com seu pomposo chapéu branco de pele e um sobretudo também com pele na lapela, os elegera a melhor companhia em todo o exército branco.

— Não vai ser fácil – dizia Selin. – Há pelo menos cinco mil vermelhos em Tampere. Talvez dez mil. Quem sabe vinte mil, nós somos apenas cinco mil. Para eles é tudo ou nada agora, estão mais bem organizados do que pensávamos.

Selin era um homem baixo de olhar manso, um finlandês de ascendência sueca, rosto liso e olhos castanhos ligeiramente protuberantes. Usava um casaco velho e um chapéu de feltro com um galho de abeto espetado à guisa de camuflagem.

— Esta noite vamos nos aproximar com rapidez, em fila indiana. Cada um de vocês carrega um equipamento muito pesado, eu sei disso, mas não teremos tempo para retardatários ou desgarrados. Qualquer um que ficar para trás vai, provavelmente, acabar com a garganta cortada. Portanto, se alguém aqui acha que não vai conseguir acompanhar o grupo, deve cair fora neste instante.

Sem parar de falar, andava de um lado para outro, olhando para cada homem nos olhos. Como soldado, Selin era cauteloso e resoluto. Fora treinado na Alemanha. Esko, porém, sabia que ele também era capaz de sentir compaixão.

— Estou falando sério – continuou ele. – Se alguém acha que não vai conseguir se mover com a rapidez necessária; se está doente ou ferido, fale agora. Não é nenhuma vergonha. A partir de agora, não vamos carregar nenhum pato molenga.

Klaus deu um pulo para frente repentinamente e ficou saltitando.

— Quack! Quack! – fez ele, rindo e se balançando como um pato, de um lado para o outro – É a minha mochila, senhor, ela é tão pesada, senhor e, por favor, senhor, eu queria muito ir para casa.

Os homens de todas as patentes caíram na gargalhada em uníssono e aplaudiram a sua palhaçada. Assim, de forma simples, Klaus resolvera o assunto.

— Boa sorte então, homens. E boa batalha.

Eram duas e quarenta e cinco da manhã. Em quinze minutos, o foguete sinalizador seria lançado e todos correriam em direção à cidade tomada pelo inimigo.

— Soube do meu pai hoje — disse Klaus, dirigindo-se a Esko, com o rosto sério. — Ele me enviou um pacote através de um dos espiões de Mannerheim.

— Como vão as coisas em Helsinque? — Os vermelhos tinham o controle da cidade, exatamente como Mannerheim previra no início do ano. — Como está Henrik? — fez uma pausa –, e Katerina?

— Com relação a ela — respondeu Klaus, enfiando a mão no bolso e pegando um envelope –, quero que você me garanta que isto vai chegar às suas mãos.

Esko olhou para o envelope, pouco à vontade.

— Garanta você mesmo — respondeu, evasivo, tentando dar pouca importância à carta. — Envie-a de volta pelo espião.

— Não posso fazer isso, ele já partiu. Quero que você lhe entregue a carta.

O som de uma bomba sibilou sobre suas cabeças e os dois olharam para cima. Os incêndios irrompiam em Tampere. As fagulhas e as chamas brilhantes subiam, lambendo as chaminés das fábricas e moinhos; a fumaça formava espessas colunas vermelhas; um cheiro acre de substâncias químicas veio no vento e fez a garganta de Esko arder.

— Escute, Esko, chegou a minha hora. Não vou sobreviver a Tampere.

— Klaus...

— Talvez isso seja apenas um jeito de bater na madeira para dar sorte — disse, dando pancadinhas na cabeça de Esko — Um jeito de dizer ao destino "Fique longe de mim agora". Faça-me esse favor e pegue a carta. Certo?

Tocou o bolso onde guardava o baralho de tarô.

— Sempre achei que você acertava nas cartas — brincou Esko.

— Seja um bom amigo e atenda meu pedido.

Esko pegou o envelope. O papel pareceu rígido e estranho em sua mão enluvada, e ele olhou um pouco constrangido para o nome tão familiar, amado e saudoso: Katerina Malysheva.

– Se eu conseguir escapar, vou devolver isto ainda hoje e você vai se sentir idiota – disse, enfiando o envelope no bolso. – O pior é que se eu for atingido a carta vai ficar em péssimo estado.

O foguete sinalizador guinchou de forma aguda, explodiu e uma cascata de estrelas se espalhou pelo céu. Repentinamente, o silêncio da noite se encheu de urros, gritos e o som pesado de milhares de botas correndo. Olhando para baixo, Esko ficou quase surpreso ao notar que seus próprios pés corriam com os outros. Seu corpo tremia e, com o movimento, a mochila em suas costas pulava para cima e para baixo. Sua respiração era arfante. Com o rifle atravessado sobre o peito, ele correu em direção ao cemitério onde os mortos haviam despertado do repouso.

O ataque começara.

10

Os soldados começaram a se infiltrar e penetrar através das linhas da rede ferroviária quando uma voz berrou na escuridão:

– Ei! Vocês aí! Venham para cá, depressa! Os malditos brancos estão atacando!

Selin levantou o braço e o pelotão estancou de imediato. Esperaram um pouco, olhando uns para os outros, mas então a voz surgiu novamente, em desespero:

– Corram para cá! Aqueles demônios brancos estão chegando.

Esko se lançou ao longo da linha do trem, de modo decidido e corajoso, atirando-se para frente por entre pedaços de gelo e montes de lama de neve multicor que haviam derretido e tornaram a congelar. A distância, viu um vagão de carga e então uma figura, um homem, materializou-se da escuridão. O soldado segurava uma pistola com uma das mãos e acenava com a outra, gritando:

– O que estão esperando? Corram para cá. Eles chegarão aqui a qualquer momento.

Esko não pensou duas vezes. Em um reflexo, levantou o rifle, enquadrou a figura que acenava dentro da marca em forma de V da mira e apertou o gatilho. Chocado, viu o homem tombar.

Surgiram outras vozes surpresas e nervosas, enquanto os companheiros de Esko levantavam os rifles em torno dele.

– O que aconteceu?
– Eles são brancos!
– O quê?
– Merda, eles são brancos mesmo. Vamos dar o fora daqui!

Uma saraivada de balas silenciou-lhes os gritos. Em poucos segundos, os vermelhos desapareceram entre as sombras.

– Fugiram – disse Selin, perscrutando com cuidado ao longo dos trilhos.

Com horror, Esko viu o homem que atingira se levantar e começar a se arrastar cambaleante sobre os trilhos, trôpego, apertando o ombro estraçalhado.

– Aki! Paavo! Antti! Onde vocês estão? – gritava ele. – Voltem, por favor, fui atingido.

O homem estava perdido, em estado de choque; não sabia que direção tomar, mas continuava andando para frente, aos tropeços. Holm, o segundo em comando, aproximou-se calmamente dele com a pistola levantada. Viu-se um clarão na noite, ouviu-se um estalo seco e Holm voltou aprumado, sobre as pernas ligeiramente arqueadas, o rosto quadrado sem demonstrar emoção. Tinha mãos grandes, hábeis, habituadas a matar, como as de um fazendeiro. Um volume aparecia no casaco sobre o coração. Era onde ele guardava um livro com sermões de Martinho Lutero.

– Mais um vermelho está assando no inferno – foi tudo o que disse. Holm gostava de lidar com os prisioneiros ao modo dele. No seu mundo idealizado, não sobraria nenhum vivo.

Esko se sentiu enjoado, mas não por causa de Holm.

— Vamos embora — comandou Selin, de modo profissional, e então já não houve mais tempo para acalentar sentimentos. Mergulharam no solo, rastejando em direção à parte baixa do terreno, deixando os trilhos para trás. Sorrateiros como gatos, começaram a correr, as botas resvalando pelo piso escorregadio, o luar brilhando sobre a superfície congelada da estrada que os levaria ao centro da cidade. Esko olhou para Klaus, que corria ao seu lado. Os olhos arregalados moviam-se rapidamente para frente e para trás, prontos para qualquer coisa.

Nuvens céleres se agruparam e encobriram a lua. O pelotão se moveu pelas calçadas, abraçando as sombras. Eles rastejaram por alguns metros, ficaram de cócoras e esperaram em silêncio para então começar outra vez a rastejar. Uma porta se abriu violentamente, fazendo barulho. De algum ponto atrás deles ouviu-se o descarregar de uma metralhadora. Esko sentiu um peso na barriga, uma tensão nos intestinos, mas os tiros foram bem longe. Logo, Selin levantou o braço em um sinal silencioso.

A saída da ponte, na rua Satakunnankatu, estava bloqueada por uma fileira de cavalos brancos que relinchavam agitados e tentavam empinar, mas seus cascos estavam amarrados. Atrás dos cavalos, duas metralhadoras apontavam os canos para fora, espiando por trás de sacos de areia. Não havia vermelhos à vista, mas estavam lá, esperando.

Esko abriu a gola do casaco e respirou com dificuldade. Os cavalos tinham sido colocados ali para proteger as metralhadoras de ataques inesperados; se fossem mortos, seus cadáveres fariam uma pilha de carne ensangüentada, que os brancos seriam forçados a escalar. Selin e Holm tinham as cabeças próximas e confabulavam entre sussurros, tentando encontrar a melhor maneira de solucionar o problema. Uma bomba assobiou por cima deles em direção à ponte e explodiu na parte mais distante. Atrás da ponte, havia incêndios e colunas de fumaça preta. O ataque seria mais difícil do que o imaginado.

Um barulho de cascos se fez ouvir atrás deles e um oficial vermelho de uniforme russo apareceu a galope, com a cabeça abaixada e encostada junto ao pescoço do cavalo, vergastando o ar com o chicote.

— Vamos lá, não é tão perigoso assim, seus covardes! — berrou ele. Seus olhos brilharam no escuro e uma nuvem de vapor saiu das narinas ofegantes do cavalo. — Os demônios brancos estão ali em frente. Vamos lá! — apontou para frente com o chicote, e, nesse instante, Esko e vários companheiros levantaram os rifles e atiraram.

O oficial foi lançado para trás, caindo do cavalo atingido. Devido ao tiro, o animal perdeu a firmeza, dobrou os joelhos, esvaziou os intestinos e bombeou sangue sobre o gelo enquanto tombava pesadamente. Esko estava parado, estupefato diante daquela visão singular, quando as metralhadoras na ponte abriram fogo por baixo das barrigas e por entre as pernas dos cavalos amarrados à sua frente. Subitamente o ar ganhou vida com as balas que sibilavam ou ricocheteavam por toda a rua. Subitamente o homem ao lado de Esko não podia mais ser reconhecido, pois pedaços do seu rosto atingido se espalharam por toda parte. Mais adiante, outro homem se contorcia e estremecia em convulsões, pego por uma torrente de balas, para em seguida cair, jogado para o lado como um trapo. A primeira preocupação de Esko foi com Klaus. Onde, diabos, ele estava? Ao se virar para trás, viu o amigo agachado, andando rente junto ao chão, para em seguida correr sem parar, buscando cobertura do outro lado da rua. Esta imagem o despertou da paralisia momentânea e de repente Esko se viu correndo também, sem tentar se desviar de nada nem sequer proteger-se, simplesmente segurando o rifle com força contra o peito em uma corrida louca em direção à estreita abertura de um beco adiante que parecia se afastar dele à medida que corria, como se suas pernas bambas jamais fossem conseguir alcançá-la. De repente, sentiu que Klaus o agarrou pelo ombro e o empurrou para frente, e se viu inesperadamente com a cara enterrada em um monte de lama congelada. Levantou a cabeça, viu as escuras paredes dos edifícios em ambos os lados do beco e o rosto pálido do amigo junto dele.

— Esko, você está bem? Foi ferido? Ande, responda-me, homem!

Esko acenou com a cabeça, sem conseguir respirar — não fora ferido.

— Deus meu, isto está um inferno — disse Klaus, andando de cócoras pelo beco. Na ponte, as metralhadoras continuavam espocando sem parar.

Nenhum dos dois ousava pensar no que poderia estar acontecendo lá. — Temos que ir em frente. Vamos para o ponto de encontro da tropa.

As instruções de Selin foram bem claras: caso o pelotão se separasse antes de conseguir atravessar a ponte, eles deveriam seguir até a fábrica que ficava ao norte, onde se reagrupariam para um novo ataque. Esko, no entanto, apesar de ter uma imagem mental do mapa de Tampere e saber aproximadamente o lugar em que a fábrica ficava, não sabia onde estava *naquele instante*. Não tinha a menor idéia. Tudo estava confuso, acontecera muito depressa.

— Você sabe onde estamos? — perguntou a Klaus.

— Na verdade, não — respondeu ele.

— Será que não seria bom perguntar o caminho?

Klaus soltou uma gargalhada, mas logo cobriu a boca e começou a enrolar o bigode. Olhou para os dois lados do beco novamente.

— Por que não, Esko? Os vermelhos têm sido tão gentis conosco até agora.

Um novo ataque ensurdecedor veio da ponte, fez uma pausa e recomeçou logo depois. As bombas assobiavam sobre suas cabeças, explodindo a distância. Esko e Klaus foram deslizando lentamente em direção ao outro lado do beco, e pararam ao chegar na saída. Esko deu uma olhada para o estreito pedaço de céu acima e então, rapidamente, esticou a cabeça para fora e a trouxe de volta um décimo de segundo depois. A rua estava deserta. O luar se refletia nas pedras redondas do calçamento. Do outro lado da rua, havia vitrines de lojas escuras como olhos mortos. Uma bomba luminosa explodiu, clareando o ar e mostrando pedaços de gelo quebrados na correnteza do rio. Ao longe, na outra margem, os telhados dos prédios estavam iluminados pelos incêndios que o bombardeio provocara. Esko viu um homem caminhando sozinho, descendo a rua. Levantou o dedo, chamando a atenção de Klaus e apontou para o homem.

— Espere, ainda não, ainda não — cochichou Klaus. E então: — Agora!

Esko agarrou o homem pelo pescoço e o arrastou para o beco. Klaus segurou seus braços e o empurrou de encontro à parede de tijolos. Era um sujeito de baixa estatura, usando um boné com uma estrela vermelha.

— Não se assuste, amigo — disse Klaus. — Queremos apenas lhe fazer algumas perguntas.

— Eu não estou assustado, seu branco idiota!

— Nós vamos deixá-lo ir — prometeu Esko —, mas diga-me em que direção fica a fábrica Finlayson?

— Fodam-se! — reagiu o homem, mas seus olhos se desviaram para o lugar de onde eles tinham vindo.

— Fica para lá, então? — perguntou Esko.

O homem concordou com a cabeça e Klaus não esperou mais. Desembainhou a baioneta e a cravou na barriga do homem, antes que Esko pudesse protestar. Ao chegar à saída do beco, deu dois disparos para o alto e a seguir correram, Klaus na frente, rumo ao lado leste por dois quarteirões, antes de atravessar para o outro lado da rua Tuomiokirkonkatu. Esko conseguiu ter uma idéia do caos que se instalara em Tampere a essa altura, com um grande número de vermelhos subitamente alertados de que estavam sob ataque dos brancos que invadiam seu território.

A fábrica Finlayson tinha um portão denteado que levava a um pátio largo, muito escorregadio e brilhante devido ao gelo. Construções agigantavam-se por todos os lados e assim seus passos ecoavam de forma barulhenta, como se estivessem em uma ampla adega. No fundo do pátio, uma chaminé esguia lançava-se altaneira em direção ao céu, como um dedo acusatório em riste. Esko e Klaus olharam um para o outro; aparentemente haviam conseguido chegar ali antes de qualquer um dos outros, se é que ainda havia outros. Talvez o resto do pelotão tivesse sido massacrado lá atrás na ponte. Esta era uma possibilidade que eles não ousavam considerar.

Uma escada estreita de aço subia pela lateral da chaminé. Esko subiu por ela, conseguindo obter uma visão ampla e clara das corredeiras, dos incêndios que irrompiam em toda a cidade e do pináculo da igreja, que era o seu objetivo. Um vento gelado fez sua pele arrepiar. Lá atrás, na ponte Satakunnankatu, os vermelhos arrastavam e colocavam outra metralhadora em posição. Havia incêndios e era difícil determinar de que direção os tiros de rifle estavam vindo, ou onde era o centro da batalha. De vez em quando, uma bomba caía com uma pancada surda.

Esko desceu da torre, para a quietude do pátio da fábrica.

— O que é que está acontecendo? — perguntou Klaus.

Esko encolheu os ombros, dizendo que não tinha a menor idéia, os dois trocaram sorrisos amargos. Eram dois homens largados à própria sorte.

— Imagino que vamos ter que ir até lá para tomar a igreja sozinhos — disse Esko.

— Acho que sim — concordou Klaus.

Nesse momento, uma porta se abriu do solo e bateu contra os paralelepípedos do pátio.

Esko e Klaus giraram o corpo ao mesmo tempo com os rifles apontados e viram um homem emergir de costas do porão, sob uma das paredes da fábrica. O homem estava vestido todo de branco, como uma aparição, e continuava com as costas voltadas para eles. Sem reparar na presença dos dois atrás dele, se abaixava para ajudar alguém mais que tentava sair do porão: uma mulher com algo envolto em um cobertor, seu filho. O homem lhes parecera um fantasma por estar vestindo apenas ceroulas, as pernas muito magras enterradas em um par de botas sem cadarços. Era careca e usava barba. Virando-se, puxou a mulher e o filho com o braço, parecendo nervoso quando começou a levá-los para longe do prédio. Foi quando viu Esko e Klaus. Imediatamente caiu de joelhos, apertando as mãos para o alto, pedindo:

— Matem-me, por favor! Matem-me, mas, por piedade, eu lhes imploro: Poupem minha mulher e a criança. Eles não fizeram nada. Por favor, eu lhes imploro!

Esko entregou seu rifle para Klaus e se aproximou deles, exibindo as mãos abertas e dizendo-lhes que não se assustassem. A barba do homem era afilada no queixo, bem aparada. Seus olhos escuros olhavam apavorados em volta. Seus dentes tiritavam como castanholas.

— Onde está seu casaco? — perguntou Esko.

— Eles o levaram — respondeu o homem, relutante.

— Eles, quem?

O homem balançou a cabeça encarando Esko, sem ousar responder. Ainda não sabia de que lado os soldados estavam.

O bebê começou a chorar e a mulher o acalentou, ninando-o para frente e para trás.

— Shhh, meu amor, shhh... — sussurrou a mãe.

— Está tudo bem — disse Esko, tocando o ombro do homem.

O desconhecido olhou para o rosto de Esko e viu as cicatrizes em seu rosto.

— Está tudo certo — continuou Esko. — Estamos com Mannerheim e vocês estão com um bebê. Ficarão a salvo conosco. Estamos esperando por nossos amigos para atravessar a ponte.

— Verdade? Vocês estão com Mannerheim? — Os olhos do homem dançaram, denotando alívio e felicidade. — Com Mannerheim? Ouviu isso, minha querida? Isso é maravilhoso! Os operários levaram minhas roupas. Deixaram-nos trancados no porão, aquela corja — disse, quase sem fôlego. Sua respiração era fraca, como se estivessem sem comer havia dias. Exclamações de alegria saíam de seus lábios secos. De repente, parou e franziu o cenho, puxando a ponta da barba com a mão ossuda. — Não, não, a ponte, não. Ela está minada. Eu os vi colocando explosivos sob a base. Eles a explodirão, certamente. Vocês não podem atacar por lá.

Fez uma pausa. Seus olhos se apertaram e brilharam.

— A barragem! — disse. — A barragem é o melhor caminho.

— Barragem?

O homem fez que sim com a cabeça, pegou um dos braços de Esko com a mão e acenou para o norte. Havia uma pequena barragem de terra e pedras logo adiante, nas corredeiras, disse ele, por onde os soldados poderiam atravessar. Primeiro, teriam que subir no telhado de uma pequena construção que dava para a barragem. Dali poderiam saltar sobre ela. Tudo aquilo fazia parte do complexo da fábrica, contou a Esko, com orgulho, e então se virou para a mulher, repetindo:

— Eles estão com Mannerheim! Mannerheim! Isso não é maravilhoso?

Selin entrara sorrateiramente no pátio. Seus olhos cuidadosos analisaram a cena por um momento e então ele se aproximou, sorrindo:

— Arnefelt! Vaananen! Vocês conseguiram chegar! Pensei que os tivesse perdido. – O sorriso se desvaneceu – Perdi cinco homens. Estão mortos, ou é como se estivessem.

Levantando o braço na direção do portão denteado, fez um sinal para que o resto do pelotão entrasse no pátio. Todos exibiram sorrisos ao ver Klaus e Esko, felizes por poderem acrescentar mais dois ao total dos sobreviventes. As baixas eram menores do que Esko temera ou esperara. Compreendeu naquele momento que durante a última meia hora, desde o fogo cruzado na ponte, ele dera como certo o fato de jamais ver nenhum daqueles homens novamente. Agora, seu espírito se animara e alçara vôo diante da visão dos rostos familiares. Klaus sorria também. Todos se mostravam eufóricos. Qualquer coisa parecia ser possível, mais uma vez.

Selin deu uma olhada no relógio.

— Vamos ficar aqui por quinze minutos – disse, com sua voz calma e controlada. – Depois tentaremos atacar a ponte novamente.

Holm, enquanto isso, andava em círculos em torno do homem com barba e a mulher com o bebê, como um predador, acariciando o livro sagrado que ficava no bolso do seu casaco.

— Prisioneiros? – perguntou, e tirou do coldre a sua Mauser.

— Não! – berrou Esko, dando um passo para o lado e se colocando diante da família. Mais uma vez fizera algo por instinto. Não estava disposto a deixar que Holm fizesse mal àquela família. Tinha sido diferente ver Klaus matar o vermelho no beco, perto da ponte, algo necessário, talvez. Agora era outra história, e aquelas pessoas precisavam ser protegidas da desgraça que se abatera sobre Tampere naquela noite; Esko, pelo menos, estava disposto a desobedecer a um oficial superior a fim de não entregá-los a ele. Apelou a Selin:

— Este homem tem ligação com esta fábrica, senhor.

— Sim, sim! – o homem concordou com a cabeça, compreendendo que ainda não estava completamente a salvo.

— Ele nos forneceu informações importantes, que nos poderão ser úteis. – continuou Esko. – Olhe para suas botas, senhor. Ele é rico. É um dos brancos.

— Besteira! — disse Holm, com a boca destilando veneno. — Ele roubou essas botas. Não há nem cadarços nelas. Deve ser um daqueles vermelhos imundos. — Engatilhou a pistola. — Tenho uma bala preparada para ele. Tenho outras duas para a vaca da mulher e o pirralho vermelho choraminguento. E vai sobrar mais uma para o Vaananen, a não ser que ele saia da frente.

— Senhor! — voltou Esko, dirigindo-se a Selin e ignorando Holm. — Escute o que este sujeito tem a dizer. Pelo menos isso. Ele me contou que existe outra maneira de atravessarmos o rio.

— Que maneira? — perguntou Selin.

— Por favor, mate-me — disse o homem, colocando-se novamente de joelhos —, mas poupe minha família.

— Ponha-se de pé, homem, pelo amor de Deus. Conte-me sua história. Ninguém vai atirar em vocês, pelo menos por enquanto.

O homem se recolocou de pé, mas seus dentes tremiam novamente. Um cheiro fétido e repentino fez Esko perceber que ele havia se borrado nas calças.

— Vamos, recomponha-se — disse-lhe Esko. — Conte ao oficial toda sua história.

Gaguejando, o homem contou a Selin a respeito da passagem secreta pela barragem sobre o rio.

— Mentira! É tudo mentira! — explodiu Holm.

— Por que eu mentiria? O que eu teria a ganhar com isso? — replicou o homem, esticando a mão em direção à manga do casaco de Selin. — O seu soldado aqui estava certo. Vê estas botas? São as botas de um homem rico — e moveu as pernas, bambas como as de um espantalho. — Meus empregados me levaram os cadarços e as calças, antes de nos trancar dentro do porão.

— Conte-me novamente sobre a barragem — pediu Selin, e o homem falou tudo, enquanto Holm circulava de forma arrogante em volta dele, com as mãos enganchadas uma à outra, nas costas, o rosto quadrado lançado para frente com a expressão carrancuda, olhando para Esko com fúria.

O ar gelado da noite tornava difícil ficar parado. Todos estavam loucos para tornarem a andar, a fim de se esquentarem, mas Selin levou um tempo até se decidir.

— Muito bem! — disse ele. — Vaananen e Arnefelt, esta idéia brilhante foi de vocês. Portanto, serão os primeiros a atravessar.

Eles encontraram a barragem exatamente no local onde o homem falou que estaria. Avistaram-na da esquina de um depósito cuja parte da frente dava diretamente para as corredeiras. Acharam a escada e Esko, seguido por Klaus, subiu por ela. Arrastando-se de barriga por sobre o depósito, seguiram em frente até a ponta do telhado. Então olharam para baixo.

A barragem era um banco de terra batida com apenas sessenta centímetros de largura, mas plano; seguia por sobre as corredeiras que, naquele ponto, estavam inchadas e represadas, com neve derretida. Nas horas gélidas que precediam o amanhecer, as águas estavam também cheias de blocos de gelo na superfície, que haviam partido e se separado do lago congelado, mais acima. A margem oposta estava mergulhada nas sombras lançadas pelo prédio de outra fábrica, cujas paredes de tijolos aparentes formavam contornos bem delineados sob a luz da Lua. Esko teve outra visão clara da ponte Satakunnankatu, à sua esquerda; daquele ângulo privilegiado viu os vermelhos aguardando por trás de suas metralhadoras, como se fossem bonecos minúsculos. Os cavalos estavam todos mortos, empilhados por cima uns dos outros na entrada da ponte, nuvens de vapor se elevavam dos seus corpos ainda quentes.

— O que acha? — perguntou Esko a Klaus.

— Prefiro estar aqui a voltar lá. — respondeu Klaus.

— Vou na frente — propôs Esko. — Vá buscar os outros.

O pulo da altura de quase três metros, da parte plana do telhado do depósito até o solo onde ficava a barragem fez os ossos de Klaus balançarem e sacudirem seu maxilar. Aquela era a parte mais traiçoeira, devido à mochila que fazia barulho de metal e às imprevisíveis granadas. Esko seguiu sobre a barragem, sem olhar para baixo em direção à água agitada, mantendo o olhar fixo na escuridão do outro lado. Chegando lá, ficou esperando e congratulava cada um dos companheiros que chegava com um tapinha nas costas.

Então o pelotão teve um golpe de sorte. Selin contava os soldados, cabeça por cabeça, quando Klaus trouxe pela gola um jovem com um boné de lã achatado. O medo fez diminuir, por um momento, o brilho de desconfiança estampado nos olhos do rapaz. Ele compreendeu de imediato quem eram aqueles soldados, percebeu o que queriam e como poderia salvar a pele, se os ajudasse. Assim, transformou-se em guia do grupo, liderando-os em direção ao outro prédio da fábrica, através da sala do aquecimento central e por um labirinto de sótãos que passava por cima dos escritórios da construção principal até um portão que dava diretamente para a rua, de onde a igreja era claramente visível.

A partir daí, o elemento surpresa e as circunstâncias para a ação estavam do seu lado. Tinham como opositores um imenso, porém desorganizado, inimigo, aparentemente desmoralizado e sem disposição para lutar. Alguns vermelhos surgiram diante deles, mas desapareceram ao ver que eles se aproximavam. A vitória parecia estar ao alcance das mãos, pensou Esko. Eles tinham garra, fúria e um plano definido que transcorria como previsto.

Correram, atirando em qualquer coisa que parecesse suspeita nas janelas, quer vissem alguém atrás delas ou não. Na esquina da rua Kuninkaankatu com a rua Puuvillatehtaankatu, Selin soltou três foguetes, para avisar ao resto das forças de ataque que eles já se aproximavam do objetivo. Enquanto os foguetes atravessavam a escuridão da noite, explodindo em verde e vermelho, um cavalo apareceu fazendo barulho com os cascos, puxando um pequeno trenó sem sinos. Um oficial do exército vermelho vinha esparramado sobre o assento do trenó. Era um homem de bochechas rosadas e a boca cheia de dentes quebrados e podres.

— Por que é que estão correndo nessa direção, homens? — perguntou ele, em um tom de voz ligeiramente agudo. — Voltem logo para a outra saída da ponte. É lá que está acontecendo a luta.

— Quantos guardas estão protegendo a igreja? — perguntou Selin — Salmela me disse que eles precisam de reforços.

– Há cinco homens do lado de fora. É o suficiente! A igreja não está sendo atacada – garantiu o oficial vermelho. Então seu rosto ficou branco como giz quando Selin sorriu. – Merda! – gritou, sua boca se fechou em um momento de pavor um segundo antes de Holm dar um passo à frente e atirar em seu pescoço. O cavalo assustou-se com o tiro e correu desabalado, arrastando o cadáver do oficial russo do lado de fora do trenó como um saco velho, a cabeça quicando sobre os paralelepípedos da rua como uma bola de futebol.

Ao chegar à rua Nasijarvenkatu, eles a atravessaram cautelosamente, pois o homem barbado que os ajudara no pátio da fábrica os alertara de que poderia haver uma metralhadora lá, no andar de cima de um prédio de apartamentos. Em vez disso, apareceu por trás de uma das vidraças apenas uma velha, que abriu a janela e gritou:

– Lutem! Expulsem esses canalhas brancos imundos. – Por esta bravata ela recebeu uma bala da pistola de Holm. Quando uma adolescente ainda muito jovem apareceu virando uma esquina e carregando um pesado rifle de forma desajeitada, Esko o tirou de suas mãos, antes que Holm visse.

– Para onde eu devo ir? – perguntou ela, a voz embargada.

– Volte para casa – respondeu Esko, com o coração martelando até conseguir vê-la em segurança. Era a segunda criança que ele ajudara a salvar naquela noite.

No fim da rua, os soldados encontraram a igreja propriamente dita, um taciturno e imenso paralelogramo de pedra achatado e escuro, com uma torre alta nas sombras e um pináculo que se lançava em direção ao céu, brilhando à luz da lua com o gelo que o cobria. A igreja ficava em frente a uma praça quadrada pavimentada com pedras redondas, lisas, totalmente desprotegida, fosse por cercas, portões ou canhões.

Selin dividiu a companhia em três grupos mais uma vez, e seguiram em diferentes direções, um grupo por cada lado da igreja, o terceiro pelo centro. Esko e Klaus estavam com Selin no grupo de ataque frontal e saíram gritando, correndo em linha reta na direção das portas da igreja. Fagulhas escaparam da pistola de Selin quando ele atirou em dois guardas despreparados que mal tiveram tempo de posicionar seus rifles. As portas da igreja foram abertas com um pontapé e um homem saiu correndo, tentando alcançar um cavalo que estava amarrado a um balaústre de ferro. Selin atirou nele também e, ao ouvir os tiros, quatro ou cinco vermelhos apareceram para, com a mesma rapidez, voltarem novamente para dentro da igreja, deixando as portas encostadas. Um outro vermelho deixou-se escorregar por uma janela lateral, caindo nas pedras do calçamento. Levantou-se depressa e correu mancando, mas foi atingido nas costas por Holm.

Na parte de dentro da entrada da igreja, construída por altos pilares, os lajotões de pedra estavam cobertos de palha; Esko e Klaus viram nove ou dez vermelhos desaparecendo pela escada que levava à torre dos sinos.

Os dois amigos se entreolharam. Klaus tocou o bigode de modo pensativo por um momento, antes de correr em direção às escadas, com Esko atrás. Conseguiram alcançar o primeiro patamar sem serem atacados. Esko estava a ponto de lançar uma granada na direção do lance de escadas acima quando apareceu uma baioneta com um pano branco espetado na ponta.

Os vermelhos desceram lentamente. Tinham os cabelos desgrenhados, estavam assustados, desanimados, parecendo encabulados, cheios de poeira e palha nos cabelos. A rendição foi completa e eles largaram as armas no chão, formando uma pilha.

Acabou, pensou Esko, olhando para os rostos derrotados do inimigo. Conseguimos. Sentiu-se empolgado, exultante e percebeu que estava morrendo de sede. Sentou-se no chão e bebeu um pouco de água do seu cantil.

Eram cinco horas da manhã e ainda estava escuro.

O ataque levara apenas duas horas.

11

Os homens, achando que já haviam cumprido o seu dever, ficaram conversando e fumando. Esko explorou a construção e o facho de sua lanterna iluminou janelas com vitrais coloridos, bancos compridos feitos de carvalho escuro, pedaços de cimento esfarelado e uma cruz sob as sombras, no recesso mais profundo da nave. Ao longo das paredes da igreja, havia afrescos finamente pintados, cenas bíblicas: Eva acabando de colher a maçã da Árvore do Conhecimento; Abraão com sua faca posicionada sobre a garganta de Isaac; Cristo atirando pão sobre as águas. Algum profano metido a engraçado desfigurara uma das cenas com grafite; outra das figuras estava manchada com fezes.

Dois homens estavam ajoelhados, rezando com as cabeças baixas e voltados para a parte da frente da igreja. Outro urinava dentro de um buraco imenso no chão, possivelmente aberto por uma granada. Alguns dos soldados não conseguiam parar de falar, abrindo e fechando as bocas sem saber exatamente o que diziam, apenas tagarelando para aliviar a tensão. Nenhum exibia um ar triunfante. Pareciam alegres por estar vivos e felizes por não se sentirem mais tão amedrontados.

Selin começou a organizá-los. Chamou Esko para fora e foi para os fundos da igreja, onde encontraram um cemitério cercado por um muro baixo. A Lua estava baixa no céu, sua luz dourada se refletia sobre o lago congelado, além do aço resplandescente dos trilhos da ferrovia.

De volta à igreja, Selin ordenou que os prisioneiros fossem levados para fora e colocados sob guarda, no cemitério. Em seguida, ele e Esko subiram os degraus de pedra da torre, circundando-a e se elevando por entre a fumaça e o cheiro penetrante de pólvora, até alcançarem o campanário, onde uma brisa fresca soprava através dos arcos abertos. Dali era possível ter uma visão panorâmica dos trilhos da ferrovia, de uma parte do lago e, do outro lado, da cidade de Tampere, propriamente dita.

— Droga! — bradou Selin de forma colérica, pois não gostou do que viu.

Alguma coisa dera errado com o resto do ataque.

Havia no ar o crepitar estalado de pistolas e o chocalhar compassado e agudo de metralhadoras, vindo do leste. Havia edifícios em chamas e milhares de clarões saindo das pontas de muitas armas, também do leste, na área que eles haviam tomado duas horas antes.

Em toda parte, os brancos haviam avançado pouco, ou foram obrigados a bater em retirada. O impulso do ataque fora atenuado, talvez completamente rechaçado. Tampere continuava firmemente sob o controle dos vermelhos, com a exceção da igreja em cujo campanário Esko estava parado agora, ao lado de Selin, olhando.

Estavam isolados.

Selin sucumbiu a essa visão por um momento. Esfregou os olhos injetados e enxugou a testa com um lenço amarrotado. Então, forçou-se a levantar a cabeça.

— Vá lá embaixo e descreva para Holm a situação em que estamos — ordenou a Esko. — Conte-lhe discretamente. Não quero provocar pânico. Os prisioneiros devem ser executados imediatamente.

Selin percebeu a reação de Esko e sua expressão amistosa tornou-se dura.

— Isto é uma ordem, Vaananen. Não gosto disso tanto quanto você. O problema é que a qualquer momento os vermelhos vão descobrir que estamos aqui e haverá um contra-ataque feroz. Temos que estar preparados.

Holm estava sentado em um banco de pedra no pórtico da igreja, olhando para a porta. Seus olhos nem se moveram com a aproximação de Esko. Seu rosto grande não se movimentou, nem mudou. Nem um músculo se mexeu. Suas mãos grandes permaneceram apoiadas nos joelhos. Era como se fosse uma estátua de pedra; ouviu, atento, até que Esko acabou o relato e então explodiu em um turbilhão de movimentos, empertigando-se e caminhando pelo corredor central da igreja como um touro bravio que acabasse de ser solto na arena.

— Lampi! Akslof! Mykkanen! Nikunen! Kaskivaara! Von Seth! Arnefelt! Venham comigo! Você também, Vaananen!

Dois dos homens, Mykkanen e Kaskivaara, assumiram um ar arrogante, olhando com desprezo e superioridade ao preparar os rifles e revólveres, enquanto Holm planejava uma grosseira estratégia:

— Capturamos uma metralhadora, não foi? Bem, Arnefelt e Akslof, vão lá pegá-la! Vaananen e eu vamos colocar todos esses vermelhos imundos contra a parede lá atrás e... rá! tá! tá! tá! – Holm fez uma pantomima dramática, derrubando prisioneiros com a metralhadora. – Depois acabaremos com os que sobreviverem. Vamos fazer isso rápido, ouviram? Quero-os mortos antes que saibam o que os atingiu. Temos muito trabalho pela frente, o plano que Deus traçou para a Finlândia.

No cemitério, com Esko ao lado, Holm sorria para os prisioneiros e começou a empurrá-los para frente, mas de um modo quase educado.

– Vamos lá, escória! – dizia ele, como se tudo aquilo fosse uma grande piada. – Temos café-da-manhã, se estiverem interessados. Quero que fiquem em fila, quietinhos. Depois, vamos deixar que entrem um pouco para comer, dois de cada vez. Não vou me arriscar com vocês, camaradas. Já nos deram trabalho demais! Vamos logo, mexam-se – continuou ele, prosseguindo com o trabalho, empurrando-os enquanto os bajulava, arrumando-os contra a parede. – Será que as barrigas vermelhas não ficam com fome?

– Qual é o rango hoje? – perguntou um dos prisioneiros, um sujeito baixinho e troncudo, pulando para cima e para baixo nos tornozelos e batendo com a mão uma na outra para diminuir o frio. Tentava aproveitar o que imaginava ser o bom humor de Holm. – Humm, o cheiro está bom – continuou, levantando o nariz e cheirando o ar de forma cômica.

Nenhum dos outros parecia interessado nesse teatro. Estavam exaustos, indiferentes; seus olhos miravam o infinito, mas sem ver nada, e Esko notou que o que aqueles homens haviam enfrentado nos últimos dias os havia nocauteado a tal ponto que já não tinham mais sequer expectativas, boas ou más. Todos pareciam velhos. Alguns evitavam seu olhar e fitavam o chão, olhando para baixo acanhados, envergonhados pela derrota, como se, após terem falhado, sentissem que mereciam o pior e não esperassem misericórdia. Nenhum deles exibia a menor disposição de tentar uma fuga louca, e Esko se perguntou qual a explicação para aquilo. Será que algum dia ele se veria de joelhos, abandonado por tudo e por todos, sem esperanças, sem vontade sequer de levantar o punho? Poderia a união de escolha com destino fazer isso com alguém? Ou era a guerra? Seu coração se compadeceu daqueles homens.

Alguns estalavam os dedos, fazendo um som alto, como se as articulações tivessem o tamanho de cascos de uma pata, e Esko sentiu algo estranho, um súbito baque na alma, um rodopio leve e frio à sua volta, uma assombração, como se o passado estivesse se infiltrando nele na forma do homem que ficara no canto mais escuro do cemitério. Era o sujeito mais alto e magro que Esko jamais vira, um homem que, olhando com atenção, reconheceu de imediato. Arrepios internos de vergonha misturada com lembranças gratas sacudiram-lhe o corpo, pois aquele homem era agora um adulto, construído inevitavelmente a partir do esboço que fora em criança. Era Bongman Filho, um gigante agora, com mais de dois metros de altura, unhas afiladas como as de um demônio e mãos do tamanho de granadas. Sua boca estava ligeiramente aberta em um sorriso torto. Aquele riso poderia significar insolência, desafio ou até mesmo aceitação, era impossível dizer. A barba por fazer brotava-lhe do queixo de forma pouco convincente, como se cada partícula de energia do seu corpo tivesse ido para outro lugar, talvez escalado sua figura até o topo, buscando uma saída. Seus olhos eram pacientes, observadores. Esko percebeu que nada que aqueles olhos pudessem ver conseguiria surpreender Bongman Filho.

— Entrem na fila, vermelhos imundos! — disse Holm, dando um passo atrás e colocando a mão na coronha da pistola que ainda estava dentro do coldre, como que temeroso de que um Golias como aquele pudesse fazer um movimento repentino ou incitar seus camaradas a uma corrida pela liberdade. — Você também, sujeito grande. Parece que vai precisar de uma refeição completa.

— Quem você pensa que está tentando enganar? Você vai assassinar a todos nós — afirmou Bongman Filho, virando-se para Esko com um aceno casual. — Olá, Cicatriz! Então você acabou do lado dos imundos, hein? — Suspirou, esfregando o emaranhado de barba do queixo e sorrindo diante da ironia de tudo aquilo. — Muito engraçado, isso. O filho do velho Timo Vermelho no meio de um punhado de demônios brancos assassinos. — Levantou a cabeça imensa, com os olhos brilhando. — Há quanto tempo, hein, muito tempo mesmo... E aí, como vão as coisas?

— De volta para a fila, seu vermelho filho-da-mãe! — ordenou Holm, ainda com aquele horrível tom brincalhão. — Pare de bancar o engraçadinho e vá pegar um pouco da gororoba.

Por um momento, Esko achou que Bongman Filho ia levantar um dos punhos gigantescos e esmagar Holm como a um mosquito, tirando-lhe a vida. Parecia estar pensando nisso e Esko, por um momento, teve um desejo secreto de que o fizesse; mas então o gigante suspirou, abaixou os ombros e voltou com passos largos para junto de seus colegas, de costas para a parede do cemitério.

— Eles mataram a minha namorada há dois dias, portanto não se preocupe, Cicatriz — disse Bongman Filho, de modo calmo, sereno e ordenado, como se estivesse claro para ele que era Esko quem precisava de consolo. — Eu não tenho mais razões para viver, mesmo.

Esko quis protestar, quis dizer a Bongman Filho que ele ainda tinha tudo pela frente na vida e não devia desistir, mas a idéia o abandonou. O gigante ia morrer. Holm já tinha o revólver fora do coldre e o empurrava de volta para a fila. Fixara sua rota e se prenderia a ela com determinação animal. Não havia nada a fazer, e Esko se sentiu covarde. Conseguira salvar a família na fábrica Finlayson e a adolescente na rua, mas não podia fazer nada para ajudar o velho amigo.

Esko já vira fuzilamentos antes. Afinal, estava junto de Holm havia tempo suficiente para isso. A sua falta de humanidade, porém, lhe pareceu mais forte e terrível naquele instante. Não era sem sentido, pois Esko compreendia os motivos de Holm. Um inimigo morto não estaria em breve com um rifle novamente nas mãos. Além disso, a família desmoralizada e assustada da vítima iria pensar duas vezes antes de reclamar novamente do preço do pão, ou de desejar possuir um pedaço de terra para si, depois que a luta acabasse. Isso era lógico em uma guerra civil, uma guerra entre classes sociais, era um somatório. Mesmo assim, era uma loucura imperdoável. Certamente os finlandeses não podiam fazer tudo aquilo uns aos outros e esperar que a Finlândia sobrevivesse. O país inteiro continuaria impregnado de ódio por muitos anos.

Havia centenas de perguntas que Esko queria fazer ao seu amigo. Ele ainda morava na aldeia, na mesma casa? Os antigos lugares da região continuavam como antes? Como estava a região naquela época, quando as noites de verão eram douradas e os galhos das pequenas cerejeiras silvestres pareciam se espreguiçar exalando um cheiro doce no ar? Turkkila ainda estava vivo? E como era a vida dele e de Bongman, seu pai? Em que trabalhava? Quem fora a sua namorada? Como acabou lutando ao lado dos vermelhos? O que ouvira de Timo, recentemente? Será que ele ainda se lembrava de uma manhã, muito tempo atrás, quando, ainda meninos, os dois haviam apostado uma corrida sobre o lago congelado?

Um golpe de vento chegou, vindo do lago. Bongman Filho tremeu de frio, como se o pé-de-vento tivesse passado por dentro de sua alma. Esko lançou-se para frente, afagou os ombros do homem imenso e lhe ofereceu um cigarro.

— Obrigado, Cicatriz! — disse para Esko. — Não deixe que eles destruam você. Nunca. Você sempre escapou, esquivava rápido como um demônio.

Esko sentiu a garganta apertar. Virou-se em direção a Holm, tentando argumentar que tudo aquilo era um erro, que eles poderiam muito bem trancar os prisioneiros no porão da igreja até que a luta terminasse.

Holm, porém, não lhe deu chance nem de começar a falar.

— Escute com atenção, Vaananen. Se quer o mesmo café-da-manhã que seu amiguinho aí, fique onde está. Se não quer, caia fora. Para mim, tanto faz. — Continuou arrumando a fileira de prisioneiros, cutucando um e outro com o cano da pistola. — Carne vermelha ou carne branca, pode escolher.

Esko olhou por cima da mureta do cemitério, vendo a superfície completamente lisa do lago. Encarou o olhar duro de Holm e sua mão se moveu em direção à própria pistola. De repente, a mão de Klaus estava em seu ombro, arrancando-o dali por entre as tumbas.

— Esko vai ficar sentado conosco, não vai, amigão? — disse, olhando de Esko para Holm, que respondeu com um mero encolher de ombros antes de dar a ordem para atirar.

A metralhadora começou a soltar faíscas, varrendo o ar horizontalmente da direita para a esquerda, despejando um jorro constante de chumbo. Os homens foram caindo para o lado como bonecas de pano, sacudindo-se e ondulando-se, esmagando-se e retorcendo-se, pedaços de carne esparramando na parede e flutuando pelo ar.

Quando a metralhadora parou, o atirador abriu a parte traseira da arma, para que esfriasse.

Na frente da parede, havia agora uma outra parede, feira de cadáveres. Nem todos estavam mortos. Alguns gemiam. Esko pensou ter ouvido uma prece. Outro chamava baixinho pela mãe.

Holm agachou-se, curvando-se atento sobre eles, com a pistola preparada ao lado. Movia-se metodicamente entre os corpos, acabando com os que ainda estavam vivos, fazendo uma pequena pausa para recarregar e então seguindo adiante. Por fim, chegou ao local onde estava Bongman Filho. Em pé ao seu lado, olhou para Esko.

— Aqui está seu amigo, Vaananen. Parece que ele está querendo dizer alguma coisa. Acho que não gostou da comida.

Bongman Filho conseguira levantar a cabeça. Metade do seu rosto estava esmagada, empapada de sangue, enquanto a outra metade, que Esko ainda conseguia reconhecer, exibia o mais aterrorizante olhar de paciência vã, resignação e compreensão. Esko sabia que jamais poderia compreender o que seu amigo via ou sentia naquele momento. No entanto, jurou para si mesmo que jamais esqueceria a imagem daquele homem cujas poucas feições que ainda restavam desapareciam de vez naquele instante, transformadas em uma massa disforme de sangue e ossos, enquanto, inclemente, Holm esvaziava o tambor da Mauser sobre ela.

Pouco depois disso, os vermelhos trouxeram um trem blindado até o local atrás da igreja e o contra-ataque começou. Sem apoio, sem comida, sem água, sem saber quais eram as ordens de comando de Mannerheim nem o que dera errado, o pelotão de Selin conseguiu resistir, mantendo a igreja por toda a manhã e a tarde, rezando e esperando por reforços que jamais chegaram. Rintala, Voipio, Franck, Nopanen e Von Seth foram mortos ainda nos primeiros estágios da batalha, quando uma bomba atirada de um canhão imenso que estava no trem explodiu no cemitério. A essa altura, eles já haviam trazido a metralhadora de volta para dentro da igreja, mas

Koskelainen levou uma bala no olho enquanto tentava posicionar a metralhadora em uma das janelas da torre. Um atirador atingira o arrogante Mykkanen na barriga e ele berrou por quase uma hora, até finalmente ficar em silêncio. O rosto de Niiniluoto foi arrancado da cabeça por uma granada que entrou por uma janela e não explodiu na hora. Uma mulher que apoiava os vermelhos estraçalhou um dos vitrais com o próprio corpo, segurando duas granadas, uma em cada mão enquanto gritava "Pela Finlândia! Por Suomi!", antes de explodir a si mesma levando consigo Hilkala, Lahtinen, Glad e Wallenius. Tervasmaki, tentando escapar da explosão, pulou através do mesmo buraco da janela por onde a mulher entrara. Suas tíbias estalaram ao bater na esquadria e ele já estava de quatro do lado de fora quando as balas inimigas o derrubaram de vez. Uma granada de rifle atingiu Kivimies no peito. Vennola foi empalado por uma baioneta quando um vermelho irrompeu com fúria pela porta principal. O atacante foi morto na hora, mas Vennola levou ainda muito tempo para morrer, mordendo as juntas dos dedos para não gritar. Jutikkala foi atingido nos genitais por um estilhaço de granada e pediu que o livrassem de tamanha dor. Selin segurou sua mão, deu-lhe um beijo e um tiro na cabeça. Uma bomba atirada por um morteiro colocado em uma trincheira zuniu por sobre o telhado e pegou Torngren e Pentti, enquanto Pirinen foi esmagado quando uma explosão fez ruir parte do telhado da ala oeste.

Mesmo assim, os sobreviventes permaneciam resolutos, lutando bravamente, recusando-se a desistir, encorajando-se uns aos outros com determinação, em resposta à fúria do dia. Quando a noite caiu, os doze homens ou pouco mais que ainda eram capazes de se mover, saíram pelo fundos da igreja, arrastaram-se ao longo do barranco, rolaram pela terra abaixo, engatinharam sobre os trilhos da ferrovia (onde a menos de cem metros os vermelhos montavam guarda ao lado do sibilante trem blindado), e escorregaram para dentro da névoa suave que subia do lago. Estavam com neve derretida e enlameada à altura dos tornozelos, pisavam em gelo que crepitava como se estivesse rachando, mas foram se arrastando através do caminho, apoiando-se uns nos outros, cambaleando para leste até conseguirem chegar de volta ao território que ainda estava sob o controle dos companheiros brancos.

A notícia da chegada deles os precedeu no quartel improvisado, Mannerheim em pessoa estava lá, pronto para felicitá-los, montado em um cavalo branco e com um chapéu também branco, de pele, colocado meio de lado sobre a cabeça. Cumprimentou um a um, oferecendo-lhes a mão e informando-os de que tinham sido verdadeiros heróis, sua façanha serviria de inspiração quando a batalha recomeçasse em busca da vitória final. E saiu a meio galope em direção à escuridão gelada e brilhante, não sem antes dar ordens para que cada um dos sobreviventes fosse presenteado com uma lingüiça, uma garrafa de vodca e a oportunidade de ficar de folga no dia seguinte, regalia que todos recusaram. Ficaram ali, entornando vodca e se congratulando, não em resposta aos elogios de Mannerheim, mas sim pelo fato improvável da sua sobrevivência, além da convicção de que seu sangue, pelo menos por mais uma noite, ainda lhes corria nas veias.

Esko se lavou, atacou a lingüiça com voracidade, lavando-a com chá quente, e se atirou sobre um dos colchonetes cheios de palha no quarto que lhe fora indicado, junto com Klaus. O próprio Esko encontrara aqueles alojamentos – uma velha escola abandonada – para todo o pelotão. Quando foi mesmo que isso acontecera? Talvez há menos de quarenta e oito horas, mas parecia ter sido em outra vida.

Acendeu uma lamparina a óleo e a colocou sobre o tablado de pinho; puxou do bolso um cotoco de lápis e começou a fazer um esboço, pois aquilo era ele; mesmo quando exausto, confuso e desanimado, era aquilo que sabia fazer. Esboçou nas costas do envelope minúsculos e intrincados pedaços de imagens que iam ficando cada vez mais estranhos e selvagens, mais do que qualquer coisa que ele já fizera até então; saíam depressa em uma massa bruta de rabiscos, visões exageradas, em uma necessidade compulsiva e febril de desenhar. Os edifícios que começavam a surgir no papel iriam definir algo totalmente novo, e, ao mesmo tempo, celebrar a humanidade. Servi-la. Trariam formas adoráveis criadas a partir do caos e seriam o pão do povo. O poeirento, complicado e engomado mundo retratado no estilo da arte de Oskari e Henrik ia sentir o golpe de um vento puro vindo do norte. Viva a pureza! Viva a fluidez, a graça e tudo que era cintilante! Viva a luz! Contra o desespero pesado e escuro ele ia propor a falta de peso. Para lidar com a melancolia e as figuras rígidas, ele traria a alegria de brincar com as formas!

Sua mão tremia tanto que Esko não conseguia mais manter o lápis entre os dedos. Não conseguia deixar de ver o rosto de Bongman Filho, não mais se defendendo, nem implorando, nem se esforçando, mas se revestindo de uma expressão triste, de estóica aceitação, momentos antes de ser destruído pela arma de Holm.

— Esko, você está bem? — era Klaus, que tocava em seu ombro.

— Estou tremendo — respondeu Esko. — Olhe para a minha mão. Não tenho controle sobre ela, que estranho.

— Está tudo bem — disse Klaus, com um sorriso despreocupado, apertando o ombro de Esko.

— Oh, meu Deus, olhe — replicou Esko, virando a frente do envelope e vendo o nome familiar: Katerina Malysheva. — Eu rabisquei esse lixo todo em cima da sua carta. Sinto muito.

— Não importa — disse Klaus.

— Tome — disse Esko, entregando o envelope com um sorriso envergonhado. — Desculpe por eu tê-lo estragado.

— Obrigado — disse Klaus, olhando os desenhos.

— Eu disse que você ia acabar pegando-o de volta.

Klaus bateu com o envelope na bocheca e o passou pelo bigode.

— Aquele seu amigo, Esko, o sujeito que tivemos que matar. Quem era ele?

Esko apoiou-se no cotovelo, pensando em Bongman Filho, em Katerina, em um automóvel que rugia na noite e, antes de partir, espalhava poeira.

— Eu o conheci quando era garoto. Sempre foi louco, meio selvagem. Ele achava que as histórias do "Kalevala" eram reais.

— E não são? — perguntou Klaus, com cara de espanto. E continuou, mais sério: — Você gostava dele, não é? Era um bom amigo?

— Mais ou menos — respondeu Esko, considerando a pergunta. — Era uma parte de mim.

Klaus olhou com atenção para a garrafa que Esko colocara a poucos centímetros da lamparina, de forma que a luz que vinha da chama brincava através do vidro da garrafa e do líquido que ela continha, jogando sombras que dançavam no chão. Parecia estranho, maravilhoso até; mas era apenas uma garrafa.

— Você não bebeu sua vodca.

— Depois de tudo o que aconteceu hoje, eu não estava preparado para brindar à idéia de que somos grandes heróis. Cavaleiros brilhantes lutando por Suomi.

— Mannerheim não liga a mínima para isso, seu idiota — Klaus riu. — Ele queria nos colocar bêbados para nos sentirmos prontos para lutar amanhã de manhã.

Klaus pegou uma cadeira de espaldar reto e se jogou sobre ela. Esko olhou para o amigo, surpreso pelo cansaço em seu rosto. Levantou-se, pegou a garrafa e a entregou a Klaus.

— Já que é assim — disse Esko —, vamos fazer esse favor ao general e ficar de porre.

Klaus examinou o rótulo da garrafa por um momento. A rolha pulou com um reconfortante estampido.

— Você é meu amigo, Esko?

Esko se jogou sobre o colchonete e colocou as mãos atrás da cabeça. Achou que Klaus estava brincando.

— Espero que sim — respondeu.

— Eu achava que conhecia você muito bem, mas depois de hoje, já não tenho tanta certeza. Você é um homem de ligações apaixonadas e surpreendentes. Sabia disso?

Esko não sabia o que dizer. Não havia nada hostil na voz de Klaus, até pelo contrário. Mas Esko sempre se colocava na defensiva quando as pessoas ficavam surpresas ou confusas com ele. Isso vivia acontecendo.

— Acho que eu lhe contei que soube notícias do meu pai — disse Klaus.

— Sim, contou.

— Você perguntou por Katerina — Klaus estendeu-lhe a garrafa de volta.

— Perguntei?

— Ela está em Estocolmo, agora. Meu pai conseguiu tirá-la de Helsinque, finalmente. — Klaus balançou a cabeça, sorrindo, olhando para baixo e esfregando a ponta da bota no chão. – Ela viajou com documentos falsos, disfarçada como uma cantora de ópera. Aparentemente ela se lançou de corpo e alma no papel. Chapéu de plumas, véu sobre o rosto, vestido preto, dois cachorrinhos, olhou para cima e deu outro sorriso. – Eram lulus-da-pomerânia, ela os trazia presos em uma coleirinha. Meu pai teve que fingir que era o agente dela. Tenho certeza de que odiou isso. Henrik não serve para ator.

– Helsinque realmente não era um bom lugar para ela – disse Esko. – Está a salvo, agora?

– Completamente a salvo. O esquema todo foi idéia dela. É uma mulher determinada – garantiu Klaus, pegando a garrafa da mão de Esko e se abastecendo de mais vodca. A seguir enxugou os lábios, absorveu a última gota da bebida no bigode e perguntou, com voz suave: – Você a ama, não é?

– Por que diz isso?

– Porque é verdade – afirmou Klaus, a voz mais firme.

Esko desmoronou para trás, escondendo o olho com a manga do casaco. Durante semanas, ele pensara em contar tudo a Klaus. Mas de que serviria?

– Eu dancei com ela uma vez, no festival da colheita da nossa aldeia, há muitos anos. Você precisava tê-la visto aquela noite! Tão linda, muito posuda Trazia um espelhinho com moldura em *art nouveau* pendurado no pulso, e afugentava com o reflexo dele todos os outros meninos, como se fossem espíritos malignos. Mas não a mim. Ela não me exibiu o espelho. Olhou-me de um jeito que ninguém jamais olhara. Nunca imaginei que fosse tornar a encontrá-la, foi o que aconteceu. Até Helsinque. Até aquela noite em sua casa.

Esko se sentou, forçando Klaus a olhar para ele.

– Pedi a ela que se casasse comigo. Implorei para que fosse comigo para a América. Ela se recusou. Beijou-me uma vez, para me fazer sentir melhor. Mas ela não gosta de mim. Gosta de você. Foi o que aconteceu. É a verdade.

– Entendo – disse Klaus.

– Não estou tão certo de que você entenda – disse Esko. Era como se os papéis costumeiros, seu e de Klaus, estivessem trocados. Agora ele, Esko, era o sujeito efusivo de espírito aberto, enquanto seu amigo era o rabugento finlandês, bebendo vodca. – Se eu não fosse o que eu sou, se não fosse o desajeitado e medonho Esko Vaananen, se eu fosse o sujeito mais bonito, mais inteligente e o melhor homem do mundo, talvez tivesse chance com Katerina. Mas eu sou o que sou. — Sentiu uma dor brutal por trás do olho cego e colocou sua mão instintivamente sobre ele, por um momento. — Para mim está tudo bem, entende? Porque você e ela vão ser muito felizes. Eu sei.

— Obrigado — disse Klaus, parecendo abalado. — Quer mais vodca?

— Claro, por que não? — respondeu Esko, pegando a garrafa. — Ânimo, agora, velho amigo. Você está vivo, ela está a salvo. Vamos ganhar esta guerra e você vai ficar com ela. O que há de tão melancólico para você ficar com essa cara?

— Havia algo mais na carta do meu pai. Aconteceu uma coisa antes de Katerina ir para Estocolmo. Uma coisa que deixou meu pai alarmado. Uma coisa que o fez achar que ela estava ficando louca. Agora, porém, tudo ficou claro para mim.

— O que foi? — perguntou Esko, preocupado.

— Certa manhã, quando Henrik foi pegá-la na rua Fabianinkatu, encontrou-a do lado de fora, no pátio, cercada por um bando de crianças. Era um daqueles dias em que está tão frio e claro que você consegue ver partículas de gelo no ar. Eles estavam fazendo uma escultura.

— E o que há de tão maluco em construir um homem de neve?

— Não era um homem de neve. Era uma torre. Ela estava construindo com as crianças uma torre de gelo e neve. Levou o dia inteiro. Ficou alta, mais de seis metros de altura. Henrik estava muito preocupado de que uma das crianças pudesse despencar lá de cima e quebrar o pescoço. Estavam todos azuis de frio. Katerina, porém, continuava a atiçá-los e incentivá-los, ela própria trabalhando naquilo feito louca. Quando Henrik lhe perguntou o que fazia, sabe o que ela respondeu?

— Não — disse Esko. — Como é que eu poderia saber? — À medida que a luz da lamparina bruxuleava, lançando sombras através da garrafa de vodca que Klaus estava a ponto de levar aos lábios mais uma vez, Esko teve a sensação de que o curso da sua vida estava a ponto de mudar mais uma vez. O que Klaus estava para lhe dizer naquele momento poderia mudar as coisas para sempre.

— Ela disse: "Eu estou construindo o arranha-céu do sr. Vaananen. Estou erguendo seu *pilvenpiirtaja*. Estou construindo isso em uma manhã gélida como essa em Helsinque para que os céus possam saber que eu estou pensando nele. O arranha-nuvens."

12

Selin falou ao grupo que a tática para o segundo ataque seria a mesma de antes. Eles teriam de penetrar nas defesas de Tampere de forma tão rápida e decisiva quanto possível, desta vez dirigindo-se diretamente para a barragem próxima à fábrica Finlayson para dali atravessar as corredeiras.

— E se não conseguirmos hoje — disse Klaus, levantando o rifle no ar para exortar os outros —, tentaremos novamente amanhã, certo, rapazes? Viva Selin! Viva Mannerheim!

Klaus esperou até os gritos empolgados diminuírem e imediatamente fez aparecer seu baralho de tarô. Seus olhos pareciam ávidos e muito brilhantes. Ficou pulando na ponta dos pés, sorrindo, puxando a ponta do bigode; depois examinou as cartas e disse para todos o quanto se sentia confiante. Eles todos iriam conseguir. Tomariam Tampere naquele mesmo dia, com toda a certeza.

— Eu farei isso sozinho, se for preciso. Nós vamos conseguir! — completou, com o rosto rosado e vibrante devido à empolgação e ao frio.

Esko estava preocupado. Tentara continuar conversando com Klaus a respeito de Katerina, mas Klaus não quis.

— Não se preocupe, Esko, essas coisas acontecem — disse.

— Mas não aconteceu nada — reagira Esko.

Já eram quase cinco da manhã, a hora marcada para o segundo ataque. O olho de Esko estava vermelho e ardia muito devido à exaustão, estava observando Klaus embaralhar as cartas novamente.

— Leia a minha sorte, Klaus.

Essa era uma idéia da qual Esko sempre se esquivara; sentia-se incomodado com profetas, adivinhos, leituras de runas e coisas desse tipo. Tais superstições eram uma ofensa à ordem perfeita de sua mente, talvez porque em seu sangue sentisse haver algo de verdadeiro ali. Estava assustado agora, pela primeira vez. Assustado com Klaus, como se ele estivesse com seu destino impresso nas cartas.

— Você vai morrer — disse Klaus com simplicidade e segurando a carta da morte, um homem enforcado pendendo de um cadafalso com o pescoço quebrado na ponta de uma corda grossa. — Mas não vai ser hoje — completou, com um sorriso. — Não se preocupe!

O foguete explodiu acima de suas cabeças, espalhando estrelas.

Klaus soltou um uivo prolongado, um grito de fazer gelar o sangue.

"Para o inferno com a idéia de ganhar a guerra", pensou Esko. "Minha obrigação é ter certeza de que nós dois permaneçamos vivos e a salvo."

E se puseram a caminho mais uma vez.

Tinha sido uma noite muito fria e as águas das corredeiras, represadas na barragem, cintilavam com uma fina camada de gelo. À sua esquerda, Esko notou que a barricada de cavalos na ponte tinha sido posta em chamas, o fedor doce e enjoativo de carne de cavalo queimada vinha junto com as águas. Como antes, Esko liderou o grupo, Klaus logo atrás dele. A noite estava calma. Os vermelhos na ponte não estavam olhando para aquele lado. Tampere estava ali, pronta para ser tomada.

Esko já estava no meio do caminho, sobre a barragem, quando uma bala zuniu junto à sua orelha. Ele gritou, mas o som do grito foi abafado por uma súbita saraivada selvagem de balas, sibilando e atingindo o terreno enlameado à sua frente, fazendo com que blocos de gelo se levantassem e esguichassem lama. Uma bala arrancou-lhe o boné da cabeça. Os projéteis vinham em quantidade tão maciça que ele piscava muito, fechou o olho e imaginou que se pudesse levantar os braços seria capaz de abatê-los como abelhas em vôo. O ar pareceu quente e, quando ele começou a correr desabalado na direção dos clarões dos canos que cuspiam balas trespassando a escuridão na margem oposta, levantou a mão.

Sentiu alguma coisa atingi-lo no lado do corpo. Um estrondo explodiu na sua cabeça e de repente havia luzes ofuscantes em volta. Não sentiu dor na hora, apenas um tremendo choque. Seu corpo todo se transformou em uma faísca de luz que ziguezagueava de cima a baixo, ele estava, de alguma forma, assistindo àquilo, sentindo-se como um ovo quebrado em dois por uma luz que explodia por dentro. Para sua surpresa, notou que estava caindo. Queria gritar para as pernas não fazerem aquilo. "É absurdo cair nesse momento", tentava dizer-lhes. "Vocês têm que ficar em pé, podem fazê-lo!" Sentiu-se ridículo porque observava o rifle lhe escorregar pelos dedos que se abriam.

Acima, bem no alto, estrelas tremeluziam e cintilavam no céu escuro. Ao cair para trás, Esko teve a sensação de absoluta fraqueza, a impressão de estar sendo abatido, de estar murchando e desaparecendo rumo ao nada. Está tudo acabado agora, disse a si mesmo, e então pensou: "Ei! Eu nem cheguei a construir o meu arranha-céu. Ele seria maravilhoso. Adeus, *pilvenpiirtaja*. Adeus, Katerina". Só então se preocupou em ver onde Klaus estava. Mais uma bomba pareceu explodir dentro do seu corpo, o que não lhe pareceu justo. Houve outro clarão, como o de um relâmpago, depois disso, nada.

Esko ficou deitado no canto de uma cabana de uma estação de campo e permaneceu inconsciente por mais de um dia. Acordou uma vez para ver uma enfermeira que tentava entornar água por entre seus lábios, mas quando tentou se levantar para agradecer a ela todo o quarto girou e ficou escuro. Na manhã seguinte, ele ainda estava vivo, então colocaram-no em uma maca e o carregaram em um caminhão que pouco depois sacolejava por uma estrada arenosa na floresta. A dor de estar sendo sacudido para todos os lados ao longo da estrada o acordou e o fez gritar, embora logo a seguir ele desmaiasse de novo. Foi quando chegou um médico enfiando um instrumento de aço do seu lado direito.

— Aí está você! — disse o médico, que tinha os cabelos vermelhos eriçados e o rosto cheio de marcas. — Você levou dois tiros, sabia? Consegui extrair a bala do seu ombro, a desse lado entrou pela frente e saiu por trás. Você bateu com a cabeça em um bloco de gelo quando caiu no rio, uma pancada muito forte. Teve sorte de não se afogar. — Escarafunchou novamente com o instrumento de aço dentro dele. A enfermeira se aproximou e enviou Esko novamente para o mundo da escuridão com uma dose de morfina.

 Quando acordou novamente, estava em um trem, deitado em um beliche estreito. Sabia que estava um pouco melhor porque sentia sede. Alguém na cabine pequena, fechada e chocalhante estava fumando, a fumaça provocou-lhe enjôo. O trem foi diminuindo de velocidade e parou por completo. Do lado de fora, havia vozes, figuras nas sombras correndo de um lado para o outro e uma lâmpada elétrica acesa envolta em um redemoinho de neve. Um sino soou, ouviu-se um apito e um assobio de vapor; os engates entre os vagões retiniram e o trem deu um solavanco para frente, dando-lhe pontadas de dor por todo o corpo.

 Sacudindo a intervalos regulares por sobre as juntas dos trilhos, a composição saiu lentamente da estação e passou por uma luz na ponta da plataforma. A seguir, continuou ao lado de uma parede de pedra que brilhava cheia de pedaços de vidro quebrado. Foi em frente passando por um sinaleiro e uma locomotiva que descarregava mercadorias em um pátio, em meio a nuvens de vapor e fagulhas cintilantes. Esko fechou o olho, tentando se concentrar no movimento lento e regular das rodas, no ruído semelhante a campainhas sincronizadas que faziam em contato com os trilhos. O suave balançar do trem colocou-o novamente para dormir, ele não tornou a acordar até a estação seguinte, onde não havia lâmpadas na plataforma. O trem trepidou, pulsou, deu outro solavanco e recomeçou a andar com Esko já consciente de cada um dos movimentos do veículo. Uma enfermeira veio fazer uma verificação do seu estado e também do outro homem que estava na cabine. Um pouco de água foi despejada entre seus lábios, vindo de um cantil de aço. Ele estava sendo tão bem cuidado quanto o aquecedor, que teve a porta aberta e as brasas atiçadas.

 Foi assim que a noite se passou. Ao amanhecer, Esko tremia de frio, o suor grudava-lhe os cabelos na testa e ensopava o cobertor que o envolvia. O trem, em sua jornada através da região sul da Finlândia, em alguns momentos andava a grande velocidade e em outros parecia se arrastar. A cabine tinha um padrão que alternava constantemente sombras com a luz da lua, lavada por uma violenta rajada de ondas vermelhas a cada vez que a enfermeira abria e fechava a porta do aquecedor.

Esko nem sabia se a batalha em Tampere fora ganha ou perdida. O fato, porém, de estar naquele trem, instalado em um beliche, mesmo estreito e desconfortável como aquele, pareceu-lhe um bom sinal. O outro soldado da cabine estava sentado ao lado do aquecedor agora, em uma cadeira de espaldar reto e com o rosto voltado para o reconfortante calor.

— Diga-me, amigo, o que aconteceu em Tampere? — perguntou Esko.

O soldado se virou, esticando o braço para pegar alguma coisa no bolso da túnica de seu uniforme. Uma carta saiu dali de dentro e ele esticou o braço para Esko pegá-la. Então, o soldado caiu subitamente da cadeira, com sangue jorrando da barriga.

Esko levou um susto com o homem da cabina ao lado que bateu na parede divisória, gritando:

— Ei, vocês! Querem parar com essa barulheira? Estou tentando dormir!

Esko notou que fora tudo um pesadelo. Não havia homem algum sentado no canto da cabine, junto do aquecedor.

— Desculpe-me! — disse ele, repetindo as palavras do sonho e sentindo que soavam estranhas e roucas ao sair-lhe da garganta. — O que aconteceu em Tampere? Eu não soube como tudo terminou.

Um emaranhado de molas da cama acima da cabeça de Esko se moveu para cima e para baixo. O homem que estava realmente ali se virou para o outro lado, na parte de cima do beliche.

— Os bastardos vermelhos se renderam. Nós os massacramos aos milhares — respondeu com voz impaciente. — Agora, dá para me deixar dormir um pouco?

13

O teto era totalmente coberto por uma cal muito branca e trespassado por grossos travessões de carvalho. Os caixilhos das janelas eram largos e baixos e os bancos diante deles tinham vãos recortados em formato de coração. Nas prateleiras que ficavam nas paredes ao lado, presas a meia altura, vasos de cerâmica pintados de verde estavam cheios de prematuras flores de primavera. O piso rebrilhava com o reflexo do sol e o barulho dos bondes e dos cavalos lá fora penetrava pelas janelas. Esko entrava e saía aos poucos do estado de consciência, absorvia todas essas impressões como se estivessem muito distantes, flutuando em um barco à deriva. Seu corpo parecia não lhe pertencer. Sentiu uma ponta de surpresa quando algo se moveu na cama junto da parte de baixo do seu corpo, ele notou que era a sua própria perna que se movia para um lugar mais frio sob as cobertas. Ficou aguardando ali deitado, até que pedaços dele fossem trazidos de volta, aos poucos. Finalmente, quando já estava se sentindo em condições de se sentar na cama, percebeu que um copo estava sendo pressionado sobre seus lábios, a água pareceu descer-lhe pela garganta com uma grossa consistência de metal. A sopa de repolho estava morna, mas tinha gosto de sal puro. Um dos companheiros à sua volta na enfermaria perdera a parte da perna direita abaixo do joelho e estava reaprendendo, dolorosamente, a caminhar em volta das camas aos pulos, sobre muletas. Outro, um sujeito com cabelo preto e forte sotaque interiorano da província de Oulu, urinava sangue cinco vezes por dia. Seu urinol, ao lado da cama, parecia um detalhe saído diretamente de um quadro de Hieronymus Bosch. Havia ainda um homem cujo rosto fora tostado por uma bomba de sinalização de magnésio; ele perdera metade do nariz.

Esko descobriu, olhando para a própria barriga, que possuía agora um atributo anatômico inteiramente novo.

— Um segundo umbigo. Você devia estar orgulhoso. Não é todo mundo que pode ter dois umbigos! — disse a enfermeira, sorrindo abertamente, enquanto limpava a ferida com algodão embebido em álcool.

A bala atravessara toda a parte lateral do seu corpo, deixando atrás de si um buraco perfeitamente redondo do tamanho de uma moeda grande. Uma manhã, a mesma enfermeira trouxe-lhe um tapa-olho e o colocou sobre o seu olho cego. O elástico estava apertado e lhe pareceu estranho em contato com a parte de trás da cabeça machucada.

— Agora, você já está novo em folha! Quer se ver no espelho? — Foi buscar um antes que ele tivesse a chance de recusar a oferta. Estava assustador: pálido, com a barba por fazer, abatido e magro como os demônios do "Kalevala".

— Muito bem, então — disse a enfermeira, com um ar profissional. — Você já está quase bom. — Com um daqueles sorrisos contagiantes, trouxe um vaso de flores para sua mesa-de-cabeceira e o arrumou com cuidado.

Os outros ocupantes da enfermaria estavam todos fumando, debatendo o que haviam lido nos jornais e lembrando o que acontecera durante a batalha. Velhas piadas e cenas eram descritas e reinterpretadas, como em um palco. "Avançamos quando a represa foi tomada"; "O que nos atrasou foram as metralhadoras"; "Então o vermelho saltou do cavalo com as mãos para o alto, mas eu atirei nele assim mesmo!" As vozes se elevavam e em seguida diminuíam; os assuntos eram os mesmos, iam e voltavam. Será que Mannerheim ia pressionar e fazer com que os vermelhos recuassem até alcançar Petrogrado e esmagar os bolcheviques, enquanto eles ainda não estavam muito fortes na Rússia? O sujeito que pulava apoiado nas muletas pareceu entusiasmado com a idéia. O que urinava sangue era a favor da cautela. A batalha fora vencida, a Finlândia deveria agora se recompor e se reorganizar, continuar sob o manto protetor da Alemanha, ajudar a escolher um rei alemão ou dar esse cargo ao próprio *kaiser*, se isso fosse necessário? Os dois homens jogavam damas e o que perdera a perna estava concentrado na partida, evitando dar opiniões, até que resolveu desistir do jogo e exclamou:

— E se os alemães perderem na França? E aí, hein?

O dono do urinol de sangue disse-lhe para deixar de ser burro. Os alemães jamais poderiam perder na França; além do mais, havia naquele mesmo instante vários torpedeiros alemães no porto de Helsinque. A Finlândia já estava totalmente comprometida com o *kaiser*.

— Estas coisas chegaram para você, Esko. Um homem as deixou. Era do exército, me pareceu um oficial — disse a enfermeira. Colocou uma caixa sobre a mesa ao lado da cama de Esko e começou a vasculhar o conteúdo composto basicamente de livros. — Você é arquiteto? — quis saber ela.

Até aquele momento, Esko ainda não considerara o fato de que a sua vida tinha de seguir em frente. Era como se sua identidade tivesse sido completamente obliterada.

— Eu era — respondeu.

— Não! *Ainda é!* — disse ela, um sorriso imenso. — Eu sou arquiteta também!

Apenas nesse momento, depois de todos aqueles dias, foi que Esko reparou na aparência da jovem. Seus olhos eram amendoados e vivos, ligeiramente puxados nas pontas e inclinados, o que mostrava que tinha ascendentes na Lapônia. Usava um aplique branco de enfermeira, que lutava para manter juntas as pontas encaracoladas de seus abundantes cabelos castanhos. Transmitia uma sensação de calma e otimismo. Suas mãos eram grandes e fortes. Parecia ter vinte e poucos anos e não usava aliança.

— Você parece indignado — disse ela, brincando. — Tem assim um conceito tão baixo sobre as mulheres? Há muitas mulheres arquitetas na Finlândia.

— Eu sei — disse Esko. A fraqueza de sua voz ainda o deixava surpreso, ele pigarreou. — Estudei com algumas delas, mas não conheço você.

— Antes da guerra, eu trabalhava com o meu irmão em Turku. Seu nome era Anton Harkonen. Está morto.

— Sinto muito. — Esko já ouvira falar de Anton Harkonen, jovem promissor a quem muitas pessoas elogiavam. — Seu irmão era um grande arquiteto.

— E você também é, Esko Vaananen! Como vê, eu já sabia que você era arquiteto antes de perguntar, mas queria arrancar a informação de você.

Poderia simplesmente ter largado os livros aqui e ir embora, mas eu não sou assim.

— Pelo visto, não é mesmo.

— Meu nome é Anna Harkonen.

— Muito prazer, Anna Harkonen.

Os livros eram de seu apartamento. Alguém estivera lá e os pegara. Esko imaginava que tivesse sido Klaus. Na caixa havia um volume de Ruskin, o grande livro alemão de Frank Lloyd Wright, e *As igrejas da cidade*, de Wren, com um vistoso desenho na lombada, em preto e laranja. Obrigado, Klaus, disse Esko para si mesmo, sentindo-se um pouco mais animado. Estava olhando os livros com calma no dia seguinte, quando Selin apareceu ao pé da sua cama, sorrindo meio sem jeito e apertando o surrado boné entre os dedos. A insígnia que trazia nos ombros mostrava que havia sido promovido a coronel.

— Os livros estão em bom estado? — perguntou Selin, com um sorriso de ansiedade que cortava seu rosto redondo ao meio. — Tive que pegá-los na maior correria. Foi muito difícil encontrar seu apartamento.

— Klaus não o levou até lá?

Selin olhou para baixo, seus dedos repuxando nervosamente o boné. Do bolso, tirou bem devagar o envelope amassado com os desenhos familiares rabiscados na parte de trás.

— Quando você foi baleado e caiu na água, Klaus se jogou na correnteza e o puxou. Desobedeceu às minhas ordens ao fazer isso. Eu o teria deixado para trás, sinto dizer, pois o ataque era o mais importante naquele momento. Klaus, porém, voltou e o rebocou para fora. Depois disso, lutou como um urso. Foi morto pouco antes do fim. Um atirador de longa distância o atingiu do alto de um telhado.

Esko não conseguiu falar. Sentiu-se esmagado sob um peso insuportável. Klaus... Klaus estava morto.

Em volta, na enfermaria, os outros pacientes continuavam discutindo política. A Finlândia, segundo alguns, era um bolo colocado diante do *kaiser* em seu café-da-manhã. A Finlândia se transformara em uma sobremesa qualquer, pronta para ser devorada pelos gananciosos gigantes do império. O país era um peixe recém-pescado, acabaria sendo destruído antes mesmo de compreender que era apenas isso. Os companheiros riam e discutiam opiniões diversas, como sempre. O piso extremamente brilhante refletia a costumeira luz dourada. Lá fora, na rua, um bonde fez retinir seu sino e parou com estardalhaço.

– É impossível – disse Esko. – Klaus não pode estar morto!

– Sinto muitíssimo! – exclamou Selin, assustado ao ver o quanto Esko ficara abalado com a notícia. – Quer que eu chame a enfermeira?

Em sua mesa ao lado da porta, Anna Harkonen escrevia alguma coisa em uma de suas pranchetas de acompanhamento. A moldura do pequeno par de óculos que usava para leitura rebrilhou sob o sol da manhã. Sua expressão era distinta e esperançosa.

– Não, está tudo bem – disse Esko, fechando o olho bom e respirando profundamente. – Estou bem!

Selin puxou uma cadeira.

– A família foi informada pelo próprio Mannerheim. Parece que eles eram ligados por distantes laços de família. Todos nós gostávamos muito dele, Esko. Todos gostavam. Era um companheiro esplêndido.

– Sim, ele era.

– Nunca pensei que pudesse ser morto. Ele parecia invencível.

Esko lembrou de uma noite especial em Paris. Ele e Klaus estavam jantando em um lugar barato de Montparnasse. Enquanto comiam, Klaus folheava um livro de Maupassant. Leu um parágrafo, pôs o livro de volta na mesa, tomou um pouco de vinho e exclamou: "Isto não é fantástico? Não é maravilhoso poder escrever assim? Daria a minha alma para conseguir escrever algo que chegasse aos pés de um texto como esse". Então pegou no livro de novo e recomeçou a ler, interpretando a fala de cada personagem, fazendo efeitos sonoros, de uma forma que era ao mesmo tempo dramática e reverente, dando ao material a sua mais delicada atenção. Naquele momento, Esko não teve dúvidas de que Klaus seria capaz, um dia, de escrever algo tão bom quanto Maupassant, ou talvez melhor. Como sempre, fora arrebatado pela energia e confiança do amigo. Klaus levava tudo muito a sério e, no entanto, tinha uma leveza, um jeito brincalhão que ensinaram a Esko que é possível levar a vida a sério sem ser solene, austero. Klaus o fizera se sentir como um bobo; agora, aquela luz se extinguira, tanto ele quanto Katerina tinham de algum modo contribuído para apagar aquela luz.

Meu Deus, pensou ele, como ela estará se sentindo?

— Tem mais uma coisa aqui, que me parece também ser sua — disse Selin, entregando o envelope. No lado de trás e nas margens da parte da frente, Esko viu mais uma vez os rabiscos fantásticos, desenhos de pequenas caixas amontoadas que explodiam em imagens panorâmicas ladeadas por torres que se projetavam para o céu. — Encontrei isso no quartel, quando a batalha terminou. Sabia que só podia pertencer a Esko Vaananen. Notei pelo nome no envelope que você deve tê-la escrito para ser entregue a uma dama — continuou Selin, procurando dar um tom vibrante à voz, enquanto continuava a torcer o boné entre os dedos. — Pensei que você também estivesse morto, Esko. Fiquei feliz ao saber que me enganara.

Esko notou que Selin, de um modo tímido, estava lhe oferecendo conforto e amizade. Tentou sorrir, mas o silencioso ensaio de riso foi esmagado pela emoção que lhe apertou a garganta como um torniquete. A tinta na frente do envelope estava manchada e borrada; o próprio papel estava rasgado em uma das pontas, com vários riscos de sujeira. Apesar disso, de algum modo, aquela carta, aquele objeto sem vida, resistira e Klaus, não. Sobrevivera à tomada de Tampere e conseguira chegar mais longe do que a vida do homem que a escrevera, o que lhe pareceu não apenas uma prova do talento do destino para planejar artifícios cruéis que destruíam corações, mas também uma mensagem para Esko. Em suas mãos estava uma parte do seu passado que jamais o abandonaria, uma craca que ficaria permanentemente aderida à carcaça do seu barco enquanto ele navegasse pelo lago da vida.

Naquela noite, Esko se forçou a levantar da cama. Com dificuldade e muita dor, lutou para vestir as roupas que Anna Harkonen deixara dobradas sobre a cadeira, dizendo-lhe que aquilo era para quando ele se sentisse bem o suficiente para se levantar e sair por aí. Bem, disse Esko para si mesmo, enquanto abotoava a camisa de algodão áspero, vestia as calças de lã e as grossas meias: eu estou pronto para sair por aí!

Esperou até que a enfermeira saísse, durante o intervalo de descanso, e passou sorrateiramente diante da sua mesa, onde viu pranchetas de acompanhamento, lápis e bandejas cheias de instrumentos médicos, além de um livro que ela estava lendo. Tudo flutuava sobre uma poça de luz. Ainda de meias, esquivou-se e desceu por uma larga escadaria de carvalho, segurando com força no corrimão para conseguir apoio e equilíbrio. Somente ao alcançar o saguão de mármore no andar inferior pôs as botas e o pesado sobretudo forrado. Ficou parado por um instante e olhou para cima, na direção dos degraus por onde descera. Tudo estava turvo e silencioso, protegido na escuridão, como em um casulo. Todos pareciam estar dormindo. Um cano de água quente gorgolhava ao longe.

Ele não estava preparado para o impetuoso vento do Báltico que lhe fustigou o rosto e levantou-lhe as pontas do casaco. A noite sem lua estava escura, silenciosa, e Esko começou a dar passos enérgicos pela rua, que descia em suave ladeira, até parar sob a sombra escura e com cheiro de umidade do Museu Nacional. Esperou algum tempo até passar um bonde, que finalmente apareceu se inclinando de um lado para outro, rangendo como um velho galeão. Com dificuldade, impulsionou o corpo para conseguir subir.

Dentro do bonde, a luz pareceu-lhe ofuscante, depois da escuridão das sombras. Todos os passageiros usavam uma espécie de braçadeira branca, visão que o deixou espantado a princípio; compreendeu então que eram sinais de lealdade, não de rendição. As pessoas em Helsinque pareciam querer deixar bem claro de que lado tinham estado durante a guerra. Agora que os brancos haviam vencido, todos pareciam ser brancos e apoiá-los. Assim era a natureza humana. No entanto, não havia sinais de celebração no ar. Examinando com cuidado os rostos amargos e cansados, Esko compreendeu que através deles não era possível obter nenhuma pista sobre qual seria o estado de espírito da cidade. Ele não tinha nenhuma idéia do que acontecera ali enquanto estivera lutando no norte, coisas terríveis, sem dúvida. A mulher em pé ao lado dele usava um chapéu de feltro com um grosso e ameaçador alfinete espetado. Olhou desconfiada para o braço de Esko, que estava sem braçadeira. "Você é um vermelho?", perguntou, de modo acusador. Esko limitou-se a fitá-la. Para os perdedores, ele começava a compreender, as coisas terríveis estavam apenas começando.

Trocou de transporte na estação de trens, onde até mesmo as estátuas pareciam menos sólidas, segurando seus globos de luz de encontro às barrigas com mais força, temendo que eles rolassem para o chão e se espatifassem, como tudo o mais na Finlândia. Tomou outro bonde rumo a Eira, bairro onde ficava a grande *villa* de Henrik, cujas linhas conhecidas e a pequena torre redonda e pontuda surgiram quase dissolvidas na neblina do céu noturno.

Uma das criadas, moça tímida que Esko conhecera antes da guerra, abriu-lhe a porta. Imediatamente, curvou-se e desapareceu apressada, deixando-o à espera no saguão. Ele foi até o aquecedor, para esquentar as mãos. Uma tora grossa se mexeu devagar, fazendo barulho dentro do aparelho. No salão de jantar adjacente ao saguão, ouviu o grande relógio de pêndulo preparar-se com um gemido para despertar. Lembrou-se do jantar ali, na noite em que reencontrara Katerina. Klaus brincara com ele a respeito de Walter Gropius, recordou de repente. Fora também naquela sala que Katerina o despertara para a possibilidade do amor. Tudo aquilo agora lhe parecia incrivelmente distante. As experiências pelas quais ele passou empurravam as recordações para outro tempo. Apalpou a carta de Klaus no bolso do casaco, só para se certificar de que ainda estava lá.

Esko esperou por mais de quinze minutos. As lâmpadas elétricas misteriosamente se apagaram e logo voltaram a se acender, e Louise Arnefelt apareceu. Seu rosto fino e bem cuidado estava pálido. Ela parecia tensa e cansada, e, ao vê-lo, soltou um grito de surpresa, fazendo a mão voar até a garganta, como tivesse visto um fantasma.

— Esko. É você mesmo? — Pelo menos naquele breve momento, ela parecia ter esquecido que não gostava dele. — Você está vivo, Esko? Fomos informados de que você tinha sido morto em Tampere, junto com... — A palavra ficou-lhe presa na garganta. Tentou caminhar na direção dele, mas tremia tanto que suas pernas se dobraram, bambas. Ela se apoiou na ponta de uma mesa para conseguir manter o equilíbrio. — Ele está... Ele está aqui com você?

Ela viu de imediato, pela reação dele, qual era a resposta. Por um instante fugidio, a esperança de um milagre nascera dentro dela. Agora, mostrava-se novamente arrasada. Seu Klaus se fora. Quanto a Esko, ela também o imaginara morto, e não parecia se importar muito por ele estar vivo.

— Louise. Eu sinto muito.

— Por favor, não diga nada — não conseguiu olhar para ele, seu tom de voz era orgulhoso e distante. — Você veio ver Henrik? Pode entrar, você sabe onde encontrá-lo.

No estúdio, as luzes estavam acesas, mas tanto a lareira quanto o aquecedor estavam apagados. Henrik estava sentado em uma funda cadeira de braços, voltado para uma parede forrada de livros. Havia livros empilhados no chão, dos dois lados da cadeira. Um deles estava aberto, largado, em seu colo. Um cachimbo pendia, apagado, de seus lábios. Suas bochechas estavam cobertas de manchas vermelhas.

— Henrik, sou eu, Esko. — Mais uma vez, Esko teve a estranha sensação de que alguém olhava para seu rosto como se ele fosse uma criatura voltando do além-túmulo. — Eu quis vir aqui para lhe dizer o quanto sinto a respeito de Klaus. Ele salvou a minha vida.

Henrik tirou o cachimbo da boca com movimentos lentos e cautelosos, como os de um homem temeroso de que seu autocontrole pudesse se desintegrar a qualquer momento.

— Não há mais esperanças, então?

— Temo que não, Henrik.

— Não, é claro que não — replicou Henrik. — Mannerheim nos informou pessoalmente, como deve saber. Só que até agora não vimos o corpo. As pessoas têm sido muito gentis. Nunca tantas pessoas me procuraram.

— Todos o adoravam — disse Esko.

— Hoje apareceu um homem aqui em casa, do governo. — A mente de Henrik parecia estar divagando. — Querem que eu projete uma nova cédula de dinheiro, ou algo assim. O que acha disso, Esko?

— É uma incumbência muito importante.

— É mesmo, não é? Querem colocar a figura do novo rei alemão na frente da nota. Em homenagem à nova Finlândia. Klaus teria ficado satisfeito.

— Ele ficaria orgulhoso. Klaus o admirava e respeitava muito, Henrik, tanto como pai quanto como arquiteto.

— Obrigado, Esko. Quer um pouco de vodca? — Sem esperar pela resposta, Henrik se pôs de pé, movimentando-se de forma instável e frágil. O mundo se tornara uma ameaça para ele agora, e havia manifestações dessa ameaça em toda parte, inclusive na casa que ele mesmo projetara. Tudo lhe parecia um inimigo de tocaia, pronto para atacá-lo e feri-lo. Nada no mundo o preparara para a devastadora perda do filho. Até mesmo a perfeição do projeto da casa e a opulência de tudo o que o cercava pareciam zombar dos valores de cordialidade e beleza que um dia representaram.

— Eu trouxe isto — disse Esko, enfiando a mão no bolso. — Klaus a escreveu pouco antes de ser morto. É para Katerina. — Henrik pareceu encolher. Seus penetrantes olhos azuis observavam agora a carta com suspeita, como se também ela planejasse magoá-lo.

— Acho que ela deve recebê-la, então. — Henrik enfiou o polegar sob a lapela do seu paletó de *tweed*. — Será que você me faria esse favor? Entregá-la?

— Em Estocolmo?

— Estocolmo? — exclamou Henrik, parecendo não compreender. — Bom Deus, não! Ela está aqui, em Helsinque. Estive com ela há coisa de uma semana. Katerina voltou assim que soube da sua morte e da de Klaus.

14

A temperatura despencara rapidamente e a neve começou a cair em grandes flocos úmidos que pareciam não assentar sobre o rosto de Esko, dissolvendo-se na hora e deixando as pedras redondas do chão escorregadias e traiçoeiras. Mas ele seguiu com determinação ladeira abaixo, em direção à rua Fabianinkatu, para o apartamento de Katerina. Lampiões a gás flutuavam, parecendo se inclinar diante dele entre as trevas, suas botas batiam no chão com força a cada passo, produzindo um som estridente, provocando uma onda de dor que lhe subia pelo lado ferido do corpo e ia até o peito. Um pouco adiante, a dor o forçou a parar recurvado para frente, apoiando as mãos nos joelhos; logo voltou a caminhar, apertando o passo até ser obrigado novamente a parar para descansar. Seu progresso na caminhada era feito de arrancos furiosos e sua ânsia de rever Katerina era vibrante e compulsiva na mesma proporção em que seu sentimento de culpa por Klaus era dilacerante e real. Não tinha idéia do que iam dizer um ao outro, sabia apenas que eles teriam que falar alguma coisa. Queria olhar para ela, ver seus olhos, seu pescoço, suas mãos adoráveis. Era terrível que Klaus tivesse morrido, mas eles ainda estavam vivos, com o futuro diante deles, cheio de maravilhosas oportunidades, mesmo que resolvessem tomar caminhos separados. Ele imaginava que lhe diria isso. Consolariam um ao outro e veriam o que fazer. E havia, é claro, a questão da carta. Não havia como saber o que Klaus lhe escrevera de Tampere. Tanto podiam ser palavras de consolo como de maldição.

Esko só agora compreendia a extensão do poço de emoções que Katerina e a guerra tinham aberto em sua alma. Foram embora para sempre os dias em que, nos recantos mais profundos do seu ser, muito abaixo da superfície congelada, as sombras de emoção apenas ocasionalmente se movimentavam, como farpas. A maioria dos seus dias de adolescência e juventude fora passada desse modo e até mesmo a maior parte de sua vida adulta parecia-lhe assim. Agora, naquela noite em que a neve o cobria e derretia escorrendo pelo seu corpo, ele se sentiu totalmente comprometido. As sensações mais fortes da vida se aglomeraram nele, enchendo-o com medidas iguais de inquietude e regozijo.

A subida lenta pela escada diante do prédio de apartamentos da rua Fabianinkatu foi torturante. A cada andar ele percebia que o barulho nos apartamentos dos dois lados do corredor diminuía, como se as pessoas tentassem ouvir quem poderia estar vindo; como se a chegada de um estranho fosse motivo de alarme naquela Helsinque de tempos incertos.

Ao chegar diante da porta de Katerina, ele parou e permaneceu ali, com a porta verde à sua frente. Respirou fundo, tomando fôlego.

Bateu então com os nós dos dedos, sentindo o contato com a tinta verde. Não houve resposta. A porta cedeu a um leve empurrão seu.

– Katerina!

Quase de imediato, ele percebeu que havia algo de errado ali. O apartamento estava escuro e gelado. Um aroma ácido de pinho vinha da pilha de lenha ao lado da lareira. Quando ele acendeu o interruptor, viu que as janelas estavam completamente abertas, o lugar fora devastado.

Os livros, arrancados com violência das prateleiras, jaziam em pilhas, atirados ao chão. O estofamento do sofá de chintz estava como que vomitado, trazido para fora aos chumaços através de rasgões irregulares feitos por algum instrumento cortante. Um barulho de vidro quebrado vinha de sob seus pés. A cristaleira fora jogada no chão, a mesa estava com o tampo de cabeça para baixo e várias gavetas esvaziadas espalhavam-se em volta. Até o piano fora destruído e estava tombado para frente, como um navio indo a pique.

No quarto, a cena era mais ou menos a mesma: um espelho quebrado, travesseiros rasgados, penas e pedaços de palha de enchimento completamente esgarçados que voavam, rodopiavam e se perseguiam na corrente de ar que a entrada de Esko provocara. Um baú para viagens de navio fora revirado, seu conteúdo estava por toda parte: roupas rasgadas, sapatos soltos, uma agenda com páginas arrancadas. As gavetas da escrivaninha estavam vazias, sem nada. Aparentemente, o que as enchia havia sido despejado e levado embora.

Na lareira, havia várias folhas do *Hufvudstadsbladet* retorcidas juntas, para servirem como acendedores de lenha. Pegando uma das páginas e alisando-a, Esko viu que o jornal era de quatro dias antes. Presumivelmente, ela estivera ali pelo menos até aquela data.

Olhando em torno com cuidado, Esko pisou devagar sobre a bagunça. Alguns papéis flutuavam na brisa que entrava pela janela da rua. Atravessando o quarto e indo até a janela interna que se projetava com um peitoril largo, tremeu com o frio e olhou lá embaixo para o pátio. Devia ter sido ali, imaginou, que Katerina construíra o *pilvenpiirtaja*, com blocos de gelo e neve. Tudo estava em silêncio agora. Em um dos portais da parte de baixo do prédio, a ponta de um cigarro aceso desenhava círculos brilhantes na escuridão.

Esko tornou a descer as escadas, novamente parando para tomar fôlego a cada pequeno intervalo. Escutava cada ruído do prédio, que parecia trepidar e se acalmar em torno dele. Tentou evitar os desanimadores sentimentos de confusão e alarme que o assaltavam para tentar arquitetar um plano. No dia seguinte, pensou, iria visitar os escritórios de todas as companhias que trabalhavam com navios a vapor em Helsinque. Se Katerina tivesse comprado uma passagem para Estocolmo, ele a seguiria e a encontraria. Havia uma carta em seu bolso que precisava ser entregue.

Do pátio, as paredes de tijolos aparentes do prédio de apartamentos subiam bem alto, tornando a escuridão ainda mais densa. Um leve aroma de cigarro estava como que aprisionado no ar daquele espaço. Esko ficou pensando não apenas no *pilvenpiirtaja* de Katerina. Por alguma razão, veio-lhe também a lembrança daquela jornada delirante noite adentro no trem vindo de Tampere, quando ele estivera deitado no estreito beliche, muito ferido, alternando a mente entre a vigília e o sono profundo.

Foi então que uma figura se materializou das sombras, um sujeito baixo com andar saltitante e um casaco de pele que ia até os tornozelos.

— Boa noite, amigão — disse ele. — Tem um cigarro?

— Eu não fumo — respondeu Esko.

— Que pena — comentou o baixinho, encolhendo os ombros. Tinha os olhos profundos e muito juntos, apertados de cada um dos lados de um nariz que parecia fino e pontudo como uma lâmina. Seus cabelos escuros e estranhamente abundantes tentavam escapar por baixo do boné. — O que estava fazendo lá em cima?

— Não é da sua conta, meu amigo — respondeu Esko.

— Eu não sou seu amigo, mas o que perguntei é da minha conta, sim, o que me diz disso? — replicou o homem, com um sorriso cortante. — Você conhece Katerina Malysheva?

— Você a conhece?

— Ela morreu — respondeu o homem, com a voz sem emoção.

— O quê? — Esko se espantou. Com certeza não ouvira direito. Ele não podia, não iria acreditar nisso. — O que disse?

— Acho que você sabe mais sobre esse assunto do que está dizendo, meu chapa. Você é um dos vermelhos? Acho melhor vir conosco.

— Ela está morta? — a cabeça de Esko parecia estar flutuando.

— Os vermelhos vieram, três noites atrás. Seus amigos a agarraram e a mataram.

— Não pode ser — disse Esko, quase sem se dar conta de que três outros homens haviam aparecido e o agarraram pelos braços. Parecia que seus pulmões estavam para explodir. Estava frio no pátio, mas o suor começou a escorrer pela sua testa.

O homem com o casaco de peles comprido urrou e cuspiu no chão, perguntando:

— Qual é o seu nome, camarada?

— Esko.

Os três homens que o estavam segurando pelos braços deram-lhe uma sacudida forte.

— Esko Vaananen — repetiu. — Deve estar havendo algum engano.

— O engano foi seu — disse o homem, tirando e colocando o boné de volta na cabeça. — Ora, Ora, Esko Vaananen. Este é um nome interessante, muito famoso atualmente. Você por acaso é parente de Timo Vaananen? Ele conseguiu escapar em Tampere, aquele bastardo! Estamos loucos para botar as mãos nele.

— Timo é meu pai — respondeu Esko, sem pensar. Estava se sentindo dormente, paralisado, tonto com o choque. — Como sabem que ela está morta?

O rosto do homem mais baixo mostrou um misto de prazer e surpresa. Deu um passo para trás, sorrindo, como se estivesse avaliando a própria sorte, então abriu o casaco e puxou um revólver de cano longo que estava enfiado no cinto de suas calças.

— O filho de Timo Vermelho! Ora, ora, é nossa noite de sorte.

Não foi a visão da arma que fez Esko subitamente vomitar.

— Vejam só, está se cagando de medo — disse o homem, em um tom orgulhoso, seus comparsas começaram a rir.

— Agora ficou com a barriga vazia — disse um deles em tom neutro.

— Talvez possamos preparar-lhe um pouco de pão caseiro, igual àqueles que minha mãe faz — disse o homem, deixando as pontas do casaco voarem soltas e apontando o revólver mais ou menos na direção do coração de Esko. — Venha conosco agora ou vou estourar você aqui mesmo.

Os quatro carregaram Esko até a rua, onde o líder levantou a mão, fazendo sinal para um carro que veio chegando devagar em direção a eles, com o motor engasgando.

— Entre! — disse o homem. A porta traseira do carro se escancarou, deixando escapar fumaça de cigarro, um bafo de ar quente e um forte cheiro de couro, que em outras circunstâncias seria até bem-vindo.

— Para onde vamos?

— Não se preocupe com isso. — O cano do revólver espetou-lhe as costelas. — Está na hora de pão caseiro. Vamos conversar um pouco sobre sua mãe. E especialmente sobre seu pai. Vamos a um lugar bem tranqüilo para isso. Não conseguimos nada a noite toda.

Esko olhou para o rosto pontudo do homem. Estava lutando com a idéia, sem querer aceitar a informação de que Katerina pudesse estar morta; só então percebeu que ele mesmo estava em perigo.

— O que vocês querem de mim, exatamente?

— Torne as coisas mais fáceis para você mesmo, camarada — respondeu o homem. — Diga-nos tudo o que queremos saber e faremos com que seja tudo muito rápido.

Esko tentou lutar contra os braços que o seguravam, mas os homens eram muito fortes. A mão de um deles já estava na parte de trás de sua cabeça, empurrando-o para baixo, forçando-o a entrar no interior escuro do carro.

— Vamos logo com isso, pessoal — disse o líder, sem paciência e com uma voz de desprezo. — Toda essa conversa a respeito de comida acabou me deixando com fome. Bem que eu queria comer alguma coisa.

Esko continuava empurrando e fazendo força para trás, com medo de entrar no carro, mesmo diante do convidativo perfume de couro e da fumaça quente que vinham lá de dentro.

— Que diabo está acontecendo aqui? Deixem este homem em paz imediatamente.

Esko ouviu a voz forte e imperiosa atrás dele. Na mesma hora, as garras que lhe seguravam pescoço e braços se afrouxaram e ele conseguiu levantar a cabeça o suficiente para ver a reconfortante figura de Selin, de uniforme e com a Mauser na mão. Anna Harkonen, a enfermeira, estava com ele, vestindo uma capa abotoada até o pescoço.

Selin fez o revólver voar da mão do homem baixo com um golpe e o apanhou no ar. Agora ele tinha duas armas, uma em cada mão. Esko achou que ele parecia um caubói saído diretamente de um faroeste de Tom Mix.

— Qual é o seu nome? — perguntou Selin.

— Rasa Veikko, senhor — respondeu o homem, com um tom rancoroso, reparando nas importantes insígnias do Exército Branco sobre os ombros de Selin.

— E o que pretendia fazer com meu amigo?

— Ele é um vermelho, senhor. Estávamos levando-o para interrogatório.

— Não seja ridículo — disse Selin. — Esko, o que estava acontecendo aqui?

Procurando se recompor, Esko explicou a situação.

Anna Harkonen, que assistia a tudo com preocupação, não se conteve:

— Você ainda está muito doente, Esko. Devia estar na cama.

— Não ligo a mínima para isso — respondeu Esko. — Preciso saber o que houve com minha amiga.

— Eu posso ajudar — disse Rasa Veikko, solícito, parecendo um cachorrinho manso agora, rapidamente se recuperando da afronta dupla representada pela remoção da sua pistola e da sua vítima. De súbito o homem que minutos antes ameaçava "estourar Esko ali mesmo" parecia francamente determinado a agradar e ser gentil. — Nós ainda estamos com um dos vermelhos que estiveram aqui naquela noite. Ele está preso — continuou, olhando de Esko para Selin. — Vou levá-lo para o senhor, coronel. Ele próprio poderá contar toda a história. — Tossiu, arriscando um pequeno sorriso de maldade. — Pode ser que consiga apenas murmurar. Tivemos que ser duros com ele.

Logo Veikko estava sentado ao lado do motorista com o braço esticado casualmente nas costas do assento dianteiro, e olhava para trás, o rosto pequeno como o de um rato na direção de Selin, Anna e Esko, enquanto o carro avançava velozmente em direção aos arredores da cidade.

— Pegamos esse sujeito e um amigo na estação ferroviária. Tentavam pegar o trem para Viipuri usando documentos falsos. Dali, pretendiam seguir até Petrogrado. Dei um tiro em um deles logo de cara, para deixar bem claro que falava sério. Depois disso, ele demonstrou bastante disposição para falar. — Veikko exibiu um sorriso orgulhoso. — Contou-nos toda a história.

— Que história? — perguntou Esko.

— Talvez fosse melhor ouvirem de sua própria boca — Veikko tossiu. — É preferível.

Ao chegar diante de um anônimo edifício de tijolos, o carro parou e Veikko saltou, acenando para que eles o seguissem. Passaram por vários guardas no saguão de entrada. Bebiam café, entediados. Caminharam mais depressa, apertando o passo na maior parte do caminho ao longo de um corredor comprido e estreito, com um guarda em cada extremidade, até que Veikko se virou e empurrou com a palma da mão uma porta de ferro pintada de preto. A porta se abriu e ele pediu que Esko o seguisse para dentro de uma cela que fedia a excremento. Uma única lâmpada piscava constantemente e zumbia pendendo do teto, que não passava de uma grade quadriculada feita de aço. Havia apenas um ocupante, um homem paralisado de desespero, que permaneceu onde estava, sentado na ponta de uma cama de aço que pendia da parede. Completamente enrolado em um sobretudo verde muito gasto, ele mantinha-o bem junto do corpo, como se tivesse medo de que alguém tentasse arrancá-lo; talvez nem sequer tivesse outra roupa por baixo, pensou Esko. O prisioneiro estava apenas de meias, sem botas, e com os pés no chão, patinando em uma poça de urina. Seu cabelo era grisalho, seu rosto tinha marcas roxas e estava todo retalhado. Seus olhos apáticos e injetados de sangue não demonstravam nenhum sinal de haver notado a chegada de alguém na cela. Olhava fixamente para um pequeno espelho em estilo *art nouveau* que mantinha apertado entre as mãos como se fosse a chave de sua salvação.

— Ele é vaidoso — disse Veikko, dando-lhe um chute brutal nas canelas. — Não é, Matti?

Esko não conseguia tirar o olho do espelho. Era um espelho *art nouveau* com moldura de prata; a camada de prata já estava gasta, amassada e salpicada com o que parecia ser sangue cristalizado e ressecado. Esko sabia que se olhasse na parte de trás do objeto veria o nome e o logotipo do fabricante parisiense.

— Onde conseguiu isso? — perguntou Esko, sentindo-se tonto como se fosse desmaiar e temendo ouvir a resposta, pois até aquele momento vinha tentando se convencer de que Katerina ainda estava viva, apesar do que Veikko dissera. Precisava se agarrar a uma esperança que agora parecia frágil. — Onde conseguiu esse espelho?

— Vamos lá, responda, escória — disse Veikko, dando outro chute no prisioneiro com a bota.

O homem já fora tão surrado que pareceu nem sentir o chute. Mas deu um gemido e implorou para que não batessem mais nele. Seus olhos sem vida permaneciam fixos no espelho, buscando salvação ali.

— Ele pertencia a uma rica dama russa. Nós a despachamos, junto com os outros, em um caminhão. Levamos todos até o mar congelado. Alinhamos todos na beira do cais. Era uma noite fria, enevoada. Então, demos alguns passos para trás e a metralhadora fez seu trabalho.

— E o espelho? — a voz de Esko estava entrecortada.

— Fui até lá e o tirei dela, depois de tudo acabar. Era uma dama muito bonita.

Rasa Veikko estava pronto para dar mais um soco na cabeça do prisioneiro, mas olhou assustado para trás quando ouviu um som horrível, como o uivo de um lobo que acabara de ser pego em uma armadilha. Foi Esko que emitira esse grito desesperado, virando-se e batendo com toda a força dos punhos contra a porta.

15

No hospital, Esko ficava deitado de lado, às vezes de barriga para cima, às vezes de bruços, saindo e entrando de um estado de sonolência, chorando baixinho, quase não falando, nem mesmo quando a enfermeira, Anna Harkonen, vinha cuidar das feridas que haviam reaberto. Passaram-se três dias antes de ele conseguir comer ou beber alguma coisa. Uma noite, ao acordar, sentiu que estava deitado sobre um plástico que revestia o lençol. Havia urinado enquanto dormia. O tempo todo sua mente tentava repassar o que acontecera. Continuava a ver Klaus, sorrindo e lhe entregando a carta, em Tampere. Pensava em Katerina e seus lábios queimavam de ardor com a lembrança culpada do beijo que haviam compartilhado. Todo o seu mundo estava desonrado. Se ele tivesse ido para a América, repetia para si mesmo, se ao menos tivesse ido para a América, como ela insistira tanto, Katerina e Klaus poderiam estar vivos agora. Seu pretenso ato de nobreza fora uma fraude, uma estupidez, um blefe. Era como se ele próprio tivesse assassinado as duas pessoas que lhe eram mais preciosas. Agora sabia que os desastres que mais temia estavam condenados a acontecer.

Várias figuras movimentavam-se, agitadas, de um lado para o outro na enfermaria. Era 16 de maio de 1918, o dia da grande parada da vitória de Mannerheim. Flores recém-colhidas foram orgulhosamente postas em todos os vasos e as janelas estavam abertas, deixando entrar uma calorosa brisa de primavera. Lá de fora vinha um som distante dos aplausos e das aclamações, que começaram a crescer de forma constante, cada vez mais alto, como que sustentados por uma onda gigantesca e sem pressa. Deitado de lado, Esko ouviu a pompa metálica de uma banda militar, o barulho majestoso de ferraduras de ferro sobre as pedras do calçamento das ruas. Todos os homens da enfermaria se comprimiram nas janelas, para se sentirem mais próximos da confusão alegre e da empolgação que se intensificava. Houve uma salva de tiros de canhão. Saudações de artilharia encheram o ar. Os aplausos e assobios fizeram todos os espectadores se levantarem. Esko se virou na cama, ficando de costas para a cena.

Mais uma vez, foi surpreendido por Selin.

— Você se importa se eu me sentar aqui?

Selin envergava um uniforme de gala. Seus cabelos louros estavam recém-aparados e ele usava uma elegante túnica cinza, o peito totalmente condecorado com medalhas. Embora não tivesse parecido tão importante naqueles momentos terríveis, a tomada da igreja e o controle dela por todo o infindável dia seguinte mostraram ser, mais tarde, um momento decisivo na batalha de Tampere.

— O que faz aqui? — perguntou-lhe Esko. — É o seu momento de merecida glória. O senhor deveria estar lá fora na parada, celebrando.

— Preferi ficar aqui com meu amigo — respondeu Selin, devagar, amassando o boné entre os dedos. — Além do mais, não estou certo do motivo exato de toda aquela guerra. Acabei de ver uma garotinha entregando margaridas a pelotões alemães que passaram, exibindo metralhadoras. O conceito de vitória é uma coisa complicada, não pretendo compreender o que estou pensando. — Encolheu os ombros. — Mas estou contente por ter acabado. Só que, na verdade, ainda não acabou. A luta se encerrou, mas agora nós estamos assassinando mais vermelhos do que nunca.

Segundo Selin, havia cenas como as que eles haviam testemunhado na outra noite acontecendo por toda Helsinque. Os brancos vitoriosos estavam caçando os vermelhos comunistas remanescentes. Alguns fuzilamentos eram orquestrados por tribunais improvisados. Outros julgamentos eram marcados apenas para acertar velhas contas. O próprio Mannerheim fizera um apelo oficial para que os assassinatos parassem, mas não servira de nada.

— Não importa se você é realmente comunista ou não. Apenas a suspeita de que possa ser já é o suficiente — continuou Selin. — Você teve sorte naquela noite.

— Preferia não ter tido.

— Não diga isso — replicou Selin, franzindo a testa.

Só nesse momento Selin puxou uma cadeira e se sentou. Trazia uma mochila com ele; dali de dentro fez surgir uma garrafa de vodca e dois copos de vidro grosso.

— Você me acompanha em um drinque?

Esko encolheu os ombros. Do lado de fora, os cavalos e a banda militar estavam cada vez mais próximos, enchendo o ar de primavera com o clamor do público e o barulho dos tambores e trombetas.

— Vamos brindar. Não à vitória, mas aos amigos ausentes — propôs Selin.

— Aos amigos ausentes — concordou Esko, e fez uma careta ao sentir o sabor forte e um pouco oleoso da vodca.

— Anna me disse que logo você vai estar completamente bom — disse Selin, entornando mais vodca em seu copo e aumentando a voz para competir com os metais da banda.

— Anna?

— A enfermeira. Anna Harkonen. Ela disse que você é forte como um touro.

O olho de Esko se dirigiu para os livros de arquitetura que continuavam na pequena estante ao lado da cama. Parecia agora se lembrar que pedira a Anna Harkonen para levá-los embora dali. Obviamente ela não o fizera. Ele próprio os teria rasgado em pedaços, mas não teve forças.

— Este aqui é um lindo livro! — exclamou Selin, pegando o exemplar do *Wren* e inspecionando com atenção o elaborado desenho em *art nouveau* da lombada.

— Foi organizado por um inglês chamado Arthur Mackmurdo — informou Esko. — Ele também ajudou a construir o Hotel Savoy, em Londres. Não é muito provável que eu ou o senhor possamos algum dia nos hospedar lá.

— Estas aqui são igrejas maravilhosas! — comentou Selin, folheando o livro com atenção.

— Wren ficou encarregado de construí-las após o grande incêndio que destruiu Londres. Foi no ano de mil seiscentos e sessenta e poucos. Ele queria reconstruir toda a cidade, mas não o deixaram fazer isso.

— O que eu não daria para ser capaz de fazer algo assim grandioso. Sou um homem embotado, grosseiro e comum. Um fazendeiro. Depois de tudo, e apesar das medalhas, sou apenas isso. Lutei nesta guerra só para poder voltar a remexer no meu esterco em paz — completou Selin, com um sorriso e uma contração dos ombros. — Quer mais vodca?

— Só mais um pouquinho — Esko levantou a sobrancelha.

— Você é um homem religioso?

— Não — respondeu Esko, muito depressa, pego de surpresa. — Não sou mais.

— É engraçado, mas eu ainda sou — disse Selin. — Acredito em Deus. — Ficou olhando para as mãos ásperas. — Deus existe! Seu Filho sofreu e morreu por mim.

Elevou os olhos para o teto, agitado e surpreso pela própria idéia de sua fé ter resistido. Em seguida, olhou para os pés, arrastando a ponta de uma das botas no chão, como se tivesse ficado um pouco envergonhado, de repente, e então seu olhar voltou para o livro com as obras de Wren.

— Se eu fosse um arquiteto como você, Esko, construiria uma igreja. Faria isso. Era exatamente isso que eu faria, Esko. Uma igreja diferente. Algo que pudesse mostrar que nós não nos esquecemos de Deus, ainda que tentemos seguir em frente por um caminho novo. É importante lembrar disso, não acha?

— Sim, acho que sim — respondeu Esko. Lá fora, o barulho diminuía ao longe enquanto a grande parada seguia em frente. Os homens da enfermaria já se afastavam das janelas, voltando para as camas, conversando uns com os outros em voz baixa. A luz do céu estava enevoada e espessa, com as cores esparsas e mutantes da aurora boreal. Era uma luz de primavera cujos tons pastéis de boas-vindas prognosticavam o brilho abundante do verão que estava chegando, uma luz que brincava com delicadeza pelo chão e seguia sobre a brancura dos lençóis da cama. Um tipo de luz misteriosa e ao mesmo tempo tranqüilizadora, cheia de promessas, totalmente contrária ao estado de espírito de Esko. No entanto, algo nela o fez se sentir mais confortável. Pela primeira vez em muitos dias ele se viu mais animado.

— Uma vez, quando era criança — dizia Selin —, eu perguntei para minha mãe, "O que é Deus? Onde Ele está? Ele é algum brinquedo? Ele é uma vaca?"

Esko deu uma espécie de ronco, prendendo o riso diante daquela idéia infantil do pequeno Selin, um Todo-Poderoso ruminando placidamente.

— Eu pensava que se olhasse com bastante atenção para cada canto da fazenda acabaria por encontrá-Lo. Nunca O encontrei e desisti dessa idéia. Então, um dia, meu pai e eu fizemos miniaturas de todos os planetas. Apertamos o barro acinzentado entre os dedos e enrolamos a massa sobre uma mesa grande e branca na oficina do meu pai. Conseguimos alguns cordões e penduramos os planetas no teto do meu quarto. Passei a imaginar que estava na casa de Deus. — Selin sorriu de um jeito tímido, enrolando o boné. Disse que crescera com uma idéia muito antiquada. — Eu acreditava que Deus iria me ajudar a encontrar paciência e me ensinaria a resistir a tudo na vida. Que Ele estaria sempre ao meu lado. Durante aquelas lutas, na guerra, vimos coisas tão terríveis que não me pareceu possível que Deus pudesse permitir que elas acontecessem. Mas Deus permitiu. Em Tampere, tive muito medo e pedi que Ele ficasse junto de mim, para me proteger. E sabe de uma coisa, Esko? Jamais senti a presença Dele lá, nem por um momento. O que eu estou querendo dizer é... Até onde Ele teria que ir para me provar que não existia? Ele me mostrou Tampere. Colocou Holm no meu caminho. Tudo isso depois de uma vida inteira de orações em igrejas congelantes e sacerdotes finlandeses falando coisas com a voz arrastada. Mesmo assim, eu acredito. — Selin balançou a cabeça. — Há algo de teimosia, nessa fé — completou, com a voz surpresa. — O que acha disso?

Esko não sabia o que pensar, mas ficou comovido pela confissão de Selin.

— Afastei a fé para longe de mim aos onze anos — explicou Esko.

— Você acha que poderia consegui-la de volta um dia?

— Não a quero de volta. Deus foi embora da minha vida, e pode ficar onde está.

— Você parece um pouco mais animado. Está com fome?

— Um pouco. Acho que a vodca me subiu à cabeça.
— Vou ver o que consigo para você comer — disse Selin.

Enquanto Selin estava fora, Esko pegou o livro de Mackmurdo, virou as páginas de modo distraído e olhou para as igrejas de Wren em Londres, uma após outra. Havia algo impressionante na sua extrema simplicidade; cada uma delas parecia um esboço humilde, o contrário da maravilhosa catedral de São Paulo. Eram o produto de um homem de instintos concretos e mundanos, práticos, comuns e talvez nem um pouco religiosos. No entanto, eram obras tocantes, serenas, um ordenado contraponto às tempestuosas épocas de pragas, incêndios, destruição e revoluções que Wren testemunhara. Ele vivera o fim de uma era e o início de outra. Através do espaço e da luz, conseguira criar uma ponte entre as duas.

Selin voltava devagar, carregando dois pratos brancos com comida. Olhava para trás, por cima dos ombros, na direção de Anna Harkonen, dizendo algo que Esko não conseguiu captar. Uma brisa quente entrou pelas janelas abertas, as cortinas ondularam, lançando sombras que dançaram sobre o piso de pinho encerado. O que criou padrões com uma fluidez que mão alguma humana jamais poderia ter a presunção de imitar. Naquele momento, algo dentro de Esko se apaziguou. Um processo teve início. A proteção de sua melancolia construída de gelo começou a rachar e fragmentar-se, revelando um idealismo persistente que exigia algo novo; compreendeu então que, a partir da amizade de Selin e do débito terrível que sentia com a memória de Klaus e Katerina, ele também precisava construir uma ponte. Teve um vago vislumbre, uma noção imprecisa. Visualizou um espaço completamente puro e branco, frio e intocado, porém poupado e limpo, não esmagado pela luz, e sim curado por ela, banhado pela suavidade de seus raios. Viu uma cruz em uma parede, com outra cruz por trás, uma sombra da primeira, a sombra daquilo que Deus deixara para trás depois de ir embora; a busca incessante pela alegria, pela beleza, um compromisso com a esperança onde antes parecia não haver nenhuma, um pacto com a graça, apesar de tudo.

16

O pai de Selin era dono de terras e administrava uma das maiores e mais prósperas propriedades em Ostrobothnia. Dois meses depois da parada da vitória, Esko estava no coração da fazenda, as mãos unidas atrás das costas, curvando-se para frente e caminhando a passos largos e cuidadosos em direção ao topo de um morro baixo, cheio de imensas pedras de granito espalhadas. Era um dia quente de verão. Um falcão pairava bem alto no céu. Gritos de crianças vinham de uma distante plantação de morangos. Suas narinas estavam repletas do perfume de groselhas pretas, da relva e da terra que cozinhava lentamente sob o sol.

Esko parou, se voltou para trás e olhou na direção do celeiro, que ficava no ponto mais distante da campina; era um magnífico celeiro, construído no velho estilo finlandês, com fissuras entre as tábuas horizontais para deixar entrar o vento e a luz; ficava em um local perfeito, bem protegido, e tinha uma boa drenagem; um celeiro admirável sob todos os pontos de vista, pintado de vermelho, resistente e ainda com muitos anos de uso pela frente. Apesar de tudo isso, teria que ser derrubado, pois ficava exatamente no ponto em que ele sabia que deveria construir a igreja.

Sob a sombra do seu largo chapéu de palha, Esko parecia bem-humorado e determinado. Tirando o chapéu, bebeu um pouco de água fresca de uma garrafa que levara com ele e alisou o cabelo, em uma atitude típica de um homem satisfeito por ter conseguido resolver um problema. Esfregou o lado do corpo no lugar onde a bala o atravessara; a ferida estava curada, mas a cicatriz ardia e coçava às vezes, especialmente quando o tempo estava para mudar. Seu corpo se tornara um barômetro.

Esko voltou o rosto para o sol, os raios mornos fazendo-o estremecer de prazer; colocou o chapéu de volta, tomou mais um gole da água e se sentou, abrindo seu caderno de esboços. Começou a desenhar, com a mão arranhando e formando redemoinhos no ar, em contato com o papel. Agora que ele finalmente decidira a respeito da localização ideal, tudo o mais vinha de forma fácil, quase de um só fôlego, uma explosão, como se a igreja já estivesse pronta em sua mente e a simples descoberta de um detalhe servisse apenas para abrir uma porta e revelá-la.

O espaço *interno* da construção seria sua realidade primordial, não o externo. O altar, na sua opinião, deveria ser um simples paralelogramo branco, atingido em cheio pela luz do sol. Atrás dele, estaria pendurada uma imensa cruz e, atrás dessa cruz, escavada em baixo-relevo na parede do fundo, a uma profundidade de oito ou dez centímetros, estaria o formato de uma cruz, exatamente com as mesmas dimensões, seria a sombra da cruz principal. Diante do altar e no mesmo nível deste, ficariam os compridos assentos de pinho branco, que se repetiriam até as portas altas de carvalho no fundo. As paredes seriam lisas e totalmente brancas; o chão, também branco, seria de concreto. O teto teria a forma de uma abóboda, um espaço com aberturas para que a luz penetrasse em recortes a intervalos imprevisíveis, através de sua altura e curvatura. Desse modo, durante o espaço de tempo de cada dia, à medida que o sol se movesse sobre as planícies de Ostrobothnia, haveria uma constante rotação coreográfica de luz e sombra. A luz dentro daquele espaço jamais ficaria parada; iria desviar-se e dançar, se alternar entre o brilho intenso e as sombras, voltando ao brilho em seguida. Depois que o sol se escondesse e durante todo o inverno, a luz interior seria fornecida por luminárias de vidro e cobre que penderiam do alto, descendo por compridas correntes; o teto em abóboda ficaria envolto em misteriosa escuridão, talvez apenas com a luz das estrelas e da aurora boreal cintilando através dele, enquanto o espaço abaixo seria convidativo e envolvente.

Esko tentava algo arrojado. Até então, todas as igrejas haviam sido projetadas de formas diferentes, mas sempre de acordo com a lei arquitetônica universalmente aplicada desde os tempos do Império Romano. Segundo essa lei, uma igreja tinha sempre duas naves que se cruzavam em ângulos retos, formando uma cruz. Esko estava simplesmente ignorando isso, utilizando o mesmo tema ou idéia principal da cruz, mas de maneira corajosa, diferente e original. Esse detalhe, por si só, já tornaria a sua igreja mais impressionante e moderna; alguns até a chamariam de profana, em princípio.

Ele sabia que precisava contrabalançar essa possível acusação certificando-se de que aquele seria um lugar sagrado e absolutamente tranqüilo. Afinal, fossem quais fossem suas pretensões arquitetônicas, aquela construção era uma igreja, e as pessoas estariam trazendo suas porções mais religiosas e feridas mais profundas para dentro dela; sendo assim, ela deveria evocar tudo que não se pode conhecer pela razão e pela inteligência, tudo que é eterno, as idéias sublimes que os homens aspiram ter em sonhos, e deveria ao mesmo tempo proporcionar a sensação do que é real, íntimo, o drama das mudanças da sorte e do destino com as quais cada ser humano luta diariamente.

Lembrou-se de uma tarde de novembro em que caía uma fina garoa, em Paris. Ele e Klaus haviam cruzado a Pont Neuf em direção à Île de la Cité. Com o romance *Notre Dame de Paris*, de Victor Hugo, nas mãos, aproximaram-se reverentemente da imponente catedral gótica, Esko com a intenção de obter alguma inspiração arquitetônica e Klaus determinado a localizar a palavra terrível, *ananke*, destino, que Hugo teria visto entalhada em uma das pedras da catedral, fato que lhe teria servido de inspiração para escrever o romance. Eram dois rapazes ansiosos por deixar uma marca no mundo, e a Notre-Dame os deixara devidamente fascinados, seduzindo-os por completo com sua glória para depois enganá-los. Klaus encontrara *ananke*, piscando para ele entre milhares de pedras, entalhada por milhares de peregrinos que haviam estado ali antes dele; Esko, por sua vez, viu uma construção inimitável, um trabalho que não pertencia apenas aos arquitetos que a haviam projetado nem aos pedreiros e carpinteiros que a haviam construído, artesanalmente, mas que era sobretudo a obra colossal de uma nação e de uma era. Fora necessária toda a França para produzir a Notre-Dame e quase toda a Idade Média.

Esko tomou mais um gole de água. Abanou seu rosto marcado com o imenso chapéu de palha, olhando através da campina em direção ao celeiro que teria que ser destruído, lembrando a si mesmo que a Notre-Dame era nada menos do que uma sinfonia cósmica; do que a Finlândia precisava naquele momento de Esko Vaananen era apenas uma nota musical simples e pura, clara como um cristal atingido de leve por um metal. E era disso que Esko Vaananen precisava, também. Esqueça *ananke*, dizia a si mesmo; o destino era a pessoa que escrevia. Ele faria daquela a sua igreja, do seu jeito, um memorial em homenagem àqueles que ele perdera e um consolo para os outros.

Anna Harkonen veio de Helsinque para ajudá-lo. Quando conversaram pelo telefone, no escritório de Selin, Esko lhe disse que sua vinda não era necessária, mas ela não aceitou.

— Gostando ou não — disse ela, com seu jeito calmo e sensato — espere-me na estação em dois dias.

Foram da estação para a casa grande da fazenda na chacoalhante *troika* de Selin. Assim que chegaram, Esko tomou Anna pela mão e mostrou-lhe o local escolhido. Fez uma descrição do projeto para ela, mostrou-lhe alguns esboços e afirmou que a igreja deveria ser totalmente construída em concreto reforçado. A curva inesperada e o balanço do teto em forma de barril eram perfeitos para a utilização daquele novo material. Seria, pelo que sabia, a primeira estrutura daquele tipo construída na Finlândia.

— O problema — disse Esko — é que eu não sei se existe algum construtor no país que conheça ou consiga trabalhar com especificações técnicas como essas.

— Vou descobrir — replicou Anna. — E, se não houver agora, muito em breve haverá.

Anna se instalou em um dos quartos de hóspedes da casa grande. Expulsou Selin de seu próprio escritório e tomou conta do aposento, espalhando as plantas de Esko, fazendo pedidos de material e orquestrando sua chegada. Os planos eram construir a estrutura no verão seguinte, em 1919, começando no final de abril, assim que as nevascas terminassem.

Com a ajuda de Selin, Esko construiu um pequeno chalé feito com toras rústicas cortadas a machado para servir-lhes de estúdio. O vigor já estava voltando a seus braços. Esko conseguia talhar com o machado, sozinho, algumas das árvores mais duras. Tentava destilar toda sua fé no futuro e cada grama de otimismo que conseguia reunir era para concentrar naquele pequeno pedaço de arte em que acreditava que a igreja poderia tornar-se.

O inverno foi cruel naquele ano. As nevascas chegaram cedo e cobriram tudo com uma camada branca e espessa. Em outubro, o Parlamento Finlandês ofereceu um posto importante a Friedrich Karl, sobrinho do próprio *kaiser* alemão. O posto era simplesmente o de rei da Finlândia, e Friedrich Karl pareceu satisfeito por aceitá-lo. Em novembro de 1918, porém, os alemães perderam a Primeira Guerra Mundial para os Aliados, na França, e nenhum alemão iria mais se tornar rei em lugar algum, depois disso. Assim, a Finlândia foi forçada a se manter em pé valendo-se apenas das próprias forças. Era um país recém-nascido, um peixe miúdo tentando negociar seus caminhos através das águas turvas da política internacional e da diplomacia, onde grandes dramas continuavam a se desenrolar. Na Rússia, agora rebatizada de União Soviética, eles estavam às voltas com sua própria guerra civil, que ainda fervilhava. Muitos comunistas finlandeses haviam fugido para lá. Do lado de cá, muitos brancos finlandeses torciam por uma nova guerra, ansiosos para tomar de volta dos russos as florestas remotas e os lagos que formavam o cenário do "Kalevala". A Finlândia fermentava o próprio futuro enquanto decidia o que fazer. Embaixadores foram enviados à Inglaterra e aos Estados Unidos. Uma nova constituição foi redigida e aprovada às pressas. Henrik Arnefelt recebera a função de projetar novas cédulas de papel-moeda para o novo país. Esko trabalhava, bebia, lia a respeito de todos esses assuntos no *Hufvudstadsbladet* e jogava cartas com Selin e Anna, agarrando-se ao pouco de paz que conseguira. Não queria identificações pessoais políticas com aqueles tempos; já sofrera muito por causa disso.

 Esko e Selin não assinaram nenhum contrato, e Esko se recusava terminantemente a discutir a questão de pagamento pelo seu trabalho. A fazenda de Selin pagou por todo o material, e assim que brotou a primavera ela começou a chegar de Oulu. Enquanto a terra gemia, se retorcia e se transformava em lama devido às imensas quantidades de gelo e neve que derretiam rapidamente, Esko supervisionava a destruição do velho celeiro e a limpeza do local. Quando a construção começou, aceitou fazer um pequeno discurso para as pessoas do local, convencido por Anna e Selin. Lembrou-se da forma brilhante com que Oskari Bromberg e Henrik Arnefelt lidavam com situações como aquela. Olhou para os rostos dos camponeses e arrendatários de terras reunidos diante dele, homens cujas vidas já eram implacáveis mesmo antes da guerra; preferia descer e cumprimentar a todos, um por um, a teorizar em cima de um palanque. Assim, abaixou a cabeça de forma simples e humilde e disse, em poucas palavras, que esperava que eles pudessem construir, juntos, algo bonito.

Anna conseguiu encontrar um empreiteiro que despejava o material em blocos e pré-moldava o concreto segundo as cuidadosas e detalhadas especificações de Esko. As partes que formariam as paredes e a cobertura chegaram em três caminhões em uma tarde de julho. Os mosquitos atacavam os cavalos da fazenda sem parar e uma brisa morna fazia oscilar suavemente o mar de flores cujo perfume adocicado vinha da campina. Empinados, como que espetados sobre o piso plano do caminhão e apontando para os céus, grandes e brancos como velas de um barco, os variados elementos de concreto mais pareciam peças de um estranho e gigantesco quebra-cabeça, o que de certa forma realmente eram.

As fundações já haviam sido preparadas; Esko aspirou uma grande quantidade de ar para tomar fôlego e rapidamente ordenou o encaixe das paredes e do telhado barrigudo nas posições exatas. O trabalho era realizado por homens que utilizavam grossas cordas e escadas, uma perfeita fusão do antigo com o novo. Em menos de três horas, a estrutura básica já estava completamente unida e, com exceção dos detalhes de acabamento, a igreja estava de pé.

Depois de tudo pronto, Esko reparou em algo inusitado. Um a um, os trabalhadores olharam para cima, analisando a imensa concha branca de concreto que aparecia do lado de fora e se encaminharam para dentro dela; lado a lado, Esko e Anna seguiram atrás.

Ele tinha consciência de que planejara a igreja com todo o cuidado, certamente ambicioso em seus objetivos, mas ao mesmo tempo respeitoso, consciente de estar realizando uma mudança na paisagem; sabia também que uma das poucas coisas de que se tem certeza a respeito de uma construção é que ela talvez não fique perfeita. No entanto, naquele caso, o efeito do projeto foi ainda mais dramático e maravilhoso do que Esko ousara antever nos momentos de mais otimismo. O vento ajudava, modificando a luz do céu a cada momento, ajustando constantemente os raios luminosos que se filtravam pelas aberturas entalhadas cuidadosamente posicionadas de forma irregular na abóbada curva. Lantejoulas e vidrilhos de luz dançavam, refletindo-se nas paredes e no chão de concreto. Na parede do fundo da igreja, atrás do altar, a sombra da cruz em baixo-relevo refulgia com a luz, se apagava e então refulgia novamente. Todo o espaço interior da igreja cintilava e se modificava constantemente, como se a luz fosse uma presença mais palpável e dominante do que o próprio concreto, uma manifestação física da certeza de que a vida se extinguia para renascer adiante a cada segundo.

Anna cutucou Esko, espetando-lhe as costelas e apontando para um dos trabalhadores mais jovens. Era alto, os ossos largos; segurava o boné com força entre os dedos e olhava maravilhado para aquele espetáculo transbordante de luz, seu próprio rosto, uma parte de tudo, estava incandescente e iluminado por uma espécie de êxtase.

— Esko — disse Anna, com profunda admiração —, você deve estar tão orgulhoso!

Durante as semanas que se seguiram, eles cobriram as paredes internas com gesso e suavemente o aplainaram, formando uma superfície lisa que foi coberta em seguida por grossas camadas de tinta. O piso de concreto também foi pintado, lixado com palha de aço e pintado novamente. As janelas foram colocadas. Com todo o cuidado, para não tornar o ambiente pesado, Esko e Anna começaram a cobrir as paredes com mais símbolos. Sobre a porta de entrada, o tema da sombra da cruz foi repetido, como um eco. Esko desenhou um painel que seria esculpido em arenito e enfeitaria a parede dos fundos. O painel seria um tríptico, na verdade, com três cenas: a primeira retratava a passagem do "Kalevala" em que Vainamoinen cantava docemente para dar vida a uma árvore; a segunda era um episódio da guerra, um homem de joelhos prestes a ser executado; a terceira mostrava o espírito de Cristo ascendendo para o paraíso. Um escultor foi trazido de Vaasa para trabalhar nessas peças; era um homem idoso cujo rosto comprido parecia ter sido esculpido em granito. Tinha uma paciência e uma devoção tão grandes à sua arte que Esko aprendeu a reverenciá-lo. O velho era um perfeccionista, embora beberrão.

No fim de cada quente anoitecer, depois que o sol baixava suavemente por trás das árvores, Esko, Anna, Selin e todos os trabalhadores sentavam-se juntos e jantavam, bebendo cerveja ou vodca em uma mesa comprida, enquanto uma névoa começava a esconder os prateados troncos das bétulas, infiltrando-se pelas depressões da campina. Bêbados, iam todos para a sauna, refrescando-se em seguida no lago gelado, onde patos voavam baixo e deslizavam sobre as águas, acompanhados pelos reflexos do sol e da lua que tremeluziam juntos sobre a superfície. Foi um período maravilhoso; um verão longo, quente e exuberante, constantemente refrescado por tempestades tão repentinas quanto curtas.

    Esko e Anna ficavam juntos quase o tempo todo. Como projetista, ela era talentosa, paciente e segura. Era boa para cuidar do dinheiro e sabia lidar com os contratados. Acompanhara o trabalho de seu pai, que era advogado em Turku, e desenvolvera um olho bom para esse tipo de coisa. Fez as luminárias para o interior da igreja de forma artesanal; era tão habilidosa e eficiente com todo tipo de maquinário que tomou para si a incumbência de ensinar Esko a dirigir, rindo deliciada enquanto ele aprendia a mudar as marchas e a usar o acelerador, o freio, enquanto levava o pesado Renault de Selin pelas trilhas de lama ressecada que iam da casa grande até a campina. Sua confiança, determinação e bom humor a levavam a superar qualquer problema. No canteiro de obras, ela estava sempre à frente de tudo, muito firme, mas sempre simpática com os trabalhadores, aparecendo com as mãos na cintura e as plantas enroladas sob o braço, como o capitão de um navio que de algum modo ela sabia que não sairia do curso. Sem perceber, Esko começou a contar com ela para tudo; Anna era a o trilho condutor sobre o qual todo o projeto deslizava suavemente.

    Para Anna, particularmente, havia muito mais em jogo ali além da paixão comum pela arquitetura. Jamais perguntara a Esko sobre a guerra, nem sobre Katerina. Estava junto dele visitando a cadeia, na noite em que os prisioneiros vermelhos foram interrogados. Soube então que havia uma história por trás de tudo, uma mulher, uma tragédia sobre a qual Esko jamais falava e da qual se recuperava aos poucos. Não se importava. Com muito tato e sensibilidade, Anna sabia os momentos certos para se aproximar de Esko ou deixá-lo em paz; estava preparada para esperar, mesmo que levasse muito tempo; esperaria o tempo que fosse necessário, pois já se apaixonara por aquele homem decidido e surpreendente que tinha uma concepção nobre das coisas e uma dor intensa no coração. Esko não era de fácil convivência, mas jamais se mostrava intencionalmente mau, estar junto dele jamais era tedioso. A intensidade de sua personalidade proporcionava isso, pois se manifestava em lampejos de luz e sombras, como uma tempestade finlandesa típica de verão. Era o homem certo para ela.

Certa vez, em uma noite no fim de agosto, Anna e Esko caminhavam pela floresta. A igreja estava quase pronta. Era sábado e os últimos homens que haviam acabado de receber seu pagamento já tinham ido para a aldeia a fim de caçar garotas, pescar junto de fogueiras à beira do lago, beber, jogar cartas e contar uns aos outros lorotas ou aventuras com lobos e ursos. Era uma noite perfeita, quase na hora do crepúsculo. Um pica-pau perfurava um tronco em algum lugar ali perto. O envolvente aroma dos abetos que evocava lembranças da infância vinha pelo ar, circundando as árvores em volta deles. Antigos formigueiros marcavam todo o chão da floresta, grandes como rochas. A lua cheia tentava espiar por entre as copas das árvores, pendurada na névoa como uma laranja trespassada por uma lança que sangrava lateralmente no céu. Suas pegadas serpenteavam por um caminho mal definido, através da névoa que se elevava, até que alcançaram a beira do lago. Pequenas ondas lambiam as margens, desenrolando-se como pergaminhos de prata.

Esko se sentiu subitamente triste.

— Tudo pode ter vindo para o bem, sabia? — perguntou Anna. — Pode mesmo. Olhe só para a igreja que você construiu.

Esko virou-se para Anna com um sorriso. Ele estivera pensando sobre o que aconteceria em seguida com sua vida, agora que a igreja estava pronta. Não fazia a menor idéia. Ao olhar para o rosto de Anna, uma coisa qualquer lhe assegurou que algo surgiria. O imenso otimismo dela passou para ele.

— A igreja que nós construímos juntos — disse ele.

Ela ruborizou-se e desviou o rosto.

— Anna, o que foi?
— Nada.
— Você está chorando?
— Sou uma tola.

— Não, por favor. — Esticou a mão para tocar a dela, mas ela não permitiu. Esko sorriu com tristeza. Não tinha muita experiência com mulheres; vivia com a cabeça nas nuvens quase o tempo todo, mas notou nos olhos de Anna, tão típicos da Lapônia, uma espécie de dor que sabia reconhecer bem, pois era um eco da sua. A afinidade, o interesse e a ternura que sentiu por ela entraram em conflito com sua antiga relutância para falar. Achou que qualquer diálogo sério e emocional que surgisse entre eles naquele momento serviria apenas para o levar de volta ao escuro túnel das lembranças e perdas.

Abaixando-se pegou uma frágil lasca do tronco de uma bétula, que brilhava junto da água. Limpando a poeira que cobria a lasca macia, moldou-a no formato de um barco e ofereceu-lhe, dizendo, baixinho:

— Tome.

— Ah, Esko — disse ela, ligeiramente exasperada. — Eu sei que você me vê como uma boa amiga e valorizo isso mais do que conseguiria expressar, mas espero que algum dia você consiga me enxergar de outra forma.

Nesse momento, sua mão agarrou a dele.

— Sei que isto o deixa pouco à vontade — continuou ela. — E sei que você não quer falar sobre essas coisas, mas vou falar assim mesmo. Se você precisar de ajuda, conselho, de mãos para segurar ou lábios para beijar, eu estou aqui — e apertou-lhe a mão, com os olhos brilhando ao luar. — Queria que soubesse disso. Estarei sempre aqui, inteira, para você.

17

Uma carta foi enviada ao bispo de Vaasa, um certo Iossip Kalliokoski, convidando-o a consagrar a igreja da Sombra da Cruz durante as comemorações do *réveillon* de 1920.

— Eu o conheço — disse Esko a Anna, embora não tivesse contato com Kalliokoski havia anos. — Ele virá. — Nesse meio-tempo, Selin pediu que

Esko projetasse um chalé de verão junto do lago. O dono da vendinha local decidiu que precisava de novas instalações, além de uma área de serviço para uma bomba de gasolina em frente ao seu estabelecimento, antevendo que os automóveis iam ser um grande negócio dali para frente. Estes trabalhos modestos eram muito bons para um arquiteto na Finlândia daqueles tempos pós-guerra. Anna cuidava dos contratos, ágil e competente como sempre.

— Parece que viramos sócios — disse a ele.

O verão foi se transformando em outono, atravessando a escuridão e as chuvas tristes de novembro, uma época do ano (a outra, por estranho que pareça, era o desabrochar da primavera) em que muitos finlandeses começavam a pensar em se atirar no lago em um mergulho sem volta. Foi um mês difícil para Esko, ele ficou feliz quando o inverno chegou de verdade. O peso da neve fazia os galhos rangerem, esquis e trenós deslizavam de um lado para outro nas trilhas e o silêncio limpo do céu do ártico era polvilhado pelo piscar de milhões de estrelas. O solo congelou e ficou duro, mas exalava um cheiro de coisa nova. Esko aproveitou esse período para limpar a confusão de sua alma carregada. Caminhou, leu muito e, embora fosse impossível construir qualquer coisa, continuou trabalhando no pequeno estúdio da cabana de toras onde morava, com um aquecedor Primus esquentando-lhe as pernas. Quando os músculos das costas ficavam dormentes, ele girava a cadeira e os esquentava um pouco também.

Kalliokoski chegou em um início de tarde, por volta de duas horas, no momento em que o sol nascente já se preparava para se pôr novamente. Esko estava na igreja, apreciando o jogo de luzes que o inverno fazia com as janelas altas, quando ouviu as pesadas portas que se abriram e tornaram a fechar com rapidez.

— Esko, meu velho amigo, meu pupilo predileto.

A voz era familiar, como Esko imaginara, mas lhe pareceu igualmente bem-vinda, e isso o pegou de surpresa quando ele se viu caminhando na direção de Kalliokoski com as mãos estendidas, exclamando:

— Iossip! É maravilhoso reencontrá-lo!

Kalliokoski parecia o mesmo: limpo, bem arrumado, vistoso e elegante. Usava as mesmas vestes pretas, mas lembrava mais uma coruja sábia do que o pavão de antes. A barba se fora, fazendo sua cabeça parecer mais redonda e seus olhos maiores. Envelhecera bem, acrescentando um ar de dignidade e confiança à sua autoridade. Ele caminhou a passos largos ao longo da nave em direção a Esko, sorrindo e oferecendo a mão. De repente parou, incapaz de agir de outra forma, pois a construção à sua volta atraía e comandava a sua atenção. Deixando-se deslizar sobre um dos bancos, levantou os olhos para o teto em forma de abóbada e soltou uma exclamação de espanto:

– Esko, estou atônito! – disse, depois de um ou dois minutos. Tornou a sorrir, mas agora seu rosto parecia renovado, como se a construção o tivesse limpado e refrescado. – Você me deixou sem fala! Isto é perfeito, maravilhoso. Fui contra a sua idéia de estudar arquitetura, como bem sabe. Preferia que cursasse direito ou fosse trabalhar em algum banco. Por todos esses anos, perguntei a mim mesmo: "Será que ele fez o que era certo? Será que virou um arquiteto de verdade? Será que eu não deveria tê-lo forçado a seguir outra carreira?" Agora, vejo que você criou um santuário muito além da minha capacidade de descrição. Por fora eu não estava muito certo. Causou-me alguma impressão, sem dúvida, pensei com meus botões, mas imaginei se seria imponente demais. O interior falou por si mesmo. É um lugar sagrado, Esko. Realmente sagrado.

Esko se lembrou da primeira vez que disse a Kalliokoski que queria ser arquiteto. Tinha quatorze anos e ainda estudava no liceu. Andava lendo tudo o que lhe caía em mãos e tivesse relação com edifícios. Enquanto os outros meninos brincavam no recreio ou moldavam soldadinhos de chumbo para construir grandes exércitos, ele estudava fotos de arranha-céus tiradas por Louis Sullivan. "Você está lutando contra moinhos de vento, menino, como seu pai", ralhava Kalliokoski, para se arrepender logo em seguida, bem sabendo que Esko faria exatamente o que queria, como sempre. E todos aqueles anos se passaram; Esko jamais compreendeu o que exatamente Kalliokoski esperava dele, se é que esperava alguma coisa. Muito menos conseguiu descobrir por que o velho sacerdote parecia ter uma afeição tão profunda por ele. Afinal, ele não fora uma criança fácil, era calado e teimoso. Naquele momento, Esko sentiu gratidão pelos elogios de Kalliokoski. Gratidão e humildade.

— Obrigado.

— Não, eu é que agradeço a você, Esko Vaananen — suspirou Kalliokoski, coçando o queixo bem escanhoado e mirando a distância. — Sua mãe adoraria ver isto. — Iluminou o rosto, assumindo seu tom costumeiro, mais divertido e irônico. — Sou bispo agora. Eles me promoveram.

— Ouvi falar. Meus parabéns!

— Ora, deixe disso — reagiu Kalliokoski, levantando a mão. — A Igreja, no fundo, é apenas uma corrida, como tudo na vida, e eu sempre fui bom corredor.

Esko sorriu, sentando-se ao lado de Kalliokoski, no banco.

— Na verdade, isso significa que agora eu tenho muito poder — continuou ele, virando a cabeça meio de lado como se debochasse um pouco de si mesmo. — Eu bem que gosto disso.

— Como pretende usar esse poder?

— Com delicadeza, espero. — Por um momento, pareceu se deixar levar por pensamentos mais sombrios. — Soube que seu pai está novamente em Petrogrado. Antes disso, esteve na Inglaterra e depois foi para Murmansk com um pequeno exército. Ainda não desistiu. Há alguns meses, cruzou a fronteira e fez um discurso em Mantyniemi.

Esko lembrou do trem blindado que os vermelhos haviam trazido até os fundos da igreja em Tampere. Será que seu pai realmente estava no comando daquela composição? Será que ele conseguira escapar bem debaixo do nariz de seu pai?

— O que disse ele nesse discurso?

— Ah, o de sempre. Que os vermelhos mortos na guerra e os que ainda estão morrendo nos campos de prisioneiros são bons finlandeses.

— Pelo menos dessa vez ele está certo.

— Concordo, em princípio — disse Kalliokoski —, embora, nesse momento, tal idéia não seja vista com bons olhos. Conheço um monte de homens que seriam capazes de matar seu pai, mesmo que ele estivesse sob o teto desta igreja.

— Isso não seria muito provável de acontecer.

— Graças a Deus! — reagiu Kalliokoski, mostrando os dentes em um sorriso perfeito. — E há também aqueles que o próprio Timo gostaria de matar ou mandar matar. Eu, certamente, estou nesta lista. Você também, talvez.

Kalliokoski girou os olhos, com um sorriso maroto. Em seguida, olhou na direção dos fundos da igreja, onde a cruz com a sombra por trás brilhavam como se iluminadas por um facho de luz.

— Fico feliz por ver que, pelo menos, você encontrou um lugar para Deus em sua vida — disse Kalliokoski.

— Não Deus, exatamente.

— Acho que compreendo o que quer dizer. A guerra mudou tudo, não é? Mudou até mesmo o nosso relacionamento com o Todo-Poderoso.

— Não me diga que também se tornou descrente, Iossip. Você é bispo, agora.

— É verdade. Mas um Deus que permite que o homem realize guerras como a nossa não é um bom candidato para o Exército da Salvação. A Igreja precisa repensar qual é a melhor forma de servir a Ele e aos homens.

Os proprietários de terra da região estavam presentes, acompanhados das esposas, de vários representantes da Igreja e até mesmo do pintor local, um sujeito sorridente com um grande bigode, que se especializara em paisagens finlandesas de inverno. Sentados formavam um círculo agitado na sala de estar que fora do pai de Selin, tentando bater papo com xícaras de café sobre os joelhos. Aquela era uma combinação singular entre a formalidade desesperadamente rígida e a busca conflituosa pelo contato social, uma cena muito estranha e muito finlandesa. Alguém teceu um comentário a respeito do café, e houve uma pausa. "Parece que vai nevar, hoje", comentou outra voz, e o silêncio que se seguiu foi cortado apenas pelo mastigar agitado de biscoitos. Esko estava a ponto de gritar, mas nesse instante os operários que haviam ajudado a construir a igreja chegaram. Arrancaram os bonés da cabeça, apertaram a mão de Kalliokoski, visivelmente nervosos, e foram se colocar junto à janela. Esko piscou com carinho para o velho escultor, que estava mais atrapalhado do que ele mesmo, tentando equilibrar sobre o joelho uma das xícaras ridiculamente pequenas.

Coube a Anna quebrar o gelo, surgindo pela porta da cozinha com uma tigela de ponche transbordando de vinho tinto aromatizado por especiarias. Depois que essa mistura com aroma irresistível começou a ser consumida, as coisas ficaram mais animadas. Esko notou que Anna decidira se tornar amiga de Kalliokoski. Completava seu copo a toda hora, perguntando-lhe como era a vida de bispo e insistindo para que ele lhe contasse todas as travessuras de Esko e seus maus hábitos na infância.

— Ora, esse menino tinha muitos maus hábitos, com certeza — disse-lhe Kalliokoski, arqueando uma sobrancelha. Em seguida, começaram a discutir economia, os prédios de Eliel Saarinen, a guerra civil na Rússia, a construção da igreja e de como seu projeto se encaixava de forma maravilhosa dentro dos conceitos gerais da arquitetura contemporânea. Enquanto ouvia a conversa, Esko subitamente compreendeu o que Anna tentava fazer. Estava tentando favorecê-lo, encenando aquilo com a intenção única de beneficiar sua carreira. Fazia aquilo por amor a Esko. Ele ficou comovido.

Kalliokoski pigarreou e se dirigiu a toda a comunidade presente. Parecia perfeitamente à vontade, sentado ali, com os joelhos juntos, segurando um biscoito com uma das mãos e um copo do aromático ponche com a outra.

— A guerra foi terrível para a Igreja — disse ele. — Vimo-nos de repente entre dois fogos. Por um lado, somos a favor do povo, incondicionalmente. Por outro lado, precisamos apoiar e confiar na estabilidade do Estado, pois o Estado é a floresta em cuja clareira central o verdadeiro carvalho representado pela Igreja deve permanecer de pé.

Kalliokoski tomou um gole do vinho e continuou.

— Todos ouvimos histórias a respeito de a Igreja ter condenado e até mesmo articulado a matança dos vermelhos. Disseram que em muitos casos os próprios padres carregaram o tambor das pistolas, apertaram os canos dessas armas contra a cabeça de seus compatriotas, homens e mulheres, e estouraram seus miolos.

Um profundo silêncio caiu sobre a sala, onde havia muitos brancos e alguns operários que, sem dúvida, haviam estado do lado dos vermelhos embora, naqueles dias, fosse melhor guardar esse fato para eles mesmos. Kalliokoski exibiu um sorriso singular, como se sentisse satisfação por ter atraído a atenção de toda a platéia ao tocar em um assunto proibido. Era da própria natureza da guerra civil, afirmou, que cada um dos lados acusasse o outro de atrocidades indescritíveis. Foi dessa forma que as coisas haviam acontecido nos Estados Unidos, na Inglaterra e na Grécia antiga.

— Talvez isso seja inevitável, necessário, até. Não sei ao certo, realmente não sei. O que sei, entretanto, é que os vermelhos estão destruídos aqui na Finlândia e continuar a torturá-los, golpeá-los com baionetas, deixá-los passando fome ou executá-los é o mesmo que atear fogo a um barco que já está afundando no lago. Somos hoje um país cortado ao meio. É dever da Igreja e dever de todos nós cuidar desse corte e fazer com que todos os finlandeses tornem a se unir.

Tomando mais um gole de vinho, sorriu.

— Pensando nisso, fiz uma proposta ao Senado. A Igreja vai financiar a construção de vinte novos templos, um programa sistemático que abrangerá toda a nação. Serão duas igrejas em Helsinque, duas em Tampere, duas em Turku e uma em cada uma de quatorze outras cidades de menor porte. Estas igrejas vão simbolizar Nosso Senhor e os seus ensinamentos de uma forma diferente. Não serão grandiosas. Na verdade, não devem ser. Mas devem ser lindas. Inspiradoras. Maravilhosas. Serão igrejas do povo. Serão modernas. Em termos arquitetônicos, não tinha idéia do que isso representava — e olhou em volta da sala até pousar os olhos suavemente em Esko —, até hoje.

Mais tarde, todos se sentaram juntos para jantar e, à medida que a meia-noite se aproximava, foram vestindo seus sobretudos e se encaminhando a passos rápidos sobre a neve em direção à igreja, que Kalliokoski abençoou e consagrou, antes de dar as boas-vindas ao ano que se iniciava: uma nova década, os anos 1920. Esko e Anna estavam juntos no último banco, no fundo da igreja. Ela sussurrou-lhe ao ouvido, perguntando o que Kalliokoski insinuara ao falar sobre as igrejas, Esko cochichou de volta, afirmando não ter a menor idéia.

Em frente a eles, a sombra da cruz se elevava acima das cabeças de toda a congregação, um símbolo cujo significado era ambíguo e de impressionante beleza. Com tantas pessoas na nave da igreja, tossindo e se mexendo, preenchendo o espaço com agitação humana, Esko se viu contemplando as coisas mundanas que fizera de forma acertada: no teto não havia goteiras, as portas se fechavam com precisão e o sistema de aquecimento funcionava. A igreja, independente de outros méritos que pudesse ter, era uma excelente peça de engenharia. No fundo do coração, porém, Esko sabia que era muito mais. Com o luxo de ter alguns minutos só para olhar em volta sem se preocupar com quem estava fazendo o quê ou qual dos rapazes enchera a cara de vodca, e com a oportunidade de ver como a obra realmente funcionava quando uma cerimônia religiosa estava em andamento, ele sentiu que criara um espaço de pureza e meditação, talvez até mesmo de inspiração. Aquele sentimento era incrível.

— Você me parece muito bem, Esko — disse-lhe Kalliokoski, depois da cerimônia. — Fico feliz por isso.

Os dois caminhavam juntos em direção à casa grande, lançando nuvens de vapor à frente com a respiração, enquanto os pés esmagavam a dura e escorregadia crosta de neve.

— Já pensou em se casar, Esko?

— A instituição do casamento ajuda a tornar os arquitetos melhores? — perguntou Esko, tentando fazer piada.

— Anna é boa para você — disse Kalliokoski, olhando para ele fixamente.

— Não teria conseguido construir a igreja sem ela.

— Case-se com essa moça. — Deu um tapinha de camaradagem no braço de Esko, com a mão enluvada. — Será um homem de sorte se ela aceitar seu pedido de casamento. Anna é exatamente do que você precisa — afirmou Kalliokoski como se isso fosse a coisa mais simples e natural do mundo. Então, para alívio de Esko, mudou de assunto. — Agora, vamos tratar de outra coisa. Essas vinte igrejas. Construa-as. Construa todas elas.

— Está falando sério?

— Sim, muito sério. É um trabalho que precisa ser feito e você é o homem certo para isso.

— É um projeto gigantesco. — Esko parou de caminhar sem reparar que o fizera, parecendo amedrontado, mas também empolgado com a idéia.

Uma oportunidade como aquela era oferecida a apenas um arquiteto em cada geração, talvez nem isso.

— Construa quantas conseguir — disse Kalliokoski —, e supervisione a construção das outras. A Igreja poderá ajudá-lo com tudo o que necessitar. Temos os recursos para isso. Pode acreditar, ninguém mais na Finlândia os tem.

— Vou ter que pensar a respeito. — As luzes da casa grande já apareciam piscando ao longe, diante de Esko, em meio ao ar cristalizado.

— Não pense muito. E diga sim — aconselhou Kalliokoski, batendo com as mãos enluvadas uma contra a outra. — Agora, vamos entrar para escapar desse frio. Preciso de um conhaque. Duplo.

Esko estava tirando as botas na cozinha quando Anna chegou e se colocou diante dele.

— E então? — perguntou ela.

— Então o quê? — reagiu ele, recebendo uma pancada no peito que o fez recuar.

— Não se faça de bobo. Ele quer que nós construamos as igrejas?

— Sim.

Selin, que entrava naquele exato momento na cozinha a fim de pegar a chave da adega, foi surpreendido pela curiosa imagem de dois arquitetos tentando dançar uma polca.

— Até que enfim! — exclamou, olhando para os dois e exibindo um sorriso. — Agora, venham até aqui e me ajudem a pegar um pouco mais de bebida.

18

Os dois anos que se seguiram foram cheios de trabalho. Assim que completaram o chalé de verão para Selin e o posto de gasolina encomendado pelo comerciante local, Esko e Anna partiram para a Europa, direto para a Itália, a fim de realizar estudos sobre as igrejas nas encostas da

Toscana. Ao voltar, se aventuraram pela parte oeste da Finlândia, seguindo depois até os confins mais remotos de Karelia, a leste, avaliando com os próprios olhos os templos de madeira que eram característicos dos municípios do interior. Muitas das igrejas tinham quase setecentos anos e, embora fustigadas pelo tempo, transformadas em peneiras pela ação de balas ou atacadas por machados, elas haviam conseguido suplantar a maior parte das indignidades que a história jogara em seu caminho e mantiveram a beleza intacta e extraordinária graças à sua simplicidade. Algumas delas exibiam domos em forma de cebola, o que mostrava que haviam sido construídas durante os anos da dominação russa. Outras, as mais antigas — e essas eram as preferidas de Esko — não apresentavam tais detalhes e tanto seu exterior quanto o interior eram dominados por troncos nus. As superfícies das abóbadas em arco eram normalmente brancas, cobertas por uma camada sedosa de tinta, e a atmosfera que exibiam transmitia suavidade, intimidade, com os pisos de tábua corrida muito gastos afundados pelas curvas do tempo e pelo peso de várias gerações de pés humanos. Os bancos robustos tinham painéis almofadados no encosto, além de braços altos com curvas suaves. Às vezes os púlpitos eram decorados com entalhes, acrescentados, presumivelmente, por membros da congregação, onde se viam imagens da iconografia cristã misturadas com os códigos ancestrais dos xamãs. Havia um sentido de uso verdadeiro naquelas construções, pensou Esko, de uma religião que evoluíra para se adequar às necessidades de seus adeptos; uma religião cujo propósito não era seguir as regras cegamente, e sim a descoberta da centelha de Deus que repousava no coração de cada homem. O objetivo que Esko propôs a si mesmo foi o de encontrar uma tradução contemporânea equivalente para aquilo.

  Enquanto trabalhava e viajava, Esko sentiu que finalmente começava a ficar curado, mais que curado: o peso da tragédia e do desapontamento que ele imaginava que iria oprimi-lo para sempre foi simplesmente cedendo aos poucos, então ele sentiu que Kalliokoski falara a verdade — Anna era a mulher certa para ele. Juntos, eles já haviam projetado e construído mais três igrejas. Foi um tempo de alento e muita produtividade, uma das melhores épocas de sua vida. A primeira igreja foi erguida em Turku, a antiga capital da Finlândia, na costa oeste; as duas outras foram construídas em Tampere, uma no centro da cidade e a outra no lugar da que fora destruída na batalha do dia interminável. Esko não quis destruir o resto das ruínas carbonizadas; em vez disso, incorporou-as à nova construção, de forma que o novo templo surgiu do antigo como uma fênix, a chama do futuro unida ao peso do passado.

Esko sentiu-se orgulhoso das duas igrejas de Tampere, e articulistas do *Hufvudstadsbladet* e do *Helsingin Sanomat* as proclamaram "os maiores exemplos dos novos padrões arquitetônicos que estavam surgindo no país". Esko não sabia muita coisa a respeito disso, mas sentia sua influência crescer a cada novo projeto. Mesmo assim, a igreja da Sombra da Cruz parecia-lhe especial, e foi nesse lugar que ele e Anna se casaram, em uma cerimônia rápida e simples celebrada por Kalliokoski, tendo um tímido e acanhado Selin como padrinho. Depois da cerimônia, os recém-casados viajaram sozinhos, de trem, para Helsinque, atravessando a noite nos braços um do outro até entrarem no esplendor dourado do Hotel Kamp, na Esplanada, onde, depois de tê-los conduzido à suíte nupcial, o criado deixou os aposentos quase correndo, com as pontas do casaco esvoaçando enquanto balançava alegremente a absurda quantidade de moedas que Esko lhe dera de gorjeta.

— Lindo alojamento, sra. Vaananen — gracejou Esko, tomando Anna nos braços diante da lareira ainda apagada.

— Cama grande — disse ela. Com seu jeito prático e direto, Anna já cuidara para que ela e Esko tivessem dormido juntos muitas vezes; o que começara uma noite entre cobertores atirados no chão em uma cabana de Karelia acabara se transformando em um hábito e em um prazer compartilhado por ambos.

Ouviu-se uma batida na porta e uma empregada entrou, acendendo alguns gravetos da lareira e ficando em pé ao lado do fogo até se certificar de que as chamas estavam bem vivas, alimentando-as em seguida com achas de pinho que rapidamente estalaram e começaram a arder, enviando agradáveis ondas de calor.

Esko colocou a mão na bochecha, acometido, repentinamente, por uma dor de dente.

— Pobrezinho! — disse Anna, acariciando-lhe o rosto como se tentasse aliviar a dor.

Esko sorriu ao sentir o toque familiar. As pontas dos dedos de Anna estavam frias e eram um pouco ásperas. Quando criança, Anna fora criada como um menino e insistira em trabalhar na terra, com os camponeses; sempre foi o tipo de garota que topava qualquer desafio.

— Melhorou?

— Muito.

Os dois decidiram não sair da suíte nem para jantar, pediram salmão e champanhe ao serviço de quarto. Lembrando de sua primeira noite juntos, em Karelia, colocaram no chão os lençóis, travesseiros e cobertores, deixando vazia a cama de quatro dosséis e fazendo seu leito de núpcias diante da lareira, indo dormir quando já passava de três da manhã, com os corpos brilhantes aquecidos pelas brasas que apagavam lentamente.

O dia seguinte foi passado em pequenos passeios por toda Helsinque. A carga de trabalho do projeto das igrejas já era tão grande que eles precisaram contratar um terceiro arquiteto. Anna foi visitar seu antigo professor, Frosterus, na Politécnica, e pediu-lhe indicação de alguém promissor entre seus graduados mais recentes. Nesse mesmo instante, Esko tornou a vestir seu sobretudo e, curvado para frente, enfrentou com bravura as correntes de neve do parque da Esplanada, indo em direção aos escritórios do Instituto Nacional de Antiguidades, onde buscou registros relacionados com a construção de algumas das igrejas de madeira em Karelia. Encontrou o seguinte comentário, datado de 1496, que falava da construção da igreja em Saloinen, perto de Raahe:

Quem já viu ou ouviu falar de uma coisa como esta? O senhor da fazenda, Sten Sure, o Velho, sua esposa de nobre estirpe e seus filhos, todos com as arrogantes cabeças curvadas como se estivessem presos, qual bestas de carga, a arreios, servindo vinho, milho, óleo, cal, pedra, madeira e outros elementos necessários à construção da igreja e ao sustento das pessoas que a estavam construindo? Embora houvesse mais de cem pessoas no local, um profundo silêncio dominava tudo e nenhuma palavra se ouvia, nem mesmo um sussurro. Nada os detinha. A igreja se erguia mais e mais alta, a cada hora que passava. Quando novos peregrinos chegavam e se juntavam à missão de ajudar a construir o templo, montavam um acampamento, acendiam fogueiras e se punham em vigília, entoando salmos pela noite adentro. E em cada carroça, velas e lampiões eram acesos.

A igreja de Saloinen fora erguida em uma ilha, logo após a destruição de toda a localidade pelas brigadas russas. Milhares de finlandeses foram mortos, suas mulheres estupradas ou levadas para o cativeiro; na história de como eles haviam reagido a isso, havia mais de quatrocentos anos, construindo uma igreja sobre a ilha, uma estrutura que serviria tanto como fortaleza quanto como local de adoração e prece, Esko achou o modelo para o que pretendia fazer em 1921, sentindo naquele relato uma emoção que o comoveu tanto quanto descobrir que a famosa catedral em Chartres fora projetada por um gênio cujo nome foi esquecido sem sequer ter sido documentado pela história. Arquitetura era uma arte que tinha a ver com a construção, não com o arquiteto. Esko Vaananen não era nada de especial e, para ser um bom cidadão, deveria considerar sagrada qualquer coisa que tivesse a ver com a comunidade, tudo que pudesse compartilhar com muitos e, se possível, com todos. Agora via que suas igrejas eram um reconhecimento disso.

Chegou de volta ao hotel antes de Anna. Limpou pessoalmente as cinzas da lareira e a acendeu, sem se dar ao trabalho de convocar a empregada para isso. Depois de lavar as mãos e o rosto, pegou um grafite e um papel para desenhar, fazendo um esboço da cena que via da janela do hotel: uma noite clara emoldurada pela neve, luzes no porto que piscavam a distância, halos congelados que pareciam estremecer de dor e luz em volta de um único poste de gás no parque da Esplanada. Havia um quê de abandono e tristeza naquela luz solitária, pensou Esko, como se algo fosse se extinguir a qualquer momento.

Completou o esboço e pegou um livro – *Vidas de artistas*, de Vasari – um presente de Anna, que voltou às seis e quinze, beijou-o nos lábios e entregou-lhe um pequeno frasco marrom.

– Óleo de cravos – explicou ela. – Para sua dor de dente.

– Obrigado – disse.

Anna já estava agitada, andando de um lado para outro, tirando chapéu, luvas, casaco e aquecendo as mãos diante do fogo.

— Você acendeu a lareira? Bom menino — elogiou. — Estava conversando agora mesmo com uma senhora americana, no saguão do hotel. É uma idosa muito distinta com uma voz tão forte que parece uma buzina. Ela me deu isto — exibiu um exemplar da revista *Vanity Fair.* — Você precisa dar uma olhada, Esko. Esses americanos são figuras extraordinárias. Parecem pensar que podem comprar e vender qualquer coisa. Até almas.

A capa da revista era linda, uma pequena obra-prima de elegante *design*. Mostrava uma beldade de rosto oval envergando um vestido de noite assinado por Worth. Orquídeas caíam-lhe em cascatas a partir da cintura; a moça trazia uma tiara de seda vermelha em volta da cabeça e sua boca desenhava uma beleza nova.

Alguma coisa disse a Esko que ele não devia continuar olhando a revista, mas ele queria ver tudo. Folheando-a com ar casual, não pôde deixar de admirar o *layout* da publicação. *Vanity Fair*, obviamente, podia contratar os melhores profissionais. Havia ensaios de Noel Coward e Jean Cocteau, poemas intitulados "Da bebida", "Da insônia" e "Da velocidade com que se pilota". Havia artigos que falavam de dramaturgos, de homens que cantavam e dançavam, e do milagre de Chaplin. Havia uma reportagem com o estranho título de "Gravatas e personalidade: como conhecer as pessoas pelo que elas usam em torno do pescoço". Havia ainda anúncios de ternos, prendedores de gravatas e os dentes que uma mulher deve exibir (claros, perolados e livres de manchas). A maior parte dos anúncios era de carros, automóveis esplêndidos fabricados pela Lincoln, Rolls-Royce, Wills-Sanye Claire, Fiat e Isotta-Fraschini, Bugatti e Reo.

Era uma revista sofisticada, que parecia usar polainas. Uma reportagem sobre a revolução bolchevique estava cercada por pequenos anúncios de jantares de debutantes. A publicação dizia aos que estavam na moda tudo o que deveriam usar e como deveriam gastar seu dinheiro; aparentemente eles andavam tão ocupados que não conseguiam decidir por conta própria como fazer essas escolhas. Mesmo para o olho finlandês de Esko, a *Vanity Fair* parecia tremendamente divertida. Que importavam os segredos da alma humana? A revista tinha elegância e luz própria.

Entre as primeiras páginas, ele encontrou quatro só com fotos. As fotos eram de arranha-céus. Haviam sido tiradas a partir de ângulos privilegiados. A forma mais comum era posicionar a câmera a meia distância, focar a frente do prédio e — clique! Aquelas fotos, no entanto, eram diferentes.

Os edifícios eram familiares a Esko. Ali estavam o Woolworth, o Flatiron, o Singer, o Equitable — todos em Nova York. Esko já os vira fotografados centenas de vezes, mas jamais daquela forma; aquelas imagens pareciam fazer os prédios saltarem das páginas e capturarem o olho do leitor. Eram tiradas em ângulos oblíquos ou baixos, como se o fotógrafo tivesse se deitado na calçada, com a cabeça encostada à base do prédio mirando a câmera direto para cima, transmitindo a vibração, a energia, a emoção e as perigosas sensações de vertigem que aqueles prédios induziam. Eram realmente fotos muito especiais — para compreender algumas delas, Esko foi obrigado a colocar a revista aberta acima da cabeça, para depois girá-la; eram imagens ousadas e magníficas, sugavam o olhar para o alto, dando a impressão de que o leitor ia ficar sem fôlego a qualquer momento, devido à altura. Eram fotos que transformavam os arranha-céus em coisas vivas, que respiravam e tinham força. Beldades. Monstros. É claro que elas lhe diziam muito. Elas o levavam de volta ao lago gelado e à sua visão de infância. Arrepiaram-lhe os cabelos da nuca enquanto ele continuava a olhar para elas, hipnotizado, por longo tempo.

— Esko, o que aconteceu? Você parece tonto — acudiu Anna.

— Um pouco. Está tudo bem — disse ele.

Então, ao consultar a lista dos colaboradores e responsáveis pela publicação, viu que estava errado ao julgar tão precipitadamente e de forma casual que aquelas fotos extraordinárias haviam sido tiradas por um homem. Pois ali, nos créditos das fotos, dizia: "Pág. 46 a 48 — A arte dos grandes edifícios. Fotografias de Kate Malysheva".

PARTE TRÊS
Busca

1

Os escritórios da *Vanity Fair* ficavam na rua 47 Oeste, quase esquina de Quinta avenida, em Manhattan, Nova York. Na sala de espera, Esko viu um homem cochilando sobre um sofá, como se digerisse lentamente um almoço muito pesado, apesar de ser ainda de manhã. Em outra sala ao lado, dois homens estavam de quatro no chão jogando dados, de frente um para o outro e gritando como cães. Um aviãozinho de papel veio voando pelo ar, passou zunindo pelo balcão da recepção e aterrissou junto de seus pés. Dois telefones ignorados tocavam com uma insistência irritante. Alguém metralhava uma máquina de escrever com muita rapidez. Uma mulher parada em frente a um balcão esticava o pescoço, tentando olhar por sobre o ombro para ver se as costuras de suas meias estavam retas, uma visão sedutora casualmente ignorada pelos outros fotógrafos, artistas, escritores, uma legião de famosos, ex-famosos e futuras celebridades que falavam sem parar uns com os outros, em busca de atenção. De vez em quando, um membro da equipe aparecia, um pequeno portão baixo em madeira ao lado da recepção era aberto e um peregrino sortudo alcançava o santo Graal.

A guardiã deste cenário, o seu mitológico Cérbero, era uma mulher de cabelos grisalhos e óculos, com quarenta e tantos anos que não gostou de Esko logo de cara.

— Você continua aí? — perguntou ela, o sorriso falso cheio de dentes cavalares. Esko já estava sentado na recepção havia mais de duas horas.

— Continuo aqui — respondeu ele.

A recepcionista torceu o nariz.

— Não vou a lugar algum — explicou ele, vários minutos depois, quando ela tornou a lançar um olhar em sua direção. A hora do almoço chegou e passou. A tarde seguiu, Esko estava morrendo de vontade de urinar. Mesmo assim ficou sentado ali. E se levantou. E andou de um lado para outro. E continuou exibindo para a recepcionista seu rosto desfigurado, sob vários ângulos, até que, por fim, ela capitulou e pegou o telefone com uma expressão de ódio vingativo. Vários minutos mais se passaram, então um dos editores apareceu, com o rosto sem expressão e um cravo na lapela. Seu impecável terno cinza combinava o cabelo grisalho. Seu jeito de olhar para Esko não sugeria desdém, mas parecia rotular Esko como uma criação plausível apenas nos romances de um dos colaboradores da revista, o sr. H. G. Wells. Com exagerada paciência ele explicou a Esko que a política da publicação era jamais divulgar informações pessoais sobre os colaboradores.

— Seria aconselhável que o senhor colocasse um anúncio na coluna de contatos pessoais. Nós *não* temos uma coluna de contatos pessoais — disse ele, com um ar de grandeza fria que expressava, mais que as palavras, o fato de que tal idéia estava muito abaixo dos seletos objetivos de sua revista extraordinariamente bem-sucedida, que publicava não apenas Wells, mas também Somerset Maugham, Cocteau, é claro, John Galsworthy, além de um poeta muito promissor chamado T. S. Eliot.

Esko voltou no dia seguinte, inabalável. A recepcionista, depois de lhe lançar um olhar hostil por sobre a borda dos óculos, não disse nada, mas pegou o telefone na mesma hora e chamou a polícia. Esko estava pensando que talvez fosse melhor reavaliar sua estratégia quando o pequeno portão ao lado da recepção se abriu e ele se sentiu inspecionado pela jovem que estivera observando a costura das meias na véspera. Ela era baixa, cabelos pretos, muito bonita e usava um batom cujo violento tom de vermelho encarnava uma espécie de impulso incontrolável próprio do século vinte, que Esko ainda não conseguira captar por completo.

Ela acendeu um cigarro e soltou fumaça por entre os lábios vermelhos semi-abertos, o olhar intrépido, curioso e impassível.

— Você realmente conhece Kate? — perguntou, por fim.

— Eu conheço uma pessoa chamada Katerina Malysheva. Preciso descobrir se a moça que trabalha aqui é esta pessoa. A senhorita poderia me ajudar? — As palavras, ditas daquela forma, lhe pareceram meio absurdas, mas Nova York estava lhe provocando este efeito. Esko desembarcara havia menos de trinta e seis horas; nesse curto espaço de tempo, achara Nova York confusa, impressionante, um ciclone de cidade. Só o tamanho, o *momentum*, a agitação e a massa humana que havia no lugar já o faziam sentir-se um camponês. E ali estava ele, completamente perdido, fitando aquela mulher pequena, confiante e extremamente sofisticada em seu casaco preto com uma suntuosa gola de pele. Ela era provavelmente dez anos mais nova que ele e, no entanto, seu olhar firme e sugestivo lhe garantia que ela conhecia universos sensuais e morais que ele jamais imaginaria. Era moderna, mas não do jeito que Kalliokoski queria suas igrejas. Parecia a estrela de um dos musicais de Ziegfeld.

— Então? — perguntou ela, exalando mais fumaça — Como ela é? Se você a conhece assim tão bem, dê-me uma descrição dela.

Esko piscou, sentindo-se de volta àquela tarde, no escritório de Arnefelt & Bromberg, quando Klaus falara pela primeira vez a respeito de sua noiva. Agora, exatamente como naquele dia, havia a possibilidade de serem duas mulheres completamente diferentes, talvez aquela Kate Malysheva não fosse a sua Katerina, e ele viera até Nova York em uma busca inútil. Quanto a descrever em palavras como era Katerina, não se sentia à altura dessa tarefa. Ela era alta, morena; tinha mãos pequenas, ágeis, pisava com firmeza, possuía um pescoço longo e gracioso, movimentos hábeis e leves. Seu cabelo estava cortado bem curto, na última vez que a vira. Como ela era? Passional, inquieta, insegura. Era determinada e criativa. Exibia a indiferença impulsiva de uma aristocrata. Era o espelho que o libertava e o fazia acreditar na possibilidade de qualquer coisa. Era a inspiração dos seus melhores sonhos; era a voz que comandava "Passe por cima dele". Tinha a pele clara, ossos finos, sobrancelhas retas e olhos verdes, que às vezes pareciam azuis.

E presumivelmente estava morta.

Esko sentiu que não conseguiria nem mesmo começar a explicar tudo isso à jovem que continuava diante dele, batendo com a sola de uma das galochas no chão, impaciente. Em vez disso, Esko pegou um bloco em seu bolso e fez o esboço rápido de um rosto.

— Ora, mas então você a conhece, mesmo — afirmou a mulher. — Ora, ora. Ela está na Califórnia.

— Na Califórnia? — perguntou Esko, o coração no chão. — Em que lugar da Califórnia?

— Não tenho a menor idéia. É um estado muito grande. Aliás, este país inteiro é muito grande, pelo menos é o que eu vivo escutando. Kate aparece e desaparece. Segue as próprias leis.

Pelo menos agora não havia dúvidas. Era ela.

— Você sabe algo a respeito das fotos que ela tirou para a revista, com os arranha-céus?

— Claro, fui eu que escrevi as legendas. Estava com ela quase o tempo todo. Ela gosta de arranha-céus. Chama-os de "arranha-nuvens". Não é bonitinho?

— Quando ela vai voltar? — perguntou Esko, sentindo-se mais animado.

— Não faço idéia — respondeu a mulher, o cigarro pendendo dos lábios. Aliás, meu nome é Marion Bennett — afirmou, oferecendo as pontas dos dedos para um aperto de mão mole.

— Eu sou Esko Vaananen.

— Como é?

Ele soletrou o nome e perguntou:

— Ela deixou algum endereço ou número de telefone?

— Não. E eu não daria o número a você, mesmo que ela tivesse deixado.

Esko começou a perceber que aquilo não seria tão fácil quanto imaginara.

— Você poderia dizer a ela que eu estive aqui, caso a encontre?

— *Caso* a encontre.

— Você diria?

— Acho que sim. Até logo — despediu-se Marion Bennett, dando meia-volta e virando-lhe as costas com um jeito irreverente. Era uma jovem muito segura de si, perfeitamente à vontade no mundo difícil e resplandecente em que se movia.

Esko se hospedara no Plaza, um hotel famoso até mesmo na Finlândia, um local que fazia o gracioso Hotel Kamp, em Helsinque, parecer uma caixa de sapatos. Ali havia estilo! Todos pareciam jovens e ricos. Na Finlândia, os milionários tinham a gentileza de usar bengalas e exibir um aspecto de morsas. No Plaza as pessoas lindas circulavam para cá e para lá com vozes agudas que não conheciam discrição. Havia um ar de muito riso, conversas que aumentavam e diminuíam de volume abruptamente, uma atmosfera de luxo e agitação. A sineta do balcão da recepção com tampo de ônix tocava sem parar, chamando o atendente. Quartetos de cordas e piano, além de orquestras de jazz, espalhavam melodias quentes e enérgicas ou transmitiam uma tristeza pungente, alternando o clima do ambiente para, por fim, pairarem no ar como Channel nº 5. Gelo batia em copos de cristal. Dinheiro conversava com dinheiro em meio aos espaçosos salões em mármore. Homens faziam surgir pequenos frascos de uísque do bolso de seus paletós e instruíam os garçons a respeito do preparo de coquetéis com nomes extraordinários como: Freaky Sidecar, Wall Street Slammer, Rich Boy's Sling. Esko nem sequer estava certo de ter ouvido direito os nomes. Tudo no Plaza parecia a um só tempo fantástico e, no entanto, perfeito e inevitável. Helsinque era um planeta gelado em uma órbita distante. Nova York era o sol.

Era fevereiro de 1922. Em Greenwich Village, uma destilaria ilegal de uísque operada por um zelador no porão de um prédio da rua 26 leste fora pelos ares, balançando várias toneladas de concreto em plena Manhattan e despachando inúmeras almas para o além. Uma epidemia de gripe estava sendo debelada, e as pessoas continuavam receosas de andar de metrô, da mesma forma que temiam os contrabandistas de bebidas, não pelo fato de estes refinados empreendedores estarem burlando a Lei Volstead, mais conhecida como Lei Seca – que proibia a fabricação, venda e transporte de bebidas alcoólicas – mas sim pelo fato de que a mercadoria que eles comercializavam era muitas vezes inferior, adulterada e perigosa. As pessoas tinham de conhecer alguém para conseguir um bom material. O povo queria seu drinque de fim de noite, precisava daquilo, tinha de obtê-lo a qualquer preço. Esko, por sua vez, já estava agitado demais com tudo e se embebedava apenas com a atmosfera de tudo aquilo, sem precisar de drinques. E quanto às primeiras impressões? O ar era tão seco que parecia eletrificado. Maçanetas de metal viviam lhe dando choques. Os fios eriçados dos tapetes efervesciam sob seus pés, atraídos pelas solas dos sapatos. Pelas ruas e avenidas o frio extremo parecia perfurar-lhe o peito e cegar-lhe os olhos, o vento às vezes parecia, de certa forma, ainda mais cruel do que o de Helsinque, por ser imprevisível. Todas as pessoas que passavam pareciam isoladas do resto da humanidade, milhões de almas separadas, cada uma delas representando alguém diligentemente dedicado a vencer o jogo americano do sucesso. Nova York era um inferno, conforme lhe informara um garçom italiano, com orgulho. A cidade parecia despenteada e selvagem, em êxtase, cheia de vida, ligada apenas às coisas materiais e guiada pela busca do prazer, com um nível de energia que ameaçava constantemente esgarçar os limites das grades do mapa dentro do qual os planejadores a encerravam, tentando mantê-la sob controle. Ninguém se importava com o que o vizinho fazia. A cidade era uma espécie de feriado moral onde o dinheiro era rei e a ironia, lei. A ilha bastava a si própria, de forma tão acentuada quanto a altura dos prédios. Ninguém sabia de nada a respeito da Finlândia, embora Esko tivesse entreouvido dois radicais rugirem de deboche à menção de Lênin, Stalin e Trotski, talvez acreditando que aqueles adoráveis camaradas acabariam por se tornar marcas de perfume ou modelos de carro. E lá estava ele de volta aos escritórios da *Vanity Fair*. Esko continuava a ir todos os dias ao local, enfrentando Cérbero na recepção, chamando por Marion Bennett duas, três, às vezes quatro vezes por dia, obcecado, até que finalmente ela lhe disse que, apesar de achar toda aquela persistência muito charmosa e desejar que um brutamontes rude a perseguisse com a mesma determinação, achava melhor Esko se acalmar, ter paciência e esperar até que Katerina retornasse à cidade, o que sem dúvida ela faria assim que se sentisse devidamente preparada.

— Seja um soldado valente e vá à luta — disse-lhe Marion Bennett, fazendo submergir o espírito de Esko, que esperava que o objetivo da viagem fosse rápido e simples: a fotógrafa seria ou não Katerina; ela o aceitaria ou não. Agora ele estava em um limbo e com o dinheiro acabando.

No dia em que vira as fotos da *Vanity Fair*, em Helsinque, Esko contara a Anna toda a história de Katerina, de Klaus e do *pilvenpiirtaja*. Ela encarou tudo com serenidade, calma e sensata como sempre, ouvindo tudo com um ar de pura solidariedade que logo se tornou prática.

— Precisamos descobrir se esta fotógrafa é realmente ela — afirmou. Enviaram telegramas para a *Vanity Fair*, no entanto, não obtiveram resposta; uma visita a Henrik Arnefelt não levou a nenhuma outra informação, e ambos concordaram em que Esko deveria reservar uma passagem para Nova York.

— Você sabe que eu o quero, Esko — disse-lhe Anna, com toda a calma —, mas você precisa decidir se realmente me quer. Não quero passar a vida ao lado de um homem que não está comigo. E você não está mais aqui, Esko, desde que viu aquelas fotos.

Antes de sua partida, os dois caminharam juntos sobre a neve do parque da Esplanada. Era uma manhã clara, triste e gelada. Anna estava contando a Esko a respeito de uma jovem que fora sua colega de escola e cujo pai fora passar um ano em Nova York quando, subitamente, parou de falar e irrompeu em lágrimas.

— Sei que nunca mais vou tornar a vê-lo, Esko — disse ela. — Sei disso! Por favor, Esko, não vá!

Diante da maravilhosa estátua de Vallgren, que representava uma sereia, Esko a tomou nos braços, choroso e perdido, sem saber o que dizer, pois a verdade é que se havia uma chance de Katerina estar viva ele jamais poderia ser inteiramente de Anna. Ela era uma parte muito querida de sua vida, agora, tão habitual e familiar quanto as roupas que ele usava; no entanto, ele jamais ansiara por ela, jamais sonhara com ela, jamais ficara deitado no escuro olhando para o teto sem conseguir dormir por causa dela. Anna surgira em sua vida como um encantamento, um sinal de boa sorte, uma mudança no clima, uma força curadora que ele imediatamente aprendera a admirar e com o tempo viera a reverenciar e, por que não?, a amar. Ele conhecia os hábitos dela por dentro e por fora; o jeito apressado e determinado com que comia, a postura profissional séria que assumia ao discutir negócios, sua calma interior ao ouvir música, o cantarolar sem palavras que lançava por entre os lábios entreabertos enquanto desenhava, o jeito com que enroscava o corpo em volta do dele à noite e, às vezes, gemia baixinho enquanto dormia. Não havia surpresas nela, e isso era bom. Ele já estava farto de surpresas na vida. Anna era uma boa mulher, Esko sabia que o amor que nutria por ele era sem reservas, incondicional, insaciável. Esko agradecia aos céus todos os dias pela presença de Anna em sua vida. Sentia-se centrado com ela, como se finalmente tivesse encontrado a paz. Só que ela não era Katerina. Não havia ligação alguma entre ela e aquela dor interna que ele agora percebia que nunca o abandonara de todo; ela não era parte dele; não estava irremediavelmente associada com a necessidade, o anseio, o lamento perdido que Esko sabia que poderia ser redescoberto se ele sonhasse com força, trabalhasse com afinco, arriscasse o bastante, corresse o mais que pudesse e fosse um homem bom e corajoso; Anna não o queimava por dentro como fogo e gelo. Só o antever da imagem de Katerina atravessando a sala em sua direção já fazia com que tudo e todos em volta perdessem o brilho e morressem um pouco.

Certa manhã, quatro dias depois de sua chegada a Nova York, dois telegramas o aguardavam no escaninho do balcão principal do Hotel Plaza.

O primeiro dizia: "Você enlouqueceu?, ponto. Você tem carreira e responsabilidades, ponto. Espero seu retorno iminente Finlândia, país seu nascimento e futuro, ponto. Do amigo, Kalliokoski."

O segundo, em tom mais suave, apunhalou Esko como um *puukko* no coração: "Sinto sua falta, ponto. Por favor, volte para casa, ponto. Todo meu amor, ponto. Sua Anna."

Esko colocou os dois telegramas nos bolsos fundos do sobretudo. Andando de um lado para outro no saguão do hotel, descendo e subindo as escadas, passando junto do porteiro uniformizado e finalmente seguindo em direção ao sul. Esko sabia que sua vida chegara a uma encruzilhada, de um lado estava a Finlândia, um futuro seguro e importante, e Anna; do outro estava o quê, exatamente? Na rua, gelo derretido se misturava com fezes de cavalo e escorria pelas sarjetas. O odor da gasolina transformada em gás carbônico já competia com o penetrante fedor do excremento. Um Model-T preto passou junto da calçada, seguido por um carrinho de transporte do tipo "burro-sem-rabo", puxado por um homem e carregado de lixo e mobília velha. Uma garrafa vazia parecia estar em pé, de sentinela, ao lado de um bêbado que escorregava de um banco. Um barulho forte parecido com o de uma rebitadeira fez os nervos de Esko se eriçarem como cabelos arrepiados. No cruzamento diante dele, a lama formada pela neve derretida estava sendo espalhada pelos caminhões barulhentos da companhia de limpeza. Pessoas avançavam e se desviavam umas das outras, surgindo de uma entrada de metrô como um enxame atarantado, sob um aviso que indicava: PERIGO. Não eram nem nove da manhã e Nova York estava com cara de ressaca.

Com as mãos enfiadas nos bolsos, Esko seguiu em direção à Broadway, passando por cartazes da Coca-Cola, dos cigarros Camel, de um político chamado Charles Gurgenhatter e do Café Maxwell House – bom até a última gota. Dezenas de anúncios em néon olhavam de forma apática para baixo, como que desapontados pela chegada da manhã e pelos restos sujos de neve, esperando pelo mistério, pela carga de luz energética que os traria novamente à vida logo mais, quando a noite caísse e um interruptor fosse acionado. Um bonde passou, chacoalhando. Automóveis buzinavam e estacionavam. Olhando ao longe pelo cânion de prédios, Esko viu uma estrutura cheia de vigas de aço que formava um elevado através da qual um trem trovejava. Pessoas passavam céleres ao lado dele, pela rua, sem se importar nem em olhar para seu rosto marcado por terríveis imperfeições. Nova York ignorava solenemente Esko Vaananen; ali, ele não era nada.

Caminhou por quase uma hora com a cabeça baixa, desviando-se das multidões, até que por fim seu olhar foi atraído por um edifício, ele se viu olhando para cima, cada vez mais para cima, parecendo enraizado na calçada e tonto de vertigem junto de um prédio tão alto que lhe pareceu que iria cair sobre ele a qualquer momento, engolindo-o. Dando alguns passos para trás e escapando por pouco de ser esmagado por um caminhão que passou ventando e trombeteando a buzina com toda a força, Esko compreendeu que estava diante do edifício Woolworth, ainda o mais alto arranha-céu da cidade, conhecido como a Catedral do Comércio, parecendo digno sem ser pomposo, tão elegante que o fez sorrir. Antes da guerra, Esko estudara o projeto daquele prédio de duzentos e cinquenta metros de altura. Sabia que no decorrer de um só dia ele abrigava mais de quatorze mil trabalhadores e tinha em suas entranhas geradores capazes de iluminar toda a Finlândia. No entanto, só naquele momento a importância de todos aqueles fatos o alcançava. O Woolworth era uma fera espantosa, elevando-se do solo, imponente, a partir de um terreno pouco maior do que uma fatia de torta. Era uma loucura maravilhosa o fato de um homem ter projetado algo tão grandioso e ter conseguido construí-lo. Movendo-se novamente para junto do prédio, Esko colocou o ouvido sobre a pedra fria e áspera e ouviu. Havia um rugido, uma pulsação, como se um dragão estivesse adormecido ali dentro, e, pela primeira vez na vida, teve o vislumbre de quão difícil seria, na verdade, construir algo daquela magnitude. Ainda assim, sentiu-se vibrante.

– Meu nome é Esko Vaananen – disse ele para o prédio, à guisa de apresentação, e se sentiu embaraçado ao ver que um transeunte vinha vindo. O homem, porém, mal lhe devolveu o olhar, como se a visão de um sujeito colocando o ouvido na parede de um arranha-céu para conversar com ele fosse lugar-comum em Nova York.

O saguão do edifício estava tão escuro quanto o interior de uma igreja. Gárgulas olhavam para ele do teto ou penduradas em frisos que adornavam as paredes. Uma observação mais cuidadosa mostrou que aquelas gárgulas não colocavam as línguas de fora nem faziam caretas, como acontecia nas catedrais de Paris e de Chartres ou na frente do edifício Pohjola, na rua Aleksanterinkatu em Helsinque; aquelas gárgulas estavam contando dinheiro, separando sua fortuna em pequenas pilhas de dólares de pedra. O piso era todo em mármore, imaculadamente limpo, brilhando sob as luzes misteriosas de lâmpadas que pendiam do teto alto como archotes solitários. O efeito era o de um banco que tivesse subitamente se transformado em um santuário.

Esko subiu de elevador os sessenta e cinco andares, até o deque de observação, onde uma brisa gelada e salgada golpeou-lhe o rosto e levantou-lhe os cabelos. Dali de cima, ele ficou espantado ao perceber que Manhattan, como Helsinque, era emoldurada e rodeada de água. Ao contrário de Helsinque, porém, Manhattan era estreita, um esporão delgado que surgia do chão. Ao norte, uma locomotiva expelia fumaça, enquanto ia para para o litoral de Nova Jersey. A oeste, o traseiro de aço de um barco imenso passava ao lado da estátua da Liberdade, que parecia microscópica diante da imensidão do Atlântico. Ao sul, ficava a ponta da ilha, cheia de torres que se acotovelavam, delimitadas pelos desfiladeiros de ruas do distrito financeiro. A leste, a luz penetrante do sol de inverno cobria a ponte do Brooklyn, onde carros iam para frente e para trás como escaravelhos cintilantes. O cenário era geometria pura, ângulos, pedra, uma imagem de tirar o fôlego, Esko teve uma visão privilegiada e clara de cada um dos grandes arranha-céus da cidade, projetando-se para o céu como irmãos rivais e derrotados do Woolworth. Ali estava o Metropolitan Life, parecendo um campanário italiano; ali estava o monolítico Equitable, lançando para baixo uma gigantesca sombra de forma bifurcada que cobria dois quarteirões inteiros da cidade; ali estava o Singer, com seu domo estranho em forma de bulbo, encarapitado como um bastão viril; ali estava o Flatiron, piscando para ele com seus mil olhos de flerte. O espetáculo era tão magnífico, tão tentador e surpreendente, com suas promessas, que Esko não se surpreenderia se o próprio Satã aparecesse, como fizera diante de Jesus no alto da montanha, e lhe oferecesse tudo aquilo em troca de sua alma.

Tal barganha não lhe foi proposta. Lúcifer, devidamente acompanhado de chapéu de feltro e bengala, não apareceu surgindo de um dos elevadores do Woolworth, nem circulou pelo deque de observação do prédio disfarçado de corretor de Wall Street. Em vez disso, Esko compreendeu que não fora até Nova York por Katerina. Ela o atraíra até ali com imagens de arranha-céus, um arranha-céu, o *seu* arranha-céu, é que iria fazê-lo ficar naquela cidade onde ele era completamente desconhecido, não tinha reputação, nem contatos e nenhum lugar de onde tirar seu sustento, a não ser a própria ambição e sagacidade. Sabia que não poderia alimentar ilusões a respeito das dificuldades que estava prestes a enfrentar. Conhecia muito bem os problemas de começar uma vida nova em uma terra longínqua e estranha.

Depois, naquela mesma tarde, Esko foi até a sala de telegramas do Plaza e rascunhou uma mensagem para Kalliokoski, pedindo-lhe desculpas, abrindo mão do projeto das igrejas e recomendando que Anna fosse nomeada arquiteta-chefe em seu lugar; em seguida debruçou-se sobre uma mesa, tentando bloquear a cacofonia das vozes de pessoas que tagarelavam nas cabines telefônicas à sua volta, ignorou as duas máquinas tele-impressoras da Bolsa de Valores que matraquevam sem parar, parecendo um casal de pica-paus tentando acasalamento e pegou uma caneta.

Minha adorada Anna:
Estou sentado a uma mesa do Hotel Plaza, abrindo o peito para achar as palavras certas e pôr nesta carta, com o coração doendo por saber que vou magoá-la, minha querida Anna. Você vai chorar. Vai me maldizer. Sinto-me culpado, mas não envergonhado, pois não sei mais o que fazer. Descobri que a mulher que tirou as fotos dos arranha-céus é, de fato, a Katerina Malysheva que conheci no passado. Não conseguimos nos falar, pois ela não está em Nova York. Ninguém sabe ao certo onde ela está nem quando volta. E não tenho a mínima idéia se ela vai me querer quando, por fim, retornar. Mas eu amo esta mulher, Anna. Sinto como se minha vida fosse um teorema que existe apenas para provar este amor, uma estrutura que não faz sentido sem ele. Meu amor por ela é um amor até a morte. Enquanto eu pensava que ela estava morta, acreditei poder amar você e ser um marido fiel. Isso tudo acabou, não era para ser. Katerina está viva e eu sei o que tenho a fazer. Dê a isso o nome de destino, vontade de Deus, o meu jeito de ser. Conheço-a desde criança e no entanto nem de longe sei quem ela é, ao contrário do que acontece em relação a você. Para falar a verdade, eu mal a conheço, mas ela esteve sempre ligada a quem eu sou e a quem sonho me transformar.

Sei que nada disso é justo com você. Você me trouxe bondade, doçura, luz, e pode acreditar que sei exatamente o que estou jogando fora e o quanto isso vai magoá-la. Como não posso ser justo, estou tentando ser honesto. Você tem que me esquecer, por favor. Deve prosseguir com a sua vida como se eu não existisse mais. Sei que a felicidade vai ao seu encontro porque a felicidade reconhece quem a merece. Boa sorte. Seja feliz. Viva a sua vida.

Esko

PS. – Escrevi a Kalliokoski e dei-lhe instruções para que a ponha à frente do projeto das igrejas. Por favor, aceite o trabalho, você vai realizá-lo de forma soberba. Vou sempre guardar na memória, como um tesouro, todas as lembranças de você, nossas longas caminhadas e o trabalho que fizemos juntos. Você é a pessoa mais pura e bondosa que conheço.

O papel tremia-lhe nas mãos enquanto Esko o colocava no envelope, fechando-o, selando-o e colocando-o na caixa de correio. Então, saiu do Plaza e foi em busca do canteiro de obras mais próximo, perguntando ao primeiro homem que encontrou, um jovem com um chapéu achatado sobre a cabeça:

– O que vocês estão construindo aqui?

– Um hotel – respondeu-lhe o homem, empertigando-se. Tinha um cabelo castanho-avermelhado cortado muito curto, uma compleição musculosa e uma beleza máscula da qual, evidentemente, se orgulhava. – Quinze andares!

– Estou em busca de trabalho.

– Ah, está? Qual é o seu nome, companheiro?

Esko estava triste, mas ao mesmo tempo sentia que uma jornada de aventuras estava prestes a começar.

– Offermans – respondeu. – Esko Offermans.

2

Quarenta e cinco metros de altura, Esko esticou as costas e sentiu a leve brisa que inflava sua camisa como um balão. Gunnar levantou o braço para avisar que estava preparado e pegou um rebite no meio das brasas com ajuda de um par de pinças longas e desajeitadas; então, com um balanço suave do braço, atirou o rebite. Esko viu a pequena bola vermelha de aço incandescente vindo em sua direção, rasgando o ar e arrastando chamas atrás de si como um foguete, antes de aterrissar dentro da lata. *Plunk!* Suas pinças eram menores e mais fáceis de manejar do que as de Gunnar. Pegando o rebite com cuidado, colocou-o contra a viga de aço, balançando-o de leve para espalhar a poeira e as cinzas, antes de encaixá-lo em um dos buracos, no ponto exato em que duas das vigas se juntavam. Bo deu um passo à frente sobre a plataforma e segurou o rebite ainda flexível com um alicate, deixando-o pronto para Cristof fixá-lo no lugar com uma rebitadeira que arrastava atrás de si uma mangueira de ar comprimido. Fagulhas saltaram enquanto os metais se fundiam e Esko se virou para receber o rebite seguinte, que já vinha na direção de sua lata: *Plunk!*

Quatro meses haviam passado e o verão de Nova York ia em meio. Esko trabalhava com aço de alta qualidade e parecia flutuar acima de uma porção do Central Park que secara por completo sob o sol escaldante, tinha três companheiros suecos junto com ele, formando uma equipe de rebites. Ele era o receptor e colocador; Bo era o fixador ou montador. Os dois ficavam em um dos lados de um andaime de três metros de largura por quatro de comprimento, suspenso por cordas que desciam da viga transversa onde trabalhavam. Cristof, o rebitador, permanecia do outro lado do andaime, pronto com a ferramenta que parecia uma arma. As vigas de aço, por sua vez, eram presas temporariamente por parafusos e correntes que haviam sido colocados ali pelas equipes de levantamento. A tarefa dos rebitadores era remover os parafusos temporários e fixar os permanentes no lugar. Era o trabalho mais perigoso de toda a obra. Homens dispostos a encarar esse serviço eram raros, e os que conseguiam desempenhá-lo eram ainda mais raros. O pé de Esko mantinha-se firme sobre as tábuas acima das estreitas vigas de aço; para sua surpresa, ele aprendera a tolerar bem as incríveis alturas. O estrondo da rebitadeira fazia seu peito balançar e era transmitido em seguida através de todo o corpo, mas ele se habituara a isso também. Dizia a si mesmo que não havia modo melhor do que aquele para aprender a respeito de estruturas de aço, arranha-céus e construções em geral. Isso era verdade, sem dúvida, mas ele descobriu que havia outros fatores importantes, além desse. Aquele tipo de trabalho exigia um grau de concentração, uma indiferença diante do mundo e uma certa virilidade contida que o estava ajudando a descobrir e definir o seu novo eu, o Esko que poderia existir e desabrochar na América.

Seis metros abaixo, em outras tábuas, Gunnar mantinha-se em pé diante da forja. Um homem magro, o rosto fino, exibindo um olhar triste e atormentado, Gunnar era o líder da equipe. Mantinha-se ereto, esbelto como uma baioneta, brandindo as pinças e pegando os rebites da forja ardente. Logo em seguida, mais um cogumelo vermelho incandescente estava a caminho.

Plunk!

— Já lhe falei sobre minha nova namorada? — perguntou Bo, que acabara de arrancar um parafuso temporário e coçava o cabelo ruivo espetado enquanto Esko trabalhava com suas pinças, empurrando o rebite luminoso até que a cabeça chata se fundisse com a viga de aço. Foi Bo, o boa-pinta, que Esko conhecera no canteiro de obras, naquela tarde de fevereiro. Um mulherengo. — Ela é italiana — anunciou Bo.

— Pensei que você estivesse saindo com aquela negra baixinha que mora no Harlem — disse Cristof, ajoelhando-se no outro lado do andaime com sua rebitadeira e olhando para Esko, que saía de lado para Bo entrar em cena, segurando o rebite com seu alicate especial, que tinha um buraco na ponta com o formato de um cogumelo.

— Que nada, descobri que ela tinha namorado. O pior é que ele quis brigar comigo. Então, pensei: "Pra que esquentar? O mar está pra peixe".

— Bo, o Romeu pegador — disse Cristof, e Esko sentiu o peito vibrar com mais um disparo da rebitadeira; o ruído diminuiu logo em seguida. — O operário garanhão. Você comeu a neguinha?

— Duas vezes, só — disse Bo.

Abaixo deles, Gunnar franziu o cenho. Casado e infeliz no matrimônio, não gostava daquele papo sobre sexo. Levantando a mão, fez sinal para avisar que o rebite seguinte já estava pronto.

Plunk!

E foram em frente, repetindo o mesmo procedimento vezes sem conta, de forma controlada e firme, quase em um ritmo de dança, até terem terminado de rebitar todos os buracos que conseguiam alcançar. Nesse momento, era hora de movimentar o andaime. Esko enfiou as pinças no largo cinto de couro que usava e observou Bo elevar o corpo até alcançar a viga de aço onde haviam trabalhado. Esko lançou-se logo atrás e se viu então a mais de quarenta e cinco metros acima do solo, com nada além de ar em um dos lados e, no outro, o interior do prédio onde, a julgar pelo estrondo, caminhões descarregavam uma avalanche de pedras no nível da rua. Esko seguiu com cuidado ao longo da viga de sessenta centímetros de largura e parou, para que Cristof pudesse entregar-lhe a rebitadeira.

Cristof passou a máquina para as mãos de Esko com todo o cuidado; era um homem grande, truculento, barbado, a compleição de um touro. Soltou um arroto e transferiu o peso do corpo para a viga, dirigindo-se a Bo:

— E a italiana, garoto. Já comeu essa também?

— Não, essa é diferente. É uma moça doce. Pura, entende? — reagiu Bo, maravilhado diante da lembrança de seu inalcançável objeto de desejo. — Acho que vou acabar me casando com ela.

— Sei, sei como é! — disse Cristof, colocando-se em pé sobre a viga com agilidade surpreendente para, em seguida, pegar a máquina das mãos de Esko. — Essa é a sua história de sempre até conseguir trepar com ela, não é?

— *Cristof!* — ralhou Gunnar, com uma carrancuda entonação luterana.

— É, Cristof, não fale dela dessa forma. Estou falando sério — reagiu Bo.

– Claro que está. É como eu falei: "Bo, o operário garanhão".

Esko e Bo tiraram os nós das grossas cordas que seguravam o andaime e seguiram bem devagar até a outra ponta da viga, onde começaram a amarrar as cordas novamente, mantendo-se ao alcance da forja de Gunnar. O trabalho exigia muita precisão e pouco planejamento; ou melhor, o planejamento deveria ser feito, de preferência, antes da ação. Sob esse aspecto, compreendeu Esko, o trabalho de instalação de rebites era a base de todo o processo da construção em aço. Cada peça do gigantesco quebra-cabeça já chegava milimetricamente esburacada e cortada na medida certa, vinda das usinas da Pensilvânia, cada viga vinha com uma marcação em giz ou tinta, indicativa do lugar em que a moldura do prédio ia ser encaixada para fazê-lo crescer. Se o caminhão atrasasse, enguiçasse pelo caminho ou o motorista tomasse o acesso errado, entrando pelas ruas de alguma cidade pequena cuja pavimentação virasse pó como se fosse feita de torrões de areia sob o peso de todo aquele aço, a construção seria interrompida. Não havia margem para erro. Construir um arranha-céu era como preparar uma batalha. Os projetos podiam sair errado, e muitas vezes era isso o que acontecia. De qualquer modo, era sempre melhor ter um plano, qualquer que fosse.

– E essa baixinha italiana que você anda trabalhando, garoto? Fale mais dela – pediu Cristof, verificando os nós da corda grossa e colocando o andaime na horizontal com toda a precisão e a ajuda de prumos de chumbo que pendiam um metro abaixo da viga. – Ela canta ópera? Onde a conheceu?

– Na casa dos Mantilinis. Ela é irmã deles.

– Na casa da porra dos Mantilinis? – perguntou Cristof, admirado, aumentando a voz de incredulidade.

– Os Mantilinis?! – exclamou Gunnar, desviando o olhar da forja para olhar para cima. Até ele estava surpreso.

Os Mantilinis também eram rebitadores. Como a maioria das turmas de rebite, haviam sido contratados em grupo, fizeram treinamento em grupo e sempre trabalhavam com a mesma equipe. Tinham a vantagem adicional de serem irmãos, de forma que cada um deles sentia por instinto o movimento dos outros. Com a pele lisa, olhos escuros e rostos bonitos e compridos, pareciam uma audaciosa trupe de circo. De fato, eram destemidos em seu trabalho. Ninguém se dava ao trabalho de referir-se a eles por seus nomes individuais. Eram simplesmente *os* Mantilinis. O pai, um pescador de lagostas, se afogara na costa de Staten Island havia alguns anos; moravam com a mãe. Isso era tudo o que Esko sabia, embora reconhecesse que havia algo de mágico neles.

— A porra dos Mantilinis! — repetiu Cristof, passando os dedos pela barba e olhando para o belo Bo com uma fúria no olhar que talvez fosse até mesmo verdadeira. — Já não basta que eles fiquem com a porra do nosso bônus, todos os meses?

— É porque trabalham melhor do que nós — afirmou Esko.

— É verdade — concordou Bo.

— Verdade verdadeira! — confirmou Gunnar, implacavelmente justo.

— Só porque aceitam correr mais riscos. — disse Cristof. Arrotou, ajoelhou-se sobre a viga e testou o outro nó. — E quanto a você, seu caolho, sr. Porra-de-Finlandês-Misterioso, sr. Esko Offermans? Está com alguma mulher?

Esko encolheu os ombros, olhando com atenção para a bota direita, por baixo da qual rebrilhavam as águas agitadas do lago do Central Park. Não conseguira nenhuma notícia de Katerina, embora continuasse a visitar Marion Bennett todas as semanas e tivesse escrito três cartas para lhe serem entregues, aos cuidados da *Vanity Fair*. Ela continuava na Califórnia, o grande estado, o estado dos sonhos. Enquanto isso, Esko trazia no bolso uma carta de Anna, contando-lhe as últimas novidades de Helsinque.

— Não, Cristof — assegurou ele. — Não estou com nenhuma mulher no momento. Tenho uma no meu futuro e outra no meu passado.

3

Esko alugara um pequeno apartamento na rua Harrison, porque ali era mais barato e bem iluminado. O lugar cheirava a lanolina, devido à lã que era estocada ali até bem pouco tempo antes. Nos meses quentes de verão, as pedras do edifício exalavam uma fragrância com jeito de lembrança. Esko mobiliara o local apenas com uma cama, uma poltrona e duas luminárias. Dormia com as janelas abertas, desacostumado ao calor, e acordava muito cedo com a agitação da cidade que vinha cumprimentá-lo: eram carroças que chacoalhavam, bondes que retiniam pela Broadway e buzinas graves e profundas dos imensos navios que passavam pelo rio Hudson. Esko se lavava, se vestia e caminhava na direção norte até um aconchegante vagão de trem transformado em lanchonete, que ficava no lado oeste da Sexta avenida; ali, ele se dava muito bem com as balconistas e garçonetes. Tudo já fazia parte da sua rotina solitária. A lanchonete tinha uma fileira de bancos altos e outra de pequenas cabines. Comer ali era uma das coisas que levavam Esko, pouco a pouco, a sentir que pertencia à cidade. Ficava à vontade naquele lugar, lendo, observando tudo, bebendo café e deixando passar a primeira leva de gente do dia nova-iorquino. Ainda não havia muitas pessoas pela rua àquela hora da manhã, de forma que todos se cumprimentavam e eram educados. Era reconfortante se sentar ao lado da janela e acompanhar a imensa cidade que se preparava para mais um dia.

Era ali que Esko estava, de manhã cedo, com um jornal, um livro e os cabelos ainda molhados da ducha na manhã de 17 de junho de 1922, um dia que amanhecera úmido e com ameaças de muito calor para mais tarde. Como sempre, Esko nem se deu ao trabalho de olhar para o cardápio. Como fazia todos os dias, pediu ovos com bacon, torradas e café, que lhe foi entregue em uma caneca branca de louça. Abrindo seu exemplar de *New York World* e colocando-o sobre a mesa ao lado da caneca, leu as manchetes da primeira página: Trotski, Stalin e Zinoviev haviam sido nomeados para governar a União Soviética enquanto Lênin se recuperava de sua doença; especialistas da Universidade de Cambridge foram chamados ao vale dos Reis, no Egito, onde se suspeitava de que estranhos hieróglifos encontrados do lado de fora de uma tumba supostamente pertencente ao rei Tutancâmon ameaçavam com uma maldição quem violasse o túmulo; em Illinois, trinta homens haviam sido mortos em um tumulto do lado de fora de uma mina de carvão. Trinta homens! A América estava em um estado de volatilidade social tão grande quanto a Europa e a guerra de classes era uma realidade nos dois continentes.

Uma garçonete chegou para completar a caneca de Esko com mais café. Pela janela ao lado de sua mesa, Esko viu um homem que distribuía gelo, indo com sua carroça em direção à esquina. Desde que chegara a Nova York, ele ainda não fizera um desenho sequer, nem um esboço. Um oceano, ou melhor, uma fronteira fora cruzada. Em seu tempo livre ele aprendia inglês, admirava os edifícios, lia jornais e romances, visitava galerias de arte e assistia a filmes, buscando avidamente absorver o idioma, tentando entender aquele lugar antes de fazer o primeiro esboço em solo americano. As igrejas que construíra na Finlândia eram trabalhos muito bons, projetos modernos, sem dúvida. Mas nunca poderiam existir em Nova York, do mesmo modo que o homem do gelo que passava pela rua jamais conseguiria manter seu negócio nas remotas florestas da Finlândia.

Ora, até que aquela era uma idéia, pensou ele. Se eu não conseguir sucesso como arquiteto de arranha-céus em Manhattan, posso voltar para casa e vender gelo para os finlandeses.

— Você está rindo sozinho — disse uma voz, em tom de camaradagem. — Não faça isso em público, porque as pessoas vão achar que você ficou louco ou tão rico que não precisa se preocupar com mais nada.

Olhando para cima, Esko viu dois dos irmãos Mantilini. Ambos vestiam macacões desbotados, calçavam botas e usavam chapéus achatados sobre a cabeça. Era o mais novo dos dois que tentava puxar assunto. Falava baixinho, e Esko teve que se inclinar na direção dele para conseguir ouvir o que dizia. O rapaz tinha um jeito agradável e meio tímido, apesar de ter interrompido o café-da-manhã de Esko. Exibia o sorriso encantador de um modelo que estivesse anunciando lâminas de barbear, além de dentes perfeitos e brancos. Seu cabelo era abundante e muito preto. A impressão que dava era de alguém ao mesmo tempo gentil, charmoso e com uma grande dose de energia.

— Meu nome é Paul Mantilini. Este é meu irmão Steffano. Importa-se de lhe fazermos companhia? — perguntou. Sentou-se antes de esperar pela resposta e pegou de imediato uma das torradas, que começou a cobrir de manteiga.

— Fiquem à vontade — respondeu Esko com a voz firme, sem ter certeza se estava gostando daquilo ou não.

— Obrigado — disse Paul Mantilini, exibindo os dentes em um sorriso fulgurante, preferindo encarar a resposta de Esko como um sinal de cortesia. Esko calculou que o rapaz tinha em torno de vinte anos, embora exibisse uma cautela e um ar desconfiado no olhar que o fazia parecer mais velho. Balançava a perna nervosamente para cima e para baixo sob a mesa, e Esko se lembrou de que aquele rapaz, Paul Mantilini, se metera em apuros algum tempo antes. Houve uma acusação policial, ele fora mandado para o reformatório e seus irmãos acabaram por trazê-lo para trabalhar nas vigas de aço, a fim de mantê-lo longe de encrencas. Sem esforço algum, ele tratava Esko como se este fosse vários anos mais novo do que ele. Seu rosto era liso, quase excessivamente bonito, até o momento em que sorria; o sorriso era a fenda por onde escapava seu jeito selvagem, a insinuação de um espírito que não recuava diante de nada, um espírito atraente e quase trágico.

A garçonete tornou a aparecer ao lado da mesa com a jarra de café.

— Obrigado, senhorita, aceito uma xícara — disse Paul Mantilini de forma educada. — Vou querer apenas café, obrigado. Nós já comemos. — Sua perna continuava a se mexer de forma agitada e ele disse a Esko: — Vamos direto ao assunto. Meus irmãos e eu estamos preocupados a respeito de seu amigo Bo e nossa irmã. — Recostou-se no banco, pegou açúcar com uma colher, misturando-a no café e serviu-se em seguida de mais uma colherada. — Deixe-me explicar. Minha mãe teve a mim e a meus irmãos. Todos homens. Tem apenas uma filha. Teresa é especial.

— É apenas uma *criança* — disse Steffano, articulando cada palavra com uma clareza enfática, apesar do sotaque forte. Era muito mais velho que o irmão; era ele que, na equipe de rebitadores, operava a forja. Seus dedos e braços estavam cheios de cicatrizes das brasas e dos rebites quentes.

— Ela tem dezesseis anos — informou Paul Mantilini.

— Fale com Bo a respeito disso — pediu Steffano.

— Bo não nos ouve — explicou Paul. — Parece que não escuta direito, aquele seu amigo. Eu já tentei falar com ele.

— E o que esperam que eu faça? — perguntou Esko, sorrindo.

— Você é um cara mais velho. Bo respeita você.

Esko não disse nada; aquilo era novidade para ele.

— Qual é o seu lance, afinal? — perguntou Paul. — Como foi que você acabou trabalhando com aço?

— Eu gosto.

— Está no país há muito tempo? — Paul Mantilini balançou algumas moedas no bolso da calça.

— Não muito. Sou arquiteto.

As moedas silenciaram de repente.

— Sério? — perguntou o rapaz, com verdadeira satisfação, o rosto se abrindo em um sorriso de prazer genuíno e simpático, como se afirmasse que era imprevisível o que as pessoas eram capazes de inventar naquele mundo louco.

— Seu amigo — disse Steffano, interrompendo o irmão com a voz lenta e fazendo de cada palavra um aviso — precisa *respeitar* a nossa irmã.

— Meu irmão está sendo educado — afirmou Paul Mantilini, com outro de seus sorrisos brilhantes e arrebatadores, voltando a balançar a perna para cima e para baixo. — Avise Bo que, se ele não respeitá-la, vou lhe cortar a garganta.

Este foi o primeiro contato de Esko com Paul Mantilini e sua família; o segundo aconteceu mais tarde, naquele mesmo dia, naquela mesma manhã, depois de caminharem juntos em direção à obra e baterem o ponto. Esko não teve oportunidade de conversar com Bo antes de o apito da obra soar, marcando o início da jornada de trabalho, mas ficou satisfeito com isso, pois precisava de tempo para pensar no que ia dizer. Tudo o que Esko sabia a respeito de Bo sugeria que os Mantilinis tinham razão em estar preocupados com a irmã. Bo era um rapaz de boa índole, mas meio bobo, e tinha a energia sexual de um bode. O que poderia Esko fazer a respeito daquilo? Na Finlândia, a situação poderia resolver-se sozinha, primeiro com os homens esfaqueando-se mutuamente com *puukkos* e depois saindo juntos para se embebedarem, concluindo, de forma ridícula e definitiva, que não valia a pena brigar pela irmã porque, afinal, todos viviam em um mundo decadente, mesmo. Sabia que os italianos levavam os assuntos de honra muito a sério, achou divertido e ficou um pouco chocado por Paul Mantilini ter ido procurá-lo. Tenho trinta e três anos; devo parecer um tio maluco para esses caras mais jovens, pensou.

A estrutura básica do hotel em que trabalhavam estava quase terminada. Mais uma semana e todo o esqueleto de aço estaria completo, as equipes que trabalhavam nas vigas – levantadores e rebitadores – iam ser encaminhadas para outro canteiro de obras. Naquela manhã de junho, os guindastes elevavam vigas de aço, colunas eram colocadas a prumo e traves de aço estavam sendo conectadas com parafusos temporários e cabos, ficando prontas para os rebitadores entrarem em ação. Gunnar, por alguma razão, parecia feliz naquele dia. Trabalhava com um bom ritmo e os rebites voavam de suas pinças cortando o ar como mísseis de aço que seguiam uma trajetória reta até a velha lata de Esko, que praticamente não precisava movê-la para aparar o projétil. A segurança de Gunnar e seu ritmo preciso pareceram contagiar Esko e Bo, até mesmo os disparos da rebitadeira de Cristof pareciam mais secos e curtos, causando estouros rápidos que faziam os ossos de Esko vibrar menos naquele dia. Terminaram de colocar todos os rebites em uma das juntas entre duas vigas, fizeram subir o andaime, elevando-o a quase sessenta metros de altura e voltaram a trabalhar, um processo que completaram duas vezes em três horas com um total de cinqüenta rebites por hora, um ritmo excelente. Chegaram a um entalhe na silhueta do edifício; Esko, Bo e Cristof subiram na viga de aço ainda não preparada do décimo quarto andar; abaixo deles, no décimo terceiro andar, estava Gunnar, arremessando rebites incandescentes de sua forja; o décimo primeiro andar já estava completamente coberto com o piso temporário, de madeira, cheio de ferramentas espalhadas, sacos de concreto, misturadores de cimento, chaleiras para ferver água, maçaricos e vergas de aço.

Já era quase meio-dia e Esko refletia sobre como o processo de construção de prédios altos poderia ser otimizado se cada parte do serviço fosse decomposta em tarefas menores, em um esquema simplificado, como os suecos estavam fazendo naquele momento. Arranha-céus poderiam ser construídos da mesma forma que a Ford construía carros – uma linha de produção, cada tarefa decomposta em pequenos movimentos iguais que seriam feitos um após outro – pois, afinal, construir arranha-céus era muito simples, uma repetição de cada andar indefinidamente.

Mais um rebite voou das pinças de Gunnar, assobiando pelo ar com uma cauda de chamas. Esko não precisou mover sua lata nem um centímetro.

Plunk!

Com as pinças menores pegou o rebite, bateu com ele contra a viga para soltar as cinzas que caíam em uma ducha cintilante, encaixou-o no buraco seguinte e saiu de lado, dando passagem a Bo e sentindo o suor que escorria por suas costas subitamente ficar gelado. Ao olhar para a direita, viu os Mantilinis, acima deles, dentro de uma silhueta de aço ao lado do prédio, sua sombra cuidadosamente recortada contra um céu que de súbito baixara sobre eles como um toldo. Por um instante, tudo pareceu imóvel. Um silêncio arroxeado pareceu petrificar os galhos das árvores do Central Park. Os altos edifícios ao longe, em Wall Street, pareceram se elevar ainda mais na direção do céu, como cabelos arrepiados. Foi como se cada pedra, cada partícula de matéria em toda a Manhattan tivesse subitamente adquirido um sistema nervoso próprio e estivesse à espera. Um relâmpago cortou o céu luminoso sobre o oceano.

A máquina de Cristof atingiu o rebite com um estrondo gêmeo e, de imediato, outro já estava sendo arremessado pelas pinças de Gunnar, dessa vez com uma cauda vermelha mais distinta e brilhante.

Plunk!

Esko continuou trabalhando com as pinças menores e quando tornou a olhar para o sul, na direção da ponta de Manhattan, viu nuvens pretas e plúmbeas que cobriam o céu de um lado a outro, de cima a baixo, como um baluarte. Contrastando com a muralha escura e maciça, subiam linhas espiraladas de vapor branco. Em Ellis Island a chuva já começara, embora no local em que eles estavam o único sinal de distúrbio era o rápido arrefecimento do ar e uma estranha quietude. Um raio solitário caiu de forma violenta sobre o edifício Woolworth. Uma tempestade chegava, e das grandes.

– Ei, Offermans! Vê se acorda!

Era Gunnar gritando.

Esko notou que nem percebera o estrondo da rebitadeira.

Agora outro rebite vinha e Gunnar, fora do ritmo por ter esperado demais, ia errar o alvo dessa vez. Esko projetou-se para frente e empurrou a lata alguns centímetros com o pé.

Plunk!

Tempo ruim era o pior inimigo de quem trabalhava com estruturas de aço em alturas elevadas; uma tempestade era a única coisa que amedrontava aqueles homens. Brisas suaves e refrescantes no nível da rua eram violentas ventanias a dezenas de metros acima da calçada. Um pé-de-vento era traiçoeiro. Um vendaval, então, era bom nem pensar no que poderia representar. Se dependesse de Esko, todos desceriam para o térreo na mesma hora. A escolha, porém, não era sua. Ele não era o encarregado.

— Offermans!

Esko preparou o rebite para Bo e Cristof fez sua parte, acionando a máquina; então veio outro rebite pelo ar, dessa vez atirado com mais força pelo zangado Gunnar.

Plunk!

Com o rabo do olho, Esko olhou para Petroski, o contramestre, que apareceu na quina do prédio olhando para o céu com um par de binóculos. Petroski era barrigudo, tinha cabelos pretos, cara de fuinha e viera de Varsóvia; parecia ter prazer em forçar os homens até o limite, e não era de se impressionar com facilidade. Encarando a borrasca que se aproximava, pegou um telefone interno.

"Mas com quem ele resolveu bater papo ao telefone, num momento daqueles?", pensou Esko. O temporal vinha chegando rápido como os que atravessavam o lago na Finlândia, veloz e implacável como uma locomotiva.

Plunk!

Esko se empertigou na ponta do andaime. Petroski já não estava mais olhando para cima com binóculos. Não o encontrou em parte alguma, o céu ficava cada vez mais escuro. Em volta dele, as rebitadeiras das outras equipes continuavam martelando e ribombando, Esko percebeu que teria que tomar a decisão por si mesmo, interrompendo o ritmo do trabalho antes que fosse tarde demais. Empurrou a lata com o pé até o centro do andaime e viu o rebite brilhante ainda aninhado dentro dela.

— Desça! — ordenou a Bo. — Acabamos, por hoje.

— Como assim?

Nesse instante, o andaime balançou furiosamente, carregado pela força do vento, e o boné de Bo foi arrancado de sua cabeça, descendo em uma espiral profunda em direção às árvores do Central Park, onde figuras minúsculas já começavam a correr, desviando-se umas das outras.

— Já chega — repetiu Esko. — Acabamos, por hoje. A tempestade está chegando. — Fez um gesto na direção sul, apontando a massa de nuvens que parecia inchar.

— Ótimo! — afirmou Cristof, sempre satisfeito com qualquer pretexto para interromper o trabalho.

Esko enfiou a alça da lata no cinto. Dando um impulso no corpo para alcançar a viga transversal, pegou a rebitadeira das mãos de Cristof, colocou-a sobre o ombro como se fosse um rifle e caminhou com passos firmes em direção à borda da estrutura, que segurou com força, rodeando a ponta do andaime até sua bota alcançar o primeiro dos degraus fixados no aço com parafusos temporários, presos ali para que os operários pudessem subir e descer das tábuas onde trabalhavam. Logo já estava cara a cara com Gunnar, ao passar pela forja montada nas tábuas do décimo terceiro andar. O rosto chupado do chefe da equipe parecia perplexo e indignado.

— O que aconteceu? Vocês ficaram loucos?

— Se eu fosse você, saía daí agora mesmo. Vai desabar um toró!

— Mas todo mundo continua trabalhando.

Esko não precisou olhar em volta para saber que era verdade. Apesar de o céu estar cada vez mais escuro e os golpes de vento atacarem com mais freqüência e fúria crescente, todas as equipes da construção continuavam inabaláveis na labuta.

— Volte ao trabalho — disse Gunnar, sua estrutura magra não conseguiu conter os espasmos de fúria. — Volte agora mesmo, senão você será despedido, Offermans.

Somente nesse instante o apito do canteiro de obras soou três vezes, com estardalhaço, avisando a todos para pararem de trabalhar.

– Está feliz, agora, Gunnar?

– Você parou *antes* do apito!

– Ora, cale a boca, Gunnar – berrou Cristof, com a bota roçando a cabeça de Esko enquanto os dois desciam em direção ao piso firme do décimo primeiro andar, onde havia mais segurança.

– Estávamos indo tão bem! – reclamou Gunnar, bufando e resmungando baixinho.

Malditos suecos, pensou Esko. Continuam achando que dominam o mundo.

– Estávamos indo bem, mesmo – confirmou Cristof – e graças a Esko vamos poder ir bem novamente amanhã.

Os operários se moviam em volta, prendendo as ferramentas em seus suportes, desligando os compressores de ar, os misturadores de cimento e arriando no piso os montes de aço que refletiam brilhos sinistros na escuridão que descera, para em seguida correrem em direção aos guindastes. Ficamos lá em cima tempo demais, refletiu Esko e, como para confirmar seu pensamento, outro pé-de-vento o desequilibrou, fazendo girar à sua volta um redemoinho de poeira e pedaços de entulho que lhe bateram nos joelhos. Os trovões ressoaram com estrondo através do vento, invocando ecos pelos desfiladeiros de prédios. Mesmo assim, a tempestade ainda não os atingira, embora já estivesse escuro como noite. Os relâmpagos espocavam como flashes ofuscantes, cobrindo cada ponta do esqueleto de aço com uma inesperada luz azul, cada um dos rebites parecia tentar pular da viga, assustado ao ser fotografado.

Naquele instante, Esko reparou que nem todas as equipes haviam descido dos dois últimos andares da estrutura, ainda desprotegidos.

Quatro homens continuavam trabalhando. Os Mantilinis mantinham o ritmo de trabalho como se não houvesse tempestade alguma, nem perigo. Parecia que nada de diferente estava acontecendo. Era como se estivessem trocando passes de beisebol entre si, no intervalo do almoço. Steffano manejava a forja; com as pinças de sua ferramenta comprida retirou um rebite flamejante do meio das brasas e o lançou para cima; um dos outros irmãos o aparou com a lata e então Paul Mantilini, o montador, encaixou-o no buraco, enquanto o quarto irmão atacou o pino ainda maleável com a rebitadeira, fazendo um estrondo que explodiu no ar ao mesmo tempo que um trovão.

Esses caras são loucos, pensou Esko. Ao mesmo tempo, percebeu que havia em sua coragem, determinação e habilidade algo desconcertantemente magnífico.

Todos os operários gritavam na direção deles.

— Desçam daí!

— A tempestade está chegando!

— Saiam dessa área!

— Desçam agora, babacas!

Até mesmo Gunnar, o imperturbável sueco, juntou-se ao coro, berrando:

— Muito bem, muito bem, seus italianos doidos! Vocês provaram que são os melhores!

— Provaram que são uma cambada de idiotas — disse Cristof, mas falou rindo, como se dissesse "Sim, esses Mantilinis são malucos, mas têm algo de especial".

Steffano afastou-se um pouco da forja, olhou para as dezenas de operários que não conseguiam desgrudar os olhos dele, curvou a cabeça para frente em uma reverência graciosa e levantou o dedo indicador em seguida, para sinalizar que ainda ia pegar um último rebite.

— Desçam daí! — gritou Bo.

— Desçam! — berraram alguns em coro.

— Desçam! — ecoaram outros.

O último rebite fez seu vôo flamejante, caiu exatamente no centro da lata e Esko, embora daquela distância não conseguisse ouvir, imaginou o som... *Plunk!*

Paul Mantilini atravessou o andaime, mantendo o rebite com firmeza na ponta da pinça enquanto o último dos irmãos se aproximava com a rebitadeira.

Como gladiadores, haviam triunfado, e, em volta de si, Esko viu os outros homens começarem a ovacioná-los, gritando de empolgação, batendo palmas, berrando, aplaudindo e rugindo exclamações de entusiasmo.

O irmão que empunhava a rebitadeira empertigou o corpo e brandiu a ferramenta como se fosse um fuzil acima da cabeça, balançando-a com força para cima e para baixo, enquanto o macacão drapejava ao vento e os cachos de cabelos escuros se misturavam, eriçados, rebeldes e bem delineados contra a escuridão do céu, como se seu corpo fosse um ponto de exclamação humano em exaltação ao heroísmo.

Então desapareceu.

— Quê? O que houve? — perguntou Gunnar, quebrando o estupefato silêncio que se instalou.

Ninguém nem ao menos viu o corpo voar. A marca impressa no céu simplesmente sumira, como que apagada por uma borracha.

— Ele caiu? Está a salvo? Onde está?

A forja tombou sob a ação do vento e brasas vermelhas entornaram sobre as botas e a parte de baixo das calças de Steffano. Seu macacão pegou fogo e ele deu início a uma dança louca, com os pés subindo e descendo enquanto batia nas chamas com as mãos. Então o vento voltou, furioso, e ele também caiu, mas para o lado de dentro do prédio, despencando por dois andares e aterrissando diante dos colegas com o guincho de um porco colocado à força dentro de um saco e lançado longe.

A chuva desabou. Nos primeiros momentos, os pingos grossos caíram com força contra as vigas com um som quase musical; então o barulho aumentou repentinamente com o silvo e o rugido de um trem de carga, como se um volume maciço e consistente de água tivesse sido subitamente largado dos céus de uma só vez, fazendo toda a estrutura do prédio ranger e pulsar sob a violência do ataque. O piso de madeira onde Esko estava balançou com força sob suas botas e começou a vibrar como se ganhasse vida. Os trovões mal conseguiam se fazer ouvir através do aguaceiro. O pior, o impensável estava acontecendo. O andaime frágil onde Paul Mantilini estava empoleirado ao lado do irmão receptor balançava loucamente, atacado pela chuva torrencial, o último homem do grupo também desaparecera.

Esko não pensou nem planejou nada. Não havia tempo para sentir valentia ou medo. De repente, se viu correndo, chapinhando sobre a água que já inundava o piso de madeira, diminuindo o ritmo da corrida só quando chegou à beirada do prédio. Pisou com todo o cuidado do lado de fora, sem olhar para baixo nem mesmo quando vento e chuva o atingiram com violência em um golpe duplo. Abraçou com força a viga vertical que estava molhada, escorregadia e com cheiro de ferrugem; balançou o corpo em volta dela, tentando sentir com a ponta da bota o primeiro degrau provisório e começou a subir com o rosto colado de lado na viga, sob o ataque inclemente da tempestade.

Nesse momento ele parou, alarmado com um movimento que percebera com o canto do olho, viu uma gaivota atirada pelo vento girando em torno de si mesma e vindo direto em sua direção para, de repente, ser fustigada de lado, desviar e descer em parafuso na direção das copas das árvores do parque, que balançavam de forma desordenada.

Tomando fôlego, tornou a mover o corpo, arrastando-se centímetro por centímetro até alcançar o degrau seguinte, que agarrou com sofreguidão, a água jorrando sobre sua cabeça como se viesse de um tubo largo e fazendo o cabelo colar-lhe na testa, enquanto continuava a pressionar o corpo de encontro ao aço. Conseguiu subir dez metros desse jeito, através da chuva, as botas escorregando a todo instante, parando de vez em quando e tornando a seguir, passando ao lado da forja de Steffano, que, emborcada, ainda chiava, para finalmente alcançar a viga transversa onde os outros três Mantilinis estavam trabalhando minutos antes, contorcendo e esticando o corpo a fim de pisar sobre ela para então, como se fosse uma enguia, de bruços e colado à viga estreita, continuar avançando um centímetro de cada vez, mesmo golpeado pelo vento e massacrado pela chuva, até conseguir enxergar o andaime, balançando um metro abaixo dele. O coração de Esko parou e ele sentiu-se nauseado ao ver que não havia mais ninguém sobre o andaime; foi quando notou, através da névoa indistinta formada pela chuva, um par de pernas soltas, penduradas e chutando o ar, duas mãos que apertavam com as pontas dos dedos a ponta da tábua, além de um rosto pálido como a morte. Viu um par de olhos voltados para cima, olhando-o fixamente como dois pontos pretos na face de um dado. Era Paul Mantilini, segurando-se de forma instável, desesperada.

Dessa vez Esko parou por um momento e pensou: "É melhor pular daqui e tentar agarrá-lo? Não, isso é burrice, vamos acabar morrendo os dois, despencando juntos." Em vez disso, apoiou o corpo devagar sobre o andaime, colocando um pé em cada lado da tábua central a fim de tornar a equilibrá-la, tendo o cuidado de fazer tudo isso sem largar a viga. O vento lançava pingos de chuva que pareciam agulhas atiradas na parte superior de seu corpo. Nesse momento, agachou-se por baixo da viga e deu um pulo para frente, calculando o tempo de forma instintiva, precisa, e colocando a mão com força em volta do punho do outro. Durante alguns segundos que pareceram uma eternidade, o andaime balançou com força para frente e para trás, enquanto Esko continuava a segurar com força o punho que agarrara, seu ombro lançando uma fisgada de dor enquanto o braço parecia ser lentamente arrancado da articulação, até que segurou o outro punho de Paul Mantilini e conseguiu, a muito custo, içá-lo de volta até as frágeis tábuas do andaime. Os dois homens uniram os braços e respiraram em uníssono. Juntos conseguiram levantar o joelho e seguraram a ponta da viga acima deles, agarrando-a com força como náufragos pendurados na borda de um bote salva-vidas. Esperaram um pouco, ensopados e sem fôlego, sugando o ar com força até que o céu começou a clarear de leve e a tempestade, lentamente, deu mostras de que ia amainar.

– Steffano... ele está vivo? – perguntou Paul Mantilini, sabendo com certeza que dois dos outros irmãos não poderiam ter sobrevivido.

– Não sei – respondeu Esko.

– Merda! – Paul Mantilini bateu com a testa contra a viga de aço, em desespero. – Merda, merda! – exclamou, o tom inalterado, batendo com a cabeça contra o aço ainda com mais força, até sentir que o sangue se misturava com a chuva e lhe escorria pelo rosto. – Merda!

– Calma – disse Esko, pousando a mão de leve sobre a manga ensopada do outro.

– Que calma? Foda-se! Meus irmãos acabaram de morrer. Foda-se!

– Morreram sim, quer você goste ou não! – a mão de Esko o agarrou com mais força.

A chuva parou, o vento se acalmou e, com as nuvens negras começando a se movimentar lentamente para longe, os dois homens caíram de joelhos sobre o andaime. O ar continuava incrivelmente úmido.

— Devo minha vida a você! — disse Paul, com palavras que mais pareciam grunhidos do que agradecimentos.

— Deixe isso pra lá — disse Esko. Olhando para baixo, alguns andares abaixo deles e dentro do corpo do edifício, viu alguns homens aglomerados em volta da figura de Steffano, jogado sobre o chão de bruços. Petroski estava lá, gritando e acenando com os braços, pedindo uma maca.

— O babaca daquele polonês! — murmurou Esko, em um ímpeto de raiva que o deixou tão surpreso quanto o ritmo americano que empregou para pronunciar a frase. Então, começou a chorar. As lágrimas brotaram de forma espontânea, transbordando-lhe do fundo da alma. Cobriu o olho, o corpo todo trêmulo, sentindo o medo que chegara só naquele momento; a tensão foi cedendo e ele viu diante de si as imagens borradas e dolorosas de todos os que ele não fora capaz de salvar: Klaus, Bongman Filho, sua mãe. Quanta desgraça, quanta ruína em seu passado. — Eu vi a tempestade chegando — disse. — Devia ter feito alguma coisa mais cedo. Talvez seu irmão, aquele que estava bem aqui no andaime com você... Talvez eu conseguisse...

— Você está louco? Será que ainda não compreendeu o que conseguiu fazer, vindo até aqui em cima para me salvar?

— Não foi o bastante — reclamou Esko.

Paul Mantilini olhou para Esko de um jeito diferente, os olhos apertados, avaliando-o e apreciando-o. Seu olhar era frio, quase terrivelmente controlado, e algo foi compartilhado pelos dois homens naquele momento, um sentimento profundo e passional que ambos tiveram o cuidado de encobrir. O olhar gelado de Paul Mantilini pousou no *puukko*, ainda preso ao cinto de Esko.

— Posso ver? — pediu ele, e, antes de Esko perceber o que estava acontecendo, a lâmina já estava fora da bainha e girava na mão de Paul Mantilini.
— O que é isto?

— Um *puukko*. Uma espécie de canivete finlandês. Foi presente do meu pai.

Paul Mantilini balançava a cabeça para frente, observando com atenção o aço brilhante da pequena faca, e Esko sentiu uma fisgada de alarme ao lembrar a ameaça que ele fizera, de cortar a garganta de Bo.

Com um movimento rápido, Mantilini passou o fio da lâmina pela palma da própria mão e ficou olhando com ar pensativo, durante vários segundos, a linha que formara, enquanto o sangue começava a jorrar pelo corte profundo; então, em uma ação tão rápida quanto a anterior, agarrou a mão de Esko com firmeza, puxou-a na direção da ponta da faca, enterrou a palma nela e a puxou, provocando um corte profundo.

A mão de Esko acendeu-se de dor; ele tentou puxar a mão, mas Paul Mantilini não a largava.

— Você ficou maluco? — gritou Esko.

— Quando precisar de alguma coisa, qualquer coisa, venha me procurar — disse Mantilini, pressionando a palma da própria mão contra a mão aberta de Esko e esfregando os dois cortes com tanta força um contra o outro que os dois sangues misturados começaram a pingar em gotas grossas e espessas sobre o andaime. — Você é meu irmão, agora!

4

Cerca de seis semanas depois da tempestade, em meados de agosto, Esko caminhava pela Sexta avenida e percebeu o ar tremulando ao longe como se fosse uma substância sólida acima do asfalto, que por sua vez formava uma gosma espessa que parecia grudar-lhe nas solas dos sapatos. Ele nunca imaginou que pudesse haver um lugar tão quente; era um calor feroz, ofuscante, inclemente, como se ele estivesse em uma sauna sem ter um lago gelado onde pular, um calor infernal que não diminuía nem mesmo depois que a noite caía. Homens de negócios se arrastavam pelas ruas como grandes pedaços de carne sem firmeza, derretendo-se, apertados dentro de ternos cruéis. Esko usava óculos escuros, uma camiseta sem mangas, de algodão e calças leves, também de algodão, e mesmo assim já estava pingando. Um bonde passou ao seu lado rugindo qual fera enraivecida. O capô de um Chrysler estacionado junto ao meio-fio estava tão quente que era impossível tocá-lo, de tão escaldante. Sobre o elevado acima de sua cabeça, um trem passou a toda velocidade, deixando no ar padrões caleidoscópicos que se infiltraram e cortaram o ar sujo do mundo abaixo, caindo sob a forma de uma fina chuva de cinzas. Um cartaz avisava PERCURSO AO AR LIVRE, e Esko olhou duas vezes para as palavras, com ar de lamento. *Não havia* ar algum. Manhattan era um trapo fumegante enfiado em sua garganta e fedia a peixe podre, carne estragada, fruta azeda e esgoto, carregando o odor de deteriorações indescritíveis.

Continuou andando, atravessou a Sétima avenida em busca de refúgio, como fazia todas as tardes, nas frescas sombras da estação Pensilvânia, passando ao longo das grandes galerias em arco e seguindo pelos ecos vastos e murmurantes do imenso saguão. Elevando-se a quinze andares de altura, com o vão em forma de abóbada e escarpado, projetado na década anterior por Charles McKim, sócio de Stanford White, que fora assassinado, o lugar ganhava vida naquele instante com o movimento e o murmúrio agitado de centenas de pessoas que se abanavam com leques, revistas, jornais dobrados, envelopes pardos, programas de teatro, com as mãos ou até mesmo com as passagens de trem, se não conseguissem nada maior. Esko contornou este espaço, tão bem construído, tão generoso, tão civilizado, e que contrastava de forma tão brutal com os resíduos fumegantes representados pela avenida do lado de fora. Olhou com atenção para as gigantescas janelas, através das quais raios de luz cheios de partículas de poeira se derramavam obliquamente sobre o piso em mármore, e pareceu-lhe, então, que McKim compreendera que partidas e chegadas eram questões de importância quase mística, mesmo para os jovens de chapéu panamá ou para as escriturárias em folgados vestidos de verão, que continuavam simplesmente correndo entre a cidade e Nova Jersey; mesmo eles, a cada dia, se inflavam com as esperanças excitantes de sua própria história, e os poucos minutos passados ali serviam para energizá-los com a lembrança suspensa de que também eles eram criaturas de infinitas possibilidades; pois a estação Pensilvânia, mesmo em um dia como aquele, o mais cruel e sujo dos dias de verão em Nova York, entrelaçava a dura realidade do mundo como ele era com a sensação maravilhosa de como ele poderia ser. Esko passava por ali todas as tardes, desde que descobrira o local, isso já fazia mais de um mês.

Já não trabalhava mais com os rebitadores. Gunnar e Cristof haviam ido para a Califórnia, para Los Angeles, onde, segundo ouviram, estava sendo construído o novo prédio da prefeitura. Bo perdera a coragem, ou – como ele dizia – caíra em si e, de qualquer modo, ficara marcado por aquele dia terrível e desistira de trabalhar com aço, para sempre. Bo se tornara muito amigo de Paul Mantilini e estava noivo de sua irmã, Teresa. Esko não vira nem soubera mais nada de nenhum deles desde o funeral, que aconteceu em um cemitério que ficava no alto de um monte em Queens, de onde se divisavam as torres distantes de Manhattan através da névoa. Nem a construtora nem os donos do hotel em construção mandaram um representante para o enterro, embora Petroski tivesse conseguido uma coroa em homenagem aos dois irmãos mortos (Steffano sobreviveu, mas quebrou o osso da bacia, além das duas pernas, e talvez jamais tornasse a andar); a coroa tinha o formato de um rebite, um rebite redondo e imponente, com flores que sobressaíam em meio aos outros tributos. Paul Mantilini pegou a coroa e a varejou longe, dizendo que não precisava de um lembrete da causa da morte dos irmãos.

A mão de Esko estava coçando. A cicatriz também coçava muito quando o tempo esquentava, os dias haviam sido escaldantes desde o dia do acidente. Durante o funeral, Paul Mantilini não voltara a se referir ao gesto com o *puukko*, nem aos supostos laços com Esko, de fraternidade por sangue, isso foi um alívio para o finlandês. A atitude fora violenta e melodramática, embora compreensível, sem dúvida, mas era melhor que fosse esquecida, pensou Esko; esse, porém, era seu lado racional falando, pois bem sabia que iria lembrar-se para sempre do momento em que seus olhos se fixaram nos de Paul Mantilini. Em cima daquele andaime, ele vira algo de si mesmo refletido no rosto do outro: talvez uma obsessão, uma paixão, uma determinação férrea de fazer o que fosse necessário. Sentia-se um pouco cauteloso com relação a Paul Mantilini e a idéia de que poderia haver, agora, alguma ligação inevitável entre eles, pois achava que Mantilini era um jovem, de certo modo, perigoso. Sentiu que ele provavelmente compreenderia bem o conceito finlandês de *sisu*, pois tinha o aspecto de um homem capaz de qualquer coisa.

Havia ainda a alarmante idéia de que Mantilini pudesse possuir algum sombrio segredo a respeito da América que ele mesmo ainda não se sentia preparado para enfrentar. Pois, apesar do acidente na construção, apesar do seu fracasso em entrar em contato com Katerina, que perdurava, apesar de sua falta de dinheiro (novamente crônica), e até mesmo apesar do calor, Esko continuava animado com Nova York e suas possibilidades. Acreditava piamente que, de algum modo, em algum momento à frente, conseguiria realizar aquela façanha improvável – *construir um arranha-céu*. Sentia isso com a mesma certeza que tinha, ao se aproximar da banca de jornais a fim de comprar um caderno, sobre qual era a marca do lápis (Ticonderoga) que pegou no fundo do bolso da camisa, a fim de desenhar alguns detalhes da obra-prima do sr. McKim, um prédio que, pelo jeito, por fim libertara novamente a sua mão para o desenho, em Nova York. O otimismo era a droga nacional, o ópio americano, e dele Esko parecia ter ingerido um pouco.

Depois de pagar pelo caderno, na banca, Esko se virou e seu olhar se fixou em um homem alto e corpulento, todo vestido de branco, em pé no alto da escadaria, sob o imenso relógio de quatro faces que pendia do teto. O homem, que exibia uma barba, franziu o cenho ao olhar para o relógio de pulso, não se dando o trabalho de consultar o relógio maior, acima da cabeça. Começou a descer as escadas com ar de arrogância contida, lançando de forma despreocupada um pé adiante do outro enquanto balançava uma imensa pasta preta para desenhos, segurando-a com a mão esquerda.

Aquele homem, pensou Esko, é Joseph Lazarus. Não foi um pensamento do tipo "aquele homem me faz lembrar o homem que conheci em criança; nem aquele sujeito é muito parecido com o engenheiro que meu pai levou ao alto da torre, na aldeia". Nada disso, era conhecimento real, certeza. Aquele era Lazarus e, à medida que se aproximava, Esko reparou que ele ficara mais pesado e com o rosto vermelho. Seu cabelo e sua barba pontuda eram muito pretos, bem cuidados, e chegavam a brilhar de tão escuros, como se fossem tingidos. Havia algo veemente, quase repressor em sua aparência, como se aconselhasse todos aqueles nova-iorquinos agitados a sair do seu caminho. Devia estar com uns sessenta anos, avaliou Esko, embora ainda fosse um homem bonito e de presença marcante, com os olhos mais aguçados e determinados do que antes, apesar de mais velhos.

Lazarus trocou a pasta de mão e consultou novamente o relógio de pulso. Encolhendo os ombros, de forma teatral, balançou a cabeça.

Ele espera alguém que está atrasado e, quando chegar, estará em apuros, disse Esko para si mesmo. Lembrou-se do relato que Lazarus lhe fizera a respeito da construção da ponte na África Oriental Alemã, uma história muito inspiradora. Lembrou-se também do projeto da ponte em Iisalmi, que jamais saíra do papel. Quando foi mesmo que aquilo acontecera? Transportando-se ao passado, Esko lembrou até da gravata de seda cinza que Lazarus usara naquela noite. Era trespassada no laço por um alfinete incrustado de pérolas e diamantes. Havia ainda o casaco de pele, à altura dos tornozelos, cintilando com respingos de neve derretida que brilhavam como jóias. Lazarus lhe parecera alguém coberto de ouro. Esko estremeceu de repente.

— Ei, rapaz! Sim, você! Você mesmo, meu jovem! — A voz parecia uma rajada de metralhadora. — Você não tira os olhos de mim! Por acaso nós nos conhecemos?

— O senhor é Joseph Lazarus! — afirmou Esko, andando mais depressa na direção dele, estendendo-lhe a mão.

— Sim, sou Lazarus — confirmou ele, batendo os calcanhares, cruzando as mãos para trás e curvando-se com rigidez. Falava inglês com um forte sotaque alemão, empunhando o idioma adotado como se ele fosse um instrumento de apoio ou uma arma. — E você é...?

— Esko Offermans — disse ele, surpreendendo a si mesmo ao ver que usou o cognome que inventara e continuava a usar ao longo das últimas semanas.

— Offermans? — As sobrancelhas grossas e muito pretas de Lazarus se uniram, franzidas. — Conheço este nome?...

— Nós nos encontramos uma vez. Foi há muito tempo, na Finlândia. Eu era apenas um menino, na época.

— Finlândia? — Lazarus soltou o ar pelas narinas, com desdém. — *Arre*, que país atrasado. Musgo e pântano. Florestas escuras. Gelo. Camponeses apertados em barracos. Um lugar desgraçado!

— Meu pai me levou para conhecê-lo. No alto da torre de uma igreja. O senhor me contou o que aconteceu com uma ponte que construiu na África. Nunca me esqueci daquela história.

Lazarus enfiou o polegar sob o linho fino da lapela de seu terno. Seus olhos escuros brilharam de orgulho.

— Tornei-me arquiteto por causa do senhor — disse Esko. Herança, oportunidade, muitos outros motivos diferentes o haviam transformado no que ele era, mas Lazarus fazia parte daquilo. — Foi o senhor que me pôs neste caminho.

— Você é arquiteto? Offermans, é o seu nome? — Lazarus estava curioso, agora. Cofiando a barba e estreitando os olhos, parecia buscar algo na memória. — Claro! Agora me lembrei do seu pai. Aquele cara maluco, o radical. Era para ser meu guia. Como pude esquecer? Ele tentou matar alguém. Perdi uma comissão por causa dele e fui embora daquele país louco o mais rápido que pude.

— Ele o fez perder uma comissão? Como assim?

— Eu ia construir uma ponte em... qual era mesmo o nome do lugar?

— Iisalmi.

— Nossa! Jamais imaginei que ia tornar a ouvir esse nome — disse Lazarus, rindo. — Você sabe qual é a única coisa da qual me lembro, da cidade de Iisalmi? Renas. Cozido de rena. Sopa de rena. Bife de rena. Pudim de rena. Os finlandeses comiam tanta rena que eu fiquei surpreso ao saber que algumas daquelas pobres criaturas sobreviviam até o Natal para puxar o trenó de Papai Noel. Aquele cardápio era um inferno — exibiu os dentes, mais brancos do que o terno e, provavelmente, postiços. — Aquele lunático era seu pai? E você é arquiteto? Ora, ora, e o que tem feito?

— Construí três igrejas. Na Finlândia. Antes da guerra, trabalhei com Arnefelt e Bromberg.

— Bromberg morreu — comentou Lazarus, inclinando-se para frente, de forma casual. — Não foi?

Pelo visto, a carreira de qualquer rival em potencial era importante para ele, mesmo na atrasada Finlândia.

— Foi assassinado — confirmou Esko.

— Deve estar projetando *villas* no céu, agora, ou então no outro lugar, aquele onde o cardápio é horrível — comentou Lazarus, com um cintilar repentino em seus dentes brilhantes, prestando atenção de repente em um pequeno ponto sujo em seu terno e fazendo cara de ofendido. — E aqui em Nova York? O que construiu aqui?

— Nada — respondeu Esko, rindo de si mesmo, mas recusando-se a parecer intimidado.

— Nada? — Lazarus o avaliou por um momento e então seus olhos se acenderam, não com prazer, mas com genuína alegria; acabara de se lembrar de algo muito engraçado que dava cambalhotas nos fundos de seu cérebro. — Isto é espantoso. Realmente *espantoso*! Lembrei quem é você. Lembrei exatamente. Você é aquele menininho com cicatrizes no rosto que me perguntou sobre elevadores. — E riu com muito gosto. — Queria saber o que eles significavam. Já conseguiu descobrir?

— Eles significam que um edifício pode se reproduzir em infinitos andares — disse Esko com um sorriso, preparando-se para zombar, com Lazarus, de sua própria sinceridade infantil. — São eles que tornam os arranha-céus possíveis.

Isso fez Lazarus rir ainda mais, e ele disse:

— Agora, não precisa nem me dizer... Você vai construir um! O mais alto e o mais maravilhoso de Nova York.

— Isso mesmo!

— Rá, rá... Vocês, da família Offermans, são todos lunáticos. Uns sonhadores! — mas sua voz mudou ao ver que o rosto de Esko permaneceu impassível. — Está falando sério?

— Estou! — afirmou Esko.

Lazarus suspirou, embora sem demonstrar tristeza, ao adivinhar as derrotas que Esko certamente iria conhecer, porque a vida era assim mesmo.

— Boa sorte! — desejou, levantando de forma desajeitada a mão que segurava a pasta, a fim de olhar as horas mais uma vez. — Onde, diabos, está aquele cara? Preciso pegar o trem. Adeus, Herr Offermans. Boa sorte com o seu *wolkenkratzer*. Como é mesmo que vocês o chamam, na Finlândia?

– *Pilvenpiirtaja*.

– Claro, como poderia me esquecer? Adeus, adeus.

Esko ficou observando as costas largas do terno branco que seguiam em frente, desviando da multidão em direção às escadas, e começava a perceber que fora sumariamente dispensado quando viu Lazarus dar meia-volta e refazer o caminho na direção dele, movendo-se com a confiança de um navio de guerra ao se aproximar de um alvo desprotegido.

Parou, evidentemente avaliando uma idéia.

– Talvez eu também seja um lunático – disse, por fim. – Quem sabe? Mas eu tive um palpite maluco a seu respeito, Esko Offermans. Vou lhe dar uma chance. Vamos inscrever um projeto em um concurso, nós dois. Dividimos o dinheiro do prêmio, se ganharmos.

– Dinheiro do prêmio? – perguntou Esko, espantado.

– O concurso da *Gazeta*. Não ouviu falar? Eles acabaram de lançar uma grande disputa. Para o projeto de um arranha-céu.

5

Os escritórios de Lazarus ficavam em um prédio de tijolinhos na rua 47, perto da *Vanity Fair*. A placa do lado de fora era tão imodesta quanto o prédio era discreto: JOSEPH LAZARUS, ARTISTA, ARQUITETO, ENGENHEIRO & MESTRE ARTESÃO, estava escrito na placa, que fora pregada de frente para a rua e exibia letras bem desenhadas sobre latão polido.

– Uma coisa que Nova York me ensinou – disse Lazarus, um pouco ofegante, ao ver o olhar de Esko, que se fixara na placa – é que você deve sempre se vangloriar, tocar a própria trombeta, como dizem os americanos. E cuidar bem da tropa.

Explicou que enxugara o quadro de funcionários de forma implacável. Projetistas entravam e saíam. As secretárias ficavam apenas uma semana no emprego. Contou isso a Esko enquanto eles entravam no prédio, apertando-se dentro de um elevador tão estreito e sem ventilação quanto um caixão.

— Nosso acordo vale apenas para esse concurso — explicou a Esko. — Não quero que você comece a ter idéias.

— Combinado — disse Esko.

— Meu escritório não tem nada de especial, mas eu consigo trabalho. Um monte de trabalho — completou Lazarus, enquanto o elevador dava início à subida, entre rangidos. — Não sou um daqueles caras de Yale ou Harvard, cheios de contatos com gente que nasceu em berço de ouro. Eu os odeio! Depois que Harry Thaw matou Stanford White*, deviam ter dado uma metralhadora a ele, para acabar logo com todo o resto. Quer saber, Offermans? Uma das maiores mentiras que os americanos contam para si mesmos é a de que não existe um sistema de castas e privilégios neste país. Existe, sim! É pior do que Berlim — fungou. — Talvez aqui não seja tão cruel quanto Londres, mas é bem cruel, mesmo assim.

Esko olhou para Lazarus, arrebatado pela energia e pelo fogo que ainda havia em um homem com aquela idade, e impressionado ao notar que ele mesmo estava ávido, louco para construir. Era a tarde do dia seguinte, vinte e quatro horas depois do encontro na estação Pensilvânia, em mais um dia de calor terrível em Nova York.

Lazarus, suando muito, afastou as portas e saiu na frente de Esko ao chegarem ao quarto andar, o último do prédio, apontando para a porta que levava à sua sala particular, exibindo a sala dos projetistas para, por fim, mostrar a Esko o espaço que ele ocuparia no local, uma saleta sufocante e sem janelas onde havia duas escrivaninhas de aço apertadas, uma cesta de papéis em plástico rígido, uma estante de aço entulhada até o alto com volumes empoeirados sobre códigos de construção, uma cadeira giratória de madeira em cada mesa e um telefone branco.

---

* Referência àquele que é considerado o primeiro crime importante do século vinte, quando o arquiteto Stanford White foi assassinado por Harry Thaw, o marido milionário de sua amante. (N.T.)

— Não se preocupe — disse Lazarus. — Vou aparecer a toda hora para saber como vão as coisas — e deixou Esko com o anúncio do concurso da *Gazeta* nas mãos.

PRÊMIO DE 50.000 DÓLARES PARA O ARQUITETO QUE PROJETAR O ARRANHA-CÉU MAIS BONITO DO MUNDO. O edifício deverá ser não só atraente e impressionante: seus aspectos práticos deverão ser também levados em conta. Ele deverá comportar todos os departamentos do jornal, inclusive as impressoras. O prédio deverá apresentar uma concepção vigorosa, a representação de um arranha-céu capaz de inspirar os leitores de todo o universo.

Detalhes prosaicos se seguiam a esta hipérbole celestial, incluindo uma lista com as regras do certame, os nomes dos membros do júri (nenhum deles familiar a Esko), a localização e as dimensões do local e, em particular, detalhes da regulamentação setorial de Nova York, datada de 1916, que determinava as alturas dos prédios de acordo com uma série de requisitos; a idéia era a de que o prédio poderia subir em linha reta a partir da calçada, mas só até uma certa altura, a partir da qual o edifício deveria recuar e seguir mais esguio, a fim de permitir que a luz do sol chegasse às ruas. Ao ler isso, Esko compreendeu que esta regulamentação de zoneamento urbano, por si só, já deveria ser vista como uma sugestão de *design* e não apenas como um requisito legal. Os arranha-céus de Nova York deveriam assumir a forma de zigurates babilônicos, empilhados em camadas, como bolos de casamento.

Esko recostou-se na cadeira giratória, mantendo os pés no chão, e avaliava tudo isso quando a porta se abriu e uma jovem com olhos brilhantes e tez bronzeada entrou. Olhou para ele por um momento, lançou-lhe um sorriso improvisado, sentou-se na outra mesa e pegou na bolsa um aparelho que parecia um ventilador elétrico em miniatura.

— Olá, meu nome é Esko Offermans. Você também vai trabalhar no concurso para construir o prédio? — quis saber ele, perguntando a si mesmo, com uma leve sensação de pânico, se Lazarus andava passando um arrastão pelas ruas e oferecendo aquela oportunidade para todo arquiteto que encontrava.

— Sou a senhorita Kott — explicou ela, fazendo o ventilador zumbir ao ligá-lo, com o apertar de um botão. — Vou ser sua secretária.

— Ora, srta. Kott, isso é ótimo!

Esko sentiu-se aliviado e intrigado, ao mesmo tempo; para que ele precisava de uma secretária?

— Srta. Kott... a senhorita está aqui para me espionar?

A srta. Kott simplesmente sorriu e dirigiu toda a atenção para as unhas pintadas em vermelho vivo, balançando-as diante do ventilador para secar o esmalte.

Durante o almoço, Lazarus fora muito franco com Esko, explicando que o único motivo de ele tê-lo colocado à frente da empresa era o fato de andar muito ocupado; o prazo final para entrega dos trabalhos se aproximava, seria dali a duas semanas.

— De qualquer modo, você não tem a mínima chance — explicou a Esko, provocando-o com um tom protetor, enquanto sugava uma ostra com lábios barulhentos. — Todo grande arquiteto do mundo foi convidado a participar deste concurso.

"Pois eu vou lhe mostrar o meu valor", pensou Esko, sabendo que este era exatamente o resultado que Lazarus esperava. Ele era um homem esperto, manipulador, e já começara a fazer pressão, colocando Esko em um clima de rivalidade na esperança de ver se havia algo de bom nele. Não que Esko se importasse com isso; na verdade, até gostava da idéia; pretendia apresentar um projeto que ia deixar Joe Lazarus de queixo caído.

Levantando-se da cadeira com um salto, pegou o caderno de desenho, os lápis, jogou o paletó sobre os ombros, enfiou o chapéu na cabeça, colocou os óculos escuros e fez uma pausa ao chegar à porta, acenando com a cabeça para a srta. Kott, que olhava para ele por trás das hélices céleres.

— A que horas vai voltar? — quis saber ela.

— Quando estiver pronto, srta. Kott. Quando estiver preparado — respondeu Esko, com um sorriso cordial.

O lugar escolhido para o novo prédio da *Gazeta* ficava na rua 42, perto do elevado e às margens do East River, um ponto marcante para se transformar em sede da empresa. Não era um lugarzinho qualquer, o que significava que toda a vizinhança seria obrigada a elevar seus padrões, a fim de acompanhar o novo edifício. Em 1922, não havia nada em um raio de vários quarteirões que pudesse competir com o novo arranha-céu; aquele prédio ia ditar o tom de toda a região, que Esko avaliou com cuidado, caminhando pelas casas de cômodos feitas de tábuas, antiquários decadentes, imensos depósitos de combustível, lavanderias fumegantes e lojas de roupas caindo aos pedaços, todas escurecidas pela poluição das fábricas de cerveja e usinas elétricas.

Nenhum arranha-céu surgira em Nova York desde a inauguração do Woolworth, e uma parte daquela tarefa, uma parte da oportunidade, ali, como Esko bem sabia, era construir um edifício que pudesse realmente refletir o novo século, o mundo pós-guerra que era vital, vigoroso e sem ilusões com o passado, de um modo que parecesse tão justificado quanto frenético, e talvez um pouco desesperado. Louis Sullivan, o pai dos arranha-céus, tinha um ditado simples: a forma segue a função. Durante milhares de anos, os engenheiros e arquitetos haviam sido impedidos de alcançar as alturas porque as paredes de um prédio tinham de suportar o próprio peso. Foi isso que determinou o formato das pirâmides. Por isso as catedrais medievais tinham a tendência de se inclinar ou desabar, com o passar do tempo. Em 1870, a construção em molduras de aço acabara com esse problema. Os arranha-céus subitamente se tornaram possíveis, e precisavam apenas de um incentivo — o velho amigo de Esko, o elevador — para fazê-los crescer. Agora, o aço sustentava todo o peso; as finas paredes de pedra ou concreto eram simplesmente encaixadas nas aberturas, enquanto a moldura subia, um processo que Esko conhecera pela primeira vez com Paul Mantilini, Bo e os outros. As paredes funcionavam apenas como um paletó, não eram o corpo da construção e, exatamente como o paletó, poderiam ser enfeitadas com tantos frisos, franjas e ornamentos quanto o arquiteto e o cliente desejassem. Cass Gilbert, ao projetar o Woolworth, talhou-o como se fosse uma catedral, uma catedral de dinheiro, porque isso, para ele, ou, mais provavelmemte, para o sr. Woolworth, era o que o prédio significava. A altura era o foco da catedral de Chartres. A altura era o foco da catedral de Reims. O grandioso Woolworth era um produto híbrido desse conceito, uma antiguidade sucedânea às catedrais. O ar elétrico da Nova York de 1922, porém, clamava por algo novo. O mundo mudara; Esko sentia isso, via as coisas assim. Milhões haviam morrido na guerra européia; impérios haviam caído e um novo império surgira, ali, nos Estados Unidos, a terra do automóvel, do rádio, da câmera, do cinema, a terra da primeira cidade verdadeiramente moderna: Nova York.

Caminhando e pensando em tudo isso, Esko chegou a um cais decrépito, onde persuadiu o capitão de um rebocador a dar uma volta com ele pelo rio. Logo, ondas batiam e lambiam os lados do barquinho errante. Duas gaivotas guinchavam e tagarelavam acima de sua cabeça, brigando pela carcaça de um peixe. Esko esfregou de forma distraída o próprio ombro, que ainda doía, às vezes, bem no lugar em que Paul Mantilini quase o arrancara para fora da articulação. Ficou em pe na popa do barco, olhando para a margem. Os distantes arranha-céus da região baixa de Manhattan eram vistos de forma indistinta, semi-ocultos pela névoa. Uma brisa repentina trouxe consigo um cheiro penetrante de ozônio e levantou a aba de seu chapéu. Os reflexos do sol brincavam sobre um dos tanques de gás que olhavam para baixo, na direção das docas. Antes disso, olhando de perto, na rua, Esko reparara o quanto aqueles velhos tanques pareciam enferrujados e dilapidados. Agora, porém, enquanto o barco singrava as águas, sem rumo, movendo-se lentamente sobre o rio, dava para ver com nitidez a pureza e a objetividade de suas linhas originais. Elas se erguiam austeras, absolutas e sem adornos, tremulando no ar quente, libertadas dos detalhes da superfície e lançando-se para cima com arrojo, sem nada que as diminuísse em suas qualidades supremas e mais sublimes: forma e altura.

Abrindo seu caderno de esboços, Esko rapidamente desenhou os tanques de gás, as fábricas, a usina elétrica, o matadouro e os prédios de tijolos aparentes que o fitavam da margem. Então desenhou por cima deles um emaranhado de prédios, antevendo ali um estilo exclusivamente vertical de arquitetura. Esboçou então uma nova silhueta para a cidade, uma floresta que crescia com exagero e orgulho, como se aquelas feias sementes tivessem brotado para se transformar em árvores míticas e gloriosas. De imediato percebeu que, se todos os prédios iriam elevar-se assim tão alto, os maiores, necessariamente, seriam poucos. Assim, virou a página e começou novamente com o lápis, espaçando os arranha-céus em padrões quadriculados, circundando-os com parques e conectando-os com pistas elevadas de concreto, ao longo das quais os carros iriam circular. A rua, com toda a sua confusão, sujeira e bagunça, seria eliminada. Os ângulos denteados e os detritos daquela parte de Nova York seriam varridos, substituídos por cristais imensos feitos de aço e vidro, e por um estilo de arquitetura que era, em si mesmo, um símbolo de igualdade, de humanidade e de conflitos banidos. Toda a margem do East River se tornaria um local utópico, uma Veneza totalmente modernizada, uma cidade de arcadas, praças e pontes, tendo canais como ruas, não canais cheios de água, mas de tráfego automobilístico fluindo livremente, o sol refletido nas capotas dos carros, enquanto os vidros cintilantes do revestimento dos prédios refletiriam de volta as volumosas ondas urbanas.

Baixando seu caderno de esboços, Esko segurou o gradil do rebocador, lançou o olhar novamente para a margem e viu não o que havia ali, mas o que haveria um dia. Na Itália, durante a Renascença, os artistas trabalhavam para os papas e os Bórgias. Ele trabalharia pelos rebitadores, por Bo, por Gunnar, pela memória dos dois irmãos Mantilini que haviam morrido, pelas secretárias e pelos jovens de chapéu panamá que passavam apressados pela estação Pensilvânia, por Klaus e por Bongman Filho, pelo homem comum, a quem o futuro pertenceria. Aquela nova Veneza surgiria em Nova York como um farol, um acordo feito com o século ainda criança. Podemos ser melhores, era a mensagem; podemos trazer beleza para o mundo.

O capitão do rebocador notou que seu passageiro andava de um lado para outro, o rosto afogueado muito concentrado, cheio de empolgação. Com uma só pincelada Esko se viu como o arquiteto de uma metrópole dentro da metrópole, articulador de um esplêndido esforço social. E por que não? Haviam lhe oferecido vinte igrejas. Por que *não* vinte arranha-céus? Para isso começar a acontecer, tudo o que ele precisava fazer era projetar um deles, um prédio lindo e arrojado. Precisava vencer o concurso da *Gazeta*, apenas isso, precisava apenas derrotar os maiores arquitetos do mundo.

Esko bateu com as mãos uma na outra. Farei isso, assegurou a si mesmo, sabendo exatamente como, pois o projeto vencedor já estava gravado a fogo em sua mente desde os onze anos de idade.

— Srta. Kott! — chamou ele, ao voltar para o escritório na rua 47. — Vamos trabalhar!

Neste instante, porém, a porta se abriu e Lazarus entrou, enxugando a testa com um lenço de linho. Avistando o ventilador em miniatura da srta. Kott, pegou-o e ficou segurando as lâminas que zuniam embaixo do queixo.

— Tenho uma ótima notícia! — anunciou ele, muito satisfeito consigo mesmo. — Enquanto estava passeando, Herr Offermans, estive trabalhando. Acabei de encontrar uma amiga que conhece um dos juízes da *Gazeta*. Na verdade, os dois estiveram juntos na cama, ontem à noite.

Virando-se para a srta. Kott, deu uma piscadela, e pediu:

— Desculpe-me, minha cara. O caso é que esse juiz contou à minha amiga algo muito interessante. Uma torre gótica vai vencer o concurso. Eles querem uma torre gótica. Algo semelhante ao Woolworth.

Colocando o ventilador de volta sobre a mesa da srta. Kott, perguntou:

— Onde encontrou isso, srta. Kott? Foi barato? Quero um também — e assumiu um ar exuberante, confiante, enfiando os dedos por trás dos suspensórios vermelhos que lhe escalavam a barriga protuberante. — Isso torna as coisas mais fáceis, não acha? Limita as possibilidades a nosso favor. É gótico. É oficial. Um projeto semelhante ao do Woolworth, talvez um pouco diferente, mas não muito diferente. Muito simples?

— Não — reagiu Esko, depois de ficar parado por um momento.

— Quer ter uma oportunidade de ganhar? Quer que meu escritório faça a inscrição do seu projeto? — perguntou Lazarus, lançando as duas mãos para frente, exibindo a camisa de seda em elegante tom de jade com punhos imensos. — Pois então tem que ser em estilo *gótico comercial*, meu amigo. Você acha que sempre vai poder controlar o próprio trabalho? Na Finlândia, talvez você pudesse fazer as coisas do seu modo, um pouco disso e daquilo sobre o gelo. Em Nova York, porém, vivemos no mundo real. E nesse instante, o mundo deseja outra Notre-Dame, dessa vez dedicada ao dólar.

Esko se levantou e pegou o chapéu em cima do metal quente da mesa, avisando:

— Então, vou fazer projetos para outra pessoa.

Lazarus levantou as mãos na direção do teto jogou os olhos para cima, lamentando-se:

— Srta. Kott, a culpa é minha! Eu sou o culpado. Encontrei este homem na estação Pensilvânia. Já devia saber! — e gemeu teatralmente, operisticamente, *Il Pagliacci* traído mais uma vez. — Dei emprego a um idiota!

Esko não se demitiu, afinal, mas passou os dias que se seguiram em agonia, incapaz de pensar ou desenhar. Tudo o que começara a fluir de forma tão entusiástica de dentro dele parara de repente, como se tivesse congelado. Olhava para o papel em branco sobre a mesa e era como se blocos de gelo estivessem rangendo, esmagando-se dentro do seu peito, coalescendo-se em uma sólida massa de frustração.

— Esse homem não possui ideais nem princípios — reclamou com a srta. Kott. — Não dá a mínima para a arte de construir. Quer apenas ganhar a licitação, não importa a que preço.

A srta. Kott fungou.

— Já conheci homens como ele — afirmou Esko, e isso era verdade. Oskari Bromberg fora assim. Esko também compreendeu que era daquele jeito que as competições de arquitetura funcionavam. Os juízes tinham as suas preferências, muitas vezes estúpidas; de um modo ou de outro, a coisa era sempre arranjada. Esko não era ingênuo, já percebera essas coisas ao longo de sua vida profissional, mas uma parte dele gritava por dentro, de revolta. — Ele venderia a alma por um contrato.

— Provavelmente — concordou a srta. Kott.

No fim das contas, a coisa se resumia a isso, pensou Esko, o quanto eu quero realmente ganhar? A resposta era fácil: ele queria muito ganhar, queria de verdade. Os vinte arranha-céus tinham que começar com o primeiro. Ao mesmo tempo, ele não se sentia preparado para ceder, pelo menos não nos termos de Lazarus. Então, o desafio era: como juntar os negócios, o passado, o verdadeiro espírito dos Estados Unidos, sua própria busca apaixonada pela forma e tecer tudo isso ao mesmo tempo, formando uma canção irresistível que iria convencer os juízes de que eles estavam conseguindo exatamente o que queriam, embora, na verdade...

Um sorriso se insinuou em seu rosto, ao lembrar de uma cena do "Kalevala", em que o velho mágico cantarolava e entoava cânticos, fazendo o inimigo afundar no pântano movediço com o poder do seu encantamento, para então salvá-lo, puxando-o para fora.

— Srta. Kott! — chamou Esko, e ouviu um clique no instante em que ela desligou o ventilador portátil. — Acabo de ter uma idéia! Vou oferecer a todos um verdadeiro show.

— Fabuloso! — reagiu ela, com ar de enfado. — Vai ser tão bom quanto um jogo de futebol?

— Melhor, srta. Kott. Muito melhor!

Primeiro, ele e a srta. Kott esvaziaram a sala abafada e sufocante. Tiraram a mesa de Esko, a cadeira, a estante de aço, os muitos volumes do código de obras, pesados como paralelepípedos, empilharam tudo no corredor do lado de fora. Deixaram apenas a mesa da srta. Kott na sala, depois de empurrá-la contra a parede. Esko chegou mesmo a desligar o telefone antes de limpar o piso, até deixá-lo impecável.

— Volto já! — avisou a ela.

Retornou cerca de uma hora depois, acompanhado por uma procissão de trabalhadores, cada um deles carregando dois baldes de argila pastosa.

— O que está acontecendo aqui? — perguntou Lazarus, saindo de seu escritório como uma bala, os polegares espetados nos suspensórios vermelhos. — O que é isto? Você pretende montar um jardim-de-infância?

— Descobri uma coisa hoje de manhã — disse Esko, arregaçando as mangas e enfiando as mãos em um dos baldes. — Andei pensando a respeito da lei de zoneamento e dos requisitos de recuo para os andares mais altos. — Dois baldes cheios de argila foram derramados sobre o piso e depois mais dois. — Está entendendo, Joe? Essas exigências significam uma mudança no relacionamento entre o edifício e o próprio ar onde ele está. Entendeu?

— Não exatamente — disse Lazarus, a voz em um tom seco.

— Os requisitos significam que um edifício alto deve ser esculpido, como se o próprio ar em torno dele tivesse sido cortado e entalhado. Agora sei que compreende. Não vou desenhar o projeto. Vou moldá-lo!

O rosto de Lazarus demonstrou reconhecer que Esko realmente descobrira algo.

Esko acrescentou mais quatro punhados de argila.

— Não vai haver nenhum tipo de ornamento neste prédio.

— Ele tem que ser *gótico*! — lembrou Lazarus, quase gemendo.

— Vou me ater ao princípio mais fundamental da torre gótica, e apenas a esse. A estrutura vai se estreitar em direção ao topo. Será gótico, sem dúvida, mas o meu gótico, e não algo semelhante ao Woolworth. — Colocando-se de quatro, Esko começou a esculpir a argila que endurecia, utilizando o *puukko*. A argila, um tom claro de cinza, ainda estava úmida ao toque, mas exalava um cheiro agradável que se parecia com o de giz; estava fácil de cortar, como carne macia. — Está acompanhando meu raciocínio, Joe?

— Onde está o telefone?

— No lixo. Só volto a me comunicar com o mundo lá fora quando isto estiver pronto.

Esko trabalhou dia e noite, ficando no escritório até altas horas, quando as luzes de néon diminuíam na Broadway, as lâmpadas solitárias brilhavam como lanternas nos prédios altos e os murmúrios, buzinas, ecos distantes de carros e barcos passavam a rastejar quase mudos, através da escuridão espessa e furtiva. Era nesse momento que Esko quase conseguia acreditar na radiante e romântica promessa de Nova York, uma Cinderela em forma de cidade, não apenas um lugar, mas o sonho de todos que chegavam lá.

Aos poucos, no decorrer dos dias que se seguiram, o projeto de Esko começou a adquirir forma. Certa manhã a srta. Kott chegou ao escritório e encontrou Esko já trabalhando, como sempre, mas não mais de quatro, no chão, mas em pé, pois a escultura alcançara a altura do seu peito. Erguendo as sobrancelhas, contornou a massa de argila para alcançar sua mesa e se refugiou atrás dela, com o ventilador zumbindo à sua frente como proteção adicional, para o caso de Esko enfiar na cabeça alguma outra idéia realmente louca.

A essa altura a torre de argila que surgia já deixara de representar um espetáculo para divertir as pessoas. Ainda havia hostilidade, mas as pessoas começavam a se mostrar impressionadas. O modelo possuía uma força vertical avassaladora, como um chafariz de argila delgada que se lançava para o ar com determinação. Até mesmo Lazarus estava ficando satisfeito.

– Talvez a Finlândia tenha algo a mostrar, afinal, srta. Kott – comentava ele, coçando o queixo.

Certa noite, já bem tarde, Esko voltava do lavatório quando sentiu um cheiro de tabaco, meio adocicado, parecendo vir de um cigarro turco e, ao entrar em sua sala, viu um homem parado em pé, de forma casual, inspecionando o modelo em argila, já quase completo. O homem era vistoso, magro, de altura mediana, cuidadosamente barbeado, o nariz reto, estreito e uma covinha no queixo. Trajava roupa a rigor, mas estava sem gravata, uma echarpe de seda estava amarrada frouxamente em volta do seu pescoço, parecendo formar um nó corrediço branco e brilhante. Seu rosto jovem contraiu-se um pouco, quando ele deu mais uma tragada no cigarro.

– Ora, ora... – disse, por fim. Sua voz era descontraída, mas bem cuidada, e exibia um tom arrastado que parecia protestar contra a imposição de emitir algum som que fosse. Seus olhos cinza-azulados pareciam grudados na escultura. – Quem é você?

– E quem é o senhor, para aterrissar aqui como se fosse dono do lugar?

Um dos dedos se elevou, penetrando na covinha do queixo. A mão escorregou para dentro do paletó e tornou a sair empunhando uma cigarreira fina, de platina.

– Aceita um? – ofereceu. – Fique à vontade – concedeu, dando de ombros enquanto batia com a ponta do cigarro na caixinha e acendendo-o, para em seguida exalar nuvens de fumaça, sem a mínima pressa. – Para falar a verdade, eu sou o dono deste lugar – explicou. Seu ar de superioridade era provocante, mas definitivo, pensou Esko, como o de alguém que nascera em berço de ouro. – Aliás, sou dono de quase toda a rua, se quer saber.

– Que bom para o senhor – disse Esko, recusando-se a se mostrar impressionado.

— Este trabalho é seu? — perguntou o visitante, encolhendo os ombros com indiferença, prendendo o cigarro no canto da boca e apertando os olhos em meio à fumaça.

— É, sim.

— Está lindo — disse ele, sem nenhuma ênfase em particular, embora Esko tivesse a curiosa sensação de que ele estava sendo sincero; sentiu-se satisfeito, então.

— É para o concurso da *Gazeta*?

— Exato.

— É capaz de ganhar.

— Sempre existe essa possibilidade.

— Joe anda escondendo você, hein? Ele não mencionou nada sobre contratar um novo arquiteto.

— Estou aqui apenas para participar do concurso — uma inscrição em conjunto.

— Sério? — perguntou, exalando fumaça. — E de onde você veio?

— Finlândia.

— E agora você se propõe a vencer o concurso da *Gazeta* e reconstruir uma porção considerável da cidade onde eu cresci. Meu pai ficaria muito aborrecido.

— Sinto muito por isso.

— Ora, não sinta. Ele está morto. — Com a ponta do dedo, pegou uma partícula de tabaco que ficara presa na língua. — Meu nome é Andrew MacCormick, a propósito.

— Esko Offermans. — Os dois homens contornaram o modelo de argila para se cumprimentarem. — O senhor conhece Lazarus?

— Claro, conheço-o há muitos anos — disse MacCormick. — Ele construiu um monte de coisas para mim, em Miami. Dois hotéis, um clube, umas duas casas. Ele é o maioral por aqueles lados, não que haja muita concorrência. Todo mundo que tenta invadir seu território Joe enxota, e eles saem correndo. Aqui em Nova York, porém, a coisa é muito diferente. Ele ainda está longe de alcançar o mesmo sucesso por essas bandas.

Esko absorveu esta informação sem ficar decepcionado, pois ela significava que a presença de Joe Lazarus em Nova York não seria obstáculo para Esko vencer o concurso. Na verdade, esse fato serviu para criar uma ligação ainda maior entre ele e Lazarus. Esko sempre tomava o partido dos perdedores.

— Você é especulador? — perguntou ao recém-chegado.

MacCormick levantou a cabeça em direção ao teto, para evitar soltar fumaça sobre o modelo em argila, e respondeu:

— Bem, eu junto dinheiro com idéias a fim de produzir mais dinheiro. É isso que um especulador faz? Se for, então acho que sou. — Quando olhou de volta para Esko, foi com um sorriso lacônico. — Sabe, Joe tem muito ciúme de mim. Vive com medo que eu o abandone e arrume outro arquiteto.

— E vai fazer isso?

MacCormick riu, surpreso pelo jeito direto de Esko.

— Gosto de lealdade nos outros, então, tento também ser leal. Por outro lado, sou um homem de negócios e realmente gosto de arquitetos.

— E gosta de Joe Lazarus?

— Gosto muito. Ele cumpre o que promete. Sabe como o mundo funciona. Paga almoços, enche as pessoas de bebida e, no fim, o trabalho que realiza até que é apresentável. Aposto que você é completamente diferente.

— Isso é um elogio?

— Julgue como quiser — respondeu MacCormick. — Boa sorte no concurso.

6

Esko preparou uma versão em perspectiva do projeto, utilizando papel de alta qualidade; completou as projeções e seções longitudinais; enviou tudo para os escritórios da *Gazeta*, junto com o modelo em argila representando o arranha-céu, e conseguiu entregar tudo dentro do prazo final. Tudo o que tinha de fazer a partir dali era esperar o resultado.

Durante os dois meses que se seguiram, ao longo do outono de 1922, enquanto Benito Mussolini, *Il Duce*, chegava ao poder na Itália; enquanto o marco alemão entrava em colapso, fazendo a inflação decolar; enquanto uma platéia de cinqüenta mil pessoas corria para ouvir um alpinista político chamado Adolf Hitler; enquanto a tumba de Tutancâmon era finalmente aberta, revelando tesouros dos quais jamais se ouvira falar; enquanto o magnata do cinema, Samuel Goldwyn ia à Europa, anunciando uma oferta de cem mil dólares a Sigmund Freud, o celebrado médico do amor, para que ele servisse de consultor em uma série de filmes de conteúdo erótico; enquanto a jazz band de King Oliver, de Chicago, recebia um novo componente, um segundo trompetista muito promissor chamado Louis Armstrong (que fora descoberto tocando em funerais), a *Gazeta* promovia a si mesma e à sua esperteza, ao mesmo tempo que divulgava o concurso de arquitetura que lançara, apresentando uma série de artigos dedicados às grandes obras de arquitetura através dos tempos: a torre de Babel, as pirâmides, o Partenon, a catedral de Notre-Dame, a basílica de São Pedro, a mansão de Thomas Jefferson em Monticello e a torre Eiffel. Como não havia menção alguma a outra construção posterior às apresentadas nas reportagens, a idéia implícita parecia clara: o arranha-céu vencedor seria o próximo a se juntar àquela lista de prestígio arquitetônico.

Esko notou algo estranho durante aquele período. A construção do modelo, o aperfeiçoamento do *design* e sua imersão total nisso posicionaram-no de uma nova forma em relação à vida na cidade. A garçonete do restaurante onde ele continuava a tomar seu café-da-manhã todos os dias já o tratava como cliente habitual. O rapaz atrás do balcão na biblioteca pública de Nova York sorria e cumprimentava-o pelo nome. Suas longas caminhadas por toda a cidade eram guiadas por um profundo conhecimento das ruas, que parecia entrar em seu sangue através das solas dos sapatos. No escritório de Lazarus, onde continuava a trabalhar, ajudando no projeto de um hotel a ser construído em Miami, além de colaborar com idéias para inúmeras licitações que Lazarus esperava ganhar em Nova York, Esko tornou-se uma presença familiar, aceita, e era benquisto por trabalhar duro e se mostrar sempre disposto a ajudar quem quer que fosse. Continuava a ser alguém de fora, porém não mais um observador. Por saber que de certo modo seu projeto para a *Gazeta* fora algo importante que lhe trouxera tanta coisa, ele não se preocupou com o concurso em si. O resultado não dependia dele, afinal, e sabia que se algum tipo de politicagem útil fosse necessária, Joe Lazarus já a estaria realizando. Assim, Esko permaneceu calmo, até quatro dias antes de o resultado ser anunciado. Então, repentinamente, enquanto caminhava através da neve, na Sexta avenida, pensou – e se eu ganhar? Não era a fama repentina e a agitação em torno de seu nome que o fazia sonhar (bem, talvez um pouco disso, também), mas a emoção que sentiria quando o primeiro rebite do prédio fosse pregado e o arranha-céu, o seu arranha-céu, começasse a subir. Pensou em contar a Katerina, não de forma arrogante, mas sim de um modo que mostrasse que, pela primeira vez, ele poderia aparecer diante dela como uma pessoa completa – o Esko verdadeiro, o homem inteiro, pronto para receber por completo a medida do seu amor. Disse a si mesmo para deixar de ser idiota, que aquilo não era importante; o trabalho era o mais importante, ele sabia disso. No entanto, sabia também que era o mundo exterior que decidia o que importava de verdade, que um veredicto estava para ser anunciado, talvez já tivesse sido decidido, e que isso poderia mudar sua vida de algum modo, em pequena ou grande escala. Ele era um finlandês e, como tal, levava o ganhar e o perder muito a sério. Finalmente começara a apreciar o romance e o drama do concurso em si. Um arranha-céu seria construído, um arquiteto seria arrancado da obscuridade e tornado famoso. Por que não Esko? Por que não ele, de verdade?

A divulgação do resultado fora marcada para onze de dezembro, sexta-feira. Na véspera, Esko chegou ao escritório e tirou o telefone do fundo da gaveta em que o enfiara, envolto em toalhas. Olhou fixamente para o aparelho; avaliou-o, torcendo para que tocasse.

– Você está me deixando louca! – reclamou a srta. Kott, lixando as unhas. – Vai estar no jornal amanhã, junto com alguma informação a respeito do novo candidato ao Senado. Para que tanta preocupação? Vá ao cinema.

– Srta. Kott, acho que tem razão! – disse Esko. Vestiu o paletó e passou quase todo o resto do dia e da noite cercado de lágrimas e risos humanos na luz difusa das salas escuras, assistindo a *O nascimento de uma nação*, no cinema Selwyn, uma reprise de *A noite toda*, com Rodolfo Valentino, no cine Loew's, *O prisioneiro de Zenda*, de Rex Ingram, no Plaza, e em seguida foi até o Rialto para ver Buster Keaton surgir de um quiosque na saída de uma estação de metrô em Nova York para enfrentar uma nevasca em *The Frozen North**, encerrando com o novo filme de Chaplin, *Dia de pagamento*, no qual se vê Carlitos segurando um salame em um vagão-restaurante como se ele fosse uma das tiras que pendiam do teto nos vagões do metrô. Já passava da meia-noite quando Esko saiu do Rialto e, sob o toldo à porta do cinema, levantou a gola para se proteger da neve real que caía, sentindo um badalar de empolgação no fundo da mente. A edição matutina do jornal já saíra.

Rajadas de vento fustigavam a Broadway, atirando neve em seu rosto e fazendo drapejar as finas folhas da *Gazeta*. Em uma coluna ao lado da manchete central que proclamava "A onda de crimes juvenis é culpa nossa?" viu a notícia "*Gazeta* anuncia os vencedores". Correu as páginas do diário com sofreguidão, até encontrar isto:

PROJETO NÚMERO 92
de PETER WINROB
CHICAGO
PRIMEIRO PRÊMIO – 50 MIL DÓLARES

PROJETO NÚMERO 180
de JOSEPH LAZARUS & ESKO OFFERMANS
NOVA YORK
SEGUNDO PRÊMIO – 30 MIL DÓLARES

PROJETO NÚMERO 22
de FRITZ HOOSMANS & JAN SCHMIDT
AMSTERDÃ – HOLANDA
TERCEIRO PRÊMIO – 20 MIL DÓLARES

---

* Filme de Buster Keaton, sem título em português. (N.T.)

Continuou a ler, sem ter certeza se o homenzinho que pulava para cima e para baixo dentro de seu estômago executava uma dança de celebração ou uma triste valsa de desespero. Ele não vencera, mas, por outro lado – segundo lugar! Na Finlândia os arquitetos construiriam toda uma carreira em cima de um segundo lugar como aquele. Talvez algo de bom resultasse daquilo. A notícia dizia:

> Não há precedentes para um concurso tão grande como este, que trouxe ao palco a genialidade do novo mundo e a do velho também. Este método de competição vem sendo adotado, no caso de prédios públicos, com uma freqüência cada vez maior, mas a nova sede da *Gazeta* será o primeiro edifício pertencente a uma instituição privada cujo projeto foi escolhido através de um concurso oferecido aos melhores arquitetos do mundo. Jamais houve um certame deste tipo, e é pouco provável que surja outro.
>
> O desejo da *Gazeta*, erguer o prédio de escritórios mais distinto do mundo, está prestes a se realizar. As respostas ao nosso convite não foram menos do que magníficas. Três projetos receberam prêmios, mas existe uma dúzia ou mais de outros que, se construídos, facilmente suplantariam qualquer um dos arranha-céus de Nova York, e também resistiriam favoravelmente a uma comparação com as mais elevadas conquistas no campo da arquitetura, em qualquer lugar. Desse modo, nosso certame alcançou dois objetivos, da forma mais triunfante: em primeiro lugar, ao oferecer à *Gazeta* o maior edifício de Nova York; em segundo lugar, ao incentivar os gênios arquitetônicos de nossa época e destacar obras de pura beleza. Estas eram as expectativas da *Gazeta* e elas foram devidamente alcançadas. A decisão do júri é unânime e, como especificado nas regras de participação, não poderão ser questionadas.

Na manhã seguinte, Esko chegou ao prédio de tijolinhos da rua 47 e viu, com surpresa, que uma celebração acontecia. Ao avistar Esko, Joe Lazarus sacudiu uma garrafa com gargalo dourado e espalhou um pouco de champanhe em volta.

— Uma notícia maravilhosa! — disse ele, exibindo os dentes retos e abraçando Esko com força. — Um absurdo, *naturlich*, essa história de Peter Winrob, e uma grande pena que Harry Thaw nunca tenha ido até Chicago, pois Winrob estaria morto a essa hora. Certamente seria mais um arquiteto morto. Soube pelo pessoal da *Gazeta* que eles vão realizar uma exposição de todos os concorrentes. *Komm mitt*.

Esko estava fascinado, e também espantado pela energia de Lazarus.

— Uma exposição? Agora? — perguntou.

— Claro que é agora. Certamente que agora. Exatamente agora! — respondeu Lazarus. Envergando um reluzente casaco de pele que descia até os tornozelos e enfiando na cabeça um gorro também de pele, pegou uma bengala e tomou Esko pelo braço, antes mesmo que ele tivesse tempo de brindar com a srta. Kott. Logo já estavam em um táxi rumando para o norte da cidade através da neve e das nuvens de vapor que subiam da rua. Esko se viu arrebatado de empolgação, parecendo hipnotizado pela explosiva figura empavonada de Lazarus, exatamente como acontecera quando era menino.

— Está satisfeito? — perguntou Esko.

— Muito. E você também deveria estar, Esko Offermans — afirmou Lazarus, agitando a bengala como se fosse uma espada, ao mesmo tempo que ria. — Que manhã maravilhosa!

— Onde vai ser essa... exposição?

— No Plaza.

Esko concordou com a cabeça, como se tivesse um pressentimento de que Lazarus ia responder exatamente isso. No Plaza, onde ele se hospedara assim que chegou a Nova York, todos o conheciam como Esko Vaananen e, apesar de ser pouco provável que um dos porteiros ou carregadores de malas pudesse reconhecê-lo e chamá-lo pelo nome, isso era algo que ele precisava esclarecer logo.

— Escute, Joe. Há uma coisa louca que eu preciso lhe contar. Meu nome não é Esko Offermans. É Esko Vaananen.

O táxi continuava de forma penosa, pela nevasca, até que parou em um cruzamento, junto da Grand Army Plaza. Por trás do rosto de Lazarus, do lado de fora veículo, Esko viu uma árvore totalmente desfolhada que se inclinava na direção da fonte congelada, os galhos estalando sob o peso da neve que caíra.

— Você fez algo que não devia? — quis saber Lazarus, olhando fixamente para Esko com o rosto franzido. — Está envolvido em espionagem, como o seu pai? Não me diga que você é bolchevique.

— Não, nada disso. Dou-lhe minha palavra.

— Então, por que trocou de nome?

Aquela era uma pergunta que Esko fizera a si mesmo inúmeras vezes durante os últimos meses, e continuava sem saber a resposta. No início do ano, lhe parecera absolutamente natural responder "Esko Offermans" quando Bo lhe perguntou seu nome. Era uma forma de se separar de vez do passado, um jeito de anunciar a si mesmo que ele estava embarcando em uma jornada que seria também uma transformação.

— Preciso do meu nome de volta, agora — disse ele.

Lazarus arqueou uma das sobrancelhas, mas, logo em seguida, inclinou-se para frente e deu um tapinha no joelho de Esko, aproveitando a oportunidade de ser generoso, parecia compreender os apuros de Esko melhor do que o próprio.

— Meu caro rapaz, não se preocupe — disse, de forma generosa. Então, soltou uma gargalhada, unindo as sobrancelhas. — Vou ter que me acostumar com isto. E qual é o seu nome verdadeiro, por favor?

— Vaananen. Esko Vaananen.

— Vaa-na-nen?

— Exato. Minhas desculpas. Eu menti.

— Ora, esqueça isso. Não importa nem um pouco — disse Lazarus, tirando as luvas de couro, dobrando-as com todo o cuidado e guardando-as no bolso do casaco enquanto observava um porteiro todo encapotado, que ficava em uma guarita sob o toldo em arco do Plaza, lançar-se para fora como uma mola, enfrentando a neve e abrindo um imenso guarda-chuva preto diante dele como se estivesse dando à luz um conceito novo. — Vamos entrar logo para começar a debochar de Peter Winrob.

Os funcionários do hotel estavam muito ocupados no salão de festas alto, iluminado por lustres, trazendo os projetos e prendendo-os nas paredes. Com satisfação, Esko reparou no seu modelo em argila, que estava sendo montado sobre um palco no fundo do salão, junto com o primeiro e o terceiro colocados.

Com os pés firmes e ligeiramente voltados para fora, Lazarus movia-se naquela direção, a voz revelando um puro desdém.

— Veja só! Não é grotesco? Este projeto cinqüenta anos atrás teria provocado risos até nos ingleses. Até nos ingleses, aquelas nulidades arquitetônicas! Diga-me, sr. Offer... *Vaananen*. Isso não faz o seu sangue ferver? Não tem vontade de cuspir ou atacar sua obra com uma faca, um *puukko* ou sei lá como o chama. Vamos, dê-me esse canivete. Por favor, por favor. *Ach*, é terrível! Os jurados devem estar envergonhados de ter escolhido isso. Fomos *enganados*!

Era verdade. O projeto de Winrob tinha um aspecto gótico, mas era uma torre cheia de suportes externos, gárgulas decorativas e falsos ornamentos em alvenaria. Parecia pertencer a outro lugar, a outra época, como um conto de Edgar Allan Poe que tivesse passado do ponto; certamente não combinava com o céu que emoldurava as ruas energéticas, vibrantes e agitadas de Nova York; era evidente que Esko não estava sendo arrogante ao considerar seu trabalho superior — estava apenas sendo objetivo.

Lazarus fez mais barulho com as botas, continuando:

— O corpo de jurados foi composto por cegos. É a única explicação. — Olhou para o projeto de Peter Winrob com ar de raiva, uma raiva tão precisa e violenta quanto um punhal. — Algo precisa ser feito a respeito.

Esko sorriu, sabendo que Lazarus tinha razão, embora soubesse muito bem que nada poderia ser feito. O concurso acabara. A decisão final dos jurados era ruim, mas definitiva; o estoicismo finlandês era uma resposta mais apropriada do que a raiva wagneriana. Assim, depois de passar os dedos de leve, de forma ostensivamente orgulhosa, sobre a argila lisa e bem esculpida de seu projeto, Esko começou a circular pelo ambiente, voltando a atenção para o que estava sendo colocado nas paredes, os outros projetos, um extraordinário levantamento de como os arquitetos do mundo todo encaravam o arranha-céu e o seu atual estágio de desenvolvimento, algo a respeito do que parecia haver consideráveis e surpreendentes diferenças. Havia idéias que se assemelhavam a bolos de noiva acadêmicos, cheios de camadas, fileiras e floreios cacheados. Havia torres góticas em grande quantidade, como se o segredo realmente tivesse sido revelado antecipadamente. A maioria dessas torres era do tipo de "A queda da casa de Usher"*, além de dois arranha-céus em forma de coluna que sugeriam que seus arquitetos haviam visitado Atenas e visto o Partenon muito de longe e com muito vinho grego. Dois dos projetos pareciam ter sido construídos em vidro pela equipe de Gropius, na Alemanha; eram maravilhosos, mas representavam apenas a afirmação de algum ideal cristalino futurístico, e não as possibilidades práticas dos dias atuais. Havia até mesmo uma torre de concreto com uma gigantesca escultura encarapitada no topo representando uma máquina de escrever, mostrando que o arquiteto seguira ao pé da letra a regra de Sullivan segundo a qual "a forma segue a função", e a aplicara de forma ligeiramente canhestra ao que seria, afinal, a sede de um jornal.

Esko, como Lazarus, estava exasperado por eles não terem sido vitoriosos, porém conseguia esconder isto muito melhor, além de aprender algo com a análise cuidadosa dos outros concorrentes, que, vistos assim reunidos, exibiam um esforço caótico, uma intrigante tentativa de descobrir qual a função da arquitetura no mundo moderno. Notou que aquele era um momento excepcional para estar na profissão de arquiteto, pois a lua estava no céu como um alvo, pronta para ser atingida; teve a certeza de que estava em condições de igualdade com os melhores do mundo. Naquela caçada em andamento, talvez estivesse até mesmo adiante dos outros; vindo, como viera, de um país pouco conhecido e fora do grupo dos que determinavam o rumo das coisas. Esta sensação lhe fez muito bem.

Foi quando chegou ao último projeto.

Ele estava pendurado em um local mais baixo, na parede do fundo do salão. Quando Esko deu de cara com o desenho, parou de respirar na mesma hora, sentindo-se tão perplexo que se viu obrigado a virar o olho para o

---

* Conto de Edgar Allan Poe. (N.E.)

outro lado antes de ousar fitar o quadro mais uma vez, esta segunda olhada, uma inspeção mais cuidadosa, serviu apenas para confirmar o choque que, quase de imediato, se transformou em assombro.

Os traços eram rápidos e penetrantes, quase frios, feitos sem ostentação, com planos horizontais lisos que pareciam flutuar, interrompendo a verticalidade do edifício sem, em nenhum momento, negá-la ou difamá-la. Tendo visitado o local onde seria construído o prédio da *Gazeta*, Esko reconheceu de imediato que o projeto diante de si pertencia àquele lugar, reconheceu também que a presunção que ostentava momentos antes não tinha razão de ser. Quem quer que tivesse desenhado aquilo estava muito à sua frente. O *design* da obra parecia dançar, como algo que surgira na crisálida do presente sem nenhum sentimento de artificialidade. Era o futuro, delicado e adorável como uma borboleta.

Esko não se ressentiu com a obra. Ao contrário, ela o deixou com a sensação que sempre tinha diante de um trabalho bem-feito: regozijado, elevado. Ele foi tocado e estava comovido; a perfeição e paixão daquele trabalho não tiveram o efeito de simplesmente roubar-lhe a respiração; fizeram-no ter vontade de seguir o mesmo rumo.

No entanto, apesar de tudo, aquele projeto glorioso não terminara em primeiro, em segundo nem em terceiro lugar; não estava sequer condecorado com uma das rosetas vermelhas que indicavam menção honrosa. Na visão dos jurados não estava em lugar algum, pois não representava nada.

— Quem é W. P. Kirby? — perguntou a Lazarus, pois este era o nome que viu no cartão sob o desenho. — William P. Kirby, de Nova York. Quem é ele?

— Acho que está morto — respondeu Lazarus. — Deve ser um dos arquitetos que Harry Thaw matou.

— Pelo visto, não — afirmou Esko, tentando atrair a atenção de Lazarus para o desenho.

Lazarus olhou para o quadro de forma superficial, comentando com seu jeito tipicamente rápido e lacônico:

— Nada mau. Mas escute, Esko. Essa história a respeito do seu nome. Offermans. Vaananen. Isso está um pouco confuso, e andei pensando. As entrevistas. Acho que eu mesmo deveria cuidar delas todas.

— Entrevistas?
— Sim, toda essa história de imprensa e aquele lero-lero entediante.
— Você quer lidar com a imprensa?
— Creio que seria melhor, não acha?
— Claro — respondeu Esko, feliz por se ver livre de uma responsabilidade que nem chegara a considerar. — Por que não?

Então, tornou a se virar para o milagre em lápis que tinha diante de si, feito por W. P. Kirby, sentindo que toda a sua visão do próprio trabalho teria de mudar.

7

Dois dias depois, uma carta foi publicada, não na *Gazeta*, mas no poderoso *New York Times*.

"Arquiteto ataca concurso 'falso'", era a manchete.

"Escrevo na qualidade de arquiteto apaixonado pela profissão", começava W. P. Kirby.

Sei que é próprio da natureza de eventos como o recente concurso promovido pela *Gazeta* haver tramas e falsos valores, bem como sei que é comum estarem eles sujeitos a corrupção e acordos. Aceito isso e, apesar de saber que muitos certamente vão argumentar que estou elevando minha voz em tons de ressentimento e inveja (já que o meu projeto foi ignorado), deixe-me assegurar aos caros leitores que o faço movido simplesmente por sentir que uma injustiça foi cometida, além do fato de minhas convicções mostrarem que tal injustiça sugere que algumas questões mais amplas, até mesmo vitais, estão em jogo.

Para ser direto: o projeto vencedor não pertence a esta nossa maravilhosa cidade. Na verdade, não pertence a lugar algum, à exceção, talvez, de um museu. Isso é algo perigoso, pois uma nova máquina — a publicidade – divulgará este projeto por todo o mundo. Sem influência nem sugestão de ninguém, ele estará impresso em publicações holandesas e alemãs, bem como em revistas inglesas em, no máximo, dois meses. Os profissionais destes países irão decerto imaginar que isto é o melhor que os arquitetos americanos conseguem fazer, e espero que dêem boas risadas diante disso. A disseminação imediata e global de idéias em forma gráfica é uma das melhores e também uma das piores coisas que a era das máquinas fez por nós. Isso nos torna poderosos, mas também pode nos tornar preguiçosos, já que nossas idéias são mais fáceis de transmitir, o que também é perigoso, pois o mundo inteiro, hoje em dia, olha para os Estados Unidos em busca de liderança.

Voltando ao concurso da *Gazeta*. Em meio ao lixo apresentado, existe um trabalho maravilhoso que se destacou de forma valorosa: o que ficou em segundo lugar, realizado por Joseph Lazarus (um homem cujo trabalho eu já conheço) e Esko Offermans (um nome que jamais ouvira antes). Apesar de ficar em segundo, este projeto merecia ter alcançado uma vitória lendária. De certo modo, em termos de arquitetura pura, ele não apresenta grandes novidades, mas, na verdade, digladia de forma realista com a questão de o que um arranha-céu deveria ser em 1922, e desse confronto nasce uma solução de beleza pura que teria tornado a paisagem de nossa cidade muito mais graciosa. Trata-se de uma união de interesses e intenções concentrados, é isso que impressiona. Parece algo que saltou de forma impressionante e nova do solo americano. O projeto parece transmitir-nos a sensação de querer se lançar no ar, rumo ao céu, isso nos tornaria igualmente mais felizes, fazendo de Nova York um lugar melhor. Ele é tão bom que até mesmo a minha admiração parece insolente. Tiro o chapéu para os autores, e mantenho-o acima da cabeça. Como Whitman escreveu: "Compreendo o imenso coração dos heróis, a coragem do presente e de todos os tempos."

Obrigado, Lazarus e Offermans, por nos mostrarem que já não precisamos ir à Europa em busca de idéias arquitetônicas, nem de nada mais. A América nos fornece ferramentas próprias, idéias próprias e material para trabalhar com elas. Precisamos usar tudo isso com responsabilidade. Precisamos usar tudo isso como fizeram Washington e Jefferson, e também como fez Whitman. Foi-nos dado, ou talvez tenhamos conquistado, um continente inteiro, e agora estamos às raias de outro — as nuvens. Tratemos delas com a energia e a reverência que certamente devemos demonstrar diante da descoberta de um novo mundo.

Atenciosamente,
William P. Kirby.

Esko leu esta carta no escritório de Lazarus, enquanto este estava ao telefone, sentado à sua mesa, inclinando-se e falando de forma enérgica junto ao fone enquanto lançava as palavras com força por entre a barba e os lábios rosados.

— Você leu a carta? — perguntava a alguém. — Claro que é maravilhoso o que o velho falou, além de verdadeiro, sabia? Meu coração está arrasado, não por mim, mas pela cidade de Nova York. Que oportunidade desperdiçada! É um escândalo! Acho que sim, pode dizer isso... diga que Winrob deve ser esquecido — e piscou para Esko. — Ponha isso em letras garrafais! *Gut*!

Lazarus ao telefone era, como costumava ser em qualquer lugar, uma produção teatral, uma apresentação épica e quase insana. Bateu com o fone no gancho usando toda a força, empurrou a cadeira para trás e se levantou, avisando:

— Devemos jogar com cuidado — disse, esfregando as mãos. — Esta ligação com Kirby não deve se tornar muito íntima. Houve um escândalo algum tempo atrás. Um incêndio em um dos seus prédios. Pessoas morreram. — Passou o dedo na garganta em sinal de degola. — Mesmo assim, ele ainda é admirado e, pelo visto, continua uma figura ímpar. *Naturlich*, não tanto quanto eu. Mesmo assim, uma figura ímpar.

Esko concordou vagamente, sentando-se no peitoril da janela com o jornal ainda na mão, relendo a carta e estupefato pela idéia de que alguma coisa que fizera havia gerado uma onda tão grande de entendimento e apoio caloroso, vindos de um colega de profissão. Sentia como se tivesse ouvido a voz de um amigo, um homem mais velho, uma espécie de alma gêmea.

— O que mais você sabe a respeito dele? — perguntou a Lazarus.

— Sei que ele está do nosso lado — respondeu Lazarus, dando de ombros. — O que mais nos interessa?

Esko observou enquanto Lazarus arrumava os lápis e papéis com todo o cuidado em cima da mesa, provavelmente pensando nos movimentos estratégicos que faria a seguir sem, no entanto, deixar transparecer um traço sequer de sorriso no rosto.

— Você acha realmente que pode provocar um sentimento tão grande de vergonha a ponto de eles retirarem o prêmio dado a Winrob?

— Não — respondeu Lazarus, levantando a cabeça de repente e exibindo o rosto ainda com aquela expressão de concentração distante, quase absorta que sempre mostrava quando maquinava algo importante, querendo que o mundo o obedecesse. — Mas pretendo deixar bem claro para todos que o verdadeiro vencedor ficou em segundo.

Naquela tarde, Esko pegou o metrô até o centro da cidade, a fim de visitar o único prédio que Kirby construíra e que ainda estava de pé em Manhattan, conforme descobrira. Ficava perto do porto. Quase passou despercebido a Esko no meio da neve — um edifício retangular de cobertura reta encravado entre dois vizinhos mais altos, encaixado de forma tão compacta no terreno que parecia uma peça de mobília estrategicamente colocada ali. Com apenas quinze andares, o edifício tinha uma leveza, uma força e um poder de altitude tão grandes que pareciam fazê-lo flutuar acima do seu espaço real. Uma delicada fachada em terracota surgia a partir de uma base, no andar térreo. Havia entradas cortadas por ângulos, o que é pouco comum em prédios altos. As colunas estruturais eram largas, sólidas, enquanto as que simplesmente serviam para separar as janelas umas das outras pareciam esguias e flexíveis. No topo, seis anjos esculpidos suportavam a cornija, com um floreio de suas asas estendidas, Esko achou que Kirby tentava transmitir a busca pelo divino, e havia feito uma brincadeira com o fato usando os anjos. A despretensiosa elegância daquele maravilhoso prédio pequeno não se parecia com nada que Esko vira na cidade; ele não se enaltecia, como muitos dos edifícios de Manhattan; possuía uma espécie de tato invejável, mais uma das qualidades americanas.

O porteiro usava um uniforme preto com dragonas douradas sobre os ombros; era um homem baixo e com ar amigável, estava na casa dos sessenta anos, seu cabelo grisalho ondulado formava um topete duro, com aspecto metálico. Recebeu Esko, fazendo-o entrar no saguão, onde tudo parecia calmo e bem cuidado.

— Quem é o dono deste prédio? — perguntou-lhe Esko.
— Andrew MacCormick.
— MacCormick? — espantou-se Esko.
— Exato — confirmou o porteiro, tocando o cabelo. — O rapaz rico.

Esko tornou a ver MacCormick alguns dias depois, no almoço de entrega de prêmios da *Gazeta*, ocasião em que o empresário o cumprimentou colocando a mão direita de Esko entre as dele.

— Não existe justiça — afirmou, com ar mais sério do que Esko se lembrava. — Você realmente devia ter vencido.
— Obrigado — agradeceu Esko, satisfeito pela demonstração genuína de afeto.
— Estou sendo sincero — confirmou MacCormick, os olhos rápidos e o ar inteligente olhando em torno do salão de baile, devidamente enfeitado com uma grande quantidade de mesas redondas, cada uma delas coberta por uma toalha de linho branco, pratarias e cristais. MacCormick exibia um ar de suave expectativa. Trajava um terno esplêndido, em tom cinza-claro, com colete, camisa de seda e o colarinho devidamente arrematado por uma gravata.
— Quero lhe perguntar uma coisa — disse Esko.
— Pergunte — incentivou MacCormick.

Esko explicou a respeito de Kirby e do edifício que visitara no centro.

— Gostei tanto do prédio que o adquiri. Faço isso com muitas coisas — disse MacCormick, as mãos enfiadas de forma casual nos fundos dos bolsos da calça. — Você e eu provavelmente somos as únicas pessoas de Nova York — as únicas pessoas importantes, pelo menos — que sabem que aquele edifício ainda existe. É uma pena que Kirby não tenha feito outros trabalhos por aqui.

— E por que não fez?

— Bem, as pessoas de vez em quando somem do mapa, eu creio — disse ele.

Esko pensou a respeito; obviamente, isso podia acontecer — o destino fornecia a algumas pessoas um aparato inóspito, na vida, no amor, na carreira; o melhor era ir em frente e transformar as dificuldades no próprio prêmio; *sisu*, por assim dizer, se a pessoa fosse capaz de conseguir isso.

— Certamente aquele é um lindo prédio. Mantive os dois últimos andares para mim e para minha mulher. Tinha a idéia de transformar o espaço em uma cobertura. Ei! — disse MacCormick, sem mudar o tom lânguido de sua voz. — Quem sabe você mesmo não poderia projetá-la para mim?

Esko não sabia se ele falava sério.

— Isto é — continuou ele —, se esse trabalho não for algo muito pequeno para o homem que conquistou o segundo prêmio no grande concurso da *Gazeta*. — Exibiu um sorriso de ironia.

— Por que o senhor não pede para o próprio Kirby fazer este trabalho? Já viu o projeto que ele apresentou no concurso?

Os dois se movimentaram por entre as mesas a fim de olhar para ele, ficando em pé, lado a lado, diante do quadro e, enquanto MacCormick analisava o trabalho com seus olhos rápidos, olhou para Esko, meio de lado.

— Conte-me como foi dividido o trabalho entre você e Joe — quis saber. Quem fez o quê?

— Como assim?

— Foi exatamente isso que eu pensei — disse, com um charme relaxado. — O projeto foi *inteiramente* seu, não é?

— Bem, Joe me deu alguns conselhos.

— Você sabia que ele anda por toda a cidade se vangloriando do projeto, e dando às pessoas a impressão de que foi ele sozinho que fez todo o trabalho?

Esko balançou a cabeça; realmente não sabia disso, embora, nos últimos dias, andasse reparando que várias notícias publicadas nos jornais, todas comentando o concurso e o seu projeto, mencionavam, curiosamente, apenas o nome de Joseph Lazarus.

— Vou lhe contar uma coisa a respeito de Joe — disse MacCormick. — Ele construiu um edifício comercial para mim, antes da guerra. Ao norte daqui, em Rochester. Até que é um prediozinho interessante. Quer que eu lhe conte como ele conseguiu o contrato para projetá-lo?

— Por favor.

— Ele me escreveu uma carta dizendo, mais ou menos, que fizera o projeto de um prédio oficialmente construído por W. P. Kirby, em Buffalo. Trabalhara como seu braço direito, segundo disse, e afirmou ter feito praticamente todo o trabalho, nos bastidores.

MacCormick coçou a covinha do queixo, como quem apreciasse muito a história, com um ar quase alegre.

— Ele conseguiu o contrato e, mais tarde, descobri que a história fora toda inventada. Ele jamais trabalhou com Kirby. Ele nem conhece Kirby. Àquela altura, no entanto, reconheci que ele realizava um bom trabalho. Estava cumprindo o prazo e trabalhava dentro do orçamento. Assim, não lhe disse nada a respeito de ter descoberto a farsa. — Encolheu os ombros. — Faça dessa informação o que bem desejar — disse ele. — Gosto de Joe, e vou continuar fazendo negócios com ele. Mas ele tem um talento especial para fazer coisas cruéis sem perder a capacidade de se achar o máximo. É um talento muito útil, mas não o deixe usá-lo contra você. Defenda o seu território.

Esko ainda pensava nisso quando, alguns minutos depois, todos se sentaram para almoçar. MacCormick foi chamado para ocupar a mesa principal, ao lado de Peter Winrob, os jurados, o prefeito de Nova York e vários dignatários da *Gazeta*. Esko e Lazarus, por sua vez, haviam sido colocados em uma das mesas no centro do salão, longe da mesa principal, a ponto de deixar clara a diferença entre os vencedores e os que tiram segundo lugar. Lazarus externou sua opinião a respeito da configuração das mesas de forma precisa, adentrando o salão com garbo e arrastando as pontas do soberbo casaco de pele atrás de si exatamente no instante em que o editor da *Gazeta*, um homem baixo e surpreendentemente jovem com ar de querubim, se levantava para fazer o discurso inicial. Ele parou, notando a interferência, e Lazarus lançou-lhe uma reverência irônica, para logo em seguida se virar para os outros convidados com as palmas das mãos voltadas para cima à altura dos ombros, sorrindo e sugerindo que estava levantando a taça da vitória. Só então recolheu as pontas do casaco e se sentou de forma barulhenta, arrastando a cadeira com estardalhaço. Virando-se para Esko, piscou e disse:

— Esses eventos são tão chatos que não dá para descrever. — Falou isso em voz alta, ignorando o fato de que o editor da *Gazeta* já estava falando, a voz arrastada e solene, a respeito do papel que os arquitetos têm na sociedade.

Era novamente, como tudo em Lazarus, uma produção teatral, outra apresentação épica, bem produzida e com bom acabamento, Esko se viu sorrindo. E daí, se ele tentava obter algum crédito pelo projeto? Aquilo realmente não importava: eles não haviam conseguido vencer, foi uma inscrição conjunta que não ia mesmo ser construída. As pessoas no escritório sabiam que fora ele que fizera todo o trabalho, do mesmo modo que MacCormick. Além do mais, pelo que lhe dizia respeito, aquele pequeno episódio de sua vida profissional estava encerrado; sua participação no concurso da *Gazeta* fora uma concessão, um gótico *moderne*, um sucesso, dentro de sua própria proposta, mas um sucesso limitado. O pungente e assombroso projeto de W. P. Kirby lhe havia mostrado a natureza desses limites. Agora era tempo de seguir em frente, inventar algo realmente especial, tentar se aproximar cada vez mais da beleza e da pureza da visão que tivera no gelo, o farol que girava continuamente em seu pensamento; às vezes sua luz ficava fraca, mas jamais desaparecia e, em momentos como aquele, brilhava como um relâmpago. Esko se sentia como um homem que tinha uma fonte de beleza trancafiada, como um tesouro em uma arca secreta; um tesouro que ele precisava apenas descobrir como usar. Antes disso, porém, precisava encontrar a chave da arca.

Nesse momento, como se cortasse o ar monótono do discurso do editor da *Gazeta*, Esko ouviu o soar de um sino, uma nota pura e elevada, como se um dedo tivesse dado um peteleco contra a borda de uma taça de cristal, Esko sentiu que algo havia sido detonado dentro de seu coração. Olhando ao longo do salão, através de uma floresta de cabeças, até fixar o olhar na direção da mesa principal, ele notou uma mulher que se inclinava na direção da figura de Andrew MacCormick, que continuava sentado, e sentiu a mão feminina em seu ombro. Esko não conseguiu ver o rosto da mulher, só o topo de sua cabeça, enfeitada com um cloche de onde pendiam inúmeros fragmentos prateados, delicados e fulgurantes, mas sabia que era Katerina. Sentiu sua presença como uma chama, como se cada um daqueles pingentes em prata fosse uma flecha de desejo lançada em suas veias; nesse momento, ela levantou os olhos e fixou o olhar diretamente nele. Suas sobrancelhas estavam mais finas; formavam arcos de linhas delicadas acima dos olhos, que pareciam mais escuros e profundos, ainda maiores do que antes, com pestanas longas e espessas. Parecia mais velha, porém estava no auge da beleza, aproximando-se dos trinta anos e, de algum modo, transformada. Não era simplesmente o fato de estar vestida como uma americana que seguia a moda, uma mulher rica e bem-sucedida, como uma estrela de cinema. Estava também um pouco mais magra, mais firme, mais distante, menos vulnerável, muito composta, completa, refinada, um diamante. Ela o encarou por alguns segundos e desviou o olhar.

Esko empurrou a cadeira para trás e se levantou, sem ar. Ao seu lado, Lazarus perguntou:

— Esko, o que está fazendo?

Ignorando-o e sem perceber as expressões de curiosidade nem os olhares de zanga que acompanharam seu progresso através do salão, Esko seguiu, quase correndo, até a mesa principal.

— Olá, Esko. Já faz tanto tempo — disse-lhe Katerina, falando devagar e muito baixo, deixando as palavras se arrastarem em um tom rouco. Seu inglês, apesar do leve sotaque, era fluente, e seus modos calmos e alegres, talvez alegres demais. — Você está muito bem. É maravilhoso revê-lo.

— Katerina... Eu... — Esko se sentia quase explodindo de tanta felicidade. — Estou surpreso. Não sei o que dizer.

— Então diga "olá" — sugeriu ela. Removendo a luva branca, estendeu a mão delgada na direção dele; havia um anel com um diamante imenso em seu dedo anular, sua expressão lhe pareceu triste por um instante, como se ela preferisse ter outra notícia para lhe dar, sem ser a que ele ia receber.

— Estou vendo que vocês já se conhecem há muito tempo — disse MacCormick, com um jeito descontraído. — Esko, gostaria de lhe apresentar a minha mulher. Kate MacCormick.

8

Quando estava em Nova York, MacCormick costumava ficar em uma suíte do Waldolf-Astoria. Esko foi até lá à procura de Katerina; deixou recados; telefonou, subiu pelo elevador e bateu na porta da suíte, tudo em vão. Por fim, decidiu ficar sentado no saguão. Esperou um dia inteiro, e depois outro, lendo os jornais, fazendo camaradagem com os mensageiros do hotel. Já não se importava se alguém achasse sua presença e seu comportamento estranhos; eram estranhos, mesmo. A idéia de Katerina — a imagem dela, o seu cheiro — rodopiavam em sua mente como febre. Bebeu uísque, comeu sanduíches, bebeu cerveja, nada lhe aplacava a saudade e o desejo. Mesmo quando cochilava por um momento, sentado reto na poltrona que ficava de frente para os elevadores, sonhava com ela. Ao tornar a vê-la, sentiu que a amava de forma tão radical que isso o deixou chocado. Amava-a mais do que o seu trabalho, mais do que a sua vida.

Eram sete horas da noite, dois dias depois do almoço de entrega de prêmios da *Gazeta* quando, por fim, ele conseguiu avistá-la, saindo não do elevador, mas de um dos corredores internos em arco, que corriam ao longo da rua 34. Teve então outra surpresa: ela estava acompanhada, mas não de MacCormick. Vinha com outro homem, um sujeito magro, moreno, com uma barba muito preta e olhos escuros que espreitavam tudo com intensidade atrás de óculos grossos com armação de metal. Seu rosto era bonito, de um modo intenso, e ele olhava com concentração, até mesmo adoração, para Katerina, que trajava um vestido apertado sem alças, prateado, e um cloche também em prata. Seu casaco de pele preto vinha dobrado em seu braço.

Esko fez menção de se levantar, segurou-se a tempo; em vez disso, sentindo-se ligeiramente ridículo, levantou o jornal à altura dos olhos, escondendo o rosto, e esperou que os dois passassem, rindo muito e seguindo pelo saguão até a porta giratória que dava para a rua.

Chegando à calçada, Esko os viu entrando em um táxi, e resolveu tomar o que estava logo atrás, mandando que o motorista os seguisse. A corrida não foi muito longa: dez quarteirões para o norte e depois atravessando a Broadway, onde Esko pagou a conta, desviando da multidão e seguindo Katerina e seu amigo até a entrada do teatro Garrick, só perdendo-os de vista no instante em que percebeu que eles já tinham ingressos, enquanto ele ainda precisava comprar.

Esbarrando em joelhos e murmurando "desculpe... com licença... desculpe", Esko conseguiu chegar ao lugar marcado no exato momento em que as luzes se apagaram, as cortinas se abriram e a peça teve início, com um facho de luz e um troar ressonante que se assemelhava a um trovão. Sobre o palco desenrolava-se uma tempestade e um navio soçobrava. Homens gritavam e choravam, desesperados, lutando contra a chuva e o vento impetuoso. Velas se rasgavam, mastros quebravam e relâmpagos cortavam o céu. Então, escuridão total.

Esko olhou à esquerda e à direita, perscrutou com atenção a platéia diante dele e seus olhos foram guiados, como por instinto, na direção da parte de trás da cabeça de Katerina. Notou o rapaz ao seu lado inclinar a cabeça na direção dela, ar intenso, tentando atrair sua atenção, mas ela manteve os olhos fixos no palco, enquanto uma luz suave iluminava uma cena completamente diferente. Um velho alto estava sozinho em cena, em pé, usando um manto preto cheio de estrelas, dentro de um aposento com paredes forradas de livros, em seguida apareceu sua filha, uma jovem linda e vibrante que, inocente, temia pelas vidas dos que estavam no naufrágio. O velho — um mago, ao que parecia — assegurou à filha que a tempestade havia sido criada por ele, e que tudo estava bem. A tripulação do barco fora trazida sã e salva à sua ilha, estava em seu poder. Ele sorriu, esfregando as mãos e convocou seu assistente, um espírito que sobrevoou todo o palco, certamente pendurado por um cabo de aço; então, o escravo do mago, uma criatura deformada, veio se arrastando por trás de uma rocha, todo vestido com uma pele e coberto de algas, trazendo um cajado na mão e um peixe que tirou da boca para poder praguejar.

Caliban era o nome do escravo, Ariel era o espírito do ar e a peça, somente agora Esko reconhecia, era a mesma que Katerina descrevera para ele, dentro do elevador do edifício Diktonius; era *A tempestade*, de Shakespeare.

Esko tornou a olhar por entre a massa de cabeças na direção de Katerina; seus olhos continuavam grudados no palco. O que foi mesmo que ela lhe contara em Helsinque? Que ele era como Caliban, sonhando em ser Ariel. Não foi isso? Ela entrevira em seu rosto horrível e deformado a busca por luz e beleza; reconhecera, como ninguém antes dela, que construir um edifício que subiria até o âmago do céu era um ato através do qual ele poderia fazer desaparecer a sua fealdade. Ali, naquele momento, dentro do elevador, as coisas entre eles haviam se modificado, tornando-se mais profundas. Para Esko, a vida deixara de ser uma questão de fantasia e simples anseio. Não mais. Naquele momento ele soube que havia criaturas que eram almas gêmeas de outras. Continuava a acreditar nisso, sentado ali em meio a uma apresentação de *A tempestade*, mesmo sabendo que a reencontrara – e tornara a perdê-la – em um único momento. Ela estava casada com um milionário, casada com Andrew MacCormick, um homem a quem ele respeitava e de quem gostava; e ali estava ela, naquela noite, acompanhada por um estranho – um admirador, presumivelmente. Esko ficou decepcionado, deprimido e até mesmo furioso; por outro lado, disse a si mesmo, o que poderia esperar? As pessoas mudam, seguem em frente com a vida. E, no entanto, ele ainda alimentava esperanças, sentindo-se agora muito menos Ariel do que Caliban.

Não tenhas medo. Esta ilha é cheia de sons,
Ruídos e agradáveis árias, que só deleitam, sem causar-nos danos.
Às vezes estrondam-me aos ouvidos mil instrumentos
De possante bulha, outras vezes são vozes que,
Embora despertado tenha eu de um longo sono,
Me farão dormir de novo, e então, em sonhos,
Presumo ver as nuvens que se afastam, mostrando seus tesouros
Como prestes a sobre mim choverem de tal modo que, ao acordar,
Choro novamente, pois desejo prosseguir no sonho.

Esko não iria desistir; não iria nem mesmo esperar pelo dia em que as nuvens se afastassem; iria continuar escalando o céu em direção a elas, desafiadoramente Caliban, resolutamente Caliban, determinadamente Caliban, o monstro capturado na armadilha que vê o mundo cru, mas radiante, estendendo-se para alcançar o domínio no outro lado do espelho.

Assim, quando a peça acabou, ele forçou a passagem através da multidão de homens de cartola que se inflava como uma onda ao longo das luzes fortes e dos cartazes com molduras douradas do saguão, gritando:

— Katerina! Katerina! — viu-se arrastado em direção à calçada, onde táxis pretos reluzentes aguardavam com os motores ligados, vomitando fumaça embaixo do niágara de néon em plena Times Square. — Katerina!

Foi só neste momento que ela se virou para trás, em busca dele.

— Esko?

— Katerina!

Ela veio em direção a ele, os olhos cintilando, e perguntou:

— Você anda me seguindo?

— Este sujeito está importunando você? — perguntou seu acompanhante, o jovem de cabelos escuros, tirando as mãos dos bolsos, movimentando os ombros e movendo-se na direção de Esko com um balanço de boxeador.

— Robert... está tudo bem — disse Katerina, segurando-o, a mão em seu braço.

Robert olhou para ela por um momento e, então, tornou a olhar para Esko, perguntando:

— Tem certeza?

— Encontro você no restaurante. Vá. Por favor — pediu ela e, com ar relutante, ele saiu, levantando o braço para chamar um táxi.

Esko esperou até Robert estar devidamente instalado no banco de trás de um Ford. Em volta deles, as pessoas conversavam animadas, não a respeito da peça — quem se importava com ela? — mas sim a respeito do lugar aonde ir em seguida. Jantar? Ouvir jazz? Conversar? Esta festa ou aquela? O ar estava impregnado de eletricidade, peles, perfumes e o som dos sapatos de salto alto. A excitação do momento acendia os rostos das pessoas e as transformava em lanternas.

Ele colocou os braços em torno de Katerina, puxando-a para perto. Por um instante, ela manteve o rosto recuado, mas então permitiu que ele alcançasse seus lábios. Eles ficaram unidos, imóveis, com um pouco da mesma ternura que ele sentira do lado de fora do apartamento dela na rua Fabianinkatu. Houve apenas um ligeiro tremor como resposta. O olho dele estava fechado. Intoxicado pelo seu cheiro e pela proximidade dela, tentou novamente. Dessa vez não sentiu nada.

— Por favor, Esko, não — pediu ela, afastando-o com as mãos.

— Você o ama?

— Robert? Não, claro que não!

— Estou falando de MacCormick.

Ela lhe aplicou uma bofetada, não com força, mas mostrando que não estava brincando. Era um aviso. Sem se deixar desanimar, ele repetiu:

— Você o ama?

— Olhe, tenho que me encontrar com Robert e com os outros no Greenwich Village — disse ela, tensa de raiva. — Preciso ir.

— Vou com você.

— Não vai ser bom.

— Eu vou, mesmo assim.

Ela o fitou pela primeira vez com um ar de afinidade, quase um pesar nos olhos, e suspirou.

No banco de trás do táxi que seguia veloz, Esko disse a si mesmo que era preciso pensar em um plano, algum tipo de estratégia para lidar com ela. Mas ele não era bom nessas coisas. Foi direto ao ponto.

— Pensei que você estivesse morta, Katerina. Eu me casei.

Ela olhou para a rua, lá fora. Parte da Broadway estava em obras e havia homens trabalhando sob a luz de tochas, que lançavam sombras que brincavam pelo rosto dela e pelo seu pescoço esguio.

— Abandonei a minha mulher para vir para cá.

— Aquelas imagens malditas. Maldito seja você e o seu *pilvenpiirtaja*, Esko Vaananen — disse ela, o rosto afogueado por um ardor súbito. — Eu também pensei que você estivesse morto.

— Quase morri. Fui baleado ao atravessar uma barragem em Tampere. Klaus me tirou da água. Quando conseguiu chegar comigo ao posto de primeiros socorros, eu já estava duro em cima do trenó, dentro da massa sólida do meu próprio sangue congelado. Contaram que Klaus me libertou do gelo com uma machadinha e me carregou pessoalmente até a mesa de cirurgia. Então, voltou para o campo de batalha. Nunca mais o vi.

— Meu Deus! — sussurrou ela, a voz trêmula, cobrindo os ouvidos com as mãos enluvadas. Lágrimas surgiram em seus olhos. — Não quero ouvir mais nada! Pare, Esko, por favor.

Ele agarrou uma das mãos de Katerina, forçando-a a ouvir.

— Fale-me sobre o arranha-céu na neve. O arranha-céu que você esculpiu com as crianças.

— Largue minha mão — olhou para ele, e parecia furiosa.

O táxi parou, Katerina ajeitou o cloche prateado na cabeça e desapareceu rapidamente sob o toldo arqueado do restaurante, enquanto Esko pagava a corrida. Lá dentro tornou a avistá-la, encaminhando-se para a mesa mais comprida do restaurante, onde um grupo já a esperava. Robert foi o primeiro a se colocar em pé, acenando para ela, chamando-a com a mão e fitando-a com os mesmos olhos penetrantes por trás dos óculos grossos.

— Kate!

— Olá, senhores clientes — cumprimentou Katerina, cheia de trejeitos brilhantes e sorrisos delicados. — Shakespeare foi o causador do nosso atraso.

— Nossa! Você deve estar precisando de um drinque.

— Sim, preciso *mesmo* de um drinque.

Katerina lançou-se sobre uma das cadeiras, junto de Robert, que imediatamente lançou um braço em torno do seu ombro e começou a sussurrar-lhe algo ao ouvido.

— Vejo que finalmente a encontrou — disse uma mulher, olhando para Esko com um cigarro pendurado, ainda apagado, que lhe pendia dos lábios ardentemente vermelhos.

— Como disse? — perguntou Esko, ainda confuso devido à corrida do táxi e à energia constante de Nova York, que não lhe dava tempo de relaxar na atmosfera festiva e carnal que se realimentava continuamente.

— Sou Marion Bennett. Da *Vanity Fair*. Você me mostrou uma forma totalmente nova de encenar a antiga história do "onde está a moça?".

— Claro! — de repente, ele se lembrou. — A revista. Foi você que lhe enviou os meus recados. Obrigado.

— Ela está casada, sabia?

Uma caixa de fósforos com o logotipo do restaurante estava sobre a toalha branca, em frente a uma cadeira vazia. Esko se sentou na cadeira, riscou um fósforo e acendeu o cigarro de Marion Bennett. Teve a impressão de que ela esperava que ele fizesse isso desde que chegara.

— Obrigado por me avisar — disse Esko. — Já tinha sido informado.

— Você deve estar a fim de conversar a respeito. Estou bem alta. Completamente bêbada. Vamos chamar um daqueles garçons terrivelmente bonitos e pedir para ele nos trazer mais dois martinis. Como vê, estou bem preparada, como uma boa escoteira.

Marion Bennett já estava com três garrafinhas prateadas enfileiradas diante de si como soldadinhos de chumbo sobre a mesa. Seus olhos pareciam imensos devido à maquiagem, ela exalava um hálito forte de gim e cigarro. Seu vestido era vermelho. Usava um chapéu que não tirara da cabeça, tinha um magnífico ar de quem não estava dando a mínima para coisa alguma.

— Minha irmã vai ter um bebê — disse ela, do mesmo jeito que dizia tudo, usando um ar sarcástico do tipo "é pegar ou largar". — Você tem filhos?

— Não.

— E a Miss Gelo, tem?

– Não. Acho que não. – Esko percebeu que não sabia responder a essa pergunta.

– Está apaixonado por ela?

– Estou.

– Bem que eu gostaria de saber o que ela faz com os homens. Se descobrisse, ia colocar essa substância dentro de frascos pequenos e fornecê-la com exclusividade para a loja Bonwit Teller. Já lhe disse que estou bêbada?

– Sim, já disse.

– Não é de espantar que ela tenha fisgado um belíssimo salmão cheio da grana – afirmou Marion Bennett, soprando a fumaça do cigarro com força. – Repare só no jeito com que Robert está olhando aparvalhado para ela, neste exato momento. Robert é aquele palerma ali, com olhos compridos para cima dela. É poeta, sabia? Em seu apartamento em Hoboken, Nova Jersey, escreve versos dramáticos a respeito dos mitos da Grécia antiga que recriam a si mesmos. São versos muito profundos. Ele a considera tão misteriosa. *Sans merci*, mas muito *belle*. Você já jantou? O que vai querer? É claro que as fotos que ela tira são maravilhosas, receio que até mesmo eu seja obrigada a admitir isso. E agora ela está com grana. Montes de dinheiro. Já conheceu o marido?

– Ele... Sim, já fomos apresentados.

– Enquanto comemos, quero que me conte tudo o que sabe – disse ela. – Eu, por mim, não vou nem tocar na comida. Isso engorda. – Entornou gim de uma das garrafinhas prateadas dentro de uma coqueteleira que o garçom trouxera. – O gim, ao contrário da comida, faz maravilhas. Eles estão casados há pouco tempo, e ela está fora a maior parte do tempo. É uma *artiste*, sabe como é. Dizem que ele é louco por ela. Acho que eu também seria, se fosse homem, só que não sou.

– Já reparei.

– Reparou? – disse ela, tapando a boca com a mão. – Puxa, agora você me deixou envergonhada. – Você luta boxe?

– Não. Construo coisas.

– Então ganhou essas cicatrizes de algum outro modo.

– Em um incêndio.

— Essa é boa! A vida não é o máximo?

— Às vezes.

— Você é que sabe — disse ela, sem expressão, com uma pontada de solidão e tristeza, apesar da energia e do *glamour* loucos. — Já leu Freud?

— Alguma coisa.

— Ele diz que tudo na vida tem a ver com sexo e, por mim, está ótimo. Gosto de beber e curtir aquela palavrinha do James Joyce.

— Que palavrinha?

— Trepar, seu bobo. Em lugares públicos. De preferência com um velhote rico e namorador, já que o poeta que deveria ser o meu acompanhante desta noite está de quatro diante da imperatriz de todas as Rússias. Será que o sr. MacCormick sabe que metade dos homens de Nova York estão apaixonados por ela? Talvez até goste da idéia. Embora me pareça mais o tipo do homem ciumento, guiado por instintos secretos. Maquiavel por baixo de um manto de charme e gentileza. — Tornou a tapar a boca com a mão. — Nossa, acho que agora falei demais, mas aquela Katerina... É uma garota *muito* moderna.

Esta informação pareceu, naquele momento, um pouco mais do que Esko gostaria de saber a respeito de Katerina. Apesar do modo como ele se comportara no táxi, não esperara que ela caísse em seus braços. Também não esperava encontrá-la tão mudada; embora, mesmo depois de tudo o que aconteceu, ele visse a si mesmo como antes; um pouco mais bem ajustado (talvez), mais cosmopolita (esperava que sim), e mais focado nos objetivos que o haviam impulsionado na vida, desde que se conhecia por gente: o arranha-céu, o seu *pilvenpiirtaja*, e Katerina, que, naquele momento, estava com a mão enluvada sobre o pulso de Robert, o poeta, que sussurrava algo em seu ouvido, provavelmente nada sobre Hoboken. Os Estados Unidos haviam realizado uma alquimia nela. Agora, Katerina usava uma armadura cravejada de jóias.

— O que você escreve? — perguntou a Marion Bennett.

— O que *escrevo*? — repetiu Marion Bennett. Suas sobrancelhas se elevaram com um falso ar de alarme, parecendo repreendê-lo pela flagrante tentativa de mudar de assunto. – Escrevo palavras na ordem correta, às vezes. Acenda mais um cigarro para mim, Cicatriz.

– Há muito tempo não ouvia alguém me chamar por esse nome.

– E o que aconteceu com a última pessoa que o fez?

– Foi morta por um pelotão de fuzilamento.

– Você é engraçado – disse ela, mas então viu que ele não estava brincando. – Isso foi na guerra?

– Em uma guerra. Uma guerra pequena e muito cruel, da qual provavelmente você nunca ouviu falar. Aconteceu na Finlândia.

– Finlândia? É, provavelmente não ouvi, mesmo – e virou do avesso alguns centímetros do forro de algodão de uma das suas luvas pretas, revelando dois cortes horrendos no pulso, já curados. – Isso aqui não foi feito com uma escova de dentes não, sabia, garoto? Andar pela vida é como ser arremessada da boca de um canhão sem capacete. Deus era o capacete do mundo, e veja o que fizeram com ele. Mas, como eu disse... ela não é o máximo?

– Às vezes – respondeu Esko, como antes, e Marion Bennett lançou a cabeça para trás com ar de júbilo, soltando um perfeito anel de fumaça no ar.

– Você é persistente, isso eu lhe garanto. Ela sabe? – perguntou, balançando a cabeça e assentindo na direção de Katerina.

– Espero que sim.

Depois do jantar, todo o grupo, um total de talvez vinte pessoas, se espremeu dentro de vários táxis e seguiu para um bar com má reputação na Terceira avenida, um lugar escuro e sujo onde vendiam bebidas alcoólicas ilegalmente; o local fedia a urina, zurrapa e pontas de cigarro. Marion Bennett segurou Esko pela mão e ele, ao roçar o polegar pela luva de couro dela, sentiu a mente vagar para as luvas desfiadas que vira um dia Katerina usar, e teve a sensação de que conquistara tudo pelo qual tanto sofrera, para depois perder. Olhando para sua beleza de marfim, vendo-a fumar um cigarro e pedir outra dose de uísque, reparando quando ela olhou em torno com ar sereno, como se aquilo fosse uma cena que merecesse ser fotografada, era difícil imaginar que Katerina tivesse alguma cicatriz do passado; então se lembrou de sua explosão de raiva no táxi e das lágrimas que vertera. Ela era algo vivo em contato com o mundo; adquirira uma máscara, e ele precisava acreditar que não era o seu coração aquilo que ele via naquele momento.

De repente, já passava de meia-noite. Mesmo com as conversas mais animadas a cada instante, ele ainda não conseguira se aproximar dela. Figuras escuras se acotovelavam, andando desengonçadas, meio de lado, por entre a fumaça. Uma briga explodiu entre dois bêbados, mas foi rapidamente debelada pelos leões-de-chácara do bar, entre sons de vidros e ossos que se quebravam. Marion Bennett, pendurada no pescoço de Esko, apagou e começou a roncar baixinho, embora continuasse em pé. Não havia onde sentar nem onde apoiá-la, ele ainda a estava segurando quando a porta se abriu e uma gélida rajada de vento irrompeu da rua. Com ela entrou um homem ruivo usando chapéu e sobretudo bege por cima de um terno escuro. Era Bo, o rebitador sueco.

— Por onde tem andado? — perguntou Bo, dando uma palmada no ombro de Esko. Seus olhos azuis se arregalaram ao ver Marion Bennett — Estou vendo que anda bastante ocupado.

— Muito engraçado, Bo. Teve notícias de Gunnar e Cristof?

— Continuam na costa oeste, pelo que sei. — Sacudiu os ombros largos.

— Você não voltou mais a trabalhar com aço?

— Claro que não!

— Então, o que anda fazendo?

— Ah, uma coisa e outra. — Bo franziu a testa, como se estivesse se concentrando; sempre que fazia isso, quase dava para ver as engrenagens agitadas de seu cérebro funcionando. Tirou o chapéu e acenou para um homem do outro lado do bar, que veio até onde ele estava e entregou-lhe um pacote, que Bo imediatamente enfiou no bolso do sobretudo. — Estou ganhando mais grana e correndo menos perigo.

— E quanto aos Mantilinis? Você continua vendo Teresa?

— É como se eu fosse da família — afirmou, fechando a cara. — Steffano já voltou a andar.

— Mas que ótimo! — sorriu Esko, verdadeiramente satisfeito. — E quanto a Paul?

— Nem me fale de Paul! — reagiu Bo. — Sabe de uma coisa, Esko? Você segura uma mulher como se não tivesse a mínima prática. Na Finlândia não ensinaram a você como se faz isso?

— Com mulheres inconscientes, não.

A cabeça de Marion Bennett se elevou de repente, reclamando:

— Ei, veja lá como fala de mim, rapazinho! — Soprando os próprios cabelos de cima dos olhos, fitou Bo com olhos arregalados e sinceros. — Ora, olá, garotão. Você é lindo! Posso sentir seus músculos?

Bo começou a gaguejar, vermelho como um pimentão.

— Pague-me um drinque, *sheik* — pediu Marion Bennett. — Ei, pessoal! — gritou. — Apareceu uma coisa bonita por aqui e a noite é uma criança.

9

A festa continuou. Todos foram ficando cada vez mais bêbados, se espremeram em outra frota de táxis e seguiram rodando à toda pelo Harlem, onde desceram em um novo lugar, cambaleando pelos seis degraus de concreto e sendo recebidos por um par de olhos injetados que os levou por uma porta de aço com grade. No porão onde entraram não havia palco, embora em um dos cantos sete ou oito homens — todos pretos — com trompetes, saxofones, um piano e uma pequena bateria soprassem os metais e tocassem delirantemente. Mesas enfeitadas com luminárias vermelhas foram empurradas para perto da parede e alguns casais começaram a dançar, alguns pretos, outros brancos, outros pretos e brancos, em uma confusão de pernas, joelhos agitados e fileiras de pérolas saltitantes. O ar estava denso de tanta fumaça. Em uma saleta adjacente, um homem vestindo um paletó curto branco servia em copos baixos uma bebida escocesa (pelo menos o rótulo dizia "Escócia"). Era muito alto, magro a ponto de parecer esquelético, e tinha um rosto cuja palidez sugeria pouca intimidade com a luz do sol. Um brutamontes com cara de durão se mantinha encostado no balcão, com um chapéu de feltro enterrado na cabeça e uma sinistra protuberância por baixo do paletó. Pareceu reconhecer Bo e cumprimentou-o solenemente, com a cabeça. A música parou, começou novamente e uma dançarina surgiu, quase nua, usando sandálias altas e douradas, além de um boá, enroscado no corpo como uma serpente. Seu corpo negro brilhava enquanto ela rebolava ao ritmo do sax, balançando o traseiro com espantosa rapidez. O lugar fedia a suor e bebida ilegal, transmitindo uma excitação tão instantânea e perigosa quanto um relâmpago. Esko desejou poder pintar aquela cena, memorizá-la, desencavar seus significados mais ocultos a fim de processá-los, até alcançar um eletrizante equivalente arquitetônico. Uma das plumas do boá da dançarina se soltou e foi levada por uma corrente de ar ascendente, espiralando quase até o teto, enquanto centenas de mãos ondulantes tentavam pegá-la. Aquele não era o mundo de Esko, mas ele estava adorando a energia, a anarquia, o abandono e a vibração quente do jazz.

Fora Bo quem os levara até lá, dizendo que havia uma garota com a qual ele ficara de se encontrar. Agora, não conseguia encontrá-la. Com ar despreocupado, escrutinava o ambiente, sem saber que Marion Bennett já tomara uma decisão por ele e por ela. Simplesmente se chegou e ficou em pé ao lado dele, colocando a mão em suas calças. Bo se levantou, rígido como um vergalhão, como se tivesse levado um susto; de repente, já estavam se beijando, atacando-se com os lábios.

Katerina os observava com absoluta concentração, novamente como se estivesse tirando uma foto, ignorando Robert, o trovador de Hoboken, embora ele continuasse inclinado sobre ela, sussurrando-lhe coisas ao ouvido sem cessar, enquanto os dedos lhe acariciavam os ombros. Ela tinha aquele poder, compreendeu Esko, não apenas sobre ele, mas sobre muitos homens, quer desejasse isso ou não. Um lampejo de dor permeava a atração que ela exercia, fazia parte dela. Esko pensou sobre a insinuação de Marion Bennett sobre Katerina já ter traído MacCormick. Será que era verdade? Mas isso não importava, realmente. Ele não queria que ela traísse MacCormick; queria que ela o abandonasse.

Esko foi até lá e a pegou pelo braço.

— Vamos sair daqui — comandou ele.

Os olhos frios dela se encontraram com os dele. Ela bebera a noite inteira, como todos os outros, mas não parecia bêbada.

— Por quê? — perguntou.

— Tenho algo para você — disse ele. — Algo que lhe pertence.

— Então me entregue.

— Não aqui.

No Central Park, o gelo estalava nas árvores e os pés de Esko e Katerina esmagavam uma grossa camada de neve. Não havia barulho de tráfego. Ouvia-se apenas, a distância, um chocalhar abafado do trem no elevado.

— Sente-se — disse Esko, apontando um banco sob um lampião de gás cujo halo bruxuleava enquanto o som do trem sumia. Ela se sentou, com ar de expectativa, enquanto ele enfiava a mão no bolso do paletó.

Esko lhe entregou um envelope amassado e sujo. Sob a luz tênue, um instante se passou antes de ela perceber do que se tratava: um dos lados do envelope estava todo rabiscado com desenhos; no outro estava o seu nome, escrito em uma caligrafia gelidamente familiar.

— É de Klaus — informou Esko. — Está comigo há muito tempo.

Um espasmo transpassou o corpo de Katerina. Ela sugou o ar, ofegante, mas não disse nada e fitou o envelope por longo tempo.

— Klaus me fez prometer que eu lhe entregaria isto se...

Ela abriu a bolsinha de mão, colocou o envelope lá dentro e tornou a fechá-la. Respirando fundo e com a expressão subitamente cansada, perguntou:

— O que, exatamente, você quer de mim, Esko?

— Quero que fiquemos juntos.

— E o que vê adiante de nós? — havia hostilidade em seus olhos. — Uma casinha no campo? Um carrinho de bebê atravessado na sala e o barulho de pezinhos ecoando pela casa?

A gola do seu casaco estava levantada e lhe cobria o pescoço. Gotículas congeladas fizeram seus cabelos cintilar no instante em que ela baixou a cabeça e fitou o chão. Lenta e deliberadamente ela tirou uma das luvas, dedo por dedo, e tomou a mão dele entre as dela, afirmando:

— Eu trago má sorte, Esko, você deve se manter afastado de mim.

— Eu me arrisco.

— Não vai ser bom — ela balançou a cabeça para os lados.

— Quer dizer que você tira fotos de arranha-céus, até mesmo constrói um deles na neve, com blocos de gelo, mas não aceita ficar comigo. É isso? Apenas o conceito que você tem de mim lhe parece lindo, será que é isso? O nobre Esko dos grandes ideais. Deixe-me dar um pouco de atenção a ele, pois, de certa forma, trata-se de um homem interessante. Como amante, porém... bem, isso é outra história! Então, é isso o que você pensa? Seja honesta comigo, Katerina, eu quero a verdade.

— A verdade? — os olhos dela se viraram para o céu. — Não creio que você queira ouvir a verdade.

— Tente.

— Sabe o que senti quando recebi suas cartas e quando o vi pela primeira vez depois de tanto tempo, no outro dia?

O olhar que ela lhe lançou foi um prenúncio de que talvez ele não apreciasse a resposta. Mesmo assim, incentivou-a:

— Continue.

— Medo. Senti medo.

Começou a nevar. Um floco dos grandes veio despencando, como em um sonho, pelo rosto de Esko. Subitamente ele sentiu que sua alma estava em sua mão sem luva, dormente e azul de frio.

— Vi uma porta se abrir, uma porta que eu havia fechado com força em minha vida. Uma porta que eu queria que permanecesse fechada. Não sou a pessoa que era quatro anos atrás.

Por baixo da mulher cosmopolita e sofisticada, nela também havia, sob muitos aspectos, muito do animal selvagem e ferido, analisou Esko, vendo que ela se mantinha sensível a qualquer movimento à sua volta, desconfiada de qualquer tentativa de ele domá-la ou magoá-la.

— Não existe destino nem padrão, Esko. Tudo ocorre por acaso. Os nomes de Esko Vaananen e Katerina Malysheva não estão escritos nas estrelas. Talvez eu tenha achado isso por um momento, no passado, mas não mais. Não agora.

Esko anteviu uma réstia de esperança, uma rota que poderia levá-lo ao outro lado.

— Quando foi esse momento, Katerina?

— Em Helsinque. Naquela manhã, com o *pilvenpiirtaja* na neve. Fiquei muito zangada com você, ao vê-lo partir para a guerra, Esko; não era aquilo que você devia ter feito. — Seus olhos vagaram pelo parque. — Você devia ter vindo para cá, para Nova York. — Seu olhar se fixou em uma árvore distante. — Então, eu soube que você e Klaus haviam morrido. — Olhou para os joelhos. — Acabou tudo, foi o que pensei. Não existe mais Katerina Malysheva. Seu lar se foi. Sua pátria se foi. Seus amigos se foram. Ela deixou de existir. Doei meu apartamento em Helsinque a uma mulher que eu soube que acabara de chegar da Rússia. E parti.

Esko estava pensando no espelhinho com moldura em *art nouveau* que ela trazia preso ao pulso, quando menina; o espelho que ela lhe dera, e que ele devolvera a ela; o espelho que ele vira pela última vez nas mãos de um vermelho derrotado e prostrado em uma cela de prisão de Helsinque.

— Você deixou o espelho para trás — disse ele, em um sussurro, colocando a mão no bolso e sentindo a bainha do seu *puukko*. Objetos: alguns deles possuíam vidas comoventemente paralelas às dos seus donos, transbordantes de lembranças e significados em um instante para, no momento seguinte, voltarem à condição de matéria inerte, simples "coisa". O espelhinho que Katerina lhe dera ainda estava, sem dúvida, em algum lugar do mundo, talvez nas mãos de um vagabundo qualquer ou de um mendigo; ou talvez na prateleira de uma loja, manchado ou quebrado, despido de todas as associações prévias que haviam sido tão preciosas para Esko.

— Resolvi vir para cá, Esko — disse Katerina. — Foi muito difícil. Eu não tinha planos, não tinha dinheiro, não tinha idéia do que poderia fazer aqui.

— Você procurou outros russos?

— Eles estavam todos trabalhando como garçons e garçonetes, em restaurantes e cafés. Um deles fora príncipe. Não estou brincando... na Rússia ele havia sido literalmente um príncipe. Esta é a medida de quanto alguns de nós perderam. Agora ele estava ali, lavando louça, e eu pensei: Por que não? Se ele consegue suportar, eu também consigo. Trabalhei por quase um ano, tentando esquecer, tentando não pensar, permitindo a mim mesma desejar e esperar... por nada.

Sem deixar que ele a interrompesse, Katerina continuou a história. Esko teve a sensação de que ela jamais mencionara nada daquilo a ninguém, nem mesmo a MacCormick. Contou-lhe a respeito dos primeiros meses em Nova York, combinando os detalhes mais triviais com os sentimentos mais íntimos.

— O restaurante era na Broadway. O dono era um francês, um homenzinho triste que parecia um vampiro, mas era, na verdade, muito gentil. Oferecia emprego a todos os que vinham bater em sua porta. Eu era garçonete, e isso era muito bom, por causa das gorjetas. Havia um outro rapaz lá, Eddie, que lavava os pratos na cozinha. Ele era pianista. Gastava todo o dinheiro que ganhava em cocaína. Certa noite, ele cortou a mão quando um copo se quebrou. Fui com ele e o francês até o Hospital Bellevue, em um táxi, com sangue por toda parte. Dezesseis pontos. Só que eu não cheguei realmente a conhecer Eddie. Ele estava atravessando a Terceira avenida quando foi atropelado por um carro. Motorista bêbado. Às três horas da tarde de um domingo. Na semana anterior ele me dissera "Um dia, tudo vai melhorar". Pobre Eddie. — Katerina expirou com força soltando uma nuvem e vapor, trêmula de frio. — Para mim, as coisas ficaram diferentes, de repente. Elas mudaram. Apareceu um homem, um homem mais velho, muito gentil. Pediu uma sopa, uma taça de champanhe e me deixou uma gorjeta generosa. Voltou na noite seguinte, e na outra. Sempre pedia a mesma coisa para comer, e fazia a refeição muito devagar. Curtia cada minuto, como se o tempo fosse precioso. Ele me disse que era fotógrafo. Sua assistente de estúdio o deixava louco, ele me contou, e disse que estava em busca de alguém para substituí-la. Será que eu estaria interessada?

A voz dela estava firme e calma. Aqueles episódios de sua vida, pela forma com que ela os relatava, eram como velhos instantâneos em uma caixa, remexidos a esmo pelos dedos da memória, como se, analisou Esko, ela estivesse deliberadamente colocando de lado o poder de ser movida e levada adiante pelas próprias lembranças e estivesse repassando essa tarefa para Esko, sem ter consciência disso. Pelo menos, essa foi a responsabilidade que ele assumiu, sentado ali, no banco do parque, sua respiração envolvendo o rosto em névoa a cada expiração emocionada. Ele guardaria todas aquelas lembranças para Katerina e um dia as devolveria intactas, para que ela pudesse reivindicar toda a sua vida.

— Ele possuía um pequeno estúdio fotográfico na rua Bleecker. A jornada de trabalho era maior e o salário menor do que o do restaurante, mas eu fiquei contente em ir trabalhar com ele. Um dia, pedi um aumento de salário. Ele simplesmente sorriu para mim e disse que não.

— Vou deixar que você tire algumas fotos por conta própria, o que me diz disso? — propôs. Assim, no dia seguinte, lá estava eu, com uma imensa câmera-caixote nas mãos, sem ter a mínima idéia de por onde começar. Tirei fotos de pessoas na fila da barca para Staten Island. Ruas desertas. Frentes de lojas.

— E...?

— Comecei a sentir a vida novamente. Não tencionava fazer nada marcante. Ao fotografar, tentava simplesmente tirar do caminho o entulho entre mim e o objeto da foto. Deixava-me simplesmente sentir... *algo*, era tudo uma questão de apertar o botão no momento exato. Tudo sob o meu controle. Tudo em minhas mãos.

Esko se inclinou para frente, os cotovelos nos joelhos, olhando fixamente para ela.

— Esko, eu vou ter que lhe pedir um favor.

— O que é?

— Não tente me ver mais. Não sinta que você tem algo a ver comigo. Por favor.

Esko endireitou as costas, sentando-se ereto. Alguém passou andando depressa, um transeunte a caminho de casa ou da próxima festa. Sorriu rapidamente para os dois por um momento sob a aba do chapéu e seguiu em frente, misturando-se com a escuridão indistinta em meio à neve. Durante toda a noite, Esko sentiu que se transformara em uma espécie de barômetro, um instrumento calibrado para responder ao estado de espírito daquela mulher: sua energia, sua tristeza oculta, sua vivacidade frágil e, naquele momento, a calma representada por aquele apelo submisso. Seu coração se compadeceu dela, mesmo sabendo que ela o tratava como Caliban, ordenando-o a se retirar de sua ilha.

— Você vai pegar todas as suas coisas e se mudar para a minha casa — disse ele. — Ficaremos lá até acharmos um lugar maior. Vamos montar um quarto escuro para você e um estúdio, ou alugaremos uma sala perto de casa. Você poderá sair e ficar fora tanto quanto desejar, não quero mantê-la prisioneira, em absoluto. Estaremos juntos mesmo quando estivermos longe um do outro. Katerina, sei que jamais serei tão rico quanto MacCormick, mas sempre teremos o necessário para viver.

A cabeça dela despencou sobre o peito. Contorceu as mãos, e o som que saiu de seus lábios foi algo primitivo, um gemido, uma exclamação de tristeza e dor.

— Oh, Esko — disse ela. — Você não ouviu uma palavra do que eu disse?

— Ouvi com toda a atenção. Você sabe disso.

— Eu tenho Andrew, tenho contatos, tenho dinheiro — disse ela, sua voz mais rápida e decidida. — Eu sei, isso é terrível, não é? Dinheiro é liberdade, e sem liberdade eu preferia cortar a garganta. Cresci entre coisas que eram valiosas para mim e me foram arrancadas; fui torturada, e nunca mais vou permitir que tal coisa volte a acontecer comigo. Não posso passar novamente por tudo aquilo. Não teria forças. Pela primeira vez desde a revolução, sinto que minha vida está novamente em minhas mãos. Jamais a entregarei nas mãos de nenhuma outra pessoa, nem mesmo nas suas.

Esko voltou à primeira pergunta, sem querer abrir mão da resposta:

— Você o ama?

Nesse instante, antes de Katerina ter a chance de responder, ouviram-se passos abafados correndo na neve e Bo chegou, bêbado, ofegante, mas conseguindo se manter em pé, como sempre.

— Esko! Graças a Deus eu achei você — disse ele. Dobrando o corpo para frente, apoiou as mãos nos joelhos. Perdera o chapéu em algum lugar, no decorrer da noite, e tufos congelados brilhavam em sua cabeça. — Aquela mulher de vestido vermelho. Qual é mesmo o nome dela?

— Bo, este não é o momento para... — começou Esko.

— Ela enfiou o garfo na perna de um sujeito — continuou Bo, ofegante. Aconteceu uma briga e um homem levou um tiro no peito, embora o tiro não tenha sido dado por ela.

Na mesma hora, eles foram cercados por um batalhão de vozes excitadas, pessoas que chegavam com versões empolgadas e conflitantes do que acontecera.

— Um revólver...

— ... ele a chamou de...

— Ela enterrou o garfo bem fundo, juro por Deus.

— Aquele cara... sangue...

— Ela foi embora — disse Bo. — É meio maluquinha aquela garota, mas eu gostei dela. E acho que ela gostou de mim também. O que acha, Esko?

— Escute, Bo — disse Esko, preocupado, com o olho em Katerina. — O nome dela é Marion Bennett. Ela trabalha para uma revista, *Vanity Fair*. Tente achá-la na sede da revista amanhã.

Bo foi embora agradecido e, enquanto ele se afastava, Esko se virou na direção de Katerina, mas Robert estava ao lado dela, acendendo o cigarro que ela pegara, com seu isqueiro imenso e pesado como uma arma. Ela não pareceu chateada. Pelo contrário. Pareceu aliviada, resgatada pelo trovador de Hoboken.

— Katerina... — começou Esko.

— Não se preocupe, Esko. Robert me leva para casa. Obrigada por uma noite maravilhosa.

Esko não se mexeu. Esperou até todos irem embora e o ar ficar novamente calmo, sabendo perfeitamente que Katerina não voltaria, mas sem querer deixar o parque, imaginando que ali ele poderia continuar a inalar seu perfume, uma fragrância que parecia ter sido criada apenas para ele;

olhou a neve lembrando que, depois da primeira vez em que a encontrara, ainda menino, passou o mês todo olhando pela janela da casa do vigário, Kalliokoski, por horas a fio, sentindo o corpo se desligar do mundo real enquanto aguardava a chegada de algo. O que esperava era a visão no gelo, o momento que definiu toda a sua vida. Da mesma forma que jamais perdera de vista aquela imagem, sempre sentira que sabia exatamente quem Katerina era. Soubera naqueles dias e continuava sabendo em Helsinque, em 1918, como se por dentro ela cintilasse com o brilho de uma chama da qual seu olho tinha uma perspectiva única. Esko jamais pôde prever se ela permitiria que ele se aproximasse daquela chama, mas sempre conseguira avistá-la. Até aquele momento: ali, já não conseguia mais vê-la em Katerina e, pelo que sentia, a chama se apagara para sempre.

A neve tinha um poder hipnótico. Esko sabia disso, mas se manteve no Central Park por quase uma hora, sem conseguir ver nenhum dos edifícios de Manhattan, como se toda a ilha estivesse sob o efeito de um encantamento e ele estivesse ali sentado, completamente só, enquanto, na penumbra suave, os flocos continuassem a cair em silêncio.

10

Na manhã seguinte, ele se levantou cedo. Tomou café-da-manhã na lanchonete, como sempre, e caminhou para o centro pela Broadway, sem se dar ao trabalho de esperar pelo elevador ao chegar ao prédio de tijolinhos da rua 47; subiu os degraus de dois em dois e surpreendeu Lazarus em sua sala.

— Joe — disse ele, assim que entrou —, soube que você anda dizendo para todo mundo que o meu projeto para a *Gazeta* foi executado por você.

Lazarus o fitou desconfiado, os olhos brilhantes e vermelhos. Uma xícara de café fumegava diante dele sobre a mesa. Afastando a cadeira um pouco para trás, olhou para Esko e piscou, meio envergonhado por ter sido pego.

— Francamente, eu acho isso patético, Lazarus, mas não ligo a mínima! — disse Esko. — Você e eu sempre saberemos a verdade. Você é um sujeito que tenta, Joe, e eu garanto que vai sempre fazer apenas isso: tentar. Só posso responder por mim mesmo. No que me diz respeito, você deixou de existir. Eu me demito!

Esko recolheu suas coisas e se despediu da srta. Kott. Para sua surpresa, ela se levantou e plantou-lhe um beijo no rosto.

— Tenha boa sorte, sr. Vaananen — desejou ela.

Esko deu um passo para trás, sentindo-se fortificado pelo seu gesto, e também comovido.

— Puxa, obrigado, srta. Kott — agradeceu ele, determinado a seguir em frente com seus planos.

Duas horas depois, ele já estava no décimo primeiro andar de um prédio sem expressão que dava de cara para o edifício Flatiron, acima dos montes de neve e dos ventos implacáveis da Broadway, diante de uma porta revestida em madeira nobre onde uma placa simples anunciava: W. P. KIRBY — ARQUITETO. A porta estava fechada, um exemplar do *New York Times* jazia sobre o capacho, acompanhado pela edição da véspera, que ainda não havia sido recolhida.

Esko bateu na porta com força. Enquanto esperava ser atendido, o elevador estalou e parou naquele andar, depois de subir pelo poço gradeado que ficava às suas costas; a porta da cabine se abriu lentamente e uma cabeça espiou para fora.

O homem que saltou poderia ter qualquer idade entre os sessenta e os setenta e cinco anos. Seu rosto era muito enrugado e seus olhos cinzentos investigaram tudo em volta com atenção. Seu cabelo, cortado à escovinha, era branco, pouco mais comprido que a barba por fazer que despontava em seu queixo e bochechas como espinhos de um cacto. Exibia um rosto sugado pela vida, cansado dos golpes do destino, que obviamente recebera em abundância; apesar disso tinha um rosto determinado, uma face nobre que parecia saber o que era necessário para seguir em frente, apesar de todas as esperanças pilhadas, destruídas e incendiadas. Um rosto pelo qual Esko sentiu imediata reverência.

— Estou à procura de W. P. Kirby — disse Esko, certo de que aquele era o homem que procurava.

— Sou eu — confirmou o outro de imediato, a voz tranqüila e surpreendentemente casual.

O corredor se encheu dos vapores do uísque da noite anterior; ou talvez ele já tivesse bebido naquela manhã, pensou Esko.

— É uma honra conhecê-lo, senhor — afirmou Esko.

Os olhos de Kirby examinaram a mão que Esko estendia.

— Quem, diabos, é você? — perguntou, passando a mão pelos cabelos espetados. — Eu lhe fiz uma pergunta, camarada!

— Sou da Finlândia, não da Rússia. Meu nome é Esko Vaananen. Sou arquiteto.

— Adeus — regiu Kirby com determinação, batendo a porta na cara de Esko.

Os nós dos dedos de Esko voltaram ao trabalho.

Música fez-se ouvir do lado de dentro, um concerto para piano de Beethoven.

Kirby ligara o gramofone.

— Sr. Kirby — pediu Esko, elevando a voz —, preciso falar com o senhor.

Beethoven aumentou de volume.

— O senhor escreveu uma carta para o *Gazeta* falando do meu projeto — disse Esko, elevando ainda mais a voz.

Beethoven sacudia as paredes.

A reação de Kirby pareceu a Esko perfeitamente razoável, e ele não se desestimulou por ela. Deu um passo para trás, pegou o *New York Times* e esperou. A primeira página dizia que uma mulher, depois de assassinar um corretor de seguros, tentara o suicídio três vezes; a primeira, com veneno misturado no ruge; em seguida, rasgando a garganta; finalmente, tentando bater com a cabeça de encontro à parede externa do presídio Tombs, demonstrando uma incompetência tão grande para alcançar seu projeto de auto-remoção da vida que, sendo um finlandês, Esko a considerou comicamente cativante. Estava bem claro que a assassina queria muito permanecer viva.

Continuou a ler.

Um motorista roubara 75 mil dólares em diamantes, dois aviadores se afogaram quando seu hidroavião afundou em Delaware; um homem mergulhara para a morte, caindo de um prédio de dez andares durante um evento publicitário para divulgação da mais nova comédia de Harold Lloyd, e um político finlandês, Pehr Svinhufvud, fora até os Estados Unidos em busca de um empréstimo do governo. Uma foto de Svinhufvud mostrou que ele era um homem corpulento com um grande bigode em um rosto bem finlandês, que parecia uma batata.

Esko se perguntou o que será que o seu compatriota de rosto impassível estava achando dos Estados Unidos, um país tão viciado em entusiasmo, violência e aventura.

— Você devia tentar assaltar um banco, meu velho — disse Esko, sem perceber que falava em voz alta —, assim eles iam gostar mais de você por aqui. — Svinhufvud usava uma camisa de gola alta com pontas viradas, *smoking* e cartola, mostrando-se determinado a parecer o mais possível com qualquer outro político e o mínimo com um finlandês. Era mais fácil copiar do que criar, e daí vinha o conceito de moda, avaliou Esko. Por isso havia homens como Joseph Lazarus. E então, como sua mente permitiu afastar a imagem do suicídio, lembrou por um instante da sua mãe, desafiadora, sempre fazendo as coisas do seu jeito; viu-a em um barco, sobre o lago, passando as pontas dos dedos sobre a água. *E quanto a você, meu irmãozinho Esko, o que fará? Vai se tornar sacerdote? Vai se interessar por política, como o seu pai? Veja! Dois patos voando! Eles se acasalam uma vez na vida, e é para sempre!*

A sua morte continuava a ser como um rasgão em um arco-íris.

Beethoven acabou; através da porta, Esko escutou Kirby andando, provavelmente se levantando para trocar o disco.

Esko dobrou o *Times*, atirando-o de volta ao chão.

— Sr. Kirby! Quero apenas cinco minutos do seu tempo. Tenho uma proposta.

— Com os diabos! — ouviu, lá de dentro.

— Eu vi seu projeto para o concurso da *Gazeta*. Considero-o muito melhor que o meu.

Algo se estilhaçou do outro lado da porta e Esko recuou, com o susto. O disco de Beethoven, ele percebeu.

— Fiz a inscrição do meu trabalho usando um pseudônimo: Esko Offermans.

O tom de voz de Kirby, mais relaxado, veio sob a forma de pergunta:

— Offermans?

— Exato — disse Esko, falando para a porta fechada. — O senhor se lembra do meu projeto?

— Mas foi Joe Lazarus quem idealizou aquele projeto, ele mesmo — disse Kirby. — Li tudo no jornal.

— Ora, sr. Kirby, eis uma boa pergunta: o senhor acredita em tudo o que lê no jornal?

Do outro lado da porta, ouviu-se um grunhido.

— O projeto é meu, sr. Kirby. Lazarus não teve participação alguma.

A porta se abriu, oferecendo às narinas de Esko mais uma forte amostra do odor forte de uísque, e seus olhos viram as costas de Kirby, de camisa branca, que se afastava da entrada.

— O que está esperando? Com os diabos... — os pés descalços de Kirby estavam cobertos por meias de lã cinza grossa; o dedão do pé direito espiava por um buraco na meia. — Entre!

— Obrigado.

A sala bem iluminada era pequena, tinha uns dez metros quadrados. Lençóis e cobertores estavam espalhados em uma cama dobrável onde se via um livro fechado e uma garrafa de uísque aberta ao lado da cama. Flocos de cinzas de cigarro pontilhavam o tapete muito gasto, revolvendo-se devido à corrente de ar que se formara pela porta que se abrira e rolando em direção à base de uma pia rachada e suja.

Esko não sabia o que esperar, mas certamente não imaginara um lugar tão decadente.

— Você nasceu em um daqueles celeiros da Finlândia? Feche a porcaria da porta, com todos os diabos.

Esko fez como lhe foi ordenado, empurrou com o pé vários cacos triangulares de disco quebrado e, ao se virar, viu Kirby em pé atrás de uma mesa de trabalho simples, de carvalho. A superfície da mesa estava completamente vazia, como à espera de uma idéia. Por trás da mesa, ficava a única janela do cômodo, bem grande, por sinal, através da qual Esko avistou o Flatiron, agigantando-se por entre os flocos de neve como a proa de um transatlântico. Na parede à esquerda, havia vários desenhos emoldurados.

Esko sabia que estava sendo rude, mas não conseguiu resistir. Os desenhos o atraíram e ele se colocou ao lado da mesa.

Eram feitos em grafite, sobre papel manteiga. Os três primeiros representavam casas baixas e amplas, com aposentos que se encontravam, pátios que se espalhavam pelos jardins e telhados que se projetavam para fora como asas protetoras. Eram maravilhosamente bem-proporcionados. Mais que isso, eram revolucionários. Durante séculos, os arquitetos projetaram residências que não passavam de um amontoado de pequenos espaços em um espaço maior. Às vezes o espaço grande tinha um formato interessante, outras vezes, não. Kirby simplesmente conduzira uma série de espaços através do espaço maior, com formas que abraçavam os dois conceitos, o conforto de um abrigo e a grandeza das áreas livres. Os projetos atendiam a duas compulsões fortemente arraigadas nas pessoas; uma que buscava firmeza e proteção e a outra que ansiava por liberdade e mobilidade.

Esko se sentiu humilde, como acontecera no salão de baile do Plaza, quando pôs o olho no projeto que Kirby enviara para o concurso da *Gazeta*. Estava na presença de um mestre, talvez o *maior* de todos, um homem que vivia e trabalhava ou, mais provavelmente, bebia e morria naquele quarto minúsculo, o máximo que conseguia pagar, em um prédio comum com uma vista privilegiada para um edifício maravilhoso. O que acontecera?

— Estas construções existem? — perguntou Esko, sem conseguir manter o assombro longe da voz. — Onde elas foram construídas?

— Em Chicago — respondeu Kirby, a contragosto. Empurrando papel e lápis na direção de Esko, exigiu: — Você afirma que o projeto da *Gazeta* é seu. Pois prove-o para mim, agora. Desenhe alguma coisa.

— Onde?

— Pode se sentar à mesa.

— Não posso fazer isso.

— Ora, mas por quê, com os diabos?

— É a sua mesa de trabalho.

Kirby piscou de espanto, desacostumado a tais delicadezas; aturara os maus modos do mundo durante tanto tempo que se esquecera que havia outras maneiras de tratar as pessoas.

— Eu construí pessoalmente esta mesa de trabalho, há muito tempo.

— Eu sei.

— Como? Como sabe disso?

Esko encolheu os ombros.

— Sente-se — disse Kirby, com um tom de voz mais suave.

— Se o senhor insiste.

— Sim, eu insisto.

Enquanto Kirby se afastava, indo se sentar na cama dobrável para tentar colocar um par de sapatos, balançando um trapo, em uma tentativa de limpar um pouco da bagunça, Esko ficou em pé ao lado da mesa, absorto em pensamentos durante um ou dois minutos; então, se sentou e começou a desenhar com rapidez.

Ao ver o resultado do trabalho, Kirby coçou a cabeça e puxou os suspensórios, colocando-os sobre os ombros enquanto afirmava:

— O edifício do concurso da *Gazeta* foi projetado por você. E, agora, Joe Lazarus está tentando roubar seu mérito.

— Parece que sim.

— Faz sentido. Joe é esse tipo de pessoa. Você não está preocupado?

— Não, não estou — garantiu Esko, olhando fixamente para Kirby.

— Não diga mais nada, deixe-me adivinhar. Sua atitude provavelmente é do tipo "muito pior do que ser roubado é ter que roubar as idéias dos outros". Estou certo?

— Sim, é algo desse tipo.

— *Conversa fiada*! — reagiu Kirby, com voz de trovão. — Quer que eu lhe diga qual é a primeira regra em arquitetura?

— Por favor — assentiu Esko, de forma seca.

— *Consiga o trabalho.* Implore para conseguir o trabalho. Trapaceie pelo trabalho. Modifique sua idéia inicial, se necessário. Faça desse trabalho a sua vida, porque ele é realmente a sua vida, meu caro. Nunca deixe alguém conseguir o trabalho em seu lugar. Por nenhum motivo. Jamais.

— Nesse caso Joe Lazarus não conseguiu o trabalho, nem eu. Foi Peter Winrob quem conseguiu.

Kirby balançou a cabeça com vigor.

— Devolva minha cadeira, com os diabos!

— Pois não — assentiu Esko, levantando-se.

Kirby não se sentou.

— Como é mesmo seu nome?

— Vaananen.

— Diga de novo.

— Vaa-na-nen.

— Vaa-na-nen — repetiu Kirby. — Olhe, espere aqui, um instantinho — pediu ele, indo até um dos cantos do aposento, onde havia um imenso baú, atrás da porta. A tampa do baú se abriu para trás e Kirby se agachou. Por alguns minutos, ouviu-se apenas a voz de Kirby resmungando consigo mesmo, enquanto vasculhava e remexia nos papéis. Subitamente, anunciou:

— Raios me partam!

Ao tornar a se levantar, Kirby tinha nas mãos um exemplar antigo da *Deutsche Werkbund*, uma das revistas às quais se referira na carta que havia enviado ao New York Times; a *Deutsche Werkbund* era uma publicação que, da mesma forma que a *The Studio*, na Inglaterra e a *Architectural Record*, nos Estados Unidos, estava espalhando o conceito de *design* e idéias arquitetônicas por todo o mundo.

— Foi você quem construiu isto? — quis saber ele.

Entregou a revista a Esko. Nas páginas abertas, estavam duas fotos da igreja da Sombra da Cruz. Esko se lembrava vagamente de um fotógrafo que estivera no local, mas, até aquele momento, jamais vira o resultado das fotos. A imagem da cruz aqueceu-lhe o coração e a lembrança das alegrias daquele verão o fizeram lembrar que não recebia notícias de Anna havia algum tempo.

— Sim, este foi um trabalho meu.

— Ora, raios me partam! — repetiu Kirby, olhando fixamente para Esko por um bom tempo. Então, deixou-se desabar lentamente sobre a cama dobrável. — Puxa, meu rapaz — disse ele, colocando a cabeça entre as mãos —, o que quer de mim? — perguntou, parecendo subitamente cansado e derrotado, temeroso da resposta que imaginava receber.

— Quero que o senhor me ensine a ser arquiteto.

Esko sabia que Kirby iria compreendê-lo, e ficou claro que isso acontecera.

— Com todos os diabos! — reagiu Kirby, falando pausadamente, a voz baixa, mas enfática, analisando as implicações e o significado daquilo para ambos. Ser professor não seria tarefa fácil, especialmente de um aluno como aquele. — Eu? Está louco?

Esko explicou que o único culpado daquilo era o próprio Kirby.

— O senhor foi muito generoso e gentil ao comentar o meu projeto para a *Gazeta*. Do seu ponto de vista, pode ser que o meu trabalho tenha parecido o menos ruim de um grupo péssimo. Sem querer, porém, o senhor entregou o jogo. Percebeu alguns detalhes e tinha toda a razão, nem precisou ir muito longe. — Esko buscou as palavras certas, antes de continuar. — Olhe para o Flatiron. Eu sei que o senhor o faz com freqüência. Deve olhar para ele umas cem vezes por dia. Este é o motivo de o senhor estar morando aqui, neste quartinho apertado: para poder apreciar um edifício que era radiante na época em que foi construído, e não é menos radiante agora. No entanto, se o senhor ou eu o construíssemos, hoje em dia, seria algo grotesco, como foi o trabalho de Winrob para a *Gazeta*. Existe um ritmo diferente... algo no ar. Talvez esteja vindo da Europa para os Estados Unidos. Talvez esteja nascendo aqui mesmo, neste país. Tem algo a ver com o aqui e o agora, tem a ver comigo mesmo e o mundo lá fora. — Fez um gesto em direção à janela. — Se eu conseguir agarrar este conceito... Se conseguir achar o que está dentro de mim... — Parou, frustrado, coçando o rosto. — Sinto como se estivesse tentando voar sem ter asas. Ou como se só tivesse asas às vezes.

Kirby olhou para ele da cama, com ar tristonho. O braço circulou lentamente, de um canto até o outro do quarto enquanto falou, sem rancor nem amargura, simplesmente atestando os fatos:

— Uma cadeira, uma mesa, um baú, alguns pedaços de papel rabiscados. É isso o que quer da vida, Esko Vaananen? É assim que você se vê no fim dos seus dias? Sem amor, sem filhos, com uma casa pouco maior do que um caixote e da qual tentou escapar a vida inteira? É esse o sonho que tem para si mesmo? Porque, muito provavelmente, é o que vai conseguir, se ficar junto de mim.

Kirby olhou para Esko com o ar melancólico de quem é experiente, deixando as palavras pairando no ar.

— Sinto-me lisonjeado, meu caro, mas a verdade é que estou acabado. Totalmente ultrapassado. W. P. Kirby não faz parte nem da história mais. Todos já me esqueceram por completo. Vivo da bondade dos amigos, que me emprestam dinheiro para charutos e uísque, sorrindo com generosidade para eu não me sentir sem graça diante do seu olhar de pena. Sou uma piada patética.

Esko teve vontade de pegar Kirby e sacudi-lo com força. Em vez disso, pegou um dos desenhos pregados na parede.

— Sr. Kirby, agora é o senhor que está falando bobagens. — Balançou o desenho de uma casa, onde se viam traços graciosos e bem-proporcionados, diante do rosto do velho. — O homem que projetou isto não poderia, jamais, ser motivo de piada.

— Com os diabos! — reagiu Kirby, apertando a cabeça com as duas mãos, como se ela fosse se separar em duas. — Não construí nada nos últimos cinco anos. Nem cheguei perto disso.

— Pois isto está prestes a mudar.

Instigado, receoso do que Esko diria em seguida, mas louco para ouvir, Kirby levantou os olhos, cheio de curiosidade.

— Que diabos você está querendo dizer com isso? — perguntou.

— Estou querendo dizer que não vim aqui de mãos vazias. Trouxe uma isca para atraí-lo, sr. Kirby — informou Esko, com um largo sorriso. — Trouxe uma *encomenda*. Uma encomenda que vai ser muito especial para o senhor.

11

Esko e Kirby foram caminhando a passos largos até o fim da Broadway, nas imediações do Battery Park, a fim de alcançar seu objetivo junto à água, naquela manhã fria e tempestuosa, em que a Senhora Liberdade era obrigada a segurar com mais força a tocha que empunhava, para evitar que o vento a arrancasse de sua mão e a levasse girando loucamente em direção aos céus. Um imenso navio passava pelo Hudson, a fumaça enroscada que saía de suas chaminés era densa como uma corda congelada. Sob o lânguido sol de inverno, as gaivotas guinchavam, girando para cá e para lá, e mergulhando através do vento para então deslizarem no ar, suspensas, quase imóveis.

— Você tem certeza disso? — perguntou Kirby, não exatamente nervoso, mas querendo saber, apenas para se tranqüilizar.

— É como eu disse — replicou Esko. — Eu é que estou sendo egoísta aqui.

— Então, vamos. Quero nocautear esse cara — afirmou Kirby, com um ar de grande ator, o rosto vincado pelo sorriso marcante e os olhos brilhantes. — Vou me divertir. — Virou-se com determinação, caminhando à base dos penhascos de arranha-céus taciturnos que se aglomeravam em direção ao céu com o paletó desabotoado drapejando às costas como uma bandeira.

Nas duas semanas que se haviam passado desde seu primeiro encontro com Kirby, Esko o vira renascer; as palavras *encomenda* e *trabalho* atuavam sobre ele como um coquetel rejuvenescedor. A cor voltara às suas bochechas, e um jeito saltitante ressurgira em seu caminhar. Ele estava barbeado, largara a bebida e, em seu surto de saúde e confiança renovadas, garantiu a Esko que lhe conseguiria ensinar alguns truques. Agora, vestia o que denominava "roupa de visitar cliente": um chapéu de pura ostentação, em veludo preto e com abas largas, um paletó de *tweed* encorpado e uma singular gravata-borboleta vermelha com bolinhas pretas, que ficava meio torta, parecendo uma hélice pronta para girar a qualquer momento, impulsionada pela força da genialidade do homem que a usava. Kirby parecia esplêndido, boêmio, com um quê de extraordinário. Uma mistura dos traços fortes de Abraham Lincoln com o ar jovial de poeta do século dezenove.

– Como ele é, esse tal de MacCormick? – perguntou Kirby, sem diminuir o passo, sempre marchando com as mãos enfiadas nos bolsos, a cabeça lançada para trás e o peito estufado. – Sei que ele tem muito poder e dinheiro. Faz as coisas acontecerem. Mas como ele é, de verdade? Com o que ele realmente se importa na vida?

Esko informou que MacCormick era um sujeito afável, com grande capacidade de discernimento, e que a sua expressão de perene jovialidade era difícil de decifrar.

– Seria bom se descobríssemos mais a seu respeito. Quer que eu lhe conte o segredo do mundo da arquitetura? Ter controle. A cada instante estamos lutando com alguém que tenta nos controlar. Primeiro, temos o investidor e sua paixão pelo dinheiro. Isso, pelo menos, é fácil de compreender. Depois, temos o cliente e suas expectativas impossíveis de alcançar. Depois, a prefeitura e suas normas para obras. Então, eu preciso saber... esse tal de MacCormick, como você o descreveria, em uma única palavra? Ele é, por exemplo, um "mão fechada"?

– Duvido muito.

– Com todos os diabos! Já comecei a gostar dele – reagiu Kirby, dando um empurrão leve em Esko, em uma demonstração de triunfo. – Ele vai interferir?

– Ele gosta de arquitetura e entende um pouco do assunto.

– Às vezes, esses são os piores – comentou Kirby, parando de caminhar na mesma hora. Seu casacão de tecido caro e volumoso escondia muitos bolsos, como a capa de um mágico, de um deles Kirby fez surgir uma caixa de couro cheia de cigarrilhas. – Esses caras que entendem vivem falando tolices a respeito de arcos e remates.

– Ele não é desse tipo.

– É melhor que não seja, com os diabos! – disse ele, continuando a caminhar enquanto acendia a cigarrilha espetada meio torta em um dos cantos da boca, enquanto se encaminhava na direção do elegante arranha-céu que projetara. — Não venho aqui há muitos anos — comentou.

— Por que colocou aqueles anjos junto da cornija? — perguntou Esko, pois queria saber a resposta para isso fazia algum tempo.

— Costumava acreditar neles — respondeu Kirby, com um breve levantar de olhos para o alto, antes de entrarem no saguão do prédio. E continuou a falar, mais rápido. — O sujeito que me fez esta encomenda era um homem brilhante. Isso foi em 1892. Ele era muito vaidoso, mas um bom amigo. Pagou-me regiamente pelo trabalho. Está morto.

Kirby parou na porta do elevador. A imagem dos portões à frente da cabine o deixou com ar reflexivo.

— Já faz muito tempo desde a última vez que fiz isso. Ir me encontrar com um cliente. — Abriu os portões gradeados para entrar no elevador. — Sempre gostei dessa sensação.

MacCormick já estava à espera deles no instante em que alcançaram o último andar.

— Sr. Kirby! — cumprimentou ele, lançando seu característico sorriso, levemente irônico. — Esperava por este momento havia muito tempo.

Esko se perguntara desde o início qual seria a reação de MacCormick à sua proposta e à sua insistência para que ele e Kirby assumissem aquele trabalho em conjunto. Agora, ao ver os dois homens hesitantes que caminhavam, um em direção ao outro, pausando para efetuar uma rápida reverência antes de apertar as mãos, já não tinha certeza de que aquilo poderia funcionar.

— É uma honra conhecê-lo — exclamou MacCormick.

— Estou ansioso para trabalharmos juntos — disse Kirby. — O prazer disso será todo meu.

Os dois estavam atuando, como em um palco, reparou Esko. Assumiam papéis: um fazia o homem do mundo, bem cuidado e descontraído, exibindo uma despreocupação que não conseguia disfarçar seu poder; o outro energizado, muito atento, no papel daquele que decifraria grandes mistérios e se recusava a adotar uma postura de submissão.

— Sr. Kirby, gostaria que o senhor conhecesse minha esposa. Ela é uma perfeccionista. Nossa, como é difícil agradá-la — disse MacCormick, desabotoando a frente do paletó e enfiando a mão no bolso da calça, já com a voz mais suave de quem revela um segredo. — Estamos casados há apenas seis meses, entende?

— Ficaria encantado em conhecê-la — disse Kirby.

— Kate! — chamou MacCormick. — Venha aqui para conhecer W. P. Kirby. Foi o homem que construiu este prédio, há... quantos anos, mesmo?

— Trinta — afirmou Kirby.

— Kate!

Os três homens se colocaram ao lado do elevador da entrada, à espera de Katerina. Ela surgiu de uma das portas ao fundo do corredor e pareceu flutuar, na visão de Esko, vestida dos pés à cabeça com um casaco de peles escuro e as mãos enfiadas em um tubo igualmente feito de pele, para agasalhá-las. Esko não sabia ao certo se ela estaria lá; certamente esperava que estivesse, e agora sorria.

— Ora, onde é que você estava? — perguntou MacCormick.

— É que está frio lá atrás, e muito desarrumado — explicou ela, tirando a mão esquerda de dentro do agasalho e oferecendo-a:

— Sr. Kirby, estou encantada.

— O prazer é meu, senhora — disse Kirby, tirando o chapéu com um floreio galante.

— Esko você já conhece, é claro — disse MacCormick.

— Sim. Como vai, sr. Vaananen? — cumprimentou ela, lançando-lhe um sorriso gélido, vindo direto das ruas congeladas de São Petersburgo.

— Acho que devíamos dar uma olhada no espaço que temos aqui — propôs MacCormick. — Ordenei a meus homens que tentassem arrumar um pouco o local, porém, como Kate disse, continua uma bagunça. O lugar está vazio desde que eu comprei o prédio, há cerca de dois anos. Sempre tive a idéia de transformar isto aqui em algo especial.

Ao entrarem por uma porta, Esko compreendeu de imediato o porquê de MacCormick querer algo diferente. Os dois últimos andares do edifício eram um só, internamente, circundado por uma galeria e iluminado por clarabóias. Algumas partes haviam sido seccionadas, mas a área principal ficava em um plano aberto, no momento entulhado de mesas, cadeiras, máquinas de somar e de endereçar etiquetas, bancos altos de três pernas, fios, tubulações para aquecimento, fogões de ferro e uma impressora rudimentar. Estava realmente uma desordem, mas o potencial era espetacular. As janelas altas apresentavam um arco gracioso e a galeria, de imediato, apresentou possibilidades e, se alguém quisesse ter uma visão melhor do porto de Nova York teria que subir ao alto do Woolworth para isso.

— Aqui funcionava uma seguradora. Depois que eles se foram, deixaram todo esse lixo para trás — explicou MacCormick, tocando com a ponta do pé uma máquina de escrever virada de lado. — Diga-me, Kirby, o que sente ao ver o estado disso aqui? Não o perturba ver todo esse lixo em seu espaço? Este prédio é criação sua, afinal.

— Projetei este prédio para ser usado. O uso modifica as coisas, como acontece com tudo o mais. Para ser franco, fico feliz em saber que o edifício ainda está de pé — afirmou Kirby. — Agora diga-me, sr. MacCormick. O que o fez comprar este prédio?

— Foi barato — respondeu MacCormick, a voz sem expressão.

Kirby soltou uma gargalhada, em uma exagerada explosão de alegria. Então levantou o chapéu, avisando:

— Esko e eu não seremos baratos.

— Deus queira que não sejam — disse MacCormick, compreendendo que, naquele jogo, era a sua vez de rir.

Esko mal prestava atenção a esse bem humorado diálogo. As palavras passavam por sua cabeça a esmo, enquanto ele circulava pelo lugar, explorando-o e observando Katerina. Eles não haviam mais se visto nem tido contato desde aquela noite no parque. Relembrando alguns fragmentos da conversa que haviam tido, Esko percebeu que ela ainda estava, provavelmente, zangada com ele. No caso dela havia muito a perder, ele reconhecia isso; talvez a triste verdade fosse a de que eles não podiam voltar ao passado; no entanto, ao se lembrar da imagem que guardara na memória, a imagem dela construindo o *pilvenpiirtaja* na neve, sentiu-se tranqüilizado.

Katerina estava sob uma das janelas em arco, de costas para ele. Suas mãos cobertas por luvas de couro cinza estavam espalmadas sobre o peitoril. Abaixo deles, no porto, o navio que se preparava para zarpar estava cercado por botes. Esko apertou um pouco mais o agasalho em volta do próprio corpo. Não havia aquecimento ali e o vento gélido parecia pulsar e atravessar as paredes. A cabeça de Katerina se virou para trás por um momento. O olhar que ela lhe lançou era questionador, quase de apelo; *não faça isso*, ela parecia dizer.

Quando Esko falou, foi para MacCormick que ele se dirigiu:

— Tenho uma idéia para este projeto — afirmou ele. — Quero que ele seja um experimento completo de *design*. Projetaremos a mobília, os tapetes, as cortinas, os talheres, pratos e panelas. Faremos até mesmo as torneiras do banheiro. Tudo. Não só a cobertura, mas tudo. Será uma coisa extraordinária e única, um trabalho de paixão e amor.

Katerina virou a cabeça novamente para o vidro da janela.

— Com os diabos, Esko, que grande idéia! — entusiasmou-se Kirby. — Vamos fazer a coisa completa. Vamos projetar a cobertura inteira, desde os menores detalhes do que existirá nela.

— Vocês pretendem projetar... *tudo*? — perguntou MacCormick, franzindo o cenho de leve. — É um bocado de trabalho.

— Certamente que sim. É mais difícil projetar uma cafeteira de primeira linha do que um prédio de segunda — disse Kirby. — O projeto vai ser único. Não haverá nada igual em toda Nova York. Esko tem razão: é uma oportunidade fabulosa.

— Kate... o que acha?

Por alguns segundos, Katerina não reagiu; não falou, não fez movimento algum com os ombros; quando finalmente se voltou para eles, seu rosto estava sem expressão.

MacCormick tirou o chapéu e começou a girá-lo entre os dedos, avaliando o grau de confiança e a imensa quantidade de dinheiro que teria de colocar nas mãos deles. Finalmente assentiu com a cabeça, decretando:

— Vamos fazer isso!

— Ótimo! — reagiu Kirby.

— Sim! — concordou MacCormick, batendo as mãos uma na outra. — Gastem o que for necessário e não economizem um centavo sequer — disse ele, antes de sua sagacidade voltar de imediato. — Quero dar a minha aprovação para todos os esboços e, antes de mais nada, pretendo analisar um orçamento detalhado de todo o projeto. E saibam, cavalheiros, que terão de se manter rigidamente dentro do orçamento; portanto, façam os cálculos com atenção. Queremos que tudo fique perfeito, não é, querida?

— Mas isso não vai ficar absurdamente caro? — quis saber Katerina.

— Vai? — perguntou MacCormick.

— Incrivelmente, diabolicamente caro — informou Kirby. — Se quiserem o melhor.

MacCormick foi até onde Katerina estava, na janela, e deslizou a mão por baixo do casacão dela, que estava desabotoado.

— É isso o que queremos — afirmou ele.

Katreina se afastou um pouco dele, com um leve farfalhar de seda e pele. Sorriu, mas não disse nada, e acendeu um cigarro.

— Quero mostrar-lhe algo — disse Kirby. — Sempre tive orgulho do que fiz ali adiante, na galeria. — Levou MacCormick até a outra ponta do salão, onde estava a velha impressora, e afirmou: — Agora, creio que teremos a oportunidade de usar a velha idéia e ampliá-la. — Guiou o olhar de MacCormick para cima.

Esko e Katerina foram deixados para trás, olhando-se nos olhos.

— O que significa isso? O que está acontecendo? Por que está fazendo isso? — perguntou ela, aos sussurros, as perguntas atropelando-se de forma zangada.

— Você sabe o porquê. Estou fazendo isso porque seu marido me pediu. Porque há muito a aprender com Kirby e eu preciso disso. Além do mais, quando o trabalho estiver pronto e você entrar pela porta saberá que as paredes, as janelas, as cadeiras, as mesas, as facas, as colheres, até mesmo a cama, todos os átomos deste espaço estarão preenchidos com a paixão e a admiração que eu tenho e sempre terei por você.

O rosto de Katerina se enrubesceu e Esko parou de falar, atônito pela urgente fluência do que acabara de expressar.

— Jamais passarei por aquela porta — disse ela, tocando a pele pálida da garganta com a luva de couro cinza. — Você não pode me obrigar a isso, Esko.

— Então, eu acho que as coisas estarão realmente acabadas entre nós. Mesmo assim, tudo permanecerá aqui. Ficou em silêncio por um momento e então disse, com a voz suave: — Esta será a minha casa para você.

12

Esko ajudou Kirby a levar sua cama dobrável, suas roupas e os poucos pertences para o apartamento da rua Harrison, enquanto o aposento que ficava de frente para o Flatiron tornou-se o local de trabalho deles. Os dois homens trabalhavam juntos, comiam juntos, caminhavam juntos e assistiam juntos aos velhos filmes de Chaplin feitos para os estúdios da Keystone, no pequeno cinema Crystal Hall, na rua 14, onde, por sinal, nos últimos oito anos, os dias em que algum filme de Chaplin *não* estivera em cartaz eram apenas cinco. Certo dia, no final da manhã, quando blocos de gelo flutuavam pelo rio Hudson e fumaça quente vinha dos ralos, bueiros, poços de ventilação e bocas das pessoas, como se seus corpos tivessem congelado mas a alma ainda estivesse em chamas, Esko contou a Kirby dos seus planos para a Utopia do East River, sua idéia de uma Veneza contemporânea elevada, com vinte torres que se lançavam para o alto e os automóveis removidos das ruas, circulando por canais de concreto.

— Mas que merda de idéia — reagiu Kirby, os olhos brilhando. — Jamais ouvi tamanha asneira. — Eles haviam acabado de voltar para o escritório. Ainda usando o paletó, Kirky esfregou as mãos diante do aquecedor. — Você pretende atacar a arquitetura demasiadamente decorada? Ótimo, mas não destrua seiscentos acres de Nova York para fazer isso. A cidade já não é mais uma página em branco. Você não pode tratá-la da forma que quiser.

— Por que não? — perguntou Esko, meio derrotado, mas disposto a argumentar, com uma parte do seu espírito teimoso tentando se elevar.

— Não somos sonhadores, queremos que o que projetamos se torne real. Não criamos dinheiro, nem somos negociantes, embora devamos conhecer o mundo dos negócios. Deus sabe que não somos poetas. Estamos tentando ajudar as pessoas a viver. Com harmonia e um pouco de elegância. Pessoas, terra e construção, todas unidas. Isso não é fácil, e nossos erros tendem a se tornar permanentes. Assim, talvez seja melhor mirar em uma coisa boa, ainda que pequena. Fim da primeira lição. Agora, você vai preparar o café, ou eu faço isso?

— Deixe que eu preparo — disse Esko, argumentando consigo mesmo que fora para isso que procurara Kirby, embora não imaginasse que ele fosse se mostrar tão dogmático. E se Kirby estivesse certo? Será que aquilo era tudo o que havia em sua proposta? Demolir uma região decadente, mas viva, e substituí-la por uma tumba de concreto?

Kirby assobiava alegremente sentado em sua cadeira giratória feita de carvalho, com os pés sobre a mesa. Seu estado de espírito, depois que renascera, jamais parecia contrair-se. Era como se Esko tivesse dado a ele a injeção de ânimo da qual tanto precisava. Na verdade, ele era um homem velho; sua energia mental, porém, não sinalizava nem deixava transparecer que ele estava em guerra aberta contra o envelhecimento, dia após dia. Ele e Esko conversavam, davam passeios e discutiam a respeito dos méritos de certos prédios que encontravam. Kirby era cheio de vida, generoso e irônico; nem sempre era gentil, mas jamais se mostrava desrespeitoso. E nunca hesitava, agora que se comprometera com a idéia de trabalharem juntos. Estar ao lado dele dava a Esko uma sensação de empolgação e, da melhor forma possível, seriedade naquilo que os dois tentavam alcançar.

Kirby começou a falar a respeito dos primeiros anos de sua carreira, quarenta anos antes, na Chicago dos anos 1880, época em que a cidade era realmente uma página em branco, após o grande incêndio, e a questão era o que fazer com os prédios altos. A tecnologia estava com tudo preparado: eles tinham os elevadores, tinham o aço para preparar as estruturas, mas não havia idéias coerentes a respeito de *design*. Uma das soluções era construir um edifício alto como se ele não fosse realmente alto, envolvendo dois ou três andares com detalhes ornamentais complicados, para depois empilhá-los uns por cima dos outros, como se um bolo estivesse sendo construindo. Outra maneira era pesquisar por um tipo clássico de construção que pudesse ser adaptada: um campanário, uma coluna clássica, uma catedral gótica, para, então, criar uma entidade híbrida, o que geralmente resultava no tipo de cornucópia confusa que Esko vira na exposição dos projetos concorrentes ao prêmio da *Gazeta*, o que significava que o problema ainda não fora solucionado.

— Todo mundo começou a ler livros sobre arquitetura — explicou Kirby — e a olhar figuras de arquitetura, em vez de simplesmente sair em campo e fazer o que era solicitado ou necessário. É como Victor Hugo disse, certa vez. A palavra impressa representou a morte para o crescimento natural no ramo das construções. Subitamente era possível pegar estilos diferentes e misturá-los como ingredientes de um bolo. Foi exatamente isso que a maioria dos arquitetos fez, correndo para o passado como um alfeire de ovelhas. Louis Sullivan foi uma exceção, é claro. Era um profeta; por algum tempo, pareceu que os seus ensinamentos iriam impor-se. Mas seu rosto não combinava. Ele não cuidou de si mesmo. Assim, os aristocratas bajuladores conseguiram com facilidade colocá-lo no ostracismo. Sullivan! O primeiro arquiteto *americano* de verdade! Talvez tenha sido isso que provocou tanto medo neles.

Kirby citou dois escritores que não estavam muito distantes da sua maneira de pensar. Eram Herman Melville e Walt Whitman, os antípodas do coração americano, conforme Kirby os chamava. Mesmo na morte, tio Walt viu maravilhosos arco-íris, a heróica mensagem do futuro americano. O louco tio Herman, por sua vez, viu a besta do mal, ofegante, sob a superfície do país. Um corria ao lado de Deus, o outro cuspia em Seu divino rosto. Os dois se referiam à arquitetura do homem, explicou Kirby.

— Nesse exato momento, vejo muito da obra de Melville em Nova York, com muita dança, bebidas, correria, agitação, e ninguém dando a mínima para coisa alguma. Talvez devêssemos oferecer a essas pessoas um pouco de Whitman. Mostrar-lhes que olhamos bem no fundo das coisas e mesmo assim acreditamos. Provar que nos importamos com o mundo e o amamos muito. Esse é o outro extremo americano — disse ele.

Kirby sugou o ar com força por entre os dentes. Em seguida, suspirou. Deu um grunhido e passou a mão pelo alto da cabeça, por entre os cabelos brancos arrepiados.

– Estamos na era das máquinas – continuou. – Os engenheiros nos ensinaram a repensar os conceitos da arquitetura. Aplaudo isso. Eu mesmo fui, antes de tudo, um engenheiro. Os engenheiros, porém, sempre construíram máquinas para as pessoas se matarem umas às outras e, mais cedo ou mais tarde, um arquiteto com mente de engenheiro criará um edifício que mais parecerá uma máquina de matar. E vai construí-lo a mando de algum louco. A arquitetura é importante, mas nossas escolhas também são.

Para Esko não parecia nem um pouco utópica a suposição de que Nova York poderia tornar-se um lugar melhor através dos edifícios que construísse. Aquilo lhe parecia uma oportunidade, uma responsabilidade que deixava em aberto a questão de como seguir em frente com a encomenda que eles tinham nas mãos, a cobertura de Katerina e MacCormick, no velho prédio de Kirby. Eles supervisionaram a demolição das velhas paredes internas e a remoção do entulho. Concordaram em que a cobertura deveria ser feita em estilo simples, pouco teatral. Afinal, aquilo seria o lugar onde duas pessoas ricas gostariam de morar, com o conforto ao qual estavam acostumadas. Ao mesmo tempo, seria pouco apropriado apreciar a vista da silhueta cada vez mais babilônica de Manhattan e de seus transatlânticos entrando e saindo do porto para em seguida se virar da janela, voltando-se para a sala de estar, e dar de cara com um sofá em estilo Luís XVI. Sendo assim, eles estudaram os mais recentes *designs* e as concepções pré-guerra de Wright e Loos (Esko divertiu-se e se sentiu arrebatado por um ensaio escrito por este último, e intitulado "Crime e Postigo", onde Loos via algo de sinistro e lascivo nas curvas fluidas do estilo *jugend* ou *art nouveau*), além de duas revistas européias do pós-guerra, a *de Stijl* e a *L'Esprit Nouveau*, que defendiam as novas formas claras e simplificadas da arquitetura com blocos de concreto. Eles examinaram também os avanços técnicos dos trens e navios americanos; estudaram reproduções de todos os quadros abstratos e cubistas que puderam encontrar, muitos deles de Mondrian e de Picasso. Kirby expressou sua admiração pela estação central de trens de Helsinque, projetada por Saarinen, bem como pelo estranho e grandioso teatro Grosses Schauspielhaus de Berlim, projetado por Poelzig; Esko reagiu às linhas longas e cruzadas, bem como às equilibradas proporções que notou no Hotel Imperial, em Tóquio, e que surgiram a partir do grande terremoto que ocorrera ali, no ano anterior. Os dois sócios tinham igual respeito pelas heranças culturais e gostos pessoais um do outro, como se estivessem determinados a unir a Europa e a América. No gramofone de Kirby, eles ouviam não apenas Stravinski e Beethoven, mas também Gershwin e Irving Berlin, além de Scott Joplin.

Kirby nem por uma vez mencionou o fato que lhe parecia saltar aos olhos, ou seja, que Esko aceitara aquela encomenda por estar apaixonado por Katerina. Com relação a isto, o tato de Kirby tinha de impecável o que a sua energia brincalhona tinha de admirável, e Esko pôde prosseguir com a idéia de que a sua paixão por Katerina e a sua busca arquitetônica estavam curiosamente interligadas, mas de uma forma que não era danosa. Suas idéias a respeito do trabalho estavam se modificando. De qualquer modo, ele encarava o projeto da cobertura de uma maneira diversa. Aquilo não era uma busca enlouquecida, como o caso do arranha-céu, e sim um gesto mais suave e silencioso. Sua esperança era que o trabalho final apresentasse uma ternura que ela poderia apreciar para sempre. Esko tentava fazer algo adorável, não por ela, mas *para* ela. Era um presente, uma rosa. Se ela não quisesse aceitá-lo, tudo bem, que o jogasse fora; se queria morar lá com MacCormick, que assim fosse, era uma escolha dela. Lembrava do seu olhar no momento em que ela levantou o rosto e fixou os olhos nele, do outro lado da sala, no edifício Kirby; um olhar tão intenso que pareceu queimar o rosto de Esko, como se pedisse a ele que não fizesse aquilo. Se aquilo era um sinal de que tudo estava acabado entre eles, Esko teria de aprender a conviver com a situação. Dizia a si mesmo que já não estava aprisionado pelo afeto dela... estava simplesmente criando uma casa linda. Suas idéias não eram assim tão objetivas, mas ele era humano. A auto-análise dos seus motivos eram, talvez, falhas, mas a verdade é que o coração é sempre algo denso e confuso. Jamais tentarei tornar a vê-la depois que este trabalho estiver pronto, dizia a si mesmo; no entanto, talvez a diferença entre o que dizia e o que sentia fosse tão grande quanto a que existe entre uma cobertura e um arranha-céu. Esko era um homem passional e estranho, um homem bom, sempre em busca da borboleta; mas as borboletas em pleno vôo possuem uma espécie de florescer evanescente, que se perde assim que elas são espetadas na cartela do lepidopterologista.

— Vamos começar hoje — anunciou Kirby.

— Por onde podemos começar?

— Por onde você quer começar?

— Com uma cafeteira — sorriu Esko.

Os dois se sentaram em lados opostos da mesa de trabalho como cães de caça prontos para se soltar das correias. Naquele primeiro dia, desenharam mais de cem cafeteiras sem, no entanto, encontrarem a cafeteira exata; no segundo dia, outra centena de desenhos, com resultados semelhantes. No terceiro dia, Kirby olhou para algo que Esko acabara de desenhar e gritou:

— É isso! É essa a idéia que queremos! — sua voz trepidou de empolgação. — Viu só, Esko? A imaginação aplicada ao mundo inteiro não é nada em comparação à mesma imaginação aplicada a um detalhe.

— E agora? — quis saber Esko.

— Uma xícara de café — respondeu Kirby, com um luminoso sorriso de triunfo.

Depois da xícara, vieram um pires, um prato, uma tigela, um vaso. A mesa da cozinha determinou a forma das cadeiras, as quais, por sua vez, forneceram um tema que se repetiu nas poltronas e nos sofás da sala de estar, e também na nova escadaria que levava à galeria. A princípio Esko sentiu um prazer teimoso na simples execução desses exercícios de estilo. Depois de algum tempo, porém, notou, empolgado, a forma como o projeto de toda a cobertura fluía a partir daquele início, a cafeteira, um simples conjunto de traços que ele fizera por acaso, quase de brincadeira. O doloroso processo acabou assumindo um ritmo inevitável, o truque para tudo correr bem era se concentrar nos mínimos detalhes do que estava sendo projetado em um determinado momento, em vez de se afastar e observar, com horror, a enorme quantidade de trabalho que ainda havia pela frente.

Kirby se mantinha alerta, a cada dia, com o auxílio de prodigiosas quantidades de café, além dos passeios nos quais desfilava com seus paletós de *tweed*, camisas que vinham da lavanderia imaculadamente limpas e passadas, e charmosas gravatas-borboleta. Esko, por sua vez, trabalhava muito e, eventualmente, se deitava no chão e ficava ali, com o corpo esticado, sempre que sentia as fisgadas do velho ferimento de guerra. Às vezes se via pensando em Anna, sabendo o quanto ela gostaria de tudo aquilo e desejando que ela conhecesse Kirby. Havia uma espécie de pureza no trabalho dele que fazia Esko se lembrar das suas igrejas, então lhe ocorreu que, ao incorporar aquela sua obsessão pelo *design*, ao empregar toda a habilidade e o amor que sentia por Katerina em uma criação que seria lançada aos seus pés, ele estava, quem sabe, purgando a si próprio do desejo que sentia. E isso já seria uma grande vitória. Realmente uma grande vitória, pensou.

Ao todo, eles levaram três meses preparando os esboços para a cobertura e tudo o que haveria dentro dela, depois mais duas semanas construindo uma maquete. Era tempo demais para uma única encomenda, embora Esko sentisse o tempo todo que estava, de certa forma, colocando dinheiro no banco, acumulando recursos que poderia utilizar mais tarde, além de obter um núcleo de confiança em si mesmo e no projeto que desenvolvia. Sentia-se feliz pelo fato de o telefone jamais tocar e de não haver mais ninguém a quem ele ou Kirby tivessem de visitar. Viviam na cidade como dois monges, quando o trabalho ficasse pronto, eles voltariam para o mundo.

O escritório de MacCormick ficava na parte sul de Manhattan, longe da Broadway e a apenas alguns quarteirões a oeste do velho arranha-céu de Kirby, encarapitado em um prédio que parecia uma montanha: sólido, alto como um penhasco e com um aspecto sóbrio, acima das águas lentas do Hudson e do agitado cais. O terreno onde o edifício fora construído tinha o formato de um paralelogramo; devido a isso, havia um espaço entre a base do prédio e a torre larga e maciça que subia a partir dela. Só de olhar para cima já dava vertigem. Naquela tarde, no fim do verão de 1923, quando Esko e Kirby estavam finalmente prontos para ir até lá, um navio acabara de atracar no píer do fim da rua e se debatia de encontro ao ancoradouro como se estivesse sendo agarrado por policiais. MacCormick trabalhava no último andar do prédio, aonde se chegava através de um elevador expresso veloz como um foguete e que o servia com exclusividade. Assim que as portas do elevador se abriram, eles se viram em um espaço retangular tão grande que parecia ocupar meio quarteirão. Nos quatro lados do salão, havia janelas gigantescas cobertas com pesadas cortinas de veludo vermelho. Abertas, ofereciam vistas espetaculares do escuro do oceano e da luminosidade estranha e rosada que pairava, pulsando, em meio à névoa que ficava acima das fábricas do litoral de Nova Jersey. A suave iluminação indireta do ambiente estava toda direcionada para o teto, onde ricocheteava nos padrões em mosaico vermelho, espalhando sobre a sala uma luz tênue, quase da cor do sangue. As paredes estavam cobertas com tapeçarias e tecidos bordados em amarelo e dourado. O piso era de lajotas pretas e douradas, e também ali havia suntuosos tapetes. As luminárias, em forma de tocha, eram feitas de cobre, seu *design* fazia com que elas parecessem se derreter sob a ação do calor de sua própria luz. Aquele era um lugar projetado para um príncipe, e também para momentos grandiosos e dramáticos, como se nos longínquos silêncios de seus recantos, na penumbra, estivesse escondida uma platéia composta de destinos vigilantes e cortesãos à espera.

MacCormick estava em mangas de camisa, sentado atrás de uma mesa no fundo da sala. Quando Esko e Kirby chegaram mais perto, perceberam que a mesa tinha cinco, talvez seis metros de comprimento; era vasta, e MacCormick estava inclinado sobre ela, apoiado nas duas mãos, ouvindo com calma o recado de um assistente. Era como se eles estivessem se aproximando do trono onde um monarca chamado Dinheiro reinava. Esko já sabia que MacCormick era rico, mas na verdade não tinha idéia, até aquele momento, da extensão da sua riqueza. A idéia de fortuna é abstrata. As evidências físicas de poder que se espalhavam naquela sala eram esmagadoras, pareciam mãos em volta da garganta de alguém. Um indicador eletrônico para acompanhar as cotações da bolsa de valores tilintava suavemente sob uma cúpula de vidro. Outro assistente surgiu correndo e pôs uma pilha de papéis nas mãos de MacCormick, que olhou rapidamente para os documentos antes de prendê-los sob um peso de papéis que parecia ser uma barra de ouro maciço. Só então reparou na presença de Esko e Kirby.

— Cavalheiros! Que prazer e que surpresa! — exclamou ele no seu jeito descontraído, arregalando os olhos com elegância, enquanto coçava a covinha do queixo. Escolheu um dos cigarros turcos em uma caixa de ébano, fechando-a em seguida. – Já estava começando a achar que vocês haviam desistido.

– Um trabalho bem-feito demanda tempo, sr. MacCormick, como o senhor bem sabe – disse Kirby, inabalável em seu brilho e exuberância, brindando à ocasião com um pequeno floreio. – Veja o que lhe trouxemos – e levantou o portfólio bojudo que trazia sob o braço. – Podemos...?

– Por favor, vão em frente. Os senhores gostariam de um drinque? – ofereceu MacCormick.

– Seu uísque é escocês de verdade? – perguntou Kirby.

– Tão genuíno quanto as pinturas dos grandes mestres que embelezam minhas paredes. Compro apenas o melhor, como sabem.

– Então eu aceito um drinque – disse Kirby.

– Esko?

– Sim, obrigado – disse Esko, ajudando Kirby a abrir o portfólio.

MacCormick passou muito tempo verificando tudo, examinando cada esboço com cuidado, e havia mais de uma centena deles. Às vezes, sorria. Em uma ou duas ocasiões, suspirou. Olhou para um desenho em particular e balançou a cabeça, mas não ficou claro se era uma reação de admiração ou o contrário. Finalmente, levantou a cabeça e tirou as pontas dos cabelos que lhe caíam sobre os olhos, piscando ao ouvir o barulhinho do indicador de cotações, como se estivesse sendo arrancado de volta de um mundo onde preferia estar.

– Cavalheiros, estou atônito, absolutamente maravilhado. Este trabalho está fabuloso.

– Sabemos disso – disse Kirby.

– Quanto? – perguntou MacCormick, retomando o controle.

Esko preparara uma lista com todos os valores especificados. Ela estava em seu bolso. Havia um valor total nela. Kirby olhou fixamente para MacCormick e dobrou o valor.

– Ótimo! – reagiu MacCormick, já pegando o talão de cheques. Então hesitou por um minuto, em busca de uma caneta. – Em quanto tempo isso pode ficar pronto?

– Precisamos de pelo menos um ano – afirmou Kirby.

— Nem pensar! — disse MacCormick, colocando a grossa caneta preta novamente sobre a mesa. — Kate e eu estamos de viagem marcada para a Europa. O lugar tem que estar pronto quando voltarmos. Três meses.

— Absurdo! — negou Kirby, balançando a mão. — Nove.

— Seis.

— Combinado.

MacCormick se recostou na cadeira, pôs as mãos atrás da cabeça e lançou um dos seus sorrisos ambíguos. Esko sabia que seis meses devia ser o prazo que ele tinha em mente o tempo todo.

MacCormick pegou a caneta-tinteiro e logo o bico prateado já estava escrevendo; em seguida balançou o cheque no ar para a tinta secar, dobrou-o, deu a volta na mesa e o enfiou no bolso superior do paletó de Esko.

— Mal posso esperar para ver nossa nova casa, daqui a seis meses — disse ele. Então, se virou para um de seus assistentes e foi como se Esko e Kirby já não mais existissem.

Enquanto o elevador expresso descia velozmente, Kirby se encostou de forma teatral em um dos cantos da cabine, como se fosse um pistoleiro exausto que acabara de sair de um tiroteio, e começou a rir, dizendo:

— Esko, nós conseguimos, com todos os diabos! — Olhou para o teto. — Ele realmente preencheu o cheque com o valor total? O valor absurdo que eu cobrei?

— Sim, foi pelo valor total — confirmou Esko.

— Você nem olhou o cheque.

— Não, mas conheço MacCormick. — Esko também sabia o quanto Kirby desconfiava de ostentação, poder e grandes negócios, depois de ter visto muitos amigos e colegas prejudicados, arrasados e destruídos por um triunvirato desse tipo e, sendo assim, mostrou o cheque ao sócio.

Kirby lançou a cabeça para trás, emitiu uma espécie de uivo e foi curioso ver um senhor de idade dando um grito de guerra indígena.

Mais tarde eles celebraram com uma noitada que começou com champanhe no Delmonico's e terminou às três da manhã com taças de conhaque envelhecido no bar do Hotel Algonquin.

No dia seguinte, eles entraram em contato com um empreiteiro e começaram a formar um exército de profissionais especializados e artesãos. Exerciam controle sobre tudo e ofereceram a MacCormick o que havia de melhor. Tudo correu às mil maravilhas, sem percalços, e o trabalho foi entregue antes do prazo.

13

Katerina realmente passou o verão na Europa, com MacCormick, mas voltou antes dele e passou várias semanas viajando pelo parque Yosemite, na Califórnia, e também no Arizona, tirando fotos. No Dia de Ação de Graças daquele mesmo ano, 1923, ela já estava de volta a Nova York, à espera do marido. Uma noite ela e alguns amigos interromperam o jantar para ouvir a primeira transmissão de rádio através do Atlântico, transmitida de Londres. Inclinando-se na direção do gabinete de carvalho onde o rádio fora entronizado, ela teve de se esforçar para ouvir os tons arrogantes e altivos do rei George V, tentando se fazer ouvir através de milhares de quilômetros de estática. Foi estranho, para Katerina, ouvir uma voz de certo modo familiar, uma vez que possuía um timbre similar à do czar assassinado, vagando pelo ar e estalando, de forma frágil, dentro daquela máquina típica da nova era. Desligando o rádio, girou a manivela do gramofone, e o pomposo monarca inglês deu lugar à realeza americana, representada pelo elegante Duke Ellington. Seus amigos nova-iorquinos eram músicos, escritores, atores, pessoas que não faziam nada e eram simplesmente ricas, habitantes da Broadway e do Harlem que bebiam sem parar, às vezes de forma nefasta, transformando a vida em um borrão de festas, ressacas e pegas automobilísticos, entre os quais, eventualmente, encontravam tempo para encaixar algum trabalho. Eles dançavam, riam, caíam das cadeiras; transavam indiscriminadamente, fingindo não ligar para nada, sem dar a mínima para o mundo. Passar algum tempo em companhia deles era descobrir que o bolchevismo estava fadado ao fracasso. Em Nova York, Katerina jamais tentava trabalhar. Deixava-se envolver pelos amigos, que orbitavam à sua volta em enxames, enquanto ela simplesmente os observava e ria; já conhecera tragédias em demasia na vida, e, quando estava longe de sua câmera, só queria saber de jazz.

Não se deixava abalar pelo que acontecera e continuava acontecendo na Rússia: ceder a tais sentimentos seria destruir a si mesma. A notícia de que Lênin estava doente e provavelmente à morte não lhe trazia prazer algum. Não participava de encontros com os imigrantes, nem lia seus informativos. Conseguira sobreviver nos Estados Unidos e se casara para ter a vantagem de dividir a vida em compartimentos estanques, sem permitir que o vazamento em um deles causasse danos aos outros. Esse era o princípio que, supostamente, tornara o Titanic inafundável, porém, no seu caso, parecia estar funcionando bem. Seu casamento era uma coisa, e ela não permitia que interferisse em seu trabalho; suas viagens eram outra coisa em separado, e ganhavam vida apenas no instante em que Katerina via algo que considerava merecedor de uma foto; em Nova York a prioridade era MacCormick, embora em alguns momentos, como aquele, eles não estivessem realmente juntos. Katerina gostava muito dele. Ele ganhava muito dinheiro, era divertido, às vezes brilhante, exibia um majestoso desdém por toda forma de sentimentalismo barato; isto não o impedia de sentir ciúmes, mas isso acontecia simplesmente pelo fato de a valorizar demais, da mesma forma que ela valorizava a liberdade e a facilidade de levar a vida que os milhões dele proporcionavam a ela. Katerina sabia perfeitamente que o relacionamento entre eles era mais uma espécie de barganha do que *amour*, mas, afinal, não era isso que acontecia em todo casamento maduro? Ela já tivera *amour* em demasia na vida e dispensava o sentimento; na verdade, não acreditava mais no *amour* havia muito tempo. Se o seu senso de realidade precisasse de reforços, bastava apenas ela lembrar dos seus primeiros dias em Nova York, quando morava em um quartinho da rua 14 em companhia de uma multidão de baratas. Havia pouca comida e nenhum dinheiro. Quando ela sabia que alguém ia visitá-la, corria até uma das confeitarias da rua Orchard, de propriedade de judeus, comprava um bolo e o dividia ao meio. As visitas, por pura educação, raramente tocavam no bolo, pois sabiam que ela mal tinha o que comer. E, de fato, ela o consumia, mais tarde, lentamente, com um copo de leite. Certa vez testemunhou horrorizada o momento em que um poeta do Greenwich Village abocanhou seu bolo de uma vez só, fazendo-a criar verdadeiro preconceito contra todo tipo de texto que não ia até o fim de cada linha.

A hora de acordar era ela quem decidia, pois seu tempo lhe pertencia; à noite, porém, seus sonhos eram diabolicamente estrelados pelos homens que irromperam em sua casa naquela noite, em São Petersburgo. Nessas horas, ela revivia novamente o estupro, o bafo nauseante dos homens em seu rosto, as estocadas dentro dela, o assassinato de sua mãe, de sua avó e de seu pai. Visitava mais uma vez os estranhos delírios e terrores dos meses que passou em Helsinque, após escapar, e foi a associação de Esko com aquelas lembranças que a fez recuar, assustada, na primeira vez que o viu em Nova York. Ela o considerara morto, literalmente, quando os telegramas e cartas começaram a chegar, juntamente com as mensagens da *Vanity Fair*. Até mesmo agora, vários meses depois de tê-lo visto pela última vez naquele espaço entulhado com vista para o porto, ainda se lembrava da depressão e da confusão que tornar a encontrá-lo haviam evocado. Sim, ela gostava dele; porém, a bondade do coração de Esko, sua ternura, sua paixão por ela a remetiam de volta a um túnel de recordações infelizes. Na saída desse túnel, morava um dragão, um caos que ela acreditava que jamais poderia ser vencido, nem pelo amor, nem pela beleza, nem pela vontade. Os monstros do seu passado poderiam apenas ser mantidos a distância; jamais poderiam, porém, ser enterrados. Quanto ao *pilvenpiirtaja* na neve, era um ato que parecia ter sido feito por uma pessoa estranha. Ela não ousava confessar que Esko estava impresso em sua vida; não podia se dar ao luxo de admitir isso; não imaginava que fosse verdade.

Certa manhã soube, por um dos empregados de MacCormick, que a cobertura estava pronta. Essa notícia foi um desafio para ela, algo que fez seu corpo formigar com um desconforto que, ao mesmo tempo, elevou suas emoções à categoria de ressentimento. Será que ela estava realmente receosa? Será que ela devia realmente se recusar a ver o resultado? Ela era uma pessoa racional e analítica, seria um absurdo, uma fraqueza, não ir até lá para dar uma olhada.

Katerina sabia que seu marido considerava Esko um arquiteto admirável, com um imenso potencial. Ela própria não sabia ao certo o que isso queria dizer. Costumava olhar para certas pinturas de Cézanne, de Picasso, de Braque, ler coisas de Puchkin ou um soneto de Shakespeare, e os cabelos de sua nuca se arrepiavam. A experiência estética, no fim das contas, era algo físico, e não intelectual; o mesmo acontecia com as fotos de Paul Strand, ou as de Atget, e até mesmo com as de Stieglitz, embora a sua opinião sobre o trabalho de Stieglitz fosse influenciada pelo fato de que ela o conhecia pessoalmente e sabia que ele sempre a fitava com olhos maliciosos, quase possessivos. Mas ela nunca experimentara aquela sensação de plenitude e enlevo diante de um espaço projetado de forma arquitetônica. Ela adorava suas casas na Rússia, mas aquilo tinha a ver com conforto, família, memória, e não apreço. Arquitetura realmente não lhe dizia nada de especial, isso era um bom motivo para não temer o que quer que Esko Vaananen pudesse ter lhe preparado, pensou.

Ao sair da estação do metrô, viu que a Broadway estava debaixo de um aguaceiro. Um vento selvagem rugia, vindo do mar, mil guarda-chuvas brilhantes se inclinavam sobre mil chapéus de feltro e cloches. Galochas pisavam em poças e os ônibus passavam esguichando água e obscurecendo, por um momento, os edifícios de onde filetes líquidos escorriam, sob o contraste lúgubre do céu. O martelar contínuo da chuva servia de acompanhamento aos seus pensamentos mudos, que não diziam respeito a Esko de forma alguma; curiosamente ela se lembrava, naquele instante, da primeira governanta da casa de São Petersburgo, uma francesa com cachos escuros e olhos brilhantes que lhe dera um lindo exemplar de *Madame Bovary*. Elas haviam se sentado ao sol, sobre uma pedra... onde? Algum lugar à beira do mar, relendo as passagens nas quais Emma e Rodolphe se encontravam para fazer amor.

Katerina apressou o passo, sob o guarda-chuva, até chegar à entrada do prédio, onde parou por um momento antes de empurrar a porta e se encaminhar para o elevador, já pegando a chave da cobertura no lugar onde a escondera, a palma de sua luva. Ao subir, lembrou de Helsinque e do espelho que deixara para trás, no apartamento da Fabianinkatu, o pequeno espelho *art nouveau* que seu pai comprara para ela em Paris numa tarde, havia muito tempo, em um dia em que eles saíram para caminhar com aquela mesma governanta; nesse momento, lhe ocorreu que seu falecido pai – claro, como é que ela não percebera, antes? – devia estar tendo um caso com aquela francesinha cheia de vida.

Ouviu com ar concentrado o zumbido e os estalos metálicos do elevador e pressionou a chave de encontro aos lábios. Achou que deveria acabar logo com aquilo.

Sua primeira sensação ao entrar foi de calor e conforto, depois da chuva que pegara.

O que ela vira seis meses antes era uma bagunça, lixo empilhado nas salas gélidas que a fizeram lembrar de São Petersburgo. Ela dissera a MacCormick que era loucura ele desperdiçar todo aquele dinheiro. Nenhum arquiteto, por mais talentoso que fosse, conseguiria transformar aquilo, argumentou. Naquele momento, ao abrir a porta ela viu um piso de tábuas corridas em carvalho e uma floresta de colunas também revestidas em carvalho. Caminhando por entre elas e tocando-as de leve com as mãos ainda enluvadas, chegou até o ambiente principal da cobertura e foi imediatamente arrebatada por um voluptuoso sentimento de luxúria. O espaço tinha um pé direito muito alto, era muito arejado e luminoso; não a fez soltar exclamações de espanto; em vez disso, o efeito foi suave, trazendo-lhe uma espécie de tranqüilidade, como se uma inconsciente corda de harmonia tivesse sido dedilhada. As paredes haviam sido revestidas até dois terços da sua altura e o revestimento fora pintado de branco, bem como o espaço acima dele. A galeria do segundo andar fora ampliada e lançava-se agora acima da sala de estar, apoiada em vigas de carvalho que avançavam em mais de trinta centímetros sobre as colunas que vinham de baixo, formando uma balaustrada elevada que se projetava sobre o ambiente. O ar recendia a madeira. Esko trouxera o espírito das suas florestas e o pusera ali para ela. O piso de carvalho estava coberto de tapetes finamente trabalhados. Uma chaminé de três faces vinha direto do teto e descia até um metro e meio do piso, onde parava, acima de uma lareira aberta. A grade para estocar lenha, cercada de sofás confortáveis, já estava abastecida de toras, prontas para serem acesas. Além, na sala de jantar, uma mesa longa em madeira preta apresentava-se cercada de seis cadeiras de espaldar estreito e alto, os assentos em chamalote branco. Na cozinha, facas e garfos simples estavam expostos como tesouros, sobre bancadas em madeira. Ela tocou os pratos de porcelana do aparelho de jantar (robustos e práticos) e então seus olhos pousaram, com deleite, em uma elegante cafeteira de aço; ela apresentava um cabo angular, de madeira; era tão lisa e tinha tanta personalidade que parecia ter sido desenhada por Braque; ao levantar o maravilhoso objeto, ficou surpresa ao sentir sua leveza.

Tudo estava em silêncio. Ouvia-se apenas o som da chuva estalando através do vento de encontro às vidraças. Continuando a sua exploração, ela encontrou, do outro lado da cozinha, um aconchegante escritório, um local para leitura e repouso, cheio de prateleiras, do chão ao teto. Uma sala que saía de uma das paredes da biblioteca dava para um espaço sem janelas, perfeito para ela instalar ali seu quarto escuro enquanto, do outro lado, ficava uma escada aberta que surgia do chão como um parafuso estonteante e levava até a galeria suspensa. Subindo por ali, descobriu que toda a face sul da galeria ficara aberta, exibindo o porto, de forma esplendorosa. As poltronas, ali, eram do mesmo estilo que as do andar de baixo, havia mesas, de forma que era possível uma pessoa se sentar ali para tomar um café, um drinque ou ler um livro, enquanto observava a luminosidade do céu e do mar, eternamente em mutação. A face norte da galeria, que dava para os fundos do prédio, fora ampliada, e agora havia um gradil nela, como se fosse uma sacada, e um corredor onde saíam vários aposentos. As primeiras duas portas que ela abriu davam para quartos de hóspedes, na verdade suítes completas, com banheiro privativo. Atrás da terceira porta, ficava o gigantesco quarto principal, posicionado na ponta do prédio, com uma janela de duas faces, em ângulo reto, no canto do cômodo; no centro do quarto ficava uma cama de carvalho, macia e larga, com quatro colunas em linhas ascendentes curvas e uma cabeceira onde se viam árvores maravilhosamente entalhadas.

Katerina compreendeu, naquele instante, o efeito que tal entrelaçamento de luz, ar e espaço poderia proporcionar. Sentiu como se Esko lhe tivesse escrito um poema, ou pintado um retrato, ou feito as duas coisas ao mesmo tempo. Compreendeu, tanto com os sentidos quanto com a mente, que aquilo era o que Esko lhe prometera: cada átomo daquele espaço havia sido artisticamente ordenado para evocar nela sensações de conforto, segurança e paz. A vibração que sentiu nos ouvidos não era o vento, mas o próprio sangue que cantava. Katerina ficou ali, parada, encantada, como uma garotinha que trazia nas mãos a chave para o grande sótão inexplorado de seus sonhos; como uma herdeira cujos mais extravagantes caprichos haviam sido atendidos; como uma amante que tivera cada centímetro do seu corpo beijado.

14

Kirby chegou ao Plaza com água escorrendo pelas abas largas do chapéu, como se de uma fonte. Arrancou-o da cabeça, lançando copiosas quantidades de água sobre o piso de mármore do saguão, afastou o porteiro com a mão, tirou o casaco de largas ombreiras em *tweed* verde que adquirira recentemente, balançou-o no ar, fazendo respingar ainda mais água em volta e se virou para trás, sorrindo de forma calorosa para a mulher que vinha atrás dele e que estava, naquele momento, abaixando o guarda-chuva ao mesmo tempo que o fechava. Esko, que observava toda a cena sentado em uma poltrona no saguão, sentiu o coração parar. A mulher era Katerina. Kirby estava com Katerina.

— Vejá só quem eu encontrei — anunciou Kirby, avistando Esko e se dirigindo para onde ele estava, colocando o chapéu e o casaco sobre uma cadeira vazia. — A mulher mais linda de toda Nova York. A senhora Kate MacCormick!

Katerina vinha com um casacão preto por cima de uma saia de lã escura e um suéter liso, cinza; usava meias igualmente cinza, também de lã, com sapatos delicados, de salto baixo, e uma boina preta, pousada meio de lado, cobrindo-lhe parte da testa. Parecia sossegada, não exatamente tranqüila, mas com ar descansado e, por um instante, pareceu bem mais jovem, quase uma colegial, embora menos segura de si mesma do que na época em que era uma garotinha; estava muito mais bela, de forma arrebatadora. Só de olhar para ela e sentir o aroma que vinha de suas roupas e de sua pele através do ar frio e refrescante, Esko sentiu como se tivesse sido deliciosamente esfaqueado.

— Vamos para o bar — propôs Kirby. — Preciso de um coquetel, e vou fazê-lo. E tem que ser um coquetel com bebida bem forte — avisou ele, estreitando os olhos até eles se transformarem em fendas horizontais. — Com os diabos!

— Não vou ficar — informou Katerina, tirando uma das luvas de couro cinza.

— Ora, mas que tolice! — disse Kirby, de forma casual. — Ela estava na cobertura, Esko. Que tal isso? Eu dei uma passadinha lá para verificar o sistema de aquecimento e lá estava ela. Até já se mudou.

Esko ficou satisfeito ao ouvir isso, e lançou-lhe um olhar inquisidor.

— É verdade? — perguntou.

— Não exatamente. Passei as duas últimas noite lá — disse ela, a voz baixa, torcendo a luva com as mãos.

Aquilo era novidade para Esko: uma Katerina hesitante, quase tímida; de repente, porém, ela pareceu ler seus pensamentos e deixou para trás o momentâneo acanhamento.

— Eu estava errada, Esko — afirmou, olhando direto para ele. — Foi como se você tivesse um espelho mágico que lhe contou tudo o que eu poderia querer de uma casa. Não mereço algo tão perfeito assim.

— Merece, sim — reagiram Esko e Kirby, em coro.

— Não — garantiu ela, balançando a cabeça e sorrindo para os dois. — De qualquer modo, agradeço a vocês. De verdade, do fundo do meu coração. Adorei tudo. E agora estou envergonhada outra vez.

— Minha jovem e caríssima senhora — disse Kirby, tomando-a pelo braço com ar galante —, permita-me que eu lhe assegure, de imediato, que quaisquer sentimentos desse tipo poderão ser removidos com precisão cirúrgica, bastando apenas que a senhora volte uns poucos minutos de sua atenção para algumas doses de uísque *sour*.

— Mas eu preciso ir.

— Não diga um absurdo desses! — reagiu Kirby.

— Mas eu preciso, mesmo. Queria apenas agradecer-lhes. Agora, eu realmente preciso ir.

— Esko, faça alguma coisa — disse Kirby e Esko reparou, nos olhos de Katerina, que a decisão estava realmente nas mãos dele.

— Fique — pediu ele, orgulhoso por tê-la comovido.

— Tudo bem — concordou ela com um suave sorriso luminoso.

— Tenho uma idéia ainda melhor — anunciou Kirby. — Vamos transformar isto em um programa. Uma noitada na cidade, com os diabos!

E foi exatamente isso o que aconteceu: no bar do Plaza, Kirby fez surgir uma pequena garrafa de um de seus inúmeros bolsos e eles beberam, rapidamente, três uísque *sours*; em seguida um táxi os levou, através de uma chuva fina misturada com neve que caía na Broadway, até um pequeno teatro do Greenwich Village, onde eles se acomodaram para assistir a uma montagem de uma peça de Tchekhov, apresentada pelo Teatro de Artes de Moscou. Katerina comentou que aquela era uma porção de sua terra natal da qual ela se orgulhava e gostava de relembrar, enquanto Esko e Kirby, já levemente altos por efeito das bebidas, levaram alguns minutos do primeiro ato sem entender o que se passava no palco até perceberem que a peça estava sendo integralmente apresentada em uma língua estrangeira.

Quando deu meia-noite, os três ainda estavam rindo muito e irromperam através das portas de um restaurante próximo, adentrando um local com paredes imaculadamente brancas e velas vermelhas que lançavam sombras dançarinas em meio à penumbra.

— Achei a peça muito boa, apesar de ser toda falada em russo — avaliou Kirby ao sentar, prendendo o chapéu no espaldar da cadeira.

— Houve um momento maravilhoso — disse Esko.

— Sim, quando os meninos espiavam os namorados, que continuaram se beijando apesar da atenta platéia — completou Katerina.

— Bem, eles não conseguiriam mesmo se segurar — analisou Kirby. — Estavam em um buraco esquecido de Deus, no meio da estepe siberiana, onde tudo era cinza. As casas eram cinza. As roupas eram cinza. A comida, provavelmente, também era cinza. Até eu consegui compreender uma coisa dessas. — Abrindo o cardápio, pegou mais uma garrafa de um dos bolsos e lançou uma piscadela ridícula para Katerina, como se dissesse que ela tinha muita sorte por ele não ser vinte anos mais novo. Em seguida, remexeu-se na cadeira, balançando o frasco e chamando: — Garçom!

Havia um ar alegre no ambiente pequeno, escuro, lotado e cheio de risos, fumaça e vozes altas, roucas. Um garçom apareceu de imediato, trazendo coquetéis em uma bandeja, e informou-lhes, com uma ponta de orgulho na voz, que eles ofereciam vinho, ali, o verdadeiro *Chianti* italiano.

— Queremos duas garrafas — ordenou Kirby. Em seguida, inclinou o corpo na direção da vela com uma de suas cigarrilhas presa entre os lábios, como se fosse uma arma de brinquedo. Recostando-se na cadeira, soltou a fumaça para cima, com ar de luxúria. — Não vou deixá-la escapar, minha jovem — disse a Katerina. — Quero que me fale a respeito de suas fotografias. A senhora prometeu que o faria. Vamos lá... Qual é a sua favorita?

— É difícil escolher — disse Katerina.

— Não reflita. Simplesmente mencione a que lhe vier à cabeça.

— Bem... — disse Katerina. Ela tirara o casaco e a boina; um broche brilhava em seu suéter, logo abaixo da garganta e um pouco para o lado, uma andorinha cravejada de esmeraldas que tinham o tom exato dos seus olhos. — Foi uma foto que tirei no Colorado, no inverno passado — afirmou, por fim.

Ela passara três dias em uma cidadezinha, dormindo em um pequeno quarto entulhado em cima da agência de correios enquanto lá fora, o tempo todo, uma nevasca rugia.

— Nevou durante setenta e duas horas. Finalmente parou, eu pude sair do quarto. Era de noite. A neve se empilhara, estava espessa e muito branca — continuou ela. — As lâmpadas da rua estavam acesas e lançavam sombras que faziam as pequenas colinas de neve parecerem ainda maiores. Voltei para pegar a câmera e comecei a bater fotos. Quando revelei as fotos, mais tarde, vi que, em uma delas, o poste de iluminação estava em primeiro plano. A lâmpada tinha uma espécie de brilho em volta, como se algo de maravilhoso estivesse prestes a acontecer. Como se visões estivessem para aparecer a qualquer momento. – Nesse ponto, ela aceitou uma cigarrilha que Kirby lhe ofereceu. – Esta é a minha foto predileta – disse ela, com a cigarrilha ainda sem acender entre os lábios. – Agora é a sua vez, sr. Kirby.

O garçom voltou à mesa e, quase cantarolando, em meio a um floreio, tirou a rolha da primeira das garrafas de *Chianti*.

– Qual é o prédio favorito, dentre todos os que o senhor construiu? – quis saber Katerina.

Kirby observou, franzindo o cenho, enquanto o garçom servia o vinho. Flexionou o ombro direito e o esfregou de leve, como se ali estivesse dolorido, gestos nervosos que, conforme Esko já sabia a essa altura, significavam que ele estava aborrecido ou preocupado com alguma coisa.

– Não tenho como responder a essa pergunta – disse Kirby, e esvaziou o primeiro copo.

– Ora, mas isso não se faz! – ralhou Katerina, balançando o dedo. – Eu lhe contei da minha foto, não contei?

– Puxa vida! – disse Kirby, com a mão tocando os cabelos ralos que se arrepiaram no alto de sua cabeça como se estivessem eletrificados. Piscou várias vezes, parecendo subitamente exausto, pegou o frasco de bebida no bolso e se serviu de meio copo, bebendo tudo em seguida, quase com violência. Seu corpo ficou tão rígido na cadeira que pareceu que ele ia despencar no chão a qualquer momento.

– O seu projeto preferido foi demolido? – perguntou Esko.

– Incêndio – respondeu Kirby, olhando fixamente para a chama da vela. – Puxa... Mas que diabos! – Encolheu os ombros, exalando as palavras com força pelos lábios entreabertos. – Essa é a história do meu maior triunfo... e da minha ruína. Acho que esses dois elementos estão, muitas vezes, relacionados um com o outro, não é? São parentes perigosos.

– Escute... Talvez você não nos queira contar essa história. Está tudo bem – sugeriu Esko.

– Não, eu quero contar – afirmou Kirby, colocando a mão no peito. – Meu pai era pastor protestante. Era construtor também. Projetou e construiu a própria igreja. E também a casa onde morávamos. Isso foi no Kansas. Certa vez, ele me contou que havia se encontrado com Billy the Kid, e, por mais de um ano, ele carregava uma arma junto com a Bíblia. Eu jamais soube se devia ou não acreditar naquela história.

Katerina calmamente pôs a bolsa de lado, esticou a mão por sobre a mesa e pegou a mão de Kirby. Ele olhou para aqueles dedos muito brancos e delgados, dobrados sobre a sua surrada luva marrom e sorriu, dizendo:

— Quando eu era criança, meu interesse por romances baratos com caubóis era muito maior do que pelos livros valiosos sobre os quais minha mãe falava. Então, um belo dia, ela me chamou de lado e disse que íamos a um lugar. Levou-me junto com ela, a cavalo, e seguimos por alguns quilômetros, saindo da cidade, subindo até o alto do morro. O lugar onde morávamos era praticamente plano, havia apenas um morro, de cima dele dava para ver com clareza quase cem quilômetros à frente, talvez mais. Leia, disse a minha mãe. Tenha um bom grau de instrução. Desse modo, você ficará sempre à frente dos outros, não importa a situação. Você estará sempre aqui em cima. Vai ter uma visão panorâmica de tudo, como a que temos agora. Não dei muita atenção a ela, na ocasião, porém, mais tarde, compreendi que ela estava certa. Esse foi o seu presente para mim. Li muito, então. Consegui uma boa instrução. Fui para a universidade. E assim, anos mais tarde, quando eu já formara a minha própria família, construí uma casa em cima daquele morro.

Kirby olhou para a vela que derretia. Descreveu como os homens foram obrigados a carregar rochas de uma pedreira a vinte e cinco quilômetros do local, e também buscar madeira em uma floresta que ficava oito quilômetros além. E continuou:

— Eu trabalhava em Chicago nessa época. Pegava o trem de volta para o Kansas toda sexta feira à tarde e continuava trabalhando dentro da casa, que ia sendo construída à nossa volta. — Seus olhos brilharam de orgulho ao se lembrar daquilo. — Esko, você precisava ver aquela casa no dia em que foi terminada. Ela não estava simplesmente em cima do morro; a casa era uma parte de tudo aquilo; era como se sempre tivesse pertencido ao lugar, como se tivesse brotado ali, da noite para o dia, por entre as pedras. Era baixa, extensa, aconchegante. Representava a esperança, era um abrigo... Éramos muito felizes.

Kirby já não olhava para nenhum dos dois, mas apenas para a mão de Katerina, dobrada sobre a dele.

— Nunca tirei uma foto daquela casa. Foi em 1913 que ela pegou fogo. Minha mulher, e também Danny e Billy, nossos dois filhos... Eles morreram, morreram todos. Eu não estava lá, eu...

Sua voz sumiu. Tirou a mão que estava sob a de Katerina e enterrou as unhas na testa, tentando arrancar fora a pele de seu rosto como se ela fosse uma máscara.

— Meus próprios carpinteiros fizeram os caixões. Eu mesmo cavei os túmulos e os enterrei.

Kirby gemeu. Finalmente, tirou as mãos do rosto. Suas unhas haviam deixado marcas profundas, em meia-lua, sobre a testa.

— Como vê, Esko, minha arte tornou-se associada com a desgraça, desde então. Perdi tudo o que amava naquele incêndio. Eis por que serei sempre profundamente grato a você, meu rapaz. Você fez reviver um pouco do que havia de bom em mim.

Em um dos cantos do restaurante, um pianista tocava, naquele instante, uma nova melodia que, saltitante, agitava o ar. O garçom, mesmo sem ser solicitado, chegou e serviu outra garrafa de vinho. Uma mulher soltou uma gargalhada e Esko coçou a pele queimada de sua bochecha, sentindo-se, por um momento, não mais em Nova York, mas de volta à sua infância, correndo em direção a uma casa com chamas que alcançavam o telhado e vidros que explodiam das janelas. Lembrou do projeto de Kirby para a *Gazeta*, tão vigoroso, puro e refinado, e perguntou a si mesmo se o que o atraíra naquele trabalho não seria precisamente o sentimento de que Kirby também caminhara através do fogo. Sentiu vontade de embalar o velho em seus braços, acalmá-lo e, com o auxílio de algum encantamento, consertar todos os danos provocados pelas chamas do mundo. Aquilo era impossível, e Esko bem o sabia; o passado destruíra o coração de Kirby, mas ainda havia o futuro e as coisas que nele poderiam construir.

Esko riscou um fósforo e tornou a acender a vela que apagara em cima da mesa.

– Parece que eu estou devendo a vocês dois uma história – disse ele. – Vou lhes falar a respeito do meu projeto favorito. É algo que eu ainda não construí.

Pegando uma caneta no bolso do paletó, Esko continuou a falar, com a voz calma:

– Acabei de ter uma idéia. A madeira é um material flexível. Ela se curva. Creio que se unirmos madeiras de densidades diferentes em tiras compridas e estreitas conseguiremos construir uma cadeira como esta. – O bico da caneta pressionou o tecido da toalha da mesa, desenhando um L deitado, e depois outro L em cima dele, formando a seguinte imagem: ᒐ

– O assento e o encosto da cadeira serão feitos de pinho ou compensado. Os braços e as pernas serão tiras do mesmo material moldadas juntas. A cadeira vai ceder ao peso. Vai ser maleável, como uma mola.

Esko lentamente recolocou a tampa na caneta e a pôs sobre a mesa. Recostando-se na cadeira, cruzou os braços e sorriu.

– Como vê, Katerina, agora que completamos o projeto da sua cobertura, e eu sei que fizemos um bom trabalho, vamos receber um monte de ofertas de pessoas muito ricas, pedindo para fazermos a mesma coisa para elas, uma após outra. Só que W. P. me disse algo outro dia, e ele tem razão: não é bom ficarmos repetindo o mesmo trabalho. Temos que pensar no próximo grande projeto – disse, esticando o queixo na direção do pequeno hieróglifo que desenhara sobre a toalha –, que vai ser esse aqui!

Katerina pôs a cabeça meio de lado examinando os dois "L"s, primeiro por um ângulo e em seguida por outro.

– Esko, isso é apenas uma cadeira – afirmou ela, intrigada.

– Exato! – confirmou Esko, exibindo um orgulho engraçado.

– Desculpe, mas eu não entendi. – Ela se virou para Kirby. – Será que eu perdi alguma parte?

As bochechas de Kirby ainda estavam molhadas devido às lágrimas que ele vertera, mas seus lábios sorriam quando ele disse:

— Um detalhe. Você está se esquecendo de um detalhe.

— Qual? — quis saber ela, olhando de um para o outro. — Continuo perdida.

— Pergunte a Esko quem vai se sentar naquela cadeira — sugeriu Kirby.

— Quem, Esko? — perguntou ela.

— Um escriturário. Talvez uma secretária. — Esko tornou a pegar a caneta. — Os quais, por sua vez, vão precisar de uma mesa. E, ao lado da mesa, uma cesta para papéis. E, ao lado da cesta, uma prateleira. E, em volta de tudo isso, um ambiente, um escritório.

A caneta trabalhava rapidamente.

— Um escritório que, por sua vez, será uma célula no andar de um prédio — continuou ele —, um andar que poderá ser multiplicado infinitamente, desse modo.

A caneta rabiscava e desenhava, trazendo à vida as linhas corajosas de um arranha-céu, algo poderoso e novo, nascido da clareza diáfana da cadeira original.

— E isso não é tudo — garantiu Esko.

Dizendo isso, pegou os pratos, as várias garrafas, as facas e garfos, o saleiro e o pimenteiro e os colocou no chão, deixando apenas as velas e os copos sobre a mesa, em uma das pontas.

— Veja só, Katerina... Assim que eu cheguei a Nova York, tive a grande idéia de criar uma cidade utópica. Uma cidade dentro da cidade, se preferir, uma cidade feita apenas de arranha-céus. Vinte arranha-céus!, pensei. Dessa forma, o pobre Esko ia provar a Katerina que a amava de verdade, e provaria também ao mundo. W. P., porém, garantiu-me que essa idéia era uma tolice, e estava certo. Seria um choque grande demais para a cidade, como a amputação de um membro. Então, vou construir algo menor, deixando intactas as ruas originais. Vou projetar um conjunto de prédios em volta de um arranha-céu, e colocar uma *plaza* entre eles.

— Assim, o resto da cidade poderá ir até esse local — disse Kirby.

— Exato! — concordou Esko, e novamente sua caneta começou a dançar frenética, traçando linhas pretas sobre o linho. — No centro teremos um gigantesco prédio de escritórios, mais alto do que o Woolworth, ele será também o mais alto da cidade. Em cada uma das pontas, uma torre de escritórios. Ao lado de cada torre um prédio comprido, para um hospital e um centro comunitário, que se ligará à torre na outra ponta do quarteirão. Aqui, um teatro. Aqui, um hotel. No meio, a *plaza*, não igual ao que existe em Veneza, mas com a cara de Nova York. As pessoas virão em bando para descansar junto da fonte.

— Fonte... — disse Katerina.

— Claro. A fonte. As pessoas virão até aqui para sentar, relaxar, ouvir o murmúrio da água. Comprar comidas e coisas nos quiosques da *plaza*.

A essa altura, toda a toalha da mesa já estava coberta por uma visão de cubos e torres interconectados, com paredes retas, majestosamente esculturais. Seria um projeto simples, conveniente, adorável, leve e, examinando o esboço ali, à luz das velas, Esko notou que aquilo era a perfeita combinação de seus ideais de infância com tudo o que aprendera a respeito da vida, do conceito de arquitetura e de Nova York. Sentiu, naquele instante, como se finalmente tivesse alcançado algo.

— Portanto, sr. Kirby, o senhor não precisa me agradecer por nada. Na verdade, é o contrário. Eu é que *lhe sou* grato. E, agora, o que me diz... Aceitaria trabalhar comigo neste projeto?

— Esko, seria uma honra.

As duas horas que se seguiram foram passadas entre esboços, conversas, bebidas e mais esboços. Aquela primeira toalha foi recolhida, e uma nova interpretação da idéia foi desenhada sobre a nova toalha, e depois sobre uma terceira, e, ao final da noite, Kirby estava tão empolgado, tão exausto e tão alcoolizado que tiveram de ajudá-lo a chegar até a porta, colocá-lo em um táxi e levá-lo de volta para a rua Harrison.

— Onde estou? — perguntou ele, acordando de repente assim que chegaram ao apartamento.

— Em casa — informou Esko.

Kirby empinou o nariz, sentiu o aroma de lanolina e confirmou:

— É, estou mesmo. Esko, você trouxe os esboços?

— Claro — garantiu Esko, dando tapinhas no lugar em que os guardara, por baixo do casaco.

— Graças a Deus, ora diabos! É um projeto maravilhoso. Maravilhoso! — exclamou, deixando que Esko e Katerina o ajudassem a despir o casaco. — Leve esses esboços para o escritório, agora mesmo. Certifique-se de que eles vão ficar guardados em um local seguro. Não queremos que Lazarus ou outra pessoa saiba a respeito deles.

— Certo, farei isso — assegurou Esko. — Agora você devia dormir um pouco.

— Devia? Diabos, Esko, sinto-me ótimo com relação a esse trabalho. Vamos mostrar a todos aqueles canalhas.

— Sim, vamos.

— Olhe, vamos mesmo! — garantiu Kirby, atirando-se de barriga para baixo sobre a cama dobrável e começando a roncar em menos de um minuto.

Do lado de fora, a temperatura caíra, o vento diminuíra, o chuvisco de flocos se transformara em uma neve que descia oblíqua por entre os paredões de pedra da Broadway, rolando por sobre a calçada e dançando diante dos rostos de Esko e Katerina, que caminhavam na direção norte, rumo ao escritório. Um táxi passou, o motor engasgando, as rodas patinando e derrapando, e uma cabeça projetou-se para fora pela janela de trás, cumprimentando-os com um incoerente grito de êxtase. Então fez-se um silêncio completo até que eles alcançaram um anúncio luminoso em néon, em que uma cafeteira despejava sem parar um filete de café em uma xícara. O anúncio zumbia e estalava, enquanto a neve se lançava de encontro a ele e derretia.

Ao chegarem ao escritório, Esko ligou as luzes e acendeu o aquecedor a óleo. Pegou uma garrafa de uísque e dois copos em um armário. Katerina circulou pelo aposento, olhando por alguns instantes pela janela, na direção da proa imponente do Flatiron, examinando as paredes onde os velhos desenhos de Kirby estavam, agora, acompanhados pelos esboços para a sua cobertura.

— É assim que vocês dois trabalham? Bebendo até cair? — perguntou ela.

— Não — respondeu Esko, com uma gargalhada, trancando as toalhas de mesa cheias de esboços no cofre. — De uma maneira geral, trata-se de uma atividade sóbria. Deixe-me mostrar-lhe uma coisa.

Indo até a mesa de trabalho, Esko pegou uma pilha de desenhos que estavam sobre ela.

— Você já viu a sua cafeteira?

— Claro. É linda.

— Venha cá, veja isto aqui. Observe quantas vezes tentamos, até alcançarmos o conceito exato.

Ela foi até ele e se pôs ao seu lado, pousando a mão em seu ombro e se inclinando em sua direção, de uma forma que o fez sentir o calor dela e a pressão do seu corpo esbelto contra o dele, enquanto suas cabeças se moviam para frente e ele folheava as dezenas de esboços que se espalhavam sob um foco de luz que banhava a mesa.

Katerina sorriu. Seus dentes muito brancos brilharam suavemente.

— Há muitas cafeteiras aí — comentou ela.

— E tudo o mais, também. Trabalhamos muito para você, Katerina.

— E para MacCormick também?

— Para ele também, mas basicamente para você. E foi um prazer.

Ela olhou para ele e tornou a exibir um sorriso leve, não sexual, exatamente, mas um sorriso de questionamento que foi seguido por uma pergunta:

— Esko, você me ama?

— Você sabe a resposta.

— Quero que você diga. Será que é tão difícil para um finlandês falar essa frase?

— Muito — confirmou ele, com o rosto junto do dela. — Katerina... eu amo você. Amo mais que a minha própria vida.

— E você acha que me ama apenas pelo fato de ainda não termos dormido juntos? Desculpe, isso parece grosseiro, mas sei que acontece com muitos homens. Eles desejam o que não podem ter, depois que conseguem, o interesse desaparece. As coisas maravilhosas não deveriam ser conseguidas com facilidade. Os presentes já recebidos são menos fascinantes do que aqueles que ainda não chegaram. A foto que ainda não foi batida é sempre a melhor, porque ainda não foi estragada pela realidade. Talvez o prédio ainda não construído seja o que você deseje mais. Ou a Katerina que ainda não possuiu.

Do lado de fora, veio o silvo da neve derretendo e escorrendo pelo néon quente. Os olhos dela estavam sobre ele, avaliando-o, mas a sua voz era suave, quase tímida.

— Esko... — disse ela. — E se nós saíssemos agora e fizéssemos amor a noite inteira?

Esko engoliu em seco, deixando-se flutuar no cheiro que vinha dos cabelos dela, na doce proximidade do seu perfume, no brilho dos seus lábios, na presença firme de seu corpo.

— Eu ia gostar — afirmou ele, a voz fraca, quase rouca.

— Você acha que isso o deixaria curado de mim?

— Você não é uma doença, Katerina. Não contraí você, como se fosse uma gripe. Sempre a amei. Sempre vou amá-la.

— Você não sabe nada a meu respeito. Nada.

— Conheço você. Quando olho nos seus olhos, sei exatamente quem você é.

— E o que vê?

— Aquela menina com o espelhinho pendurado no pulso. Por algum milagre, ela está vindo na minha direção e logo estaremos dançando juntos.

Ela não disse nada e deixou que as palavras dele a inundassem, embebendo-se nelas.

— Essa imagem fica mais forte a cada vez que vejo você.

Ela pôs as duas mãos em volta do pescoço dele, com ternura. Ele fechou o olho e ela o beijou, sua língua forçando a boca dele a se abrir e buscando a dele. Ele sentiu o calor da pele dela através da lã do seu suéter, e também seu coração em compasso apaixonado.

— Katerina — suspirou ele ao tentar beijá-la novamente, mas ela apertou o rosto de encontro ao seu ombro e perguntou, de forma quase tímida:

— Acha que devemos sair daqui? — perguntou ela.

— Para ir a algum lugar em especial?

— A minha casa.

15

As ruas foram ficando cada vez mais silenciosas, depois que eles passaram pelo City Hall Park, até parecer que todos os sons haviam sido desligados, amortecidos, abafados, e mais uma vez, como naquela noite no Central Park, pareceu que aquela cidade barulhenta e agitada existia unicamente em função deles. Os edifícios se erguiam à volta do casal, fantasticamente gigantescos, com os topos tornados invisíveis pela neve que rodopiava. Uma folha de jornal passou voando ao vento e foi para o outro lado da rua, como se emigrasse. Em algum escritório vazio, um telefone tocou com frenética impaciência. No porto, um rebocador apitou. Das profundezas abaixo dos pés deles, veio o troar de uma composição do metrô. Todos esses sons vinham e iam, intensificando o silêncio e a sensação de solidão. Um policial apareceu, com sua capa de chuva brilhante estalando por causa da camada de gelo que a cobria. Ele olhou para os dois por um momento, empurrou a aba do quepe com o cassetete e depois também se foi, como um fantasma.

– Esko – disse Katerina, parando de andar no momento em que eles chegaram ao edifício Kirby. – Você tem certeza de que quer fazer isto? Você sabe que o que fizermos vai mudar tudo. Não há jeito de sabermos aonde isso vai nos levar. E não estou fazendo nenhuma promessa.

– Está tudo certo – disse ele, tomando-a nos braços e beijando-a novamente, enquanto a neve caía silenciosamente em seus chapéus e rostos.

– Tem que ser do meu modo, sempre – avisou ela, virando-se na direção dele no momento em que o elevador iniciou a subida, levando-os para o alto do prédio.

– Claro.

Ao chegar à cobertura, eles tiraram os casacos, descalçaram os sapatos e Esko colocou algumas achas de lenha na lareira aberta, onde restos de toras ainda ardiam, entre brilhos. Logo o fogo pegou, envolvendo a madeira nova com estalos e lançando no ar chamas envoltas por um doce cheiro de pinho. Ao olharem um para o outro por um momento, uma pulsação estranha vibrou entre ambos, e os dois compreenderam que uma fronteira estava para ser atravessada.

— Quer um drinque?

— Aceito — disse ele.

— Temos champanhe. Alguém da firma de Andrew enviou, só que não está gelado. Prefere uísque?

— Tudo bem.

Esko ficou surpreso ao ver como todos aquele espaço ainda estava limpo e vazio. Sobre a mesa de jantar algumas fotos tiradas por Katerine jaziam, espalhadas; havia livros junto de sua bolsa, ao lado do sofá. Na cozinha ele viu uma lata com pó de café e uma bisnaga de pão francês. Esko a seguiu até lá e não conseguiu resistir à vontade de beijá-la na nuca enquanto ela servia o uísque em dois copos pesados.

— Esko — pediu ela, entregando-lhe um copo. — Você tiraria sua roupa para mim?

— Como disse? — ele riu, meio nervoso.

— Você tem que me obedecer. Você disse que faria isso. Quero ver seu corpo.

— E você vai tirar a roupa, também?

— Ainda não.

O rosto dele era um ponto de interrogação.

— Faça isso por mim. Por favor.

Ele colocou o copo de uísque ao lado da lareira. Tirou o paletó, as calças, as meias, a roupa de baixo e sentiu a pele aquecer, diante das chamas.

— E agora? — perguntou ele, com um sorriso irônico. — Que tal estou?

— Você é lindo, despido — disse ela. — É como uma pintura. Espere um momento.

Ela desapareceu, correu em direção ao estúdio e voltou momentos depois com a câmera e um pesado *flash* preso a ela.

— Katerina... — protestou ele.

— Não diga nada — pediu ela. — Não sorria. Não faça pose. Simplesmente fique natural.

— Natural? — perguntou ele, quase explodindo de rir, dessa vez. Como ela poderia esperar que ele ficasse *natural*?

De repente, a sala parecer incandescer com a luz do *flash* e ele ficou cego, ofuscado, piscando rápido e colocando o rosto entre as mãos.

— Esko, meu amor, você está bem?

Meu amor!

— Estou nu e não consigo enxergar! — disse ele, estendendo os braços na direção dela. — Fora isso, nunca me senti tão bem.

— Pobrezinho! — disse ela, chegando mais perto dele, apertando o corpo contra o dele, em um abraço forte, enquanto lhe beijava os lábios. Em seguida, beijou-lhe o queixo e a bochecha. Beijou-lhe o pescoço, o peito; carinhosamente beijou-lhe os mamilos, e ele fez força para segurar um gemido; beijou-lhe as costelas, o umbigo; beijou a cicatriz na lateral do seu corpo; beijou toda a extensão do seu pênis e seus testículos, murmurando "Espere, espere..." Beijou a parte interna das suas coxas, suas nádegas, suas panturrilhas. Beijou seus pés e cada um dos dedos, antes que os lábios começassem a lenta jornada de volta pelo corpo dele acima, mais uma vez, para finalmente alcançar seus lábios, beijando lentamente sua boca e deixando a língua penetrar languidamente entre os dentes; em seguida, beijou suas orelhas e os dois olhos, tanto o cego quanto o bom. Durante o que lhe pareceu uma eternidade ela o beijou, seus lábios pressionaram cada centímetro do corpo dele, como se estivesse lhe oferecendo uma espécie de prêmio, até que ele teve a sensação de que cada poro de sua pele adquirira um nervo próprio que gritava de prazer em busca de liberação. Por fim, quando ele já estava ofegando profundamente, esticando o corpo para frente e para trás, alternando o peso entre os calcanhares e a ponta dos pés enquanto murmurava "Katerina, Ka-te-ri-na" ela tomou o seu pênis pulsante com a boca, e ele ejaculou na mesma hora, o corpo trêmulo e cheio de espasmos, como se tivesse levado um tiro, enquanto ela continuou a sugar até a última gota de sêmen.

Em seguida, Katerina pegou tapetes, cobertores, e fez uma cama para eles diante do fogo, antes de ela mesma se despir, de forma tímida e sem afobação, entrando debaixo das cobertas e incitando-o a segui-la.

— Muito bem, sr. Vaananen — disse ela, os dedos acariciando o peito dele. — Já está curado?

— Estou mais doente do que nunca — afirmou ele. — Ardendo em febre.

Logo ele já estava novamente ereto e ela pediu:

— Agora, Esko, venha para dentro de mim.

E quando ele fez isso, fitando seus olhos enquanto se deixava deslizar com luxúria para dentro dela, ele sentiu, finalmente, que da mesma forma que ele tentara dar uma casa a ela, ela oferecera um lar para ele.

A manhã surgiu, clara e nítida. Já era tarde quando ele acordou, e a cobertura parecia ter sido preenchida de luz. De pé, diante da janela, Esko fitou o céu sem nuvens, em um tom de azul que lhe pareceu suave e rarefeito. Uma barca se afastava de um dos terminais do porto, inclinando-se de leve sobre uma onda. Os passageiros, parecendo partículas a distância, lotavam o deque, ávidos para sentir o frescor do ar limpo e a luz fraca do sol de inverno, agora que a nevasca se fora. Fumaça se alargava em rolos, acima do prédio da Alfândega. A estátua da Liberdade parecia olhar para as ondas que brilhavam entre pequenos blocos brancos de gelo. Mais além, no estreito, rebocadores barulhentos e barcos de bombeiros apregoavam com seus apitos a chegada de um imenso barco com três chaminés que vinha sendo arrastado através do porto como um arranha-céu derrubado sobre o oceano.

Katerina ainda dormia e Esko pensou em dar um passeio e voltar com um café-da-manhã para eles, mas então lembrou que estava completamente sem dinheiro, pois tirara a carteira do bolso, como sempre fazia, assim que chegara ao apartamento da rua Harrison, na noite anterior.

— Esko, o que houve? — perguntou ela, remexendo-se por baixo das cobertas, a voz baixa e sonolenta. — Por que não está na cama?

Nesse momento ele se sentiu tolo. Por que ele não estava na cama? Por que não estava deitado juntinho dela, naquele exato instante, tocando-a e sentindo o sabor da sua pele? Por que estava perdendo tantos segundos de proximidade com aquela mulher maravilhosa, agora que a possuíra? Porque não queria perturbar-lhe o sono. Porque certamente iriam continuar de onde haviam parado, exaustos, na noite anterior, quando finalmente haviam tombado de sono diante do fogo que se apagava enquanto o amanhecer cinzento começava a iluminar o céu. Porque ele se colocaria novamente dentro dela e eles fariam amor mais uma vez, de forma doce e apaixonada. Ou ela o tomaria na boca novamente. Meu Deus, pensou ele, lembrando daquele momento, seria possível um homem morrer de prazer?

— Pensei em sair para buscar alguma coisa para o café, mas estou sem dinheiro.

— Argh — disse ela, sem abrir os olhos. — Eu tenho montes de dinheiro. Pode pegar na minha bolsa.

— E onde ela está?

— Acho que está lá junto da janela, em algum lugar.

Esko a beijou, se vestiu e encontrou a bolsa de couro preto, bojuda e meio torta, em cima de um dos sofás. Ficou surpreso ao sentir o peso dela. Abrindo o fecho, viu a boca metálica do cano de um revólver apontado para ele. Era uma arma com tambor para seis balas, tinha o cabo cravejado de diamantes; o objeto parecia mais pertencer ao coldre de um contrabandista do rio Mississippi.

As curvas das costas de Katerina estavam viradas para ele, subindo e descendo de forma compassada, no ritmo da respiração; ela tornara a dormir. Esko fechou a bolsa depois de pegar vinte dólares e voltou algum tempo depois com duas sacolas cheias, uma em cada braço. Katerina estava na cozinha preparando café. Ele ficou em pé na porta, por um momento, ainda abismado pelo simples fato de estar ali, enquanto tentava absorver mais uma vez, de forma poderosa, o que havia acontecido. Eles eram amantes e ali estava ela, a sua amante, movimentando-se com rapidez e precisão, pegando o pó de café de um pote de vidro ao mesmo tempo que segurava a cafeteira pela alça, para em seguida pôr água para ferver em uma chaleira e tirar um restinho de geléia de um frasco com a ponta do dedo, levando-o aos lábios. Parado ali, com as sacolas de papel pardo e encostado no portal de carvalho na entrada da cozinha, Esko lembrou a si mesmo, mais uma vez, que embora ele necessitasse dela para se sentir inteiro e para dar sentido à sua existência, ela parecia completa e auto-suficiente. Usava a camisa dele sobre a pele, nada mais, e lhe pareceu tímida e solitária, mas invulnerável. Seus extraordinários olhos verdes eram tão impenetráveis e indecifráveis quanto a arma em sua bolsa. Não havia como saber o que ela estava pensando; então, sentindo a presença dele, ela olhou para cima com o rosto aquecido por um sorriso cuja naturalidade e alegria o deixaram lisonjeado e fizeram seu coração pular.

— Você voltou depressa — comentou ela, lambendo um pouco mais de geléia.

— Eu corri — disse ele.

— O que trouxe?

— Tudo. Bisnagas, leite, salmão, ovos, suco de laranja, bacon. Acho que não esqueci de nada.

— Ótimo.

Quando tomavam o café-da-manhã em silêncio, Esko lhe perguntou a respeito do revólver.

— Não é ridículo? — perguntou ela, engolindo o café, seus olhos cheios de vivacidade e humor. — Isso é coisa de MacCormick — explicou ela, mencionando o marido sem o mínimo de hesitação. — Ele me faz carregar aquilo sempre que estou sozinha, porque no ano passado, em pleno deserto, estávamos caminhando e apareceu uma cascavel na nossa frente, no meio da trilha. Andrew a matou com um galho de árvore. Um galho bem grosso.

— E você sabe usar essa arma?

— Sou boa atiradora. Meu pai me ensinou a atirar. Isso incomoda você?

— É que acho meio estranho, carregar uma arma em plena Nova York.

— Ora, mas aqui também não existem cascavéis?

— Imagino que sim — respondeu ele. Considerando tudo o que acontecera na vida de Katerina, parecia perfeitamente natural que ela desejasse andar pelas ruas sentindo-se protegida, porém, ele se sentiu um pouco perturbado, não apenas pela arma em si, mas também pelo que representava. Havia tanta coisa a respeito dela que ele ainda não sabia, e talvez jamais viesse a saber.

— Esko — disse ela, olhando para ele por sobre a borda da xícara. — Não podemos ficar aqui, você sabe disso. Daqui a dois dias vamos estar olhando por aquela janela, veremos um navio atracando no porto e Andrew vai estar dentro dele.

— Vamos embora. Vamos sair de Nova York.

— Para onde iríamos?

— Não importa. Chicago. Algum lugar na costa Oeste. Los Angeles — propôs ele, lembrando de Gunnar e de Cristof. — Eles estão trabalhando como loucos, lá. Há muitas oportunidades de trabalho para mim.

— Há terremotos na Califórnia, Esko. Não há nenhum *pilvenpiirtaja*. Nenhum esquema milionário, nem projetos de arranha-céus cercados de *plazas* e fontes.

— E daí? Estaremos juntos.

— MacCormick nos seguiria até lá e acabaria com você.

— Ele poderia tentar, mas não conseguiria — disse Esko. Tudo aquilo lhe parecia muito claro, não havia o que pensar. Ele e Katerina haviam nascido um para o outro, foram feitos para ficar juntos, como estavam e como permaneceriam, para sempre, a partir daquele momento. — Todos esses anos de trabalho, sempre à procura, sempre em busca de alguma coisa. Nada importa, Katerina, contanto que eu esteja com você. Fui à guerra por você, posso muito bem sair de Nova York. Eu...

— Shhh! — sussurrou ela, pedindo-lhe que se calasse. Foi até onde ele estava e se sentou no seu colo, interrompendo novos argumentos com um beijo. — Você faria isso por mim? — perguntou ela, desabotoando a camisa que vestia e oferecendo um dos seios para a sua boca ávida.

— Qualquer coisa.

Naquele mesmo dia, tarde da noite, Esko olhou para o relógio. Vestia um sobretudo, seu chapéu estava na cabeça meio para trás e a mala aos pés, em meio ao burburinho da imensa estação Pensilvânia. Esperava por Katerina, que devia estar chegando a qualquer momento trazendo sua mala; no bolso do paletó havia duas passagens de primeira classe para Chicago. Eles haviam decidido fugir juntos.

Seu olho bateu em um exemplar da *Gazeta* que alguém deixara em um banco. A primeira página estava dividida ao meio. Na parte esquerda, uma manchete em letras garrafais apregoava: "Fui eu! — Paramour confessou". Ao lado, outra notícia, à qual fora dada igual importância: "A *Gazeta* dá início à construção de sua torre, no centro da cidade". Havia uma foto de Joe Lazarus, vestindo um dos ternos impressionantes que usava e um chapéu de palha de topo reto. A história explicava, com a maior naturalidade, que o novo arranha-céu da *Gazeta* seria construído na rua 46, próximo do Bryant Park, graças ao pioneirismo do projeto apresentado pelo eminente arquiteto moderno, Joseph Lazarus.

Esko não compreendeu aquilo. O terreno da *Gazeta* ficava em outro local, perto do East River, bem longe do Bryant Park. Além do mais a competição fora ganha por aquele sujeito de Chicago, como era mesmo o nome...? — Peter Winrob. Folheando o jornal até chegar à página interna onde havia mais detalhes, Esko sentiu-se tonto. Ali, desenhado por Hugh Ferriss, o mais importante ilustrador arquitetônico da cidade, havia uma apresentação em grafite do projeto de Lazarus, supostamente inédito. Era simplesmente o antigo projeto de Esko para o concurso da *Gazeta*; mais elaborada, mais detalhada e embelezada, mas, basicamente, a mesma estrutura. Havia uma entrevista com Lazarus, onde ele agradecia à *Gazeta*, com muita simpatia, não apenas pelo fato de o periódico ter oferecido a ele aquela maravilhosa encomenda, mas também por lançar o concurso que dera a ele e a um dos seus ex-empregados a oportunidade de tentar, de forma muito rústica, algumas das idéias agora cristalizadas em seu soberbo e, segundo ele, inteiramente novo projeto. Embaixo, ao pé da página, havia uma pequena nota: o concurso da *Gazeta* havia sido cancelado, informava a nota, de forma direta; aos ganhadores seria permitido manter os prêmios em dinheiro, apesar do fato de que as falhas fundamentais no projeto vencedor de Peter Winrob haviam se mostrado impossíveis de ser corrigidas.

Esko olhou para o relógio e conferiu o horário. O trem ia partir dali a cinco minutos e ainda não havia nem sinal de Katerina. Tornou a olhar para a *Gazeta*, tentando fazer com que tudo aquilo fizesse algum sentido para ele. Será que devia ligar para o escritório da *Gazeta* naquele momento? Ou era melhor deixar para falar com Winrob em Chicago? Não, era muito tarde, quase meia-noite. De algum modo, Lazarus estava por trás de tudo, mas como conseguira?

Esko sentiu um forte enjôo, mas lembrou a si mesmo que ele e Katerina estavam saindo de Nova York. Nada daquilo importava, mas ele se sentiu magoado. Nesse exato momento, Esko olhou para cima e viu Kirby emergir da arcada sob o relógio de quatro faces e descer correndo a escadaria, com os sapatos fazendo barulho no piso, cheio de vida, como sempre.

— Por onde andou, W.P.? — perguntou Esko, alegre por vê-lo. — Tentei entrar em contato com você desde cedo.

— Estava fazendo sauna, para me recobrar da noite passada — disse Kirby, com ar abatido.

— A ressaca foi tão ruim assim? Escute, tenho algo para lhe contar.

— Ouça, Esko — disse Kirby, abaixando os olhos claros e cinzentos ainda injetados, por um momento, para então tornar a levantá-los e deixá-los focar o fundo do olho de Esko. — Trago más notícias.

— Já soube. — Esko levantou o jornal. — Não consigo acreditar. Mas nada disso importa, na verdade. Não se preocupe, porque a coisa mais maravilhosa acaba de...

— Não se trata disso — avisou Kirby, esticando o braço coberto pelo paletó de *tweed*, de onde saiu a mão ossuda que apertou o ombro de Esko. — Você vai ter que agüentar isso, meu rapaz. Acabei de me encontrar com Katerina. Ela disse que sente muito.

— O quê?

— Ela não vem. Não vai abandonar o marido — disse Kirby, franzindo o cenho de forma solidária ao ver o rosto de Esko se inundar com uma dor da qual ele próprio se lembrava, como se o mundo inteiro tivesse acabado de ser destruído e se transformado em cinzas; como se ele tivesse levado um tiro no coração.

PARTE QUATRO
Cinema

1

Era o meio do verão de 1925, dezoito meses mais tarde. Manhattan, sob o abrasador sol do meio-dia.

Esko e Kirby, em mangas de camisa, trabalhavam em seu escritório, de frente para o Flatiron, com as janelas escancaradas, convidando para dentro do aposento todas as fumaças, os ruídos do tráfego, o bombardeio das rebitadeiras e até mesmo a ocasional brisa do mar que, de algum modo, pulava por sobre Wall Street e penetrava através dos escaldantes cânions de pedra. Kirby estava atrás da mesa de trabalho, as mãos cruzadas atrás da nuca, imóvel como uma estátua. Esko estava deitado de costas no chão, com a cabeça apoiada em um travesseiro. Entre os dois amigos, um ventilador de sessenta centímetros de diâmetro brincava de soprar sobre um bloco de gelo do tamanho de um cofre, que jazia dentro de uma banheira no meio da sala. A brisa lançada pelo ventilador fazia voar os papéis de Kirby sobre a mesa, incentivando-os a escapar debaixo de pesos de papel improvisados: garrafas de uísque contrabandeado, gim e conhaque. Nenhum dos homens parecia estar aproveitando muito do conforto proporcionado pelo ventilador, embora talvez fosse ele o responsável por manter longe dali a insanidade provocada pelo calor inclemente. Ambos usavam óculos escuros, como se mesmo ali dentro a luz fosse cruel demais; ou talvez nenhum dos dois tivesse energia suficiente para arrancá-los do rosto. Nem uma palavra sequer fora pronunciada na sala havia mais de trinta minutos, mas subitamente um estalo agonizante foi lançado pela cadeira de Kirby, indicando que, inadvertidamente, ele se movera um centímetro, erro que lhe provocara um filete de suor que começava a descer lentamente pelo centro da testa, adquiria velocidade ao escorregar ao longo do nariz para, afinal, parar por um ou dois segundos, arregimentando forças que o transformavam em uma gota grossa a se projetar sobre o chão. *Splat!*

Kirby, sacudido de seu estado de transe e torpor, perguntou:

— Esko, você ainda está aí?

Houve uma pausa de vários segundos. Até mesmo o tempo se arrastava, escravo do calor. Na ponta da mesa, alguns papéis esboçaram um vôo, mas tombaram. Uma sirene da polícia soltava lamentos, descendo a Broadway.

— Estou aqui — respondeu Esko, por fim.

— Bom — agradou-se Kirby. — Muito bom. — Houve momentos, nos últimos dezoito meses, em que ele temera pela sanidade do seu amigo finlandês. Esko não gritara, nem uivara no momento em que Kirby lhe deu a notícia, naquela noite na estação Pensilvânia. Talvez tivesse sido melhor. Em vez disso, ele se lançara durante várias semanas em uma busca frenética e inútil por Katerina, que desapareceu por completo. A partir daí, entrou em um estado de silêncio profundo. Por meses. E meses. Nem mesmo a visão do arranha-céu de Lazarus, o projeto de Esko que ganhava vida, subindo um pouco mais, dia após dia, elevando-se acima do Bryant Park, conseguira trazê-lo de volta. Nem mesmo o fato de que várias outras torres haviam sido anunciadas e seriam construídas pela cidade, todas no mesmo estilo gótico moderno e claramente inspiradas pelo projeto de Esko para a *Gazeta*. Ele simplesmente encolhia os ombros diante de tudo isso, sugerindo que tais coisas eram inevitáveis. Era assim que as coisas aconteciam no mundo, costumava dizer. É claro que sim, concordava Kirby, certamente era desse jeito que as coisas eram, mas *que diabos*! Até que um belo dia, finalmente, exibindo uma capacidade de recuperação que deixara Kirby admirado e feliz, Esko pareceu levantar o próprio corpo pelo colarinho, começando a dar a volta por cima, embora continuasse, de forma obstinada, a se recusar a aceitar todo e qualquer trabalho que Andrew MacCormick lhes oferecia. E houve muitos trabalhos desse tipo. Toda Manhattan vibrava ao som dissonante da indústria da construção. Hotéis, edifícios de apartamentos e prédios de escritórios se elevavam em direção aos céus, em toda parte. As horas diurnas eram pontilhadas pelo barulho ensurdecedor das rebitadeiras. Como aranhas humanas, os garotos do céu construíam suas teias de aço. As torres se sucediam, lançando-se para cima com imenso orgulho e arrogância ainda maior. Não se tratava do expressionismo alemão. Nem do construtivismo soviético. Não era o modernismo cubista de Le Corbusier. Era um pouco de tudo isso com algo a mais. Tratava-se do manhattanismo, um tempo de claro e escuro, um carnaval de melindrosas e mulheres sofisticadas de meias de seda que subiam como as ações da bolsa de valores e se erguiam até a esfera da promessa infinita; das banheiras de gim, dos sapatos em preto e branco, feitos em pele de corça, da febre do jogo de *mah-jong*; das disputas para ver quem ficava mais tempo sobre uma estaca; das competições onde as pessoas dançavam sem parar, até morrer; da busca por dinheiro de forma incessante e impiedosa, tudo isso sincopado com os ritmos de jazz, jazz e mais jazz. Todos diziam que aquilo não ia durar, mas estava durando. E, mesmo em um cenário tão bem-vindo para arquitetos, onde a arte elevada e a vida de baixo nível se encontravam com violência, não apenas se abraçando, mas rolando no chão e inventando novas posições, Esko e Kirby estavam tendo dificuldade para conseguir trabalho. As idéias da dupla eram muito avançadas, e seus contatos políticos e profissionais deixavam a desejar. Suas idéias não se misturavam com o resto dos conceitos contemporâneos, ou o faziam de forma errada. Isso tudo era um problema.

Kirby virou a cabeça, mas se arrependeu de tê-lo feito, pois olhou sem querer para a parede: 40,5 graus, era o que informava o termômetro e, de algum modo, era muito pior saber a temperatura exata.

— Vamos rever a situação — propôs Kirby, o rosto cercado de filetes de suor que escorriam pelas linhas de suas bochechas. — Nos últimos três meses, ganhamos... quanto de dinheiro...?

Esko não abriu o olho. Estava concentrado no som do tráfego, tentando imaginar que aquele silvo distante era o ruído de esquis deslizando sobre a neve, e se sentiu de volta à Finlândia, no frio maravilhoso.

— Duzentos e cinquenta e dois dólares... e sessenta e cinco centavos.

— E quais são as nossas perspectivas imediatas?

— O comprador da Saks está com os projetos das cadeiras, copos, facas e garfos. Estou otimista, por incrível que pareça. Enviei também algum material para aquela revista nova, *The New Yorker*.

— Material? — quia saber Kirby. — Que material?

— Esboços artísticos. Desenhos.

— Aquelas piadas, você quer dizer? — a voz de Kirby se elevou. — Você nunca me conta o que vai fazer, com os diabos!

— Você não me paga salário algum.

— Rá!

O ventilador mantinha o ritmo, movimentando o ar sobre o bloco de gelo que derretia.

— Acho que vou dar uma volta pela rua — anunciou Esko.

— Mas está um calor infernal. Você ficou maluco?

— Vou ao cinema. Chaplin.

— Vou com você.

— ... e Keaton.

— Gosto de Keaton, também.

— Continua com medo de me deixar ir para a rua sozinho?

— Não, sei que agora está tudo bem. Você já superou toda aquela tolice. Não superou?

— Superei.

— Completamente? — perguntou Kirby, passando a palma da mão com cuidado sobre os cabelos brancos.

Um homem abriu a porta sem bater. Vestia um terno escuro, da cor de mingau de aveia integral, e usava um chapéu também escuro que se equilibrava com precisão em sua cabeça, como se ele tivesse passado um mês diante de um espelho até conseguir colocá-lo no ângulo correto. Seus olhos eram tão encovados dentro do rosto que seria necessário um anzol para fisgá-los, e havia imensas olheiras sob eles. Ele não deu uma palavra. Não se moveu. Simplesmente ficou em pé sob o portal, as mãos imensas pendentes ao lado do corpo, prontas para agir, enquanto o suor lhe escorria pelo rosto e os olhos miúdos e brilhantes vagavam por toda a sala como holofotes.

Esko, pressentindo perigo, rapidamente se levantou do chão. Kirby se levantou, também, arrastando a cadeira para trás e fazendo as cinzas do charuto, acomodadas em seu peito havia horas, despencar da camisa.

– Deseja alguma coisa? – perguntou Kirby.

O homenzarrão continuou calado, a expressão impassível sob o chapéu, seguindo as cinzas que vagavam pelo ar como se elas fossem uma ofensa ao seu secreto senso de dignidade e decoro. Um sorriso curto surgiu em seus lábios, ele deu um passo para o lado e, no segundo seguinte, Paul Mantilini estava na sala.

Era assim que Esko iria lembrar da cena mais tarde. Era como um truque de mágica, uma elaborada aparição. O homenzarrão saindo de lado e Paul Mantilini dentro da sala, atravessando-a a passos largos e se colocando diante da janela, de costas para eles, olhando para a Broadway, em frente, com uma das mãos enfiada no bolso, balançando algumas moedas.

– Olá, Esko. Já faz algum tempo desde a última vez que nos vimos – cumprimentou ele, virando ligeiramente o rosto e falando em um tom de voz baixo, como se esperasse que o mundo se inclinasse para frente, a fim de ouvi-lo melhor. No entanto, havia uma cortesia agradável nele, acompanhando a impaciência e a arrogância, pensou Esko, percebendo que se esquecera por completo da existência de Paul Mantilini, até aquele momento. Já fazia meses desde a última vez que olhara com atenção para a cicatriz na mão; naquele momento, porém, ela começou a coçar terrivelmente.

Mantilini, obviamente, conquistara o mundo. Vestia uma camisa de seda em tom de malva, por baixo de um terno amarelo-banana com colete, uma das vestimentas mais extraordinárias que Esko jamais vira. Os botões eram de marfim, as lapelas suntuosamente largas, o tecido devia ter passado por algum processo especial de tingimento, para obter aquele tom dourado-amanteigado; parecia uma muralha de cor, mas, ao mesmo tempo, era milagrosamente suave e leve. As pregas da calça pareciam manter Mantilini refrescado, mesmo em um dia infernal como aquele. Não havia uma gota de suor nele. Sua pele estava lisa, bem cuidada, recendia suavemente a limão. Seus sapatos, em dois tons, chocolate e branco, eram de couro muito brilhante e tinham um aspecto delicado que se adequava aos pés ágeis de seu dono, como luvas. Mantilini exibia uma graça única. Algo tão natural nele quanto o sorriso fulgurante e o ar levemente malévolo. Um lenço malva de seda saía do bolso de fora do seu paletó, como uma orquídea. Ele adquirira uma cicatriz pequena, mas profunda, na pálpebra esquerda, desde a última vez que Esko o vira, resultado de uma navalhada, talvez.

— Paul Mantilini — anunciou ele, com o seu tom de voz baixo e autoritário, estendendo a mão para Kirby.

— Não entendi muito bem — disse Kirby, cumprimentando-o. — Como é mesmo o seu nome?

O sorriso de Mantilini estava longe dali; foi em frente sem se dar ao trabalho de repetir.

— Eu sou W. P. Kirby — disse Kirby, olhando para Esko com um levantar de ombros intrigado.

Mantilini fez que sim com a cabeça, como se já soubesse de quem se tratava, e tornou a enfiar as mãos nos bolsos, circulando pelo aposento, indo para trás da mesa de trabalho, depois para frente dela, observando os esboços emoldurados, a ausência de uma secretária, a banheira de estanho com o bloco de gelo dentro, o ventilador que zumbia e o estado dos móveis, muito usados, mas em um ambiente organizado. Em seguida, examinou com um sorriso o rótulo da garrafa de uísque ilegal sobre a mesa.

— Linda vista — comentou, e ficou claro que ele não estava se referindo à janela. — Um bar — disse ele, tocando de leve na cicatriz sobre o olho, com a ponta do dedo. — Quero que vocês, rapazes, construam um bar para mim.

O ventilador continuou a zumbir sobre a banheira, enquanto Esko e Kirby trocavam olhares surpresos. Mantinili percebeu na hora.

— Vocês são arquitetos, não são?

Esko e Kirby continuavam olhando um para o outro, sendo que a sobrancelha de Kirby se elevara, de forma questionadora.

— Somos — respondeu Esko.

Mantilini pareceu relaxar e um sorriso dançou em seus lábios. A cada momento ele parecia saber de antemão exatamente o que Esko e Kirby iriam fazer.

— Sim, foi o que você me disse. Arquiteto. E Bo, o sueco, também comentou algo a respeito, há algum tempo — disse ele. — Quero que me projetem um bar de luxo. O melhor da cidade. Com um balcão imenso, redondo. E uma pista de dança, além de lugares onde as pessoas possam comer, também. Ah, e um piano... Conheço uma pessoa que gosta de cantar.

— Por acaso o nome dessa pessoa é Caruso? — perguntou Kirby.

— Muito engraçado — reagiu Mantilini, olhando fixamente para os próprios sapatos e depois lançando para Kirby um de seus olhares rápidos e penetrantes. — A pessoa em questão é "ela"; duvido muito de que o senhor a conheça — assegurou. — Então... quanto tempo vocês levariam para me entregar um trabalho desse tipo?

— Depende — disse Esko.

— Depende do quê? — sua voz ficou mais alta e profissional. — Dinheiro?

— Isso também.

— Certamente que sim — confirmou Kirby.

— E ainda temos que considerar a questão do ponto — disse Esko.

— A questão do *quê*? — perguntou Mantilini.

— Do lugar onde você quer que construamos o bar. Tem algum local em mente?

— Oh, sim, claro — informou Mantilini, com ar descontraído. — Tenho um prédio. Tenho vários. Um deles, em particular, é o que eu tenho *em mente* — e tornou a sorrir, mais uma vez um lance à frente dos outros, encostando-se na mesa de trabalho, pegando um lápis e recolocando-o no lugar. — O que me dizem?

Esko pigarreou, olhando para Kirby, mas este não foi de grande ajuda. Parecia estar se divertindo com a situação e continuou fazendo mais caretas com as sobrancelhas.

— Qual o tamanho deste lugar? — perguntou Esko.

— É grande. Mais ou menos um terço do tamanho daquele terreno onde construíram um campo de beisebol para Babe Ruth. É grande de verdade. Do tamanho de um quarteirão, basicamente. Grande mesmo. O prédio tem quase nove metros de altura. Os senhores acham que podem fazer algo em um lugar assim?

— Está vazio?

— Sim, totalmente.

Esko assobiou, começando a apreciar as possibilidades.

— Creio que vocês conseguiriam bolar alguma coisa para me apresentar em duas semanas, certo?

— Rá! — exclamou Kirby, e Esko riu. Mantilini olhou de um para o outro, perguntando a si mesmo se eles estavam caçoando dele; percebeu que não era o caso, o que provavelmente foi bom para ambos, avaliou Esko.

— Vai levar mais tempo?

— Muito mais — disse Esko.

— Mas eu preciso do lugar pronto, e bem depressa. Dinheiro não é problema.

— Não sei como expressar o quanto apreciamos saber disso — afirmou Kirby.

— Por que não volta amanhã? — propôs Esko. — Amanhã à tarde. Podemos esboçar algumas idéias para você dar uma olhada.

— É assim que a coisa funciona?

— Sim, é assim que funciona.

— Então, estamos combinados — disse Mantilini. — É só isso?

— Só isso.

Mantilini se foi, desaparecendo tão rapidamente quanto surgira. Fez apenas uma pequena pausa ao chegar à porta, acenando com a mão e exibindo a cicatriz profunda, por um segundo.

— Que cicatriz é aquela? — perguntou Kirby quando ele e Esko foram para a janela, olhando a Broadway. — É igual à sua.

— Eu salvei a vida dele, uma vez. Trabalhávamos juntos, montando vigas de aço.

— É verdade? — espantou-se Kirby. — Nossa! Veja só!...

Abaixo deles, estacionado junto à calçada do outro lado da rua, estava um maravilhoso automóvel, um Rolls-Royce dourado, comprido e brilhante, cheio de cromados e carregado com caixas de presentes. A estatueta prateada de uma moça com ar diáfano vinha presa sobre o cintilante radiador, entre dois imensos faróis. Uma figura feminina estava recostada no estofado de couro vermelho, no banco de trás do vistoso veículo, seu rosto nas sombras. Um sujeito de terno fumava um cigarro com o pé no estribo e viu quando Mantilini e seu guarda-costas saíram do prédio e atravessaram a rua. Um terceiro homem, outro corpulento guarda-costas, vinha com eles; talvez tivesse ficado à espera o tempo todo do lado de fora do escritório, ou então no saguão.

Mantilini entrou pela porta de trás, inclinando-se na direção da mulher e beijando-a de leve nos lábios, ao mesmo tempo que os dois guarda-costas se posicionavam na frente, com o motorista. O carro saiu, misturando-se com o tráfego e descendo a Broadway, em uma fugaz visão de prata e cromo.

— A vida acaba de ficar mais emocionante — afirmou Kirby, com um sorriso.

2

Eles passaram a trabalhar para um contrabandista, um chefe do crime organizado, um gângster; passaram a trabalhar para Paul Mantilini. Esboçaram algumas idéias para o bar, Mantilini deu uma olhada, folheando os desenhos com atenção, balançou a cabeça em sinal de concordância e, no dia seguinte, o guarda-costas de chapéu bem colocado, que se chamava Gardella, chegou ao escritório com uma mala de couro bege que tinha fechos de ouro maciço. Só a mala já valia uma fortuna e, por um momento, Esko se perguntou se a mala vazia não era o próprio pagamento pelo serviço, uma piada bizarra; Gardella, porém, abriu a mala e Esko notou ao mesmo tempo o cheiro de couro fino e a exclamação de assombro de Kirby. Ela estava cheia de dinheiro.

Kirby coçou o queixo com a barba por fazer e afirmou com espanto:
— Deve haver cinqüenta mil dólares aí dentro.
— Setenta e cinco mil — garantiu Gardella.
— Com todos os diabos! — reagiu Kirby, passando o polegar por entre as notas. — Vou gostar de trabalhar para esse cara.

A partir desse dia, Mantilini colocou um carro com motorista à disposição deles para levá-los do escritório para o local da obra, quase trinta quarteirões ao norte, no espaço realmente gigantesco do porão de um prédio na esquina de Broadway com a rua 55. Kirby investiu em um conjunto de novos ternos de verão e vários chapéus-panamás brancos, fazendo o papel de arquiteto bem-sucedido que gosta de ostentação. As preocupações de que talvez Mantilini viesse a interferir demais no trabalho deles ou ficar dando palpites se mostraram infundadas. Ele aparecia no local da obra com pouca freqüência e sem alarde. Era como se tivesse ensaiado suas entradas e saídas tantas vezes que conseguia ser quase invisível. Em um momento ele estava ali, vestido com o terno amarelo-banana, ou outro, verde-folha ou azul-cobalto, fazendo-se anunciar por um leve pigarrear, balançando chaves ou moedas, ou pelo rabiscar de um pequeno lápis dourado em uma agenda preta que tirava do bolso. Certa vez, Esko conseguiu ver de relance uma das páginas da agenda; estava cheia de colunas com números; nenhuma data, nenhum nome, nem letras, apenas números, números astronomicamente elevados, muitos zeros, com os quais Mantilini lidava com a mesma agilidade que lhe era característica na época em que trabalhava com aço.

O calor prosseguiu pelos meses de julho e agosto. Certa manhã, Esko olhou para cima, sentado em sua bancada de trabalho, viu uma figura sombria aproximando-se em sua direção, tendo atrás de si a luz muito forte da porta da rua. Era Mantilini, vestido com um terno cor-de-rosa, e um ar elegante como sempre. Esko não sabia como ele conseguia aquilo. Sua pele bronzeada era lisa e parecia sempre renovada. Seus cabelos brilhantes e engomados sempre pareciam recém-aparados pelo barbeiro. Seus dentes cintilavam, muito brilhantes mas, mesmo assim, Esko não conseguia enxergar nada de sinistro nele. É claro que já lera muitas histórias, relatos de que quando os contrabandistas de bebidas não estavam trocando tiros com os rivais é porque estavam espancando-os até desmaiarem, ou afogando-os, ou enforcando-os; diziam também que eles eram unha e carne com políticos e estrelas do cinema; que eles traziam caminhões de uísque direto do Canadá, e navios de rum direto de Miami, pela costa, desafiando uma lei que ninguém queria a fim de fornecer um produto que todos desejavam. Esko, porém, não via nada disso; no que lhes dizia respeito, tanto a Esko quanto a Kirby, Mantilini era um cliente modelo; não interferia e jamais brigava por causa de dinheiro. Sua única preocupação era com a rapidez, pois queria o trabalho pronto, bem depressa e bem-feito. Esko estava feliz em atendê-lo. Sabia de outros arquitetos que também estavam construindo bares; na verdade, construir bares para comercializar bebidas ilegais era moda em Nova York, e se aquele era o jeito de Mantilini retribuir a Esko o favor que recebera no alto daquele prédio, três anos antes, pensou Esko, muito bem, que fosse como ele queria. Tinha curiosidade, naturalmente, para saber como Mantilini conseguira ir tão longe em tão pouco tempo, mas não perguntava nada, imaginando que, quanto menos soubesse a respeito dos negócios de Mantilini, melhor.

Mantilini deu uma olhada nos desenhos sobre a bancada onde Esko trabalhava, girando uma moeda inquieta entre os dedos.

— Vamos dar um passeio — propôs, e Esko se viu seqüestrado entre os cromados, brilhos, nogueira polida e bancos firmes estofados em couro vermelho, enquanto o Rolls-Royce deslizava suavemente pelo centro, atravessando em seguida a ponte em direção ao Brooklyn, as águas do East River brilhando abaixo deles como uma folha de estanho enrugada. Do outro lado da ponte, chegaram a um depósito e saltaram do carro, enquanto as gaivotas crocitavam alto sobre suas cabeças. O depósito parecia deserto e abandonado. Em uma das entradas, porém, na parte de baixo, junto de uma pequena rampa, havia uma porta branca.

— Venha comigo — disse Mantilini, dando três batidas rápidas na porta e entrando na frente, levando-os a um local cheio de vapores penetrantes e cheiro de álcool. O eco de seus passos mostrou a Esko a imensidão daquele espaço, e através dos vapores ele agora conseguia avistar inúmeras fileiras, uma após outra, de tonéis de cobre. Os gordos tonéis pareciam se estender de forma infindável. Havia talvez cinqüenta deles, cada um dos tonéis mantinha ocupados cinco ou seis homens, sob a direção de um outro que gerenciava os trabalhos vestindo um guarda-pó branco. Um barulho constante de vidros se entrechocando vinha de uma correia transportadora, a qual fazia desfilar garrafas que tilintavam em direção aos fundos do depósito, onde seriam enchidas.

– Foi daqui que as garrafas que vi em seu escritório vieram – informou Mantilini, elevando a voz para fazer-se ouvir acima do barulho dos recipientes de vidro. – Na verdade, grande parte do uísque a ser consumido hoje à noite em Nova York terá saído daqui. – Levantou um braço. – Vê aqueles alambiques? Eles vieram da Inglaterra, ao custo de quinze mil dólares cada.

Era ali, explicou ele, que o álcool medicinal fornecido pelo governo era redestilado, sendo removidas todas as suas impurezas; depois, era misturado com uísque verdadeiro trazido do Canadá ou da Europa.

– Importamos todas as nossas garrafas da Inglaterra. Os rótulos vêm das mesmas gráficas sofisticadas que trabalham para as melhores marcas escocesas. Este depósito aqui, com todo o equipamento, vale mais de um milhão de dólares. Só com essa operação vamos lucrar dez milhões de dólares líquidos, este ano. Nosso grupo possui oito destilarias como esta, em várias partes da cidade. Não estamos tentando esconder nada. Como conseguiríamos? A Tammany Hall* sabe onde nos encontrar. Eles até gostam de nós, porque estamos fabricando bebida de qualidade aqui, e não o veneno que outros caras distribuem por aí. É claro que eles também gostam de nós porque molhamos a mão deles, os valores são muito altos, pode acreditar em mim.

Suas mãos estavam nos bolsos e ele exibia uma mistura de orgulho e controle firme. Seus olhos perscrutavam em volta da destilaria, conferindo detalhes e se certificando de que tudo estava correndo bem. Gardella sussurrou algo em seu ouvido e ele se afastou por um momento, lançando-se em um bate-papo amigável com um dos homens de guarda-pó, deixando Esko sozinho, perguntando aos seus botões qual a magnitude daquela operação e a quantidade de dinheiro envolvido. Ele sabia que contrabando de bebidas era um negócio milionário, mas aquilo era assombroso e estontearte. Mantilini criara um mundo.

---

* O Tammany Hall foi uma associação política integrada basicamente por membros do Partido Democrata que dominou o governo municipal de Nova York entre 1854 e 1934. (N.T.)

— Sim — disse Mantilini, já de volta e exibindo os dentes. — Progredi muito, e ainda não acabei de subir. — Tocou o ombro de Esko. — Quero que você saiba que sou muito grato pelo que fez. Não apenas pelo fato de salvar a minha vida, mas também por comparecer ao funeral e nos oferecer suas condolências. Minha mãe ainda fala de você até hoje.

— Como está Steffano?

— Está bem. — Mantilini balançou a cabeça, mostrando-se mais animado. — Está bem melhor. Já está andando. Tem seu próprio restaurante. Você devia ir comer lá, um dia desses. Ele vai gostar de revê-lo.

— E Teresa... Ela ainda está com Bo?

Mantilini manteve o sorriso, mas o resto de sua expressão mudou: o que um momento antes era generoso se tornou duro e frio.

— Ele a traiu. Consegue acreditar nisso? Ele traiu a minha irmã, eu dei uma surra no safado, mas ele não se emendou. — Olhou para Esko. — Qual é a graça?

— Bo.

— Sim, Bo — concordou Mantilini, balançando a cabeça. — O operário garanhão. Estou falando sério, se encontrar aquele cara na minha frente, ele que se cuide! — Franziu o cenho, olhando para os sapatos imaculadamente brancos. — Kirby me contou que você também teve problemas com uma mulher. Parece que andou meio por baixo, por algum tempo.

— Ele lhe contou isso?

— Na verdade ele me disse que ela lhe causou uma grande decepção amorosa. É... Bem, *nisso* eu não consigo dar jeito. Mas você continua de pé, ainda tem duas pernas e pode caminhar. Sabe por onde ela anda, essa mulher? Você alguma vez a vê? Já que a ama, devia ir atrás dela.

— Ela não me quer — disse Esko.

— Então, esqueça-a. Quanto a mim, arranjei uma esposa. Uma garota italiana, muito especial. Está grávida.

— Meus parabéns!

— Sim, nada vale mais do que uma família. — Mantilini se esticou, colocando-se na ponta dos pés, mas baixou o corpo logo em seguida. Levantou a lapela de seu extraordinário terno cor-de-rosa e examinou um alfinete com diamante na ponta, cheirando-o como se fosse uma flor. Em seguida, olhou para o relógio de pulso. – Está vendo isto aqui? – apontou, e ficou evidente que a cota de sentimentalismo do dia se acabara. – Custou-me dez mil dólares. Venha comigo, há outras coisas que eu quero lhe mostrar.

Eles voltaram para Manhattan, novamente pela ponte, Mantilini contou a Esko como a proteção do negócio funcionava, como alguns funcionários importantes do governo estavam na folha de pagamento do grupo e avisavam quando ia haver batidas dos agentes federais. Em seguida, contou uma história comprida sobre um golpe que eles haviam aplicado no ano anterior, envolvendo uma linda mulher e um conversível, e que serviu para distrair a atenção dos policiais de um comboio de bebidas que o seu pessoal trazia de Miami. Ele colocara os óculos escuros e se recostara no banco de couro vermelho. De vez em quando, olhava para cima, com a atenção atraída pelas sombras projetadas pelos cabos de sustentação da ponte. Então, voltou a atenção para o livrinho preto, anotando valores com o lápis dourado. Tinha a caligrafia miúda, surpreendentemente bonita.

– Veja só, é assim que a coisa funciona, Esko: em um determinado momento, ou em determinada situação, há sempre uma pessoa que pode ajudá-lo, uma pessoa que pode fazer as coisas darem certo. É necessário descobrir quem é essa pessoa. É necessário também que ela faça o que você quer que seja feito. Talvez ela queira dinheiro. Talvez apenas um carrinho de bombeiros para o filho. Ou uma dica para o próximo páreo em Saratoga. Pode ser qualquer coisa. Às vezes, você precisa encostar uma arma na cabeça dessa pessoa. Às vezes, basta pedir. Não importa, o principal é fazer a coisa do modo mais simples. Quanto menos agitação, melhor.

Ao alcançarem o centro da cidade, Mantilini deu instruções a Gardella para que ele continuasse no carro.

– Vá até a Saks – ordenou ele –, e me compre algumas meias. Quero aquelas de seda, com os desenhos de flechinhas.

Gardella franziu o cenho por baixo da aba bem posicionada do chapéu.

– Vou ficar bem – disse Mantilini. – Agora, caia fora!

Ele e Esko ficaram na calçada ensolarada até verem o Rolls-Royce desaparecer, engolido pelo tráfego; então, Mantilini pegou Esko pelo braço, atravessaram a Broadway e seguiram pela calçada da rua 57, cujas sombras agradáveis pareciam água gelada em seus rostos. Pararam sob o toldo de um prédio e uma mulher passou por eles, com o cloche branco servindo-lhe de halo, enquanto os sapatos de salto alto seguiam estalando pela calçada. Um táxi barulhento soltou nuvens de fumaça escura e foi pela rua em direção à Quinta avenida. Um pequeno jornaleiro espremido como sanduíche entre duas placas do *Evening Graphic* anunciava aos berros as notícias sobre o último assassinato. A menos de um quarteirão dali, ouviu-se uma britadeira cuspindo explosões. Um homem que vendia gelo estava ao lado de seu carrinho na esquina. Outro sujeito vendia *drops* feitos de puro uísque, três por dez *cents*. Com as mãos nos bolsos e a cabeça voltada ligeiramente para trás, Mantilini olhou para o outro lado da rua.

— Vê aquele edifício? Ali, no quinto andar, é a sede do meu outro negócio. Uma imobiliária. Nenhum dos meus amigos da Broadway sabe disso. Nem mesmo Gardella. É uma corporação, uma empresa totalmente legalizada. Está no nome da minha mãe. Tenho cinco pessoas trabalhando lá. Há secretárias e tudo o mais — disse ele. — Como vê, Esko, não pretendo ser gângster para sempre.

Levando Esko por baixo do toldo e entrando pelas portas pesadas de bronze e vidro, eles se viram no saguão de um prédio de apartamentos onde havia imensas palmeiras plantadas em potes colocados sobre o mármore preto. Um elevador os levou até o sexto andar. Mantilini se aproximou de uma porta, pegou uma chave de bronze e, sem bater, girou a chave na fechadura da porta que exibia o número 510 em caracteres prateados.

— Oi, Ruthie, sou eu — anunciou Mantilini, entrando com passos descontraídos e incentivando Esko a segui-lo.

A sala estava abafada e fumaça de cigarro enchia o ar. Com as janelas fechadas, o sol que era filtrado pelas cortinas brancas colocava em destaque camadas e mais camadas de fumaça. *Vanity Fair*, *Vogue* e as mais recentes revistas sobre a Broadway estavam empilhadas sobre uma mesinha branca baixa. Havia pouca mobília, mas eram móveis novos, todos estofados em couro preto com detalhes em aço tubular brilhante.

— Ruthie!

Uma porta se abriu e uma garota negra surgiu alisando o vestido, seguida por um sujeito alto, também negro, muito magro, as pernas bambas dentro de um terno branco e cerca de um metro e oitenta de altura, que se inclinou sobre a poltrona para pegar um chapéu branco com faixa junto da aba e em seguida, sem colocar o chapéu nem pronunciar uma palavra, foi caminhando devagar até a porta da frente do apartamento, que bateu com força assim que saiu.

— Mas quem era esse sujeito? — perguntou Mantilini, intrigado, mas com a voz calma.

— Paul, acende um cigarro pra mim, por favor? — pediu Ruthie. Usava um vestido branco curto cheio de lantejoulas e grudado no corpo; exibia um curtíssimo cabelo *à la garçonne* empastado com brilhantina. — Ele é o meu professor de dança.

Trocaram um olhar cintilante enquanto Mantilini a observou.

— Você está aprontando comigo? — quis saber ele.

— Não...

— Pois eu não ia querer aprontar mesmo, se fosse você. Agora, olhe bem nos meus olhos, Ruthie. Você sabe que eu vou descobrir se você estiver mentindo. E sabe também que se aquele crioulo estiver de sacanagem com você eu vou atrás dele. Vou acabar com a raça dele.

O tom de voz de Mantilini era calmo, mas de uma frieza assustadora. Ruthie, sem se deixar intimidar, lançou-lhe um olhar de desafio.

— É como eu disse, ele é meu professor de dança. — Ela expirou fumaça. — Também me vende uns troços.

Ela era linda, um mulherão, e muito provavelmente não era a esposa de Mantilini, reparou Esko.

— Vende o quê? Droga? Morfina? — perguntou Mantilini. Você vai acabar se matando com esse lixo.

— É, grande perda...! — reagiu ela, a voz sem expressão.

— Entregue a droga para mim.

— Quem é o novo capanga? — perguntou Ruthie, olhando para Esko, com o rosto deformado e o tapa-olho. — Ele certamente é medonho o bastante para ser gângster.

— Entregue a droga — repetiu Mantilini.

Ruthie levantou a bainha da saia e entregou um pacotinho branco que escondera no alto da meia, um pouco acima da coxa.

— Não o machuque. Prometa-me que não vai machucá-lo, Paul.

— Obrigado — disse Mantilini, com um aceno de cabeça educado, enfiando o pacotinho no bolso. — Agora cumprimente Esko. É um arquiteto. Ele e o sócio estão projetando o nosso clube.

— Você é mesmo arquiteto? — perguntou ela, e seus olhos castanhos meio sonolentos demonstraram algum interesse.

— Sou, sim.

— E o clube já tem nome?

— Boa pergunta, Esko — atalhou Mantilini. — Que nome escolheria?

— Você não quer que o lugar seja conhecido como *Mantilini's*?

— Por Deus, não! — recusou ele, levantando a mão.

— Então, que tal... The Sky Club?

Mantilini considerou o nome por um momento, e então perguntou:

— Ruthie, o que acha?

— É um nome tão bom quanto outro qualquer.

— Gostei. The Sky Club. Parece-me bom, Esko. Ruthie vai cantar lá.

— Você é cantora? — quis saber Esko, e ela lançou-lhe um olhar meio de lado, virando a cabeça sobre o ombro como se perguntasse o que ele tinha a ver com aquilo. Em seguida, foi até um dos cantos da sala, girou a manivela de uma vitrola e pôs um disco para tocar. Segundos depois, já estava com sua mão longa e cheia de jóias em torno do pescoço de Mantilini. Ele a enlaçou pela cintura e começaram a dançar, girando pela sala ao som de uma vibrante melodia. Ela ria, mas Mantilini mantinha uma expressão séria, muito concentrado, segurando-a com leveza e movendo o corpo como se estivesse anestesiado, ao som de um gracioso foxtrote.

Nesse momento, Esko tentou sair, mas eles não o deixaram fazer isso, insistindo para que ficasse para um coquetel, e depois mais um, ao qual se seguiram vários outros. Só quando eles foram na direção do quarto e desapareceram lá dentro, é que Esko e sua cabeça, que girava, conseguiram escapar. Tentou firmar o corpo no corredor por alguns instantes, arrumando a gravata e o paletó debaixo de uma luminária que piscava e zumbia suavemente; em seguida, seguiu pela passadeira em ziguezague e apertou o botão do elevador.

Na rua, o sol estava em pleno crepúsculo, ainda quente, e passava um pouco das sete. Na Broadway, os táxis se enfileiravam do lado de fora dos teatros, enquanto as multidões saíam em grandes levas do metrô para entrar em um mundo elétrico cheio de saltitantes anúncios de néon e toldos compridos; tudo parecia aceso e feérico, com luzes que iam ficando cada vez mais brilhantes à medida que o céu escurecia, minuto a minuto. Esko se sentiu cansado e tonto, por causa da bebida. Não havia motivo para voltar ao local da obra, pensou, e resolveu caminhar na direção leste, no contrafluxo da multidão, atravessando a Quinta avenida antes de seguir para o sul.

Logo adiante, ele se viu ao lado da Biblioteca Pública de Nova York, junto do Bryant Park. O arranha-céu fora completado havia poucos meses. Estava pronto, a obra fora encerrada e o prédio mantinha o estilo básico do projeto de Esko, uma torre gótica sem muitos enfeites, feita de tijolos escuros, iluminada no alto, nas laterais e com um holofote gigantesco no topo, que lançava um poderoso raio de luz que girava pelo céu e cujos reflexos nas nuvens, segundo os pilotos, dava para ver até em Boston. Aquela era a primeira vez que Esko conseguira ir até lá para olhar a estrutura; era dinâmica e pura; era, na verdade, lindíssima, apesar da placa do lado de fora que apregoava: EDIFÍCIO DA *GAZETA* – Arquiteto: Joseph Lazarus.

Esko foi até o edifício e o chutou, provocando olhares espantados de dois bêbados sentados em um banco do parque. Lazarus construíra um arranha-céu, enquanto ele estava trabalhando como escravo em um porão cavernoso, construindo um ponto ilegal de venda de bebidas para um gângster. Bem, aquela era a América: você passava por cima e pisava na cabeça do sujeito que estivesse subindo a escada à sua frente; agarrava o que conseguisse sem fazer perguntas e seguia adiante. Não pensava nas conseqüências, simplesmente as *ignorava*. Sim, claro que havia algumas lições a serem aprendidas ali, disse a si mesmo, e relembrou o dia que acabava. Mantilini lhe mostrara as várias facetas secretas da sua vida, levara-o até o topo da montanha e lhe mostrara o seu mundo, demonstrando a Esko que na América – se você tivesse coragem suficiente – era possível passar diante dos binóculos da lei e exibir, ao sair do outro lado, uma imagem precisa de ordem e produtividade. Mantilini tinha poder, dinheiro, glamour e uma fama que aumentava. Conquistara o pacote completo em solo americano, era o arquiteto de seu próprio império. Talvez até mesmo quisesse um *pilvenpiirtaja*, pensou Esko.

3

Aquela era a noite de inauguração do The Sky Club. Esko e Kirby estavam sentados sobre bancos altos e redondos, em um dos bares em semicírculo. Atrás do bar, havia um espelho com três metros de altura e sete de comprimento, onde se viam imagens jateadas de arranha-céus, beiradas sinuosas com bordas em ziguezague e ornamentos representando sóis envoltos em raios divergentes cuja simetria tinha a precisão de uma gravura. Diante do espelho, havia centenas de cintilantes garrafas de bebida que o *barman*, vestido com um curto paletó branco, espalhava por coqueteleiras, sacudindo-as em seguida para preparar drinques. As garrafas ficavam enfileiradas sobre uma plataforma plana que, ao toque de um botão, descia mecanicamente e desaparecia em uma adega oculta, para o caso de haver alguma *blitz*, embora ninguém achasse que algo daquele tipo pudesse realmente acontecer, visto que o próprio comissário de polícia da cidade de Nova York era um dos convidados de honra. Mantilini pensara em tudo.

Toda de vermelho, Ruthie acabara de cantar alguns *blues* com a voz tão melíflua quanto os olhos líquidos, e Mantilini ainda a aplaudia, berrando: "Bravo! Bis! Bravo!", levando os dedos aos lábios e assobiando de forma ruidosa, para em seguida girar a gravata branca por cima da cabeça. Kirby comentou com Esko que já vira três senadores, várias estrelas de cinema e milionários demais para serem contados, além de numerosos gângsters e esquadrões completos de dançarinas. O lugar estava apinhado, e a noite era um inegável sucesso.

Ruthie saiu do palco correndo e pulou sobre Mantilini, que a acolheu nos braços e sumiu rapidamente em sua companhia, subindo pela escada em um dos cantos que ia dar no mezanino e nas cabines privativas do andar de cima, enquanto, do lado oposto do espaço imenso, outro casal surgia, de forma impressionante e dramática, multiplicando-se nas laterais e degraus espelhados da escadaria de entrada que vinha do nível da rua. MacCormick e Katerina.

– Ô-ôhh... – disse Kirby, virando-se para Esko e lançando-lhe um olhar sugestivo. – Vamos ter problemas.

MacCormick tinha as mãos nos bolsos e ficou circulando pelo lugar por um momento, fingindo atirar em alguém que conhecia, com ar brincalhão, formando um revólver com o polegar e o indicador em ângulo reto. O braço de Katerina estava enganchado no dele e seus frios olhos verdes olhavam em torno, ligeiramente ansiosos.

Ao chegar à base dos degraus brilhantes, ela balançou o corpo de forma elegante para frente e para trás, em um vestido preto fosco muito justo que moldava suas coxas sem refletir luz alguma. Seus cabelos estavam repuxados com firmeza a partir da testa e cascateavam em suaves ondas; triângulos da cor do ébano pendiam-lhe das orelhas. Tinha as unhas pintadas de prateado e enquanto esperava por MacCormick acendeu um cigarro, lançando no ar um anel de fumaça suave e acinzentado. Com quantos anos ela estaria agora? perguntou-se Esko. Trinta e dois?... Trinta e três? A idade lhe acrescentara algumas rugas nos cantos dos olhos e encovara-lhe um pouco as faces, mas não conseguira embaçar sua beleza; estava mais adorável e maravilhosa do que nunca.

– Calma, rapaz – aconselhou Kirby, agarrando o braço de Esko. – Ignore-os.

– É exatamente o que pretendo fazer – garantiu Esko, talvez pensando realmente em fazer isso; mas então viu que Gardella passava e o chamou. – Está vendo aquele casal na beira da escada? Aquele que acabou de entrar?

— Claro — disse Gardella, cujo rosto estava pálido e parecia mais comprido do que normalmente; não estava usando chapéu. — O cara rico com a garota magra e classuda. Quem são eles?

— Deixe pra lá. Quero que você lhes consiga a melhor mesa, e uma garrafa de champanhe por conta da casa. Da melhor marca, entendeu?

— Da melhor marca — confirmou Gardella, saindo de lado com as mãos imensas pendendo ao lado do corpo como porretes.

— Esko... — tentou Kirby.

Esko o dispensou com um aceno de mão impaciente, acabando o uísque que trazia na mão com um gole só e pedindo outro, duplo.

— Deixe-me em paz, Kirby.

Ele observou quando Gardella guiou o casal até uma mesa na beira da pista de dança. Um garçom espocou a rolha de uma garrafa de champanhe, e os olhos de MacCormick seguiram o gesto de Gardella, que apontava na direção do bar onde Esko e Kirby estavam sentados. Kirby levantou o próprio copo e a expressão de surpresa no rosto de MacCormick transformou-se em prazer. Sussurrou algo ao ouvido de Katerina e foi direto até onde eles estavam, sem pressa, mas com o caminhar lânguido e a usual autoconfiança.

— Mas por onde, diabos, vocês dois têm andado? *Onde* se enfiaram nos últimos tempos? — perguntou, passando a mão sobre o cabelo comprido, meio louro, o rosto jovial se acendendo com um sorriso largo que parecia genuíno. Então, seus olhos rapidamente absorveram alguns dos detalhes do projeto e do ambiente, um ar de reconhecimento iluminou seus olhos. — Isso aqui foi trabalho de vocês, não foi? Vocês projetaram este lugar! — Balançou a cabeça, em um misto de admiração, surpresa e desaprovação. — Estão trabalhando para um contrabandista, agora?

— Ele paga bem — disse Kirby. — Melhor que você.

— Vocês deviam ter continuado a trabalhar para mim.

— Nunca — reagiu Esko, sabendo que era uma reação idiota, mas sem ser capaz de se segurar, pois o sobressalto de amor misturado com restos de desejo não saciados e lembranças das esperas intermináveis que sentira ao avistar Katerina haviam se transformado em raiva.

— Por quê? — quis saber MacCormick.

— Pergunte à sua esposa — disse Esko, balançando os cubos de gelo no fundo do copo.

— Como assim? — reagiu MacCormick, não zangado, mas sim espantado.

— Ignore-o — aconselhou Kirby. — Ele está bêbado, e finlandeses bêbados são uma desgraça. Pelo menos com este aqui é assim. E então, vocês estão aproveitando a cobertura?

— Adoramos aquele lugar. Vocês dois precisam ir jantar conosco uma noite dessas. Há certas coisas sobre as quais gostaria de conversar com vocês.

— Vá para o inferno! — gritou Esko, sentindo um ódio brutal nas entranhas.

— Desculpe, MacCormick — disse Kirby, com a voz mais alta, mas de forma gentil, alisando o cabelo cortado muito rente com a palma da mão, do jeito que fazia quando ficava nervoso ou temia que as coisas lhe escapassem ao controle. — Deixe-me levar Esko ao banheiro para esfriar a cabeça. Por favor, cumprimente Katerina por mim.

— Claro! — concordou MacCormick, confuso. — Boa noite a vocês dois. E parabéns pelo clube. Ficou um espetáculo!

Esko pareceu soltar fumaça de raiva enquanto observava MacCormick se afastar a passos largos do bar, atravessando a pista de dança em direção a Katerina, que desviou a cabeça de lado no momento em que ele se sentou, fazendo com que o beijo dele mal tocasse o seu rosto.

— Muito esperto, de sua parte — comentou Kirby.

— Foi mesmo, não foi? — concordou Esko, pegando o uísque, com a raiva inundando-o por dentro enquanto esvaziava o copo. Então, o desespero se instalou. — Meu Deus, como sou idiota! Talvez devesse ir lá pedir desculpas a ele — sugeriu, pensando que pelo menos assim teria uma desculpa para se sentar ao lado de Katerina, sentir-lhe o perfume, inalar a fumaça de cigarro que acabara de passar pela sua boca e pelas suas narinas, sentir o bater do seu coração a apenas uma cadeira de distância.

— Tarde demais. Eles já estão indo embora — avisou Kirby.

Esko se virou para olhá-los pelo reflexo do espelho atrás do bar e então se impulsionou para fora do banco, preparando-se para segui-los. Kirby, porém, agarrou-o pelo braço com força, até se certificar de que os MacCormicks haviam conseguido sair em paz.

— Você é um bundão intrometido e metido a diplomata, sabia? — reclamou Esko.

— Sim, eu também adoro você — disse Kirby, soltando finalmente seu braço, e Esko se viu forçado a sorrir, compreendendo que Kirby realmente gostava dele.

Kirby fez sinal para o *barman*, pediu mais dois uísques e explicou:

— Acho melhor te dar um porre, meu rapaz.

— Por mim, tudo bem — concordou Esko, pegando um copo e depois colocando de lado quando a orquestra começou a executar um novo número. Sentia-se péssimo, mas não iria ceder nem se enterrar em lamentos. Um suspiro fez seu corpo estremecer ao lembrar da última vez que vira Katerina. Sua pele se retraiu de forma involuntária, parecendo em chamas pela lembrança do toque dela.

Revirando o copo sobre o balcão, ele traçou um círculo perfeito.

— W. P. — disse Esko. — Estou pensando em uma idéia que eu tive para um arranha-céu. Foi naquela noite, quando estávamos no restaurante com ela. O arranha-céu com uma imensa fonte na frente. A água que iria brincar alegremente no verão e congelar com cristal no inverno. Acha uma idéia maluca?

— Não, eu sempre gostei dessa imagem — disse Kirby. — Só que pensei que você não quisesse mais conversar a respeito.

— Pois eu quero começar a trabalhar nela. Amanhã. Vamos começar alguns esboços. Vamos procurar financiamento. A *Gazeta* não construiu nada naquele terreno, então ele ainda está disponível.

— Quem vai bancar? — perguntou Kirby, tomando mais um gole do seu drinque. — Você acaba de atirar pela janela o nosso melhor amigo, quando se trata de projetos envolvendo muita grana.

— Que tal Mantilini?

— O que tem ele?

— Paul conhece muita gente.

— Sim, e muitas dessas pessoas têm armas carregadas. Não me leve a mal, porque acho Paul um grande sujeito. Gosto dele — Kirby levantou uma sobrancelha e olhou para o uísque, colocando-o sobre o balcão com todo o cuidado — mas talvez ele não fique vivo por muito tempo.

Esko e Kirby projetaram mais um bar para Mantilini, no Harlem, e esse foi em estilo dos xamãs da África e da Oceania, as paredes incrustadas de fetiches e entalhes cerimoniais. Fizeram mais um no centro, a dois quarteirões a leste do The Sky Club, no estilo industrial e reluzente de Bauhaus. Estavam criando palcos nos quais os clientes pudessem se tornar atores, bebendo, dançando, transando, lutando, gastando e roubando, perdendo-se em uma farra tão desesperada quanto arrogante e precipitada. Depois daquela noite, porém, Kirby nunca mais deixou Esko esquecer do arranha-céu, o projeto que eles denominaram de East River Plaza. Várias vezes por semana, eles deixavam para trás os antros de contravenção e passeavam pela cidade analisando os quarteirões desmantelados da cidade que fluíam em direção ao rio, planejando o que poderiam fazer, constantemente polindo e melhorando os esboços de Esko, incorporando a eles cada novo truque ou refinamento estético que descobrissem ou desenvolvessem. O entusiasmo de Kirby era tão pouco afetado pela idade que ele parecia novamente jovem, e Esko redescobriu como o trabalho, por si só, pode ser refrescante e inspirador.

Certo dia, Mantilini levou Esko para almoçar. O restaurante era um lugar discreto, as toalhas de mesa xadrez vermelhas e brancas e um ventilador de teto muito usado que se movia tão devagar que em vez de esfriar o ar revolvia-o como uma sopa quente. Mantilini afrouxou a gravata e pediu uísque com soda enquanto os olhos de Esko piscavam muito, tentando se adaptar à penumbra que contrastava com a luz ofuscante lá de fora.

Corria o verão de 1926.

— Já soube o que aconteceu com Valentino? — perguntou Mantilini, quase de forma rancorosa, relutante em mencionar o nome de alguém que era mais conhecido em Nova York do que ele. — Morreu. Complicações com o apêndice ou algo assim. — Nervoso, partiu pedaços de pão com os dedos e formou bolinhas com o miolo antes de lançá-las na boca. — Minha esposa ficou muito chateada — comentou, enquanto mastigava.

Mantilini tinha um filho, agora, um menino, batizado de Antony em homenagem ao mais velho dos seus falecidos irmãos, mas continuava se encontrando com Ruthie. Pelo menos, Esko tinha quase certeza de que sim; não era tarefa fácil acompanhar as atividades de Mantilini naquela época. Ele vivia viajando para oeste, indo para Chicago, em seguida ia para o litoral e também para o outro lado, para a Europa. Seus negócios pareciam estar se expandindo sem parar.

— As pessoas vêm e vão, eu acho — disse Mantilini, com ar filosófico. — Eu quase fui, ao ganhar essa marca aqui — afirmou ele, tocando a cicatriz sobre a pálpebra. — Conheci um cara mais velho. Um contrabandista, um jogador, um cara que explorava o ramo de negócios com o qual eu queria me envolver. Fui até ele com uma proposta. Disse que tinha bebida. Muita bebida. Ele me perguntou onde eu a conseguira, e eu falei que ainda não conseguira, mas que ia conseguir em breve. Ele sorriu, disse que eu era um jovem muito empreendedor, e que devia voltar a procurá-lo quando estivesse pronto.

Mantilini empurrou o corpo para trás, levantando a cadeira e apoiando-a nas duas pernas de trás. Estava sem paletó, com a barriga magra por trás de uma camisa apertada azul-céu com botões perolados.

— Eu e Bo, o sueco, atacamos dois caminhões que estavam vindo do Canadá, usando espingardas com cano serrado. — Jogou mais uma pelota de pão na boca, acenando com a cabeça de forma distraída para o garçom que colocava os drinques sobre a mesa, com cubos de gelo batendo nas paredes dos copos foscos. — O motorista de um dos caminhões atirou em mim. Eu nem reparei que tinha virado a cabeça de lado. A bala passou de raspão — acariciou a cicatriz novamente, com carinho. — Saiu muito sangue. Muito mesmo. Bo estourou a cabeça do cara com a espingarda. Todos os outros saíram correndo. Pegamos os caminhões e entramos no negócio. Se a bala tivesse pego alguns centímetros para o lado, teria atravessado meu olho e eu estaria morto. Foi pura sorte. Se a gente pensar muito no assunto, fica maluco.

A cadeira fez um ruído forte ao tombar novamente para frente. Inclinando-se na direção de Esko, Mantilini pegou um dos copos e tornou a balançar a cadeira para trás.

— Recebi uma dica hoje. Tem uma coisa grande rolando no mercado. O cara que me passou a informação é muito confiável, não ia me enganar. Se você quiser...

— Não, obrigado — disse Esko, levantando a mão.

Mantilini deu de ombros e exibiu os dentes brancos, sem querer se envolver com as preocupações de Esko, fossem quais fossem.

— Você acha que Valentino era mesmo bom de cama? Ou bom só de papo? O que eu devo dizer para minha esposa? O que acha, Esko?

Esko encolheu os ombros, sem saber o que responder enquanto pegava um par de óculos escuros do bolso e se escondia atrás deles; observou Mantilini cuidadosamente enquanto provava o drinque.

— Vocês já estão prontos para começar o projeto de outra boate?

— Semana que vem — informou Esko, ainda olhando para Mantilini, que abrira o cardápio.

— Ótimo — disse ele, levantando e abaixando o joelho de forma ainda mais agitada que o normal. — Quero ir em frente.

— Paul, há uma coisa sobre a qual eu gostaria de conversar com você. Algo em que talvez eu precise de sua ajuda.

— Problemas — disse Mantilini, olhando por cima do cardápio com um ar quase divertido.

— Não, nada desse tipo. Quero apenas saber se posso contar com você quando chegar a hora certa.

— Claro, a qualquer tempo e em qualquer situação — garantiu Mantilini, com um sorriso estranho, talvez predatório. — Fico triste por você questionar isso.

De volta ao local da obra, os operários estavam por ali, mas sem seu costumeiro ar de donos da situação; em vez disso, pareciam meio perdidos e tímidos. Não havia barulho de brocas e nenhuma música saía do toca-discos que o pintor responsável pelos murais trazia com ele. Esko percebeu na mesma hora que algo estava errado.

Kirby levara um tombo; abrira a cabeça e fora levado para o Bellevue.

Ao chegar ao hospital, Esko conversou com o médico, um jovem baixo e careca que lhe disse que dera alguns pontos em sua cabeça e o operara do intestino, que estava bloqueado devido a uma hemorragia, fato que acabara provocando a tonteira e a queda.

— Sinto muito — informou o médico com uma voz anasalada e aguda que parecia quase alegre. — Ele provavelmente não vai passar desta noite.

Essas palavras começaram a zumbir dentro do cérebro de Esko como vespas. Sentiu-se tonto e tentou recuperar o controle. E se ele não tivesse ido almoçar com Mantilini? O que teria acontecido? Será que Kirby estaria bem, agora? E se ele tivesse voltado meia hora antes, ou tivesse pegado um táxi, em vez de vir a pé?

Kirby estava sobre a cama com as cobertas puxadas até o peçoço e os braços esticados ao longo do corpo sobre a colcha. Uma atadura estava em volta da cabeça, quase lhe escondendo os olhos, sua respiração vinha em ondas fracas e irregulares. Esko pegou uma cadeira, sentou ao lado dele e segurou sua mão, que continuou fria mesmo depois que ele a massageou.

— Você vai ficar bem — balbuciou, passando os dedos de leve sobre os fios de barba por fazer que começavam a despontar na bochecha de Kirby. — Vai voltar ao trabalho em dois tempos.

Kirby não disse nada, nem abriu os olhos ou se moveu. Nas primeiras horas da manhã, faleceu.

Esko viu a enfermeira tentar sentir o pulso inexistente de Kirby. Ficou ali ouvindo tudo com atenção, e viu a lâmpada da mesinha de cabeceira brilhar através da névoa de fios embaraçados de Kirby enquanto o médico baixinho que estava ficando careca confirmou que o velho realmente se fora. Respondeu afirmativamente quando lhe perguntaram se iria cuidar dos funerais e seguiu os dois encarregados que levaram o corpo até os recessos gelados do necrotério.

Enquanto saía do hospital, cambaleando através dos silenciosos e escuros corredores do Bellevue, Esko sentiu a náusea, o pânico e a falta de ar se instalando. Mais do que qualquer outra coisa ele queria contar a Katerina, ir até ela, segurar sua mão e conversar a respeito daquilo, porque ela compreendia Kirby, conhecera-o bem e o amara também. Isso, porém, era impossível, compreendeu. Aquela dor teria de ser suportada sozinha. As lágrimas vieram. Esko pressionou a testa de encontro a uma parede e as deixou escorrer.

4

Nenhum dos jornais de Nova York noticiou a morte, e Esko ligou para Marion Bennett.

— Todo mundo está louco por causa de Rodolfo Valentino, no momento — avisou ela. — Fale-me do sujeito que morreu e eu vou ver o que posso fazer.

Ela conseguiu que saísse uma pequena nota no *New York Times* do dia seguinte, embaixo da sua coluna, e Esko ligou para lhe agradecer.

— Não precisa agradecer — disse ela. — Pensando melhor, *precisa*, sim Gosto de ouvir elogios.

— Obrigado — disse ele. — Isso significou muito para mim.

— Não comece a ficar sentimental comigo, Esko. Você é o meu finlandês durão. Devia estar grato por eu não escrever na nota que você e Kirby foram os caras que projetaram todos aqueles bares clandestinos para Paul Mantilini.

— Você sabia disso?

— Não me entenda mal. Não tenho nada contra esses lugares. Aliás, eu os adoro. Também não tenho nada contra Paul Mantilini, embora saiba que ele é gângster. Só Deus sabe que há muitos como ele por aí. Pelo menos ele é um cara atraente. Mas isso talvez não seja uma ligação que você queira tornar pública no obituário do *New York Times*.

— Certamente que não.

— Como foi que você conheceu esse cara?

— É a repórter que está perguntando?

— Apenas curiosidade.

— Eu o conheci há alguns anos, assim que cheguei a Nova York. Salvei a vida dele.

Do outro lado da linha, Esko ouviu uma inspiração aguda, como se ela estivesse tragando um cigarro com voracidade.

— Como aconteceu isso?

— É uma longa história.

— Ah, é? Pois aqui vai outra — disse ela. — Há mais ou menos um mês, na Park Avenue, um carro pára ao lado de outro. Dois caras saltam. O primeiro cara dá um tiro no motorista do outro carro. O segundo atira em um idiota que fazia uma ligação em uma cabine telefônica.

Esko lembrava dessa história nos jornais. Houve protestos sobre os homens violentos que lutavam entre si para tomar conta da cidade, como Capone estava fazendo em Chicago; o prefeito, porém, colocara panos quentes na discussão, alegando que Nova York era a maior e mais segura cidade do mundo. Esko lembrou que se perguntara, ao ler isso, quanto será que *ele* estava levando.

— Mantilini estava envolvido?

— Bem, ele não puxou o gatilho pessoalmente. É esperto demais para isso. Por uma estranha coincidência, porém, ele estava do outro lado da rua quando o fato aconteceu. Observando. Chegou até mesmo a dar uma declaração para os policiais, dizendo o quanto ele estava chocado, realmente chocado. E depois conseguiu manter o nome fora dos jornais. Ele tem pulso forte e firme. — Tragou novamente o cigarro. — E está vivo graças a você.

Marion Bennett ainda não acabara de falar.

— Esko, ele é um assassino perigoso, um bandido que consegue tudo o que quer e escapa ileso. Você é um arquiteto com idéias próprias a respeito de beleza e justiça social. Acha que essas coisas combinam? Olhe, esqueça o que eu disse, não quero que pareça que estou julgando você. Mas tenha cuidado, meu finlandês durão.

Esko chegou cedo para o funeral de Kirby e ficou andando de um lado para o outro enquanto nuvens cinzas e purpúreas agigantavam-se, fazendo o céu escurecer e as fileiras de túmulos pintados de branco sobressair na tarde como dentes alinhados. Por trás de uma árvore, ele observou os carros que chegavam, um por um. Ruthie chegou primeiro e freou com força seu carro de dois lugares, levantando uma névoa de cascalho miúdo; em seguida apareceu o Rolls-Royce de Mantilini, cuja porta de trás se abriu para deixar sair Gardella, enquanto Mantilini esperou mais alguns momentos antes de sair pela porta do outro lado, envergando um terno no mesmo tom sombrio de cinza que Esko já o vira usando antes, naquele mesmo crematório do Queens, quando seus irmãos morreram. Em seguida, chegou MacCormick, trazido pelo motorista particular em um Hispano-Suiza preto, e Esko ficou surpreso e grato ao ver Katerina com ele, usando um chapéu preto com pena preta de onde descia um véu que lhe escondia o rosto. Só quando chegou um táxi e uma mulher magra de cabelos grisalhos saltou, olhando em volta e tentando descobrir se estava no lugar certo, foi que Esko saiu das sombras da árvore, imaginando que aquela devia ser a irmã de Kirby.

— Olá. Sou Esko Vaananen — apresentou-se. — Fui eu que lhe enviei o telegrama.

— Muito prazer, sou Grace Kirby — disse, a voz firme como a do irmão, um rosto anguloso e ar de falcão. — Obrigada.

— Como foi a viagem? — Ela viera de trem do Kansas.

— Cansativa. Um longo caminho até aqui. Pobre Billy.

O serviço fúnebre foi breve. Esko leu um pequeno poema de Whitman. Grace Kirby falou de como seu irmão era quando criança, com emoção sincera e contida, de um jeito que Kirby teria apreciado. MacCormick, por sua vez, aparentando nervosismo, para surpresa de todos, e pigarreando alto para limpar a garganta, ofereceu seu tributo a Kirby, o arquiteto. O pastor com cara rosada encerrou a cerimônia às pressas, diminuindo o ritmo só quando o órgão começou a tocar e o caixão começou a ser levado em direção à alameda. O celebrante fez elaborados gestos para conduzir o féretro, colocando-o a caminho, Esko então pensou nos funerais aos quais ele não pudera comparecer — o de Klaus e o de sua mãe. Não pareceu encontrar muita dignidade ou conforto no evento. A atitude ali era a de quem queria se livrar de Kirby o mais rápido possível, mas momentos como aquele eram sempre do mesmo jeito — limítrofes, insatisfatórios e singularmente incompletos, não importava como alguém os encarasse; apesar do ar de ponto final, aquilo era uma mistura do triste com o absurdo e o gélido. O que significava morrer, afinal?

A mão que Grace Kirby pousou na manga do seu paletó quando eles saíram da capela era cheia de manchas senis e pálida como um papiro, mas inesperadamente forte.

— Eu detesto sentimentalismos, e Billy também detestava — afirmou ela. — Não nos víamos havia quinze anos. Ultimamente ele andava me mandando cartas. Falava muito de você. Dizia que você era um bom amigo.

— Gosto de imaginar que sim.

— Diga-me uma coisa com sinceridade, sr. Vaananen — pediu ela, quando Esko parou ao lado da porta aberta a fim de deixá-la passar primeiro.

— Se eu puder — concordou Esko, seguindo-a por sobre o piso de cascalho.

— Ela era um bom arquiteto?

Esko olhou para cima. Fumaça saía pela chaminé do crematório, uma linha esbranquiçada e retorcida que subia até se misturar com a escuridão das nuvens — provavelmente os restos de Kirby, Esko teve a esperança de que uma parte dele seguisse pelo ar e fosse levada pelo vento até Manhattan, onde se misturaria com a pedra e os tijolos porosos.

— O melhor — garantiu Esko. — Seu irmão era simplesmente um gênio.

— Obrigada — disse ela, sorrindo com os olhos e mostrando-se mais tranqüila. — Eu sempre achei que Billy fazia coisas lindas.

— Mais que isso. Fazia coisas inspiradoras. Asseguro-lhe uma coisa: daqui a alguns anos, algum rapaz ou moça, ao caminhar pela rua, vai observar com atenção um dos edifícios do seu irmão, e nesse momento a vida dele ou dela vai mudar.

Ela levou os lábios até o rosto dele, onde deu um beijo.

— Obrigada, sr. Vaananen.

Esko a acompanhou até o táxi onde o motorista, um italiano baixo e gordo com olhos tristes de cão sem dono largou o jornal, apagou o cigarro e foi correndo abrir a porta de trás. Logo o carro se afastava, sacolejando rumo aos portões pretos de ferro, Grace Kirby se virou uma única vez, levantando a mão em um aceno breve através da abertura traseira oval com vidro distorcido.

— Ela se parece muito com Kirby — disse MacCormick, que chegara perto de Esko.

— É a irmã dele.

— Eu imaginei — disse MacCormick, com o belo rosto pesado e reflexivo. — Ele era um homem extraordinário, mas você sabe disso melhor do que ninguém. Eu gostava dele, gostava muito. Katerina também.

Esko concordou com a cabeça, se escondendo novamente por trás das lentes escuras. Katerina esperava em pé junto ao arco feito de tijolinhos na entrada do crematório, conversando com Ruthie.

— Eu queria esclarecer uma coisa — disse MacCormick. — Sei que você ficou zangado com nós dois naquela vez em que fomos ao clube. Katerina me contou.

— Contou? — Esko sentiu o sangue desaparecer do seu rosto, deixando-o meio tonto e alarmado.

— Ela me contou que saiu com você e Kirby certa noite, disse que vocês foram a um restaurante, que você e Kirby conversaram a respeito de um grande projeto de ambos, mas ela debochou dos planos. Isso é verdade?

Esko ficou mudo e dividido, sem saber se confirmava a mentira ou se se empolgava diante da sugestão de cumplicidade e até mesmo esperança que via ali.

— O que posso lhe dizer? — continuou MacCormick com um sorriso descontraído. — Katerina sabe mais sobre fotografia e arte do que qualquer pessoa que eu conheço. Sabe tudo de música e também de livros, mas arquitetura é uma porta fechada para ela. Demonstra até mesmo um pouco de frieza a respeito da cobertura, para ser honesto. Diz que tudo ali é tão perfeito que a deixa pouco à vontade.

— É uma pena — disse Esko.

— Sim, eu também lamento — disse MacCormick, com os olhos penetrantes e observadores analisando Esko por baixo da aba estreita do chapéu. — Eu gostaria muito de conhecer esse grande projeto. Isto é, caso vocês tenham levado os planos em frente.

— Nós levamos.

— Muito bem — disse MacCormick, inclinando o corpo ligeiramente para frente e se apoiando na ponta dos pés para em seguida recuar, assumindo a postura normalmente lânguida e tentando disfarçar o entusiasmo. — Acho que eu ficaria interessado, muito interessado mesmo. Você não quer mostrá-lo para mim?

— Talvez — disse Esko, sem muita certeza, vendo Mantilini se aproximar, caminhando sobre o cascalho com passos curtos como tiros.

— E então, Esko, quer vir comigo? Posso lhe dar uma carona até a cidade — ofereceu Mantilini, lançando um desinteressado aceno de cabeça na direção de MacCormick.

— Eu ia lhe fazer o mesmo oferecimento — disse MacCormick, abrindo um sorriso amplo e falando com o seu tom mais envolvente. — Katerina e eu adoraríamos a sua companhia.

Algo em MacCormick colocou Mantilini de sobreaviso.

— Creio que ainda não fomos apresentados — disse ele.

— Paul, este é Andrew MacCormick. Andrew, Paul Mantilini.

Os dois homens se observaram, um com ar entediado e esnobe, o outro rude e fechado, balançando moedas nos bolsos, energicamente.

— E então, sr. MacCormick — perguntou Mantilini. — Em que o senhor trabalha?

— Sou um homem sempre em estado de lazer, sr. Mantilini — afirmou MacCormick, satisfeito em esticar aquele joguinho a tarde inteira. — E quanto ao senhor?

Mantilini riu, determinado a não se intimidar pela confiança de seu interlocutor, construída com dinheiro antigo.

— Sou um homem de negócios — respondeu.

— Sério? — exclamou MacCormick, esticando a palavra como se ela tivesse oito sílabas.

— Sim, isso mesmo — confirmou Mantilini, fechando a cara muito bronzeada. — Esko, você vem?

— Sim, Esko. O que *você* quer fazer? — perguntou MacCormick. Seus olhos insinuavam a pergunta que não foi feita. Então, Esko, você pertence a si mesmo ou a este gângster, agora?

— Acho que vou voltar com Ruthie — respondeu Esko, com toda a calma. — Vamos nos ver mais tarde, cavalheiros.

E saiu, deixando que os pés o levassem pelo cascalho até onde Ruthie continuava em pé, conversando com Katerina; já cobrira a metade da distância quando as duas se viraram e o observaram vindo o resto do caminho. Ao chegar lá, os mesmos pés pareciam não mais lhe pertencer, como se na presença de Katerina ele sentisse que ia novamente se desmontar, como uma marionete; mas conseguiu se controlar, mantendo a pose mesmo quando Katerina elevou as mãos e levantou o véu, revelando os olhos verdes e um sorriso que dançava em seus lábios.

— Sinto muitíssimo, Esko — disse ela, nessa curta frase pareceu condensar a infinidade de desculpas e toda a sua vulnerável vitalidade emocional. Tomou a mão dele por um momento e então, quase no mesmo instante, já caminhava na direção de MacCormick.

— Ruthie — pediu Esko —, pode me dar uma carona?

— Claro, querido — concordou ela.

A chuva começou a cair quando eles estavam atravessando a ponte, com pingos que tamborilavam no pára-brisa e caíam sobre a capota de lona do carro esporte. Ruthie apertou os olhos, fixando-os com mais atenção no asfalto molhado, através dos limpadores de pára-brisa, enquanto as traves de aço da ponte, por onde a chuva escorria, passavam depressa. Esko olhou para seu rosto, um perfil cujo ar de inocência camuflava a experiência da dona; Ruthie, tão jovem, parecia ter o equivalente a várias vidas de dor embutidas em seu corpo frágil e lindo. Era esse o motivo de ela cantar tão bem; era esse o motivo de ela não dar a mínima para o mundo. Ele refletiu se não seria essa a fonte do seu poder. Mesmo se fosse, percebeu Esko, essa descoberta não lhe servia de nada; talvez aquilo funcionasse para ela, mas não para ele; Esko jamais conseguiria não se importar; esse era seu fardo e, talvez, a sua salvação.

Ruthie, percebendo que ele olhava para ela, soltou a bomba:

— Sua amiga, a dama russa, disse que me ouviu cantar e quer tirar uma foto minha. Ela é boa nisso?

— Muito. Você devia posar para ela.

— Foi o que pensei. É uma mulher interessante.

A capota do carro fazia muito barulho agora. Na outra pista, um caminhão passou por eles pesadamente em meio à névoa.

— Você a conhece muito bem, não conhece, Esko?

— O que a faz pensar assim?

— Pelo jeito com que ela olha para você. Uma mulher sabe quando outra já trepou com um cara. Dá para ver nos olhos, no jeito de olhar para o sujeito. Como se perguntasse: Será que eu poderia tê-lo novamente? Será que eu o *quero* novamente? Pelo jeito com que ela olhou para você, eu diria que ela quer você, sim, e muito. — Ruthie manteve os olhos grudados no asfalto, exibindo um sorriso melancólico que mostrava sua percepção apurada e uma romântica dependência de excitação. — É claro que pode ser que ela ame você, mas eu não acredito nessa baboseira de Romeu e Julieta.

Esko se remexeu no banco com a vibrante sensação de estar tendo a alma invadida quando ouviu:

— Tenho olhos de gata, outras pessoas, não — disse ela, lendo os pensamentos dele, e Esko relaxou, recostando-se no banco, observando a energia da chuva que desaparecia ao tentar apagar por completo a visibilidade do veículo.

5

Katerina era a sua paixão e a sua fraqueza; sua inspiração, sua cegueira; sua história, seu futuro; ela era cada uma das milhões de estrelas que atravessavam e iluminavam a sua alma; era a única razão pela qual ele não devia ter procurado MacCormick para falar sobre o projeto do East River, e também a verdadeira razão de tê-lo feito. Obviamente havia outras razões:

MacCormick tinha classe. Tinha ligações com o processo de tomada de decisões não só na cidade, mas também em níveis estaduais e federais; era tão rico que poderia pegar o telefone e levantar de uma hora para outra 50 milhões de dólares, e cada centavo desse dinheiro seria limpo. Conhecia construção, entendia de arquitetura e aplaudia a revolução arquitetônica que estava chegando ao auge. Conhecia e respeitava o trabalho de Esko, chegava a reverenciá-lo. Escolher MacCormick fazia sentido por uma série de razões, mas nenhuma delas, na verdade, tinha importância. Esko procurou MacCormick por causa de Katerina, mesmo sabendo que ela poderia ficar furiosa por ele fazer aquilo; poderia cuspir no seu rosto, fugir para o outro lado do continente ou voltar para a Europa; onde estivesse, porém, não conseguiria escapar ao conhecimento de que o projeto arquitetônico mais ambicioso de Manhattan, em todos os tempos, era um monumento ao amor de Esko por ela.

Os esboços estavam prontos, o momento chegara. Em sua mente, uma centena de rebitadeiras o incentivava a ir em frente, ao som triunfante do velho decreto de Kirby: *consiga o trabalho, consiga o trabalho*. Ele acreditava de maneira completa no que estava oferecendo. Imaginara aquele momento e tinha se preparado para ele durante anos, por toda sua vida, de certo modo. Fizera estudos de todos os velhos arranha-céus de Nova York e sabia como fazer para tornar os procedimentos mais ágeis, rápidos e baratos. Desde o tempo em que lidava com aço, já conhecia esse processo até pelo avesso. Desse modo, estava pronto para contar a MacCormick uma história de dinheiro, arte e utilidade social; e era uma história verdadeira.

Na sala de MacCormick, o indicador que informava as cotações da bolsa fazia seu tiquetaque ao longe, vomitando fitas de papel. Telefones tocavam. Assistentes e acólitos de terno se moviam silenciosamente de um lado para outro, fazendo parte da agitação e acelerando-a.

— Sente-se, Esko — ofereceu MacCormick sem se levantar, balançando com suavidade a cadeira atrás da mesa, diante de duas janelas altas que estavam posicionadas em ângulo com a mesa, uma delas exibindo uma vista impressionante do porto e a outra voltada para oeste, na direção do rio Hudson e da confusão às margens de Nova Jersey.

— Obrigado, mas prefiro ficar em pé, Andrew, e ir direto ao assunto. Não quero que você perca tempo.

Abrindo os laços que prendiam seu pórtfolio, Esko tirou lá de dentro uma pilha de desenhos. O primeiro que exibiu era o mais impressionante, uma imagem de um metro e meio por noventa centímetros feita em carvão, e dramática justamente pelo fato de o material não poder mostrar a decoração ou os detalhes triviais.

— Minha proposta é uma metrópole dentro da metrópole — disse Esko. — Cobrirá três quarteirões inteiros da cidade. A torre central terá mais de trezentos metros de altura. Terá estilo moderno, não gótico, um bloco vertical de quatro faces, com os andares altos progressivamente mais recuados, mas apenas para enfatizar a massa escultural. Um edifício comercial.

— E os outros prédios? — perguntou MacCormick, dando ao projeto toda a sua atenção.

— Mais quatro blocos de escritórios — informou Esko, mostrando os desenhos, um por um. — Teremos um teatro, um hotel, um hospital, um centro comunitário.

— *Um centro comunitário?* — perguntou MacCormick, levantando-se da cadeira como um pássaro assustado. Passou as mãos pelos cabelos. Tocou o nó da gravata para ter certeza de que ela não fugira dali em pânico.

Esko sorriu, pois nunca o vira tão desconcertado.

— Ora, vamos lá, deixe de brincadeira. Eu preciso ganhar dinheiro com isso — voltou MacCormick, levantando as mãos em rendição.

Esko esperou, paciente, pois estava preparado; disse a MacCormick que ele ganharia dinheiro, muito dinheiro, exatamente com o hospital e o centro comunitário. — Os terrenos ali são baratos, mas depois que convencermos as pessoas de que existe um bom motivo para elas se mudarem para aquela região, os preços vão disparar. Tudo neste projeto foi planejado para render dinheiro. E para ser lindo. E também para ser útil à cidade e se tornar uma parte viva dela. As pessoas virão aqui para trabalhar. E vão atrair outras, porque este também será um bom espaço para estar.

Esko tocou um dos desenhos, não se deixando abater.

— O arranha-céu central será revestido de granito. Eu sugiro o granito de Indiana.

— Por ser o material mais caro que conseguiu encontrar?

— Exato. Eu poderia usar tijolos aparentes. Você economizaria um milhão. Ou quem sabe chapas de ferro ondulado? Isso seria ainda mais barato. Se quiser manter mais um milhão no bolso, poderíamos simplesmente pintá-lo de qualquer cor que você escolha. Que cor você gostaria que a Torre MacCormick tivesse, MacCormick?

— Torre MacCormick? — ele semicerrou os olhos, mostrando apenas fendas de granito cinza. Era impossível dizer se estava se sentindo surpreso, lisonjeado ou ambos.

— Você estará construindo um arranha-céus para todos verem. Por que não dar a ele seu próprio nome? — sugeriu Esko.

MacCormick considerou a possibilidade, obviamente intrigado.

— E talvez fosse uma *boa* idéia se o povo de Nova York pensasse que o sr. MacCormick estava tão orgulhoso de sua obra que insistia em usar granito de Indiana, em vez de ferro ondulado. — Esko não sorriu. Sua voz estava firme. Fitou MacCormick direto no olho em franco desafio.

— Até que eu gosto da idéia do granito — disse MacCormick, com seu jeito lânguido.

Esko liberou todo seu entusiasmo:

— O mundo nunca viu nada desse tipo, Andrew. Seja parte disso. Arrisque-se, vamos lá... Você vai ficar rico, mas você já é rico. Banque isso e seu nome será uma glória na história de Nova York, com os diabos. — Sorriu ao perceber que estava falando como Kirby.

MacCormick tinha um pequeno lápis de ouro na mão, exatamente igual ao que Mantilini usava para anotar números em seu livro preto; inclinando-se, fez cálculos rápidos em cima do mata-borrão, sobre a escrivaninha.

— Os terrenos devem ser baratos naquela região — disse ele. — Mas será que você faz idéia de quantos proprietários e inquilinos existem em três quarteirões de Nova York? Normalmente são centenas. Será que faz idéia da dificuldade que vai ser comprar esses pedaços de terra?

— Na verdade, não — admitiu Esko, com um sorriso.

— Nem eu — confessou MacCormick, com o seu jeito arrastado de falar, balançando novamente a cadeira para trás e olhando para Esko com uma expressão entre bem-humorada e empolgada. — Vai ser muito divertido descobrir.

E, assim, puseram mãos à obra. Nos quarenta meses desde o concurso da *Gazeta*, uma velha idéia de Esko vinha sendo adotada: tornara-se comum fazer uma maquete do projeto proposto em plastilina ou em argila, com a finalidade de impressionar possíveis investidores. MacCormick contratou o escultor comercial mais conceituado da cidade e o pôs a serviço de Esko. MacCormick não avisou a nenhum dos dois que, pela envergadura do trabalho, era essencial que os planos permanecessem secretos, a fim de protegê-lo de dificuldades e atrasos na aquisição dos terrenos. Não havia necessidade de ameaças. O escultor simplesmente sabia que nunca mais conseguiria trabalho em Manhattan se comentasse com alguém sobre o projeto.

Como arquiteto já em meio de carreira, Esko ingenuamente imaginava saber algo a respeito dos bastidores de qualquer grandioso projeto de construção. Naquele momento, porém, acompanhando as negociações e engrenagens de MacCormick, compreendia o quanto estava enganado. MacCormick tinha um repertório imenso de truques e táticas. Enviou dois homens incógnitos até a prefeitura a fim de descobrir quem era o dono do quê, quem alugava quais imóveis e para quantos dentro daqueles três quarteirões junto ao East River. Almoçou com um dos proprietários do lugar e pediu dicas sobre como o mercado reagiria se ele fizesse algo esperto e se livrasse daquela sua fábrica fedorenta na beira do rio. Enviou vinte agentes diferentes e cada um deles comprou terrenos menores em segredo. Um quarteirão inteiro, o mais ao norte dos três, pertencia a um ex-colega de MacCormick, dos tempos da equipe de natação em Harvard. Esse era o universo de MacCormick e, com isso, ele assegurou rapidamente uma opção de compra para si mesmo. Dois terços do quarteirão mais ao sul pertenciam à diocese da Igreja católica em Nova York; ele obteve a cooperação dessa augusta organização ao assegurar que o complexo iria incluir uma escola para catecismo, promessa que Esko ouviu com divertida perplexidade.

— Você não se importa, não é? — perguntou-lhe MacCormick, depois do telefonema, recostando-se na cadeira com um sorriso de vitória, imensamente satisfeito consigo mesmo. — Acho que isso não vai afetar a integridade do seu esquema.

— De modo algum — garantiu Esko. — Aliás, podemos montar uma cozinha com distribuição de sopas para os pobres também.

MacCormick usava o telefone com uma familiaridade que Esko nunca vira, sem ladrar no bocal do jeito que Joe Lazarus fazia, mas sim acariciando-o, quase cortejando-o. Sorria mais do que nunca ao lançar seus monólogos sobre dinheiro, o brilho daquele sorriso geralmente significava más notícias para alguém.

Certa vez, Esko o ouviu conversando com Katerina e notou sua voz muito baixa enquanto sussurrava intimidades junto ao bocal; Esko olhou na direção de uma das paredes do escritório onde uma série de fotos feitas por ela estavam emolduradas. Todas haviam sido tiradas em desertos, exibiam imagens prateadas de arbustos de sávia e palmeiras retorcidas, árvores caídas e leitos de rio secos, plataformas solitárias de pedra sem nenhum ser humano à vista, terras pobres que não poderiam ser mais humildes ou gastas, tudo muito estranho e imenso. Eram fotos assustadoras — desoladas, eternas.

— Lindas, não são? — disse MacCormick, girando na cadeira depois de desligar. — Ela tirou essas fotos no Arizona. Passamos a nossa lua-de-mel lá e compramos uma casa. É onde ela está nesse momento.

Bem mais tarde, nessa mesma noite, Esko e MacCormick estavam sozinhos no escritório; todos os assistentes, advogados e secretárias haviam ido embora fazia algum tempo. A luz avermelhada das luminárias escorria lentamente e, para disfarçar a confusão que sentia, Esko virou a cabeça na direção das cortinas abertas da janela do canto, concentrando-se por um momento nas luzes dos barcos e navios sobre o rio, que pareciam vaga-lumes. Mais perto dele, havia uma luz oblíqua que iluminava um escritório e parecia flutuar no ar, como um caixão iluminado.

— Ela sabe do projeto? — Esko subitamente precisava saber.

MacCormick fazia anotações em seu bloco, sob uma luminária pesada de latão, verde por fora e dourada por dentro. Esko estava em pé ao lado da maquete do projeto, com o *puukko* na mão, desbastando um dos andares mais altos da torre.

— Claro que sim, como poderia não saber? Apesar das observações que ela fez naquela ocasião, durante o jantar, ela espera que você lhe dê outra oportunidade. Deixe que ela veja o projeto com calma quando voltar — disse ele, lançando a Esko um sorriso esperançoso. — Quem sabe ela muda de idéia?

Por um momento, Esko teve vontade de contar tudo a MacCormick e acabar com a confusão e a mentira.

— O que foi? — perguntou MacCormick.

Esko apontou para a maquete com o *puukko*.

— Acho que o espaço para escritórios que dá para os jardins deveria valer mais do que qualquer outro do prédio. Quanto você acha que vale a mais, por metro quadrado, um espaço como aquele? — perguntou Esko.

MacCormick estava recostado na cadeira com o braço esticado sobre a mesa, rabiscando sobre o bloco.

— Não sei ao certo — respondeu.

— Não me venha com essa. Sua cabeça é um ábaco.

— Muito bem, então — concordou MacCormick, deixando de lado a pose de indiferença e exibindo no rosto uma paixão, um conhecimento de causa que geralmente fazia questão de disfarçar, analisando a mão iluminada pelo retângulo de luz que vinha do abajur de banqueiro; então, escreveu um valor. — Acredito que conseguiremos sete dólares e meio por metro quadrado. Talvez dez dólares.

— Com todo esse dinheiro poderíamos fazer jardins tão bonitos quanto o de Versalhes. Poderíamos até vender ingressos para exibi-los — comentou Esko. — Faremos terraços rebaixados, de forma que eles não sejam vistos da rua e nem interfiram nas linhas do edifício. Venho pensando há muito tempo, também, a respeito de uma fonte — continuou ele, apontando com o *puukko* para a *plaza* em frente ao arranha-céu principal. — As pessoas poderão sair dos escritórios e ouvir o som de água corrente. Sabe quanto isso vai custar?

— Não, mas aposto que você vai me dizer.

— Dá para reaproveitar a água à base de três dólares a cada cento e vinte mil litros por dia.

— Você nunca desiste, não é? — perguntou MacCormick, com ar admirado.

— Na Itália do século dezessete os patronos ricos contratavam pintores como se fossem atletas. Eles os usavam. Não compravam obras-primas autênticas para encerrá-las dentro de um cofre e pegar poeira enquanto valorizavam. Este país é tão rico que alguma coisa precisa ser feita com o dinheiro — e eu saúdo você por fazer.

MacCormick piscou, perguntando a si mesmo até que ponto sua vaidade pródiga fora exaltada e massageada. A resposta foi "nem um pouco": Esko surpreendeu a si mesmo, compreendendo por um momento o quanto realmente apreciava seu parceiro de trabalho.

— Você está pagando para obter o melhor, Andrew. Eu pretendo dar isso a você mesmo que, a princípio, você diga que não quer — afirmou Esko. — E não, eu nunca desisto.

Então, com uma ponta de vergonha, lembrou-se de ter dito a mesma coisa a Marion Bennett, com relação à sua busca por Katerina.

MacCormick se afastou da mesa e se levantou. Com um sorriso, esticando os suspensórios sobre a impecável camisa branca, foi até Esko perguntando:

— Que faca é essa que você sempre usa?

— Um *puukko*. Todo menino, na Finlândia, ganha um do pai. Para aprender a ser um bom finlandês.

— Ora, e como é que se faz para ser um bom finlandês? — perguntou MacCormick, com ar alegremente cínico.

— Limpando peixe. Cortando madeira. Entalhando gelo.

— Eu sempre fui um garoto de cidade grande — disse ele. — Posso ver essa faca?

A luz avermelhada refletiu na lâmina; Esko entregou o *puukko* a MacCormick, com o cabo para frente.

— Meu pai preferia o jade — disse MacCormick, testando a ponta. — Eu tinha quatorze anos quando ele morreu, e me vi herdeiro de muito menos do que imaginava. Uma casa caindo aos pedaços em Baltimore e um monte de contas. E jade. Um armazém cheio de jade. Ele viajou pelo mundo todo em busca de jade, depois que abandonou a mim e à minha mãe. Os credores costumavam vê-lo chegando em casa e quando ele morreu um deles me viu chegando. Comprou o estoque todo por cinqüenta mil dólares. Depois eu soube que aquilo valia mais de dois milhões. Isso foi há vinte anos. Foi o último mau negócio que eu fiz na vida. – Seu tom de voz era quase de lástima e desculpas. – Eu ganho dinheiro. Mesmo quando não planejo, eu ganho. Às vezes gostaria de parar de fazer dinheiro. Mas não consigo. Sou desse jeito.

– Mas você não é apenas isso – afirmou Esko, enchendo-se de simpatia pelo homem à sua frente, vencido a contragosto pelo charme e pela súbita sinceridade de MacCormick.

– Talvez não seja – disse MacCormick, passando as mãos pelos cabelos e dando de ombros. – Você conheceu Kate quando ela era uma garotinha, não foi?

– Sim, um encontro rápido – disse Esko, com cautela.

– Conte-me. Como ela era naquela época?

– Muito segura de si.

MacCormick concordou com a cabeça, comparando aquela informação com a Katerina que ele conhecia. Satisfeito, disse:

– Você esteve na guerra, em sua terra, não foi?

– Ela lhe contou isso?

– Havia um outro sujeito.

– Klaus...

– Ele morreu?

– Salvou a minha vida. E depois levou um tiro.

– Eu só me preocupo com o que acontece agora. Protejo o que é meu. Para fazer isso, interesso-me apenas pelo momento presente. Exclusivamente. O que quer que tenha acontecido no passado não me preocupa. Nem um pouco – reafirmou, sorrindo para ele do alto de sua generosidade, feliz por ser rico, feliz por não estar morto, feliz por estar casado com Katerina. E então devolveu o *puukko* a Esko.

* * *

Um sapateiro italiano era o último proprietário relutante, o último inquilino que se recusava a abrir mão de seu contrato, recusando sistematicamente todas as ofertas e tentativas de persuasão.

— Ele é um tolo — sentenciou MacCormick, batendo com o telefone no gancho e tirando os pés da mesa em uma rara exibição de cólera. — Assim vai tudo por água abaixo.

Certo dia, de manhã cedo, Esko foi até o local pessoalmente, sentindo bater-lhe nas costas o vento frio de novembro. Nas ruas sujas do East River, as primeiras emanações subiam das fábricas de cerveja, impregnando o ar com o cheiro pesado e inebriante de malte. Na vitrine de uma loja, um cartaz anunciava VENDEMOS HERÓIS ITALIANOS. Outra lojinha exibia um cartaz em húngaro. Todos aqueles comerciantes pareciam reluzentes e corajosos, prontos para enfrentar um novo dia. Esko abriu a porta da sapataria, que mais parecia uma caverna escura e foi recebido por uma sineta que soou como o gongo da luta mais importante de um torneio de boxe, entre odores de couro e graxa de sapatos. Um velho estava sentado atrás de um balcão rude, sob a luz amarelada de uma lâmpada que pendia de um fio solitário. Seu nome era Dino Bitale, conforme Esko sabia. Ele levantou a cabeça por um instante antes de voltar ao trabalho, cuspindo uma tachinha na mão para em seguida martelá-la com vontade sobre uma sola de sapato virada para cima. Por trás dele, uma cortina de aniagem dividia a loja em duas.

Ao que parece, o pessoal de MacCormick havia ameaçado Dino Bitale — uma ação estúpida e desnecessária, pensou Esko, sabendo que Mantilini jamais se curvaria a uma tática baixa como essa diante de um velho. Esko chegou cheio de desculpas, muitas saudações e uma garrafa de *Chianti*. Mostrou a Dino Bitale o que pretendia construir ali, o porquê de fazer aquilo, e prometeu ao velho que ele logo estaria abrindo uma loja nova no saguão do arranha-céu principal. Mostrou a Dino Bitale fotos da igreja da Sombra da Cruz, afirmando que, embora a Plaza MacCormick fosse mais suntuosa, ele esperava que nem por isso fosse menos bela. Cativou o velho sapateiro com seu entusiasmo, como já fizera com MacCormick, e menos de uma hora depois saía dali com uma assinatura no contrato. Pelo menos daquela vez a boa-fé e a paixão foram mais poderosas do que uma arma.

6

MacCormick marcou uma entrevista coletiva com a imprensa, bem no alto do seu escritório, entre as janelas, o teto em mosaico vermelho, as pesadas cortinas de veludo que viviam abertas, emoldurando a ação como se o mundo lá fora fosse um palco. Pouco antes do meio-dia, ele e Esko se colocaram em pé no meio da sala ao lado da maquete, esperando a chegada dos repórteres.

— Nervoso? — perguntou MacCormick, fazendo surgir uma chama em seu isqueiro Dunhill de ouro.

— Um pouco — confessou Esko.

— Como se diz isso em finlandês?

— *Pikkusen*.

— *Pikkusen*, nervoso. Gostei disso — afirmou MacCormick, tragando o cigarro e soltando a fumaça lentamente, enquanto levantava o queixo para o ar. — Não fique nervoso. Tudo vai dar certo. Vamos conseguir um monte de publicidade e isso vai nos trazer muitos interessados, muitos inquilinos e muito dinheiro. É assim que a coisa funciona. É simples. Nós dissemos a eles que o seu projeto é obra de um gênio, eles vão acreditar. Porque não conhecem nada melhor. E porque talvez seja mesmo.

Um dos empregados de MacCormick estava a postos na porta do elevador, cumprimentando os visitantes e entregando-lhes um prospecto impresso em papel pesado e brilhante, encadernado em estilo cubístico, muito colorido, com as palavras MACCORMICK CENTER em destaque. Vários dos esboços de Esko estavam incluídos no material, bem como um texto que tendia para o exagerado:

Nas profundezas da Índia, o Taj Mahal repousa em sua grandeza solitária, às margens do agitado rio Jumna. O MacCormick Center vai reinar com orgulho sobre o agitado rio representado por Nova York. O Taj Mahal é um verdadeiro oásis na selva, com sua brancura tensa em contraste com a explosão verde da floresta. O MacCormick Center vai ser uma jóia, um local de tranqüilidade em meio ao torvelinho de nossa grande metrópole: suas linhas elegantes e com pontas afiadas nas alturas vão se destacar em meio à agitada paisagem de Manhattan, feita pela mão do homem. Do mesmo modo que o Taj Mahal fala para a Índia de serenidade espiritual, também o MacCormick Center colocará o mundo dos negócios, a vida artística e social de Nova York em uma proximidade que até agora não era possível nem em sonhos. O MacCormick Center é uma ode urbana, uma prece oferecida a um lugar, e esse lugar é a nossa fantástica cidade de águas agitadas e brilhantes. Ele é o futuro, corajoso e puro.

— Meu Deus, acho que estou com febre — disse Marion Bennett, abanando-se com o prospecto. Tinha a cabeça descoberta e usava um vestido liso preto em estilo melindrosa, sem cintura, que ia pouco acima do joelho e exibia um cinto largo vermelho bem baixo, à altura dos quadris, que a fazia parecer uma pistoleira. Na verdade estava disponível, pois saíra da *Vanity Fair* e trabalhava como *freelance*. Seus lábios pintados formavam um arco tenso, aberto para negócios. — Aposto vinte dólares como MacCormick contratou alguma poetisa jovem e agitada recém-saída da faculdade em Vassar, daquelas que usam chapéu verde, para escrever esse lixo requentado.

— Ela chegou envolta em uma nuvem de perfume e cigarros — confirmou Esko. — Escreveu com caneta-tinteiro e usou tinta violeta, antes de a secretária repassar suas palavras mágicas para uma máquina de escrever.

— Ora, ora — disse Marion Bennett, divertida com aquilo e ligeiramente impressionada. — Eu não sabia que você havia feito faculdade em Vassar.

— Não, e também nunca usei chapéu verde. Pelo menos, ainda não — afirmou Esko. — Foi MacCormick que me deu a idéia. Ele me disse que nada mais pode ser apenas o que é. Tudo precisa ser algo a mais, senão as pessoas não vão entender. Então, eu pensei: por que não o Taj Mahal?

— Você está começando a entender as coisas, não é?

— *Pikkusen* — disse ele, gesticulando com o braço em volta da sala, para os repórteres e os prospectos. — Tudo isso é apenas uma nuvem de fumaça. O projeto é o ponto principal. Nada mais importa.

— E o projeto é puro? Mesmo com o nome de MacCormick Center?

— Não importa o nome nem a descrição, nem como alguém acha que vai ser lembrado. Ele é o que é. E será o que deverá ser: uma parte da cidade na vida de todos.

— Vamos nos ver mais tarde, Esko — disse ela. Seu olhar tinha um pouco de amabilidade casual e um quê de algo mais, como uma espécie de percepção atenta e íntima. — Você está prestes a se tornar alguém, sabia? Talvez eu tenha que corromper você, afinal.

Katerina apareceu uns trinta minutos depois, pois retornara à cidade naquela manhã. Assim que saiu do elevador, Esko a viu hesitar, assustada com a confusão reinante. MacCormick levantou o braço e sorriu, acenando com a cabeça em sua direção, um código que significava que ele estava conversando com alguém importante, de modo que ela foi atravessando a multidão enquanto passava uma das mãos pelos cabelos — um gesto que parecia ter adquirido do marido —, fazendo uma pausa diante da maquete, examinando-a por muito tempo com expressão de concentração, os lábios semi-abertos e os quadris movendo-se lentamente em calças compridas muito elegantes. Sua pele estava bronzeada, cheia de sardas provocadas pelo sol e seus olhos sobressaíam-lhe no rosto como duas jóias. Esko olhou fixamente para ela, de súbito alheio a tudo o mais à sua volta; sentia-se abismado por ver que Katerina, uma arrebatadora imagem que o acompanhara por toda a vida, pudesse lhe parecer nova mais uma vez, como se cada inesquecível detalhe dela tivesse de ser analisado mais uma vez por outro ângulo. Por fim desviou o olhar, atemorizado pela intensidade alucinatória do momento.

Alguns momentos depois, ela se chegou junto dele e disse:

— Olá, Esko, já estou em Nova York há algum tempo. Talvez pudéssemos nos encontrar, para ficarmos juntos.

— Não creio que essa seja uma boa idéia... sra. MacCormick.

— Talvez eu esteja simplesmente a fim de dar um passeio — afirmou ela, colocando a mão na manga dele.

— Jamais poderia ser apenas um passeio. Você sabe disso.

— Acho que sei, sim — disse ela, desviando os olhos, um pouco entristecida. — E se eu pedisse para você fugir comigo nesse exato momento? E se eu propusesse: "Vamos pegar um trem juntos?" O que você faria, Esko?

— Já passamos por isso uma vez.

— Você sempre é tão racional em tudo.

— Sou? Não me sinto assim.

— Eu lhe trouxe um monte de problemas, não foi?

— Não o bastante — disse ele.

— Kirby estaria transbordando de orgulho por você, hoje — assegurou ela, sorrindo, e então se virou e foi se juntar ao marido, em um ato mais de misericórdia do que de sedução. Esko suspirou, desejando tê-la tomado nos braços, mas feliz por não tê-lo feito.

O jornal *World* apoiou de imediato o projeto do MacCormick Center, garantindo desse modo que o *Times* iria atacá-lo, o que foi bom, porque o *Tribune* imediatamente correu em defesa dos planos. O *Graphic* criou uma planilha desenhada sobre o esboço e a publicou ao lado de um relógio, comparando o tempo da obra com o número de horas de vida que um assassino no corredor da morte ainda tinha pela frente. A *Vanity Fair* reproduziu as imagens do projeto em uma página dupla, sob o título "A Cidade do Futuro". A revista *New Yorker* apresentou uma charge onde dois operários com ar intrigado seguravam uma vidraça e olhavam para baixo, do alto da MacCormick Tower, perguntando-se: "Qual foi a janela que esquecemos de instalar?" A *Gazeta* apresentou outra charge, esta mostrando Esko ao lado do projeto e perguntando: "Quem é a Bela e quem é a Fera?" Perguntaram a Esko se ele era comunista, o que achava de Babe Ruth, se conseguia correr tão depressa quanto Paavo Nurmi, o grande atleta finlandês, e também qual era seu astro de cinema favorito. Clubes dos quais nunca ouvira falar enviaram-lhe cartões de sócio e anfitriãs da Park Avenue, cujos Rembrandts eram mais autênticos do que o uísque que serviam em suas recepções, convidaram-no para festas onde *barmen* uniformizados balançavam coqueteleiras musicais que tocavam "O Lady Be Good". Esko foi festejado, homenageado e, pela primeira vez em sua vida, viu o choque que normalmente as pessoas demonstravam diante do seu rosto desfigurado se transformar em ávida tolerância. Afinal de contas, ele era um homem de talento com uma fama que não parava de crescer, o arquiteto do momento – não foi isso que Walter Lippman dissera dele no *New York World*? A publicidade era mais do que uma máscara que fazia um rosto deformado parecer atraente; era uma espécie de raios X social que revelava sua verdadeira estrutura, talvez sua própria alma. A publicidade era mágica, pois fazia as pessoas acreditarem que ele conseguia produzir beleza por ser uma aberração estética. "Lon Chaney, arquiteto", estampava a *Gazeta*, em outro artigo. Convites se empilhavam em sua mesa, e se ele fosse corajoso ou tolo o bastante para ir a uma dessas festas, como muitas vezes acontecia, via-se perseguido por melindrosas liberadas que haviam lido em algum lugar que ele era pintor, quando jovem, e se mostravam muito interessadas em posar nuas para seus retratos; pelas mães delas, que solicitavam com insistência que seus apartamentos com vista para o céu serrilhado de Williamsburg fossem remodelados no estilo *moderne*; e também pelos pais delas, que lhe perguntavam se ele não poderia realizar um projeto para a construção rápida de uma casa, ou mesmo um escritório ou dois, enquanto esperava pelo começo da grande obra. Em questão de dias, ele poderia ter aceitado encomendas para toda uma vida de trabalho. Estava fascinado, atônito e ligeiramente tonto pelo embaraçado reconhecimento que a cidade demonstrava por seu talento e sua deformidade física. A fama o atingira na cabeça como um vaso de plantas que tivesse caído de um sofisticado apartamento de Manhattan; ele estava completamente atordoado.

O auge da celebridade de Esko teve seu clímax com dois eventos.

O primeiro foi o perfil que Marion Bennett fez dele, na *The New Yorker*.

Esko Vaananen tem trinta e sete anos, é um homem forte com o rosto marcado e um mistério em torno de si que desafia qualquer análise. O tapa-olho lhe empresta um ar intenso e cheio de segredos. Talvez ele tenha se encontrado há muito tempo com um urso feroz, em uma caçada nas florestas do norte da Finlândia. Ou quem sabe tenha sido vítima de um incêndio. Não conseguimos descobrir ao certo. Ele não quis falar do assunto. Em qualquer das hipóteses, porém, o fato é que ele absorveu as lições dos Estados Unidos e da Europa onde nasceu, e arrancou de si mesmo a idéia de servir ao *design* tradicional. Vaananen constrói o que sente. Arquitetos da velha escola respondem com evasivas, limpam a garganta antes de falar, mas acabam desistindo de tecer comentários sobre a modernidade descarada do MacCormick Center. Outros se empolgam pela sua apaixonada fusão de idéias, algumas delas vindas da Europa, embora o projeto seja tão americano como a espingarda de cano serrado. Ele constrói para hoje e não para a posteridade. Sua teoria arquitetônica principal é fazer prédios cujos exteriores brilhem com a pureza de granito que existe em suas visões. Do lado de dentro suas preocupações são os confortos, as necessidades e as funcionalidades daqueles que terão de morar e trabalhar ali. Ele é pragmático e não pertence a nenhuma escola. Não tem vergonha de almejar lucros para seus patrocinadores. Diz que isso é uma questão de bom senso arquitetônico. Também não demonstra vergonha por querer que a nossa cidade seja um lugar melhor para todos os seus habitantes. Diz que isso é uma questão de moralidade arquitetônica. Numa certa manhã chuvosa de novembro, quando parecia que o inverno chegaria com toda a força, ele nos ofereceu um *tour* pelo local da obra, citando clássicos finlandeses e revelando que quase morreu na guerra que aconteceu em sua terra natal, em 1918. Sua mente é rápida, sua língua lança grandes frases de efeito, e nós não conseguimos identificar os momentos em que ele estava fazendo graça ou aqueles em que falava a sério. Ele se dá bem com a maioria dos homens e se comporta com uma cortesia indiferente em relação às mulheres, como se, apesar de gostar delas, precisasse ser tranqüilizado quanto às suas intenções.

O artigo continuava por mais duas páginas. Marion ressaltou no texto, com um ar divertido (afinal, aquilo não era um obituário, nem iria ser publicado no *Times*) que Esko projetara vários bares clandestinos para um eminente contrabandista, e também que um antigo projeto de sua autoria, depois de participar do concurso da *Gazeta*, em 1922, tinha sido copiado por todo o país, especialmente ao lado do prédio da própria *The New Yorker*, no Bryant Park, pelo arquiteto alemão Joseph Lazarus, que tinha escritórios em Nova York e em Miami. Ela conseguira essa parte da história diretamente de MacCormick, embora Esko não tivesse reclamado ao vê-la divulgada.

Então, na véspera do Ano-Novo, ele foi convidado a fazer o discurso principal no baile anual a fantasia da Associação dos Arquitetos. O tema daquele ano era "Nova York, a moderna, uma explosão imobiliária". O evento aconteceu no terceiro andar do Hotel Astor, em um salão de baile enfeitado por candelabros instalados no teto com pé-direito de doze metros e que ia de uma ponta a outra do edifício. No meio do salão, estava uma imponente reprodução da estátua da Liberdade com fachos luminosos saindo dos olhos. Uma pintura feita em uma das frisas perto do teto mostrava uma cena épica que descrevia o progresso do homem através das eras. Do lado oposto, outra pintura exibia cenas da história da própria Nova York: um índio entregando o documento de transferência de Manhattan, o assassinato de Jim Fisk, elementos da sociedade em um momento de lazer no Central Park, o bairro de Bowery à noite, a construção do Woolworth. Havia no salão mais de cem mesas com toalhas brancas, cada uma delas com uma brilhante luz vermelha voltada para cima, como um holofote discreto que saía de um pequeno talo no centro da mesa. Duas orquestras de jazz rivais tocavam alternadamente, como em um dueto, mas o seu clamor não conseguia abafar o burburinho da multidão que ia e vinha. O lugar parecia vivo com o uivo metálico das orquestras e o empurra-empurra de mil personalidades diferentes em fantasias elegantes e criativas. Esko não se deu ao trabalho de procurar uma fantasia, argumentando que, sendo a principal atração da noite, seria perdoado. Além disso, sempre havia gente que iria olhar para seu rosto e supor que ele estava de máscara.

As orquestras silenciaram, o jantar foi anunciado e todos seguiram para seus lugares. Na mesa principal, Esko se viu entre um membro eminente da família Choate e uma mulher cujos cabelos brilhantes estavam listrados de verde, em estilo personalizado, e que ocupava um cargo de importância no museu Metropolitan. Um atendente o manteve abastecido com coquetéis que saíam de uma daquelas coqueteleiras musicais tão em voga no fim de 1926, sendo que aquela ali entoava sem parar o famoso trecho de um prelúdio de Rachmaninoff.

Esko encarou uma sopa de espinafre, um bife imenso, uma montanha de batatas embebidas em molho e, para sobremesa, uma imensa bola de sorvete adornada com velas que pareciam lançar estrelinhas, mais parecia a bomba de um anarquista. Conhaque foi servido e charutos, oferecidos a partir de elaboradas caixas capazes de conservar a umidade do fumo. O mestre de cerimônias se colocou em pé, soltou uma longa baforada e apresentou o orador, um sujeito descrito como alguém responsável por realizações tão grandiosas que Esko chegou a olhar em volta por um momento antes de perceber que era ele mesmo a pessoa em questão.

As luzes principais do salão diminuíram de intensidade. Levantando-se, Esko foi até lá, notou as mais de cem lâmpadas vermelhas que brilhavam sobre as mesas e percebeu que o murmúrio das conversas desaparecia aos poucos. Um microfone redondo cheio de pontas foi colocado diante do seu rosto.

Fazer um discurso: esta é a definição de um pesadelo para todo finlandês. Não para seu pai, é claro. Timo fizera milhares de discursos em sua época, empolgando homens e mulheres em salas de palestras, porões decadentes, e talvez até mesmo em campos de batalha. Naquele momento, Esko se surpreendeu ao notar que se sentia energizado diante da tarefa, e pediu um brinde em memória de um grande arquiteto americano: W. P. Kirby.

Uma cadeira foi derrubada no chão, em algum ponto do salão, e um copo se despedaçou. Alguém chegara tarde, um homem corpulento vestido de branco, resmungando pedidos de desculpa em sussurrados tons guturais e fazendo barulhos diversos ao caminhar, como se pisasse em estalinhos. O homem se mostrou ereto por um instante e Esko viu que se tratava de Joe Lazarus.

Sua pulsação se acelerou.

Foi em frente, porém, readquirindo confiança:

— Kirby me ensinou que uma cidade não é simplesmente uma operação humana direcionada contra a natureza. É uma criação, e também uma coisa viva. Ela nos exige muito, do mesmo modo que exigimos muito dela. Nova York é uma imagem poderosa que mexe com a nossa cabeça.

— Ouçam isso! Ouçam! — gritou Lazarus.

— Os problemas arquitetônicos da velha Europa estão resumidos na grande cidade dos dias de hoje, aqui mesmo onde estamos, em Nova York — continuou Esko. — O arquiteto deve resolvê-los com atos reais...

— Ouçam isto! Ouçam! Bravo! — voltou Lazarus.

— ... sem se importar em criar a cidade do futuro, e sim cuidando com carinho da vida no presente — apressou-se Esko. — Ao fazer isso, ele logicamente estará criando o futuro. Um futuro orgânico e duradouro. Senhoras e senhores, obrigado. Verei todos vocês no MacCormick Center.

Esko estava suando um pouco quando se sentou, surpreso com os estrondosos aplausos que recebeu, e logo estava novamente em pé, respondendo a perguntas e incapaz de localizar a figura de Lazarus atrás dele, em meio à multidão. No fim da noite, porém, ao recolher o casaco no saguão, percebeu uma presença atrás dele; sentiu que era Lazarus e constatou que realmente era. Lazarus vestia-se de forma marcante, extravagante e cômica, envergando uma fantasia que representava o prédio da *Gazeta*. Seu rosto estava barbado, muito afogueado. Ele suava muito e seu corpo avantajado lutava sob o peso da extraordinária vestimenta.

— Grande discurso, Esko, *sehr gut* — elogiou Lazarus, e a peça dentro da qual ficava sua cabeça balançou para frente, devagar, mas sem tentar disfarçar sua enérgica malevolência. — Você agora já pode despejar a baboseira intelectual para conseguir alcançar os melhores dentre nós. Agora você sabe de verdade o que é ser arquiteto. É uma pena que este seja seu canto de cisne em Nova York.

— Não posso conversar com você agora — avisou Esko, falando depressa, sentindo que o momento de raiva e desconforto passara. O que Lazarus fez ou deixara de fazer já não importava mais. E daí, se ele quisesse ir em frente e reafirmar que o projeto da *Gazeta* era seu? E daí, se ele continuasse a construir o mesmo arranha-céu repetidas vezes, sem fim? Esko perderia unicamente o que já descartara como sem importância havia muito tempo: o crédito por algo que não passara de um tapa-buraco em sua carreira, um simples projeto que encantara um júri, um concurso cujo resultado ele já aceitara. — Estou de saída, Joe.

Ao ver Lazarus abraçar a si mesmo com um olhar demoníaco, Esko fez menção de se virar de costas para ele, mas o braço fantasiado do homem o agarrou, fazendo estalar a armação interna de metal e madeira.

— Você tem toda razão, Vaananen — disse Lazarus. — Você está de saída.

Esko tentou se desvencilhar da mão.

— Você está fora e eu estou dentro. Andrew MacCormick, entende? — falou em voz alta, com seu *staccato* chacoalhante. — Ele tem um tremendo faro para negócios! Já acertou tudo. Acabou com a sua alegria.

— Estou de saída, Joe — repetiu Esko, determinado a manter a calma.

— Não, você vai ficar e me escutar — disse Lazarus. — Não vai a lugar algum!

Esko sentiu o bafo de álcool no hálito de Lazarus; o sujeito estava bêbado e talvez fosse perigoso; parecia louco, exibia chamas de ódio e tinha cara de quem festeja a desgraça alheia.

— Você tem MacCormick na palma da mão, Esko — disse ele. — Pelo menos *pensa* que tem MacCormick no bolso. Mas eu também tenho o meu próprio padrinho. Ele está comprando todos os terrenos de MacCormick no East River.

— Andrew não vai vender.

— Pois você está enganado. Já está tudo acertado.

— Não seja ridículo! — reagiu Esko, afastando a mão de Lazarus com um tapa.

— O seu projeto é muito bom, de certo modo — disse Lazarus, piscando e cofiando a barba. — Talvez eu até use uma ou duas idéias dele no meu grande projeto.

Esko nem queria pensar naquela possibilidade, mas as cartas estavam na mesa: os lotes avulsos do East River, agora legalmente reunidos em um imenso terreno, valiam muitas vezes mais do que a soma das partes individuais. MacCormick faria uma fortuna se os vendesse, caso realmente existisse um comprador.

— Andrew jamais concordaria — repetiu ele, com a voz mais baixa.

— É uma pena. Uma grande pena — disse ele, chegando tão perto que Esko conseguiu sentir o cheiro azedo do seu corpo, e não apenas a bebida e o alho que exalavam do seu hálito; tão perto que Lazarus percebeu o vapor que emanava das dúvidas de Esko. — Lazarus ganhou. Você perdeu.

7

Esko passou correndo pelas portas giratórias do Astor. Seu braço se lançou para frente em busca de um táxi. Acomodando-se no banco de trás, pareceu flutuar por um momento entre as multidões e as luzes festivas do Times Square, mas então, aparecendo-lhe em pensamento como um quadro, surgiu o rosto de Lazarus rindo triunfante em sua fantasia ridícula, e a garganta de Esko se apertou em uma ansiedade intrusa que levou sua corrente sanguínea a antever a completa calamidade do que Lazarus lhe dissera antes mesmo de sua mente aceitá-la. Tentou convencer a si mesmo que não havia motivo para MacCormick tentar destruí-lo; então parou de raciocinar na mesma hora. Na verdade havia uma razão, sim, e uma razão muito boa: Katerina. E se MacCormick tivesse descoberto a verdade?

O táxi deixou Esko no edifício Kirby. Ele foi de elevador até o último andar e encontrou as portas da cobertura abertas e as luzes acesas.

— Olá! Olá!...

— Não houve resposta. Sua voz pareceu vazia e fez eco. Ele seguiu em frente e levou um susto.

O lugar estava arrasado. Parecia ter sido atacado a marretadas. Fora destruído.

As paredes haviam sido derrubadas. A mobília — ou o que restava dela — jazia em pedaços espalhados pelo chão. As cortinas haviam sido arrancadas das janelas e retalhadas com uma fanática determinação. Pedaços de vidro quebrado eram esmagados e se quebravam em cacos ainda menores sob os seus pés e o ar tinha cheiro de gesso. Ao andar pelo lugar, a esmo, Esko percebeu um aroma ácido de algo mais: urina. A cozinha estava um caos de louça espatifada e comida espalhada. Todas as torneiras do banheiro estavam abertas e a água escorria de forma assustadora. No quarto, a cama de carvalho fora destruída. Estava espalhada pelo chão entre pedaços e lascas de madeira, como um navio destroçado por um recife.

Será que Katerina estava bem? Será que ela estava ferida?

Esko correu de volta e tomou o elevador, mas ele seguiu gemendo e retinindo enquanto descia de forma lenta e interminável. Ao chegar à rua, ele se pôs a correr; com o casacão esvoaçando atrás de si, sentiu o movimento rápido dos seus pés sobre a calçada e a respiração acelerada.

— Ei, para que tanta pressa, meu amigo? Volte aqui um instante!

Era o guarda noturno, patrulhando o outro lado da rua. Esko correu ainda mais depressa, afastando-se com facilidade do policial e do seu apito, voando pelas ruas aqui e ali em uma desabalada correria em direção às margens do rio Hudson, rumo ao escritório de MacCormick.

O prédio surgiu diante dele, alto e imponente, a lua ao fundo. O luar estava azulado, quase pulverizado pelo ar, e aquilo serviu para acalmar Esko, fazendo-o parar por um instante a fim de retomar o fôlego antes de entrar no saguão, projetado como um corredor comprido que seguia até a segunda entrada que ficava na outra ponta do prédio, para facilitar o movimento de entra-e-sai do edifício. Esko acelerou o passo novamente, as solas dos sapatos estalando no piso, passando ao longo das luminárias de bronze e dos murais que retratavam as antigas raízes e os futuros sonhos dos Estados Unidos: vikings em seus compridos navios; Colombo no meio do oceano, Lincoln em Gettysburg. Esko pensou em Kirby — *consiga o trabalho, consiga o trabalho*. As coisas não eram para acontecer desse jeito.

Esko subiu sozinho pelo elevador expresso, pois não havia ascensorista na cabine.

MacCormick estava de pé em meio ao ar avermelhado da sala imensa e teatral, a luz dourada do abajur revestido de verde em sua mesa brilhava diante dele. Então, olhou para cima. Envergava um *smoking*, uma gravata-borboleta, e sorriu.

— Boa noite, Esko — cumprimentou com voz calma, sem denotar surpresa.

E então Esko viu Katerina. Ela estava em pé em um dos cantos da sala, diante de uma das janelas altas, toda de preto, em um vestido com estampas miúdas em forma de diamante que cobriam e ao mesmo tempo sugeriam o contorno do seu corpo. Brincos de vidro preto brilhavam, pendurados em suas orelhas. Usava sapatos chanel pretos, e ela segurava uma taça de champanhe, como se posasse para uma anúncio da *Vanity Fair*. Havia algo chocante e inapropriado na cena. Ela poderia receber o título de "Ricos em um momento de lazer". O tipo da imagem, pensou Esko, que Katerina não teria o menor interesse em eternizar em uma foto. No entanto, ali estavam ela e MacCormick. As luminárias vermelhas envolviam-nos com sua luz estranha de rubi. A máquina indicadora de cotações da bolsa estava em silêncio e uma quilométrica fita de papel jazia embolada no chão diante dela.

— Estávamos pensando e também conversando sobre você, Esko. — Ele pegou um cigarro de uma caixa de ébano sobre a mesa e o acendeu. O ar se encheu com o perfume de fumo turco. — Não foi, Kate?

Katerina se virou para o outro lado em um gesto rápido, exibindo as costas nuas para os dois homens. Um reflexo cintilou nos diamantes em sua nuca, que enfeitavam o fecho do colar de pérolas que trazia em volta do pescoço comprido. Por um momento, algo mais pareceu crepitar no ar.

— Quer champanhe? — ofereceu MacCormick. — Como pode ver, temos duas garrafas no gelo. — Apontou para onde elas estavam, em um balde cuidadosamente colocado sobre a maquete do projeto de Esko, feita pelo mais conceituado escultor comercial da cidade. — Estamos bebendo dela, Kate e eu, sem parar. Ainda deve ter um pouco de frango frio por aí, se você conseguir achar. — Balançou a cabeça como se lamentasse a tarefa impossível que seria encontrar alguma coisa naquele vasto espaço iluminado por luzes vermelhas. — Esta sala é exageradamente grande. Você alguma vez reparou nisso? Esko, o que houve? Você está passando mal? — Seus olhos de dardo se encheram de humor malicioso e ele tocou a parte da frente da sua imaculada camisa de seda branca. — Não seria bom chamarmos um médico? Detestaria que você ficasse doente.

— Estive com Joe Lazarus — disse Esko. — Ele me disse que eu estou fora do projeto e que você está vendendo o espaço do East River para outra pessoa.

MacCormick cantarolou uma melodia, algo de Gershwin. Depois de emitir algumas notas do refrão, parou e sorriu com ar bêbado. Encontrara um osso de frango ainda com um pouco de carne.

— Ele *disse* isso? *Por que razão* ele diria uma coisa dessas? Isso é algo *terrível* de se dizer.

— É verdade?

MacCormick ainda não acabara de comer.

— Esse frango até que não está mau, sabia? — perguntou ele, largando o osso sobre a mesa — mas podia estar com um pouquinho mais de sal.

— É verdade? — repetiu Esko.

— Ora, mas o que é a verdade? — perguntou MacCormick, os lábios se abrindo em seu sorriso de garoto. — A verdade é que as minhas mãos estão meio engorduradas agora, por causa do frango — afirmou, saindo de trás da mesa e caminhando com vagar até onde Esko estava, colocando-se cara a cara com ele, tão perto, na verdade, que Esko conseguiu sentir o cheiro do champanhe e do frango em seu hálito. Então, Esko sentiu uma pressão nas lapelas do seu paletó, e viu que MacCormick colocara as duas mãos ali e as estava limpando, para frente e para trás.

Então ele sabia, percebeu Esko. Definitivamente sabia. Esko percebeu também outra coisa: manter o controle das emoções era a única maneira de vencer.

— Andrew, eu lhe fiz uma pergunta — afirmou ele, com a voz firme.

— Mas eu não lhe disse que daria uma resposta, disse? — perguntou ele, os olhos brilhando. Então, balançou um dedo. — Talvez eu prefira conversar sobre teatro. Ou arte. Isso é sempre um assunto esplêndido. Arte. Quem sabe conseguiremos convencer Kate a se juntar a nós. Não é, Kate, querida?

Katerina não disse nada e continuou olhando do alto para a noite de Nova York. Uma chama vinda do seu isqueiro iluminou por um instante a escuridão da vidraça.

— Não quer? Para ser franco, isso é uma pena. Se bem que Kate não está muito falante esta noite, certo? A não ser no que diz respeito a um certo arquiteto.

Assobiando, MacCormick voltou para trás da mesa e largou o corpo sobre a cadeira. Esticou o braço, puxou a pequena corrente que pendia da sua luminária de banqueiro e o tampo da mesa ficou no escuro.

— Se você está me forçando a tratar desse assunto desagradável, que seja, Esko — disse MacCormick, com o rosto estranho devido à luz vermelha. — O lance é o seguinte: Lazarus acertou. Você está fora. Os contratos estão aqui, bem na minha frente, esperando para ser assinados. Lazarus tem um outro projeto, um outro capitalista, eu estou recolhendo as minhas fichas e você está *fora*. A comédia acabou.

Esko estava se preparando para ouvir isso; mesmo assim, sentiu como se tivesse levado um soco na cara.

Atrás da mesa, MacCormick tornou a ligar o abajur, e a sua luz dourada mostrou canetas-tinteiro, a caixa dos cigarros, um relógio em ônix com o formato de uma pirâmide, um monte de papéis empilhados e organizados. Esko tentou se recompor.

— Você está cometendo um erro.

MacCormick olhou para ele fixamente, recostando-se na cadeira e colocando as mãos atrás da cabeça.

— É mesmo? E por que razão seria um erro? — perguntou, como se mal conseguisse esperar para ouvir a resposta.

MacCormick nunca fizera um mau negócio, e Esko sabia que ele estava prestes a fazer um naquele momento. O mundo dentro de outro mundo que Esko construiria junto ao East River era não apenas melhor do que qualquer coisa que Joe Lazarus conseguiria projetar, mas também renderia mais dinheiro. Esko não mentira a respeito disso. Tinha certeza do que propusera. Naquele momento, a pureza da sua inspiração se aliou a uma sólida percepção da realidade comercial e das exigências de Nova York.

— Lazarus é um embuste. Você vai ganhar muito mais dinheiro comigo — garantiu.

A cadeira de MacCormick arrastou no piso e ele se levantou subitamente.

— Olhe — disse ele, movendo-se com impaciente energia. — Pegue este livro.

Era um livro grande, mas não muito grosso, trabalhado em ouro, encadernado em couro e incrustado com jade. O couro da capa já estava tão fino e granulado que quase se desfez quando Esko o segurou, e suas narinas foram invadidas pelo cheiro um pouco doce de mofo, que vinha dele.

— Esta é a única coisa que pertenceu ao meu pai e que eu ainda guardo. Século onze. Japonês. Só de tocar nisso já fazemos com que seu valor diminua. Pode rir de mim, se quiser, mas isso aqui realmente deveria estar guardado em um cofre.

— É lindo — exclamou Esko. Seus dedos ficaram cobertos de pó marrom.

— Sabe o que é ainda mais lindo? — MacCormick saiu novamente de trás da mesa e se colocou diante da maquete do projeto, moldada em plastilina. Com cuidado, levantou o balde com champanhe do meio da escultura. Colocou o balde no chão, chocalhando o gelo de forma musical. — Isto. O MacCormick Center. Os seus prédios, o seu projeto. Talvez seja a coisa mais admirável que eu já vi, e eu já vi muitas coisas realmente admiráveis. *Isto* é lindo. O quanto você quer realmente construí-lo?

A expressão de MacCormick estava diferente, agora. Parecia contemplativo, quase sério, passando o dedo na covinha do queixo. As apostas do jogo pareciam ter mudado.

— Você sabe o quanto — disse Esko, baixinho.

— Não, não sei. Não com precisão. Não sei o valor exato da sua vontade, até o último centavo. — MacCormick começou a circular pela sala. A perene jovialidade de seu semblante parecia esgotada; seu rosto estava abatido. — Essas cicatrizes em seu rosto são marcas de queimadura, Esko? Ou feridas feitas por sabre? Você participou de algum duelo? Nós nunca conversamos sobre os motivos de você ter vindo para os Estados Unidos. Foi alguma história arrebatadoramente romântica? Você não quer me contar tudo, agora?

Um banco de apoiar os pés veio deslizando pelo piso, empurrado pelo sapato primorosamente engraxado de MacCormick.

— Pronto, suba nessa banqueta. Ela agüenta seu peso.

Esko olhou para Katerina. Já não se via o reflexo do seu cigarro na janela. Suas mãos enluvadas cobriam-lhe os ouvidos.

— Kate não vai ajudá-lo. Vamos lá — disse ele, direcionando Esko, com o olhar, na direção da banqueta. — Você vai ficar mais alto. Será que seu sonho não vale isso?

Esko olhou para ele por um instante, deu de ombros e subiu na banqueta. Quase caiu, pois o pequeno banco balançou ligeiramente de um lado para outro, por causa do peso, ele teve de abrir os braços para manter o equilíbrio.

— Pronto, muito bem! Agora, o que acha? — perguntou MacCormick, exibindo um terrível brilho no olhar. — Esse é o homem que vai reinventar Nova York? Nosso grande materialista do abstrato? O homem que vai determinar o ambiente definitivo para o século vinte? — A voz de MacCormick se elevou em um comando feroz. — Ou será que é um simples urso finlandês que devia ser levado de volta para as florestas do norte? Conseguiremos transformá-lo em um ser humano aperfeiçoado? Vamos lá, Esko. Entre no espírito da coisa. É o momento certo para melhorias.

MacCormick se jogou no chão. Engatinhando, observou os sapatos de Esko. Puxou as pontas das calças de Esko e cutucou seu pé com o dedo. Em seguida, fez uma grande encenação, como se fosse um alfaiate tirando medidas para um novo terno. Aquele pequeno teatro pareceu diverti-lo muito.

— Humm... — avaliou, pensativo. — Talvez devêssemos eliminar os dedos dos pés. Nós os recebemos para ajudar a subir nas árvores, mas não subimos mais em árvores, agora. Pelo menos não aqui, em Nova York.

Colocando-se novamente em pé, olhou para Esko com uma expressão séria. Esticou o braço e torceu a orelha esquerda de Esko em um gesto súbito.

— As orelhas poderiam ser viradas para dentro e embutidas na cabeça. Os cabelos, é claro, devem ser usados apenas como destaque ou ornamentação. Podíamos dar um formato mais aerodinâmico ao nariz.

MacCormick deu um passo para trás, tentando visualizar sua obra conceitual e então, em outro movimento rápido e inesperado, cutucou o tapa-olho que cobria o olho cego de Esko.

— Isto será de aço polido — sentenciou ele. — Vai brilhar. Poderíamos criar um ser perfeito, não poderíamos, Kate? Kate? — repetiu, elevando um pouco mais a voz e virando a cabeça, mas logo em seguida encolheu os ombros. — Ela continua não me ouvindo. Muito bem, vamos ter que continuar, só nós dois, em busca dessa pequena idéia, dessa fantasia sobre como melhorar a vida, dando origem ao humano mais aperfeiçoado de todos, uma máquina inescrutável. Claro que essa também era a idéia do barão Frankenstein. E nós já conseguimos a nossa terrível criação — *Esko Vaananen*.

MacCormick estremeceu, abalado por uma onda de choque simulada.

— Espiritualmente, é claro, a coisa é diferente — continuou. — Sabemos que temos defeitos que não podem ser corrigidos. Bem lá no fundo, todos nós somos, talvez, aberrações infelizes. Apenas o dinheiro ajuda. E o amor, talvez. A ilusão do amor.

Todos aqui estão representando um papel, esta noite, pensou Esko; todos estão fazendo um jogo, mostrando as cartas, escondendo as cartas, arrumando-as sobre a mesa; tratava-se de um jogo com algo real e definitivo por trás dele, como se houvesse um machado prestes a cair. A tensão de ficar em pé sobre a banqueta durante tanto tempo fez com que suas pernas começassem a tremer. Sentia fisgadas no olho, no lugar em que MacCormick cutucara. Sua orelha pinicava, quente, latejando com força como se escorresse sangue dali. Mesmo assim, Esko continuou calmo, achando que naquele jogo ele tinha uma boa carta, uma carta vencedora.

— O dinheiro ajuda, não é, Andrew? — perguntou Esko, com toda a calma. — O dinheiro obscurece todo o resto. O meu projeto é mais trabalho, mais risco, mais fama e muito dinheiro. Muito mais dinheiro. E daí, que você pode conseguir um retorno rápido do seu investimento? Onde estará o *glamour* disso? Você faz isso todo dia. Mas aquilo ali... — Esko apontou com a cabeça para a maquete em plastilina — é o que um príncipe Medici teria feito. É uma coisa especial. Você sabe disso.

MacCormick fungou. Deu uma volta na mesa, tomou champanhe e pousou a taça sob o foco de luz do abajur.

— Talvez eu saiba mesmo — concordou, seus olhos claros se estreitando até virarem em fendas. — Talvez eu realmente saiba. Um príncipe Medici. Hummm. — Enfiou as mãos nos bolsos. — Você ainda está segurando aquele livrinho?

— Sim, como você pode ver.

— Tem certeza? Isso tem um valor incalculável, como sabe.

— Você me disse. Estou tomando conta dele.

— Excelente! — disse MacCormick, encolhendo os ombros ligeiramente, como um boxeador. — Quero lhe contar uma coisa a respeito dele. — Em um súbito acesso de fúria, pegou o abajur de latão pesado pela base. A cúpula verde caiu, espatifando-se em mil pedaços, e um bloco de anotações voou da mesa, junto com uma caneca de Harvard onde se via a estampa de um urso; os lápis que estavam dentro dela se espalharam; o relógio em forma de pirâmide quicou no chão e veio deslizando de forma incerta na direção da banqueta sobre a qual Esko continuava em pé.

— Eu mandei traduzir esse livro — informou MacCormick. — Foi escrito por uma mulher da corte imperial japonesa. É um texto fascinante, pois através dele dá para ter uma boa noção de como era sua vida. É claro que há muitas informações pessoais. Listas das coisas de que ela gostava ou não gostava. Passagens tristes, outras alegres. Detalhes vergonhosos. Coisas que a excitavam. — Ele fez caretas para acompanhar cada uma dessas emoções. Seu olhar pousou na base do abajur que ficara em sua mão, como se estivesse surpreso, perguntando-se o que aquilo estava fazendo ali. Balançou o objeto, testando o seu peso. — O mais interessante é que eles trepavam muito naquela época. Havia um conceito de pecado, mas ele não se estendia ao sexo. Pense só nisso, Esko. Imploro que você pense a respeito. Todos aqueles japoneses do século onze trepando uns com os outros como se fossem coelhos, sem sentir culpa de espécie alguma. Isso não é fabuloso?

MacCormick olhou calmamente para o rosto de Esko.

— Você se sente culpado, Esko? Por dormir com Kate? Por trepar com a minha mulher?

Esko não disse nada. Na janela, Katerina se virara para ficar de frente para ambos. Seu rosto não exibia expressão alguma, os lábios pareciam levemente separados e os olhos brilhavam sob a luz avermelhada que refletia das contas penduradas em suas orelhas.

— Sim, Andrew, eu me sinto — afirmou Esko.

— Se sente como?

— Culpado por dormir com Katerina.

— Oh, Esko, seu tolo — reagiu Katerina, levando a mão à boca.

— Sinto-me culpado, mas não envergonhado. Sinto-me culpado porque você é meu amigo. Não me sinto envergonhado porque eu a amo. Sempre amei.

Em seu coração, MacCormick sabia disso, sabia havia muito tempo; mas nunca, até aquele momento, sentira essa certeza nos ossos; nunca, até aquele momento, seus nervos haviam sido anestesiados pela certeza absoluta dessa verdade. Seu rosto se enrubesceu. Começou a falar, mas então parou na mesma hora, como se algo em sua garganta tivesse desaparecido ou quebrado. Deu um passo para frente e parou. Então, atravessou a sala com rapidez e começou a destruir a maquete em plastilina com a pesada base do abajur, aplicando um golpe violento, soltando um grunhido, levantando a haste e tornando a golpear, espalhando vidro e gesso por toda parte sem parar, até que Katerina — que estava em pé ao lado do modelo destruído e não se movera nem um centímetro durante toda a cena — ficou polvilhada de pó branco e pequenos fragmentos. Tudo o que restou do modelo foram as bases despedaçadas do edifício, com as pontas voltadas para cima como tocos que pareciam dentes pontiagudos.

— Pronto. Está terminado. Está tudo acabado — disse MacCormick, deixando que a pesada base de latão escorregasse de seus dedos. Ao jogar os cabelos para trás com os dedos, deixou uma trilha na testa, deixada pelo sangue que escorria da mão que ferira. Em toda a volta Esko sentia as ondas da raiva e do ódio de MacCormick, mas continuou em pé, absolutamente imóvel.

MacCormick passava as mãos pelos olhos. A distância, no meio da noite, ouviu-se o lamento de um barco no rio. Katerina tentou acender um cigarro.

— Katerina, você está bem? — quis saber Esko.

— Acenda aqui — disse MacCormick, dando um passo à frente com o isqueiro, antes que ela tivesse a chance de responder. Guardando o isqueiro de volta no bolso com rapidez, ele se abaixou, pegou uma lasca do arranha-céu destruído e o atirou longe. — Estou de saco cheio disso. Estou de saco cheio de você, Esko. Estou de saco cheio do seu rosto medonho. — Atrás da mesa, tirou o tampo de uma das suas canetas-tinteiro e apertou os olhos sob a luz fraca antes de sua mão começar a se movimentar com rapidez, rabiscando assinaturas com sons quase furtivos sobre os contratos. — Diga-me apenas uma coisa — pediu ele, levantando os olhos e olhando para Esko como se só naquele momento alguma coisa lhe tivesse passado pela cabeça. — ... E se eu lhe dissesse que, mesmo agora, você ainda tem uma chance? E se eu lhe dissesse que tudo o que você tem a fazer para que eu rasgue todos estes contratos é me dizer que você nunca amou Kate? Nem um pouco? Nem por um momento. E que tudo o que pensou, o tempo todo, foi em construir o seu precioso arranha-céu? O que você diria, Esko? O que faria? Renunciaria a ela?

— Não — respondeu Esko, sem hesitação. Ele poderia projetar outro arranha-céu, uma dúzia deles. Mas em nenhum lugar do mundo conseguiria achar outra Katerina.

— Katerina tem razão. Você *é* um tolo — disse MacCormick. Com a raiva esvaziada, falava agora com uma calma amarga. — Não haverá grandes projetos em sua vida, Esko. Você se deu mal. Foi tudo um golpe, desde o início. Desde o momento em que você veio me procurar, depois do funeral de Kirby, eu já sabia que iria aprontar isso com você. E sabe o que é mais glorioso em toda essa história? Kate planejou tudo comigo. Não foi, querida?

Esko sentiu-se tomado por uma sensação de náusea. Sentiu como se o chão lhe tivesse escapado de sob os pés e ele estivesse afundando.

— Katerina — disse ele de forma precária, a voz falhando. — Não! Por favor. — Despencou da banqueta e caiu de joelhos no chão. Fora enganado, ludibriado.

— Esko! — exclamou ela, mas não disse mais nada.

Ele esbofeteou o próprio rosto, primeiro o lado onde ficava a imensa cicatriz e depois o outro, de forma deliberada, com golpes pesados que faziam sua cabeça parecer um gongo, como se ele estivesse em uma torre de igreja. Junto da sua mão, no chão da sala, viu os pedaços de gesso que MacCormick atirara e então, usando o pináculo do arranha-céu que sonhara em construir, golpeou a própria testa, esmagando o gesso com força até que as pontas agudas do material lhe cortaram a pele e o sangue começou a jorrar e escorrer pelo rosto. Toda a decepção e a traição que sofrera lhe pesavam nos ombros. Katerina participara do esquema o tempo todo, desde o início. Ele estava destruído, sentia-se no fundo do poço.

Naquele momento, ouviu a voz de MacCormick, a mesma voz que havia transmitido todas as mentiras com tanta sinceridade.

— Muito bem — MacCormick dizia. — Muito bem, excelente, bravo! O urso finlandês sabe representar. Essa peça se chama "Descida ao abismo da autocomiseração".

As mãos endinheiradas de MacCormick aplaudiram em um *clap-clap-clap* irônico.

— Isso está melhor do que o Metropolitan!

Algo dentro de Esko o fez sorrir. Mesmo quem é cego de um olho consegue enxergar com o outro. Mesmo quem manca ainda consegue andar. Esko sentiu um gosto de sangue na boca e subitamente se viu de volta à Finlândia, na aldeia, correndo em direção a uma casa com labaredas saindo pelas janelas. Uma viga despencou. Uma vidraça explodiu. A fumaça alcançou seus olhos, fazendo-os arder. Sua pele ficou quente. Um tapete se elevou e ondulou sob seus pés, inflando-se com o calor. Ouviu a voz da mãe gritando e um uivo de fúria cresceu por dentro dele. Esko se atirou sobre a mesa, espalhando canetas e contratos, e pulou sobre MacCormick já com o *puukko* fora da bainha. Sangue quente esguichou do rosto de MacCormick e Esko tornou a atingi-lo, retalhando os braços cobertos de seda que MacCormick levantou, tentando se proteger. Foi um momento de violência e caos. Katerina gritava desesperada, implorando para que eles parassem.

MacCormick saiu engatinhando, se afastou da cadeira e ficou de joelhos diante da mesa, como se rezasse, com o corpo torto. Mais sangue lhe escorreu do rosto e pingou no chão, enquanto Esko o atacava sem parar. Uma imagem de Tampere apareceu diante dos seus olhos, ele deu mais um passo à frente, com o *puukko* pronto, como vira Holm, o assassino, fazer muitas vezes antes de cortar a garganta de um homem. Os olhos de MacCormick se encheram de choque e medo; ele estava atônito demais, até para implorar; não sabia o que estava lhe acontecendo nem o que estava para acontecer.

— Não! — gritou Katerina. — Por favor.

Esko hesitou e olhou para ela. A luz refletia nos detalhes em forma de diamante do seu vestido.

— Vamos fugir — propôs ela. — Vamos embora, Esko. Vamos juntos, só você e eu.

Quando Esko se moveu na direção dela, seu pé direito escorregou no mármore, que se tornara perigoso devido ao sangue espalhado. Ele caiu como em câmera lenta, com o *puukko* esticado entalhando o ar, seu traseiro atingiu o chão um segundo antes da parte de trás de sua cabeça. Ficou tudo preto por um instante e ele chegou a ver estrelas. O mosaico escarlate do teto olhava para ele agora, piscando como um céu embebido em sangue. As luzes das luminárias bruxulearam, como se estivessem derretendo. Ele teve consciência de uma dor forte e latejante na base do crânio e da voz de MacCormick exclamando em um tom distante e quase surpreso:

— Vou ficar com o rosto marcado para o resto da vida, seu filho-da-puta.

MacCormick estava atrás da mesa enxugando o rosto com um lenço que ia ficando vermelho aos poucos. Remexendo em uma gaveta, encontrou o que procurava, um revólver com cabo perolado e o tambor carregado com seis balas.

— Ganhei isto de um contrabandista de bebidas que não era bom de pôquer — afirmou MacCormick. Estava em pé, mas cambaleava. Vendo que ainda havia uma garrafa de champanhe pela metade sobre a mesa, pegou-a com força e atirou-a longe. — Você vai morrer agora, Esko. Vou atirar em você com essa arma de contrabandista. Em legítima defesa, obviamente. Eles não dizem que a melhor história é a que se mantém mais próxima da verdade? Kate vai confirmar tudo, porque é uma menina boazinha que sabe muito bem de que lado é mais vantajoso ficar.

A saliva se juntara em um dos cantos da boca de MacCormick. Ele a limpou com uma das mãos, enquanto caminhava na direção de Esko com o revólver na outra, apontado para o oponente. Esko se viu novamente em Tampere, sobre a represa com Klaus, momentos antes de os dois serem baleados. Seus olhos vasculharam a sala em busca do *puukko*, mas não o viu em parte alguma da sala. Deu um chute violento, mirando em MacCormick, mas acertou a arma com a ponta do pé, fazendo-a voar.

Mais tarde, ao tentar recriar mentalmente o que aconteceu a partir daquele instante, Esko não conseguiu lembrar do barulho, apenas de uma luz ofuscante, como se todo o resto tivesse se transformado em uma sensação visual pura e explosiva. Sua cabeça girava com bolhas e fagulhas e manchas e serpentes de fogo que se contorciam. Ele e MacCormick rolavam no chão, agredindo um ao outro, socando-se mutuamente. De repente, Esko percebeu que não estava segurando nada. Seus braços abraçavam o ar. MacCormick escapara do seu abraço deseperado e Esko agarrava a si mesmo.

A voz de MacCormick se fez ouvir, rascante:

— Atire nele, Kate. Pelo amor de Deus, acabe com isso. Atire nele como se fosse um cão.

Esko se levantou, ainda tonto e cambaleante, coberto com o sangue de MacCormick e sentindo que fogos de artifício explodiam em seu cérebro. Sua língua meio solta na boca descobriu que perdera um dente e sua gengiva sangrava abundantemente. O padrão em preto e dourado do mármore do piso começou a se reordenar lentamente em sua cabeça e entrou em foco.

O revólver incrustado de diamantes que ele viu com nitidez estava na mão esquerda de Katerina. Ela mirava direto no seu coração.

— Atire nele! Vamos logo com isso, atire nele agora!

Passe por cima dele. Katerina olhava para Esko de um jeito absolutamente impessoal. Talvez estivesse tudo acabado afinal, pensou ele. Talvez aquele fosse o momento de tudo acabar.

Ele acompanhou todos os movimentos dela, que atravessava a sala em direção a ele: percebeu o brilho do seu vestido, o movimento leonino das suas pernas, os flocos de gesso branco que lhe caíam dos cabelos. Lembrou de uma garotinha que vinha chegando junto dele com um espelho na mão. E sorriu.

MacCormick repetiu:

— Atire. Pelo amor de Deus, Kate...

Ela levantou a arma e a colocou junto da própria cabeça. Esko começou a gritar, para impedi-la de apertar o gatilho, mas ela apenas coçou a pele com o metal frio do cano e tirou uma mecha de cabelos da frente dos olhos, talvez tentando pensar.

— Não posso fazer isso.

— Dê esse revólver para mim! — ordenou MacCormick, tentando com esforço manter a voz calma, os olhos semicerrados encharcados por filetes de sangue que desciam pelas bochechas e já ensopavam o colarinho de sua camisa branca. — Tenha cuidado, Kate, não quero que você se machuque. Entregue a arma para mim. Deixe que eu acabo com isso.

A primeira bala atingiu MacCormick no ombro, arrancando um pedaço da ponta do *smoking* como se ele tivesse levado uma machadada.

— O quê?... Por quê? — perguntou ele, os olhos chocados examinando a roupa despedaçada enquanto avançava em direção a Katerina com a mão estendida. — Mas que diabos...

Ela atirou duas vezes no peito dele; ao vê-lo recuar um passo, caindo e tentando agarrar com a mão já sem forças a ponta da mesa, ela atirou mais uma vez na barriga. Já no chão, ele levantou a cabeça e tentou se levantar, mas não teve forças. Tombou novamente de costas, o corpo arfando, expirando o ar e sugando com força enquanto o sangue espirrava dos ferimentos e o ar tentava entrar.

— Por Deus, Kate — disse, e tentou novamente se levantar. Sua mão apalpou sem energia o sangue que se espalhava pela parte da frente da camisa. Ele arfou e expeliu mais sangue pelo nariz, enquanto as solas dos seus sapatos brilhantes arranhavam o chão, como se ele ainda tentasse se levantar.

Na guerra Esko vira homens morrendo e notara que havia sempre um momento em que seu olhar parecia muito distante da agonia que o corpo sentia; um atordoamento misericordioso, talvez, ou um transbordamento de lembranças. Ele viu essa expressão naquele momento nos olhos de MacCormick.

— Kate — disse MacCormick, mas a palavra foi apenas um suspiro, como um hálito mortal; seus pés pararam de tremer; em seus olhos, o resto de luz agonizante se apagou.

Katerina manteve a arma apontada.

— Isso dói, não é? — perguntou ela, os olhos imensos, brilhantes, por entre as lágrimas, e a voz calma, sem surpresa nem entusiasmo.

— Katerina — disse Esko, rastejando na direção dela, carente de uma afirmação de contato humano e imaginando que ela também precisasse daquilo.

— Não! — advertiu ela, virando-se com rapidez e apontando o revólver novamente para ele. — Não!

Esko deu um passo para trás, levantando os braços. Do lado de fora, não se ouvia um som sequer, nem o apito de um barco, nem a campainha de um telefone ou o clamor de uma sirene. Era como se eles estivessem sozinhos em todo o universo.

Katerina deixou cair os braços e a arma lhe escorregou da mão, fazendo um barulho forte ao cair no chão. Esko a pegou rapidamente e a guardou no bolso do paletó.

Ela se virou na direção dele.

— Você disse alguma coisa? — quis saber, olhando para Esko.

— Não — respondeu ele, com a voz suave.

— Pensei ter ouvido você dizer alguma coisa.

— Foi o vento.

Ela levantou a mão enluvada, colocou-a sobre a própria testa e estremeceu diante do rosto de MacCormick. Esko se aproximou, inclinou-se junto do corpo e fechou as pálpebras com uma leve pressão do polegar e do indicador.

— É uma imagem... espetacular. Não é? — perguntou Katerina, a voz baixa e insegura, como se comentasse casualmente um evento distante, um terremoto, uma erupção vulcânica ou o afundamento de um *iceberg* no outro lado do planeta, um acontecimento do qual ela estava tomando conhecimento apenas naquele momento, por ouvir alguém contar. — Se ao menos eu estivesse com a minha... com a minha câmera — disse ela, fazendo uma pausa. — Não devíamos chamar a polícia?

E depois?, pensou Esko. Não haveria nada a fazer, a não ser contar aos tiras toda a história sórdida, se entregar de bandeja para uma máquina que iria moê-los e transformá-los na sensação da semana, na manchete dos tablóides com páginas sangrentas, antes de encarcerá-los em uma cela e depois mandá-los para a cadeira elétrica. Do lado de fora, tudo estava silencioso, quieto, as luzes dos barcos piscavam de forma atraente nas profundezas enevoadas do porto.

Esko reparou que suas próprias mãos estavam molhadas e manchadas de sangue. As de Katerina estavam limpas.

— Quem sabe que você está aqui esta noite, Katerina?

— Não faço idéia — disse ela, com a voz em um crescendo exasperado. — Ninguém. Cheguei de viagem hoje à tarde.

Um milhão de perguntas exigiam uma resposta. Há quanto tempo MacCormick sabia? Como ele descobrira? Quando e por que a cobertura fora destruída? Será que Joe Lazarus tinha algo a ver com tudo aquilo? E Katerina? Será que MacCormick vinha realmente planejando aquilo tudo desde o dia em que eles se reencontraram, após o funeral de Kirby? Será que ela realmente incentivara toda aquela traição?

Nada daquilo importava mais. Muitos pensamentos passaram pela mente de Esko, mas ele sabia que se pretendia salvar algo tinha de entrar em ação logo. Naquele momento, decidiu que não se entregaria em sacrifício por MacCormick.

— Quero que saia daqui, Katerina. Agora. Vá embora. Saia de Nova York. Você jamais esteve aqui esta noite e isto nunca aconteceu.

— Como assim? Não entendo o que você quer.

— Faça o que estou dizendo. Por favor.

— Esko... — ela olhou para ele bem de perto. — Você sabe que não pode escapar disso impunemente.

— Simplesmente vá embora — repetiu ele, reparando no lustroso casaco que estava sobre o sofá, junto de uma das janelas altas. Atravessou a sala e estava a ponto de pegá-lo quando se lembrou das suas mãos e pediu que ela esperasse por ele um momento.

O banheiro azulejado em preto, amarelo e salmão, suavemente iluminado por luz indireta, com um chuveiro e uma banheira por trás de portas de aço com vidro jateado, no fundo do aposento, lhe pareceu um refúgio. Esko fechou o olho e tentou arrancar da cabeça o terror do que acabara de acontecer. Despiu o paletó e enxugou as mãos nele. Abriu a torneira de água fria com o cotovelo, lavou bem as mãos, arregaçou as mangas e se lavou com sabonete. O ritual serviu para acalmá-lo. Ele se lavou com cuidado; massageou o rosto com água quente; em seguida, ao olhar para o rosto no espelho, se surpreendeu ao ver a expressão de calma e determinação que o fitava de volta. Aquele Esko Vaananen lhe pareceu um sujeito que ainda seria capaz de construir um arranha-céu. Ele parecia o arquiteto de *alguma coisa*. Esko ainda não sabia exatamente o que iria fazer, sabia apenas que viera de muito longe, de uma aldeia distante no meio do gelo para permitir que tudo acabasse daquele jeito.

Ajudou Katerina com o casaco, acariciando os seus ombros.

— Caminhe alguns quarteirões antes de pegar um táxi. Ou melhor, vá de metrô até a Times Square e pegue um táxi lá. Katerina, você está me ouvindo? Isso é importante.

— Sim, estou ouvindo — disse ela em um tom questionador. Apertou os braços em torno de si mesma, confusa.

— Deixe isso tudo comigo. — Ele precisava tirar Katerina dali para poder pensar.

— Estamos armando uma conspiração? — A voz dela estava estava rouca e expressava dor. — Oh, Esko, o que foi que eu fiz para você?

— Salvou a minha vida, lembra? Ele ia me matar. Não se esqueça disso.

A testa dela se enrugou com ar de estranheza, como se não fosse exatamente aquilo o que acontecera, ou como se não aceitasse o fardo da gratidão dele.

— Eu não sabia de nada a respeito dessa noite. Não sabia o que ele planejava. — Ela abaixou a cabeça e olhou para as mãos. — Ele nunca conversava comigo a respeito de negócios. Isso era parte do nosso acordo.

— Nada disso importa — disse Esko. — O que importa é o que vai acontecer a partir de agora, o que faremos em seguida e como resolveremos isso. Venha, vou levar você lá embaixo.

No elevador, os dois desceram em silêncio, de mãos dadas, acompanhando a seta de metal acima da porta que marcava a velocidade da sua descida. Só quando chegaram ao fim do corredor que dava no saguão foi que ela falou, aproximando-se dele e colocando a mão suavemente sobre seu peito.

— O que vai acontecer agora?

— Ainda não sei ao certo.

– Nós vamos nos encontrar?
– É melhor não.
Ela não disse nada. Levantou a gola do casaco e apertou a pele de encontro ao rosto. Ele a levou até a ala mais sossegada do prédio, longe do cais, que tinha muito movimento, mesmo à noite. Abrindo a porta, viu que a estreita rua lateral estava deserta. O céu estava limpo e a noite, gélida. A lua parecia perfurar as pedras da calçada como se fosse um lago congelado no meio do inverno.
– Até logo, então – disse ele, sentindo o estalar estático de seus dedos, ao passá-los com delicadeza sobre a pele do ombro dela, antes de vê-la partir.

8

A mão de alguém pousou sobre o paletó de Esko. Ele se virou, dando de cara com um batedor de carteiras, um sujeito de cara amassada que piscou, sorriu sem pedir desculpas e, encarando-o de volta de forma ousada, passou por ele. Outro homem veio em sua direção, soltou um arroto e lhe ofereceu uma garrafa de bolso, convidando:
– Vamos lá, meu chapa, junte-se à festa!
Havia homens de cartola, mulheres com casacos de pele e uma frota de táxis se arrastando, buzinando pulsando e esperando, aprisionados pelas multidões na Great White Way, a região da Broadway onde ficavam os grandes teatros. Um número de Charleston estava sendo executado em cima de um dos táxis e, sob um painel em néon, sinais elétricos se transformavam em luas, planetas, xícaras de café, charutos e rostos sorridentes.
– Feliz Ano-Novo!
A cada vez que Esko conseguia dar alguns passos através da Times Square lotada, a multidão parecia segurá-lo e o fazia recuar, com boas intenções, golpeando-o com jeito amigável e berrando saudações bêbadas em sua cara, insistindo para que ele participasse da celebração.

— Feliz Ano-Novo!

Esko se esquecera daquilo: era *réveillon*, e aquela noite interminável ainda não acabara. As pessoas se apertavam, gritavam com entusiasmo e berravam:

— Tire a mão daí, o senhor devia ter vergonha! — dizia uma mulher.

— Bebi uma garrafa e meia sozinho, não sou responsável por meus atos — replicava alguém.

— *Feliz Ano-Novo! Feliz Ano-Novo!*

Quando, por fim, ele conseguiu chegar ao toldo muito iluminado do The Sky Club, percebeu que a massa humana aumentara de tamanho. Parecia que metade de Manhattan estava determinada, como ele, a entrar no local.

— Ora, vamos lá!

— Preciso de um drinque! Um drinquezinho só!

— Bar, doce bar!

— Deixe-nos entrar! Eu exijo que alguém nos divirta!

— Ah, que se danem! Vamos para o Harlem!

Os cabelos pesados de Esko estavam encharcados, apesar do frio. A multidão se apossara dele de forma caótica e acalorada. Ele fechou o olho e se prontificou a fazer mais um esforço, abaixando a cabeça e tentando passar pelas pessoas, contorcendo-se e girando o corpo até ver a larga porta preta e a figura volumosa posicionada na frente dela com as mãos cruzadas e a aba do chapéu formando uma linha estranhamente reta que lhe descia até o meio da testa: Gardella. A visão dele pareceu a Esko o primeiro golpe de sorte de toda a noite.

— Gardella! Sou eu, Esko Vaananen.

Foi o bastante. A multidão se abriu como as águas de um milagre bíblico, então Esko se viu sendo conduzido em meio a uma onda de gritos e acenos de cabeça invejosos.

— Ei, quem é esse cara?

— Que diabo é isso?

Do lado de dentro, Esko se viu descendo a escada em curva que o levou ao centro do jazz. Na pista de dança, inúmeros corpos se contorciam sob cascatas e fachos de luz, diante dos espelhos. O ar estava pesado com o cheiro de fumo e almíscar, uma orquestra de oito componentes tocava a pleno vapor sobre o palco. Um balão flutuava no ar, escapando a cada instante de um mar de mãos que tentavam agarrá-lo.

Mantilini estava sozinho em uma das cabines elevadas semicirculares. Suas mãos estavam sobre a toalha branca ao lado de uma caixa de charutos, um isqueiro de platina, seu lápis de ouro e um dos seus pequenos cadernos pretos de anotações. O terno era branco, impecável, e a camisa, como a gravata, tinha um tom suntuoso de cinza. Mantinha o olho atento, de forma casual, mas alerta, no bar com o espelho em forma de arranha-céu que ficava atrás do balcão, onde um grupo de pessoas muito bem arrumadas se acotovelava em torno de um boxeador e um astro de cinema. Não parecia esperar encrencas, mas estava preparado para enfrentar qualquer problema que por acaso surgisse. Ao ver Esko, sua expressão não mudou. Olhou para a caixa de charutos e a revolveu entre os dedos, levantando uma sobrancelha.

— Preciso falar com você — disse Esko.

— Pois fale — respondeu Mantilini, oferecendo-lhe o outro lado da cabine.

— Em particular — disse Esko, sem se sentar.

Mantilini tamborilou sobre a toalha branca. Com um olhar distante, inspecionou as unhas.

— Por que não está com os seus amigos da Park Avenue, Esko? — perguntou com a voz suave, olhando para Esko pela primeira vez — ... ou sei lá onde eles moram? Eles não o convidaram para a festa de Ano-Novo deles? Ou eles não estão fazendo festa?

— Você uma vez me disse que se algum dia eu precisasse de ajuda poderia procurá-lo.

— Você está muito nervoso. — Mantilini olhou para ele com mais atenção. — Esta é uma longa noite para você, não é?

Sua voz tinha algo de gentil, e Esko concordou com a cabeça, sem conseguir falar nada com medo de desmontar.

— Pois bem, meu amigo, suas dificuldades acabaram. — Mantilini ofereceu-lhe novamente um lugar. — Sente-se um instante. Ruthie vai cantar.

Esko se acomodou no banco forrado de couro. Um copo de uísque apareceu diante dele, sobre a mesa, ele o bebeu de um gole só, sentindo o calor da bebida na barriga.

— Você precisava disso — comentou Mantilini.
— Um pouco.
— Tome mais um.
— Não. É melhor manter a cabeça no lugar.

Mantilini concordou e anunciou:

— Aí vem Ruthie. Ela está linda hoje. — Um tom caloroso tomou conta da sua voz, acompanhado de orgulho. Ele se inclinou sobre a mesa colocando o peso do corpo sobre o tampo, ansioso por não perder uma só palavra do que ela ia cantar. Enquanto isso o clube se aquietava e a voz lânguida de Ruthie quebrava o silêncio, com sua figura solitária inundada por um facho de luz entoando uma canção que falava do homem que amava.

Mantilini esperou até ela acabar e todos os aplausos silenciarem. Perguntou então a Esko:

— Você se meteu numa enrascada?

Esko fez que sim com a cabeça.

— Muito grande?

— Sim, muito grande.

Mantilini absorveu esta informação sem mudar a expressão do rosto. Acendeu o isqueiro um pouco mais devagar, concentrando-se no ato. Subitamente, atirou o isqueiro no ar e o agarrou de novo com um hábil movimento do pulso.

— Então, vamos lá.

No pequeno escritório nos fundos do clube, Mantilini acendeu uma luminária que ficava acima da mesa.

— Quer sentar? — convidou.

— Não, prefiro ficar em pé.

— Você é quem sabe — disse Mantilini, acomodando-se atrás da mesa de metal, lançando-se sobre uma cadeira. — Pode mandar bala.

Esko pegou a arma no bolso do paletó.

— Ei, eu não falei ao pé da letra — brincou Mantilini, lançando um sorriso de tubarão.

O revólver incrustado de diamantes fez barulho ao cair sobre a mesa. Mantilini o analisou por um momento e começou a formular hipóteses, mentalmente.

— Essa arma é sua?

— Não.

— É bonita — elogiou Mantilini, empurrando os lábios um pouco para fora enquanto se balançava na cadeira.

— Eu matei um homem.

Mantilini acenou com a cabeça, sem demonstrar emoção, como se Esko estivesse lhe contando que cortara o rosto ao se barbear.

— Eu conheço o cara?

— Você o viu uma vez, no funeral de Kirby. Chamava-se Andrew MacCormick.

— O sujeito rico?

— Um financista. Ele estava bancando um grande projeto meu. Um projeto de muitos anos. Um projeto que já existia antes mesmo de eu conhecer você. Esse projeto, aliás, foi o motivo de eu ter vindo para Nova York. Trata-se da construção de um arranha-céu. Hoje à noite ele puxou o meu tapete.

— Você o matou com esta arma? — a cadeira de Mantilini rangeu de leve.

— Nós discutimos e houve uma luta. Ele tentou me matar, mas eu tive sorte e...

Mantilini balançou a mão, como se pedisse a Esko que pulasse essa parte, não com impaciência, mas como se os motivos não interessassem, apenas a situação em si.

— Você atirou nele?

Esko concordou com a cabeça.

Mantilini pegou um charuto. Não o acendeu. Simplesmente o cheirou.

— Ele está lá morto, deitado no chão, e tudo em volta ficou bagunçado, não foi?

Outro sim com a cabeça.

Mantilini passou o charuto sob as narinas.

— É, as coisas podem acontecer desse jeito. — Recolocou o charuto na caixa e pegou o lápis de ouro. — Qual é o endereço?

Esko informou e Mantilini anotou tudo, não em seu caderninho, mas em um pedaço de papel.

— Alguma testemunha?

— Não.

— Tem certeza? — Mantilini olhou fixamente para Esko.

— Sim, tenho certeza — confirmou Esko, encarando-o de volta.

A cadeira rangeu um pouco mais quando Mantilini se balançou para frente e para trás, batendo com a ponta do lápis contra os dentes perfeitos e muito brancos.

— Bom. Isso é muito bom, é o que importa. É o mais importante de tudo. — Rabiscou mais alguma coisa no pedaço de papel e lançou um sorriso tranqüilizador para Esko. — Agora você vai querer aquele outro drinque?

— Estou morrendo de vontade — aceitou Esko.

— Bem, não precisa mais morrer. Você veio procurar o cara certo, lembra? Ele pegou uma garrafa e dois copos em uma prateleira. — Esse aqui é do bom. Mandei vir no mês passado direto da Escócia.

— Há contratos. Em cima da mesa. Com a assinatura dele. Preciso daqueles papéis — disse Esko. — Eles têm que ser destruídos.

Mantilini fez uma careta com os olhos e em seguida os apertou, sorrindo, sem se preocupar com a complicação.

— Claro que sim — disse, tocando a funda cicatriz acima do olho enquanto servia o uísque, que encheu a sala abafada com um rico aroma. — Esse grande projeto... não é aquele sobre o qual eu tenho lido tanto nos jornais? Ele me parece muito bom.

— Obrigado — agradeceu Esko, com um suspiro, sentindo-se subitamente exausto.

— Esko, não se preocupe — disse Mantilini, bem devagar, com a voz calma. — Seus problemas terminaram. Você não precisa se preocupar com nada. — Levantou a cabeça e exibiu a cicatriz na palma da mão. — Você é meu irmão, lembra? Para um irmão os problemas desaparecem, sempre.

Esko olhou para a marca em diagonal na palma da mão de Mantilini e seus olhos ficaram grudados nela, lembrando:

— Meu *puukko*. Minha faca. Ficou lá no chão, coberta de sangue.

Mantilini não se abalou e perguntou:

— Você enfiou a faca nele, também?

— Foi como eu disse. Nós lutamos.

— Você fez um trabalho completo, hein? — disse ele, com um de seus sorrisos encantadores, e encarou Esko por um momento, quase com admiração, como se dissesse que não imaginava que Esko tivesse toda aquela coragem. Esko estremeceu de leve, porque ele também não imaginara isso de si mesmo, e embora não tivesse uma idéia exata de o que aconteceria, estava muito consciente da natureza da negociação que acabara de fazer.

— Feliz Ano-Novo — desejou Mantilini, levantando o copo.

— Feliz Ano-Novo — ecoou Esko, e o uísque pareceu cortar-lhe o fundo da garganta.

PARTE CINCO
Arquitetura

1

O piloto era um homem com cara de sono, um bigode louro e um chapéu de feltro cinza muito gasto. Seu nome era Charlie. Cobrava cinqüenta centavos de dólar por milha e chamava o seu brilhante monomotor prateado de "aeronave".

— Feche a porta — ordenou Charlie em um sotaque arrastado, aparentemente com uma clara idéia de como lidar com a atividade de voar. Seu pulso estava pousado de leve sobre o manche, do mesmo modo que um homem sofisticado colocaria a mão sobre uma bengala. Seu outro braço estava pousado de forma igualmente casual sobre o encosto do banco.

— Estão prontos? — perguntou. — Vamos levar essa aeronave lá para cima.

Esko e Mantilini olharam um para o outro, dando de ombros, não sem um pouco de ansiedade, enquanto o piloto dava partida no motor, que deu uma tossidela e assumiu um grunhido constante.

Através da pequena janela de seu lado da cabine, Esko viu as folhagens sobre o gramado de vinte metros em volta deles balançarem todas na mesma direção, como um rio agitado pelo vento da hélice. As rodas do avião forçaram os calços e por fim seguiram em frente, fazendo-o oscilar e taxiar lentamente. Charlie sorriu com o mesmo ar despreocupado de Klaus, do qual Esko se lembrava tão bem. Puxou o manche para trás e o avião deu um solavanco alarmante, começando a sacolejar sobre a pista com o ruído do motor que aumentava de intensidade e se tornava mais agudo. Houve mais alguns solavancos, e só quando Esko tornou a olhar pela janela percebeu que eles já estavam fora do chão. O ar pareceu mais suave depois que eles passaram pelas árvores que ficavam na ponta da pista. Ele viu o hangar de concreto diminuindo de tamanho, com a sua biruta listrada de vermelho e branco que mais parecia uma meia ao vento, ou uma lagarta. Então o avião subiu mais alto, oferecendo uma visão do lago e do centro de Chicago, onde os arranha-céus se apresentavam de forma completamente diferente dos seus companheiros nova-iorquinos, pois estavam ordenados em harmonia espaçosa e bem modulada, como se entoassem juntos a mesma canção em vez de esbravejarem uns contra os outros, como acontecia em Manhattan. Nuvens baixas pareciam flutuar ao lado da janela, lentamente embaçando a vista de uma beleza triste, até que ela desapareceu por completo.

Charlie avisara que iria fazer frio lá em cima. Tanto Esko quanto Mantilini pareciam ursos, totalmente cobertos por casacos de peles. Era maio de 1928, o primeiro vôo de ambos, e também a primeira vez que se encontravam desde a noite do assassinato de MacCormick. Esko fora até Chicago de trem, a bordo do famoso expresso *Século Vinte*, para uma reunião com o escultor que estava projetando a fonte do arranha-céu. Mantilini entrara em contato com ele no hotel e sugeriu que eles voltassem juntos, de avião, para Nova York. Mantilini estava empolgado.

— Vamos dar um grande passo em direção a algo especial — avisara ele. Desde o célebre vôo de Lindbergh sobre o Atlântico, a aviação parecia um exercício importante e mesmo necessário, apesar de até então ser apenas algo irreal e totalmente envolto em romance. Já era fácil imaginar que um dia voar pelo ar iria tornar-se lugar-comum, o avião iria substituir o navio e o automóvel como símbolo dos novos tempos. Esko sentira muita curiosidade ao receber o telefonema, e continuava a tê-la, mas não apenas pela nova experiência; perguntava a si mesmo o que Mantilini poderia querer dele; Mantilini, o seu salvador; Mantilini, que garantiu que cuidaria de tudo e cumprira a promessa; Mantilini, que fora o poder oculto nos bastidores, assegurando que o East River Plaza (o nome "MacCormick Center" fora abandonado) pudesse prosseguir conforme planejado; Mantilini, que avisara que seria melhor eles não se verem a partir daquele dia, insistindo nisso até aquele momento.

Esko olhou para o companheiro de viagem. Mantilini engordara um pouco e ganhara alguns prematuros cabelos grisalhos, embora no ano anterior tivesse sido coroado com o halo da celebridade, e de um jeito muito especial. Os jornais de Nova York falavam dele quase tanto quanto de Chaplin. Quando Tunney derrotou Dempsey pela segunda vez, Mantilini foi fotografado em frente ao ringue. Quando os políticos da Tammany Hall tentaram fazer algo a respeito das metralhadoras que atiravam seiscentas balas por minuto, Mantilini foi entrevistado para dar sua opinião, com muita seriedade e respeito, como se fosse um professor com conhecimento único e especial sobre o assunto, devido às suas ligações com a Universidade de Chicago. Sempre pediam a sua opinião, fosse a respeito do último assassinato ou da próxima execução. Às vezes ele tornava público o que achava, outras vezes não; compreendia o perigo de se expor. De qualquer modo, os jornais sempre apareciam com alguma notícia a seu respeito, nem sempre matéria de primeira página, mas breves e divertidas notas na parte interna: "Mantilini engordou cinco quilos"; "Mantilini foi à igreja, no domingo, em Jersey City"; "Mantilini acredita nos Yankees para 1928"; "Mantilini está lendo a biografia de Napoleão".

Mantilini era tão famoso quanto o presidente; a notoriedade era um bem que lhe conferia respeitabilidade quase completa. As pessoas se mostravam preocupadas, é claro, e não apenas empolgadas, quando gângsters eram mortos em *nightclubs*, ou quando um troar de metralhadoras abalava a tranqüilidade da Broadway em uma tarde de domingo. Assim, por algum tempo, Mantilini condenou esses eventos de forma veemente, ao mesmo tempo que se distanciava deles, em meio a brados sobre a ineficácia da polícia. Na verdade, a ameaça de violência era mais útil a ele do que a violência em si, pois sua principal missão era proteger e ser o guardião do seu grupo no tráfico de álcool e drogas. Acreditava que matar era ineficaz, e se orgulhava de tomar como exemplo os vendedores da Ford, que não tentavam eliminar os rivais da Chrysler. Denominava-se "O Bom Americano". Exibia a confiança, a arrogância e o desembaraço que aqueles que passam através dos espelhos precisam ter. Parecia possuir um encanto especial.

Charlie, o piloto, empurrara o chapéu de feltro para cima da cabeça e agora mal segurava o manche. Cantarolava sem mexer os lábios e às vezes cantava de verdade, fazendo a aeronave embicar para baixo das nuvens a fim de acompanhar o percurso de um rio que Esko identificou como o Hudson, uma veia prateada que pulsava através de uma paisagem que se enchia de cores mais uma vez. Tudo parecia cintilante e nítido. As florestas se espalhavam dos dois lados, montanhas subiam e desciam, dando a impressão de que a terra respirava. Charlie fez um ajuste no leme e toda a paisagem girou, ficando quase de cabeça para baixo.

— E então... — disse Mantilini, ainda com o ar esverdeado que exibira quando o avião completou sua manobra e voltou para a horizontal. — Como vão as coisas no ramo da arquitetura?

— Vão bem — assegurou Esko. Tudo que se referia aos planos do East River estava correndo dentro do esperado, na verdade eles estavam até mesmo um pouco adiantados em relação ao cronograma que Esko passara meses montando, em companhia de O'Geehan, seu empreiteiro-chefe, um irlandês de boca suja, muito magro, com cabelos encaracolados e uma formidável capacidade de organização e intimidação, nem sempre exercitada de forma amistosa. Durante a demolição, mil e duzentos homens haviam removido vinte mil toneladas de aço, e despejado vinte e cinco mil caminhões lotados de entulho no porto. Os homens pareciam um enxame atarefado no canteiro das obras, trabalhando na escavação, perfurando, cinzelando, retirando com britadeiras toda a argila empedrada até atingir o leito de rocha viva, onde então começavam a trabalhar com dinamite. Um mês depois dessa fase inicial, as fundações estavam prontas, e Esko começou a trabalhar com aço, a partir da torre central, seu arranha-céu. Três andares e meio por semana era um bom objetivo a perseguir. A East River Tower subia atualmente à velocidade de um andar por dia, com três mil e quinhentos homens em cinqüenta frentes de trabalho diferentes que geravam uma folha de pagamento de duzentos e cinqüenta mil dólares.

— Até agora ninguém tentou assaltar o caminhão que traz o pagamento todas as semanas. Acho que isso é mais uma das coisas que eu devo agradecer a você, Paul.

Mantilini bateu palmas, deliciado ao ouvir aquilo.

— Ouvi dizer que você planeja fazer uma viagem à Europa — disse a Esko.

— Como soube disso?

Os lábios de Mantilini se separaram de forma quase imperceptível, como que insinuando que aquela pergunta nem precisava ser feita; afinal, o que ele precisava saber, sabia, e o que não sabia é porque não valia a pena saber. Aquele era um dos imperturbáveis olhares que dizia: eu sou Paul Mantilini.

Era verdade; Esko planejava uma viagem à Europa. À medida que o projeto do East River avançava, outras ofertas de trabalho apareciam, inclusive uma de Helsinque. Alexander Diktonius retornara da Suécia. Agora que a Finlândia era novamente um lugar seguro para o seu cidadão mais rico, ele pretendia construir o primeiro arranha-céu da Finlândia no mesmo lugar onde ficava a velha loja de departamentos Diktonius e queria que o famoso arquiteto finlandês Esko Vaananen fizesse o projeto. Esko estava interessado na proposta, e tinha outro motivo para querer retornar ao país onde nascera. Concebera a idéia de que cada um dos vinte e quatro elevadores do East River Plaza seria, por si só, uma obra de arte, todos decorados com afrescos pintados por artistas americanos contratados especialmente para o trabalho, bem como revestidos e ornados com madeira vinda das florestas da aldeia onde ele crescera, trazendo para sua obra o mundo onde ele nascera e o novo mundo que o transformara, fazendo dessa forma uma ponte entre as duas partes distintas de Esko Vaananen em um mesmo aparato — o elevador — o qual era parte integrante do sentido de quem ele era e do seu porquê.

— Existe um motivo para eu ter contratado este avião para nós, hoje. Dois motivos, na verdade — disse Mantilini. — Preciso de um favor seu, Esko. Espero que você possa fazer isso por mim.

Ouvir isso foi como levar um soco no estômago. Chegou a hora, pensou ele, gemendo por dentro; aquele era o dia do juízo. Esperou a apresentação da conta.

— Em primeiro lugar, quero que saiba que você pode dizer "não", se quiser, certo? Não há obrigação nenhuma de você aceitar. O que vou lhe pedir é algo profissional, e não o faço como amigo seu. Você vai rir do que vou dizer, Esko, mas eu descobri uma coisa a seu respeito.

— E o que foi? — perguntou Esko, tentando esboçar um sorriso.

— Você é mesmo um bom arquiteto, não é? Isto é, um *grande* arquiteto, de verdade. Quando eu o contratei para projetar aqueles bares, achei que estava lhe fazendo um favor. Não saquei direito a coisa. Agora percebi seu valor — disse ele. — O lance é o seguinte: acabo de comprar trezentos acres em Connecticut. Minha mulher está com outro filho a caminho. Vai ser o nosso terceiro. Quero construir uma casa nova para ela. Algo maravilhoso. E também quero que ela fique lá, em Connecticut. Não é muito longe, mas é longe o bastante. Entende o que estou dizendo?

— Ruthie anda lhe causando problemas? — o sorriso de Esko era autêntico, agora.

— Não sei como é que aquela neguinha consegue, mas faz com que eu coma na palma da sua mão. Devo estar ficando frouxo com a idade.

Esko olhou para ele sem expressão. Mantilini não devia estar com mais de vinte e sete anos.

— Então, Esko, o que me diz?

— Adoraria construir uma casa para você.

— Sério?

— Claro.

— Puxa, seria o máximo! — disse Mantilini, com a curva da boca mais suave, quase demonstrando timidez. — Estou com alguns negócios na Europa. Pensei que talvez pudéssemos ir até lá no mesmo navio. Podemos conversar sobre isso na viagem — você vai conhecer a minha mulher.

Esko concordou; parecia ótimo; ele não via razões para não aceitar.

O avião continuou em frente, pulsando e zumbindo como uma imensa abelha, acompanhando o percurso do rio Hudson até que Manhattan pareceu se levantar para recebê-los. Sobrevoando o Harlem, Esko refletia sobre o quanto a cidade parecia lógica e compreensível, vista assim do alto, como um projeto com traçado bem definido. Então viraram em direção ao East

River, onde uma barcaça de carvão seguia por sobre as águas calmas, um rebocador exalava fumaça branca com orgulho e navios de carga estavam atracados, coladinhos no porto. Esko viu seu arranha-céu saudando-os.

Charlie tocou o chapéu e se virou para trás com um sorriso casual que era como um inesperado presente.

— É aquele ali?

Mantilini concordou, afirmando:

— Sim, é ele que nós queremos ver de perto.

— Vou desligar o motor.

O avião planou suavemente, de súbito sem som algum, recebido nos braços do vento. Charlie foi levando a aeronave cada vez mais perto das laterais do arranha-céu, tão próximo que Esko viu, olhando pela janela, um homem no ar, ligeiramente abaixo deles, à direita, a pouco mais de cinqüenta metros. O operário, em pé sobre um comprido bloco de aço que estava sendo içado por um guindaste, direcionava a imensa viga enquanto subia com ela até o topo do edifício, onde quatro outros homens, em meio a uma floresta de aço, aguardavam a chegada da peça para poderem pregar os rebites. A ponta da viga se inclinou ligeiramente para baixo e o homem que estava em cima deu um passo à frente, guiando-a na direção dos outros rapazes, que agilmente colocaram uma corrente nela, para que a peça pudesse ser posicionada na vertical; em seguida, o homem pulou para o prédio.

— Lembra daquilo? — perguntou Mantilini, balançando a cabeça. — Quer saber de uma coisa, Esko? Eu não voltaria a fazer um troço daqueles nem que a outra opção fosse ir para o inferno. Algum operário já morreu na construção desse prédio?

Esko formou uma cruz com os dois dedos indicadores, para afastar aquela idéia.

— Bom para você.

O motor foi religado e Charlie fez o aparelho ganhar altura, inclinando tanto o avião que Esko pôde olhar para baixo sob outra perspectiva. Em cada um dos lados da torre principal, as escavações para o hospital, o grande hotel, o teatro e o pequeno prédio de escritórios já estavam prontas. O arranha-céu, em si, já quase alcançara sua altura final; quarenta e cinco andares já exibiam o revestimento do granito caro e refinado de Indiana; a parte de cima da construção ainda estava nua, apenas um entrelaçado de aço. Algumas das janelas já haviam sido instaladas e o sol se refletia nelas. Enquanto o avião circundava o lugar, Esko viu quatro caminhões abertos que chegavam como insetos em fila, trazendo material. Seu arranha-céu era real. O mundo de dignidade, possibilidades e luz natural que ele propunha estava se erguendo um pouco mais a cada dia. Esko o circundava naquele instante em um avião. O prédio pareceu se elevar do solo como uma lança e atingiu sua alma com uma emoção que se aproximou do êxtase.

Mantilini percebeu a expressão de orgulho e intensa alegria no rosto de Esko.

— Eu fui apenas o instrumento para isso, Esko, um instrumento menor, e tenho orgulho disso. À nossa frente, porém, está o objetivo final. Esse prédio é como Lindbergh — afirmou o gângster. — Faz você lembrar do que existe de melhor nos Estados Unidos.

2

— Obrigada por me conceder outra entrevista... finalmente — disse Marion Bennett, um cigarro na mão e uma nuvem de fumaça pálida saindo dos lábios vermelhos, recostada sobre a mesa do escritório de O'Geehan, uma cabine de aço na base do arranha-céu. Usava calças cinza bem largas, sapatos baixos em estilo masculino e uma blusa branca cheia de babados; suas unhas estavam pintadas em um tom berrante de vermelho. — Você está com boa aparência, Esko. E o arranha-céu... nossa, estou atônita, querido. Não esperava que subisse tão depressa.

— Ninguém aqui fica enrolando no serviço — disse Esko, apontando para uma das paredes da cabine, totalmente dominada por uma tabela que ele e O'Geehan haviam desenhado, com linhas em cores diferentes que seguiam e se sobrepunham, cada uma delas representando uma fase diferente do processo de construção. – Nessa atividade todos adoram a velocidade e a eficiência. Quer saber qual é a coisa mais importante na construção de um arranha-céu?

– Diga – pediu ela.

– O encanamento e os elevadores. Consiga que essas duas coisas funcionem bem e todo o resto acompanha – garantiu ele. – Nós dividimos um trabalho gigantesco em pequenas tarefas. Depois disso, é tudo automático, bastando repetir a mesma coisa em cada andar, um por cima do outro, até alcançar o topo. Como Henry Ford faz em sua fábrica de automóveis.

Marion exalou fumaça.

– Isso está mesmo acontecendo, não é, Esko? Você está construindo o seu arranha-céu. O mais alto da cidade.

– Do *mundo* – até agora.

– Qual é a altura dessa coisa?

– Trezentos e dez metros.

Ela se afastou da mesa com um movimento súbito e empertigou o corpo.

– Posso ir até lá em cima?

– Claro. Não foi para isso que você veio até aqui?

Ela o analisou com olhos perspicazes, duros, e uma idéia entalada na cabeça.

– Esko, você anda me evitando?

– Vou lhe mostrar tudo – disse ele, abrindo a porta da cabine metálica e permitindo que a barulheira do canteiro de obras invadisse o ambiente, tentando em seguida se orientar em meio à confusão de caminhões, escavadeiras, misturadores de cimento, rebitadeiras, o caos a partir do qual sua visão de ordem cívica emergia. Convidou Marion Bennett a descer os degraus de madeira da cabine até o campo de batalha instalado em meio ao buraco gigantesco. Levantou o braço, apontando: – Em cada um dos andares que estamos construindo existe uma ferrovia em miniatura, como se fosse um brinquedo de criança. Ela traz o material. Um cronograma é atualizado todas as manhãs e cada homem sabe, a cada minuto do dia, em que pé estão as coisas. Ele não precisa procurar em volta pelo que precisa para executar sua função. Tudo está ao alcance da mão. Mantemos os trenzinhos cheios, constantemente alimentados pelos caminhões. Para cada caminhão que entra na obra tudo foi pensado, calculado e planejado, até o último detalhe – o momento da partida, o tempo da viagem, a hora da chegada, com uma folga para possíveis atrasos, e assim por diante.

– Parece uma campanha militar – disse Marion Bennett, tomando-o pelo braço enquanto ele escolhia o melhor caminho para seguir no meio da obra.

– Já estive em uma campanha militar, Marion – lembrou ele. – Pode acreditar: não era tão organizado quanto isto aqui. – E continuou, falando depressa: – O grande problema com os edifícios muito altos de trinta anos atrás era o número de elevadores e a sua velocidade. Havia muito tempo de espera. As pessoas não agüentavam aquilo e o prédio perdia inquilinos. Ninguém gosta de esperar mais de trinta segundos. Meus amigos da Otis prometeram que os meus elevadores vão alcançar uma velocidade de trezentos e sessenta metros por minuto. Só que o código de obras da cidade foi criado em 1910, e determina que a velocidade máxima deve ser duzentos metros por minuto. Isso remonta ao tempo em que você tinha que esperar o dia todo para chegar ao topo do Flatiron. Estamos tentando eliminar esse contra-senso.

– Quer que eu divulgue essa dificuldade? – perguntou Marion Bennett, com um olhar irônico e quase irritado.

– Um pouco. – Esko exibiu um pequeno espaço entre o polegar e o indicador. – *Pikkusen*. Seria muito útil, sabe?

Entraram na cabine do elevador externo, na verdade uma prancha cercada de tábuas parecida com a que os rebitadores usavam e que subia naquele instante pela face sul do prédio. Elevaram-se acima da cerca que envolvia toda a obra, foram vendo os canais formados pelas ruas circundantes, e se viram acima dos barcos que se arrastavam lentamente pelo rio. Foram mais alto, acima do feixe de espaguetes formado pelos trilhos ferroviários que se juntavam e desapareciam dentro da estação terminal da cidade, a Grand Central, como se entrassem em uma garganta, e se viram muito acima dos toldos em arco dos cinemas que avançavam pelas calçadas como tapetinhos de oração virados do avesso. Logo, as centenas de automóveis nas avenidas abaixo eram apenas filas de insetos. Prédios de escritório de quinze andares eram apenas sujos torrões de açúcar. Até mesmo a ponte do Brooklyn parecia um brinquedo. O sol refletiu em um dos adereços que ficavam sobre uma das torres do centro e eles continuaram a subir. O vento esbofeteou seus rostos e fez a calça leve de Marion Bennett grudar em suas pernas, moldando-as. Como era uma mulher de nervos fortes, ela ficou firme ao lado de Esko, segurando-se no braço dele só por garantia. Subiram mais e continuaram a subir, as cordas estalando e rangendo nas polias. Passaram da parte pronta e continuaram chocalhando e se elevando mais alto, indo além do andar em que a alvenaria já estava pronta e seguindo para onde a estrutura era apenas ar emoldurado em aço. Olharam para baixo, para outro arranha-céu que estava sendo construído na avenida Madison. Continuaram até o topo do edifício mais alto do mundo, e era uma construção de Esko.

Um dos contramestres estava em pé esperando por eles no momento em que chegaram ao septuagésimo andar. Tomou Marion Bennett pela mão quando ela saiu do elevador provisório e pisou no igualmente provisório piso de madeira. Esko, acenando para dispensar o homem da ajuda que lhe ofereceu, saltou sozinho.

Marion Bennett girava o corpo lentamente com os olhos fixos no leste, depois no sul e depois no oeste, absorvendo a vista do lugar.

— Isso é melhor do que a torre do parque em Coney Island — comentou.

— Venho até aqui em cima quase todos os dias e ainda não me acostumei — disse Esko.

— Você deve estar muito empolgado. Esko, você *planejou* tudo isto.

— Sim, é estimulante — concordou Esko, sentindo que, embora ele estivesse manchado por dentro, aquilo ali, o edifício, era puro. O arranha-céu representava oportunidades, as possibilidades da visão de um homem, sua visão, e ele derramara sangue para conseguir. O edifício às vezes lhe parecia sinistro, mas isso era devido ao seu relacionamento complicado e único com ele; todos viam apenas as linhas limpas, a altura vertiginosa e a perfeição cristalina.

Marion Bennett acendeu outro cigarro. Teve um pouco de dificuldades com o fecho da bolsa ao abri-la para guardar o isqueiro lá dentro.

— E quanto a Andrew MacCormick? O seu desaparecimento. O que acha disso, Esko?

— O mesmo que você — respondeu Esko, meio desconfortável, odiando ter que mentir para aquela mulher valente e ambiciosa da qual gostava. — Apenas o que leio nos jornais.

— Que, por sinal, andam cheios de boatos loucos. Você sabe onde ele está?

— Não, não sei — afirmou ele, o que era verdade, na correta acepção da palavra. Mantilini jamais contara a Esko como se livrara do corpo, garantindo-lhe que seria melhor se ele não soubesse.

— Vamos analisar o caso. Um dos homens mais ricos da América é visto entrando em um barco com destino a Buenos Aires. Os registros da companhia provam que uma passagem foi emitida em seu nome, mas ele se mantém dentro da cabine durante toda a viagem e então desaparece. Dezoito meses se passaram e ele ainda não voltou. Isso é muito tempo. Nem uma daquelas minhas ressacas que parecem eternas durou tanto tempo. O que tem na Argentina? Gado, caubóis e ingleses demais. Por que razão ele iria querer ir para lá?

— Diga-me o que acha.

— Pois eu lhe digo, mesmo. Joe Lazarus veio me procurar há uns dois meses. Tinha uma história maluca. Uma história muito interessante. Disse que estava prestes a assumir este projeto, que MacCormick estava determinado a vender tudo para ele e para o investidor dos projetos dele. — Pegou o caderninho de anotações e posicionou sua caneta, com um sorriso que não dissimulava a sua determinação de aço. — Você tem algo a comentar a respeito disso?

— Joe Lazarus é louco. Um velho que perdeu a noção das coisas. O que ele acha ou diz é irrelevante.

— Está preparado para ver isso publicado?

— E por que acha que lhe dei essa resposta?

— Você tem visto Paul Mantilini? — sorriu Marion Bennett, tomando nota.

— Não muito.

— Quando o viu pela última vez?

— Algumas semanas atrás. Voltamos de Chicago no mesmo avião, por coincidência.

— O que você foi fazer lá?

— Negócios relacionados com a construção de arranha-céus. Nada relacionado com ele.

— E quanto a Mantilini, o que ele queria em Chicago?

— Não faço idéia. Não conversamos sobre isso. Não sei da vida de Mantilini.

— Ele pode ter ido comprar um novo conjunto de ternos. Ou talvez cometer um assassinato.

— Não sei nada a respeito dessas coisas. — Esko respirou lenta e profundamente. — Gosto de Paul Mantilini. Kirby e eu construímos três *nightclubs* para ele, que desde então anda muito ocupado. Não nos encontramos mais. Vejo-o muito pouco desde aquela época.

— E não o viu desde que voltou de Chicago?

— Não — respondeu Esko, mais uma vez falando a verdade. Ele fora sozinho visitar a propriedade que Mantilini comprara em Connecticut; havia ficado sozinho no topo de uma colina, de onde observou uma extensão de lindos acres que seguiam até as margens de um lago. — Isso está começando a parecer um interrogatório.

— Não é isso que toda entrevista é? — perguntou ela, arqueando docemente as sobrancelhas. — Quer dizer que você não faz idéia de onde Andrew MacCormick está?

— Não.

— Acha que a esposa dele sabe onde ele está?

— Não tenho como responder a isso. Você vai ter que perguntar a ela.

— Já fiz isso.

Esko ficou surpreso pela primeira vez na conversa. Parou de falar e de caminhar, deixando passar diante deles um rebitador com sua rebitadeira. A hora do almoço estava quase acabando e logo todos voltariam à ensurdecedora atividade de sempre.

— Você esteve com Katerina?

— Ela voltou para Nova York — informou Marion Bennett. — Disse-me que tem certeza de que, se os jornais afirmam que seu marido está na Argentina, então é onde ele está. Disse também que recebeu vários telegramas dele, vindos de lá.

É mesmo? pensou Esko. Imaginou que Mantilini tivesse pedido a alguém de lá que os enviasse; aquele era o tipo de detalhe que Mantilini não deixaria escapar.

— Acho que o casamento deles é muito moderno — comentou Marion Bennett, sem malícia. — Talvez eu escreva uma peça sobre isso um dia. O que eu sei, enquanto isso não acontece, é que ela tem acesso a todo o dinheiro dele. É quem toma as decisões mais importantes a respeito dos projetos de construção financiados pelo marido. Pode-se dizer que ela é uma mulher de muita sorte.

3

Naquela noite quente e clara, Esko nem se preocupou em vestir um casaco. Saiu do escritório e foi seguindo em direção ao outro lado da cidade com passos rápidos, enquanto as pessoas que trabalhavam nos escritórios do centro saíam em grandes levas dos prédios altíssimos. Os carros estavam engarrafados nas ruas, buzinando e andando como lesmas e, na região dos teatros, os cartazes em néon já começavam a lançar seus protestos contra as obsoletas restrições da noite. O verão estava no ar, com um sabor marcante de expectativa e de esperança.

Esko subia as escadas em direção à galeria que ficava no primeiro andar quando viu um homem em pé de costas, um sujeito quase calvo, com orelhas grandes. Ele estava vermelho de indignação e balançava os braços.

— Isso é um absurdo, um tremendo ultraje! — esbravejou o homem. — Quem cometeu este ato horroroso deveria ir para a cadeia.

Um homem mais novo olhava para ele, dizendo:

— Ora, cale a boca, seu velho idiota. — Os dois levantaram os punhos, um truculento como um galo de briga e o outro insolentemente bêbado.

— Com licença — pediu Esko, desviando da dupla e seguindo rumo à galeria, onde uma mulher estava no chão, sendo abanada, enquanto várias outras pessoas estavam de quatro catando as pedras que haviam se soltado quando o seu colar arrebentou.

— Deixem-na respirar um pouco — disse alguém, limpando-lhe a testa com um lenço de seda embebido em água-de-colônia. Uma gargalhada nervosa penetrou nos ouvidos de Esko. Alguém gritou e, ao se virar, ele viu uma mulher com um vestido longo branco e olhar esgazeado, como se também estivesse a ponto de desmaiar.

Esko pegou um catálogo em uma mesa ao lado da porta, onde se lia: "Um olhar sobre a América — Exposição de fotos inéditas de Kate Malysheva".

Ele olhou para a primeira imagem, uma foto em preto-e-branco de um sujeito esparramado no chão em um salão de sinuca, de um jeito em que nenhum corpo poderia cair, com os olhos abertos e o rosto exibindo uma expressão de surpresa. As calças do homem estavam molhadas, mostrando que ele urinara nelas enquanto, acima da sua cabeça, as bolas de bilhar estavam arrumadas, impassíveis, refletindo a luz que caía sobre elas, à espera de um jogo que jamais começaria.

Esko moveu-se para a esquerda. Agora, um cadáver jazia em uma calçada, com uma poça de sangue preto ao lado de sua testa brilhando sob a luz do *flash*. Um sapato fora largado ao lado do rosto do morto, enquanto observadores ávidos se acotovelavam, tentando chegar mais perto, mas eram impedidos por dois policiais com os cassetetes à mostra.

Ele olhou para a foto seguinte, um homem sentado a uma mesa com a cabeça lançada para trás e o pescoço quebrado pelo impacto de um tiro que a atravessara e se alojara na janela ao lado; na parede havia um quadro torto, em um ângulo estranho, mas via-se apenas a moldura, pois a pintura sumira. A quarta foto mostrava um cadáver caído com a cabeça na sarjeta, o sangue escorrendo-lhe dos olhos como se de garrafas de vinho sem rolha. No quinto, um corpo sem vida jazia retorcido sobre um piso onde a neve começava a derreter. No sexto...

Havia quarenta e oito imagens desse tipo, selvagens e febris, chocantes devido ao desprendimento com que eram exibidas, a câmera sempre posicionada a meia distância, de forma que a lente pudesse pegar os detalhes em volta muito intensificados, e também a vítima, como se comentasse a indiferença do mundo na remoção de mais um cidadão. Em cada uma das fotos a vítima era do sexo masculino e cada uma era também uma visita calma e fria aos arquivos de um inferno gélido.

Tomando uma taça de vinho tinto, Esko foi para a segunda sala. Ali a primeira foto mostrava uma mulher, fotografada tão de perto que os poros de sua pele pareciam crateras e a sua expressão de terror lançava súplicas e censuras ao observador. A foto seguinte era também de uma mulher, seu rosto molhado e abatido com uma expressão dura e marcada. Seus olhos pareciam arder loucamente. Na terceira, o rosto da mulher era suave e aparentemente imperturbado, a não ser pela cauda de camundongo que trazia pendurada entre os lábios. A quarta mulher era objetiva e orgulhosa, linda, mas parecia estar prendendo as lágrimas. A quinta...

Havia trinta e seis imagens de mulheres, cada uma delas desesperadamente triste. Todas pareciam estar correndo na direção de um abismo trágico. Os tons e a própria textura das fotos eram muito mais expressivos ali. Entre os extremos do branco e do preto, Katerina encontrara mil oscilações de tom e de sentimento. Algumas fotos eram escuras, quase enfumaçadas; outras pareciam cintilar em prata. Esko sentia como se tivesse ganho um novo olho, através do qual via a dor e a tristeza com outra dimensão.

Um calafrio percorreu-lhe a espinha, incitando-o a girar o corpo, e Esko o fez, esperando vê-la, mas em vez disso deu de cara com Paul Mantilini, que circulava pela sala com um terno azul-céu, de braços dados com Ruthie.

— Isso é que é uma exposição de arte? — perguntou ele, os dentes brilhando com um ar de tubarão. — Talvez eu possa montar a minha própria exposição...

— Uma ova. Você não sabe nada de arte — garantiu Ruthie, os olhos imensos por baixo de um cloche entretecido em delicados fios dourados.

Mantilini estava com as mãos nos bolsos em uma descontraída pose de presidente do conselho.

– É mesmo? Pois eu achava que essa era a razão de você me trazer a esses eventos... para me educar.

– Sem chance de isso acontecer – sentenciou Ruthie.

– Mas, afinal, quem é o cara que tirou essas fotos? – perguntou Mantilini.

– Para a sua informação, foi uma mulher – explicou Ruthie.

– Está brincando! – espantou-se Mantilini. – Como é que você sabe disso?

– Porque no catálogo está escrito. E também porque ela me fotografou, uma vez.

– Foi mesmo? – Mantilini franziu o cenho. – Você não me contou isso.

– Era segredo – disse ela, colocando as duas mãos em suas bochechas e elevando a boca aberta até colá-la na de Mantilini, apertando o corpo com força contra o dele.

– Não gosto de segredos – disse Mantilini, com um sorriso forçado. – Só os meus.

– Pois eu pensei que todos os seus segredos estivessem no fundo do rio – disse ela, com o cloche dourado rebrilhando sob a luz.

– É... O que sabe você a respeito dessas coisas? – perguntou Mantilini, com uma espécie de mau humor que aumentava de leve.

Esko estava quase indo embora e deixando-os sós, mas então Katerina apareceu e se colocou entre eles, com o cabelo muito curto coroado com uma boina, o pescoço comprido que se elevava como o de um cisne, saindo de um paletó sem gola e cortado no feitio de uma roupa de homem, os olhos verdes ardendo devido à fumaça da sala. Esko prendeu a respiração e então esvaziou os pulmões em uma expiração longa e silenciosa, a cabeça em torvelinho. Sabia que não devia ter ido lá, mas não conseguira se manter longe do lugar. Seria loucura para ambos se encontrarem, pela lembrança de MacCormick que pesava sobre os dois e a realidade daquilo, um convite para sentar na cadeira elétrica. No entanto, naquele momento ele não quis mais nada, apenas se arriscar.

— Que bom ver você, Ruthie — cumprimentou Katerina, e se virou para trás. — Como vai, Esko...? — disse ela, a voz bem clara, como se já esperasse encontrá-lo ali. Parecia estar bem, apesar das fotos, ou talvez por causa delas.

— Meu nome é Paul Mantilini — apresentou-se Mantilini, apertando os olhos, e Esko imaginou que ele não se lembrava de ter visto Katerina no funeral de Kirby, se é que reparara nela.

— Muito prazer, sou Kate Malysheva — disse Katerina, observando com curiosidade o tom do terno de Mantilini e seus olhos rápidos e arrogantes.

— Maly... Qual a origem desse nome?

— Russa — respondeu Ruthie. — Ela esteve na revolução.

— É verdade? — quis saber Mantilini, as mãos nos bolsos, balançando moedas. — De que lado?

— Do que perdeu.

— Creio que isso explica as fotos de assassinatos — disse Mantilini, com certa cerimônia e um ar pensativo.

Paul Mantilini, o crítico de arte.

— De certa forma, sim — concordou Katerina, franzindo o cenho. — Eu não havia percebido as coisas dessa forma, devo confessar. Esse é um assunto que desperta o seu interesse, sr. Mantilini?

Os dentes brancos de Mantilini foram se exibindo aos poucos em um sorriso crescente. Seu riso era de diversão, e nem lhe passava pela cabeça responder àquela pergunta. Seus olhos duros observavam Katerina, perguntando-se quem ela era, como ela era, se podia ter utilidade para ele ou lhe oferecer algum perigo. Algo nela o deixou intrigado e Esko sentiu isso, mas talvez fosse apenas o fato de Mantilini jamais ter conhecido alguém como ela antes.

— Você deve ter passado por muita coisa na vida para tirar fotos como essas — disse Mantilini.

— A câmera me protege. Já passei por coisas piores.

— Tais como...?

Ela balançou a cabeça bem devagar. Agora era a sua vez de não responder, e Esko tornou a prender a respiração.

— E quanto a você, Esko, o que achou das minhas fotos?
— Elas me aterrorizam. É um lindo trabalho — elogiou ele.
Katerina sorriu de forma misteriosa e sussurrou muito baixo, para que apenas Esko fosse capaz de escutar:
— E se eu lhe perguntasse novamente... se perguntasse pela terceira vez se você fugiria de Nova York comigo, o que responderia?
— Que trem você quer pegar?
— Da última vez que conversamos sobre isso você achou que esta era uma má idéia.
— E agora é uma idéia ainda pior.
Katerina riu e Esko viu, com o canto do olho, Mantilini pegar algo no bolso, uma faca, um canivete. Mas não era uma faca qualquer... era o *puukko*.
— Mas o que significa... — reagiu ele, mas então viu Marion Bennett, e com ela estava Bo, seu velho companheiro da equipe de rebitadores, o sueco que uma vez ficara noivo da irmã de Mantilini, quando ainda contrabandeavam bebidas juntos.
Bo partiu na mesma hora para cima de Paul, os cabelos ruivos molhados de suor, e deu um empurrão em Mantilini.
— Vamos lá... — provocou ele, tornando a empurrar Mantilini com a mão espalmada em seu peito. — Venha lutar comigo se tem coragem, seu porquinho-da-índia. Você pensa que é muito homem, mas não é tão durão assim, não. Onde estão os seus capangas, Paul Mantilini? Não estão aqui para ajudar você? — perguntou ele, abaixando a cabeça para atacar. — Agora é só você e eu, meu chapa.
Bo não vira o *puukko*, ao lado do corpo de Mantilini.
Mantilini simplesmente se deixou ser empurrado para trás. A cada um dos golpes de Bo ele recuava mais um pouco e então parava, encolhendo os ombros enquanto encarava Bo direto no olho, exibindo seu sorriso mais cruel, ganhando tempo, atraindo o oponente. Seus olhos tinham um brilho de assassinato a sangue frio.
De repente, Mantilini se lançou para frente, tentando golpear a garganta de Bo com o *puukko*, só que foi impedido pela mão forte de Esko que se fechou em torno do seu pulso.

— Não — disse ele. — Estou falando sério, Paul. *Não!*

O sangue desapareceu do rosto de Mantilini e seus olhos escuros como dois pontos pretos contrastaram com a palidez da sua pele. Sua expressão ainda era assassina, mas seu veneno se voltou para Esko e se concentrou nele. Esko era maior e não era um homem fraco, mas mesmo assim não conseguiu impedir que Mantilini levantasse a lâmina e quase encostasse a ponta da arma no olho bom de Esko.

— Você conhece isso, Esko? Reconhece esse pedaço de aço?

A sala ficou em total silêncio, diante do sorriso de Mantilini e do cheiro dos canos de descarga dos carros que passavam pela Quinta avenida.

— Claro que reconheço, Paul. Agora eu vou soltar a sua mão e você poderá fazer o que quiser.

O *puukko* ficou pairando a poucos centímetros do globo ocular de Esko, e então se moveu, cortando apenas o ar.

— Você tem razão — disse Mantilini, flexionando os ombros tensos por baixo do terno. — Posso fazer qualquer coisa. Posso fazer o que bem entender. Sou Paul Mantilini. Nunca se esqueça disso.

Mantilini relaxou um pouco, sorrindo agora, recolocou o *puukko* de volta na bainha e o guardou no bolso.

— O show acabou, pessoal. Aproveitem o resto da noite. Dêem uma passadinha em um dos meus *nightclubs* quando saírem daqui. Avisem que Paul Mantilini lhes disse que hoje a bebida é por conta da casa. Vamos embora, Ruthie — disse ele, levando-a pelo braço. — Troço interessante, esse tipo de arte.

Um suspiro de alívio encheu a sala quando os garçons recomeçaram a circular com bebidas e logo o nome de Paul Mantilini estava nos lábios de todos, como um mantra. Esko sentiu os olhos de Katerina grudados nele. Ela mordia o lábio inferior e ele fez uma careta, mas logo em seguida percebeu que Marion Bennett observava ambos, como se pressentisse o cintilar de algum segredo, alguma coisa entre eles, e isso fez com que o estômago de Esko se contraísse e tudo em volta parecesse a ponto de explodir, como se forças além do seu controle estivessem começando a atuar... como se elas estivessem o tempo todo à espreita.

Apenas Bo, o sueco, se mostrou alheio a todas essas forças ocultas. Coçou a virilha e espantou o medo com um cálice de vinho que pegou da bandeja de um garçom.

— Acho que dei uma lição nele — disse, sorrindo.

4

Mantilini estava de muito bom humor a bordo do *Ile de France*. Ele e sua família estavam na suíte presidencial, enquanto Esko recebera o prestigioso *apartement de grande luxe*.

— Eu lhe disse que você é o mais famoso arquiteto de Nova York. Certamente o maior — disse Mantilini, apontando para as opulentas cestas de frutas e garrafas de champanhe. — Os franceses adoram esse tipo de coisa — comentou ele, assobiando ao sair, fechando a porta e chamando por Gardella aos berros.

Esko se sentou em um dos sofás e olhou para o relógio de pulso. Ouviu alguém bater na porta e, quando ela se abriu em seguida, viu que era Mantilini que voltava trazendo na mão uma lista dos passageiros da primeira classe.

— Estaremos na mesa do comandante esta noite, que é onde deveríamos estar mesmo — comentou. — Junto com dois governadores, um bispo, o ministro das Relações Exteriores do Brasil e adivinhe quem...?

— Quem?

— Esko, você vai adorar ouvir isso — sorriu Mantilini. — *Chaplin*.

— Charlie Chaplin?

— Bem, aqui diz sr. Chaplin — disse Mantilini, franzindo o cenho, apertando o lobo da orelha entre o polegar e o indicador, para em seguida alisar os cabelos lisos e brilhantes com a palma da mão, forçado a contemplar a desagradável idéia de que aquele Chaplin poderia não ser quem eles imaginavam.

Mantilini se encostou na porta com os pés cruzados à altura dos tornozelos.
— Escute, Esko, com relação àquela noite...

— Esqueça — pediu Esko, levantando a mão.

Um músculo se retesou no maxilar de Mantilini, e Esko compreendeu que ele não estava habituado a ser interrompido e talvez nem estivesse, afinal, a ponto de fazer o pedido de desculpas que Esko julgara desnecessário. A questão, ali, era de quem tinha a faca e o queijo na mão.

— Eu poderia ter feito algo sério ali, na frente daquele monte de gente, e isso teria sido um erro — disse Mantilini. — Por isso eu lhe agradeço. Mas aquele Bo... — Mantilini balançou a cabeça para os lados. — Tem gente que se atravessa demais no meu caminho — disse. — Vejo você no jantar.

Meia hora mais tarde, ouviu-se outra batida na porta e era Katerina, com um comissário ao lado trazendo as malas.

— Posso entrar? — perguntou ela.

— Claro — disse Esko, piscando rápido, sentindo o cheiro dela, colocando-se de lado para ela entrar e sorrindo ao vê-la cair em seus braços e pressionar o rosto de encontro ao seu coração que pulsava. — Estava com medo de você não aparecer.

— Eu sei — disse ela. — Mas aqui estou eu.

Esko deu uma gorjeta ao comissário enquanto Katerina olhava em torno, passando os dedos de leve sobre os vidros e os móveis de imbuia, indo até o quarto para inspecioná-lo e voltando em seguida.

— Já contou a Mantilini? — quis saber ela, depois que o comissário foi embora e a porta se fechou.

— Ainda não.

— Esko, não quero ficar escondida em uma cabine apertada durante cinco dias só porque um gângster limpou a nossa sujeira.

Esko contara a Kate tudo a respeito de Mantilini.

— Eu sei. — Os olhos dela, muito brilhantes sob o chapéu verde, baixaram; ela prendeu um cigarro em uma piteira de ébano.

— E então? — perguntou ela, quando ele pulou em sua frente com um isqueiro na mão. — O que você sugere?

— Quem sabe ele fica enjoado com o mar?

Ela riu, emitindo sons inesperadamente descuidados, e se inclinou na direção do corpo dele, beijando-o; então, tornou a se afastar, e seus olhos foram atraídos pelos esboços que Esko espalhara sobre a mesa; eram algumas modificações para o teatro East River, para o arranha-céu de Helsinque e para a casa de Mantilini em Connecticut. A visão de tudo aquilo a fez estremecer. – Que coisas lindas e maravilhosas – comentou ela. – Esko, eu destruí você.

– Você me *construiu*.

– A culpa foi minha – disse ela, com o corpo trêmulo, sem encará-lo. – Eu não devia ter me casado com ele. Fiz isso por um monte de razões erradas. Mas gostava dele... ele não era um homem mau.

– Eu sei – disse Esko, baixinho.

– E eu o *matei*.

– Nós dois fizemos isso – afirmou Esko, com a mesma voz baixa, chegando perto dela por sobre a mesa. – E o fizemos porque ele ele estava tentando me matar. No fim, eu fiquei muito feliz por vê-lo caído. Do outro jeito, o morto seria Esko Vaananen.

Ela levantou a cabeça e colocou um dedo sobre os lábios dele.

– Podemos ser felizes juntos, você e eu, Esko? Existe uma chance para isso? O que vamos fazer?

– Esquecer – afirmou ele, beijando a boca e os dedos dela. – Coisas ruins aconteceram, mas não somos pessoas más. Vamos tirar isso da cabeça e seguir em frente com nossas vidas. Vamos ser felizes.

Esko sentiu o navio começar a vibrar e pulsar por baixo dos pés. Os motores haviam sido ligados, as hélices do *Ile de France* se agitavam através das águas profundas do cais, e logo, da janela de sua suíte, viram a paisagem serrilhada de Manhattan ir ficando lentamente para trás. Havia coisas que precisavam ser enfrentadas e Esko sabia disso, mas não naquela noite; aquela noite era só para eles; tomou Katerina nos braços e a levou para a cama.

No dia seguinte, antes do almoço, Esko encontrou Mantilini sozinho no bar da primeira classe, fumando um cigarro, bebericando um uísque, com os olhos atentos se movendo do caderninho preto para o espelho jateado atrás do bar, através do qual ele percebeu a chegada de Esko.

— Você não está enjoado, afinal? – perguntou, sem olhar para Esko, seus olhos desviando para algum ponto além do espelho e se estreitando para ver melhor um mural que fora pintado lá. O mural exibia figuras dançando jazz, algumas caindo, algumas levantando e outras girando em volta. – Senti a sua falta no jantar.

— Eu nunca fico enjoado no mar – afirmou Esko, sentando-se ao lado de Mantilini. – E você?

— Também não. O oceano não me afeta. Não somos sortudos? – perguntou Mantilini, as mãos com unhas muito bem cuidadas pousadas sobre o tampo brilhante do bar, ao lado do cinzeiro onde o cigarro queimava lentamente. – Adivinhe quem foi que eu acabei de ver no deque?

— Você viu Kate Malysheva – disse Esko, com toda a calma, fazendo sinal para o *barman*. – A essa altura você já sabe que ela também é Kate MacCormick, a esposa do homem que eu matei. Sim, estamos tendo um caso. Sim, já estávamos quando eu o matei. E sim, ela está comigo.

Mantilini se balançou para frente e para trás sobre a banqueta do bar, soltando fumaça pelos lábios, resfolegando de leve e colocando as mãos no rosto. Suspirou. Apertou as têmporas com os dedos e revirou os olhos com impaciência, as veias do pescoço latejando.

— Seu idiota – disse. – Seu tremendo *idiota*. Por Deus, Esko... – passou a mão na boca e balançou a cabeça – O que mais eu preciso saber?

— Mais nada. Isso é tudo.

— Isso é *tudo*. Minha nossa! – Ficou em pé e pareceu prestes a chutar a banqueta, mas ela era pregada no piso e ele preferiu não fazê-lo. Apertou o nó da gravata com força, ajeitou-a com todo esmero, olhando mais uma vez para o espelho e em seguida sorriu para o *barman*, readquirindo o controle.

— Você ainda quer que eu construa a sua casa?

— Não me provoque, Esko – avisou Mantilini, balançando o dedo. – Não force mais a situação, senão a única coisa que você vai construir é um mausoléu, e vou colocar você dentro dele. Dessa vez você me contou realmente tudo?

— Tudo.

— É melhor que esteja me dizendo a verdade.

— Eu estou.

Fazendo um esforço, Mantilini voltou a se sentar na banqueta do bar; colocou o caderninho diante dele e pegou o lápis de ouro. Fez alguns cálculos, rabiscando números, totalizando valores e então fechou o livrinho de repente.

— Vamos lá — convidou ele, com um sorriso mais desconfiado que o usual, como se Esko o tivesse prejudicado, de algum modo. — Quero que você conheça a minha mulher e os meus filhos.

Mais tarde, Esko contou a Katerina tudo o que aconteceu.

— Ele não gostou da história, mas na verdade isso não muda nada, no que se refere a ele. Só não vai mais confiar tanto em mim, de agora em diante.

— E isso importa? — quis saber Katerina, tomando-o pelo braço enquanto enfrentavam o vento forte, tentando caminhar pelo deque principal. Nuvens cinzentas agigantavam-se sobre o navio e o céu abaixara tanto que parecia se unir ao oceano.

— Não — disse Esko; era estranho, mas compreendeu que gostaria que Paul Mantilini fizesse um bom juízo dele. — Não importa.

Esko segurou a grade e Katerina se apoiou nele enquanto tentavam ir em direção à popa; ao chegarem lá, viram um rapaz de cabelo preto e o rosto de menino espremido entre um boné xadrez colocado meio de lado sobre a cabeça e uma jaqueta também xadrez, abotoada até o pescoço, com a gola levantada.

— Sou um piloto dos correios — informou ele, em um inglês nervoso, atraindo a atenção deles para um hidroavião que estava sendo preso, no deque inferior, a uma catapulta movida a vapor. — Aquele é o meu avião.

Dali a alguns dias, quando o *Ile de France* estivesse a pouco mais de mil quilômetros do porto de Le Havre, o avião seria catapultado do deque com o rapaz na cabine do piloto. O objetivo era diminuir em vinte e quatro horas o tempo que uma carta levava para ir de Nova York a Paris. Aquela era a primeira vez que a companhia francesa ia fazer a experiência; ninguém sabia ao certo se a catapulta funcionaria ou não.

— E se não funcionar? — perguntou Katerina ao rapaz, apertando o braço de Esko com mais força, seus olhos se desviando do minúsculo hidroavião para o imenso Atlântico que se agitava como uma cadeia de montanhas cheias de cumes pontiagudos.

— Nesse caso, *mademoiselle*, eu vou afundar — disse o rapaz, e Esko se encheu de orgulho e de tristeza diante da coragem cega e incauta que às vezes era necessária para o mundo dar um passo à frente.

O tempo clareou e levou o *Ile de France* para águas mais calmas. Por fim, constatou-se que Chaplin estava realmente a bordo, e Esko o viu, certa manhã, do lado de fora da sua cabine na primeira classe, um homem de baixa estatura, encantador, incrivelmente bonito e que lhe pareceu um pouco mais gordo em seu terno risca-de-giz e polainas. Seus olhos analisaram o rosto de Esko com uma leve curiosidade; Chaplin estava em pé ao lado de Mantilini quando o piloto dos correios acabou de verificar tudo. tirou seu extravagante boné xadrez, entregando-o ao operador da catapulta, enfiou seu capacete de piloto, os óculos de aviador com revestimento de pele e então, em homenagem ao grande astro do cinema, caminhou com os pés abertos em direção ao hidroavião, rodando na mão uma bengala imaginária. Todos, inclusive Chaplin e Mantilini, riram muito e aplaudiram com vontade.

Katerina apertou o braço de Esko com mais força quando o piloto fechou a janela da cabine com um barulho surdo, um som que tanto significava o início quanto o fim de alguma coisa, como a porta de um elevador ao se fechar. O motor começou a girar fazendo um barulho estranho, o piloto ajustou os óculos e levantou o polegar. Arremessado pela catapulta reluzente a uma velocidade espantosa, o avião mergulhou em direção ao mar e desapareceu de vista por um instante, como se tivesse simplesmente despencado ao chegar à ponta do navio, caindo de bico no oceano; Katerina gemeu, mas seus olhos brilharam ao ver novamente o avião, deslizando sobre as ondas, apoiado nos flutuadores da fuselagem, até que decolou e subiu aos céus, parecendo um dardo rumando em direção ao sol.

5

O trem seguia através de uma paisagem que logo exibia mais água do que terra. Era a época da deslumbrante aurora boreal. O sol acabara de se pôr, mas não havia escuridão. A névoa cobria as árvores muito altas, como se o próprio solo, em si, estivesse exalando seus humores, entediado pelo dia interminável. Os lagos, como olhos enormes, pareciam ter roubado a luz dos milhões de estrelas que o verão expulsara do céu. Katerina dormia e Esko olhava pela janela da cabine do trem. Seguiam em direção ao norte, depois de terem passado três dias em Helsinque, ocasião em que Esko se encontrara com Diktonius e os outros empresários que planejavam construir o arranha-céu na rua Aleksanterinkatu, e já haviam agendado entrevistas com repórteres do *Hufvudstadsbladet* e do *Helsingin Sanomat*. Parte da estranheza de estar de volta à Finlândia era que Esko se descobriu mais famoso ali do que nos Estados Unidos. Para seus conterrâneos ele não representava apenas dinheiro no banco, nem era um produto de exportação bem-sucedido que poderia ser utilizado em casa. "Arquitetura ou revolução", Le Corbusier escrevera em seu livro. A revolução finlandesa fracassara, mas o país iria ter sua arquitetura própria. Esko Vaananen ofereceria a eles um arranha-céu de vidro no centro da capital.

Durante o tempo que passaram em Helsinque, Esko e Katerina também visitaram o edifício Diktonius, que logo seria demolido, e Esko conseguiu que seu elevador, o elevador *deles*, como ele agora o considerava, fosse preservado e enviado por navio para O'Geehan, em Nova York; tinha planos de desmontar os murais que havia pintado nele e reinstalá-los no interior do elevador expresso da East River Tower.

Um cavalo malhado amarrado atrás de uma pequena carroça preta já estava à espera deles quando saltaram do trem. Não havia nenhum cocheiro no local, mas o cavalo esperava com paciente indiferença, como um verdadeiro finlandês. Os robustos prédios novos da estação, recentemente pintados, já estavam rodeados por áreas ainda rústicas, mas que poderiam ser identificadas como o princípio de uma nova cidade, agora que a ferrovia finalmente chegara à região. Esko olhou para um novo prédio que estava em construção e onde eram utilizadas toras cortadas por serra mecânica em vez de machado, um sinal seguro dos tempos modernos. Havia ainda uma agência de correios e um pequeno *hotelli*.

— Onde está todo mundo? O lugar está deserto — disse Katerina.

— Pode acreditar, isto aqui está muito mais movimentado agora do que antigamente — garantiu Esko.

Ela sorriu enquanto pegava a mão dele e a balançava com descontração.

As portas do *hotelli* se abriram e lá de dentro saiu um velho cambaleante que olhou em volta rapidamente, com ar de bêbado, e caiu, golpeado pela luz do sol. Ficou largado no chão por vários minutos até que se levantou, sacudiu a poeira da roupa, deu meia-volta e tornou a entrar no *hotelli* com ar de dignidade ofendida, pela qual merecia mais um drinque. Estamos na Finlândia e são apenas nove da manhã, pensou Esko consigo mesmo e, embora o mundo exterior esteja chegando aos poucos, certas coisas nunca vão mudar.

Outro homem saiu, o cocheiro; estava sóbrio (ou pelo menos assim pareceu), e logo eles estavam a caminho, saindo do piso liso das imediações da estação, pavimentado com concreto, para começarem a sacolejar ao longo da trilha rústica que ladeava uma floresta prateada de bétulas delgadas, junto ao lago. Era um dia de verão sem vento, embora de vez em quando Esko visse uma sombra que agitava o lago, uma brisa suave como o toque de um pincel que servia apenas para acentuar o azul da água. Algumas nuvens brancas que pareciam feitas de lã estavam paradas bem alto, no céu. O aroma de bétulas aquecidas e palha seca flutuava pelo vento e penetrava em suas narinas com uma inocência única. Um fazendeiro que caminhava pela campina parou por um instante, levantou um pouco a aba do chapéu para observar melhor a carroça, com curiosidade, e Esko lembrou que eles não gostavam muito de estranhos por aquelas bandas. Pois bem, ele não era um estranho, não tanto assim; a verdade, porém, é que não sabia o que esperar, nem que emoções despertaria, enquanto a carroça virou em uma esquina, afastando-se das margens do lago, seguindo por onde a luz do sol marcava com cores os topos das árvores e a mão de Katerina descansava suavemente sobre a sua.

— Lá estão elas — disse Esko, levantando-se dentro da carroça e apontando para as duas torres da igreja. Ainda estava em pé quando a carroça passou rangendo pelo primeiro dos quatro cemitérios da aldeia, onde sua mãe estava enterrada, entre tardias flores de verão que adornavam as bem cuidadas tumbas de mármore preto. Passaram pelas ruínas da casa que pegara fogo e onde ele quase morrera, agora cobertas de mato quase por completo, e ao lado viram a outra, que ainda estava em pé, da qual em uma noite no passado ele fugira para escapar dos punhos do pai. Por alguma razão essas lembranças já não lhe pareciam tristes ou dolorosas. Representavam as sombras dos acontecimentos e tensões que o haviam construído; havia algo de tranqüilizador e correto nelas, agora que ele voltara. A aldeia representava tudo em que ele tentara se transformar, e Esko sentiu que voltar ali tinha sido uma boa idéia.

No canto de uma campina viu o celeiro pintado de vermelho, construído no estilo antigo, com fissuras entre as toras; naquela campina ele e Katerina haviam se conhecido.

Na casa do vigário, eles encontraram o inspetor à sua espera, conforme combinado, um cavalheiro idoso que parecia ter muita vitalidade, com um *puukko* preso ao cinto e um mapa na mão, equipado com todas as informações de que Esko precisava... quais as pequenas porções de terra que ainda pertenciam aos Vaananens, e quais as áreas que pertenciam a fazendeiros dispostos a vendê-las, e por todo o resto do dia vagaram pelas densas florestas, escolhendo as árvores que deveriam ser derrubadas e enviadas para Nova York. Em Helsinque, Katerina comprara uma pequena filmadora de mão, uma *Pathe 9* e, de vez em quando, levantava-a como se fosse uma arma e fazia o filme rodar, enquanto Esko conversava com o inspetor, empunhava um machado ou fazia palhaçadas, com o sol tranformando seu cabelo em uma auréola. Esko estava na paisagem da sua infância e ela era a amorosa observadora que ele achou que nunca mais teria novamente.

No dia seguinte, Kalliokoski veio de Vaasa em um Renault preto com motorista. Estava mais velho, mais grisalho, mais bem cuidado e, naqueles dias, ainda mais poderoso. Lembrava-se muito bem de ter conhecido Katerina quando ela ainda era uma menina. Abraçando-a, ofereceu-lhe as condolências pela morte de sua família.

Brincou com Esko, reclamando por ele ter abandonado a construção das igrejas. Estavam em pleno jardim da casa do vigário ao lado do Renault muito bem polido, ainda com o motor ligado.

— Sob certos aspectos você continua sendo uma alma sem merecimento — sentenciou ele, a mão sobre o ombro de Esko. — Às vezes eu me pergunto por que razão tenho tanta paciência com você. Bem, na verdade não é bem assim. Eu sei muito bem o porquê.

Virando o olhar irônico e divertido para Katerina, pegou-a pelo braço e sussurrou-lhe ao ouvido:

— Quando eu era jovem, fiquei perdidamente apaixonado pela mãe dele. Nada aconteceu entre nós, é claro. Mas, quando ela morreu, prometi que sempre olharia pelo seu filho. Uma promessa que espero ter mantido. Tentei, pelo menos. — Levantou a voz: — Estamos todos muitos orgulhosos, agora que ele se deu tão bem nos Estados Unidos. Espero que enquanto estiver aqui ele considere a idéia de me construir outra igreja.

Kalliokoski ficou para jantar, momento em que entreteu a todos, incluindo o novo vigário, um rapaz muito jovem, com casos das promessas trazidas pelos bolcheviques, para em seguida chocá-los com a história de como aqueles mesmos bolcheviques acabaram com centenas de socialistas finlandeses atirando-os em uma cova coletiva perto de Leningrado, ou Petrogrado, como a cidade era agora conhecida. Esko sentiu o ódio surgir ao lembrar que a Finlândia era um país pequeno, mas orgulhoso, espremido entre dois vizinhos poderosos. Os Estados Unidos, com seu poder, haviam colocado a identidade nacional do país acima dos anseios da história e do destino. Os Estados Unidos haviam se tornado um país com muita sorte, jovem, mimado, maravilhoso e tão apaixonado por aquela postura generosa que não era de admirar que seu idioma arquitetônico fosse o arranha-céu.

Esko tomou mais um gole de vinho, olhando para Kalliokoski através da vela que derretia.

— O que sabe a respeito do meu pai? — perguntou ele.

— Timo? — respondeu Kalliokoski. — Você devia perguntar a Anna sobre isso.

— Perguntar a Anna? — Esko pôs o copo na mesa. — Não sei se entendi o que quer dizer.

— Ela está esperando notícias suas até hoje — afirmou Kalliokoski, ignorando o olhar intrigado de Esko. — Isso é tudo o que eu vou lhe dizer.

Depois do jantar, os dois homens se abraçaram, apertando-se com força e dando palmadinhas nos ombros um do outro; Kalliokoski beijou Katerina nas duas faces, desejando:

— Boa sorte, minha cara. Vá com Deus. Cuide bem dele! — Então, eles viram as luzes traseiras do Renault desaparecerem em meio ao entardecer da meia-noite, piscando entre fileiras de gigantescos pinheiros.

— Gostei dele — afirmou Katerina, depois que eles resolveram dar uma volta mesmo sabendo que já eram altas horas, e seguiram caminhando através da floresta em direção ao lago, Esko carregando uma cesta onde havia uma garrafa de vinho, um saca-rolhas e dois cálices enrolados em guardanapos de linho. Esko se entristecera um pouco ao lembrar de Anna, perguntando-se o que será que Kalliokoski insinuara a respeito do seu pai, e sem saber o que fazer. Havia mais de seis anos que ele saíra da Finlândia. Seis anos! Era muito tempo, e fazia alguns anos desde que ele e Anna haviam deixado de trocar correspondência.

Filetes de névoa vinham do lago, envolvendo as tropas formadas pelos abetos e bétulas e, no misterioso lusco-fusco acinzentado, Esko viu cômoros na floresta, formigueiros gigantescos prontos para aprisionar uma bota, ou afloramentos de granito que se haviam depositado ali quando o gelo se retraíra havia muitos milênios, testamentos glaciais dos movimentos do tempo, estranhos inchaços na paisagem de verão. Quando o inverno chegasse, a neve iria cobrir aqueles montículos, e eles pareceriam túmulos de guerreiros. Pelo menos era assim que aquilo sempre lhe parecia em criança, conforme lembrava naquele momento ao chegarem diante do brilho enluarado do lago, onde um barquinho fora puxado para a areia com as hastes ainda presas e um par de remos cruzados sobre o banco, no centro da embarcação.

As ondas lambiam carinhosamente os seus pés; Esko olhou para Katerina, lembrando-se dos passeios de bote que costumava fazer com sua mãe, saindo daquele mesmo lugar. Foi como se uma antiga ferida começasse a se curar dentro dele, como se algo que queimara durante tantos anos pudesse ser finalmente suavizado.

– Quer dar uma volta de barco?

– Claro – disse ela.

Um barulho veio de algum ponto atrás deles, bem do fundo da floresta, como um pisar e estilhaçar de galhos, e Esko se virou, colocando-se em guarda, temendo a chegada de um urso. O som que aumentava, porém, foi logo acompanhado de gritos e exclamações.

– Menino-sabugo!

O apelido trouxe à mente de Esko, de imediato, um rosto havia muito esquecido.

– Turkkila?

Uma figura de chapéu pulou do meio dos arbustos, levantando as botas no ar com muita disposição ao caminhar, trazendo uma garrafa sob o queixo e o braço dobrado.

– Menino-sabugo! Está tentando roubar o meu barco de novo? Você já fez isso, uma noite dessas.

Uma noite dessas? pensou Esko; fazia quase vinte e sete anos.

– Turkkila? É você mesmo?

Com uma das mãos Turkkila apalpou os bolsos, como se procurasse fósforos, tabaco, ou algo que parecia ter esquecido; então se lembrou do outro braço, o que acalentava a garrafa. Tomou um último gole, muito comprido, arrotou e arremessou a garrafa para trás, por cima do ombro; ela brilhou no ar, por um instante, cintilando na penumbra, e caiu sem emitir nenhum som, como se não tivesse realmente caído mas sido apanhada no ar por algum deus finlandês da floresta, determinado a lhe extrair a última gota.

Turkkila assoou o nariz com a mão. Em seguida, inspecionou-a e limpou-a na lapela dura e brilhante de seu velho paletó encardido. Balançou o pé direito, depois o pé esquerdo e começou a revistar a própria roupa com as mãos. Um fósforo formou uma centelha de encontro à sua caixa e iluminou-lhe as bochechas cheias de crateras, o nariz esmagado e um dente que mais parecia uma presa lançando-se para fora do lábio inferior inchado.

— Menino-sabugo! — repetiu ele, fedendo a enxofre, fumo barato e diabólica bebida caseira. — O que é que sobe até o céu?

— Um elevador.

— Isso mesmo! Um elevador! Tenho pensado muito em você, menino-sabugo. Você vive em meus pensamentos.

Turkkila pigarreou com estardalhaço, cuspiu e fechou os olhos. Com uma voz grave, começou a entoar uma canção que falava de cinco meninos que foram embora da aldeia. Um foi catar nozes, outro foi colher trigo, o terceiro foi pescar, o quarto foi caçar lebres. O quinto? Ninguém sabe para onde foi, mas ele não voltou mais, mesmo depois que os outros retornaram. Então os aldeões montaram uma equipe de busca. Procuraram nas florestas, atravessaram os campos imensos e deslizaram através das águas fundas do lago, até que, por fim, ouviram uma voz que os chamava lá do alto:

Estou aqui, pessoal
Uma nuvem me pegou pela cabeça
O filho dela me segurou pelo pé
Os tios dela me agarraram os braços
Todos eles me levaram
E me prenderam no céu.

Turkkila tornou a abrir os olhos e cuspiu novamente, agora que a canção terminara. Passou os dedos sob o nariz horrendo e segurou o chapéu.

— Quem está com você aí, menino-sabugo? Uma mulher? Ela parece uma bailarina, uma pequena bailarina. Será que ela anda dançando com você, menino-sabugo? — perguntou ele, gargalhando alto e dobrando o corpo em espasmos de tosse. — Desculpem — disse, por fim, fungou com força e cuspiu mais uma vez. — Você a encontrou, afinal, hein? A menininha do carro com motor. O menino-sabugo achou que podia fugir com ela. A filha do demônio que veio no próprio carro do demo. Bem, talvez o velho Turkkila tenha entendido aquilo um pouco errado. — Um olhar astuto surgiu-lhe nos olhos. Suas narinas se agitaram. — O que você trouxe aí na cesta? Uma garrafa? Vocês podem servir um pouco para vocês — não muito, hein? — e depois entreguem a garrafa para o velho Turkkila. Ele prefere beber direto do gargalo.

Katerina, que observara Turkkila em silêncio por todo esse tempo, pegou sua mão e perguntou:

— Na canção que o senhor cantou as nuvens libertam o menininho?

— Não sei dizer, senhorita — respondeu ele, com ar tímido. — Levem o barco; fiquem à vontade.

— Tome aqui o vinho — ofereceu Esko.

— Ah, agora, sim! — reagiu Turkkila. — Adeus, senhorita, adeus, menino-sabugo. Lembrem-se do que eu disse... Cuidado com os elevadores. Muito cuidado com os elevadores!

Esko pegou Katerina pela mão e a ajudou a entrar pela popa do barco; empurrou a embarcação através das águas rasas e pulou a bordo, prendendo os remos, cuspindo nas mãos e lançando-se à tarefa, fazendo submergir os remos e retirando-os da água em seguida com movimentos firmes. O barco se recusou a navegar, a princípio, mas logo ganhou velocidade, com leveza. Katerina se recostou e deixou a mão deslizar pela superfície da água, não se importando de molhar a manga do vestido.

— Quem era aquele senhor? — perguntou, de olhos fechados.

— Turkkila? Antigamente ele era o coveiro da aldeia. Acho que mora aqui desde o início dos tempos. Se perguntar a qualquer pessoa do lugar, ela vai lhe dizer que ele está aqui desde sempre. Dizem que tem contato com os demônios, e não só com os que saem da garrafa.

— É uma pena você ter que ficar longe dos elevadores — comentou ela, abrindo os olhos e olhando para ele com um sorriso sagaz. — Especialmente sendo um arquiteto que constrói arranha-céus.

— É realmente uma pena — admitiu Esko, rindo.

— Este é o lago onde sua mãe se afogou? — perguntou ela, levantando a manga do vestido, que pingava.

Esko concordou, abaixando a cabeça e puxando os remos com mais força.

— É muito estranho para você voltar a esse lugar?

— É como se eu estivesse sendo perseguido por um fantasma, mas esse fantasma sou eu mesmo. Fico olhando através das árvores e vejo o pequeno Esko.

— Eu gostava do pequeno Esko. Ele usava roupas muito sóbrias, engraçadas, e olhou para mim de um jeito que eu jamais esqueci. Levei muito tempo para aprender a olhar para as outras pessoas daquele jeito, sabendo que elas podem ter tantas feridas quanto as que você carregava.

Esko perguntou a si mesmo se deveria fazer a pergunta que o atormentara por tantos anos. O que ela dissera naquela noite, havia tantos anos? Ela falou realmente "Passe por cima dele"? Percebeu que aquilo não importava, porque naquele momento ela não pensava assim, e nunca mais pensaria.

— Algum dia você pretende voltar a São Petersburgo, Leningrado, ou sei lá como a chamam agora? — perguntou Esko.

— Para mim, o nome será sempre São Petersburgo. Eu volto lá todas as noites, mas apenas em sonhos — disse ela.

Esko recolheu os remos e os pôs no centro do bote; então se levantou e foi com todo o cuidado para a popa, sentando ao lado de Katerina para eles poderem se recostar, se enlaçar um nos braços do outro e olhar para o céu, tentando achar uma estrelinha, pelo menos, naquele estranho céu cinzento de meio de verão. Pequenas ondas bateram na lateral do barco. Duas garças gazearam uma para a outra, ao longe; um cheiro de fogueira surgiu no ar, trazido pelas águas. Nova York e o arranha-céu pareciam estar a muito mais de um oceano de distância e, no entanto, Esko sabia que se olhasse para a esquerda poderia ver o arranha-céu perfeito de sua infância surgindo de dentro do lago.

— Por muitos anos eu aprendi a ficar sozinha, a ser muito rígida e silenciosa comigo mesma. Quero que tudo isso mude. Quero que fiquemos juntos, Esko — os dedos dela acariciaram o peito dele. — Podemos?

— Claro.

— Não sei se isso vai ser possível para mim, mas gostaria que tentássemos ter um filho.

Esko sentiu como se caminhasse na ponta dos pés, o corpo formigando com as emoções da noite de verão.

— Faço questão que seja uma menina — avisou ele, a voz solene. — Vou amá-la e ela vai me adorar. E ela tem que aprender a tocar piano.

— Minha mãe tocava.

— É de família. A menina Vaananen vai ser musical. Onde ela vai nascer?

— Nos Estados Unidos. Em um lugar com vista para o seu arranha-céu.

— Eu vou dizer a ela que a sua mãe é a mulher mais linda do mundo, e que tudo o que eu fiz na vida foi por ela. Até ela nascer, porque dali para frente vou fazer pela minha garotinha também.

Conversaram durante horas, deixando-se flutuar no barco, sobre as águas calmas do lago; sonharam com o futuro otimista que parecia ser sólido, não era apenas uma idéia formada pela união de seus corações; se abraçaram até o sol se levantar novamente no céu que nunca ficava totalmente às escuras.

6

Anna já não usava a aliança que ele enfiara em seu dedo mais de seis anos antes, uma aliança de ouro simples, muito modesta. Seus ombros se lançavam para trás com orgulho, ela tinha boa aparência. Estava em pé, olhando para ele por detrás da mesa do escritório. Esko sabia que a magoara terrivelmente e sentiu que ela lutava com esses sentimentos antes de levantar os ombros, lançar um suspiro e deixar a boca relaxar, formando um sorriso.

— Esko Vaananen — disse ela, dando a volta na mesa. — Esko *Vaananen*.

Ele sentiu as mãos serem apertadas com força pelas duas mãos dela enquanto estudava seu rosto, deliberadamente comparando cada detalhe dele com aquilo que recordava, como se fosse para confirmar que ele não era, afinal, um fantasma.

— Ora, aqui está você. É você de verdade! — disse ela, rindo, e se colocou na ponta dos pés para beijar-lhe o rosto.

— Sinto muito, Anna. Por tudo.

— Shhh — reagiu ela, aquietando-o, levantando o dedo e colocando-o sobre sua boca. — Eu conheço você, Esko. Sei que sente muito. Eu sinto, também. Temos muito que conversar. Mas antes, deixe-me dar uma boa olhada em você.

Dando um passo atrás, ela o analisou com o intelecto, dessa vez, e não com o amor, e o achou mudado.

— Aconteceu muita coisa, não foi? Quero saber de tudo. Conte-me. Já vi fotos do seu projeto no East River. É fabuloso, maravilhoso.

Esko mexeu um pouco os pés, envergonhado e grato pelo elogio, e olhou rapidamente para o escritório. Diante das pranchetas, das mesas pesadas de carvalho, dos aquecedores, naquele momento apagados, e das janelas escancaradas para o calor do verão, Esko recordou a forma muito ordenada como as coisas costumavam acontecer na Arnefelt & Bromberg. Os projetos espalhados pelas paredes eram diferentes, é claro; havia igrejas, quartéis, uma escola, duas casas, todos projetados em estilo moderno, com muitas linhas retas; em um canto, emoldurado, estava o esboço original que Esko fizera para a igreja da Sombra da Cruz.

— Você está indo muito bem, Anna.

— Fomos pioneiras — afirmou ela, com aquele encolher de ombros tão tipicamente seu, embora fosse verdade; Anna montara o escritório com três profissionais, todas mulheres. — Nos primeiros dias, mantínhamos o dinheiro todo em caixas de charuto, para quem precisasse poder tirar à vontade. Éramos muito pobres.

Conversaram um pouco a respeito das sócias, da proposta para a construção do arranha-céu em Helsinque, falaram do East River Plaza, dos Estados Unidos e do novo trabalho que estava sendo desenvolvido na Finlândia. Esko percebeu que mesmo depois de tudo o que acontecera ele ainda conseguia conversar com Anna a respeito de qualquer coisa, de um jeito fácil e descontraído. Ela o chamou para dar uma volta e lá se foram eles, descendo pela rua Mariankatu, de braços dados sob o sol, em direção ao cais no fim da ladeira. Era um dia típico de Helsinque, quente, mas com uma brisa suave que soprava do mar. Caminhavam sobre o piso de pedras irregulares e lisas da praça do Senado quando Anna parou, levantou os braços e os pôs em torno do pescoço de Esko, de forma carinhosa.

— Kalliokoski me disse que você veio com Katerina. Imagino que isso significa que você quer o divórcio.

— A velha Anna — reagiu ele, rindo e intimidado por sua intuição. Ele e Katerina haviam conversado exatamente sobre aquilo. — Você não foge do touro e sempre acha um jeito de agarrá-lo pelos chifres.

— Você quer o divórcio?

— Só se você concordar.

— O velho Esko. Quer ter o que deseja, quer ser um homem bom e quer que eu o ajude a conseguir isso, não é?

— Anna, não quero brigar.

— Então não vamos brigar — disse, com firmeza. — Mas você vai ter que me ajudar, também. Imagino que Kalliokoski tenha mencionado que o seu pai está de volta a Helsinque. A polícia secreta prendeu a maioria dos vermelhos clandestinos, seis meses atrás, mas não agarraram Timo.

— Não, estou certo de que não. — Esko sabia que seu pai era um mestre na arte da fuga.

— Ele está disfarçado.

— Usando o nome de Offermans.

Foi a vez de Anna demonstrar surpresa.

— Como é que você sabe disso?

— É uma tradição de família. — Esko encolheu os ombros.

— Você quer vê-lo?

— Quando?

— Agora.

Esko olhou para os degraus da catedral, lembrando-se do homem que vira morrer ali, assassinado por um dos camaradas vermelhos de Timo.

Imaginava, no fundo do coração, que conseguiria passar o resto da vida sem tornar a ver o pai. Aquele encontro não era desejado nem necessário. Mas era por Anna.

— Se servir para ajudar você, é claro.

— Obrigada, Esko.

— De que modo isso vai ajudar você, exatamente? — perguntou ele, deixando de lado, não sem esforço, os velhos medos e ódios.

— Você vai ver. Ele é um homem difícil e irritante, mas é muito corajoso — afirmou ela, levando-o através das bancas de flores no cais, passando pela estátua da charmosa e rechonchuda sereia de Vallgren e seguindo pela multidão que se aglomerava em volta das grades em ferro trabalhado do Kappeli Café, nos fundos do parque da Esplanada.

Durante a guerra e depois dela, Esko vira com freqüência fotos do seu pai estampadas nos jornais, mas a última vez que o vira em carne e osso fora no comício de 1917; antes disso, fazia mais de vinte e cinco anos, na aldeia, na base da torre do sino, com o punho levantado. Agora ele estava velho, o rosto enrugado e o cabelo, no passado tão comprido, cortado muito curto e todo branco, o que foi um choque.

Ele surgiu a uns vinte metros de distância, bem na frente de Esko, no meio do gramado. Estava de quatro, fazendo movimentos de pistão com os braços e pernas, imitando uma locomotiva:

— Chuu! Chuu!

— Não, vovô — dizia uma criança. O menino tinha cabelos louros, pouco mais de cinco anos e uma expressão vigorosa e muito séria. Usava pequenas botas de couro, calças azuis e um blusão azul grosso que se enchia de vento enquanto ele corria de um lado para outro no gramado e empurrava o peito do avô. — O senhor é o vagão de passageiros, *eu* é que sou a máquina. É o senhor quem tem que me seguir.

Esko piscou e tornou a olhar, sentindo que toda a arquitetura do seu mundo se esfarelava dentro dele, com as torres ruindo uma por uma a cada vez que via o filho se mover; porque soube que era seu filho; não precisou perguntar; a informação estava plantada dentro dele.

— Qual o nome dele? — perguntou a Anna, sentindo a garganta apertada e a voz rouca.

— Sakari — respondeu ela.

— Por que não me contou? Você me escreveu todas aquelas cartas e nunca disse uma só palavra sobre ele.

— Você seguira o seu caminho, Esko, e com boas razões. Não quis chantagear você. Além do mais, isso teria feito diferença?

Esko ficou chocado, pois não sabia a resposta. Será que teria feito diferença? Será que ele teria desistido de Nova York e voltado para casa?

— Talvez não — respondeu.

— Pois vamos fazer essa diferença agora — propôs ela. — Sakari! Sakari! — chamou Anna, acenando com a mão, e o menininho veio correndo, balançando os braços como se eles fossem um moinho de vento, segurando um trenzinho de madeira com uma expressão de ardente concentração, como se aquilo fosse um troféu que ganhara e oferecia naquele instante à mãe.

— Mamãe! Veja só o que o vovô me deu — disse ele, a voz confiante e séria, mas cheia de alegria e entusiasmo.

— Olhe só que coisa linda! — disse Anna, atrapalhando com as mãos os cabelos louros dele e se ajoelhando à sua frente. — Sakari, querido, você se lembra do que nós conversamos hoje no café-da-manhã? Diga olá para o seu pai.

Anna se levantou e Sakari mais que depressa se escondeu entre as suas saias, espiando Esko com olhos azuis muito arregalados, com expressão mais de curiosidade do que de medo.

— Mamãe, ele é muito feio! Tem um olho só. É um pirata?

— Boa pergunta — disse Timo, aproximando-se. — Olá, Esko.

Esko olhou por um momento para a mão que o pai lhe estendia, antes de aceitá-la.

— Ele é igualzinho a você quando tinha essa idade. Um pequeno patife.

Esko concordou com a cabeça, sentindo as palavras do pai inundarem-no enquanto olhava para o filho.

— Sakari, vou deixar você aqui com seu pai um pouco — avisou Anna. — Quero que você seja um menino bonzinho. Não se preocupe — disse ela, afastando o cabelo da sua testa. — Eu não vou ficar longe. Talvez ele o leve para comer um pedaço de bolo, ou quem sabe tomar um sorvete. Você quer?

Sakari fez que sim com a cabeça, ligeiramente indeciso.

— Mamãe! — gritou ele, com força, quando Anna tomou Timo pelo braço e fez menção de ir embora.

— Que foi? — perguntou ela, preocupada.

Sakari reuniu toda a sua bravura, como um verdadeiro finlandês, e Esko sentiu uma onda de orgulho.

— Vejo você depois — afirmou Sakari, acenando para a mãe.

Esko, deixado diante daquele garotinho vestido de azul, seu filho, percebeu que fora convocado a atuar em uma área para a qual não tinha projeto nem planta a seguir, nem mesmo conhecimento e muito menos destreza. Tossiu de leve e perguntou:

— E então, Sakari. Vamos tomar um sorvete? — As palavras, conforme sentiu na mesma hora, saíram rígidas e esquisitas, como se ele estivesse insistindo. Colocou-se de quatro no chão, sobre a grama e perguntou, de homem para homem: — Por que você está usando uma camisa tão grossa? Não está morrendo de calor?

— Gosto de sentir calor. Gosto de ficar suado — afirmou Sakari, franzindo o cenho. — Por que você está chorando?

— Não sei — disse Esko, tentando evitar as lágrimas. — Você nunca chora?

Sakari balançou a cabeça para os lados com determinação, indignado diante daquela possibilidade, seus olhos azuis arregalados; o menino era meio dramático — influência de Timo, certamente, algo a ser combatido.

— Nunca — garantiu o menino. — Eu nunca choro.

— Bom garoto — elogiou Esko, sabendo que Sakari devia chorar de vez em quando e sentindo a determinação de que isso jamais aconteceria ao menino, pelo menos no que dependesse dele. — Vamos logo tomar esse sorvete. Sabe onde vendem, por aqui?

Sakari balançou a cabeça, com os cachos louros balançando de um lado para o outro.

— Na estação de trem — informou Esko.

Sakari soltou um grito de alegria, como um índio.

7

— Você precisa ficar aqui para conhecê-lo melhor — aconselhou Katerina, os olhos baixos e a boca aveludada muito formal.
— Você vai ficar também?
— Não — disse ela baixinho, com ar deliberado. — Vou para Nova York.
— Sem mim? — perguntou ele. Uma senhora de idade com chapéu emplumado se virou para trás, alarmada com o volume da voz dele e colocando o dedo sobre os lábios, ordenando-lhe silêncio. Era mais tarde, naquele mesmo dia, e eles estavam em uma galeria no Museu Ateneum, diante de uma pequena estátua de bronze de uma menina que dançava, girando em uma roupa diáfana que a envolvia como uma labareda. De repente lhe ocorreu que aquele devia ter sido o motivo de Katerina desejar visitar o museu — não era lugar para fazer uma cena. — Desculpe, madame — pediu Esko, levantando a mão e desculpando-se com a velha senhora. Em seguida, disse: — Nós vamos juntos.
— Você tem um filho. É uma notícia maravilhosa — afirmou Katerina, andando devagar e levantando os olhos só quando chegaram junto de outra estátua de Vallgren: mais uma menina com vestido esvoaçante, aquela mendigando em uma porta, suplicando para entrar. — Você sabe o que é crescer sem um pai. Ele deve fazer parte das nossas vidas.
— Claro que sim, e vai fazer — concordou Esko, a frieza do tom dela magoando-o, mas ainda assim sentindo-se reconfortado pelo "nossas vidas". Havia algo que ele não compreendia. Ela parecia ter se tornado distante. Esko não esperava que ela exigisse que ele nunca mais tornasse a ver Anna ou Sakari e se dedicasse apenas a ela, adorando-a. Katerina era controlada demais para isso. Ou talvez até esperasse essa reação, em algum nível, como um sinal de que ela verdadeiramente precisava do amor dele. Certamente não imaginou que ela fosse se mostrar tão completamente indiferente, sem

demonstrar surpresa alguma. — Você não se importa, Katerina? Nem um pouco?

— E por que deveria? Você se casou com Anna porque achou que eu estava morta.

Outro pensamento o assaltou.

— Anna não me quer de volta, Katerina, se é isso que está pensando.

— Eu tenho que voltar. — A voz dela era paciente. — Minha exposição vai ser montada em Chicago.

— Vou voltar com você. O'Geehan provavelmente está muito preocupado com a minha ausência, assim tão demorada.

Ela colocou a mão na manga do paletó dele, inclinando-se em sua direção com um sorriso tolerante.

— Esko, no outro dia mesmo você me contou que O'Geehan detestava o fato de você se meter em tudo. O arranha-céu está subindo sozinho, não está? Você não precisa estar lá para pregar cada rebite.

— Mas eu pensei que você quisesse que ficássemos juntos. Não foi isso que conversamos?

— Nós *vamos* ficar juntos. Só que existe uma criança envolvida, agora — o seu filho. Você tem medo de me perder?

— É claro.

— No instante em que estava com aquela arma na mão eu escolhi você, Esko — disse ela, olhando em volta por um instante e sussurrando. — O que o faz pensar que vou mudar de idéia?

Eles seguiram para a galeria seguinte e se colocaram diante de um quadro intitulado *O Jardim da Morte*; era um quadro engraçado, na verdade, mostrando três esqueletos trabalhando em bancadas de jardinagem, cuidando amorosamente de plantas em pequenos vasos onde havia flores estranhas e frágeis. Katerina sorriu diante da imagem, dizendo:

— Talvez seja aí que as almas fiquem esperando antes de ir para o céu.

Esko passou a mão na testa. Não estava com vontade de conversar sobre arte.

— Podemos sair daqui?

— Estou gostando desses quadros.

— Eu *realmente* quero passar algum tempo em companhia de Sakari. — suspirou.

— Então está decidido.

— Quero também que você fique comigo aqui, em Helsinque.

— Já conversamos a respeito disso — Katerina jogou a cabeça para trás e fechou os olhos.

— Não vou deixar você ir.

— Por favor, deixe — gemeu ela, suavemente.

— Nem pensar! — reagiu ele, lançando a mão para frente e agarrando-a, antes de perceber o impacto daquelas últimas palavras: *Por favor, deixe*. Sua mão deslizou para baixo e ele deu um passo atrás. — Você *quer* ir embora.

— Tenho que lhe fazer uma confissão — afirmou ela. Seu rosto pareceu fugir dali, e subitamente foi como se Esko a visse pelo lado errado de um telescópio.

— O que é? — ela tentou pegar a mão de Esko, mas agora era ele quem se afastava dela, com palavras antigas voltando à sua mente: *Passe por cima dele*.

— Eu não queria ser obrigada a lhe contar isso. — A frieza e o ar imperturbável desaparecera; ela estremeceu e quando tornou a levantar o rosto para ele, seus olhos estavam rasos d'água. Respirando fundo, prosseguiu: — Hoje de manhã, quando você foi se encontrar com Anna, eu segui você. Estava do outro lado da rua, com a minha câmera. Pensei em fazer um pequeno filme — Esko em Helsinque. Parece estranho, até mesmo tolo, eu sei. Mas é isso que eu faço. É o meu jeito de lidar com o mundo. Por isso estava orgulhosa, vendo você circulando pelas ruas, seguindo por um caminho e outro, olhando para os edifícios. Ali está o meu homem, pensei. Dava para perceber direitinho os prédios que lhe agradavam, só pela expressão do seu rosto. Esperei enquanto você subiu no escritório de Anna e depois segui ambos através da praça, passando pela igreja grande e indo até o parque. Filmei você com Sakari. E então abaixei a câmera. Havia um homem ali... um velho, com cabelos brancos... — parou de falar.

— Meu pai — disse Esko, tomando sua mão, levantando-a e esfregando os lábios com suavidade de encontro à sua pele. — Katerina, o que foi? — perguntou ele, apavorado com o que ela poderia estar prestes a dizer.

— Eu nunca tinha visto o seu pai antes, embora soubesse quem ele era. Um bolchevique. O sujeito que uma vez tentou matar o meu próprio pai. Foi tão estranho. — Ela engoliu em seco, apertando a palma da mão contra a boca, os olhos fechados e apertados. — Desculpe, Esko. — Balançou a cabeça e suspirou. — Foi como uma emoção forte desligada de lembranças. Eu me senti oprimida. Estava novamente em São Petersburgo. A imensa maçaneta de bronze da nossa porta da frente estava girando. Colocaram a porta abaixo e aqueles homens entraram. Minha mãe — a garganta dela cortada. Papai... eu olhei para seu pai e senti uma faca penetrando entre as minhas pernas. Olhei para seu pai e pensei que fosse morrer.

Esko a puxou para junto dele, abraçando-a com força. Suas mãos acariciaram a parte de trás da sua cabeça e o calor do seu corpo que estremecia passou através do tecido fino do vestido.

— Ele era um deles naquela noite?

— Não — afirmou ela, apertando o rosto com força de encontro ao peito de Esko. — Mas quando eu o vi... voltei àquele momento. Meu corpo inteiro se transportou para lá.

Esko compreendeu o porquê de Katerina não conseguir ficar nem mais um momento em Helsinque. Envergonhado por suas dúvidas iniciais, ele a levou de volta ao hotel. Continuava disposto a embarcar também.

— Não — pediu ela. — De algum modo as coisas más precisam parar. Talvez parem, talvez não, mas temos que tentar. Encontramos um ao outro e você descobriu que tem um filho. Agora precisa projetar vidas para todos nós. Você consegue fazer isso, não consegue, Esko?

A meia-noite os encontrou sob o domo da estação de trens de Helsinque, Esko colocando as malas dela em uma cabine com leito na primeira classe, na parte da frente do trem. A noite esfriara muito, embora ainda houvesse muita luz no céu. Katerina levantara a gola do casaco e pusera uma boina. Esko precisava ser rápido, pois eles haviam feito amor no hotel e chegaram à estação propositadamente tarde, tentando se agarrar àqueles melancólicos momentos de partida. As pessoas e os atendentes corriam à volta deles, em meio ao vapor, ao cheiro de óleo e cinzas. Katerina iria de trem até Turku, depois seguiria de barco até Estocolmo e dali até o porto de Le Havre e Nova York. As portas se fecharam ao longo dos vagões, um apito soou e Esko, por fim, desagarrou-se dos braços dela e pulou sobre a plataforma.

— Vejo você em duas semanas, minha querida — assegurou ele, lançando-lhe um beijo.

— Eu amo você.

— Eu amo você.

— Boa viagem.

— Eu amo você.

Segurando a mão dela pela janela aberta, Esko apertou o passo, quase correndo ao longo da plataforma até que a velocidade do trem puxou os dedos dela dentre os dele, para então acompanhar o comboio com a mão acima da cabeça, acenando, até a cabeça dela se transformar em um pontinho ao longe, uma mancha, já indistinguível em meio à sacolejante passagem dos vagões.

8

As noites de frio chegaram, as nuvens se instalaram sobre Helsinque, a temperatura despencou e a chuva começou a cair, a princípio apenas em garoas, e depois em temporais. Em poucos dias, o fim de um curto verão finlandês se transformou no princípio de um outono antecipado. Quando Esko saiu do hotel e olhou para o parque da Esplanada em direção ao porto, já era impossível determinar onde o mar acabava e o céu começava. O ar era só umidade e as ruas se transformaram em lama. Os cavalos tinham respingos de lama até nos antolhos. Os bondes arrancavam grandes nacos de lodo debaixo de suas barrigas oscilantes; as pessoas escorregavam nas pedras redondas incrustadas de lama endurecida e acotovelavam-se, portando guarda-chuvas respingados de marrom. Caminhões derrapavam e moviam as rodas com cuidado pelas ruas, tentando adquirir força do lado de fora do canteiro de obras na rua Aleksanterinkatu, onde o edifício Diktonius já estava sendo demolido.

Sakari, conforme Esko descobrira, adorava lama. Divertia-se pulando para cima e para baixo no meio dela, gostava de deslizar e escorregar sobre ela e apreciava particularmente atirá-la em Esko. Anna reclamou que Esko sempre devolvia o filho coberto de sujeira. No fundo, ela não se importava. Esko enchia a banheira do apartamento, colocava a ponta da mão na água para ver se não estava quente demais e então dava um banho em Sakari, ensaboando seus cabelos, esfregando suas costas, apertando uma esponja com água em seu peito. Enrolava Sakari em uma toalha felpuda, previamente aquecida por Anna, secava o seu cabelo e lia uma história para ele, antes de o pôr para dormir. Esko não se preparara para aquilo, mas se deliciava com tudo, adorava a súbita intimidade e confiança que se desenvolvera entre os dois, pai e filho. Anna estava satisfeita também.

— Ele está interessado em Deus, agora — avisou a Esko certa noite, enquanto bebiam vinho, enquanto Sakari já dormia. — No outro dia queria saber por que razão não podemos ver Deus. Eu disse que é por não podermos vê-Lo que sabemos que Ele está em toda a parte.

Esko andava pensando sobre o que Katerina lhe contara no dia que partira — a respeito de ele projetar vidas para todos eles — e contou a Anna que planejava comprar uma casa nos arredores de Helsinque, talvez um lugar velho e *jugend* que ele pudesse reformar enquanto trabalhava no arranha-céu da rua Aleksanterinkatu e na igreja que pretendia construir para Kalliokoski. Queria também manter um escritório-base em Manhattan. Por que não, pensou? Agora ele era um arquiteto bem-sucedido o bastante para exercer sua carreira em dois continentes. Imaginava ele e Katerina viajando de um lado para outro, entre Nova York e Helsinque nos próximos anos, se conseguisse persuadi-la a voltar ali.

— Katerina pediu que eu lhe perguntasse, Anna, o que acha da idéia de Sakari ir ficar conosco nos Estados Unidos por algum tempo.

— Será que vai dar certo? — reagiu Anna, provando o vinho, sentada com os joelhos por baixo do corpo sobre o sofá, diante da suave luz do aquecedor a carvão que ardia entre eles.

— Eu poderia vir aqui para pegá-lo. Ou levá-lo comigo no barco, quando for embora, e depois trazê-lo de volta. Ou você poderia ir para os Estados Unidos também. O que achar melhor.

— Vou pensar no assunto. — Ela hesitou por um momento. — Tudo bem, podemos tentar.

Esko queria pedir a Anna que mantivesse Timo longe de Sakari, mas não sabia se aquilo era justo e resolveu ficar calado. Anna também achava o relacionamento de Timo com Sakari meio complicado, embora Timo amasse o menino e sempre se mostrasse mais tranqüilo e renovado quando estava em sua companhia. Esko ficou horrorizado com a idéia de que em algum momento teria que rever o pai e lidar com tudo aquilo.

Aquelas duas semanas em Helsinque acabaram criando uma rotina. De manhã, Esko via Sakari; na hora do almoço escrevia telegramas para Katerina, enviando-os de graça, por cortesia da French Line, no período em que ela estava a bordo, e em seguida para o endereço de uma amiga em Nova York onde ela ficaria até Esko voltar e eles terem a chance de procurar um lugar para morar juntos; conseguiu resolver de longe todos os problemas que O'Geehan lhe passou — e não foram poucos — relativos ao East River Plaza; as tardes, ele as passava em seu quarto de hotel. Empurrava para os lados, com os cotovelos, tudo o que estava em cima da mesa e espalhava papel de desenho, pondo-se a trabalhar; as noites eram invariavelmente passadas em companhia de Sakari e Anna.

Na véspera de sua partida, ele combinara de levar Sakari ao cinema e, ao chegar ao apartamento de Anna, encontrou Timo lá. Ele usava um gorro de peles, um casacão marrom de *tweed*, pequeno demais para sua figura magra, porém maciça. Suas mãos muito brancas pareciam se lançar em desespero para fora das roupas. Ele chegou sem ser esperado e, ao saber dos planos de Esko para aquela noite, rapidamente se convidou.

— Você vai pagar o meu ingresso, é claro — avisou Timo. — Depois, poderá me levar a um restaurante bem caro. Será que o Kamp é tão bom quanto estão dizendo? Nunca comi lá.

— Bolcheviques não podem entrar — afirmou Esko com um sorriso sarcástico, sentindo-se coagido.

A miopia de Timo, da qual até então Esko não soubera nem suspeitara, fez com que eles fossem obrigados a sentar na primeira fila do cinema, com a água que pingava das roupas e guarda-chuvas das pessoas formando poças em torno dos seus pés, depois de escorrerem pelo piso inclinado da sala. Sakari segurou a mão de Esko quando as cortinas se abriram, as luzes alaranjadas diminuíram e o pianista do lado da tela executou um fortíssimo, quando então uma lança de luz prateada foi lançada acima de suas cabeças e atingiu em cheio a tela. Os dois primeiros filmes foram curta-metragens nos quais um sujeito gordo estragava constantemente a vida de um magro com cara de triste; depois veio Chaplin, arrumando um montinho em um campo de golfe e preparando-se para dar uma tacada, balançando e lançando o taco com endemoninhada vitalidade para descobrir, de repente, que não havia bola nenhuma. Sakari, Timo e Esko explodiram em uma mesma gargalhada exatamente no mesmo instante, rindo muito e com igual entusiasmo, quase uivando, na verdade, como se algum gene de humor tivesse passado incólume pelas três gerações. Esko se divertiu com a idéia de Timo, o revolucionário, Timo, o incendiário, Timo, o sanguinário rir como um garotinho diante de um sujeito com chapéu-coco e sapatos grandes meio moles.

Depois, no saguão, Timo olhou para o neto e disse:

— Viu só, Sakari? Chaplin é um bom homem do povo.

Esko mordeu o lábio, se agachou, abotoou o casaco de Sakari, enterrando um pouco mais o seu boné.

— Por que você gostou de Chaplin, Sakari? — perguntou ao filho.

— Ele é engraçado — explicou Sakari, entrelaçando os dedos em volta dos de Esko.

— Bom menino.

Timo voltou a atacar depois que eles deixaram Sakari na casa de Anna e caminharam pelo parque da Esplanada até o hotel, onde se sentaram em uma mesa do canto — a mesma mesa, recordou Esko, onde ele uma vez conversara com Oskari Bromberg a respeito de ir para a América. A mesma pintura a óleo dos mesmos finlandeses bêbados, envoltos por uma moldura muito envernizada, pendia acima deles, junto à mesa. Timo olhou para ela, grunhiu alguma coisa sem dizer nada e se sentou. Estava velho, pensou Esko; mas sabia que Timo ainda possuía o velho vigor rude e zangado.

Timo se fartou como quem não comia uma refeição completa havia mais de um mês. Talvez aquilo fosse mesmo verdade, refletiu Esko, permitindo-se sentir um pouco de pena ao ver o pai atacar vários arenques, uma posta de salmão, dois pratos de rosbife com purê de raiz-forte, além de beterrabas com batatas, regando tudo com muito vinho e estalando os dedos para chamar os garçons enquanto levantava os olhos com ar ansioso, levando-os do prato para a porta, como se esperasse que a polícia secreta fosse invadir o local a qualquer momento.

— Ele é um bom menino — comentou Timo, acenando para o garçom e pedindo mais vinho. — Você também era.

— Obrigado, pai — disse Esko, de forma seca, sabendo que Timo preparava uma lição de moral.

— Ouvi dizer que você agora é um capitalista, meu pequeno Esko. Constrói grandes prédios de escritórios para homens de negócios.

Esko tomou um pouco de vinho, sem aceitar a provocação para entrar em uma discussão sobre arquitetura com um homem cuja ignorância sobre o assunto era gigantesca; logo, porém, colocou o esnobismo de lado e tentou ser justo.

— Isso me causou alguns problemas, Esko, como deve imaginar. Até mesmo em Moscou alguns camaradas me perguntam se eu sou parente de Vaananen, o arquiteto.

Esko conseguia imaginar o quanto seu pai adorava ouvir aquilo.

— Eles me convidaram a participar de uma competição cuja finalidade é construir um arranha-céu para a glória do camarada Stalin e de seu partido — informou Esko.

— Eu sei — disse Timo, irritado com aquilo. — Tentei dizer a eles que essa idéia é absurda.

— Naturalmente, é claro que o senhor tentou dizer-lhes isso.

— Você lutou do lado dos brancos na guerra. Isso é uma vergonha para mim.

— Pai... Será que poderíamos evitar esse assunto?

— Mas é a minha *vida*. Uma segunda revolução está começando na Rússia. Stalin está cortando os galhos podres. — Recostando-se na cadeira, pôs as mãos grandes sobre a mesa e balançou a cabeça para frente, opinando: — Isso ainda pode acontecer aqui. Deve acontecer.

Esko fitou o pai com um olhar desconfiado, sabendo que as convicções de ambos jamais seriam as mesmas, sabendo também que o rígido sonho utópico de Timo estava colocado no lugar errado, não apenas pelo fato de homens como ele serem os criadores de tais experiências sociais, acreditando que podiam pôr o mundo em uma garrafa e torná-lo melhor com algumas sacudidelas arrogantes. Esko, por outro lado, não tinha muita moral para criticar, pois alcançara as metas de sua ambição através de um profano casamento entre a violência e as altas finanças. Sendo assim, manteve a boca fechada. O que poderia dizer? O mundo era um lugar complicado e misterioso, e embora os fins não justificassem os meios, a decência e o bom senso nos objetivos de alguém eram uma garantia de resultados melhor do que o fervor místico, fosse ele da modalidade religiosa, política ou até mesmo arquitetônica. Essa, pelo menos, era a posição de Kirby; esse era o motivo de ele preferir o pragmatismo visionário de Wright ao rigor heróico do tipo caixa-branca de Le Corbusier. E Esko sabia que Kirby estava certo: o mundo em si era tão flexível, tão infinitamente mutante, transformando-se de preto em branco de forma tão constante que o melhor estilo de todos, no fim das contas, era o estilo que estivesse em constante fluxo e evolução. Qualquer dogma era perigoso; o que pudesse mudar de forma era o que iria prevalecer. Timo era mais velho, mas não mudara.

Esko olhou para a boca do pai, que se movia, e percebeu que nos últimos cinco minutos não ouvira uma só palavra do que ele dissera.

— Você está muito calado, pequeno Esko. Pensando no seu dinheiro?

— Não, pai, pensava em um homem que conheci. — Esko não conseguia descobrir se Timo simplesmente tentava atormentá-lo um pouco ou se havia inveja, raiva e ódio envolvidos.

— Você se lembra de quando sua mãe morreu, pequeno Esko?

— Sim, claro que lembro.

Os olhos de Timo se iluminaram e emitiram um cintilar cruel.

— Foi um dia negro — afirmou, passando o dedo na barba que apontava em seu queixo, áspero como uma lixa. — O dia mais negro da minha vida. E agora eu vou contar ao senhor Esko Vaananen, arquiteto americano, uma coisa que ele não sabe.

Esko recusou-se a demonstrar irritação.

— É mesmo? Que coisa?

— Ela não se afogou no lago.

— Do que o senhor está falando?

— Lembra de quando você correu para a casa, no meio do fogo? Ela estava lá dentro.

O coração de Esko titubeou. Uma sensação de medo, quase pânico, subiu-lhe pela garganta.

— Não. Isso é impossível.

— Ela morreu queimada, Esko. Você poderia ter salvado a vida dela, mas falhou. Por falta de determinação.

Esko forçou-se a recostar na cadeira, balançou o conhaque na taça e o bebeu sem permitir que o pai percebesse o quanto estava desconcertado e atônito. Será que era verdade? Será que ele realmente falhara? A sua lembrança daquele dia era clara até o momento em que entrou na casa em chamas. Depois disso... nada; por mais que se empenhasse, por mais que forçasse, a porta fechada não se abria. Será que o pequeno Esko deixara a mãe morrer de forma tão terrível?

Esko engoliu em seco, indignado com a brincadeira maldosa de seu pai.

— Agora escute aqui, seu velho... — ele começou a dizer, mas, ao perceber o sorrriso que começou a se insinuar do rosto do pai, recolheu sua fúria, sabendo que se sua mãe realmente estivesse dentro daquele incêndio ele teria feito qualquer coisa para chegar até ela. O pequeno Esko teria passado através das chamas. — E quanto às suas falhas, pai? — perguntou Esko, a voz calma. — O senhor decepcionou a ela e a mim também.

O rosto de Timo se contorceu e Esko compreendeu algo mais.

— O senhor a amava muito, não é, pai? O senhor a perdeu e me culpou por isso. Pois bem, não vou mais aturar isso.

Timo piscou, orgulhoso demais para chorar.

— Agora eu também sou pai. E o senhor não vai contaminar Sakari com seu ódio.

— Você está me dizendo que não vai mais permitir que eu veja meu neto? — a boca de Timo se abriu ligeiramente.

— Isso seria conveniente para o senhor, não é? Assim poderia me culpar novamente. O que estou dizendo é que embora nós dois talvez nunca nos entendamos ou venhamos a gostar um do outro, o senhor precisa deixar isso para trás, pelo bem dele. Isso se chama política de relacionamento, seria bom o senhor aprender algo nessa área.

— Eu adoro aquele garotinho — disse, parecendo frágil e assustado.

Esko suspirou, vendo subitamente surgir diante de si uma imagem da solidão de uma vida inteira, sua teimosia, sua luta incessante. Timo também tivera suas tragédias.

— Eu sei, pai. E de agora em diante vamos agir de forma civilizada — pelo bem de Sakari.

Timo olhou para o copo. De repente levantou a cabeça com força, afirmando:

— Eu também acho Chaplin engraçado — disse isso muito depressa, quase se engasgando com as palavras.

— Sei que o senhor gosta — Esko balançou a cabeça, querendo que aquilo acabasse.

Na rua, depois de ele e Timo apertarem as mãos, Esko ficou sozinho por um instante, observando o pai, com os cabelos brancos e as costas largas, desaparecer na direção de onde viera. Então deu meia-volta e caminhou através da noite rumo ao apartamento de Anna.

Encontrando Sakari adormecido, Esko beijou a testa do filho e sussurrou uma bênção em seu ouvido. Ele e Anna conversaram pela noite adentro e se separaram sentindo um tipo de ligação que ele não conseguiria ter imaginado um mês antes. Aquele fora um tempo bom. Esko morria de saudades de Katerina, mas sabia que ficara ali para passar algum tempo com o filho e se sentiu feliz, seguro do amor que compartilharam. Pareceu-lhe que ele conseguiria, afinal, achar um meio de projetar uma vida para todos eles, mesmo que ainda houvesse um longo caminho a percorrer e dificuldades imprevisíveis pela frente.

9

Esko embarcou no navio em Le Havre algumas horas adiantado. Essas horas depois se transformaram em muitas, porque o *Ile de France* estava muito atrasado em seus preparativos, longe de se pôr a caminho. Nenhuma explicação foi dada para justificar o atraso, embora, do deque, ao circular ao longo das esplêndidas chaminés triplas, Esko reparasse que um dos guindastes das docas levava um automóvel amarelo brilhante para bordo, como uma cegonha entregando um bebê. Aquele é um Rolls-Royce, disse para si mesmo, mas não tornou a pensar no assunto.

Antes de desfazer as malas, chamou o operador de rádio e ditou dois telegramas, um para Katerina e o outro para O'Geehan, avisando-lhes que já estava a bordo e a caminho. Com o caderno de esboços diante dele sobre a mesa, sentiu a mão tremer um pouco; os motores haviam sido ligados, enchendo todo o navio com uma pulsação de vida. Logo, olhando pela escotilha de sua cabine, emoldurada por um anel de bronze, viu o quebra-mar em Le Havre e, adiante, as ondas do Atlântico.

Depois de tomar banho e se vestir para jantar, bebeu um martíni no salão da primeira classe e, percebendo que começara a chuviscar, desceu para os deques inferiores. Parou e posicionou o ouvido para ouvir melhor. No meio do corredor, uma porta bateu. Os suaves acordes de uma orquestra tocavam, formando um contraponto ao latejar das máquinas. De algum lugar perto dali, vieram os sons estridentes de uma celebração, talvez de alguém que estivesse oferecendo um festejo pela partida. À sua frente, se estendiam paredes de aço pintadas em cor de creme batido pontuadas por portas pretas envernizadas, com números dourados.

Então Paul Mantilini surgiu na curva do corredor, o rosto bonito muito bronzeado, envergando um terno preto com listras largas, em estilo risca-de-giz. Seu cabelo preto brilhava, cheio de brilhantina, e seus dentes se exibiam em um sorriso marcante. Veio chegando cada vez mais perto e Esko se encostou para o lado, em sua passagem, com o coração martelando ao sentir um pouco de pressa ou medo.

— Paul... — começou a dizer, mas Mantilini passou direto, quase empurrando-o de lado, caminhando mais depressa e puxando um pouco pela perna, de um jeito estranho. Então Esko viu Gardella, com o chapéu enterrado na cabeça, os olhos impassíveis, e também outros que logo reconheceu, membros familiares do séqüito, além de vários rostos novos.

Esko percebeu que estava prendendo a respiração, pensou que imaginara tudo aquilo, mas, ao se sentar para jantar, naquela mesma noite, levantou o olho e lá estava Mantilini, não à mesa do capitão, sob o mural bíblico, mas rodeado de sua própria gente em uma mesa redonda, em um dos cantos do salão, de onde comandava o lugar, brilhantemente iluminado por um candelabro. Esko pegou o cálice diante dele e engoliu um pouco d'água para acabar com a secura que sentia na garganta, enquanto à sua volta todos pronunciavam o nome de Mantilini com uma espécie de empolgação, ou até mesmo espanto.

— ... Mantilini...
— ... tem o governador na palma da mão...
— ... Mantilini...
— ... está fazendo um filme com Chaplin...
— ... Mantilini...
— ... anda praticando tênis...
— ... Mantilini...
— ... está monopolizando o mercado de café...
— ... Mantilini... Mantilini... Mantilini...
— ... atrasaram a partida do navio para esperar por ele...
— ... Mantilini... Mantilini...

Resolvendo encarar de frente a situação, colocando o cálice de lado e jogando longe o guardanapo, Esko se levantou e caminhou por toda a extensão da sala, sentindo todos os olhos convergirem para ele, em meio à confusão de vozes e os garçons que desviavam do seu caminho, carregando reluzentes terrinas de sopa.

— Paul... do que se trata tudo isso? — perguntou.

Mantilini levantou os olhos com firmeza e enxugou os lábios com o guardanapo. Ainda mastigando, tomou um pouco de vinho tinto.

— Onze horas — disse. E completou: — Na minha cabine.

Esko pensou que os seus aposentos eram suntuosos, até ver os de Mantilini. Vários guarda-costas e capangas estavam a postos como estátuas de peitos largos, palitos de dente entre os lábios, impassíveis entre mesas de mármore, cortinas de seda, vasos de cristal e cadeiras revestidas em cetim brilhante. Mantilini estava no centro da sala, sentado ao lado da efígie de um cisne em tamanho natural, esculpida em gelo e cheia de caviar; posava para um retrato; o artista, um italiano magricela com ar duro, de trinta e poucos anos, trabalhava em uma tela a óleo. Em um canto da cabine, Ruthie dançava sozinha ao som de um tema melancólico de jazz, balançando o corpo sinuoso. Ao ver Esko, parou de dançar e desligou o gramofone. Enquanto tentava descobrir como foi que Mantilini atravessara o oceano, vindo de Nova York com a esposa, e voltava com a amante, Esko alimentou esperanças de que talvez o tratamento hostil que recebera de Mantilini não tivesse nada a ver com ele.

Mantilini reconheceu sua presença com um quase imperceptível aceno de cabeça.

— Você já pintou algum quadro, Esko?

— Algumas vezes.

— Diga-me o que acha deste.

O retrato estava muito bem-feito e parecia ter vida, mas ainda carregava um pouco da influência do cubismo, as feições de Paul Mantilini haviam se transformado em estruturas que pareciam dados de jogar, reunidos para enfatizar os aspectos exuberantes e grandiosos de sua personalidade, e também um pouco da sua agressividade. A obra demonstrava um gosto artístico avançado, mas Esko já sabia que nada do que Paul Mantilini fazia o surpreendia.

— Está muito bom, Paul. Você vai gostar.

Mantilini concordou com a cabeça lentamente, sem demonstrar satisfação.

— Todos para fora! — ordenou, a voz ríspida de comando. — Todos fora daqui, agora mesmo! — Apontando um dedo acusador para Esko, disse: — Você, não.

Gardella rapidamente reuniu os outros e os enxotou dali.

— Você também, Gardella... para fora — ordenou Mantilini. — E você também, Ruthie.

Gardella concordou, com a cara amassada, e exibiu as costas largas, já saindo, enquanto Ruthie simplesmente tornou a ligar o som, girando a manivela do gramofone. Voltando a dançar, sorriu, dedilhando as pérolas que enfeitavam sua garganta delicada.

— Ruthie! — insistiu Mantilini, com gelo na voz. — Vai acabar vendo coisas que não quer ver. Você entende o que eu quero dizer.

Ruthie olhou para o chão, levantou um tornozelo e atirou o rosto para o lado, exibindo dentes muito brancos, pequenos e regulares. Suas unhas estavam pintadas de cor-de-rosa; parecia uma colegial voluntariosa que preferia tomar ópio a beber seu copo matinal de leite.

Mantilini acompanhou a teimosia dela em ficar com um ar de assombro, por um ou dois instantes.

— Você é que sabe — Paul disse a ela por fim, balançando a cabeça e sacudindo as moedas em seu bolso. — Que mulher burra!

Ele fechou a porta e disse para Esko:

— O corpo de MacCormick apareceu, vindo do fundo do rio. Eles prenderam a sua amiga russa. Ela confessou tudo. Quero que você me dê agora uma boa razão para eu não matá-lo aqui e agora, e depois mandar matá-la amanhã?

Essa informação teve o efeito de uma bofetada em seu rosto. Esko deu um passo para trás, colocando a mão sobre o tapa-olho na mesma hora.

— Quando...? — perguntou. — Quando foi que isso aconteceu?

— Nada de perguntas. Quero uma explicação. Por que razão eu não deveria matar você... neste momento?

Esko não entrou em pânico; não tentou desconversar nem escapar; também não levantou a mão para mostrar a cicatriz que provava sua irmandade de sangue com Mantilini. Precisava salvar Katerina; para isso, tinha que se manter vivo. Uma calma profunda trazida por aquela determinação perpassou-lhe o corpo e criou raízes como uma árvore. Seu olho estava alerta, vigilante.

— Estou esperando sua resposta — disse Mantilini.

— Não fui eu que atirei em MacCormick — explicou Esko. — Nós lutamos, como eu contei a você. A arma voou da mão dele. Katerina a pegou. Ela atirou nele.

Mantilini não moveu um músculo sequer. Estava mais imóvel do que Esko jamais o vira. Uma solitária gota de suor rolou pelo seu rosto. Ele fechou os olhos por um momento, os maxilares cerrados, os músculos tensos e os lábios apertados, todo o seu rosto se contorcendo sem acreditar, não na história, mas no fato de Esko ter mentido. Ele fora enganado. Fora enganado na noite do crime e vinha sendo enganado desde então.

— Eu mandei que ela fugisse dali — continuou Esko. — O resto você já sabe.

O rosto de Mantilini se abriu em um sorriso gélido.

— Nem tudo... — disse ele. — O que é que *ela* sabe? Ela sabe de alguma coisa a meu respeito?

— Sabe de tudo — disse Esko.

A cabeça de Mantilini se abaixou com força em um acesso de raiva. Uma das suas mãos voou para dentro do paletó risca-de-giz e saiu lá de dentro segurando o brilho niquelado de uma pistola.

— Ela não vai dizer uma palavra — garantiu Esko.

Um disparo saiu do cano, um vaso de cristal pulou e se espatifou, enquanto o barulho atingia os tímpanos de Esko. A fumaça e o cheiro de cordite queimada encheu toda a cabine, mas Esko, sem piscar, não tirou o olho de Mantilini nem por um instante.

— Você vai permanecer seguro — assegurou ele.

O corpo de Mantilini voltou a ficar absolutamente imóvel, com a pistola ainda fumegando na mão.

— Pois pode apostar que eu continuarei seguro. Vou matá-la e vou matar você. É assim que eu vou me manter seguro.

— Ela é orgulhosa. Não vai dizer uma só palavra a respeito de mim, nem de você.

Outra bala voou. Essa despedaçou a asa do cisne de gelo. Lascas de gelo pularam e dançaram por todo o lado.

— Eu lhe asseguro, Paul — Katerina não vai dizer nada do que eu contei a ela.

— Claro que não... Se estiver morta. — A pistola, apontada agora para o coração de Esko, estava bem firme na mão de Mantilini.

Foi a vez de Ruthie falar.

— Esko tem razão. Ela vai ficar calada.

Mantilini apertou a própria cabeça com a mão esquerda, mantendo a pistola na mão direita.

— Caramba, Ruthie, fique fora disso, ouviu bem? Que diabo você pode saber a respeito desse assunto?

— Eu a conheço — garantiu Ruthie. — Não vai dizer nada porque é louca o bastante para proteger Esko. Será que você faria o mesmo por mim, *mister* Paul Mantilini? — Seus dedos brincaram com as pérolas em torno do pescoço. — Duvido muito — garantiu. Girou novamente a manivela do gramofone, levantou os pulsos cheios de argolas acima da cabeça e recomeçou a serpentear o corpo flexível ao som do refrão repetitivo. — Você é só um gângster inútil que caga e anda para mim.

— Então o que eu deveria fazer? — perguntou Mantilini, atirando os braços para cima. — Estou cercado de lunáticos. Que inferno! — Largando a pistola na cadeira, levantou o punho inesperadamente e deu um soco em Esko.

No chão, de quatro, Esko observou o sangue espesso que pingava do seu nariz.

— Você é um cara muito sortudo, sabia? — Mantilini dizia, balançando o pulso como se o tivesse machucado. — Ela o matou, fica calada e recebe o que merece. Isso é justo. É como deveria ser, mesmo — afirmou ele, girando os ombros e arfando o peito, tentando explodir dentro do paletó.

Esko se pôs de pé devagar, apoiando-se na mesa e pegando um guardanapo para estancar o sangue.

– Isso não serve – disse a Mantilini. – Tenho que salvá-la. E você vai me ajudar.

– Uma ova, que vou! – exclamou Mantilini.

Esko pegou um punhado de caviar e o pôs na boca, apreciando o sabor marcante e salgado.

– Se não me ajudar, eu conto aos policiais o que você fez.

Mantilini, levado pela nova maré de raiva que lhe surgira no peito, enfiou as mãos nos bolsos com força e riu.

– Você está blefando.

– Nem um pouco – garantiu Esko. – Vou sair daqui com toda a calma, seguir direto até a sala do operador de rádio e vou mandar essa mensagem para todo o mundo. "Paul Mantilini joga cadáver de empresário no fundo do rio". Você vai ter que me matar para me impedir.

Ruthie parou de dançar, veio andando devagar do local onde estava o gramofone, passou ao lado da escultura de gelo destruída, atirou-se em uma poltrona com toda a calma do mundo e cruzou as pernas, provocando um farfalhar de seda. Não queria perder nem um momento da cena excitante; ali era o lugar onde gostava de ficar, dançando à beira de algo extremo e definitivo. Seus olhos se moviam de Mantilini para Esko, e de volta para Mantilini.

– Você tem um monte de advogados – argumentou Esko. – Pode fazer as coisas acontecerem... Aposto que já mandou um dos seus homens lá para dar uma olhada nos detetives do caso e em Katerina. Deve estar farejando tudo.

Mantilini encolheu os ombros. Aquilo era verdade.

– Que provas eles têm contra ela, Paul?

– Não muitas. Não há arma. Não há testemunhas. Só uns duzentos milhões de dólares como motivo e o fato de ela ter dito "Eu o matei". Mas é um caso bem fraco.

– Pois faça as coisas acontecerem. Mostre-me o quão poderoso Paul Mantilini é.

Mantilini estava com as mãos nos bolsos, sorrindo como se compelido a encontrar um motivo para não ajudar.

— O cara apareceu boiando. Ele se soltou do fundo do rio e subiu até a superfície. Sabe como é... um sujeito muito conhecido. Um cara rico. Os policiais estão com um corpo e agora precisam de um suspeito, porque o caso está nos jornais e é uma história que não vai sumir sozinha.

— Pois então envie um telegrama para Nova York. Mande seus advogados contarem à polícia que houve um erro, uma falha terrível da justiça. Mande eles contarem que sabem quem é o verdadeiro assassino de MacCormick, tire Katerina de lá e me entregue a eles.

— Entregar você? Está maluco?

— Vou tirá-la disso e você vai ficar de fora. Tem a minha palavra. Vou dizer a eles que fui eu que o matei e depois me livrei do corpo sozinho. Você pode me explicar como eu faria isso, para deixar a história bem realista e convincente, não pode?

Mantilini não gostou da idéia. Caminhando de um lado para outro, balançando algumas chaves no bolso, apontou um dedo para Ruthie, mandando que ela se levantasse; em seguida, se largou sobre a poltrona, apoiou os cotovelos nos joelhos e pôs a cabeça entre as mãos. Em seguida, empertigou o corpo e passou as mãos pelo rosto. Então afastou uma delas e, esticando o braço, alisou uma das pernas cobertas de seda de Ruthie.

— E quanto ao projeto do East River? — perguntou Mantilini. — Eles vão prender você assim que desembarcarmos.

— Não me importo — garantiu Esko. — Não me importo se eu não vou voltar a ver meu arranha-céu, nem se a imprensa vai arrasar com a obra, dizendo que foi erguida por um assassino. Não será a primeira vez que uma parte da cidade foi construída por um canalha. Daqui a alguns anos, todos vão esquecer. A história vai ser apagada da memória, mas o East River continuará lá, as pessoas vão gostar dele ou não. E Katerina estará livre.

— Eu posso livrá-la — confirmou Mantilini, levantando-se com um salto. — Posso entregar você de bandeja, mas você vai ter que agüentar o tranco. Eles vão acusá-lo de outras coisas. Vão tentar enrolar o caso. Eu não tenho todo mundo no bolso. Aposto que vai haver algum puritano indignado achando que tirou a sorte grande e vai tentar me enquandrar usando você. Esko, você vai ter que agüentar tudo e confirmar a história até o fim, até a cadeira elétrica.

Esko acabou de enxugar as mãos e deixou de lado o guardanapo ensangüentado.

– Tudo bem – concordou. – Vou até o fim, até a cadeira elétrica, mas tire Katerina disso. – Apertou o ombro de Mantilini.

O gângster concordou com a cabeça, exibindo a cicatriz branca e brilhante como uma lasca de mármore sobre a pálpebra, o rosto estreito e bonito sem expressão, sem sorrir, sem demonstrar raiva, pouco acostumado à derrota, enquanto Ruthie pavoneou-se ao caminhar pela cabine e o jazz recomeçou.

Estava quente, um calor típico de Nova York, um calor que exalava vapores, fervilhava, um calor que exauria os músculos e acabava com as forças. Da amurada do navio, Esko observava a paisagem que ia se recortando acima das águas grossas e lentas do cais; os arranha-céus dançavam, sem jamais permanecer no mesmo lugar por mais de um segundo, confundindo as próprias orientações, movimentando-se e cortando ângulos diferentes no céu. Ali estava o East River Plaza, seu próprio edifício, agora o mais alto, a figura de maior destaque naquela valsa de milionários, ao seu lado um sujeito gorducho se virou para a mulher, igualmente gorducha, e disse:

– Olhe lá... Aquele é o edifício de Vaananen.

Esko perguntou a si mesmo o que o homem poderia ter ouvido.

Enquanto os lentos rebocadores direcionavam o *Ile de France* até o píer, Esko não tirou os olhos nem uma vez sequer do arranha-céu, nem mesmo quando Mantilini apareceu no deque, nem mesmo quando o sargento da polícia surgiu no cais abaixo deles, cercado por um batalhão de policiais uniformizados e com um megafone branco na mão.

Esko sentiu uma cutucada na costela.

— Eles finalmente conseguiram agarrá-lo — disse a Esko o homem que instantes antes falava com a mulher, e apontou a barba bem cuidada na direção de Paul Mantilini.

Esko balançou a cabeça em meio ao calor. O destino não estava à espera de Mantilini. Estava à espera dele. Sempre estivera à espera dele.

10

A cela tinha um metro de meio de largura, dois metros de comprimento e pouco mais de dois metros de altura. Uma cama com acabamento em aço estava chumbada na parede de tijolinhos muito pichada, havia um colchão fino com um cobertor cinza por cima; não havia janelas nem pia, apenas um balde de estanho para as necessidades de Esko. As grades de aço das portas, pintadas de preto, davam para um pequeno corredor de pedra cuja parede era a parede externa da prisão, por onde a luz externa se filtrava através de janelas gradeadas instaladas bem no alto.

O almoço ou jantar, como eles costumavam denominar as refeições diurnas no lugar a que se referiam por Catacumbas, era servido às onze e meia da manhã, normalmente sopa de lentilhas com carne. O garoto que ficava na cela ao lado da de Esko, na ala dos assassinos, geralmente cumprimentava o guarda com um insulto, chamando-o de "pé-chato" e enchendo-lhe os ouvidos com reclamações explícitas sobre o cardápio. O período para exercícios físicos era entre duas e quatro horas. Não havia quadras nem instalações externas; em vez disso, aquelas duas horas eram devotadas a caminhadas pelo corredor que rodeava as celas. O garoto de dezenove anos da cela ao lado de Esko tinha o rosto gordo cheio de marcas de varíola e um sorriso em que faltavam dois dentes. Matara um homem depois de roubar um carro. Era ele quem determinava o ritmo da caminhada no circuito fechado da prisão, geralmente andando com furiosa determinação e passos largos, como se estivesse, por obra de algum milagre, caminhando por uma estrada a céu aberto. Havia outros dois homens mais velhos que ficavam juntos o tempo todo – pareciam irmãos – e cochichavam muito sobre como iam fugir dali, ou então discutiam em altos brados sobre corridas de cavalos e lutas de boxe. Um outro sujeito – com cabelos pretos e olhar penetrante – parava, ar ressentido, sempre que alguém chegava perto dele, e Esko percebeu que era melhor se manter afastado. Uma ceia composta de picadinho de carne enlatada e pudim de chocolate era servida às quatro da tarde, às cinco as portas das celas eram novamente fechadas e trancadas.

As noites eram o período mais difícil. Embora houvesse escuridão nas Catacumbas, o ar fétido da prisão nunca desaparecia, ecoavam como sons irritados que arrasavam os nervos. Homens roncavam. Gemiam e se debulhavam em lágrimas. Passos eram ouvidos suavemente pelo corredor, depois o som aumentava, chegando mais perto, mais perto, para em seguida diminuir aos poucos. Havia estranhos murmúrios e um retinir metálico, como se o próprio prédio tivesse vida e Esko fosse um mero parasita fantasmagórico.

Ele não conseguia dormir. Naquela noite, a quarta desde o seu encarceramento, estava deitado de costas na cama, as mãos atrás da cabeça e o olho fechado, tentando se concentrar no dia que ele e Katerina haviam passado na floresta, na Finlândia, caminhando ao longo de árvores de bétula prateadas que pareciam milhares de lanças de luz apontadas diretamente para o céu. Em vez disso, imagens mais recentes invadiam seus pensamentos e ele se via algemado e atirado no fundo de um camburão; lembrou do seu interrogatório, primeiro nas mãos de um detetive e depois nas de um advogado distrital que lhe fora oferecido como representante e não se mostrava inclinado a acreditar em sua história. "Não gosto quando confissões começam a cair no meu colo", dissera ele. Esko se viu perturbado pelas lembranças do seu indiciamento no tribunal, da sua chegada às Catacumbas e da manchete em letras garrafais que um guarda lhe mostrara, encostando o jornal nas barras da cela – "Arquiteto confessa assassinato de milionário".

Cansado, virando-se de um lado para o outro, inquieto, ele se levantou e começou a andar dentro da cela, dando passos bem curtos para tornar a caminhada um pouco mais longa, sabendo que nenhuma daquelas lembranças deveriam deixá-lo ansioso e eram até bem-vindas, pois lhe davam a certeza de um fato: Katerina estava livre. O problema é que o advogado que vinha vê-lo todos os dias, enviado por Mantilini, até agora não lhe dissera nada a esse respeito. E se ela ainda estivesse presa?, pensou. E se Mantilini o tivesse traído, ou não tivesse conseguido libertá-la? Essa idéia o torturava e não havia nada que ele pudesse fazer a respeito agora. Simplesmente tinha de esperar.

Pingos de luz do tamanho de moedas começaram a encher a cela, rolando e dançando pelo piso. Surpreso, Esko se levantou da cama de aço, sentindo os raios de luz que passeavam pelo seu rosto para em seguida se movimentar pelo seu corpo quando ele se encaminhou para a porta da cela. Olhando para cima pelas grades, através das janelas altas e gradeadas que davam para o lado de fora, viu um elegante charuto de prata, um zepelim infinitamente comprido, com mais de cem metros de uma ponta a outra, mais longo do que um navio, deslizando através do retângulo alongado de céu enluarado. Era como se uma parte do seu inconsciente, toda a sua ânsia, toda a sua culpa tivessem sido libertados de dentro dele e pairassem naquele momento sobre a cidade, sobrevoando a prisão a baixa altura, refletindo a generosidade do luar e enchendo-o de luz. O zepelim silencioso parecia tão perto que uma escada de pintor poderia alcançá-lo, se não existissem as barras da cela nem as grades de aço das janelas. Esko estremeceu de emoção diante daquilo, uma das coisas mais assustadoras e ao mesmo tempo mais maravilhosas que vira na vida, um milagre produzido pelo gênio do homem, que viajara desde a Europa, atravessando o Atlântico. Como era espantoso que os homens fossem capazes de construir uma coisa daquelas. Nesse momento, o zepelim saiu do seu campo de visão e a cela ficou novamente às escuras.

Na manhã seguinte, um guarda passou o cassetete pelas barras da cela, com estardalhaço, anunciando:

– Vaananen!... Visita!

Na sala de visitas, havia duas fileiras de compartimentos protegidos por cortinas, pouco maiores do que uma cabine telefônica, a meio metro um do outro; os presos se sentavam em um dos lados e os visitantes do outro; o espaço entre eles era brilhantemente iluminado por lâmpadas protegidas por grades instaladas no teto baixo, mas isso servia apenas para aumentar a sensação de escuridão nas cabines propriamente ditas.

    Esko se sentou em um banco de madeira e aço chumbado no piso e se inclinou para frente, o olho ardendo devido à intensidade da luz. Não dava para ver quem estava sentado do outro lado, nem mesmo se o visitante já chegara. À sua volta havia uma confusão ensurdecedora de vozes em idiomas e dialetos diferentes, prisioneiros e visitantes falando em voz alta uns com os outros através da luz cegante que os separava. A voz determinada de uma mulher se sobressaía acima das outras, garantindo a sua fidelidade sexual em tons que mais pareciam gritos de guerra indígenas. Alguém berrava algo a respeito de meias e roupas de baixo. Era gente que falava italiano, polonês e iídiche. Por fim, Esko percebeu uma sombra diante dele e, elevando-se sobre a cacofonia, pensou ter ouvido uma voz familiar:

— Esko!

— O quê? Katerina... é você?

— Eu mal consigo enxergar você, meu querido.

— Katerina! — Seu corpo ficou rígido ao reconhecê-la, e depois pareceu derreter com o alívio que o inundou. — Você está livre!

Alguém berrava alguma coisa em um idioma que lhe pareceu húngaro, e a voz de Katerina lutava para se fazer ouvir em meio à algazarra.

— Você também vai ser libertado! — gritou ela.

— O quê? Não consigou ouvir nada!

— Eu disse que vamos nos ver amanhã! Você vai ser libertado também!

— O quê?

— Veja! — ela pôs alguma coisa colada na grade, do lado dela: fotos. Esko não conseguiu ver direito as imagens, devido às luzes fortes demais. — O seu arranha-céu! Vamos nos encontrar no topo do seu arranha-céu!

— Katerina... você ficou louca?

— No arranha-céu... amanhã!

Esko passou o resto do dia e depois o horário do "jantar", as horas de exercício, a ceia e depois a noite intermitente tentando descobrir o que ela quis dizer; depois do café, na manhã seguinte, a porta da sua cela se abriu e um guarda atirou um pacote para ele, com os pertences que lhe haviam sido confiscados quando ele dera entrada na cadeia.

— Vamos — chamou o guarda, e o acompanhou através dos corredores da prisão até a recepção, onde um funcionário pôs um livro diante dele para ser assinado. — Você está livre.

Minutos depois, Esko se viu na rua Center, olhando para trás e observando o tenebroso prédio de onde acabara de ser expelido com tão pouca encenação. Era um lindo dia de outubro, o sol brilhava intensamente e uma brisa leve vinha da ponta da ilha de Manhattan. Um Rolls-Royce amarelo parou diante dele, o motor ronronando, e uma porta se abriu.

— Vou lhe dar uma carona — disse Mantilini.

Esko hesitou; pelo menos, uma parte do mistério fora explicada. Pelo menos ele sabia quem conseguira libertá-lo; mas, como? E por quê?

— Vamos logo, Esko. Será que você ainda não me conhece? Reservei uma suíte para você no Hotel Plaza — avisou Mantilini, envergando uma camisa branca e um terno em forte tom de escarlate. — Imaginei que você talvez precisasse se refrescar um pouco.

Esko entrou no carro, bateu a porta e se acomodou no confortável assento de couro do carro, cercado de detalhes em nogueira, enquanto Gardella o dirigia com suavidade através do tráfego matinal.

— Ruthie mandou lembranças — comentou Mantilini.

— Onde está Katerina? Ela está a salvo?

— Sim, a não ser que tenha se ferido ao vestir as meias hoje de manhã — disse Mantilini, dando um tapa no joelho de Esko com a mão. — Relaxe. Ela foi libertada há dois dias. E você acabou de sair também. Acabou. Cuidei de tudo. Por acaso eu conheço gente que consegue fazer essas coisas.

Esko tentou digerir a informação.

— Você achou mesmo que eu ia deixar você passar por tudo isso? Você é meu irmão, lembra? — recordou Mantilini, com um aceno de cabeça, fazendo cintilar os dentes. — Você me fez ser uma pessoa melhor naquele navio, Esko. Pouca gente consegue isso.

Mantilini olhou pela janela, o ar preocupado, como se ainda se sentisse espantado e desconfortável ao lembrar daquilo.

— Ei! Olhe ali!... Esko, você tem que ver aquele filme — disse, apontando para um dos cartazes em Times Square. Começou então a contar a história, que envolvia um pistoleiro de Chicago e as namoradas que gravitavam em torno dele, enquanto seus olhos ficavam mais brilhantes ao descrever os detalhes. — É uma cidade imensa na calada da noite... Uma rua solitária... Um arranha-céu... De repente, um carro aparece na curva.

Ele imitou os efeitos que vira no filme, contente por ver que a indústria do cinema se rendera ao charme da sua profissão. Até onde lhe dizia respeito, havia outro ângulo a ser considerado naquilo.

— Esta é uma forma de rotular as coisas — explicou Mantilini. — Bem ao estilo do sistema americano.

Em seguida, pôs os óculos escuros e deixou um pequeno sorriso dançar em seu rosto, olhando para as marquises e as luzes da Broadway, naquele momento apagadas, como se sentisse um rei naquele mundo.

— Agora eu quero a minha casa. Você me deve uma casa, Esko — lembrou.

11

Na suíte do Hotel Plaza, Esko achou caixas de roupas que Mantilini mandara vir de uma das grandes lojas de departamento. Os sapatos eram do tamanho certo, bem como os colarinhos das camisas; as meias eram de seda, e os paletós dos ternos provavelmente cairiam como uma luva nele. Esko se barbeou, tomou um banho e vestiu as mesmas roupas de antes, absorvendo a liberdade e todas as escolhas que pensou que jamais tivesse que fazer, mas que novamente olhavam para ele de frente. Pegando o fone no gancho, pediu que a telefonista fizesse uma ligação para o apartamento de uma das amigas de Katerina, onde imaginou que pudesse encontrá-la. Não obteve resposta. Logo, porém, ouviu uma batida na porta e um mensageiro surgiu diante dele com um envelope pousado em uma bandeja de prata. Esko deu uma gorjeta ao mensageiro e rapidamente abriu a carta.

Meu amor,

Vou esperar por você no alto do arranha-céu, no topo do seu *pilvenpiirtaja*. Quero abraçá-lo e sentir seus lábios de encontro aos meus, amor, e em seguida beijar você de volta... para sempre. Nunca mais vamos nos separar. Esses últimos dias foram uma terrível agonia, mas agora tudo está maravilhoso. Amo você, Esko, com todo o meu coração e com toda a minha alma.

Katerina

Esko já estava saindo pelo saguão do Plaza quando Marion Bennett se levantou de uma das poltronas ali instaladas.

— Quer tomar um drinque? Convidou ela, pegando-o pelo braço e olhando para ele com o rosto muito pálido, aparentando estar de ressaca por baixo do véu que descia do chapéu.

— Não está um pouco cedo para isso?

— Nunca é cedo demais para um drinque — reagiu ela. — Além do mais, achei que você podia estar precisando de um, depois de tudo pelo que passou.

— Não nesse momento.

— Desacelere um pouco. — Ela o puxou pelo braço. — Podemos trocar umas palavrinhas? Gostaria de me desculpar. Sempre gostei de você, Esko. Só que por algum tempo eu realmente achei que você havia matado MacCormick. Até escrevi um artigo a respeito.

— Tudo bem.

— Fico feliz por estar enganada. Fico feliz por ter sido um outro arquiteto o homem que o assassinou.

Esko sentiu um mau presságio. Do que ela estava falando?

— Outro arquiteto?

Marion Bennett o observou por trás do véu.

— Imagino que você ainda não saiba das notícias. A polícia está com um mandado de prisão para Joe Lazarus. Parece que uma arma foi encontrada em seu apartamento. Ele está foragido.

— Um revólver incrustado de diamantes?

— Como é que você sabia disso?

Esko suspirou. Aquilo, obviamente, era trabalho de Mantilini. Esko especulou consigo mesmo o que mais, que outras evidências incriminatórias poderiam ter sido plantadas no apartamento de Lazarus; ele e Mantilini precisavam conversar a respeito daquilo.

— Joe Lazarus não matou MacCormick — disse Esko, com calma. — Diga a eles, Marion. Certo? Joe Lazarus é um sujeito mau, mas não matou MacCormick. Diga isso a eles.

— Mas, então, quem o matou? — a expressão dela era de surpresa.

Uma sineta soou atrás deles, no balcão de atendimento.

— Marion, perdoe-me, mas eu preciso ir.

Ele já estava na porta quando ela o chamou:

— Esko!

Ele se virou para trás; ela erguera o véu e um cigarro estava agora pendurado em sua boca em arco, muito pintada.

— Já soube da notícia? — perguntou ela, a mão nos quadris. — Ontem anunciaram a construção de outro arranha-céu. Ele vai ser sessenta metros mais alto que o seu.

— Ótimo! — reagiu Esko, sorrindo.

O seu arranha-céu, um bloco branco e sem adornos lançava-se na direção do céu com recuos gradativos a partir dos andares mais altos, parecendo ondas; em torno dele, como pequenas mudas, os outros prédios já começavam a brotar, dando forma ao projeto abrangente da plaza. A estrutura de aço dos dois edifícios de apartamentos, nas duas pontas, já estava quase pronta, bem como a do hotel. As escavações para a escola e o hospital já estavam adiantadas. Guindastes gigantescos balançavam de um lado para outro de encontro ao céu. Três caminhões estavam estacionando, um atrás do outro, roncando. Misturadores de cimento chocalhavam, agitando-se com vigor. O ar estava impregnado com os cheiros de concreto recém-preparado e leito de rocha dinamitado. Operários se aglomeravam em enxames no canteiro de obras, enquanto outros eram suspensos bem alto no céu, e tudo por causa de Esko, por causa de alguns esboços e rabiscos que ele fizera na toalha de um restaurante, em companhia de Kirby e Katerina. Do mesmo modo que fora necessário o envolvimento da França inteira durante toda a Idade Média para construir a catedral de Notre-Dame, aquele prédio também absorvera não apenas a melhor parte da vida de Esko, mas também toda a era do jazz, envolvendo os Estados Unidos em sua totalidade – com suas coisas boas e más, suas trevas e sua luz, sua ganância e sua generosidade, seu empenho incansável e seu jovial apetite pela violência – para realizar aquilo.

Esko sentiu uma empolgação estranha que tornou sua cabeça leve; sentia-se unificado com o mundo, muito orgulhoso e no entanto... no entanto... havia algo que se perdera pelo caminho e faltava ali, uma coisa qualquer indefinível, algo errado que ele não conseguia identificar com precisão. Aquele impressionante e espantosamente alto arranha-céu não era o *pilvenpiirtaja* que ele vira, ainda menino, no meio do gelo. Ele não era puro; não era cristalino; não era suficiente para tornar seu sonho real. Sua beleza imperfeita extraía não apenas prazer do seu coração, mas também uma dor nostálgica.

— É um lindo monstro, uma coisa realmente maravilhosa — disse O'Geehan, balançando o corpo enquanto se encaminhava na direção de Esko, arrancando o boné de aba estreita e enxugando a testa. — Era isso o que você estava pensando, Esko?

— Acertou, O'Geehan — disse Esko, deixando a sombra passar e a empolgação preenchê-lo mais uma vez. Vou encontrar Katerina, pensou, e passou o braço por sobre o ombro do mestre-de-obras irlandês. — Você está pronto para construir o próximo? Pronto para construir um arranha-céu *de verdade*? Porque eu estou com uma idéia nova há algum tempo.

— É mesmo? — O'Geehan riu do entusiasmo de Esko. — Pode contar comigo.

— Até onde podemos subir?

— Quatrocentos e cinqüenta metros?

— Não é alto o bastante — disse Esko.

— Quinhentos e cinqüenta metros? Seiscentos metros de altura?

— Mais alto — disse Esko, levantando o braço dele em direção ao céu — Por que não um quilômetro e meio de altura? Por que não o mais lindo edifício dos Estados Unidos ou de todo o mundo?

Chegaram ao saguão da torre principal, revestido em mármore, caminhando em direção ao bloco dos elevadores, e entraram pelas portas abertas do elevador expresso. Olhando em volta, dentro da cabine, Esko viu que as paredes e o teto já estavam decorados com os murais que haviam sido trazidos do edifício Diktonius, em Helsinque.

— Esse trabalho é muito bonito — elogiou O'Geehan. — Onde achou essas pinturas?

— Fui eu mesmo que as fiz, há muito tempo.

— Não diga! — espantou-se O'Geehan, recolocando o boné na cabeça. — Eu não sabia que você também pintava.

— Sou um pintor meio desajeitado — disse Esko, com humildade. — Sou desajeitado, mas pretendo melhorar. — Entrou no elevador e olhou para as pinturas — o pica-pau, o barco, o lago no inverno, o anjo ferido e a criança cega — e depois de puxar o ar com força para dentro dos pulmões, expirou bem devagar, com uma imensa sensação de gratidão e esperança. Ele tivera sorte, sabia disso; muita sorte, e a consciência que tinha disso faria com que ele pudesse aproveitar aquela sorte ao máximo. Não ligava a mínima para o que acontecera no passado. Aquilo era apenas o material a partir do qual ele projetaria o futuro. Já alcançara algumas coisas, mas na verdade o melhor ainda estava por vir: amor, família, edifícios melhores, um segundo arranha-céu... um terceiro... um quarto... Ele ainda poderia tornar-se alguém, talvez até mesmo um homem bom. Seu coração bateu mais depressa. Esko sentiu a força daqueles sonhos esperançosos, talvez absurdos, e sorriu, colocando a mão sobre a manivela que levaria o elevador para o alto, a grande velocidade.

Um homem surgiu correndo pelo saguão. Por um momento, Esko não prestou atenção; teve apenas a impressão de ver uma figura corpulenta.

O homem empurrou O'Geehan de lado e então Esko notou uma das mãos do sujeito entrando no bolso do próprio paletó. Viu uma barba tingida de preto, preto demais. O homem era Joe Lazarus.

Não houve tempo nem para sentir medo.

Uma faca reluziu, Lazarus lançou o corpo para frente e Esko sentiu uma fisgada aguda na barriga. Suas mãos se uniram sobre o foco da dor, apertando o cabo da faca, que logo identificou como o seu próprio *puukko*.

Por um momento, mostrou surpresa. Onde Joe conseguira aquele *puukko*?, pensou. Mas logo se lembrou e levantou a cabeça para o rosto de Lazarus, branco pelo efeito da adrenalina, cheio de concentração e fúria.

Lazarus brandiu uma pistola que pegara no sobretudo; então a arma disparou.

A primeira bala atingiu Esko no peito, lançando-o contra a parede do fundo do elevador como se o tivesse pregado ali. A segunda bala errou o alvo. A terceira atravessou o tapa-olho que cobria sua vista esquerda e seguiu por dentro do seu cérebro.

A cabeça de Esko tombou para frente e ele escorregou lentamente, manchando a parede da cabine com seu sangue, até alcançar o chão, onde ele ficou com as pernas abertas enquanto as portas se fechavam. O elevador começou a subir, acelerando suavemente. Pareceu a Esko que ele estava sem peso, viajando mais depressa a cada segundo, seu olho bom vendo o lago no mural que ele pintara, não mais olhando apenas o pigmento falho do quadro, mas seguindo a toda velocidade pela superfície do próprio lago, onde pequenas ondas respingavam em seu rosto, até que abriu os braços e se lançou para o alto, carregado pela brisa suave. Isso é morrer?, pensou.

Uma figura veio na direção dele através da luz, uma mulher, uma mulher linda em um vestido preto. Uma voz o chamou, implorando-o para que não fosse embora; mas a voz estava muito distante e a luz era tentadora. Sua alma era um arranha-céu que subia célere, atravessando as nuvens e voando mais além, pelo espaço, zunindo em direção ao coração do sol onde Katerina estava à espera. Ela sempre estivera à espera.

E então a luz se apagou.

Katerina estava ajoelhada ao lado de Esko, embalando carinhosamente sua cabeça. Por um segundo ela sentiu a pressão dos dedos dele em torno dos dela, manchando suas luvas de sangue; então eles ficaram frouxos e largados. Ela chorou, sussurrando coisas no ouvido do seu amante, soprando suavemente em sua boca, como se seus beijos pudessem trazer seu corpo morto de volta à vida.

Epílogo: 1933

Anna Vaananen foi para Nova York com seu filho, Sakari, no fim de 1933, três semanas antes do Natal, em plena época negra da depressão. Foi o ano em que o bebê de Charles Lindbergh foi raptado e morto, um acontecimento que deixou o coração de Anna apertado. Na Alemanha, o Reichstag havia pegado fogo e Hitler aprovara as leis que determinavam que os retardados, deprimidos e esquizofrênicos deviam ser esterilizados, e também que os comerciantes judeus deviam ser evitados e atacados. Em Helsinque, Anna atirara uma taça de vinho no rosto de um velho arquiteto finlandês ao ouvi-lo afirmar que Hitler era uma coisa boa porque pelo menos estava se livrando dos comunistas. A Europa caminhava em direção a um novo caos e a Finlândia, como de hábito, estava esmagada entre vizinhos mais poderosos. Será que realmente era preferível ter Stalin a Hitler? Um pouco, pensou Anna, mas que escolha terrível de se fazer. As coisas de um modo geral pareciam perigosas e incertas. Talvez tivessem sido sempre assim.

Ela fora convidada a ir para Nova York por uma companhia que queria conseguir a licença de vários dos móveis em madeira projetados por Esko, a fim de fabricá-los em massa para mobiliar escolas e hospitais, sob o programa de revitalização econômica do governo americano. Os direitos sobre esses projetos pertenciam a ela e a Sakari, agora; pelo visto eles valiam muito dinheiro, Anna ficou contente com isso, pensando no futuro de Sakari.

Os dois ficaram no apartamento de Katerina, um lugar com cinco cômodos no Greenwich Village. Anna descobrira que durante algum tempo Katerina fora uma mulher muito rica na América, como no passado fora rica na Rússia, mas soube que quase tudo se perdera na grande crise de 1929 e ela fora obrigada a começar mais uma vez do zero. O apartamento fora pintado de branco e tinha poucos móveis; era quase antisséptico, com um ar limpo e arrumado, anônimo, desprovido de qualquer toque pessoal, passando a impressão de que Katerina se mudara para ali na véspera e poderia ir novamente embora a qualquer momento.

Havia apenas uma fotografia em todo o apartamento, um daguerreótipo em tons sépia, muito antigo para ter sido tirado por Katerina; mostrava um menininho vestido de forma desajeitada com um paletó rígido feito de *tweed*, o rosto marcado por cicatrizes e um tapa-olho olhando para a câmera com uma confiança estranha e surpresa, quase sonhadora. Era Esko, é claro. Esko em criança, fotografado no dia em que ele e Katerina se conheceram. Katerina procurara por aquela foto em toda parte, viajara de Oulu a Vaasa, até finalmente encontrar o homem que tirara a foto, o velho daguerreotipista. Isso ocorrera naqueles dias, em 1928, logo após a morte de Esko, quando ela levara suas cinzas para a Finlândia. Anna e Katerina conversaram muito antes de decidir o lugar de seu repouso final; por fim, levaram-no para Ostrobothnia, na propriedade do seu antigo companheiro do exército Selin, e o colocaram em um local protegido, junto às paredes da igreja da Sombra da Cruz.

Anna e Katerina haviam se tornado boas amigas. Trocavam cartas com freqüência, embora raramente mencionassem Esko ou as circunstâncias que as uniram. Era estranho, talvez, mas compreensível.

Katerina não estava na cidade, pois fora tirar fotos na Carolina do Norte e na Carolina do Sul. Voltaria para Nova York dali a alguns dias, Anna e Sakari iriam encontrar-se com ela.

Na manhã de sua chegada, o antigo mestre-de-obras de Esko, O'Geehan, apareceu para recebê-los.

— Ora, ora, meu jovem — disse ele, mexendo no cabelo louro de Sakari, ajeitando o boné mais para trás na cabeça e entregando ao menino uma caixa grande. — Você continua interessado em trens?

Logo um trenzinho elétrico puxava vários vagões de carga e passageiros sobre trilhos de metal estendidos no chão do apartamento, enquanto Anna e o mestre-de-obras tomavam café. O'Geehan, que cuidara de toda a programação para aquela manhã, vagava pelo lugar balançando a cabeça para os lados.

— Katerina é uma mulher muito especial — comentou ele, com seu melodioso sotaque irlandês. — Vai para lugares por este país afora aonde eu mesmo teria medo de ir, ainda mais se fosse mulher.

— Acho que ela sabe cuidar de si mesma — disse Anna, gostando do irlandês na mesma hora, mas sabendo que ele estava subestimando sua amiga. — Alguns dos jornais mencionaram um mafioso, um contrabandista aqui de Nova York que conhecia Esko.

— Paul Mantilini? Nunca o conheci pessoalmente. A Lei Seca acabou. Ouvi em algum lugar que ele se mudou para a Califórnia. Ou será que foi Nevada? Enfim, sua vida foi em frente. Sem dúvida de forma bem sensacionalista. — O'Geehan sorriu com vontade, pousando a xícara de volta no pires. — Tem mais um pouco?

— Vai ter. Logo — prometeu Anna, ocupando-se na cozinha enquanto O'Geehan continuava a tagarelar e o trenzinho elétrico estalava nos trilhos da sala de estar do apartamento. Não era a coisa mais miraculosa e estranha, pensou Anna consigo mesma, estar ali, conversando, se movimentando e andando por aquela casa? As pessoas tomavam café, ou atravessavam o mar para chegar a Nova York, ou desapareciam rumo à Califórnia, ou voltavam à Rússia (como fora o caso de Timo Vaananen, um avô dedicado e um homem ainda muito resoluto); outros, como Joe Lazarus, o assassino de Esko, estavam encarcerados em hospícios, enquanto outros mais se aventuravam por partes distantes do país e mesmo do mundo apenas para tirar fotografias. Suas histórias continuavam, deixando marcas na neve.

Sem se importar com o que tivesse acontecido nem com quem tivesse morrido, o lago das coisas e da vida seguia em frente, independentemente de todo o resto, subindo e descendo, congelando e derretendo, de vez em quando agitado pelo vento, depois aquecido pelo sol, estação após estação, ano após ano... Essa era a tragédia da humanidade e a sua graça salvadora, de certo modo, da mesma forma que o segredo do espírito de Esko fora a sua perseverança, o seu coração combativo e conquistador; a sua forma de se importar demais com as coisas, sempre de forma demasiadamente apaixonada. Sua determinação sempre fora visível no fogo que havia em seu olho. Ele agüentara muita coisa sem nunca desistir. E perecera, mas não teria também vencido?

O East River Plaza estava lotado de gente sentada nos bancos, entrando e saindo dos edifícios, comprando e vendendo comida, conversando em pé junto da fonte, os esguichos desligados e a água em sua base de pedra congelada como um rinque de patinação.

O arranha-céu era uma das coisas mais impressionantes que Anna vira na vida, um dedo comprido e solitário que apontava para o céu azul de inverno. Nova York já tinha prédios mais altos, mas nenhum deles era mais nobre ou mais inspirador. Enquanto o olhar de Anna vagava da torre central e se movia para o prédio de apartamentos na esquina, para a escola, para o hospital, para o palácio onde ficava o cinema, ela se pegou pensando na viagem através da Itália que ela e Esko haviam feito, e também do amor que seu marido sentia por aquelas *piazzas* que eram não apenas o centro arquitetônico da cidade, mas também o principal foco de sua vida social. Havia um pouco disso ali. Aquilo não era apenas um prédio de escritórios quase todo vazio, como era o caso do edifício da Chrysler ou do Empire State, situação provocada pelo triste panorama econômico. Havia terra, ali; havia movimento; havia barulho, marés e fluxos constantes; havia vagabundos e trabalhadores desempregados na fila da sopa que serpenteava para fora das portas da escola, homens e mulheres que pareciam ressuscitar por um momento simplesmente ao estarem no meio do que Esko projetara em pedra, como se estivessem sendo acariciados por suas ternuras e anseios de menino.

Anna ajeitou o boné de Sakari.

— Foi seu pai que fez isto.

Sakari, quase com onze anos, absorveu essa informação sem concordar com a cabeça nem piscar, exibindo a mesma concentração focada do rosto de Esko.

— Ele planejou tudo isso em sua cabeça, desenhou, e agora aqui está — disse Anna.

Sakari olhou em volta, como se acompanhasse o percurso de uma estrela cadente. E então correu, deixando-se deslizar por sobre a fonte congelada.

Agradecimentos e fontes

Conheci a minha esposa, Paivi Suvilehto, no verão finlandês de 1990. Sem ela este livro não existiria, nem poderia existir. É simples assim. Este romance é dedicado a ela e aos nossos filhos, com todo o meu amor.

Meu editor Dan Conaway foi quem primeiro me estendeu a mão, acolhendo o projeto do livro, estimulando, aconselhando e me apoiando através dos vários manuscritos e também editando o trabalho final, com sensibilidade e de forma brilhante. Minha dívida com ele é incalculável. Obrigado, Dan, você é o máximo. E obrigado a Nikola Scott, da HarperCollins, por seu apoio e trabalho duro.

Devo muitos agradecimentos também a:

Em Helsinque: Mika Kaurismaki, Aki Kaurismaki, Riitta Nikula, Jaakko Tapaninen, Sinikka Partanen, Niko Aula e Soila Lehtonen, com a sua inestimável revista *Livros da Finlândia*.

Em Pyhajarvi: Erkki Suvilehto, Riitta Suvilehto, Eero Suvilehto, Juno-Pekka Suvilehto.

Em Nova York: o arquiteto e historiador James Saunders, meus amigos Jon Levi e Ric Burns, bem como o meu maravilhoso agente Jeff Posternak.

Em Los Angeles: Peter Loewenberg, Michael Sant, Robert Yager, Brad Auerbach, e especialmente a Mirja Covarrubbias e todos do consulado finlandês.

Todos os funcionários do Museu de Arquitetura em Helsinque, da Biblioteca Pública de Nova York, da Biblioteca de Pesquisas UCLA e também todos da Monacelli Press, da Princeton Architectural Press e da MIT Press, produtores de admiráveis livros de arquitetura.

Uma alegria especial ao escrever esta obra, e que não representou de forma alguma um fardo, foi a quantidade de leitura exigida para o projeto. A pesquisa é um labirinto infindável. Muito devo aos seguintes livros, bem como a inumeráveis jornais e artigos de revistas da época:

SOBRE A FINLÂNDIA

Jarl Kronlund: *Suomen Puolustuslaitos 1918-1939*
Yrjo Blomsedt et al. *Suomen Historia*. Volumes 6 e 7
Veijo Meri: *Ei tule vaivatta vapaus, Suomi*
Sociedade Literária Finlandesa: *Finland, a Cultural Encyclopedia*
Eino Jutikkala e Kauko Pirinen: *History of Finland*
A. F. Upton: *The Finnish Revolution 1917-1918; The Communist Parties of Scandinavia and Finland*
Tuomo Polvinen: *Imperial Borderland - Bobrikov and the Attempted Russification of Finland, 1898-1904*
George C. Schoolfield: *Helsinki of the Czars*

Stig Jagerskiold: *Mannerheim*
J. E. O. Screen: *Mannerhein – The Years of Preparation*
Seppo Zetterberg: *Finland after 1917*
Isaac Deutscher: *Stalin; Trotsky – The Prophet Armed*
Victor Serge: *Year One of the Russian Revolution*
Oskari Tokoi: *Sisu*
John Boulton Smith: *The Golden Age of Finnish Art*
Markku Valkonen: *The Golden Age; Finnish Art over the Centuries*
Timo Martin e Douglas Siven: *Akseli Gallen-Kallela*
Kai Laitinen: *Literature of Finland*
Kalevala, através das traduções de W. P. Kirby e Keith Bosley
Matti Kuusi, Michael Branch e Keith Bosley (eds.): *Finnish Folk Poetry Epic*
Edmund Wilson: *Rumo à estação Finlândia*

SOBRE NOVA YORK

F. Scott Fitzgerald: *O grande Gatsby; The Crack-Up*
Ann Douglas: *Terrible Honesty*
Rem Koolhaas: *Delirious New York*
Luc Sante: *Low Life*
Lloyd Morris: *Incredible New York*
The WPA Guide to New York
Peter Conrad: *Art and the City*
Neal Gabler: *Walter Winchell*
Joseph Mitchell: *Up in the Old Hotel*
Lester Cohen: *The New York Graphic*
Paul Rosenfeld: *Port of New York*
Benjamin de Cessares: *Mirrors of New York*
Edmund Wilson: *Os anos vinte; The American Earthquake*
Frederick Lewis Allen: *Only Yesterday*
Berenice Abbott: *Changing New York*
Henry James: *The American Scene*

Weegee: *The Naked City*
Marion Meade: *Dorothy Parker*
John Kobler: *Al Capone*
Robert Lacey: *Little Man*
Jan Morris: *Manhattan '45*
Herbert Asbury: *As gangues de Nova York; The Great Illusion*
Gene Fowler: *Skyline*
Samuel Fuller: *New York in the 1930s*

SOBRE ARQUITETURA

Riitta Nikula: *Architecture and Landscape – The Building of Finland*
Marika Hausen et al: *Eliel Saarinen, Projects 1896-1923*
Albert Christ-Janer: *Eliel Saarinen*
Goran Schildt: *Alvar Aalto. The Early Years* e *The Decisive Years*
Malcolm Quantrill: *Alvar Aalto, a Critical Study*
Lars Pettersson et al.: *Finnish Wooden Church*
Riitta Nikula, Janey Bennett et al.: *Erik Bryggman 1891-1955*
Robert Stern, Gregory Gilmartin, Thomas Mellins: *New York 1930*
Robert Stern: *Raymond Hood*
Deborah Nevins e Robert Stern: *The Architect's Eye*
Paul Goldberger: *The Skyscraper*
Walter H. Kilham: *Raymond Hood*
Frank Lloyd Wright: *Autobiography*
Henry Russel Hitchcock: *Architecture – Nineteenth and Twentieth Centuries*
Sheldon Cheney: *The New World Architecture*
Peter Blake: *The Master Builders*
Thomas A. P. van Leeuwen: *The Skyward Trend of Thought*
Carol Willis: *Form Follows Finance; Building the Empire State*
Hugh Ferriss: *The Metropolis of Tomorrow*
Robert Hughes: *The Shock of the New*
Erich Mendelsohn: *Letters of an Architect; Amerika*

Jean-Louis Cohen: *Scenes of the World to Come*
Lewis Mumford: *Sidewalk Critic*
John Tauranac: *The Empire State Building*
Merrill Schleier: *The Skyscraper in American Art 1890-1931*
Reyner Banham: *Theory and Design in the First Machine Age*

Todas as falhas são, é claro, minhas.
Richard Rayner

Impresso no Brasil pelo
Sistema Cameron da Divisão Gráfica da
DISTRIBUIDORA RECORD DE SERVIÇOS DE IMPRENSA S.A.
Rua Argentina 171 – Rio de Janeiro, RJ – 20921-380 – Tel.: 2585-2000